區太史詩文集（外二種）

〔明〕区大相 区大伦 撰
刘正刚 整理

齊魯書社

全国高等院校古籍整理研究工作委员会资助项目
（批准号：1418）

广东省高水平大学学科建设经费资助出版

绪　言

《区太史诗文集》由《区太史诗集》和《区太史文集》两部分组成。作者区大相，字用孺，号海目，明代广东省肇庆府高明县（今广东省佛山市高明区）人。生于嘉靖二十八年（1549）五月十九日，卒于万历四十四年（1616）六月二十一日，虚岁68岁，葬广州大北门外象牙峰。妻罗氏为高要县人，两人育有怀瑞、怀年2子和4个女儿。

高明区家在晚明属于岭南望族，区大相在万历元年（1573）与胞兄区大枢同时中举人，万历十七年（1589）又与胞弟区大伦同时中进士，成为广东科举考试中的一大新闻。区大相中进士后，即入朝任职，直到万历三十三年（1605）均在朝中“掌制诰”，即承命为皇帝草拟诏令，尽管官阶不高，地位却相当显赫。他去世后，文渊阁大学士何吾驺、翰林学士陈子壮为他撰墓志铭。崇祯八年（1635），其子欧怀瑞参与修纂《肇庆府志》，为他立传，明确记载区大相“掌制诰，居词垣十五年”，即在翰林院为皇帝服务，与当时朝廷重臣赵兰溪、张新建、沈四明等首辅有过交集。但区大相从不为私利而与这些权贵交往，“生平耻干谒”。区大相不愿攀附权贵，最终“违众孤标”，而失去晋升实权官职的机会。清中叶，钱塘女诗人汪端在《明三十家诗选》二集卷六说，区大相“掌制诰，居词垣十五年，先后柄政者皆赏其文，辄引避，一无所与”。

区大相于明万历十七年（1589）中焦竑榜二甲进士，授翰林院庶吉士、检讨，同修国史、玉牒，升赞善，转左春坊左中允，掌制诰，修起居注,经筵侍讲,两奉使册封淮藩、周藩,赐一品服。万历三十三年(1605),出丞南太仆;万历三十六年(1608),因患"痹疾"返回广州;最后病逝于广州。①

区大相的性格可能继承了其父区益的基因。据《灈川区氏族谱》记载,区益,字叔谦,号雨莲,嘉靖十九年(1540)中举,旋即步入仕途,先后出任江西都昌、浙江泰顺的知县,又出任广西庆远府、浙江温州府同知。尤其在浙江任内,因抗击倭寇,声名远扬,死后获朝廷奉赠中宪大夫,崇祀于泰顺、温州的名宦祠、乡贤祠中。② 区益最后任职是在温州,因而后人多以"区温州"称之。自区益开始,区家不断通过科举走向富贵之路,成为高明县显宦家族。区益有四个儿子,即大标、大枢、大相、大伦。其中区大标,字符表,号念莪,廪生,生于嘉靖二十一年(1542)十月,卒于万历十六年(1588)九月;区大枢,字用环,号澹园,由举人官至岳州府通判,生于嘉靖二十五年(1546)三月,卒于万历四十二年(1614)四月;区大伦,字孝先,号罗阳,生于嘉靖三十年(1551)十一月,卒于崇祯四年(1631)十一月。

区大相一生最重要的贡献是改变明代诗歌的写作风气,崇祯《肇庆府志》说:"明兴,前后七子称诗号翰林为馆阁体,大相始力祛浮靡,还之风雅三百篇,以至汉魏盛唐各造其极,陈言习气为之一变。"所谓"前后七子",是指明中叶的诗文流派,前七子指李梦阳、何景明、徐祯卿、边贡、康海、王九思、王廷相,尤以李梦阳、何景明为首,活跃于弘治、正德年间;后七子则由李攀龙、王世贞、谢榛、宗臣、梁有誉、徐中行、吴国伦组成,以李攀龙、王世贞为首,活跃于嘉靖、隆庆年间。"前后七子"均强调"文必秦汉,诗必盛唐",主张模

---

① 参阅《灈川区氏族谱》和崇祯《肇庆府志》卷22《人物志》。

② (明)侯一麟撰,蔡克骄点校《龙门集》,上海社会科学院出版社2006年版,第188~189页。另见吴明哲编《温州历代碑刻二集》(下册),上海社会科学院出版社2006年版,第1215~1216页。

拟古人。所谓“馆阁体”,又称“台阁体”,指明代永乐至成化年间由内阁与翰林院等台阁重臣所撰诗文,以杨士奇、杨荣、杨溥等为代表,他们结合程朱理学,强调“雅正平和”,内容多反映上层权贵生活,以应制、唱和为主,缺乏对国家命运和社会大众的关怀。区大相“还之风雅”,倡导写诗要关注“民瘼国计”,即关心社会现实。他两次奉册淮藩、周藩,足迹“历齐晋吴越嵩洛衡湘土风遗迹,民瘼国计,咸著篇咏。馆阁以来所未有也”,以采风即实地考察的形式,亲历社会现实,并撰写了大量反映社会现状的诗作。用今天的话说,区大相的诗作很接地气。从现存《区太史诗集》看,其诗作的内容均是其亲身经历社会现实的反映。

区大相的诗作从明末以来就引起了士大夫的关注,尽管明清之际的江南诗界领袖钱谦益在选编的《列朝诗集》中没有选录区大相之诗,但清前期浙江籍朱彝尊选编《明诗综》卷 61 选区大相诗 48 首。朱彝尊评价说:“海目持律既严,铸词必炼,其五言近体,上自初唐四杰,下至大历十子,无所不仿,亦无所不合。”①清前期粤籍温汝能选编《粤东诗海》收录区大相诗 169 首。② 清中叶,浙江籍女史汪端选编《明三十家诗选》收录区大相 41 首诗,并评说:“海目诗思深而不苦,律细而不狭,气壮而不厉,调高而不浮。乐府蕴藉,五言高秀,掩欧梁之前轨,开陈屈之先声,诚岭南风雅领袖也。”这里的“欧梁”“陈屈”,分别为岭南诗界大家欧大任、梁有誉、陈子壮、屈大均。其中陈子壮评区大相诗说:“海目先生以太史名粤,其诗特甚,心手相应,音节和谐,盖家能诵,人能说矣。”清初山东籍王士禛在《渔洋诗话》中说:“粤东诗派皆宗区海目,而开其先路者邝露湛若也。”清初广东籍屈大均《广东新语》卷 12《诗语》说:“岭南诗自张

---

① 杨松年《中国文学评论史编写问题论析:晚明至盛清诗论之考察》,台湾文史哲出版社 1988 年版,第 31 ~ 33 页。

② 吕永光、陈永正等整理《粤东诗海》,中山大学出版社 1999 年版。

曲江倡正始之音,而区海目继之。明三百年,岭南诗之美者,海目为最,在泰泉、兰汀、仑山之上。”①泰泉即香山黄佐,兰汀即顺德梁有誉,仑山即南海欧大任的号。于此可见,海内诗界大家的评价,已经凸显了区大相在岭南诗界的重要地位。

区大相诗作还漂洋过海传入日本,现日本内阁文库收藏有钞本《区太史诗集》。

区大相之诗作,今天能看到的最早版本为崇祯十六年刻本《区太史诗集》27卷。实际上,其诗集在万历年间已经刊刻,并在同好之间流传,这可以从区大相撰写的《前使集小序》中得到印证,他于万历二十四年结束第一次出使采风后,“得诗近三百篇、赋一、记二”,友人汪和叔“与家四兄用环先生共铨次之,好事者遂携至南都刻焉。予不能止”。也就是说,至少在万历二十四年或二十五年,区大枢就将弟弟区大相的第一次出使的诗集在南京刊刻行世了。另据区大相《后使集小叙》说,万历三十二年(1604)他完成了第二次出使采风,“共得诗歌杂体近四百篇”。这一次又是汪和叔“复与用环家兄铨次焉。好事复窃而刻之。予又不能止”。看得出,万历年间,区大相两次出使采风的诗集都由哥哥区大枢整理刊刻,并在同好之间流传。到了明代崇祯十六年(1643)刻本的《区太史诗集》则明显是将万历年间的两次刻本合二为一,卷目标注为“端溪区大相用孺父著,兄大枢用环父、弟大伦孝先父评校”。这里的评校显示,早在崇祯四年即区大伦去世前应该已经定稿。

道光十年区大相从孙区灿如重刊《区太史诗集》,扉页题名“区海目诗集”;道光二十年南海伍氏诗雪轩校刊本《粤十三家集》中的《区太史诗集》,均以崇祯版为基础,卷目完全一致,但个别字句略有改动。崇祯《区太史诗集》27卷,诗歌体裁多样,有赋、四言诗、骚体诗、乐府等杂体诗,还有五言诗、七言诗、五言律诗、五言排律、

---

① 陈田辑撰《明诗纪事》(四),上海古籍出版社1993年版,第2235页。

六言诗、七言律诗、七言排律，以及五言和七言绝句等。数量最多者为五言、七言诗及五言、七言律诗。需要说明的是，原书总目的《区太史诗集》和《区太史文集》各卷目后有具体数量的标注，但这些数字和正文实有作品数往往对不上。出于实事求是和防止读者误解的考虑，笔者在整理时将总目标注的数量词予以删除。特此说明。

本次整理即以崇祯十六年刻本《区太史诗集》为底本，参考了道光刻本《区海目诗集》《粤十三家集》，以及今人陈永正等编《全粤诗》中的区大相诗歌；同时，还参阅了日本内阁文库藏《区太史诗集》钞本。

《区太史文集》则以广东省立中山图书馆收藏的钞本为底本。这个钞本极有可能产生于民国年间。据1932年汪宗衍先生说，《区太史文集》十二卷，"此本缺笔，至胤字而丘字，尚未加阝，当为雍正初年刻本，似有清一代未有第二刊也。余偶于冷摊获此，惜缺失第八九两卷，访之同人皆无。之后，从黄慈博先生家得一残本，仅余四卷，而此所缺者适在。爰假归觅人景写之一成帙焉。见存亦无第二本也"。如此则广东省立中山图书馆藏本似乎就是这个钞本。汪宗衍先生的这段话没有在钞本中出现，却出现在澳门大学图书馆藏雍正朝刻本《区太史文集》的扉页中。目前仅见这两个本子，我们在整理时以此相互校订。另从该书的刻本与钞本每卷后皆标"端溪区大相用孺父著"字样看，不排除明末已成书的可能。

此整理本的外二种，则为区大相胞弟区大伦所著《区罗阳集》和《区大司徒疏稿》两书，均藏于广东省立中山图书馆善本书库，就我们所见应是孤本。但其中的不少内容在明崇祯《肇庆府志》中多有收录。笔者在点校时则以此相互比照，并在书中加以注释说明。

区大伦于万历十年(1582)中举，与胞兄区大相到南京太学学习。不久,朝廷重臣张居正去世,海瑞得以再次出山,任南京都察院右佥都御史,后改南京吏部右侍郎。海瑞对区氏一门二兄弟中举应有所耳闻,尤其对区大伦为人刚正颇为赏识。区大伦对海瑞十分景仰。① 万历十七年(1589)区大伦与胞兄区大相成为同科进士,兄弟俩同时进入仕宦生涯,区大相入翰林院,区大伦则赴今山东东明一带任知县。他在知县任内,关心民生疾苦,劝课农桑,治理黄河,买牛给民耕作,深受民众爱戴。时东明籍进士崔邦亮专门撰《邑侯区公生祠记》讲述区大伦自上任至万历二十二年任内造福百姓的种种功绩,百姓为此建区公生祠纪念他。② 万历二十三年(1595)转升云南道御史,旋即回家乡丁母忧。期间因上疏劝谏明神宗皇帝亲自主持郊祭典礼,触怒神宗,被革职还乡,直到万历帝驾崩才被朝廷重新启用。

区大伦居乡期间,仍时刻关注天下大事,不时上疏,《区大司徒疏稿》的部分内容可能完成于此时。另一方面,区大伦全身心地投入家乡建设中,他在故乡高明自筑"烟霞圃",致力地方教育,并兴办蓬山、苍溪两所书院。万历年间,高明知县熊德扬颁行《乡约》,区大伦为《乡约》作序。不仅如此,区大伦还作《家训》六条,劝导族人遵守礼法。万历四十四年(1616),肇庆府发生大水灾,堤围被冲决,都御史许弘纲、周嘉谟,巡按田生金积极赈灾救济,区大伦不仅直接参与了抗洪赈灾工作,而且在家乡还补筑了秀丽堤。

光宗即位,区大伦复被起用,任职光禄寺丞尚宝司卿,后转任南京太常寺少卿。区大伦在南京重建湛甘泉书院,讲学布道,批评空谈,鼓励实用之学。熹宗即位后,他上《圣学三札》,得到熹宗采纳,被任用为大理寺少卿,入宫讲解经义。不久遭到排斥,改任南户部左侍郎,又被依附宦官的同僚弹劾,再次被革职回乡。崇祯帝

① (明)关捷先《明大司徒区罗阳先生墓志铭》,光绪《灈川区氏族谱》卷3。

② 乾隆《东明县志》卷8《艺文志》。

即位，区大伦恢复原职，但还未来得及上任，就在家中病逝。崇祯皇帝鉴于区大伦生前对天下社稷的关心，专门下旨，诰赠他为南京户部尚书，赐祭葬。

区大伦生前常说"吾生平为二事，一宗正学，一佐太平"。纵观其生平，可以说践行了士大夫修身治国的理念。区大伦著述颇丰，有《大学定本》《四书翼》《南都会讲录》《端溪诗稿》《江州存稿》等，今存有《区罗阳集》《区大司徒疏稿》。

需要说明的是，区大相和区大伦的诗文除了明清刻本或钞本所收内容，还有一些散见于各地方志、族谱中，笔者运用电子文献数据库进行了尽量的补充，并在书中加以说明。

总 目

外二种

区太史诗集

端溪区大相用孺父著

兄大枢用环父、弟大伦孝先父评校

明崇祯十六年刻本

目 录

陈子壮序[1]

区海目先生，以太史名粤也。其诗特盛，盖家能诵，人能说矣。文多散佚不备，大都皆辅诗以行者。先生生前不轻可流传，诸诗草仅自序二篇耳。

余不佞与先生二子游好，以为与于斯文者，得表其墓，今汇先生集而刻之，乃属为之序云。惟太史之官，昉自三代，其所职掌，察天文、记时政，至汉而司马迁最著。迁之意，盖欲绍明父业，而自谓文史星历，近于卜筮，原不沾沾以其官著也。唐以翰林供奉为华选，其时尚乃专工词赋而略于史乘。明兴，罢丞相，置内阁，选文学侍从备顾问，当入翰苑时，隐然已负公辅之重矣。纂修国史，特翰苑之一事，而太史之名，亦至今相沿以不衰。

要而论之，在人不在官。夫乡邦勿论，凡文教之渗漉，科目之网罗，前乎先生，后乎先生之充是官者，比比无算也。而先生独以官名而不愧，犹之诗也。即近代勿论，三唐所号为专门，自其盛者较之，凡以大家以正宗者几何人，人几何篇也，如先生之心手相应，音节和谐者，盖亦寡矣。故听钟吕之声，然后知击缶之细；视黼黻之文，然后知被褐之陋。古者列国大夫，莫不有赋诗以见志，而下逮于闺阁闾阎，二南之风，以周、召名者，原厥始也。及治定功成而雅、颂作，大抵无虑出旦、奭之手矣。孔子惓惓于正乐也，以中国为之先，鲁之不入风而入颂，斯孔子所谓正也。

明兴，自庆、历以变，庞言日出，雅义斯沦，得先生之力而振之，

---

① 正刚按：《陈子壮序》《前使集小序》《后使集小叙》三篇在《区太史文集》开篇也有收录，内容与此完全相同。本书仅录于《诗集》，《文集》不复收录。

其言廓如,征文献者,以是集为之指归,又不啻存什一于千百,名实轻重,于斯论定而无疑矣。是故,在宗国则与任反正之功,在朝在庙则与扬旦、奭之盛,均各有攸当。毋曰子诚粤人也,知有区先生而已。

时崇祯癸未孟夏翰林后辈乡人陈子壮撰

前使集小序

国家岁遣使臣，分册藩邸，至盛典也。遣必词臣半之，夫非词臣练习典章，达于礼而娴于词，所至询问风俗、图绘山川与其道里险阻扼塞，载之辅轩，可为异日记载之资乎？

乙未岁①，予与检讨林君请往，会有正史役，主者难之，予曰：今开局编纂，所据者累朝实录与诸司职掌耳。至于郡国政俗利病，非询访不能备。由是得行。而予得淮藩，捧世子封册，是在江湖间，以五月六日发潞水，出天津，溯清逾济，以达于徐，浮于淮。是时漕梗河溢，河将夺淮为祖陵患。适勘河议起，当事者或欲徙河而北，或欲开周家桥引淮而南，以泄泗州之水，于是为诗以讽焉。

既渡江陟金焦，徘徊京口，溯皇风于云阳，伤伯迹于姑苏，观潮于钱塘，访逸于严陵，问途怀玉，以次于鄱阳。时淮王已下世，但致封册于世子，既毕事，与世子议相见礼。予曰：古者世子入学，与卿大夫士之子齿，淮世子虽宜王乎，犹袭世子封，方分庭相见。

是秋九月，抵家。予家在澧川，而别业在五羊，先返澧川，省先人庐舍，谒坟墓，而后还五羊。会岁大饥，倾橐得余赀买谷，以赡宗族乡党州闾。

其明年，春二月，赴京，道出庐山下，德安某令怂恿予游，乃税驾于天池，返旆于东西林，渡浔阳，从黄梅折而西入中州。将为嵩、少游，同年临颍令高君复怂恿予行，值雨雪连日，停车二室，薄采三花，少林之槐，嵩阳之柏，稍着履迹而已已。循周、郑，经大梁，趋邺下，历赵指燕，以归于京。嗟乎，予既邀惠皇灵，幸不辱命，又得乘

---

① 万历二十三年（1595）。

使车之便,纡回道路,周谘历览,畴非恩遇哉。是役也,得诗近三百篇、赋一、记二。时复检阅,到某处得某诗,山川风景一一在目,庶几不负輶轩。友人汪和叔公幹兄弟,咸自命诗家钟嵘,以为可传也,遂与家四兄用环先生共铨次之,好事者遂携至南都刻焉。予不能止,因具述所由,见斯行之非徒也。

端溪区大相撰

金陵朱之蕃书

后使集小叙

册封使之再遣也。与遣及宫僚也，自予始也。故事：使臣衔命，得便道过家，毕，使即行，其得乘传游也，游而迂回历览也，自予始也。故事：使车所至，地主为饬庖，传严仆御行李，往来供其缺乏而已，其以境内名胜闻也，且导之游也，自予始也。故事：封使乘传而出，及瓜而还，无逾期者，其以病请也，请而得报可徐行也，自余始也。非夫君相恩遇，克有此乎？

辛丑岁①，予再遣得周藩。是时，畿辅大饥，道上所见，林木皮几尽，问之皆饥民所采。于是传舍具餐，予为停箸不能食。漳水而南弥伤心目，邺之故都、殷之遗墟，与夫羑里之台、铜盘之铭，皆在焉。既而玩淇竹，则叹卫武之睿圣也；入苏门，则思啸徒之遗世也。毕事周邸，出访梁园，则慨然于孝王宾游文赋之盛也，与汴宋之兴亡也。而巡抚曾公则谓予曰：从此南行过郑州，路可达嵩山。若稍纡而西，上龙门，窥砥柱，循洛东行，亦可达嵩山。同行者喜郑州路便已，闻洛中路不甚纡，寻悔之。而时于二室登望焉，左眺右瞩，是阴阳之所交也，风雨之所会也，而周公之所经营也，是舜、禹、伯翳之所避位也，是申甫之所生而巢许之所遁世也。南趋宛、邓则具茨、空同，襄城首山，是轩皇之所问道而成鼎也；南阳白水，是汉光之所兴，而孔明之所躬耕而吟《梁甫》也；方城峨峨，是屈完之所张楚也。又南涉沧浪，登玄岳，浮襄汉，以尽于荆郢，是孺子之所歌也，汉女之所游而被化也，召穆公之所疆理而樊侯之所封也，是晋室诸贤之所登临兴叹而思托不朽也。西望巴巫，东引云梦，沃壤千

① 万历二十九年(1601)。

里,是又英雄之所必争也。又南寻岳阳,临洞庭,泛潇湘,上祝融,望九疑,窥虞帝所葬处,低徊久之,遂下湟川以归,是为岁之阳月。

其明年春,闻皇太子册立冠婚,乃作三礼诗。二月赴京,行至浈江,病不能前,具疏缴节,请宽限,得旨沿途调理。稍间,略涉岭外诸胜。

癸卯冬,辞家。甲辰夏六月,①返于京,往来所历辄纪以片言,而附以还家所作,共得诗歌杂体近四百篇。

嗟乎,予之荒于游而溺于职也,或者其追数吾过乎?于是客有讥予不陈时政,而放情游咏者,乃漫应之曰:古者史官陈诗采风,以观国俗,里歌巷谣猥杂并载,因其美刺以定庆让。《传》曰:王者之迹熄而诗亡。旧说诗亡者,雅亡也,若风在民间未尝亡也。予则以为诗亡即风亡,王者不采风,诸侯不贡俗,则赏罚不行,故亡。《春秋》继《诗》而赏罚者也。故曰:仲尼述史三而诗并列焉。夫《关雎》本王风之所以兴也,《黍离》本王风之所以衰也,是风人之义也。今陈诗之官久缺,即所陈说又无补于时政,乃其事终不可废,劝百而讽一,犹然为之耳,尝以一帙寄示友人汪公干。公干曰:从古作者羁游登咏,人不数篇,未有若此盛者。复与用环家兄铨次焉。好事复窃而刻之。予又不能止,并述所以作之意如此。

端溪区大相撰
金陵朱之蕃书

---

① 癸卯即万历三十一年(1603),甲辰即万历三十二年(1604)。

卷之一

赋

感去燕赋

孟郁韩子旅寓京邸，为《去燕赋》以见志。韩子曰："始吾见斯燕之来也，见其巢且育也，兹又见其去也。"而吾久困羁旅，欲归未得，于是重感而赋。

何羽族之微细，类发迹乎海湄。惧皎洁之易污，常守黑以为仪。顾雕梁而并下，绕夏室以栖迟。其出入也，逢鹰隼而不避；其近狎也，若鸥鸟之忘机。且夫暑见寒伏，春来秋去，候时节而不愆，岂改玉而改度？异众鸟之行藏，视哲人之出处。虽托身于华屋，曾不陋乎茅舍春遇切。采芳沫于芹津，合春泥于蕙圃。俯拾堕蕊，仰粘搏絮。将侧翼以度檐，乃敛翮而窥户。既拮据以成巢，亦雌雄之共哺。若乃大火移陆，盲风动尘；苍鹰始击，白雁来宾；逝返故国，群飞别人。若落叶之辞枝，似枯蓬之绝根。觉处堂之为累，审巢幕之未安。翮将舒而婀娜，飞渐远而盘桓。潜暗穴以匿影，遵海滨而乐饥。俟春和而景明，复翔集以来斯。于是金河远戍，幽闺怨女；翼传短书，足缠红缕；途悠邈以难将，情满结而不叙。而况京国游人，风尘逆旅，怅公子之未归，盼空巢而延伫。

草虫投灯赋

芸窗夜读，膏火荧煌。有虫群飞，来就其光。驱之复集，抑之弥扬。东跳西跃，厥命用丧。惕焉以惧，怃焉以伤。爰笔作赋，以善自藏。有物微渺,何名何类?细若焦冥,大过蚊蚋。容成莫察其形,夷坚莫辨其态。或跳而跃,或翔而逝。嗟渺质之易虐,何谋虑之弗臧?虽贼害之多门,尤跄踉以自戕。尔乃若华既谢,朱火载扬。咸出潜而离隐,胥舍暗而就明。叶。始投间而抵隙,终入室而升堂。竟环绕而不去,宁依违于末光。方得意于抢攘,本无心于翱翔。忽决起而乍伏,乃触祸而罹殃。遂毕命于脂膏,似捐身于鼎亨。叶。原夫生徒有万,死徒亦然。抑乘夜而变化,将假物以逝迁。孰知夫趋炎之易于烬灭,而处暗之足以自全?彼薨薨于方晓,而跃跃于草根。叶。亦逍遥而自得,安用附众而亲人?是以君子韬光守墨,用晦为明,鉴彼微物,惧罹天刑,逊于不虞,以保休贞。

四言诗

初　夏

滔滔孟夏,品物洁齐。日月于迈,我心孔凄。中园有槿,其叶萋萋。芰荷出水,桃李成蹊。春花昨荣,落而为泥。今者谈谦,诘旦乖睽。大块劳生,形役志迷。良会几何,用兹惋懠。灼灼丹葩,煌煌赤珪。君子服之,以和天倪。山则多云,水则盈溪。桡舟溯梁,渚钓林栖。瞻彼白驹,驾我青鹥。与二三子,于攀于跻。

励志诗

有大人者,德业日新。彼虽圣哲,聿用忧勤。嗟余小子,舜我何人。少也失学,壮而无闻。其一

在昔弱龄,粗事诗书。鬒发其蓬,税驾焉如。朝华夕殒,奄忽居诸。我匪乔松,其能久欤。其二

不树不艺,曷望秋获。不斫不削,曷施丹雘。我疆我室,是咨

是度。勿为胡成，不殖将落。其三

上善若水，是以有德。下士闻道，笑而不识。鹪鹩巢林，卑栖自溺。大鹏扶摇，汝将安适。其四

嗟我不淑，实昧前算。刚而不克，柔而靡断。方覆一篑，废途于半。泛泛中流，茫茫道岸。其五

鸿鹄高飞，必用羽仪。如何中路，弃我如遗。非彼弃我，我实荒斯。迁善改过，来犹可追。其六

人亦有言，下流莫处。高岸为谷，百恶是注。祸福之门，贤者所杜。慎尔发机，荣辱之主。其七

人亦有言，功崇惟志。云胡弗竞，希骥则骥。大人所履，小子所视。矧兹秽陋，能不思企。其八

畴能不细，而丰于大。畴能不迩，而远是迈。积水成渊，累土成岱。不积不累，厥功攸替。其九

滔滔逝者，日月其遒。烈士壮心，奚必凛秋。嗟我怀思，在彼中洲。望而不见，我心伤忧。其十

三月三日拟兰亭体

四时之乐，惟此暮春。偕我良畴，祓彼涧滨。兴言觞咏，陶写天真。仰睇飞羽，俯察游鳞。

朔风吹缨五章，送焦弱侯修撰

一

朔风吹缨，代马悲鸣。往送我友，言返旧京。我无羽翼，与子偕行。匪眈爰处，永弃休明。离殇未御，夙驾徂征。瞻望靡及，言以宣情。

二

鸳鸯在梁，载戢其羽。昕嬉玉水，夕宿兰渚。虞者张罗，巧中其侣。载飞载鸣，东西失所。永乖形影，隔绝笑语。岂不尔思，怅

望伊阻。

三

翩翩玄隼,集于高隅。矜彼腐鼠,逐我鹓雏。我欲弯弓,畏彼狂且。玄阴漠漠,雨雪载途。子之去矣,敬慎尔驱。清静恬淡,为道之腴。

四

我友自南,罹谗而逝。悠悠彼天,而奸是惠。蒙蒙棘榛,植于阶陛。如何周道,容此芜秽。有客有客,先子云迈。心之烦矣,涕集于袂。

五

我谓我友,省己靡愆。彼骄者子,狂言便便。扃钥不慎,盗将入门。利口覆邦,彼妇逐贤。青蝇青蝇,白壁何冤。是非之原,众所共昏。如何君子,遽惑谗言。

梦竹篇赠吴孝父

一

丛丛绿竹,傍渭临淇。中通外直,路箨风枝。其人虽往,其竹不移。瞻望考兮,悠悠梦思。

二

丛丛绿竹,植于中林。中林何有?有书有琴。硕人所处,十亩其阴。思而不见,梦也是寻。

三

我思绿竹,于焉游傲。清风未泯,明月来照。厥林维贤,厥笋维孝。匪竹则梦,中心是悼。

杨园之鹘六章,伤贤者被谗去位也送董玄宰编修

一

杨园之鹘,集于丛棘。嗟尔百鸟,胡不深自匿?君子有行,回

车自北。岂不尔援，畏彼谗慝！

二

杨园之鹎，集于棘丛。嗟尔百鸟，胡不深自容？君子有行，言归于东。岂不尔留，谗言讻讻！

三

出宿于郊，饮饯于衢。前有樽酒，傍有骊驹。送车二辆，徐徐于于。载歌载叠，靡笙靡竽。班荆道侧，过者踟躇。

四

送子于河，别子维棘。畏彼谗慝，为鬼为蜮。载色载笑，尔亲尔昵。谗言或或，听言墨墨。赠言戛戛，送车轧轧。念我携手，于焉永隔。子归东吴，庶几善息。

五

东吴何有？有园有庐，有图有书。野有桑麻，泽有沮洳。水事樯楫，陆事巾车。君子至止，胡以不乐胥？

六

东吴何有？有陵有阿，有陂有沱。修竹长林，白芷青莎。紫笋包橘，菱芡芰荷。浆酒鲙炙，其乐孔多。君子至止，胡以不啸歌！

庚子三月三日再效兰亭体

芳春时暮，景和气融。轻飙散霭，薄霞被峰。临川叹逝，出谷吟风。高揖巢许，远慕乔松。

庐之水四章时畿辅大饥，三时不雨，史臣行役于外，因所见而叹之

一

庐之水，不容舠。炎夏仲月，火云熇熇。我行无期，仆夫告劳。虽劳矣，我心则敖。言仆夫虽劳，而已犹敖然自得也。一说“敖”，游也。

二

庐之水，不容苇。炎夏仲月，火云旆旆。我行无极，仆夫告瘁。虽

瘁矣,我心则惠。言仆夫虽瘁,而己犹以此行为朝廷之惠也。一说"惠",顺也。

三

奉命徂征,适彼王郊。王郊无毛,室家嗷嗷。仆夫之劳,犹可敖也。室家嗷嗷,不可敖也。至此,则不可言敖矣。

四

奉命徂征,适彼王遂。王遂如毁,饥人如猬。仆夫之瘁,犹可惠也。饥人如猬,不可惠也。至此,则不可以为惠矣。

淇上三章思卫之多君子也

一

淇水悠悠,竹竿翛翛。静言思子,惜无轻舟。

二

淇水弥弥,竹竿离离。愿言见子,惜无榜师。

三

既具我舟,亦伐我榜。方之泳之,将子是访。滔滔临淇,实劳我思。

图诗三章八句

朱太史寿母夫人,宜图萱并及椿者,不忘先公也,诗人叙其意而美之。

一

图何以椿,穆然孝思。图何以萱,乐此春禧。维椿永思,维萱永禧。谁其寿母,令德攸宜。

二

维石蕴玉,山则瑞矣。维水孕珠,川则媚矣。显允朱生,谁锡尔类矣。曰其有母,俾尔昌炽矣。

三

子炽而昌矣,母寿而康矣。芝函有烨,命服有章。嘉纶孔彰,徽音斯扬。显允朱生,寿母无疆。

寿颂三章为潘大母作

一

碧草既菲,朱华载扬。熏风扇箔,溥露沾裳。郁郁灵萱,植于北堂。茂兹永日,式举瑶觞。

二

瑶觞式举,琴瑟在御。间以笙簧,杂以宝璐。彩服有烂,和乐且孺。锡厥孙子,亦洽宾序。

三

何以献之?九霞之醴。曷其侈矣,水桃玉李。何以申之?婺星之纪。曷其侈矣,于西王母。

三礼诗并序

皇帝二十九年,秋八月日,有旨谕廷臣:皇长子册立,冠婚礼以次举行,其令礼官具仪。于是皇长子以冬十月十日受册为太子,诸王并以是日受封。太子乃践青宫,履乘石,开潜龙之邸,正东朝之位,天下之本定,元良之体备,蕴蕴隆隆,斯乃盘石之宗、维藩之固矣。冬十一月九日,冠。其明年,春二月八日,纳妃。臣惟天下臣民,徯心是举久矣。往者廷臣念震器之为重,虞储位之久虚,连章上请,盖非一日。皇上明示以伦序,谦让于冲年,至是旨由中出,事取上裁,外罔关于群议,内不牵于私昵,乃知宸衷默定,神明幽赞,遂令国家有道之长断自一朝,宗社无疆之历绵于亿载。臣奉役藩封,载驰道路,欣闻盛事,未睹旷仪,恭拟诗三章,不无留滞之叹,聊摅庆幸之私云耳。

皇太子册立诗

于昭皇明,十叶惟圣。引祚自天,敷佑厥命。百辟是钦,四方是正。咸建国本,以绥家庆。帝衍其昌,缵服其光。载辑人纲,载锡天常。孝慈用章,福履无疆。奠丕丕基,以定厥祥。厥有圣嗣,惟皇元子。睿聪夙成,令闻蔚起。天之所置,孰俪懿美?式灵震器,以享以祀。如彼玉润,蕴德不瑕。如彼朝阳,协于重华。山川鬼神,罔不宠嘉。凡厥内外,系心靡他。维昔廷言,冀光大典。帝命曰吁,天序丕显。尚其弱龄,学于黾勉。无庸骤尊,而骄不腆。乃列坟史,乃翼师儒。时敏厥修,日新与俱。群公矢谟,元良在图。帝命曰俞,万邦作孚。乃诹礼司,庀是仪服。乃虔时日,以先太卜。象辂鸾旌,有贲执玉。左右视听,百尔祇肃。厘兹册宝,有穆其容。践位储贰,俾朝于东。并建诸王,蕃屏维宗。覃惠自公,殊方攸同。济济宫寮,保傅是弼。既曜春华,亦垂秋实。诏美导和,庶士维吉。启以三善,崇以四术。思皇帝胄,遹骏贻谋。眷命悠悠,底于千秋。敬承维夏,继述有周。矢诗宣猷,以扬鸿休。

皇太子冠礼诗

吉日惟良,命服惟元。集礼铜龙,烂其盈门。宫僚肃将,以承前轩。衮冕有加,其道弥尊。衮冕峨峨,既曼且硕。采堪朱绂,瑶契金册。宠兹成德,圣祖列辟。式光宗祏,皇心孔怿。皇醴东朝,训命告厘。念厥毗倚,淑是令仪。裕民惟志,寿国惟祺。睿敏圣嗣,敬德不违。圣嗣敬德,诞受多福。霭其如春,式其如玉。象贤攸属,令终有勖。作颂孔穆,风言维祝。厥颂伊何?于际于蟠。厥讽伊何?慎防其端。方圆以翊,中正以观。保兹燕誉,奕世不刊。

皇太子婚礼诗

两仪既定,阴阳斯位。于皇储圣,惟德是媲。自天之祐,罔不淳备。乃启甲观,而登淑懿。苑桃之华,有烨其光。馥彼兰宫,达于椒房。乃登文币,以定厥祥。元祚其昌,嘉命之将。德音孔惠,人神作缔。在妫之汭,在姬之渭。女史有纪,彤管有炜。以其良娣,威仪棣棣。威仪静幽,君子好逑。佩瑜鸣球,羽葆文辀。八鸾啾啾,曰闲以柔。从车如流,归于龙楼。帝道蕃茂,垂裕厥后。庆成人奏,左右忭舞。酌彼醇酬,以其玉斗。群公稽首,天子万寿。

寿域诗为庄得全编修尊人作

一

煌煌寿域,光于南斗。包孕群生,诞锡惟厚。鸾凰是藩,麟鹿是囿。碧草朱华,以繁以茂。

二

南斗之下,是为星沙。环以绿水,夹以丹霞。于焉逍遥,其乐孔嘉。俾尔寿彀,德音不瑕。

三

南斗之傍,爰开玉堂。皇降嘉赉,有烂其光。玉树琼柯,有芬其芳。俾尔昌炽,德音孔扬。

四

绵绵星沙,寿域所届。济济玉堂,寿域所会。及尔子孙,亦昌以大。介兹景福,永寿无害。

太和山铭

太和亦名㠋上,宋始祀玄武神。自文皇帝冠以太岳,肃皇帝又冠以玄岳,崇饰宫观,报祀独隆焉。于是天下香火咸奔走太和,而五岳遂逡巡退舍矣。山本晚出,故事多附会。诸峰、岩、涧、洞,或杂取他处名之,文不雅驯。辛丑岁,予以使事取道谒岳,礼成,遂遍观于八宫。时值雨连日,所由止此而已。山既为国家香火地,二圣所经营,又其神甚显应,谓宜有所颂,述以扬威灵。故既为斯铭,每宫复各纪以诗,以出焚修,故述香火之事独多。

穹窿太和,上参冥莫。近接嵩华,远拔衡霍。明后有作,是称灵岳。上帝攸居,天柱是度。赫赫成后,玄戈再援。神之相之,用武以断。穆穆肃皇,中兴江汉。神之启之,守文以缵。巍巍天柱,前俯琼台。层城万仞,上应中台。地轴盘结,云汉昭回。灵踪久闷,真路乍开。爰饰云构,造于中天。冠峰被麓,舄奕墟躔。丹碧霞焕,栋宇星悬。势侔太一,巧极望仙。神之所妥,钩陈营卫。鞭风驾霆,出入云际。神之所临,征灵表异。康国阜民,克显于世。玄圃之峦,仁后所履。丹丘之屺,仙灵所倚。咸障大荒,曷窥元始?追茂至道,孰逾斯美?惟兹崇报,前掩禅封。在帝左右,罔或不共。四气顺序,万方景从。昭佑我明,受福无穷。

海棠果赞海棠不香不实,惟南京孝陵者结实,外香中酸,岂非色香味之难兼耶?客以见贻,遂作此赞

海棠色殊,纷披曜日。不芬其葩,而香其实。香或掩味,文乃逾质。园陵之珍,佩充兰室。

木瓜赞木瓜亦外香中酸

垂垂木瓜,诗人所咏。酸本我心,香亦吾性。人之好我,或忘其病。无劳琼报,忝此嘉命。

崇德诗

沈颐贞先辈祀于乡贤,规言矩行,世共钦之。仆生也晚,不胜景行之思,于是为之赋硕人。

一

翼翼旧京,做配丰芑。济济庶士,爰来爰止。孰茂厥程,硕人君子。龙潜南国,凤览江汜。

二

惟此硕人,德音孔硕。克廉以孝,百行允迪。爰孚有众,升闻奕奕。其廉可风,其孝惟则。

三

人之好名,是能让国。苟非其人,箪豆见色。硕人介特,靡诱靡惕。千金之却,亦在报德。

四

今之孝者，是谓能养。不敬何别，菽水非凉。硕人爱敬，允格穹壤。终身之慕，亦自少壮。

五

我闻天道，常与善人。如种斯获，靡屈弗伸。既丰其德，或啬其身。尔身弗享，爰及后昆。

六

硕人有子，邦之司直。在帝左右，罔或不即。汝明汝听，有孝有德。用锡帝赉，衍兹世泽。

七

世泽克衍，先问孔扬。既显于世，亦祀于乡。肃肃泮宫，笾豆有常。是依是崇，儒道其光。

定朝鲜三言诗一首①

皇赫怒，命东征。千翼举，七萃行。渡绿江，援王京。鳌足断，海波平。扶桑拂，旸谷升。旭日中，仰大明。一解

戮群倭，定朝鲜。武功振，文德宣。櫜弓矢，戢戈铤。藩服固，王会全。祥瑞降，诸福骈。祝圣寿，万斯年。二解

---

① 崇祯版无此诗，据道光版《区太史诗集》补入。道光版在该诗中注曰："旧本无，今从《明诗综》补入。"

卷之二

骚体

送友人还山歌

一

君处世兮清穆,忽捐佩兮何促。风尘灏洞兮,不可以久游。返予驾兮初服,既不理兮多口,复无意兮横目。思清流兮濯缨,惧迷阳兮伤足。杨何心兮岐泣,阮何见兮途哭。揽桂兮崇冈,搴兰兮幽谷。慕鲁连兮辞侯,钦介推兮逃禄。君不留兮奈何,拊黄鹄兮高歌。欲从君兮未得,徒怅望兮严阿。

二

羌独处兮无与,君惠顾兮为侣。佩珊珊兮脱赠,衣飘飘兮霞举。君胡为兮空山,捐富贵兮早还。日黯黯兮将愁暮,君子行兮渺难攀。朝饮牛兮涧底,夕挂瓢兮松间。悦白云兮高岭,弄明月兮澄湾。蹇予步兮夷犹,隔千里兮沧州。望山中兮不见,思公子兮多怀忧。

九　望

九望者,端溪先生之所作也。区子以万历丙申岁从使淮还京,再入史局,自守职以来,将一纪于兹,久备记载,谊在献纳,而职事旷焉靡举,志愿颓焉将迈。时朝政多阙,上下否塞,情不能通,思天下日入于敝,意忽忽有失,眷言兴怀,乃昉九章,本其土风,申骚人之遗,为九望诗,以见志焉。惧览者不察,故粗举大义云耳。

其一曰望瑶台①

托言上古，明良一堂，推贤让能，师师在列，已不得从游其中。思黄虞之盛，庶几遇之，而惧岁不我与焉。

瑶台兮云浮，菌阁兮蕙楼。溯赤水兮负玄洲，飞仙遨兮驾苍虬。星辰朝兮降阙，日月环兮丹丘。孔盖兮龙游，仙之人兮纷纷而来游。瑶台高兮飘渺，中有人兮丹颜绿发而衣缟。翳玉芝兮揳琅玕，搴若华兮刈朱草。珠入海而为树，桂逾岭而成林。尘壒既不可久处兮，夫孰表予之遐心。将来托朱鸟以为媒，又要之以夙好。朝胭车于雁门，夕弥节于璚岛。虎骖乘而眈眈，龙服衡而娇娇。憩落落之长松，涉涓涓之行潦。聆仙乐于云门，抗飞旌于霞表。招虞帝于苍梧兮，宾轩后于洞庭。戛云璈兮瑶佩，披霞帐兮曲璚。美嘉橘兮秋实，揽桂树兮冬荣。岁悠悠其将迫，心摇摇如悬旌。

其二曰望天池

言世道横流，濔常沦纪，乾坤震荡，已思起而拯救之。故既美神禹之功，复叹乘桴之事。

天池波兮浩溟溟，日滉漭兮云无晶。川谷兮东注，地轴兮南倾。九州浮兮若芥，六合混兮一泓。焦石沃兮何时竭，大壑纳兮何时盈。中有神山，随波靡宁。仙人愁苦，诉于帝庭。帝乃使神鳌兮戴之，若浮沤之暂停。犹不免兮漂荡，越洪流而南行。日月出入，星辰晦明。乾坤沸瀇而震荡，又何足喻乎变化之鲲鹏。将命太一兮为舟，元气兮为楫。控巨鳌兮驰贝阙，荐波茗兮拾海月。昔神后既奠夫九土，曾莫顾夫家室。何仲尼皇皇而乘桴，效渔父之榜枻。是固吾之所愿，将搴裳兮从之。惧将至而风引，忽欲往兮中疑。鲛

---

① 此首又见于(清)宋广业《罗浮山志会编》卷14《艺文志·骚》(康熙刻本)，但最后两句为："美嘉橘兮秋实，擘桂树兮冬荣。岁逌逌其将迫，心摇摇如悬旌。"

室兮嵚屭,珠宫兮逶迤。仙人下兮光陆离,驾水车兮载云旗。夕息兮旸谷,朝嬉游兮扶枝。路超远兮莫致,蹇惆怅兮生悲。

其三曰望苍梧

言已思遇明君,而世途崄巇,不能自通,日夕愁望也。

白云游兮苍梧,山连卷兮路崎岖。日黯黯兮昼多雾,岩嶰嶆兮鬼啸怒。樛萝蓊灪兮塞往路,我欲从之修且阻。鹍鸩兮空山,帝子去兮不还。道远兮何极,不能随之兮泪沾。臆涉湘皋兮绿潭,悲洞庭兮芳夕。疏篁兮斑斑,山含怨兮水含忆。步远冈兮不见,蹇夷犹兮难即。望苍梧兮白云,隔千里兮思君。抚瑶瑟兮寄幽怨,采杜蘅兮愁氛氲。

其四曰望八桂

言贤人君子,独怀芳洁,不受变于时,而已欲往从之也。

桂树生兮山南,沐玄云兮荫芳潭。擢修茎兮幽霭,布芳叶兮夕岚。发华滋兮秋风,翔群羽兮鹓鸿。既拔萃兮高岭,复灌生兮玄冬。扬芬兮素节,含贞兮嘉月。有美人兮伤离,揽岩桂兮为期。信怀芳兮自保,又久要兮申之。去不来兮来不采,芳寂寂兮欲谁待。嘉树茂兮岩间,桂父淹留兮往还。登楼兮长咏,望八树兮杳难攀。

其五曰望韶石

言皇迹久熄,雅道云亡,世俗贵淫哇、贱雅乐,已孤调难谐,故援韶以自勖焉。

予昔扬舲于桂浦兮,将以极夫遐征。朝发丹水之浛洭兮,夕息重华之所经。俄穷源于星宿兮,访昆丘之赤城。天柱岧峣而飞空兮,地轴支撑而不倾。纷合沓其异状兮,忽神怖而魄怔。崩腾蹙踏来万乘兮,风雨阴晦而会百灵。倏天清而地宁兮,聆箫韶之九成。昔重华之盛德兮,信无远而弗歆。绝潇湘而南下兮,嘉兹土而来临。国不费而民不匮兮,兵卫简而不侵。岂车辙与马迹兮,将厘俗于鞅任。遂乐兹而不返兮,溯南飙而长吟。璇宫逶迤而下属兮,瑶台隐起而上寻。驻清跸于磐石兮,招炎景于茂林。参差九韶之管,疏越五弦之琴。趋跄百兽之舞,来仪丹羽之音。黼裳扬兮仙霞举,绛节去兮赤霄沉。太音寥泬其希声兮,遗迹峥嵘而可睹。信帝德之巍巍兮,有天下而不与。留仙旆于九疑,怨瑶瑟于二女。松谡谡而吟风,竹斑斑而含雨。表灵兮珠丘,极望兮澧浦。杳翠旗兮不见,荐芬馨兮何所。钦明兮思君,闻乐兮愁予。嗟南熏之久寂兮,民愠其谁与解之。皇风靡而世遂季兮,俗化淫哇而嗤嗤。久知太音之难谐兮,唐虞既远安适归。将坐兹石而忘味兮,写予心之遥悲。

其六曰望合浦

言世俗贵伪乱真,己虽怀至宝,反惧按剑不察,无所与投也。

遥睇兮重渊,波光兮接天。美珠官兮风俗,灿贝阙兮鳞联。川炯炯兮圆流,星奕奕兮辉躔。骊何抱而自喜,玑何胎而罕全。愚何剖而忘身,圣何捐而称贤。鲛人兮水中,渊客兮龙宫。孰感恩兮涕泣,乃吐月兮朣胧。携灵蛇兮剖玑鳖,间翠羽兮错珩璁。君子杂之以为佩,佳人待之而修容。夫何世俗之贵鱼目兮,弃夜光而不采。岂忍夫怀宝而迷邦兮,握照乘而自晦。终惧世之不察兮,訾径寸以微颣。虽怀宝其何辜兮,独被褐之见罪。潮生兮犀浦,月出兮贝屿。弦望兮有时,藏珍兮自妩。激天吴兮命海若,木兰舟兮沙棠橹。访鲛室兮从之,蚌鳖纷纷兮媵予。惧轻投兮按剑,将采之兮谁与?

其七曰望石室

言贤人君子窜伏幽遐,己独处无侣,思即岩穴求之,庶几其返焉。

石室处兮炎方,越湘浦兮迈衡阳。气巃嵸兮幽暧,洞爣焰兮扬光。厓廞戏兮琏蜷,疑苍翠兮若英。耸峻坂兮岌嶪,错绮薄兮芬芳。窅兮谷石碌镞岩,桂灌生兮山之曲,深兮穆盘径复。舞鸾皇兮嬉玄鹿,皋兰秀兮纷相馥。琼为宫兮玉为梁,罗孔囿兮开龙堂。萁砌兮荪壁,木兰橹兮芝房。石室兮巍峨,芳湖汇兮水曾波。涨极浦兮丰茇倚,泛曲塘兮茂青莎。绝霞岛兮绕岩阿,洄翠屏兮镜藤萝。独处兮无侣,芳时兮谁与?君奈何兮远游,望湖光兮渺何许。采杜若兮芳洲,结锦缆兮金屿。心欲往兮耽耽,托归风兮鸾骖。待菌阁兮月华,沐天柱兮夕岚。搴朱草兮瑶圃,漱金液兮霞举。朝税驾兮东皋,夕次兮北渚。乐岩壑兮憺忘归,蹇夷犹兮不能去。

其八曰望崧台

言世俗卑暗,不可久处,思择高明之地而托足焉。

有崇者冈,赫若台兮。巑岏崚嶒,丰而皑兮。上接云汉,章昭回兮。下列盘洞,户重开兮。怪石嵯峨,光的皪兮。峰峦群峙,挺千尺兮。青岫黛岑,渺难即兮。鸟道迂回,不可涉兮。员屋瑶台,辉金碧兮。玉磴珠戺,芝兰藉兮。璧英明珰,光相射兮。庢隒急辚,暝烟积兮。玉窦夜空,螭龙宅兮。石栊嶙峋,多采择兮。琼木纷敷,僸奕奕兮。猿狖群嗥,谷鸟喈兮。博敞孔阳,游羽客兮。纫兰搴蕙,服侧柏兮。孔盖翡帷,带凫舄兮。森耸崭岩,得所适兮。结桂延伫,中心怿兮。崧台峨峨,乐无极兮。崇朝凝望,至日夕兮。

其九曰望西樵

言贤者仕不能举其职,故盛陈山林之乐,怀思故士,眷恋不忘,养寂处晦,聊以顺时。

山崛起兮海湄,复回薄兮云际。见千里兮平皋,挹四郊兮芳霭。出厚地兮百盘,挂青天兮片黛。溪谷兮多姿,朝昏兮殊态。日出兮窈窕,波泛兮容裔。灵穴兮吟风,幽林兮积翠。曾结庐兮几客,横荒涂兮千载。披阴阜兮吐霞,升阳崖兮迎旭。忽云中兮鸡犬,更天边兮乔木。巅积水兮可艇,涧连村兮比屋。交远皋兮茶烟,若有人兮卉服。辛不游兮豺虎,差可方兮麋鹿。媚林麓兮返照,喧阶除兮乱瀑。飞瀑下兮湿云,径凝烟兮不分。鸾鸿归兮山响,菌桂发兮林芬。灌尧韭兮九节,挺仙使兮一群。三山渺兮难即,十洲恍兮空闻。岂若近兮几席,况乃接兮榆枌。山中人兮来何迟,抚云松兮望所思。岁复岁兮不可待,年复年兮滞还期。秋风歇兮蕙若，春雨长兮蕨薇。胡长违兮涧户，永阒寂兮岩扉。命芝童兮翳芝盖，邀桂父兮扬桂旗。誓永绝兮氛垢，从天路兮薄言归。

东征诗有序

万历二十六年季秋，国家复有事于东夷。维时朝鲜患倭，至是六七年矣。我师救之，久未报捷。天子赫然震怒，乃命巡抚万公世德视师，前与总督大臣邢公玠、都督陈公璘以下文武将臣十余人，兵会于朝鲜。先后济鸭绿江，数道并进。惟公壮志鹰扬，英风虎视，暨于群公，罔不协乃心力，竭厥忠谋。将轥乐浪，逾鸡林，耀师于釜山，封鲸鲵而后返。太史氏区大相以为从古帝王出师命将，咸有诵言，以壮军容，宣国威，伸同仇之谊，轸于役之劳；矧夫以天王之师，征诛夷狄，①算出万全，事在必克，顺治威严，于兹为盛，宜昭示远服，永诒来祀。于是作诗二章，虽乏孔硕之词，庶扬有截之威云尔。其词曰：

一

皇赫怒兮定夷乱，壮士奋兮不遑宴。横长戟兮箙劲箭，组甲耀兮星辰焕。蹴溟渤兮波涛晏，倚长剑兮扶桑岸，四极奠兮鳌足断。

二

皇灵震兮穷海外，征不庭兮静殊类。甲旅悦兮从公迈，封鲸鲵兮戢鳞介。加日出兮极地界，标穹碣兮际荒裔，异域来兮嘉王会。

臬长李公之堂，有雉忽来，驯扰若家鸡，数日后，锦羽焕烂，此治世文明之象，异类驯服之符也，一时缀文之士，咸作诗侈其事，予遂为歌，歌曰

雉朝飞兮下公堂，时饮啄兮来山梁。驯柏台兮扰车傍，性耿介兮体文章。无重译兮致越裳，德泽加兮仁风翔。嘉瑞荐兮贶穹苍，公辅政兮帝道昌。

---

① 崇祯版和道光版均空两字。日本内阁文库藏《区太史诗集》钞本为“夷狄”。

卷之三

乐府杂体

马上见宫燕回翔,感赋,一字起九字止

燕,于飞。入绣幕,出香帏。御林拂拂,宫桃绯绯。晓临金屋舞,夕傍玉楼依。婀娜多情恋主,差池新恨沾衣。云间尺素缄长别,芳草王孙怨未归。年年见尔红襟如旧,岁岁逢人黑发渐稀。故园花树已度今春晚,后院壶觞莫教他夕违。

悯潦三章,端民歌王兵宪宗鲁[①]也,余为广其辞焉

一

洪潦汤汤兮毒吾州,地维圮兮乱常流。霪雨助虐兮溢原野,飘室庐兮灌城社。水不仁兮民为仇,潦不止兮君侯忧。

二

潦不止兮奈何,日惨晦兮雨滂沱。燕雀东西兮失其故处,蛟龙矫矫兮水府失驭。薪竹兮易竭,望尾闾兮难泄。嗟洪流其何以底定兮,民将为鱼。非君侯兮,吾安得平土而居。

---

① 王泮,字宗鲁,号积斋,山阴(今浙江绍兴)人。嘉靖四十四年(1565)进士,万历八年(1580)始任肇庆知府。主持建跃龙窦、崇禧塔,引沥水(今星湖一带)入江;向两广总督吴桂芳建议辟建七星岩景区,点题“星岩二十景”。支持利玛窦在肇庆传教,万历十二年(1584)出资刊利玛窦绘制的《山海舆地全图》。后升任湖广布政使。(明)过庭训《分省人物考》有载。

三

往见侯兮，熊车戾止。今见侯兮，短衣敝屣。短衣敝屣兮为吾民，手足胼胝兮焉知其勤。吊洪流兮汗漫，侯之治水兮心力殚。芬芳兮椒浆奠，水府兮闷闷。发禁旅兮登城陴，民之颠溺兮忍其弗持，载糗饵兮食其饥。上帝怒兮叱水府，杀湍流兮宅南土，江河晏兮来万祜。

赋得文杏梁

一

文杏梁，卢妇郁金堂。下临玉池水，双栖紫鹓鸯。春风杨柳堤，堤前步步得相将。

二

文杏梁，赵女昭阳殿。绮闼十二重，琼檐语双燕。春风桃李花，花前岁岁还相见。

莫愁湖曲

一

湖上烟花暝，湖中丝管催。木兰双桨在，何处莫愁来。

二

荡漾芙蓉花，惊出鸳鸯鸟。芳湖明月曲，吹送吴天晓。

三

碧水似开镜，远山如画眉。岸花凝笑脸，堤柳斗腰肢。

四

借问庐家女，佳名是莫愁。不知秋别恨，何处上心头。

思归引

惜别奈远别，思归犹未归。近来容鬓改，应为信音稀。

秋闺曲

玉杵捣清霜,银筝冷洞房。谁言关路远,频使梦渔阳。

鸡鸣曲

洞房春梦潇湘沚,香雾蒙蒙湿江水。几度相思不见君,鸡鸣杲杲生红云。

上之回

一

诏书下汉宫,天子向回中。羽卫临边静,山川驻跸雄。前军抵代北,后骑属河东。归及长杨殿,夸明更射熊。

二

三时方耀武,万乘以戎行。雪花随玉辇,云叶卷龙旌。大狩长榆塞,劳军细柳营。莫拟瑶池宴,终留八骏名。

关山月

一

长风吹海月,来向玉关明。及此登楼望,应多出塞情。阵云含晕缺,战马傍轮鸣。莫问刀头事,长榆更远征。

二

关山今夜月,寥落远征人。塞上重圆缺,边头多苦辛。愿随冰雪影,一照绮罗春。中妇念离别,娥眉几度颦。

青楼曲

新莺啭画堂,新燕集雕梁。柳叶裁眉出,桃花学面妆。珠帘映日卷,锦袖随风扬。大道连平乐,高楼接建章。容华艳阳月,夫婿侍中郎。挟瑟调鹦鹉,将箫待凤凰。朝回欲有问,轩骑满东方。

和黄汝纶春情篇

帝京行乐好，霁景媚韶光。南陌紫骝骑，东邻红粉妆。夭桃间秾李，芳草映垂杨。调雪成歌曲，排云出舞行。花前宁辨色，衣后转闻香。弦管故情在，关山春恨长。若非京兆妇，定是邯郸娼。

赋得巫山高

巫山上半空，遥接楚王宫。岩影朝云上，猿啼暮雨中。锦屏千丈瀑，芳树万年丛。灵异信如此，高唐梦未通。

君马黄

君马黄，臣马骊。二马虽共逐，臣马驱以驰。走灭没，出权奇，谁当产者渥洼池？逾昆仑，度月支，谁当相者孙阳师？珊瑚宝勒黄金羁，桃花锦障光陆离，路傍照耀幽并儿。君马吉行三十里，臣马前驱为君死。千金台上未为恩，一顾尘中岂徒尔？不辞四蹄践霜雪，西走咸阳东辽水。战罢初归玉塞群，功成更服天闲驷。却笑周家八骏蹄，徒向瑶池御天子。

采莲曲

一

锦袖清川曲，红妆绿水洲。可是怜孤棹，时时出并头。

二

妆成翻自爱，临水照娥眉。荷筒误攀折，撩乱不成丝。

三

荷花与人面，相对两相疑。歌声人未觉，白鹭已先知。

四

别浦千花暝，回舟一水香。停桡休更折，留着伴鸳鸯。

古有所思

我所思兮大海南，何以致之紫云缄，青瑶为字金作函。波涛万里不可涉，白日忽破扶桑岚。我欲乘龙，龙不我骖。我欲附青鸟，青鸟不我衔。将泪滴海水，为我流入明珠潭。我既无羽翼，君亦一去无消息。从今勿复思，相思何终极。堂前琼树枝，把君旧颜色。携手高台复几时，君在天南我天北。

临 春 台

载酒临春台，徘徊不能已。东风如有情，飘荡樽前起。为将看花意，吹渡春江水。

相逢狭路间

美女耀阳春，使君朝紫宸。相逢当狭路，相见在芳晨。高髻图云出，纤眉写月新。瑶光凝粉脸，丹彩发朱唇。再顾倾城国，争看匝路人。束腰垂柳陌，转袖落花津。尊贵何劳问，行游别有因。容颜诚绝代，礼法善周身。障面移轻扇，回车度急轮。珂声连玉佩，衣带接香尘。采菉娇淇水，登桥艳洛滨。何须云雨夕，始见阳台神。

西湖春游曲有引

湖山具美，标江左之奇风，俗好游，沿南朝之陋，弦歌呈野，绮谷如雪，山扉水榭，出入烟霞，画舫金堤，留连岁月。作者但纪华丽之风，不及侠游之事，维时春也，以春命篇。

一

青蘋照绿芜，细柳漾新蒲。翡翠金堤并，鸳鸯玉水俱。时逢湘浦驾，来弄汉皋珠。

二

春和日载阳，春思复多伤。野色含朝霭，流文荡晓光。游心不自已，步步惜时芳。

三

人行丹嶂里，鸟度绿芜中。烟雾藏春寺，湖山绕故宫。兰叶褰犹短，花枝折未空。

四

湖镜何曾拭，山眉本自舒。叶稠初隐鸟，花落乍惊鱼。自有凌波步，回看掷果车。

五

上路填车马，中流沸管弦。折花伤玉手，照水落金钿。及此芳香日，俱宜妙丽年。

六

银鞍驰白马，玉轭驾黄牛。来往红尘陌，嬉游绿水洲。莺啼喧桂席，鱼戏动莲舟。

七

宝袖拭琼箫，金妆隐翠翘。衫长风袅袅，钗重步摇摇。鸣佩游三竺，回镳度六桥。

八

燕巢知岁别，莺语识年华。独坐闲调瑟，明妆出浣纱。春风日暮起，愁杀上湖花。

九

青阳既荡渭，绿水复盈淇。有女怀春出，容颜不可思。流光一抛掷，沉叹返空帷。

与座客咏席上所见效小庾体

咏　砚

娲工呈练彩，孔石琢圆方。以我紫云片，登君白玉堂。銮池分月影，披露扬星光。永持坚润质，游心文史场。

咏酒卮

华堂宵宴启,金卮上寿行。斟酒奉兰席,提携随玉瓶。送意只愁浅,含情同一倾。且愿开涓滴,为君解宿酲。

咏骰盘

玲珑捧玉手,错落出雕盘。含采分投易,连呼急转难。良夜宴未毕,行乐美无端。虽非百万掷,聊以奉君欢。

咏香

珍木产南国,芬馨上北堂。幸同微火用,常共好风扬。百和凝花阁,双烟出洞房。倘陪明德荐,随地可留芳。

又咏

百花妆阁晓,一炷绣帘飞。作佩充兰室,承薰入舞衣。每从海尉至,常护汉郎归。立近御炉侧,青烟接紫微。

咏香炉

斑升翡翠点,杂用金银涂。诡制侔周鼎,奇形出汉模。翠翘案上拂,鸳被帐中需。终宴含香侍,兰烟飘座隅。

咏烛

西楼淹夜饮,东壁暖清光。楚宴缨休绝,燕庭书作行。龙衔疑却月,莲吐半凝香。不是风欺焰,佳人舞袖长。

又咏

洞房恋夜色,银箭起更筹。影乱弹棋席,光多教舞楼。花生应待喜,泪落不关愁。未上西园月,偏能美夜游。

咏烛台

铜荷叶下盖,金芝茎上盘。枝发九龙焰,花高四座看。明心投分易,承泪觉离难。还持不自照,倚君罗帐欢。

咏屏风

锦屏罗广座,曲曲似巫峰。灯映琉璃净,堂开云母重。看花围蛱蝶,学舞障芙蓉。多是云将雨,朝暮会相逢。

咏琵琶

旧时马上声，今向席间鸣。花月意恒满，关山恨暂平。芳尘萦袖出，纤指逐弦清。莫以别离曲，来承欢宴情。

淮浦吟阻风待舟于淮上作

幸免黄河险，复阻清淮流。南风十日发，不见北来舟。一解
南船疾如马，北船不得下。天道何时平，风便往来者。二解
淹泊清淮浦，怅望丹水涯。狂风吹我舟，不得早还家。三解
晨起望佳人，日入未遑息。白云苍梧间，是我心所忆。四解
虽有纨与绮，不如故时缔。虽有新相知，不如故所思。五解
征夫念闺人，非为颜色好。游子恋故乡，非关万里道。六解
黄鹄翔天风，千里不可乘。安得东南翮，送我至广陵。七解
广陵非还家，行子暂栖泊。稍缓旅人愁，非贪估客乐。八解
淮南多桂树，何似故山北。广陵好岁月，何似故乡陌。九解

卷之四

五言诗

归灊川作

平畴秀嘉卉,高堰递细涓。烟火桑柘外,渔钓竹林边。萝径绝洒扫,风磴乍攀援。云霞薄樵岭,花木明灊川。插槿护颓墉,激涧泻鸣弦。夕圃摇佳蕙,遥林生晚烟。田父四五辈,问讯丘中缘。壶觞有深趣,兼无章绶牵。抱瓮钦丈人,岩耕俪昔贤。兹水洵乐矣,吾归将老焉。

东鲁豪士行

门有万里客,不剑亦不琴。手持滮灭刺,欲语泪先淫。家本东鲁儒,豪举世难任。游戏孟诸野,射猎峄山岑。徒手殪猛虎,仰面接飞禽。十五学孙吴,出身为羽林。曾随汉车骑,逐虏塞垣阴。勇略颇自许,意气人所钦。一朝时事改,避难五溪深。是时戈船将,十万靖南侵。攘臂千夫长,捐躯百战临。论功无分寸,谗害复相寻。廿载事戎行,家远绝信音。笑谈皆按剑,勋业遂泥沉。丈夫赴国难,肯负平生心。桑榆幸未晚,壮图希自今。暂辍南征曲,为君东武吟。

咏 苏 门

阮公天性逸,傲睨出风尘。长啸入苏门,遇此异代人。世事了不答,终古徒自陈。意尽还山半,清音流涧滨。

咏 漆 园[1]

傲吏战国士，著书漆园里。遭时厌有为，乘运观无始。礼乐嘲鲁儒，垂钓谢楚使。托迹方外民，希心柱下史。

咏 濠 梁

庄生本旷达，惠施亦多方。辨囿入芒渺，鱼乐且徜徉。非鱼复非我，此中意何长。斯人诚已矣，千载但空梁。

咏 琴 台

汉代论才子，相如秀孤骞。日暮高台上，临风挥朱弦。疏梧照古月，密竹生秋烟。去今已千载，流水尚依然。

客至弹琴

有客把瑶琴，向我中林坐。兀然发清音，萧瑟松泉和。泠泠石上挥，流风激四座。玄云千里至，皎月怀中堕。妙曲感人心，幽听忘余卧。朱弦幸未绝，花晨倘相过。

大寒后写怀

靡靡西颓光，何时燠寒灰。槁木无生意，宁知春事回。龙蛇蛰已深，松柏日见摧。冰霜满天地，欲往谁为偕。飘飘南雁逝，声响一何哀。我欲致此鸟，因之托中怀。惜哉无羽翼，凝睇以徘徊。

黜 愤

贫贱难久居，勋业惧晚成。老骥志千里，达士感河清。翩翩当衢客，青云耀冠缨。如何穷愁子，终岁忧患婴。拔剑欲出门，我剑

---

① 乾隆《东明县志》卷 8 题为《漆园吏隐题咏》。

悲且鸣。长路脂吾车,路险车轴倾。惊飙号垄树,穷猿多哀声。寒江日夜逝,焉知游子情。在贱常思贵,处约常愿盈。人理苟如此,天运安得平。沉晦非我致,俟命何所营。

经越井冈寻黎惟敬秘书旧隐

华林蔽崇巘,金塘罢兰枻。曲巷屡回车,纡径枉往辙。重来几何时,暂至不复别。燕雀虚堂归,松萝四邻阒。图书两三卷,茅屋八九折。抚化心已凄,衔知顿情竭。伊昔与斯人,定交于晚节。投分既忘年,对酒常累月。觞酌方未已,世路忽羁绁。临别深久要,揽涕即长诀。芸阁访旧德,麟园钦前哲。身退物不迕,调孤道逾洁。凤览夫子志,虫雕余儿悦。人伦藉芳誉,物览清洞澈。已矣故交欢,怀中字不灭。衣冠王气孤,风雅微言缺。玉树想平生,石泉效幽咽。山阳既恸吕,雍门亦悼薛。玉轸久不挥,冰弦痛欲绝。三叹奉遗音,斯理谁与说!

醉后东轩听琴

把酒东轩下,颓然醉前林。美人倚修竹,自发山水音。锦袖流逸响,朱弦表贞心。弹罢三叹息,日暮湘云深。感君绿绮意,欲报惭南金。顾惟白雪唱,可叶幽兰吟。

陪欧桢伯集黎惟仁对江楼

一

高楼瞰江澳,廛市分错居。列岫森后户,宿莽积前除。林野旷余望,隐几凌高虚。参差见云木,远近散鹭凫。是日天气柔,微风荡轻裾。令德会良朋,绮言唱华腴。无为钟鼎贵,茶瓜良有余。章绶岂不荣,哲人返其初。青霞挹我袖,黄鹄为君舆。列坐饮美酒,安能复拘拘。投分欣有托,税驾从所如。

二

春晚气和燠,延眺凭高步。层轩面芳洲,交窗临广路。近浦百花飞,遥空一禽度。云涯隐樯楫,沙岛淡烟雾。波荡鸥群轻,潮落钓矶露。千觞不停挥,孤琴欣所遇。调谐金石契,气霭兰言吐。既酬翰墨情,亦协江湖趣。终虞饥渴驱,丘壑乖余慕。

首夏濠上呈黎惟仁

蔼蔼青阳暮,赫赫朱夏初。春荣既飙逝,炎景亦微嘘。门巷罗灌木,左右带清渠。叶密翳鸣蜩,萍开戏跳鱼。此时蓬蒿人,揽卷惜居诸。扫径期求羊,耦耕待溺沮。小技呈蝌蚪,大器愧璠玙。徒慕任公钓,独守班生庐。闻君卧南郭,遂与世情疏。蚤结云霞想,备得金庭书。愿分白石髓,携手青龙车。

答陈梦觉隐君

庄周钓濮上,陈平隐负郭。汉业尚未兴,楚相反见薄。我本岩居子,穷元探虚廓。至理谅无遗,中情惧斯怍。时有上代人,投我以金错。挟术似屠龙,携经如相鹤。长啸入青云,抽毫绚朱臒。聊持冰雪姿,永肩泉石约。卒岁以优游,斯言当领略。

经锦石山作

西行至锦石,兹山何巑岏。上有千花树,照耀紫云盘。人传汉陆生,奉诏日南端。片语下南越,千金入长安。赵主降黄屋,粤俗为衣冠。使还至此山,云锦绕层峦。百万秦戍卒,三千汉材官。铜标绝炎塞,横海泛波澜。时来片语易,事去六师难。功成在龙奋,名立附云翰。志士不偶时,终古为悲酸。仍闻桂江水,上接乌蛮滩。

卷之五

五言诗

赠七弟

一

哲士怀远略,乘时册天府。朝从布衣游,薄暮饰簪组。遭逢岂不奇,契稷良自许。蹇余实蒙昧,于世寡俦侣。中岁偕令弟,比肩事明主。大册承天颜,崇班篷鹓羽。溯彼原鸰篇,匪曰但御侮。馥馥泽中兰,众草岂其伍。懿兹王者香,贻来美人所。昔也产幽谷,今焉发瑶圃。所愿我同心,勋名茂鼎吕。

二

烨烨三株树,托根在层城。上巢朱凤侣,下荫玉池清。醴泉灌其侧,彩云曜其英。岂无桃李花,懿此同根生。昔我游上国,子亦复北征。何期知己遇,乃协孔怀情。骅骝方驾疾,鹓鹭共枝鸣。穷达会有时,所宝在荣名。携手天路遥,期子扬徽声。

赠四兄

一

桓山有四鸟,栖息同一枝。飞鸣自相应,饮啄亦相随。伯也忽先殂,仲氏念将离。羽翼各自远,声影一何悲。揽衣三叹息,觞至不能挥。愿逐南云翔,送子返故栖。

二

昆山有良璧,连城剖见珍。投君君不宝,委置同沙尘。和氏既泣楚,蔺生复辞秦。光辉常夜发,声价动强邻。圣代饰瑚琏,胡弃清庙宾。徒令被褐客,掩抑情不申。愿言勿轻掷,识者需其人。

同七弟送四兄于彰义门

一

二弟送兄返,停车彰义门。车傍有鹡鸰,摇摇复在原。岂为急难故,当由峦孤骞。羁人滞远道,游子念故园。纤纤城畔草,聊用藉芳樽。柳条时自短,何以系南辕。鸿鹄绝四海,不顾丘与樊。大鹏徙南溟,斥鷃有遗言。兄乎振六翮,天池共奋翻。

二

杖策去乡国,结轸游皇畿。王事有兄弟,驷马驱以驰。忆昨三珠树,五云曜奇姿。如何同林羽,中路相背飞。弟在天北隅,兄还日南陲。燕越万余里,山川阻修岐。昔游共被至,安得同车归。翩翩朱凤侣,巢在南园枝。永言扬好音,慰我长渴饥。

董玄宰太史席上送朱君采舍人

西颢澄夕爽,朋簪聚华宴。置酒宫树侧,别我凤池彦。秋阴递城阙,寒吹横郊甸。河柳半萧疏,汀葭已凌乱。飒飒鸣风条,离离度云雁。燕云驰蓟丘,楚江望吴岘。忆我二三友,召对蓬莱殿。抗言云汉表,意气人所羡。骑出紫骅骝,挥鞭若流电。及此秋风期,落叶倏焉散。虽阻芸阁欢,乃惬萱闱恋。同袍美昼游,之子去乘传。勋业当茂龄,荣华岂绅弁?寄言买臣者,无忽昔贫贱。

送刘比部玄子往江北

一

严装候晨发,仆御戒修途。我友远行迈,驾言适旧都。旧都勿久滞,祇役在诞敷。余封带灊霍,高溢出淮徐。左顾洪河流,右瞻陵庙纡。旷望极原野,白露殒平芜。山川邈悠哉,荏苒岁华徂。岂不念离析,王事有驰驱。登车遵大路,执手城南隅。愧彼双黄鹄,奋翅凌高衢。誓当复早旋,要盟恐常虚。风霜厉南陆,慎尔千金躯!

二

弱龄诵书史,即慕黄与羲。谓由画象理,便可契希夷。如何三叔世,法令日繁滋。皇风久云歇,贞度亦已隳。昔与子同舍,始识金科词。虽则太平术,无乃德义亏。勿喜轸余念,钦哉慎尔规。衔章缉往宪,执狱噬前疑。愿子崇明德,苍乳有遗讥。

代陶渊明九日闲居

昨者远游归,田园守旧耕。冉冉老将至,于世复何营。时来嘉令节,悦我迟暮龄。众卉承露萎,孤松冒霜荣。木落远峰峻,潦止寒流清。岁寒知物变,壮图令心惊。萸为辟恶佩,菊有遗世情。既感川上叹,亦肥嘉遁贞。事往勿复道,觞至可尽倾。俯仰衡门士,聊以毕吾生。

白雪吟阁试作

凝华转寒姿,芳菲已盈瞩。朝蔼承明望,夕送宜春目。双阙递瑶光,连山隐平陆。因风高下起,入牖联翩续。琴奏俪幽兰,歌声杳黄竹。迷陇饥兔奔,点树宫鸦宿。已便高士卧,颇映幽人读。阳春如有情,徘徊恋终曲。

新春自述阁试作

芳郊绿未满,御河泉已新。乔木变初鸟,轻澌戏早鳞。游冶逐芳辰,车马驰要津。通城罗第宅,夹道列华裀。我本穷乡士,远游谢亲宾。谬随金闺彦,三见燕草春。所惭尺寸朽,雨露负皇仁。丹铅理薄技,青云思致身。耻学繁华子,争妍桃李尘。

君子有所思行

晨出蓟北门，顾望黄金台。高台亘层云，照耀五城开。骏骨没已久，昭王安在哉。驱马往从之，中涓难为偕。台下谁家子，骎骎逝龙媒。金鞭摇白日，玉蹄起红埃。踟蹰霸图尽，驱驰王运回。怀思不能去，日夕悲风来。

和刘玄子白发篇

白日忽西匿，寒飙号北林。闻君白发叹，使我涕横襟。昨日鬓如云，飞蓬今始临。自匪乔松质，晚暮谁能禁。红颜弃我去，素鬓来相寻。岂缘积损至，无乃多愁侵。拔去还复延，染之不得黔。居常羞览镜，入朝愧华簪。老马怀长路，烈士悲壮心。毋以桃李姿，薄彼桑榆阴。

感昔篇答友人

昔年十四五，意气无与比。富贵不关心，功名何物是。经过紫陌场，被服纨与绮。清阳既婉如，侠烈性复尔。阳春二三月，游戏出都市。臂鹰草泽中，调马垂杨里。黄金结壮士，白璧投媚子。行乐苦不足，明岁复如是。二十始学书，三冬足文史。来观上国光，幸免下流耻。被酒干人事，赋诗良自喜。未觉世途艰，安见流光驶。蹉跎及兹辰，弱龄逼强仕。心长发奈短，素丝渐垂耳。览镜非旧容，逢人羞问齿。芳时不再至，壮心讵能已。明当携少年，射猎西山址。

新秋瀛洲亭上论学馆试作

金飙肇凉气，玉水涵秋霁。华叶未随风，绮苔尚盈砌。环流太液波，侧泻御沟汭。危槛瞰澄瀛，周垣属云陛。仰视孤鸾翔，俯察纤鳞逝。蔼蔼玉堂宾，济济衣冠会。瑶函抽妙义，银钥发清閟。意入道源深,境寂玄关邃。清泠涤我襟,夕爽飘吾袂。逝川无息流,羲御不停辔。请事颜公言,永怀隰朋愧。

赠焦弱侯修撰使大梁

袅袅青梧枝,结根缘高冈。兰生丛薄中,馨香随风扬。惟昔与吾子,嬉游翰墨场。早朝趋建礼,晚沐出长扬。饮我以醇酒,示我以周行。佳言比弦韦,佩之充明珰。今晨念远别,揽衣起彷皇。车徒将入洛,文赋已游梁。征马思长路,栖凫怨孤颃。念当从子逝,翮短不能翔。南陆骛修轸,良会安可常。改途陟嵩少,为我吸玉浆。倘逢三花树,采采莫相忘。

赠庄得全太史使西越

别离良不易,兹别何煌煌。车徒盛意气,衢路生辉光。执手一相送,送子玉河阳。玉河清且涟,中有双鸳鸯。嬉游萍藻间,将举更回翔。将举欲何之,云涉江与湘。风云开赤社,玉节凌朱方。朝游苍梧侧,暮宿丹水傍。但言皇泽远,宁恤道里长。弦歌未终宴,仆御已严装。宵人竞荣宠,君子慎周防。归途倘见忆,为采秋兰芳。

赠黄汝纶

汝纶淡荡人,白首困章句。为文拟送穷,作赋悲不遇。昨来客长安,稍枉故人步。时贵无所谒,囊空亦已屡。未蒙布衣召,且罄壶觞趣。今晨别我去,掉臂不肯住。千金谁鬻伎,五石君浮瓠。岂无国士心,终鲜尘埃顾。缔交二十载,俯仰见情愫。三叹白驹篇,气竭不能诉。

中秋夕寄怀黎惟仁

秋序会平分,夕霁天宇澄。迢遥彩云没,宛转月华生。凉飔卷珠箔,银壶坐自倾。楼上弦歌曲,叹息有深情。鸿雁隔浦翔,促织近床鸣。佳人渺天末,终息思屏营。谁云千里隔,共此一宵晴。

赠张太仆质卿

真妄本无端,是非多所误。方回北里辙,遽守南浮路。蚁泛难为欢,蛾巧易成妒。荏苒衣上尘,孰辨淄与素。落羽虞虚弦,春行畏多露。离颜已非昔,谁能待来故。

赠羽客还罗浮

云中有一士,冲默契希夷。五龙传睡法,双峰对茅茨。忆昨宿瑶台,龙虎守坎离。二月酿松花,乘鸾吹参差。囊中数丸药,不渴亦不饥。随分度世人,有缘即遇之。暂为京国客,恐滞还山期。一鹤唳秋云,三秀明春芝。愿从童子去,再拜称天师。

赠别黄平倩编修

一

层城丽白日,卿烟复绕缭。玉节下云中,湛露承天表。清清玉河水,上有特栖鸟。延颈顾其匹,善鸣何窈窕。俦匹岂不佳,欢会则云少。去去展周亲,行行隆汉道。

二

汉道一何广,周原亦膴膴。碣石既东表,雁岭复西阻。驱车五原上,北眺长城下。列侯半城守,两阶尽干羽。回首望咸阳,兴言陟其岵。谁为北山诗,之子行将殳。

三

将殳情既遑,与子谊非薄。暂辞紫阁欢,归恋庭闱乐。景风自南来,动我杯中酌。相送入关门,悠然满函谷。函谷连蜀城,恃险岂长略。子有经世言,铭之在剑阁。

四

剑阁阻且深,铜梁不可越。锦城花似绮,巴江带如发。人行筰笮云,马踏峨眉月。道路信云险,之子尚驰突。情夷境自安,神畅力不屈。西望垄坂长,伊余阻愁绝。

五

愁绝非为离,相对何萧瑟。谬登著作场,忝随文墨职。言燕及良辰,雠校无虚日。匪玉枉受攻,虽蓬乃自直。走兽尚索群,归鸿必求匹。临风结长想,愿托西飞翼。

游侠篇赠汪公幹

虽为京洛客,不过金张门。生平负气志,行乐无朝昏。冯驩[①]惭市义,剧孟接高论。礼乐攒肩去,诗书抑首敦。玉台携妙妓,珠弹挟王孙。白丸来蓟苑,七首去咸原。琿璪镂剑箭,翠羽插车辕。相期在千里,结交止一言。登坛无狗马,到处有琴樽。晚年执砼节,穷巷多车辕。片言或失意,杯酒起诟喧。苟明匹夫德,不顾万乘尊。有时易水上,独吊田光魂。耻学侯嬴辈,惟殉左席恩。

答黎文学惟仁

昔在衡门下,园庐或互游。有时风日美,樽酒话林丘。欢然共携手,卒岁事西畴。何意饥寒逼,中年为贫忧。杖策入帝京,五上敝貂裘。幸遇休明际,泥涂终见收。渔钓皆被猎,牧豕亦封侯。生平多卤莽,此际惧愆尤。古人戒未信,今兹慎家修。夫子秉高尚,晚节更清幽。割席方自此,代庖非所谋。高风不可泯,重谊莫能酬。常恐平生负,终贻岩壑羞。安能茂稷契,抗迹揖巢由。

秋夜怀友

凉风吹小苑,白露下将夕。虫吟四壁静,雁叫重云隔。宫月疏梧桐,山衣剪萝薜。佳期不在兹,谁能久行役。

---

① 据陈永正《全粤诗》卷467。

咏 瓶 菊

陶令采来菊,插之青铜瓶。问君何为尔,珍爱等瑶琼。懿此美人惠,复贻寒岁馨。犹怜东篱下,日暮重含情。

赠别包汝钝给事

高台积雪多,大陆北风厉。行路寂无人,之子驾言逝。逝矣返故乡,眷言执离袂。与君四海人,六载为兄弟。既谐金石交,亦动风云契。良遇安可常,再陨临岐涕。有酒难自斟,无舟可共济。衔哀子傍皇,怨别我留滞。揽衣讯长途,执手期后会。久要贵不忘,愿子书衣带。

赠别乔世昌都谏

潞河三尺冰,夷门千里道。岂不念离居,岁晏无芳草。芳草何足贵,所贵永为好。郁郁山上松,磊落而寿考。岂无霜雪侵,坚贞常自保。鸱鸮鸣高林,骐骥伏下皂。达哉塞上翁,所见一何早。冲风不起羽,强弩不穿缟。令终古所难,末路谁能巧。明哲昔有训,全真以为宝。

独酌梅花下,走笔索陈山人画梅

我醉梅花下,思君画梅枝。瑶华看不足,画里或传奇。绮月乍图影,香风时冷肌。早来眄庭霰,羞涩不成姿。昨宵感我梦,彼美好容仪。既梦忽复觉,芳魂谅在兹。安知非画里,恍惚使人疑。烦君写此意,远寄瑶台妃。

咨伯步访我洞梅,不待小酌而去

君为看梅来,不饮梅下酒。却令梅下仙,徘徊吟洞口。昨夜罗浮月,宛宛窥窗牖。顾见瑶台人,嫣然举玉手。微风动芬馥,徐步锵琼玖。相对不为欢,后梦亦何有。

题甘露园

入林何必深,宛与世尘隔。高树似金茎,凌风承玉液。于陵灌方勤,汉阴机已息。借问园居子,何如藐姑射。

送人还山

君从山中来,复向山中去。长啸谢人群,浊世不可住。夜雨长瑶草,晨风送鸾驭。以我一片心,挂向瑶台树。

赋得采芳

江南有思妇,江北望佳人。褰芳立洲渚,盈手掩罗巾。兰心既有托,蕙意难具陈。弄珠汉皋曲,拾翠洛川滨。日夕渺愁望,烟波讵能亲。草色匝幽馆,花枝摇暮津。寄言宦游子,须惜故园春。勿令芳岁别,千里隔音尘。

初秋夕寄友人

东走与西笑,相隔红尘里。何事日闭关,注易从兹始。桂花发初月,莲子落秋水。歌钟正高会,默默守玄理。

送何平甫同年宰嘉兴

一

东南信多美,此地霸王州。云凫去渺渺,汪路沂悠悠。宿昔嘉禾郭,今兹烟雨楼。水绕吴洲曲,山连秦望浮。河阳种花去,单父鸣琴游。

二

燕树雪成霙,黄河冰可步。近郭送骖騑,遥山起烟雾。别筵方恨促,怀歌已言暮。蘋洲千里思,桂楫三江路。去羡凌风舄,送子西陵渡。

卷之六

五言诗

于五凤楼前赠弟时有淮藩之役

有鸟朝阳鸣，飞向瑶台集。楚楚吾家弟，爰来自畿邑。畿邑五载间，百度亦维辑。皇风久已颓，尔其庶有立。芸阁我倦栖，柏台子新入。子优绳纠司，我愧青缃业。归邸各异宿，入朝或交揖。簉羽班始联，鸣佩声相及。矢志将无同，共歌天保什。

奉使淮藩留别同馆诸君

一

层城何高高，上列珠树林。林间有好鸟，相对扬徽音。飘风日夕至，吹我异川岑。川岑虽云异，幸不隔同心。故人怜远别，惠我结衷襟。申诺等崇丘，佩谊重兼金。徘徊首归路，对酒成慨吟。

二

黄鹄东南飞，五里一回顾。莫言飞不前，但为念君故。士由美名毁，女由美容妒。不见秋至草，零落在朝露。今我同怀侣，白首期终誉。交亲谊在敦，临别申情愫。

三

忆我游天阊，结交青云人。私心窃自许，积念在致身。作者十余辈，文雅皆等伦。良时美嘉会，散步出城闉。高言矫当世，逸气横秋旻。聚散苦无端，为乐不及辰。而我复远役，怀哉隔音尘。永言保坚白，卒岁无淄磷。

四

国典申旧章，同列美斯游。斯游信云美，揆德实非俦。才惭下国使，礼展同姓侯。侯邦指南服，襟带冠炎陬。陶陶首夏月，湛湛露斯浮。朱华耀玉节，芳树引华辀。南涉清淮岸，北顾大河流。嘉会日以远，皇恩难可酬。黾勉事行役，所虑为罍羞。

采芳曲

美人摇桂楫，容与清川湄。褰芳欲谁待，将以遗佳期。芳情讵消歇，芳华恐易衰。望而不可见，零落空自知。

既登济上楼，还饮舟中对酒作

鲁酒白玉壶，齐讴紫罗襦。持觞劝鲁叟，问尔何拘拘。昔有独醒人，千载笑其愚。屈原非吾党，公荣非我徒。所以日对酒，弹弦间笙竽。安得偕贺李，金鱼贸清酤。斯人不可作，兹事宛如昨。当时君不饮，今日谁为乐。我来访古游，还登济上楼。天光摇积水，城影落芳洲。

济　上

昔览山海图，所志在远游。直由穷其源，匪为恣冥搜。兹水何显伏？神理难与谋。始犹穿王屋，末乃见陶丘。贯河殊决决，合汶仍浏浏。涸济昔有闻，入海道何由？曰余忝嘉惠，访古增烦忧。所忧非为济，淮泗未安流。寄言行河使，禹功良可求。

渡　河

朝发巨野泽，夕济洪河流。九流信渺渺，九曲良悠悠。瓴注捣淮泗，箭溜啮徐州。昆仑去几许，孟门犹未休。汩日有余浊，滔天无厌浮。我行季夏月，北风何飕飕！昔渡限无梁，今泛有方舟。鸣橹顺洪涛，扬帆逐轻沤。岸上谁家叟？伫立河之洲。望而不得语，披发且行讴。薪竹少暇日，堤防无良谋。为我谢河伯，无为吾民忧。川灌何足喜？云旗成漫游。请从挟羿矢，宁假事屈游。

黄 河 篇

滔滔万古水，云与天汉接。披图疑昔闻，按迹证今睫。昆仑泉始蒙，星宿井初渫。杯觞犹未滥，褰裳乃云涉。如何万里流，势用百川挟。浊浪昏云日，崩涛溃原隰。神运岂无征，王气兹有协。流清圣可俟，图出极乃立。入塞表朝宗，荣光启大业。自从凿龙门，转徙非一劫。汉使谬穷源，禹功秘往牒。璧马事既往，金堤障犹叠。卒岁用堤防，何时已林楗。讵言一苇航，终假商岩楫。

将至淮阴泊清河县

问俗至淮阴，忾然伤怀抱。白鸟去冥冥，黄流日浩浩。岸西清河县，半已没洪潦。门巷类浮家，人烟淡洲岛。新水昨夜至，孤城势如捣。雨飒颓墙花，风吹野田草。粳稻岁不登，妻孥何由饱。不如水上凫，犹得唼萍藻。嗟尔河县民，何以待终老。老父跪致辞，使君勿复道。丘民何足贵，仁亲乃为宝。东吊淮泗流，陵树被淹槁。自从禹功微，明德畴能考。

使过广陵，銮江李季宣挐
小舟载斗酒逆予于瓜步，遂游金焦诸胜

别君才两月，思君已三秋。我寻京口渡，君逆广陵舟。隔岸吴山色，未到愿已酬。况有故人酒，因之成胜游。金焦两拳石，东控帝王州。长风吹不去，惊浪没还浮。城回碧嶂转，日照沧波流。遂恐乘流去，去去访蓬丘。北固时已暮，南徐不可度。倒影入西池，东挂秣陵树。玉岛暂栖止，松房尽临水。涛声清客枕，梵响洗尘耳。夜半坐矶头，江月映江楼。天低若堕水，水碧涵天秋。晚寻焦君迹，云霞似相识。浥露采瑶芝，看松坐白石。水底瘗鹤铭，求之

不能得。欲探骊龙宫,更烦象罔力。招隐与甘露,相去不盈步。褰裳往从之,飙车入云雾。其余皆小琐,不足烦回顾。归潮信天风,三山近若空。回望金银阙,恍在碧烟中。此时与君别,分手类飘蓬。天明挂帆去,云海意何穷。

咏　史

伐木久不歌,谷风竟谁陈。文叔为天子,严陵乃故人。贵贱既殊绝,物色何殷勤。三召始能至,再顾不得臣。迹远交始全,道诎身乃伸。清风激颓俗,余辉映千春。至人在师世,大贤贵亨屯。所以风云遇,渭水投竿纶。而我濩落士,偶然挂簪绅。功成拂衣去,垂钓沧浪滨。

入 毗 陵

才及荆南界,已听吴趋吟。云阳去方始,闾浦遂前临。包橘洞庭岸,宿莽具区浔。节物随行变,风潮无厌侵。问我胡闻见,不惮历高深。自多往古慕,匪直远游心。此邦有季子,是我夙所钦。其人没已久,英风流至今。如何末世士,声利竞相寻。昔贤轻脱蹝,末路重分金。鸱鸢吓腐鼠,鸾凤翔丹林。誓将返吾驾,没齿首阳岑。

虎丘山作

涉江数百里,历览苦未厌。饮水过南零,采茶入阳羡。兹山隐平陆,彩翠扬芳甸。周峙转绿畴,环流伏昏堑。近瞩俯长洲,远眺纡吴岘。灵閟迹多幻,精韬形屡变。虎踞丘藏金,龙去泉沉剑。崖坼涧无底,海涌流常溅。触耳易骇闻,寓目非常见。且娱耳目玩,孰资有无辨。改步换丘壑,四时等游宴。荒台麋鹿上,广石笙歌占。解佩尽佳人,褰兰多秀彦。别有幽深处,是为松竹院。喧寂非一趣,静躁亦殊眷。战胜貌自肥,道充物固贱。寄言来游客,兹理可深念。

七里滩作

结发事远游，所愿栖名岳。遇有会心处，便欲终焉托。挂帆严子濑，鸣舷富春郭。夙怀高尚踪，始果还山诺。潭影湛虚明，林光递回薄。落蕊送归潮，惊湍赴遥壑。道在想冥鸿，志修岂屈蠖。濯缨暮流清，巢云归鸟乐。考盘在南涧，还耕趁东作。灭迹期天民，遗荣谢人爵。

登钓台作

黄鹄游太清，燕雀守丘樊。伟哉严子陵，不屈万乘尊。为士固有志，何心恋华轩。还钓坐盘石，返耕入松门。洗耳颍川水，抗迹首阳原。身隐名愈高，人去台空存。茂林息归鸟，峭壁奔断猿。石激水流响，山晚林木芬。垂竿千丈碧，使我清心魂。

子陵祠下再赋一首

吾观严子陵，岂缺经世务。玄纁三往反，始识洛阳路。亲劳万乘问，不肯回头顾。偃仰帝座上，卧起道情愫。耕钓还越山，永绝弋人慕。客星耿乾坤，钓台出烟雾。溪碧澄人心，磴险难予步。触物赏既多，怀人情亦屡。寄言台下客，此非问津渡。

泊余干口

问水识江介，濒湖见兹县。适越道里尽，入楚众流乱。汀唱闻渔榜，山烟起樵爨。浦暗菱荇稀，赭岸霞光绚。鹤侣冲人起，鱼群惊棹散。节物客里换，客愁酒中断。王程未及瓜，乡路已过半。行役其如何，临流暂觞玩。江海寄劳人，安土庶无闷。

使至饶州

山川奠南服，藩屏壮江圻。肃徒三千里，咫尺将天威。晨起理柔桨,容裔江之湄。遥遥至国都,符瑞生光辉。青岑瞰华屋,白水映朱扉。游梁文赋是,人洛宦旅非。嗟我远行役,车怠马亦饥。首夏辞京邑,已见秋叶飞。虽微驷牡用,薄言歌《采薇》。谁念简书重? 客子未遑归。

再献淮世子

名藩展大礼,吉日厥惟良。不睹皇枝盛,安知帝道昌? 明明高后烈,赫赫淮甸张。朝恩将日永,国祚与天长。珪册敦往典,冕服亦孔臧。帝命嘉且隆,祗承在谦光。忆我远来斯,寝食独靡遑。幸徼大国惠,使命得所将。公子秉峻谊,饱德充厥肠。终宴连曲池,游遨周华房。自顾微臣分,醴酒亦过尝。愿我贤主人,为乐靡及康。安望左席贵,陨越干国章。

初归故园

一

祇役在淮都,事已返旧疆。旧疆八千里,乡路杳何长。清晨至里门,车徒不敢张。邻里闻我至,老稚走相望。亲族闻我至,斗酒各自将。劳慰未云毕,仓卒叙炎凉。问我何官爵,谬登著作郎。问我何职业,石渠典秘藏。问我何所就,低首不能昂。去家事明主,遭世本虞唐。出入金闺里,昕夕铜龙傍。优游文墨职,咫尺独靡遑。兹辰承嘉命,持节还故乡。故乡多密亲,谁存复谁亡。存者咸会斯,亡已归山冈。寄言宦游子,故乡安可忘?

二

八载去乡国,今晨始得归。捷步入外闾,慷慨登中闱。既旷家园聚,转念骨肉稀。忆我骨肉亲,泪下如绠縻。宗族少前辈,邻里半成非。一出已如此,再出安可期。驱车问丘垄,松柏十数围。兔走思旧穴,鸟还栖故枝。他乡勿久滞,书此报京畿。

三

游客久念还，道长苦难越。解缆当麦秋，到家已菊月。玉露凝寒条，金风飘素节。兴言行役久，坐叹时芳歇。四兄感今归，子侄追昔别。置酒高堂上，丝竹清音发。仕宦未极意，符瑞辉闾阀。开轩望场稼，次第桑麻说。击鲜绿沼中，时菊承露掇。自我去八载，积念隔凉热。欣兹返衡茅，节物复可悦。暂息朝市喧，终养丘园拙。

使归羊城柬亲友

一

移家二十载，亲友半羊城。小子复朴鄙，相逢意多倾。忆昨去京国，寤寐隔衷诚。寄书万里远，一岁案常盈。英英群秀士，皤皤诸老成。处迩不忘遐，久要若平生。感兹携手好，契我同归情。烟霞恋旧赏，泉石追前盟。谁能久离索，而不怀合并。

二

昔我远行役，相送江之湄。今我远来归，相迎郊之圻。念此经时别，感彼旧颜移。言笑方未已，涕泪忽沾衣。短短百年内，安得常乖离。今会已非昔，后会复殊兹。愿言共携手，永践寒岁期。

三

弥策归海上，兴言问亲故。昔别今几存，旧恨当谁诉。扰扰百年间，四十已虚度。佳期在早岁，多为名所误。鲁客之楚游，及归迷津路。越人学邯郸，还遂失其步。鼹量倘已盈，蚊力将何负。未若还故吾，且履贫贱素。

行自西关，经黎司勋、林太史、邓廷评故居，晚登北山

肃驾阅林垌，回镳历江岛。归马不待策，悠悠遵故道。故道多遗庐，即事念同好。哀哉二三子，捐世一何早。忽忽十年间，斯人骨并槁。秋风折璚柯，斗光埋剑宝。既兴酒垆感，复切山阳悼。登

高望所思,逝川何浩浩。往者不可追,一樽聊自倒。孰是天地终,而能长寿考。

咏阶前鹤

昂昂腾汉姿,皦皦负霜质。暂娱耳目玩,岂是轩墀物。鸾啸恒为侣,鸡群讵堪匹。会当乘风云,万里坐超忽。

咏　松

森森千丈松,落落丈夫概。耸干高岭侧,穹标碧云外。当春发华滋,迎寒转苍翠。节以霜雪坚,用以栋梁大。

秦 女 曲

嬴女与萧史,嬉游玉台端。盛年等欢爱,各保如花颜。乘鸾向明月,凤吹遗云间。自无餐霞质,逸驾畴能攀。

山中赠丁元父给谏①

谪宦嵩山阳,山深意不俗。岩扉时自开,云构何常卜。隐几见少室,三花媚林麓。簿书展长松,印绶挂深竹。山僧似定猿,吏人耦驯鹿。褰霞上高岭,采秀入幽谷。览古将军树,息盖帝休木。石泉夜雨声,数寸阶苔绿。自关道气清,岂受尘网束。正直神不欺,幽闲理自足。时有箕颍人,相过论心曲。

登 箕 山②

杖策访名山,夙慕良有以。素琴石上横,清风松下起。昔日让

---

① 此诗亦见于(明)傅梅《嵩书》卷16《韵始篇五》,万历刻本。但题为《山中赠丁元父给谏,时谪令登封》。

② 此诗亦见于(明)傅梅《嵩书》卷16《韵始篇五》,万历刻本。

王人,含芬遗垢耻。饮泉想弃瓢,临流思洗耳。太古多逸民,中世寡奇士。回策下岩翠,放歌入烟紫。白云何时来,荒涂谁与理。终愿毕吾志,抗手谢坌滓。

行经路傍古墓

路傍何代墓,欲问了无因。当日铭碑者,斯焉骨亦陈。陵谷有回换,况乃绮罗身。重泉一以闭,千载不复晨。蒙密荆杞乱,纵横石兽奔。珠襦为人取,玉体蝼蚁亲。田狸升树啼,牧竖歌伐薪。幽幽垄上日,靡靡草间磷。雍门不足涕,蒿里不足呻。恨无一杯酒,酹此泉下人。安见千年后,谁非狐兔尘。

冬季朔日从友人斋食

朔日为月始,季冬属岁藏。天工此时毕,人事何匆忙?斋心朝太一,密虑卫元阳。晓灌醍醐顶,静吸华池浆。披衣寻净侣,芳洁自罗将。酒用醴泉水,食取瑶草芒。五内涤尘根,丹室澄虚光。坌垕永无染,刀圭从此尝。真人有要言,清净道之纲。淡泊宁吾志,甘滋烂人肠。去矣餐元气,吾将嬉紫房。

庭梅二月半后放花

春还忽已半,桃李方参差。梅蕊何迟发,开花临玉墀。卷帘蜂乍入,披幌月仍窥。韶节谅难定,素心人讵知。孤芳幸未晚,及此赠佳期。

送王行父

落日洞庭春,行云楚江色。千里送佳人,黄鸟思何极。郊原赏已隔,洲渚望犹积。时蕊未堪飞,况乃纷离席。

三月三日拟兰亭体

连皋驻游軷,杠渚撷时芳。及此当春服,流盼清川阳。和风扇广陌,微波激轻觞。忘形寄沉湎,适意在徜徉。

公宴诗万历丁酉春三月八日会己丑同年进士作

一

遭世本清穆,与子共翱翔。肃肃群龙会,式宴开此堂。各怀仁义言,被服文绣裳。清论吐兰气,矩步接周行。白日耀华簪,春风流羽觞。长袖多奇舞,皓齿发新倡。四座咸既醉,感激思彷徨。一朝遗顾盼,千载有芬芳。日入车马散,余辉映雕梁。勖哉众君子,无已歌太康。

二

清晨高宴会,薄暮未言疲。铿填罗剑舄,纵横卧樽罍。谬参俎豆光,得奉君子仪。饮醇不知醉,饱德实充饥。华林荫广厦,飞鸟鸣相随。清风穆四筵,夕阴上丹墀。卜昼虽自昔,夜饮匪今斯。燕歌有余烈,赵瑟声正悲。满堂盛言笑,感叹中自私。竹帛无我名,安用生明时。倘惠方驾顾,为君总前绥。

三月五日游郭氏园池

结轸临芳郊,回镳憩园枝。园前绿水池,园后古城基。池馆发幽思,花木含春滋。乔柯布新叶,嫩卉舒柔荑。佳鸟向我鸣,好风穆然吹。出门见耕凿,悠然念东菑。共就池边酌,还登城上陴。古人长已矣,古城余若斯。不知千载后,此乐更为谁?所愿樽恒满,但恐日西驰。

三月十五日游城南韦氏园

暄风荡嘉卉,膏露沐时芳。休假出南园,众友与我行。方塘溜清渠,珍木秀通庄。谷禽择树鸣,水族近人翔。素柰呈雪姿,绮棠绚霞妆。俯仰茂对育,羁累为之忘。嘉彼中园有,坐叹此流光。取快直时物,欢乐宁讵央?寐言幽涧侧,彼子独褰裳。

初　秋

凉飙乘夕起，落叶纷已晚。行云天外还，栖鹊月中返。草间萤乍稀，枝上露犹泫。秋风未及深，客怀已不浅。揽衣步前楹，独叹离居远。

月夜花下小酌和友人

碧空散微云，孤月照远客。以君衣上光，鉴我花间席。倾壶逐夜凉，隔林望归翮。槭槭叶堕阶，凄凄风入隙。清光正娱人，徘徊恋终夕。

秋　夜

历历云间星，练练波上月。窈窕出帘笼，参差见城阙。白露皓前林，商飙中夜发。闺人怨机杼，君子远于役。蟋蟀感宵征，蜘蛛寻夜织。慷慨平生怀，迢迢限燕越。谁令旷佳期，惆怅至明发。

奉答四家兄见赠九日上官之作，兼酬谢孝廉彦云、汪处士公幹

峨峨承华居，所任必端良。我后眷储幄，资贤辅少阳。入则以道谕，出则以义匡。自省乏秀望，安能俪圭璋？秋实信靡效，春华恐不扬。嘉会符九日，式宴序东堂。肃肃天宇旷，嗈嗈群雁翔。饮酒过三爵，登歌应重光。吾兄嘉令节，众宾庆道昌。褒词逾华衮，竣谊明秋霜。箴往述召吕，勖今称韦张。陈力而就列，庶几视周行。

雪夜谢彦云载酒见过，与四家兄、汪公幹小集

玄雪积重阴，素景澄虚朗。生白盈轩墀，流光入帏幌。初炯玉窗明，渐映瑶台上。洒菊丽寒姿，间梅发清赏。寂静神已闲，幽独

理宜奖。昔闻袁安卧,今见王猷访。门外辙迹深,竹间人语响。小酌不知寒,抽琴抒妙想。

寒夜董玄宰太史过谈

落日见归鸟,卷帙聊暂辍。居人掩轩坐,有客报来辙。苔砌卷落槐,竹根暧余雪。灯下两人语,花傍一壶挈。语默虽万端,妙契同一澈。伯牙遇钟期,王倪逢列缺。筌蹄久已忘,风雅道未绝。请画商岩芝,岁晚可同撷。

兵车何煌煌行

兵车何煌煌,煌煌去何乡。天子今命我,讨彼蛮彝方。侧闻日本寇,远涉朝鲜疆。招以义不服,敢于逆颜行。王赫斯震怒,授钺开明堂。带甲十万余,一一尽豪强。盔刃既犀利,械器咸精良。战胜庙算多,杀伐天威张。两翼夹中坚,精锐不可当。期门占气候,太一动星芒。连营鸭绿左,结阵鸡林傍。指顾反侵地,挂弓于扶桑。平生怀忠义,意欲吞八荒。行行振长策,永令波不扬。

东征从军行

一

我本忠义士,授策靖东夷。军书昨夜下,启行有程期。入与家人别,去去从此辞。朝登蓟门道,夕济滦河湄。我行孟冬月,北风鸣且悲。溪谷多霜雪,道路常险巇。后嘶万马群,前建十丈旗。悠悠越国都,遂至彼封圻。仗剑清海氛,时雨迎王师。反彼旧旄倪,睹我汉官仪。齐公问包茅,秦伯赋《无衣》。况我奉王命,定乱而持危。古来竹帛烈,岂属纨绔儿?

二

朔风吹征裘,边马鸣不止。烈士怀古心,拔剑四顾起。东方羽檄急,海气昏千里。幽并多健儿,吴越多君子。共是报恩人,各言雪国耻。万骑出渔阳,三军度辽水。搴旗山雪高,吹角海波弥。朝鲜救兵至,日本夷王死。功名何足论,要自酬知己。

三

申胥哭秦庭,其志在存楚。庾信哀江南,亡臣困羁旅。吴子时卧薪,报仇不遑处。越人未返国,妻妾为囚虏。此邦久宴安,那能免侵侮。宗庙见焚毁,臣主窜草莽。今我整义旗,遥遥涉疆土。岂不惮远役,王事怀靡盬。晨征犯风雾,夜宿无室宇。三军久暴露,饥寒亦已屡。问罪宁尔邦,除残报明主。嗟尔远道人,安知我勤苦。

四

属国久向化,述职比东藩。海烽一朝起,鱼鳖何喧喧。匪伊敢犯顺,乃我欲固存。连樯伏万弩,平野列千屯。会见封鲸鲵,崇丘对国门。

五

自我徂殊域,悠悠滞东鄙。本为辑鳞介,由来征楛矢。久知皇极尊,宁复问箕子。夷国日丧乱,王师费经纪。何时咏栗薪,劳我东归士。

咏　茄

紫茄时被陇,舒叶自亏蔽。登君玉盘内,得耦嘉蔬味。结花讵能芳,垂实迴连蒂。虽微蹲鸱用,颇胜匏瓜系。

城　颖[①]

停车指城颍,芳躅何缤纷。巢许既高蹈,千载离垢氛。如何遗羹子,纯孝至今闻。揖让君臣全,愤争骨肉分。积憾天性蚀,微言大义存。至情在感发,口舌徒云云。荒隧沦故道,薄采奠孤坟。寄言茅焦者,颍谷有余芬。

---

① 此诗亦见于(明)傅梅《嵩书》卷16《韵始篇五》,万历刻本。

卷之七

五言诗

和四家兄元日看梅

正朝览物华,庭梅色已弄。送腊稍辞寒,迎岁尚含冻。年光蕊上转,春意枝间动。初妍映柏觞,早芳入椒颂。人对新岁花,鸟回新花咔。

和四家兄新岁梅

才听新岁鸟,已看新岁梅。况逢新岁客,同倾新岁杯。素艳宜冰署,年华上玉台。迎风未片落,照雪且丛开。幸及连枝赏,全胜寄陇来。

临 春 台

载酒临春台,徘徊不能已。东风如有情,飘荡樽前起。为将看花意,吹渡春江水。

送混成子谪尉上海

南方有一士,结庐倚岩桂。胸藏霸王略,腹贮烟霞气。学道三十年,未忘当世虑。舌摧仪泰锋,智屈孙吴技。短绠常汲深,高才沦下位。谪官类贾传,抗章似梅尉。位卑而言高,处贱而议贵。举世或笑之,谓拙于用大。予独不之笑,于道有真契。暂随燕雀群,未酬鸿鹄志。知己岂在多,希知良足贵。

赠吴孝父归黄山

黄山连碧虚，上有轩辕居。丹台久芜没，何客此结庐？结庐独长往，早发金庭想。高揖曹阮辈，炼药恣偃仰。紫房闭绿苔，清涧袅云来。丹井昔常洁，瑶宫今始开。自为黄山客，醉拂黄山石。兀然发孤啸，千峰敛暮色。何时启石关，投足遍人寰。意欲穷九有，归卧云松间。君去亦多时，君来何太迟。容成与浮丘，招手白云期。昔落风尘里，名姓在人耳。今返烟霞际，悠然与终始。三十二莲峰，荡漾金芙蓉。归来当见忆，云鹤许相从。

赠别林宫赞咨伯

一

平昔寡俦侣，与子分弥敦。班联通禁掖，居止隔墙垣。壮怀夙有契，微尚颇亦存。亭皋一回首，落目眺川原。川原何迢迢，我思郁以烦。良友远行迈，何用展心魂。终同沧海去，未报紫宫恩。独有临期泪，要之平生言。

二

秋山何苍苍，四顾尽萧索。临水送将归，离心对摇落。摇落难为欢，芳游宛如昨。时菊掇紫茎，霜筠飘素箨。去雁影离离，轻烟生漠漠。归骖陌上转，别词酒间作。未酬匡世志，共想还山乐。我怀良不虚，君情岂有托。何以赠前期，功名在麟阁。

正 朝 作

正旦洽百礼，圣人登万寿。金石备宫悬，衣冠饰岁首。东朝礼乐新，南国簪绅旧。未能陪柏梁，且复颂椒酒。雪霁汉宫槐，烟轻蓟门柳。东伐靖远夷，西征荡小丑。宝玉充庭旅，阊阖犹疾首。顾问调元人，阳和肯回否？

寄何孔参逸人于端溪

家住清溪侧,溪清照古颜。言是沉冥客,栖遁此溪山。君平方坐肆,季主亦开关。一探元命秘,观世出人寰。天人微妙,神理况清闲。宁同名利士,滞迹风尘间。

馆中移植桃花和四兄兼答诸客

海上求仙客,河阳宰邑人。日予从宦侣,偶与二事均。卜筑宫城侧,地接仙源邻。休沐情既暇,丘壑念弥伸。此花何灼灼,其叶亦蓁蓁。移为瑶水树,种作缑山春。光风泛紫艳,轻霞簇红鳞。拂绶凝锦绮,当杯晕朱唇。未留西母核,先献华林珍。门庭无杂莳,蹊径绝纤尘。愿以千岁实,来荐帝园新。君问种桃者,宁知非避秦。

小馆新种桃花,黄平倩、庄得全两学士过看,黄既断酒,庄亦有宿酲,皆不待酌而去,贻以此诗

昔予游海上,灵山屡淹泊。海峤气长春,玉窗桃未落。仙者四五辈,流霞劝春爵。归来入汉宫,谒帝蓬莱阁。韶光暮春月,京华逐行乐。结侣过前蹊,游仙慕丹壑。丹壑何迢遥,前蹊发红萼。移处乍绯绯,看时即灼灼。接叶隐啼莺,交枝舞青雀。愿栽东海桃,不种西山药。黄子辞世氛,夙有缑山约。庄生早结绶,半醉称臣朔。予非避世人,君岂问津客。再至宁当迷,来朝恣欢酌。

杂　诗

白日丽高隅,流光照我堂。临堂理妙曲,哀怨断人肠。妙曲何所怨,怨此天一方。同心与我言,蔼若春兰芳。如何久离居,使我重感伤。王雎不匹处,玄燕必双翔。朝出国门望,至夕犹彷徨。往往飞花处,为君停玉觞。红颜难久恃,春华不再扬。愿君重明信,

无使两情忘。

庚子三月三日再效兰亭体

春服娱嘉节,命赏怡清川。鱼游祓浪侧,莺语流杯前。濯缨听新曲,舞雩咏归篇。齐物非外物,取乐任自然。

高正甫出守袁州,九月九日予偕家兄暨诸亲友能文者十九人饯之毗卢阁,赋诗为别

一

季秋氛气敛,天宇旷澄明。樽酒送远客,税驾出林坰。层轩四望起,万里秋阴生。南眺浔阳渚,北望蓟丘城。代马骋高足,燕鸿起遐征。极目多远思,赏心叹合并。太守耀朱轮,千骑抗飞旌。嘉会即宠饯,良时析群英。商飙厉丝竹,娈童歌且清。为持芳菊酒,写我当歌情。清朝重理人,时哉策令名。谁能东篱下,日暮守衡荆。

二

高台本宜春,君行亦宜秋。宜秋正南望,苍苍烟雾浮。秋色理征传,轩骑从诸侯。凉飙起北陆,爽气入南州。亲朋恋离索,赠言美行游。醒时多缱绻,醉后复绸缪。宦达众所羡,时危在分忧。重关困商旅,三户弊诛求。惟我金石友,夙昔慕清修。愿子驰声光,慰我饥渴愁。

途次遇雨

昨夜月离毕,今朝鹳鸣垤。征夫阻途旅,妇子叹家室。改辙厌烦顿,停车问愁疾。东作其如何,西成庶平秩。

中山问酒家

客从中山来,即问中山酒。村店倚绿桑,旗亭对官柳。果熟垂虚檐,花飞拂暗牖。君子耻空罍,小人思击缶。季鹰快生前,苏秦

矜肘后。蚁泛正乘欢,蝇营我何有?酒家旧名胡,临邛新娶妇。愿因陶旅情,无钱肯沽否?

过殷墟作

北上朝歌里,南涉淇水隅。前有巨桥仓,后有鹿台隔。宫阙久芜没,坟陵亦丘墟。借问此何郭,云是殷故都。才辩足拒谏,智力称绝殊。飞廉为助虐,崇伯更献谀。积粟逾太行,聚财倾昆吾。民离尚征敛,运去犹欢娱。剖心莫与悟,佯狂遂为奴。一朝孟津会,牧野誓师徒。粟为周人发,财为周人输。敌国行仁义,己身遭钺铁。身死为世笑,笑此一独夫。感叹殷王子,多藏诚累愚。

过演易台

台在卫地,即古羑里。世传文王被囚时,演易于此。文不遇纣,《易》不作耶,然《系辞》实称文王与纣事,意圣人生平无非易,或感而有作,当困郁无聊,始发明忧患,故与处忧患道耳。昔夫子盖晚而赞《易》,箕子叙畴亦在入周后。圣人不道穷,不履忧患,固未尝轻有所作也。偶登此台,遂感其事。

大易兆未然,圣人炳先几。吾观商周际,易道实中微。贤哲被奴戮,奸佞何昌披。西伯执臣节,羑里见囚羁。忠信不见明,正直胎祸机。及乎履患害,始发忧危辞。倚伏信难豫,运会密相推。柔顺而文明,所以处明夷。道穷言始立,身困教乃垂。文王我师也,斯言岂吾欺。感愤登兹台,含悲竟此辞。

自卫辉赴苏门途中书怀,寄何太守兼柬辉县吕明府

旦发卫水阳,极意恣所往。名山谐夙慕,绝境发奇想。含情眷明牧,赍具资胜赏。方辞颍川守,遽识朝歌长。登车云尚晦,振辔天渐朗。目极桑枣林,耳属鸾凤响。擞见蓬池烟,已映苏门上。高台待啸歌,长林遂偃仰。岩峦吐气清,石竹闷幽幌。志意由自适,神

理非外奖。卜筑蹑前踪，怀贤契今访。终期谢天刑，于焉税尘鞅。

宿苏门山中

涉世乏远略，夙尚多奇秉。会息车马喧，即践烟霞境。习坎穷真源，兼山止绝顶。日入众壑掩，鸟归空林静。石壁暖残照，山冈有余映。闭关绝尘想，万虑一时屏。风泉扬妙音，月林洒清影。阒寂寡欢悰，幽独证内省。寂幽神弥王，岩穴道愈炳。平生少云为，更觉兹夜永。因书静悟侣，云术共邀骋。

游 嵩 山[①]

一

名岳宅中土，生贤藉奇巘。图为风雨会，地以揖让显。崖崿虽峻极，冈阜亦平衍。循麓果纡回，登崇更凌践。夙多遗世踪，到此尘虑遣。箕颍信高蹈，阳城道未贬。揆迹有绌伸，忘怀任舒卷。素风谅不遐，幽意得所展。欲去还复留，低徊不能返。

二

寻真紫芝馆，访古自云衢。年代一何杳，辇道尚盘纡。秦槐余一树，汉柏有三株。金丹既沦没，玉检亦荒芜。神仙术久閟，多欲为累愚。千秋与万岁，无乃太矫诬。

三

薄游吹笙岭，回憩捣衣石。玉女不可遇，青童似相识。遗我一箱药，金膏和玉液。服之容色改，自然生羽翼。体轻若黄鹄，一举凌八极。顾视让王人，累累冢上石。天地可齐年，浮名竟何得。

四

二室丽天中，三花落云外。远势浮河洛，穹标掩华岱。珍木自成阴，瑶草何曾溉。神膏沉滏霏，金沙碧潭碎。风从箕山来，思与

---

① 此诗亦见于(明)傅梅《嵩书》卷16《韵始篇五》，万历刻本。

逸驾会。天路渺难即,霞术久芜秽。独见周王子,吹笙游鹤背。青宫生尘埃,紫房绝情爱。逍遥白云间,欲归迷所在。

登少室绝顶①

二室俱造天,少室难与侔。将凌岩崿险,遂涉清浅浏。阴磴烟尚霏,阳崖雨乍收。曳曳云触石,涓涓溪乱流。攀崖薜苔滑,逾岭陉术修。下窥元气合,上列象纬周。霞彩席间发,岚气衣上浮。弹琴众山响,吹笛群壑幽。方兹展奇眺,聊用豁远眸。顾瞻尽河洛,表里见神州。海客谈员峤,羽士慕丹丘。茫昧理岂设,想象步难留。平生徒欣仰,即事恣冥搜。寄言赏心客,去此复何求。

颍阳山中赠登封燕明府②

王乔玉舄飞,方朔金门待。久闻有仙吏,思愿与之会。君宦嵩山阳,而与箕颖对。案牍积烟霞,讼庭落苍翠。人吏青岩中,簪绅白云外。有时驱马出,独晤饮牛辈。虽复稍逢迎,顾少风尘态。乍到赏心惬,久游神理会。卧理时自闲,抚字亦劳瘁。洗耳未必贤,折腰岂为累。我寻五岳期,君报三年最。何日丹砂成,乘鸾谒华盖。

过襄城登首山

名山蕴灵躅,神宝聚仙班。地以旷绝超,路缘险涉艰。辇道绿罗合,神室白云闲。昔契神既王,今陟力未悭。高步升幽岨,侧耳聆潺湲。孤赏莫与晤,幽寻谁共扳。昔闻有熊帝,炼药于此间。广成窈而冥,玉童清且娴。鼎成龙忽去,一往不复还。深宫闭紫苔,曲房凋朱颜。得道轻黄屋,遗世守玄关。极望鼎湖上,龙髯不可攀。

---

① 此诗亦见于(明)傅梅《嵩书》卷16《韵始篇五》,万历刻本。

② 此诗亦见于(明)傅梅《嵩书》卷16《韵始篇五》,万历刻本。但题为《颍阳道中赠登封燕明府》。

大　堤

大堤临汉水，四时好行乐。纷纷驰宝勒，处处上朱箔。酒旗拂柁楼，岸花映江阁。日暮管弦声，风吹满城郭。

出衡山县行数十里古松道中至山下作

未登衡岳寺，先看衡岳松。清阴夹道植，翠色百里封。左右分偃盖，前后引扶筇。天清下鸾鹤，风至舞虬龙。俯瞰千寻壑，直上万仞峰。穹标倚霞岭，逸韵答石淙。凉阴苍苔石，香袭丹桂丛。我来值穷秋，凄凄霜露浓。既饮凌寒节，复惬幽赏悰。时见松下人，采芝撑紫茸。思愿从之游，耸身青云中。何时炼金液，于此驾轻鸿。

游南岳

一

南州盛火德，衡岳应朱爵。拔地势嵯峨，摩天气回薄。五岭耸近峙，九江沦巨壑。秩祀崇百王，典礼光述作。在昔有虞世，巡狩穷蛮落。夏后体明德，玉字亦参错。不知何代王，柴望阻灊霍。南风岂不竞，皇德讵能博？辇路鞠榛莽，云衢成寂莫。缅惟赤帝居，降神谅有托。宁止宅仙灵，岂但富鸾鹤。往哲夙所钦，胜游追前诺。幽探峋嵝碑，广张洞庭乐。去矣逝鸿冥，讵云屈龙蠖！

二

千峰上云气，云气日驰骛。漠漠生岩林，霏霏纲窗户。忽飘如散绵，倏聚若团絮。聚散少定踪，昏晓有常度。须臾变岩壑，俄顷殊苍素。四时但积阴，终日兴霾雾。霾雾少开霁，积阴多寒冱。清明实阳德，离照岂恒虑。侧闻夏秋交，旱熯伤农扈。泰岱虽肤寸，终朝成甘澍。愿一见祝融，陈言问其故。

三

祝融何迢遥，迢遥抗华岱。盘薄尽南荒，孤高出云外。远眺极日出,近属穷江介。窟宅多仙灵,简函发幽昧。往者四五人,开云艺松桧。久欲往从之,共释樊笼累。斯人不我顾,此意谁与会。买山事非达,专壑情则泰。会当命轻鸿,秉云巢紫盖。

四

弱龄访名山,久怀南岳游。于心有夙好,宁惮道阻修。嘉惠在行役,兼得历深幽。远从荆郢国,来涉潇湘流。阳台雨初霁,祝融云亦收。丹宫丽白日,碧树悬清秋。登高览大荒,四顾尽九州。回首叫虞帝,浩荡苍梧愁。箫韶久不作,凤鸟鸣相求。我欲跨此鸟,东访蓬莱丘。惜哉时未遇,敛策独夷犹。

五

南岳有凤皇,托身青云端。音声中律吕,文彩照天门。我行与之遇,徘徊且高骞。问凤何所适,将举向西昆。问凤何所欲,饥食帝东园。自惟耿介性,安能顾丘樊。伟哉凤皇志,待时而奋翻。

雨后登祝融峰

衡岳冠南斗,祝融薄青天。白云蒙其上,往往限飞仙。属兹新霁候,澄景吐鲜妍。既饮历览便,复忘登陟艰。向下见群岫,凝云如积绵。苍茫一气中,安辨陌与阡。大壑趋洞庭,余霞映湘川。昔闻有灵闷,积霭常弥年。岂伊神理感,而能破重玄。将发紫庭秘,即此晤真诠。

九日同何梁二公登雁峰寺

羁旅苦无悰,良辰忽以至。临水叹将归,登高询故事。共有龙山兴,载酒雁峰寺。地暖气初肃,风紧叶欲脆。久知瘴疠清,未觉风土异。燕去诚知节,雁回有何意。欲穷万里目,几席屡迁次。烟霞荡远空,丝竹激悲吹。菊蕊未堪餐,橘香熏欲醉。汉臣荣佩萸,楚客思葺芰。枫岸君滞宦,衡门我栖志。忽聆歧路言,临觞发悲慨。

卷之八

五言诗

报使至横石驿，病不能前，疏乞宽假作

叹滞曾周南，悬情亦魏阙。轻生命不延，矜荣义所劣。昔予骋皇路，青宫点朝列。未尝遑家恤，誓执匪躬节。徇时昧止足，忝役愧明哲。逮此缠痼疾，饮水诫内热。将命阻瓜期，怀归畏简札。陋彼蒲柳姿，伤此桃李月。长云送归鸟，空山响啼鴂。引领天北隅，企望心力绝。灵药庶可采，疏麻岂堪折。

于清远峡山待命作

奉役旋京邑，抱疴滞江津。方同漳浦卧，讵乞茂陵身。清川带霞岫，矗矗际高旻。眷此中和月，陶我性情春。夕霭被兰坂，香风散渚蘋。灵鸟集灌木，碧浪吹游鳞。言念孤游客，感物易伤神。赏心莫与晤，长路杳无垠。抚景叹行役，离居忧采薪。岂伊玩物情，而忘王事勤。但恐哀贱躯，不克拖朝绅。倘遂乞还请，长此愿垂纶。

入西樵

一

西樵与东樵罗浮亦名东樵，云表互参次。借问四百峰，何如七十二。山中千余家，往往足幽事。迢迢白云间，鸡犬自鸣吠。闾里绝争讼，园居多树艺。以此淳朴风，上代复何异。荒凉福地图，寥落

洞天记。胜绝昔有闻,兴剧今始莅。石扇启霞扉,金函发山笥。独往念始申,还丹术犹閟。将寻芝谷翁,共访桃源世。

二

采蒲入深谷,谷深蒲叶长。下垂九节茎,上阴千仞冈。玉虹摇涧彩,瑶草发金光。临流洗且曝,随风清且香。仙人骑白鹿,乃在嵩山阳。我昔行见之,授以服食方。且尽延年术,秉化以翱翔。

三

松间四五翁,劝我居锦岩。岩前下飞瀑,后可结茅庵。隔林望村落,一一人烟岚。水石既潆带,藤条复相参。桃花发天上,桂树生山南。爱此风土美,况聆丘壑谈。晨朝警鹤辔,景夕驻鸾骖。拂雾采灵药,开云艺松杉。隆情匪虚饰,夙志庶无惭。

四

涉海时泛滥,登岳信阻修。未若兹山胜,透迤起平畴。烟霞接敝庐,林壑即近陬。旦发凌东坂,倒景穷西隅。畦疃高下起,瀑布纵横流。人家住重岚,水木涵清秋。啸歌白云动,永袂青霞浮。金砂事未著,玉版谁见留。葛洪慕丹井,安期访蓬丘。此山多胜事,缓步得冥搜。一枝聊偃息,八极可神游。

再去田园

一

两载还故庐,幽意颇渐适。方与海滨老,农谈忘日夕。朝看驱牛出,暮见栖鸟息。时复北窗下,对客娱篇籍。揆予从薄宦,谦下祖老易。秩匪三千钟,愿过六百石。剪蓬蒋诩园,载酒扬雄宅。息影辞嚣烦,秉心庶静默。奈何舍此去,慨焉悲物役。多谢南山云,岁晚迟来客。

二

出门望四野,忧心恒忡忡。问子何所忧,百感填予胸。谁云天泽远,举目尽疲癃。谁云周道平,荆棘高蔽空。树木莽萧条,于何息吾躬。久知世路艰，悔不守固穷。君子重谋始，古人戒薄终。卒卒营世务，羡尔高飞鸿。

亲友梁黎辈念予北行日载酒过访

一

生平多宦旅，垂老未遑息。亲友念将离，载酒劳行役。良宴不待期，累日继以夕。未别已绸缪，别去情何极。

二

自我还三径，稍往裘羊踪。颇谓凌冬桂，得侣岁寒松。时来驱我去，始愿今莫从。悠悠思远道，戚戚寡欢悰。

三

世情贱归田，乡里贵出门。自匪旷达士，鲜不异寒温。隆谊期止足，敦交在丘园。结念早旋归，窃恐负此言。

四

落日携佳人，清尊共愁绪。仰观群雁翔，肃肃云中羽。天路多贵游，行子慕俦侣。欲发晨风兴，思君屡延伫。

答龚秀才岸文

一

南翥息未安，北辕修且骛。问君何仓皇，惟以王事故。良会能几时，缛节忽已暮。执手眷前期，踟蹰在中路。

二

平居意不浅，与子分仍深。不能裨国事，久欲归山林。良朋敦惠好，枉赠瑶华音。补衮惭山甫，陈力愧周任。申章多明规，只觉赧予心。

三

楚人得荆璆，弃之同丸砾。一朝遭卞生，至宝始生色。举世趋荣途，谁愿蓬门客。中庸皆列鼎，之子尚藿食。高才终见知，君其各努力。

于三水口别侍御七弟

一

鞅掌缠世务,老至不遑居。承惠还乡井,含辛去田庐。辍棹三江口,分手万里途。万里予怅望,三江子踟蹰。再出缘义役,屡别使情疏。一身难自料,万事剧纷拿。登途虞折轴,临川戒衣袽。既垂一木任,敢望五鼎需。群策皆摈处,独力将焉如。方谋毕吾役,及尔遂悬舆。

二

迢迢远行迈,行迈暂维舟。维舟白日晚,原野风飕飕。风飕一常望,四顾起沉忧。沉忧非一端,杞国符我谋。仪象迭舛错,人事多愆尤。骀驽服上驷,骅骝弃道周。鸺鹠鸣高树,鸾鹭远丹丘。衢路豺虎啼,城社狐鼠游。嗟哉远行客,举足将安投。不如返故栖,与子共林陬。况乃骨肉分,各念道里悠。子居有令望,我出无良筹。离悲增物感,泪下不可收。

三水与亲友别

悠悠万里道,送送三江口。惜与所知别,行行重携手。两载返衡门,连旬接杯酒。既能谅迂愚,幸不弃衰朽。云壑方倦栖,世路复缠纠。挥袂谢乡闾,劝驾劳亲友。停舟日将夕,晤语不能久。惟有南山松,可喻固穷守。临别枉情赠,欲报惭琼玖。

南华寺谒能禅师像报效唐体

一

能公昔开化,千载扬宗风。惜生绝学后,沦被夷教中。衣为曲阜履,钵即鼎湖弓。在法不在物,奈何惑愚蒙。独有幽寂意,弥令狐赏同。

二

丈夫人天师，夙生大智慧。了悟开顿宗，修持入不二。自得黄梅传，广开众生昧。至今青莲宇，宗门各精诣。云生法座上，月照空潭际。潺潺曹溪声，客思不遑寐。

登郁孤台奉柬开府李公

台之前有周濂溪先生祠，后儒于此讲学

躧步陟崇冈，冬序正萧索。孤台郁然峻，四顾尽寥廓。千峰带郭起，二水绕城落。霜华薄彩旃，朔气吹晓角。胜览即要区，于宣在猷略。武旅久偃息，儒风宁寂寞。明公时秉钺，大府雄蛮落。地以今镇重，道继前贤作。恬寂实素衷，荣途压蜷踔。昔遇方下车，兹游直卧阁。揆予暗知足，山隐未能确。泉石有前期，风尘违夙诺。登高骋遐瞩，驰思入玄漠。岁晏滞芳游，心赏何由托。愿因元公言，归寻孔颜乐。

丁大参、刘参戎邀游虔州光孝寺看二井

良游荷胜招，忽与人境别。木落山更苍，地暖气初冽。稍寻奇俶观，遂竟灵异说。境缘二井胜，事匪茫昧设。灵气通山泽，寒潮应海月。甘液岂泉蒙，春流因雷发。妙理信中感，神机岂外泄。汲同神瀵滋，饮异醴源竭。山根潜地肺，水道走石穴。久闻有此言，每令心赏绝。游思六合外，归补水经缺。

淮上赠李道甫中丞

一

春风渡长淮，河水深且广。砥柱复安在，洪流方震荡。中路逢佳友，偕我济川舫。岂忘同舟言，共此风涛壮。

二

群贤翌天造，济济拖朝绅。汉庭多公卿，黯也社稷臣。双阙高巍巍，连章动星辰。而我乏远谟，匡时谬许身。

三

幽兰无改芳,贞松不渝节。感君缟带赠,被服如霜雪。悠悠历山陂,行行杳燕越。晤言接容辉,终岁常揽结。

四

芳草有奇姿,直木无曲干。结交为兄弟,黾勉涉世难。临分理妙曲,闻者窃惊叹。知音谅不违,衷情自此见。

黍珠篇赠张孟奇寿母

罗浮女真宅,黍珠岩壑重。下临云母溪,上接玉鹅峰。昔日娅娟子,于此炼玉容。玉鹅腾云驾,云母倚月舂。风凄琼液冷,日暖金膏溶。霓裳月下扬,瑶草霜前茸。袅袅绿云间,锵锵环佩逢。自余众女仙,霞袂纷相从。洞中命鸾鹤,天外摘芙蓉。君家住其下,卜筑蹑前踪。归来奉蓝舆,时往策仙筇。玉女鲍何辈,颜色桃李秾。遗尔紫霞酌,缄之白云封。懿此北堂护,茂彼南涧松。

释志诗

一

夙昔寡欢宴,况乃涉疑患。滞思废寝兴,沉忧昧昏旦。筮仕乏良媒,所历非华贯。牵丝将二纪,述职在文翰。退即失寻丈,进不能以寸。岂其席上珍,而比沟中断。狂者类东走,劳人正南窜。未解子云嘲,且答方朔难。闻誉匪为喜,止谤曰无辩。揆情有爱憎,审己何尤怨。无以布褐贱,荣彼绅与弁。无以藜藿贫,甘彼五鼎豢。巾柴可游遨,奚取朱轮焕。孰是终徇物,而忘性所玩。对丝发遥悲,临歧兴浩叹。归欤且吾乐,所乐非外赞。

二

泾浊渭则清,举世昧其光。昆丘烈焰起,玉石咸见殃。骐骥避骀驽,鸱鸮逐凤皇。萋菲一为吟,千载同嗟伤。嗤嗤便佞子,多言巧如簧。众庶皆有心,彼独何无良。凡百我在位,谋虑用不臧。海淫者治容,致盗由慢藏。神龙宅九渊,玄豹处重冈。蜂虿而窃乘,壮夫失其强。大雅贵明哲,君子慎周防。

盘松篇,夏日陪诸公饮报国寺盘松下共赋

炎氛扬火宅,万物赫以暵。偶践清凉境,获此嘉树玩。种植自何代,蓊蔚若崇巘。冉冉烟黛浮,团团盖阴转。昔闻耸仙岭,今见盘佛殿。托根水晶域,布叶雨花院。婆娑覆广除,森沉隐遥汉。风霜讵摧折,虬螭互奔窜。夏云垂迥荫,秋涛起层澜。既异恶木阴,幸免不材叹。暂乖栋梁用,永离斤斧患。无用形不累,有节凋宁先。屈蟠岂其性,偃蹇庶自善。君娱匝地枝,宁惜参天干。青黄文牺樽,曲直传马栈。终全社栎年,共保灵椿算。

夏夜遣怀

向夕氛气敛,天宇一何森。皎月正临牖,微风时动林。夏虫岂知冰,迎凉自悲吟。端居感物变,旷然坐自深。沉叹终往古,幽思缠鸣琴。黄虞世已远,悠悠空我心。

杪夏集徐园

徐中贵园,叶、钱、孔三侍御邀同桂太常、张宪富、周侍御宴集,园向为郭氏业,数年前余与词馆七八人曾游。

命侣出皇坰,税驾水之浒。高下见林莽,飞潜散鳞羽。维时夏秋交,凉风变徂暑。棱棱霜台俊,幽期协心许。选胜匪自今,兹游亦已屡。追念向来辈,无一今晤语。花木识故蹊,池亭非旧主。芳塘未改流,颓城尚遗堵。转盼即陈迹,况复论终古。我闻达士说,天地为逆旅。何者是长物,而能久留处。浮白且尽觞,课玄但挥尘。一醉兀自然,此外非吾取。

从武选郎徐君社长问禄命

太极运两仪,变化万形随。譬彼大垆冶,镕铸一何私。如何巧

智士,谓力能胜之。得时者称贤,势在山可移。岂知元命中,茫昧不可欺。达人睹其然,不惑复奚疑。荣华众所艳,弃之轻如丝。寂寞众所去,处之甘如饴。失马宁非福,亡羊信多歧。渴饮清泠泉,饥食西山薇。逍遥放情志,身与元化嬉。闻君得秘要,细用此道推。

奉和六月十四夜对月

羁人易为感,久客难为悦。闻君中夜起,爱此林上月。素影流轩墀,清光对城阙。井上梧阴多,檐际露华结。在物忌太盈,处圆先虑缺。及此未圆时,冰壶坐自澈。珍簟已迎凉,纨扇将辞热。轮满即亏候,暑退成寒节。并起千恨端,弥伤万里别。还寐复如何,佳期杳燕越。

翔凤篇答汪公幹,时四家兄亦和此篇

紫凤飞南海,徘徊恋天池。岂无三珠树,归守椅梧枝。逢君问出处,所需在明时。本期千仞翔,览德而下之。文采非惊世,宁为燕雀欺。尝闻帝王代,衔图及鸣岐。时哉不我与,蒙议于德衰。稻粱不肯啄,终岁常苦饥。东园琅玕实,倘许共来仪。

崧山纪异赞

秋官大夫赵文举卜筑于金华之崧山,山故有白云庵,胜国时建也。栋宇倾圮,金像犹存,大夫舍山为寺奉焉。时独接引佛百人举之不能动,大夫祷以为己意,忽然轻举。又有吐灵出谶之异,逆纪大夫姓名在三百年前。儒者不语怪,然因应之说往往如是,乃作赞曰:

我闻西方尊,接引为慈仁。从其所修受,而别善恶因。峨峨南崧山,胜地久荆榛。梵宇日倾圮,金像空嶙峋。大夫买山隐,转念像教湮。舍宅重布地,移佛动金轮。接引何为者,人力不能伸。大夫祷以意，倏然举行频。捷如鼓答桴，轻如筏渡津。灵蛇口中出，经藏腹内陈。中有《梁皇忏》①，姓名犹未泯。乃悟前身是，始觉受记真。秋官尔应知，指穷于为薪。薪尽火复传，咸在当生身。修持若不倦，世界即天人。

移寓圣安寺僧舍作

希世无高步，久游廛市间。夙昔东山意，归期亦屡愆。履道尚云错，行险岂得安。投足来净宇，精心窥妙门。高论支许接，逸驾禽尚攀。心静水晶域，耳聆甘露言。隘此方内游，驰彼域外观。归鳞纵壑逝，宿鸟投林还。岂惟耽寂灭，于焉寄游盘。终同无名子，灭迹去人寰。

中秋夜对月叙怀

零露靡百草，素节渐为霜。宛宛月中桂，孤高徒自芳。上枝荫琼宇，下枝神鹊翔。吴刚小儿辈，持斧莫轻戕。玉兔捣灵药，千载秘其方。嫦娥顾而笑，天风落霓裳。我欲按此曲，因之寄异乡。异乡不可致，凝思结中肠。徘徊览明月，河汉永相望。

汪公斡从燕台送余至济上叙别兼寄别和叔

一

古来重交谊，岂不在命驾。君从燕山阳，送我任城下。所历千里余，四顾尽平野。览古究天人，观代陈王霸。久堙稷下谈，孰重燕台价。怆恻乐生去，慷慨聊城射。苍茫齐鲁墟，贤圣何凋谢。抚迹劳我思，感时伤物化。乐饮慰穷愁，悲啸激长夜。我行适旧都，子还依旅舍。去帆天际遥，归鞍日边卸。片语难久留，余辉恋桑

---

① 《梁皇忏》，凡十卷。又作《梁武忏》《梁皇宝忏》。梁武帝为超度其夫人郗氏所制之慈悲道场忏法。

柘。磊落平生怀,晤言用自写。

二

吾昔游上都,邂逅得二汪。谬蒙倾盖知,所知遂不忘。既我晚际遇,翰墨颇见长。二汪适不偶,空谷有芬芳。栖迟恋衡门,隐迹寄卖浆。相与讨文义,昕夕共徜徉。笙竽间琴瑟,鼓吹六艺场。今予遭薄谴,于世尽炎凉。惟子不忍弃,时来访行藏。古人叹罗雀,今乃见糟糠。予适有远行,相送千里疆。长路思屏营,执手以彷徨。翩翩凫与雁,将翱复将翔。朝嬉仍共浦,夕宿各一方。谷风箴义缺,白驹咏食场。素交终不替,是道足以臧。谊敦古所难,申咏于斯章。

卷之九

七言诗

题黎惟仁对江楼

江上春云散春渚，为楼恰对云生处。有时欹枕听涛声，长日褰帘望江树。楼居仙子何所有，万卷经书一壶酒。胡床箕踞少人事。满目烟霞但搔首。江水东流绕越台，珠溟穗洞差参开。闲呼江鸟过朱栏，坐引江花泛绿醅。楼有江兮江有汜，思佳人兮不能已。江月明兮谁共登，江风起兮君独倚。清响云中读楚骚，琼窗偃卧江天高。楼前岁岁桂花发，愧尔篇诗江上豪。

赠宪府王公治水歌

黔漓奔腾灌戕泂，西倾万里扬洪波。寻常桂浦经过少，荡潏金沙似浊河。今年燕京四月风霾连朔漠，狐裘蒙茸雪花薄。诏书日恐时令乖，厥占大水飘城郭。经秋霪霖天欲漏，河伯望洋更东走。两涯不辨牛马群，万峰倒蹴蛟龙吼。双峡束流截奔马，崩涛怒号不得下。弥漫但见苍梧云，溟泛那知洞庭野。洪荒之事谁能辨，眼底俄惊桑田变。市上渐见游釜鱼，幕中岂有归巢燕。激石穿堤未云已，冲波直捣孤城里。险极难论薪竹功，事急宁得芦灰止。是时城中万室命如丝，蚁穴恐溃千金陂。宪府行营苍水使，群僚亦秉玄夷麾。挥戈欲斩蛮云愁，投鞭东断沧波流。胼手胝足不言瘁，烈风淫雨有时休。转见越裳称海晏，知君才是济川舟。

仙羊石

山中牧羊人不识,累累松间成白石。秋风琪树乱呼群,夜月清苔照行迹。仙人叱羊羊尽起,自言身是瑶台子。早晚赤松游不稀,数逢王质采樵归。传书更报初平道,骑向何峰拾瑶草。

三家兄平明发舟归瀶川,别后寄此

一

扁舟石门里,双棹荡孤烟。日夕望江树,仿佛见瀶川。

二

原上鹡鸰沙中雁,一水相连不道远。稚子早攀岩桂待,行人独忆云松返。

三

惜是东西南北人,十年漂泊尚迷津。平明送兄返田舍,薄暮思家泪满巾。

题王学士忠铭先生山中四景

文笔晴烟①

云表岧峣玉毫吐,点画鸿蒙扫烟雨。丰狐老兔愁锋芒,象齿文犀安足数。长虹一道界奎躔,明霞万里飞琼笺。泚墨欲干溟海水,笔势撑住东南天。早晚风云殊变态,山灵握管有何意。紫阁归来羿圣明,玄草长留照天地。

---

① 此诗又见于(明)郭棐编撰《岭海名胜记》卷20(王元林校注,三秦出版社2012年版,第962页),题作《文笔峰》。诗中最后两句作"紫阁丝纶翼帝功,六七经成照天地"。

金鸡春晓①

玉衡之精化为石，朱霞作冠金作翼。潮头阳乌射琼岛，岛日曈曈送春晓。此山恰与桃都连，云里长鸣声向天。海峤疑开不夜城，飞仙往往候鸡鸣。宫梧今傍凤凰栖，天上还先众鸟啼。莫学汝南人舞剑，须听王褒颂碧鸡。

石垄马鞍②

房星落地仙灵驭，渡海潜行不知处。有时风雨尚闻嘶，石垄高鞍待谁据。回身似就琼波饮，落日千山散云锦。羲和总辔势莫动，孙阳挟策翻神耸。南望天池似渥洼，至今山下多龙种。龙种谁骑出九真，汉家铜马在枫宸。不信人间金騕袅，听呼天上石骐麟。

桥头碧水③

建溪泠泠漱花坞，紫鳞白石纤可数。练影晴披琼馆云，镜光直泄明珠浦。碧玉环流学士家，桥南桥北问桃花。当年义气看题柱，此日秋乘上汉槎。桥头一别几经春，溪鸟啼花莫待人。瀛洲亭上玻璃色，藜杖寻溪安可得。

金 镜 篇

金轮铸就阴翳没，玉台捧出清辉发。纵使妍媸任爱憎，已能水雪侵毛发。宝匣何曾暂晻暖，尘埃岂得沉光彩。玉兔长生明月楼，菱花不隔秋潭水。扬子江心百炼铜，文盘五位飞天龙。共道写形归汉苑，何论照胆出秦宫。本图鉴古亦鉴今，讵云照面不照心。一尺寒光近不得，三秋云雾虚愁阴。旧侍仙人乐紫霞，曾将精白献皇

---

① 此诗又见于（明）郭棐编撰《岭海名胜记》卷20（王元林校注，三秦出版社2012年版，第967页），题作《金鸡岭》。

② 此诗又见于（明）郭棐编撰《岭海名胜记》卷20（王元林校注，三秦出版社2012年版，第972页），题作《马鞍冈》。

③ 此诗又见于（明）郭棐编撰《岭海名胜记》卷20（王元林校注，三秦出版社2012年版，第976页），题作《桥头溪》。

家。不向宫中妆粉黛,特来殿上烛忠邪。美人拂拭意良厚,绣阁鸾沉待君久。此日衣冠际太平,君王内殿庆长生。愿输金镜瑶台下,常比光华寿圣明。

和韩昌黎石鼓歌馆试作

岐阳石鼓传周宣,神武尚纪中兴年。抠衣曾肃文庙拜,访古更读昌黎篇。车攻马同事已往,俯仰遗迹心茫然。大小二雅不收载,纵横数石遗刻镌。忆昔宣王按剑起,整顿周纲恢八埏。南伐淮徐西猃狁,出车命将声喧阗。天子明堂登玉帛,诸侯冠佩趋游畋。于时岐阳纵大猎,前驱六马势腾骞。戈甲照耀军容盛,从臣一一皆材贤。不独清风能作颂,亦有羽猎如甘泉。武功万代宜宣示,伐石作鼓夷层巅。龙画撑持结构古,螺书诘曲镵戈铤。日炙霜侵不知岁,鸾漂凤泊沉荒烟。只疑鬼物为呵护,封埋古刻苍苔鲜。文义颇类小雅作,字体翻从史籀迁。六百七十有二字,纷挐螭虎握玑璇。年深缺划固不免,奥义高文止半全。章樵考正力颇苦,薛郑音训心仍勤。曩时韩公称好古,低回石侧涕沦涟。摩挲铜狄叹岁月,剜苔剔藓细品诠。发为歌词极赏识,今文古文相并悬。陋儒褊迫不解事,虚令世代差讹传。隋珠几同鱼目混,和璧翻成燕石捐。五帝存亡皇有无,峄山梁父几封禅。神禹丰碑岣嵝,轩黄宝鼎沦伊瀍。犹幸此鼓在人世,晨星累累映奎躔。岐山较猎或代有,左氏编年岂误沿。吁嗟此石何从得,自岐徙洛复入燕。置之辟雍戟门里,衣冠讲解得究研。予生际此不恨晚,至宝及睹周秦前。方今宇内幸无事,嘘吸皇风万里旋。诸生盛讲中兴事,朝士争歌雅颂编。镌功勒成告下土,愿比成周致太平。

阅管中书紫宸宣对卷有感赋赠

丈夫遇合会有时,怜君工画复工诗。数谒公卿无所就,频游京国少人知。一朝召试金銮殿,公等何来晚相见。画毕中官催进御,诗成内诏传清燕。昨年天子好经术,词臣进讲无虚日。出从台谏论安危,入与宰臣计得失。犹有余力及风雅,翠幄云楼两潇洒。笔札小儒皆见亲,布衣贱艺还优假。管生后来在众中,解衣盘礴对王公。惊人诗句及绘事,往往落笔称才雄。九重燕赍赐官爵,一旦姓名动台阁。但知今日等荣华,谁识当年暂留落。是时区生困羁旅,闻之自笑仍自许。本持薄技亦蒙恩,况以奇策干明主。兹来侍从文华直,见君风沼开心臆。幸逢虞帝正垂裳,更值殷王好恭默。虎豹沉沉隔九关,无事经帷尽日闲。卿相寻常稀召见,微臣安得窥龙颜。吁嗟管生遇亦奇,主父买臣曾有之。假令君才在今日,纵欲承恩何所为。

功德寺看牡丹歌

去年看花花未发,今年看花花已阑。何事与花常不值,花期误却为微官。解道天香与国色,只余绿叶护僧栏。沁水园中车马寂,洛阳城里管弦残。香色从来不耐久,春光到底为谁有。若使花开常不落,安得红颜成白首。红颜白首暗相催,把酒逢花能几回。僧徒劝我勿惆怅,明岁花时可重来。

方 生 行

方生手持白虎文,过我顾啸生风云。饮酒何辞一石醉,下笔欲扫千人军。昨朝奏牍来燕市,争道骅骝日千里。雄篇往往惊前辈,高论纷纷屈余子。为德从来自有邻,在世岂应无知己!只言献赋动明君,谁料当年未策勋。不遇荆人徒抱玉,待逢伯乐始空群。高才郁郁今如此,薄俗悠悠安足云?君家严君亦奇磊,海内才名三十载。当年意气满乾坤,至今迁谪流江海。贤豪尽下汉公卿,落拓三为州刺史。五马朝辞北地霜,片帆春送西江水。豫章参天白日动,丰城气薄风雷徙。方生方生岂但尔?好去共称名父子,万里之行自此始。

琴剑篇

匣中有剑囊有琴,美人昔赠双南金。琴是峄阳之古桐,凝烟拂雾高冈岑。百鸟过之徊翔而不敢下,丹穴之禽经此留遗音。剑是昆吾切玉之劲铁,秋星为铓锥雪作镡。才动金环神鬼泣,未离宝匣蛟龙吟。一从轩袁战涿野,崩云挥日光华夏。一从有虞奏南熏,卿云白雪流氛氛。感君赠我意,我行双佩之。风烟万里不自保,行藏千古宁须疑。一片清霜吐莲锷,七弦流水含金徽。剑以待风胡,琴以待钟期。世间听曲皆里耳,谁能为我辩雄雌?近闻塞上风尘起,胡骑纷纷渡辽水。又闻帝室赓明良,正风合雅从古始。吾将拭我青萍,拂我绿绮,三战为君渫胡血,再鼓为君洗俗耳。行令四海无妖氛,还坐清风竹林里。

内阁栽莲

濯濯新荷出波小,紫阁栽培值春晓。移种疑从玉井来,托根偏向瑶池好。预拟开花映玉堂,绝胜照水溢金塘。风归渐拂亭亭盖,雨过初闻细细香。阁内主人爱莲者,每道群芳出其下。已添新水净淤泥,更著疏兰助潇洒。旧种吾家绿玉池,淡烟微雨蒂双垂。即此一茎栖瑞露,犹堪千叶上灵龟。

酒肆行

燕京酒楼临紫陌,彩帜璇题高百尺。时时车马会填门,夜夜笙歌解留客。近出铜驼路,远连平乐苑。青骢白皙谁家郎?飞盖挥鞭不辞远。垂柳垂杨二月天,好风好日百花筵。蒙茸紫貂过肆外,婀娜红粉倚垆边。古来豪侠不顾利,一斗十千宁惮费。几人能向酒家眠,几人能辨酒中味。高阳之徒识者稀,相逢拼饮日西移。鹔鹴典尽君沽否,世上尘埃谁得知。

梅花歌[1]

燕京地寒少梅，唯盆种者置暖室中，可耐寒节。予居京师日，买置十数盆，环一小榻，数盏微熏，吟卧其下，颇有乡园之趣。因为长句，以寄兴焉。

家住罗浮山下村，千株万株对柴门。一一峰头种梅树，家家宅畔有梅园。忽惊海上春光早，转觉山中花事繁。开时雪障炎天白，飘处香浮海月昏。石湖处士空留品，官阁诗人且细论。满目瑶华难辨蕊，千丛琼片不分根。素禽栖处翻疑影，粉蝶飞来暗断魂。拄杖穿林皆踏雪，荆扉照水半迎暄。初经崒屼深溪口，复过横斜浅水源。何处临风无玉树，谁人吹笛坐琼轩。别有姣娆新约素，霓裳鹤驭来缤翻。汉水游妃朝解佩，瑶台仙子笑无言。冰帘半卷银环出，珠户斜开玉手掀。此际游人初入梦，此时芳霭绕啼痕。参横月落愁翠羽，霜白天清吟断猿。自从离却梅花国，万树斜阳今几存。北风十日地欲裂，冷尽孤根只数盆。深洞移来春欲到，纱窗闭处火微温。金马朝回看点额，玉人妆罢共开樽。东风传语庾关信，独把南枝向塞垣。

大雪林维烈南发以诗留之

燕京春来十日雪，封瓦填池三尺深。街北小台压欲倒，城南古

---

① （清）宋广业《罗浮山志会编》卷16（康熙刻本）有收录，但题为《梅花村》，且无诗序，诗歌内容也有改动，如下："家住罗浮山下村，千株万株长对门。开时雪障炎天白，飘处香浮海月昏。满目瑶花难辨蕊，千丛琼片不分根。叶禽栖处翻疑影，粉蝶飞来暗断魂。拄地穿林皆踏雪，荆扉照水半迎暄。初经嵂屼深溪口，复过横斜浅水源。何处临风无玉树，谁人吹笛过琼轩。别有妖娇新约素，霓裳鹤驭来缤翻。汉水游妃朝解佩，瑶台仙子笑无言。冰帘半卷银环出，珠户斜开玉手掀。此际游人初入梦，此时芳霭绕啼痕。参横月落愁翠羽，霜白天清吟断猿。"

道没难寻。芦沟冻合桑干水,碣石寒凝黍谷底。宅里惟便高士卧,街前空笑先生履。南客此时正望家,四顾茫然生怨嗟。当门驴子缩如猬,未行先倒路复赊。怜君怀归思转剧,道阻雪深归不得。安得赤脚踏层冰,恨不随风生两翼。苑西书楼连汉上,披帷对此多心赏。苑东酒楼高刺天,当炉小妇鸣管弦。劝君不如且留读书饮酒过寒节,犹胜蹇驴出踏雪。直待春江花鸟繁,看花听鸟还故园。

双节篇

严霜一夕殒庭梧,洞房风凄兰蕙枯。含啼两两谁家姝,中夜起坐泣故夫。昔事君子结发娱,百年生死同衾褥。奈何辞君岁月徂,荆花零落委路衢。不惮从君下黄垆,一身俯仰多艰虞。上堂吞声奉老姑,下堂呱呱抚诸孤。大妇善哭崩城隅,小妇香泪纷鲛珠。中庭灯影伴将雏,后园啼杀羁栖乌。吁嗟二妇烈士徒,青春誓志白首俱。金石可毁节难渝,冰日皎洁双璠玙。朱颜岂受粉黛污,绣闼实使网常扶。史家列传增烦纡,吁嗟二妇良女模。

卷之十

七言诗

黄河鲙鲤歌和四兄

大河流水何汤汤，中有鲤鱼三尺长。独茧之丝不能钓，贯以杨枝谁致将。兄谓食鱼必河鲤，出水鲜鳞宁有此。盘餐称意不论钱，脍事吾乡最为美。呼童霜刃三四挥，香醪浮动雪花霏。大醉不知身是客，酣歌只觉兴如飞。江乡六月足风涛，荔枝压酒冰盘高。扬舲醉卧乘流去，且欲从君鲙巨鳌。

圯 上 行

子房当日横意气，志在报韩功不济。留城未即归汉王，博浪先因击秦帝。避难潜行过下邳，复仇无计虑穷追。道逢老人呼拾履，心固不欲强然为。老人家在谷城下，往来圯桥无识者。高步矫矫如惊鸿，堕履翩翩若飘瓦。子房跪进一何恭，老人坐受甚从容。顾谓孺子为可教，授以素书成帝功。更期后日访黄石，或约他年游赤松。此事相传亦奇诡，风云感会良有以。不见祠前东流水，古来上德皆如此。

昨游姑篾徐氏园见林开先题壁，兹过上饶费氏馆见朱贞吉留题，凄然有作

登山临水几心伤，问柳寻花亦断肠。已觉姓名成故物，岂知风

景在他乡。昔年与子共行乐,金谷名园恣欢谑。只疑英誉早飞扬,忍见高才遂沦落。开先洒翰本清真,贞吉题诗合有神。自从知音无二子,可怜肝胆向何人。忆昨徐园观林字,醉笔淋漓有生气。今朝费馆见朱诗,往往烟霞极奇思。故人笔迹一何多,岁月精灵未耗磨。处处风光留客在,思君不见奈愁何。

山园春日歌

山园景物系人思,好是风光二月时。歌爱鸟声喧别院,舞将鱼乐过前池。樝桃初结花间子,阶笋才抽雨后枝。自可王孙留碧草,尽堪游子驻金羁。

浮丘仙洞歌①

珊瑚井底流金沙,菖蒲涧畔飞琼霞。林里时藏蓬岛路,城头半出羽人家。羽人家住朱明口,却辟此丘为户牖。邀客常教白鹤迎,烧丹却倩青龙守。丹池别后依然在,琪树种来皆已大。海阔全凭一鸟度,天空不遣片云碍。此丘往时在海中,三山烟雾晴蒙蒙。今日丘林带城郭,惟余海月一片挂长松。眼见碧水又飞尘,令人却忆扶桑东。扶桑枯,海水竭,仙人绿鬓翻成雪。赵客梦中啼翠羽,葛公坟上飞黄蝶。物外之谈诚恍惚,世间何事无消歇。层城瑶池不足游,我欲乘龙何处求。纵使千年归一度,不如日饮美酒扬清讴。

瀶川花树歌

正月二月春风微,瀶东瀶西花乱飞。着水才冲青雀舫,因风复上白鸥矶。此日一杯人易老,他时千树春能好。总令游子步常迟,更虑行人归不早。飞花往往别前轻,白发年年离处生。芳草但知萦去骑,绿杨何用送流莺。

---

① (清)宋广业《罗浮山志会编》卷16(康熙刻本)也有收录。

阮 溪 行

云溪一道绕村流，密树疏篁夹岸幽。傍分沟洫膏农亩，曲引江潮鉴画楼。溪上衣冠数百家，家家园圃种桃花。因风忽散千丛锦，映水时窥一片霞。别筑溪亭临水住，粉壁朱窗小桥渡。钓艇谩劳渔父寻，花堤似入仙源路。日出烟皋农务繁，风清竹下桔槔喧。耕凿但知尧日月，居人能说汉乾坤。本藉桑麻为世业，更传经史与儿孙。处处书声连薜荔，年年生事满田园。鱼跃芹池新浪活，燕巢水槛旧泥干。灌芝浇桂随宜汲，泛月流云自有源。别溪多年今又去，溪水留君君不驻。嬛嬛干旄村里出，填填车马溪前度。老稚牵衣劝莫行，溪田数亩好春耕。回看社外桑榆景，转念溪边花鸟情。行人不语步迟迟，富贵逼人诚有之。殷勤为扫溪头石，待我功成理钓丝。

颍阳三月雨雪歌赠丁元父①

颍阳山中三月雪，拂石点苔映春月。行人三日嵩峰游，欲行不行心断绝。古称洛邑天地中，三月胡为尚朔风？岩前看竹微微翠，涧底寻花悄悄红。登封主人有异政，去国忧谗时卧病。无乃此事干天和，不然何以乖时令。世途反复那可知，把酒且唱游仙词。雪晴驱马朝天去，尔对三花采寄谁。

邺 都 行

汉家末运罹崩分，群雄割据乘风云。曹氏提戈窃汉鼎，邺城草创凌天阍。京邑横跨西山趾，楼台半出漳河水。呼吸风云百万师，指顾山河五千里。战罢归来校文士，草檄征词各称美。列坐既多能赋人，西园亦有佳公子。邺都歌舞日纷纷，建安词赋气凌云。北

---

① 此也见于(明)傅梅《嵩书》卷16《韵始篇五》，万历刻本。

堂艳妓轮乔女,南国佳人让洛神。只谓千秋终宴乐,谁知转眼成灰尘。人间幸有三分业,地下曾无九锡文。兴亡今古一飞鸿,豪杰经营总是空。铜爵台基沦蔓草,芙蓉园馆委秋风。若道繁华无寂寞,试问当年安汉公。

铜 台 引

君不见魏帝当年号神武,气吞吴蜀势如虎。已开广殿会文英,更筑高台贮歌舞。翠钿杂沓罗甲帐,词赋缤纷列簪组。一朝运去霸业空,千载流传妇儿语。没后惟余粉黛恩,生前误作山河主。台上君王去不回,帐下美人歌自苦。昔时富贵等浮烟,今日蒿莱满环堵。铜台西望不堪思,漳水东流无尽时。春鸟如歌又如恨,至今犹是望陵悲。

邯 郸 道

一

突骑如流星,飞过邯郸城。千人皆辟易,不敢问姓名。报仇轻赴敌,使气重横行。相逢鲁勾践,识是燕荆卿。

二

使气从来不相让,博肆喧喧竞争长。心知欲语口难言,作意叱君君未谅。荆卿归去西入秦,其事不成空殒身。惜乎不讲刺剑术,看作悠悠饮博人。

陌 上 桑

邯郸大道好经过,邯郸少妇采桑多。琼窗日出褰珠箔,绮陌春还驻翠娥。只道蚕饥思摘叶,谁怜腕瘦复攀柯。芳尘艳艳飘轻縠,香风习习曳纤罗。春花千种比颜色,春鸟百啭杂笑歌。初从枝上悬青桂,转过城南踏绿莎。红袖此时调宝柱,白面谁家鸣玉珂?使君执谊谅不薄,贱妾持心亦靡它。秦家自有东方骑,五马踟蹰奈若何？

丛台行

武灵王，何雄哉，胡服骑射屈群材。略地云中西入秦，秦人惊起函关开。雄心日暮犹未已，百尺高台更丛起。才人尽解邯郸步，鼎士俄成袨服市。鸳鸯宫瓦碧琉璃，玳瑁朝簪灿陆离。十里管弦声不断，春风吹入照眉池。自从内变起床笫，千秋霸业随流水。玉辇金舆不复行，层台渐圮曲池平。坑卒仍闻四十万，偿璧虚当十五城。君不见，邯郸夜拔丛台宴，酒酣昼卧温明殿。莫将天下属他人，英雄为谋自有见。歌舞能令壮志消，古来祸败由荒宴。君不见，邯郸道上逢吕翁，千古豪华如梦中。

过真定李巡抚出访谈岭海旧事

南逾梅销关，北涉滹沱水。井陉桑柘挂斜阳，云是尉佗旧时里。尉佗当日窥南服，黄屋乘舆连左纛。老夫帝号窃自娱，汉世玺书勤讲睦。陆生片语何雄哉，北首同登朝汉台。全胜楼船南下日，好过终军系颈来。中丞熊轼抚全赵，越王旧里几临眺。忆昔提戈静海烽，此日登楼共长啸。草莽遗踪何用伤，铜标旧事转荒凉。天书倘借前矛去，更上高台吊越王。

顾正谊画山水歌

顾君自神其画品，往往不在宋元下。丹青妙手世罕传，当代沈文此其亚。兴来一幅生绡张，恍惚峦涧开茅堂。炎天赤日不到地，四座飒飒枫杉凉。烟云咫尺藏变态，丹台石室知何代？隔岸人家花映溪，小桥却在溪烟外。前山合沓势峥嵘，绿水不动波无声。万壑千岩忽满眼，对之使我心魂清。忆昨归山采瑶草，结屋诛茅苦不早。眼底平看沧海流，杖头忘却苍梧道。闻君早晚向吴淞，鲈鲙莼羹秋兴浓。便好高图钓鲈石，添作吴江江上峰。

冬季朔夜饮酒歌主人为予具斋食

玄夜沉沉钟漏咽,高馆燃炉丝竹折。冻云肃穆凝清汉,薄雪参差露微月。主人有酒千斛余,岂合善价求沽诸。太常斋后偏宜饮,相国园中薄剪蔬。人生志愿何时足,取快目前适所欲。昆虫鱼鳖皆有命,何忍驱来实吾腹。香厨素馔本芬芳,况有紫笋白盐胜膏粱。得遇醉饱且为乐,安用八珍五鼎腐肠之食充圆方。

闺中闻子规

玉楼绮窗朝日晖,百花声中闻子规。憔悴林莺浑不语,差池梁燕未堪飞。绕遍南枝又北枝,可怜千春伤别离。直从桂岭花开日,啼到巴川花落时。巴川桂岭春难驻,越南燕北路多歧。几处听来皆下泪,谁家闻去不低眉?佳人玉箸垂红颊,朱颜坐叹芳菲歇。览镜慵图两鬓鸦,停针懒绣双飞蝶。长安大道皆言直,梦里相寻转相失。徒闻泪血染成花,岂料贞心化为石。含愁含恨诉香闺,想料枝头只独栖。但令贱妾惊鸳梦,不劝行人驻马蹄。

正月十六日双寿歌

青鸟海上来,衔书置君堂。书中何所道?仙字八九行。灿灿赤玉文,叠叠紫泥香。上言圣世得贤良,下言翁姥偕寿康。翁姥授书起,两两长跪迎天祉。顾为青鸟言,惟我二人佩仁行义,若纤尘在泰山,涓潦在海水。何能一旦感动天,皇天锡佑无穷纪?绥山桃实成并蒂,东海扶枝作连理。又有玉皇香案吏,绣衣白简称吾子。韶华二八早春朝,火树千层接绛霄。翁姥降生同此日,绣衣衔命新下朝。天书乍听《皇华》咏,南国先传《骢马》谣。骢马承恩向南极,登车正上扶桑日。命服何须玳瑁簪,甘滫讵假琅玕实?此中洞天福庭,有碧草朱华金砂玉屑,服之寿与天地毕。观风若上瑶台望,取致高堂胜怀橘。

谭母寿歌

大儿行年七十余，矫如海鹤凌烟墟。为官岂必登卿相，得俸已足供亲娱。小儿行年六十四，壮志翩翩若奔骥。昨辞亲舍叩帝阍，今拜儒官过乡里。近闻小儿赴文僚，犹记大儿曾入朝。三釜从知屈捧檄，五斗何曾轻折腰。借问高堂今何岁，两儿垂白堂前戏。承颜徇禄各有人，长已归田少者仕。谩说麻源是女身，须知南岳降夫人。回看桂海鸾长度，却望绥山桃自春。

闻西征中路官军消息

一

东方血光明组练，中路官军殊死战。马兵先溃步兵乱，四五十里横尸遍。将领几人虽幸免，尔纵生还有何面。吾闻定远昔策勋，三十六人横塞云。岂有十万貔貅士，不能一剪鲸鲵群。成功必更需名将，失道宜先斩败军。

二

自从西征劳士马，六七年间谁主者。溪谷量人乌厌肉，举声向天天泪下。朝廷任用在得人，枉令赤子膏原野。飞刍挽粟不得停，民穷彻骨复横征。人言东海深无底，填尽物力何时平。不如表请暂回军，修养士卒求内宁。明王有道四夷服，安用越国寻兵争。

石门行万历乙未冬事

石门啾啾鬼夜哭，北将诈诱南兵缚。可怜枉死三千人，更有平人被屠戮。忆昔平壤破倭奴，此辈赴难曾捐躯。有功谁分不蒙赏，无罪因何反见诛？本为勤王诬以反，阳言赏给屠俱尽。皇天闷闷旌旆愁，白日曛曛风沙愤。从来杀降受恶名，况以私憾杀我兵。无人肯向朝廷说，至今道路犹吞声。谁其为谋石与李，尔曹安得逃天刑！

纪朝鲜万历戊戌九月

自有东师六七载,庙堂岁岁议封贡。近者群公幸主战,折将隳军竟何用。海阔刍粮不易渡,五钟一石劳传送。横征颇虑空杼轴,转输未免妨耕种。去年小挫由忌功,今年大衄缘轻纵。执事颜行屡见逆,天王威命何曾共。封既无成战失利,公私之积咸哀痛。更无一人能画策,徒有诸僚成聚讼。夷狄交侵古来有,更于中国何轻重?当时止合问曲直,按兵境上不为动。朝廷制驭自有道,岂在劳民与动众。奈何误听小人计,日以和好自愚弄。从此兵端寻岁月,岂知海内为虚空。财倾左藏不足惜,民伤万命能无恸?近闻有议留屯戍,老成亿度或屡中。充国金城上方略,李牧雁门费边供。年来丧败咎北军,弓马虽闲备骑从。吴越少年习水战,樯楫轻利过飞鞚。倘能训练三万人,坐见狡夷受羁控。腐儒何敢与肉食,聊以短章代微讽。绕朝勿谓秦无策,中兴尚看甫作颂。

人日怀故园

人日登楼望岁华,可怜久客独思家。南中尽道花如锦,北地才看锦作花。非关帝里春光少,但惜故园春事早。借问花开桃李蹊,何如雪满关山道?此日登高且放杯,谁家吹笛上春台。未报楼前折新柳,已闻江上落残梅。

赋得吴门市赠庞尉

君不见,梅尉昔游吴门市,本是南昌隐君子。暂埋名姓市廛中,曾抗封章汉庭里。吴门一鹤唳华亭,君其乘之朝太清。不嫌三黜官仍小,更作千秋吏隐名。

送张孟奇还山

四十得官已不早,到官便说还家好。未曾半载享荣华,何事终朝太烦恼。金马从来有客栖，松门岂合无人扫。男儿致身羡青云，君到青云即乞身。受恩未报胡言去，有才不试空藏珍。古来樵隐俱在野，看君岂是悠悠者。满腹经书宜世用，平生意气羞人下。驷马高车有祸机，君今此去未为非。但恐圣世搜岩穴，我辈安忍负明时。南归若访罗浮隐，为言贱子言若斯。

梅花歌与崔子玉诸公饮花下作

江南气候足妍和，燕地风沙本自多。惟有梅花解人意，乡关客舍共芬华。当年花里故人别，今日花前为谁折。玉碗银缸赏已新，毡毹锦帐香未歇。醉把瑶华揽子裾，莫教羌笛怨离居。上苑花枝犹若此，故园春色定何如。

叶县歌自禹州趍叶县途中作

洪潦纵横兮，泥途深。车不得轨行兮，马力不任。日将暮兮天愁阴，望佳人兮伤予心。安得双凫兮，驾汝翩翩而来临。

卷之十一

五言律诗

暮归山中

田家落日闲,茅屋对秋山。片霭将林暮,孤云共鸟还。人烟流水外,村杵夕檐间。萝月时相待,翛然返故关。

春日阮溪

溪边多胜事,倚杖惜芳晨。幽径迟来客,孤亭独坐人。莺将花作友,云与水俱春。多谢求仙者,何如此问津。

石门舟中

壁势临江断,涛声入海遥。众流趋郡国,万舸逐风潮。越峤王封壮,秦军伯气销。图南安所适,行矣见扶摇。

东行纪兴

落日泛舟返,沧波通远天。未逢三岛使,还访五羊仙。珠树秋云湿,瑶台夕霭悬。兴来随所适,沿月棹江烟。

安 期 岩①

一

昔闻采药去,过海访蓬壶。尚忆如瓜枣,难寻九节蒲。鹤鸣犹

① (明)郭棐著,王元林校注《岭海名胜记》卷4(三秦出版社2012年版,第138页)收录时名为《游白云》,且第一首内容有较大不同:“昔闻采药去,过海访蓬壶。尚忆瓜如枣,难寻九节蒲。泉声清涧壑,鸟道转虚无。玉舄留秦帝,飘飘鹤驾徂。”

绕树,云起类披图。借问阜乡舄,何如叶县凫。

二

长谣白云曲,一扣紫岩扉。陟磴岚随杖,搴萝翠滴衣。瑶华纷可掇,仙峤望中微。海上三清鸟,传书几岁归。

戏拟少年行

少年何倜傥,结束似金张。惯贳文君酒,新熏荀令香。卖珠过主第,掷果向河阳。秦氏称殊婿,王家早拜郎。

友人读书诃林

闻道栖禅客,观空不废书。萝轩僧梵寂,木榻世情疏。贝叶藏山鸟,昙花隐壁鱼。由来方丈室,即是草玄居。

春夜闻雁

汀洲春水生,旅雁动乡情。复此联翩起,犹含关塞声。云低时乱叫,雾阻或单鸣。独坐悬灯夕,因风寄远征。

寒　居

茅斋云木里,寒日转萧森。幽独生春事,清虚长道心。闭关惟纵酒,拥褐且长吟。一枉匆知过,门前车迹深。

元旦日食

一

未献椒花颂,先逢日食书。蓂生春暗发,麟斗事非虚。不尽如钩挂,新回似月初。卿云方启旦,光灿奉晖余。

二

献岁冠裳集,朝正祲霭多。圣朝无阙失,天意竟如何。匣镜朝晖没,开轩夕照过。定知天有日,无待鲁阳戈。

春　晴

香阁惜春归,妆楼宜曙晖。池纹含细簟,花气透重帏。林鸟千回啭,园桃一半飞。韶光处处好,结伴采芳菲。

春　思

春光无远近,都迓艳阳时。蝶稚初涂粉,蚕眠欲吐丝。陇云归雁早,海日到窗迟。惆怅芳菲里,佳期那得知。

戏作临镜

纱窗催曙鸟,绣阁卷香帏。开匣自生妒,看妆谁谓非。怜时嫌着粉,愁处懒更衣。回视雕梁燕,双双犹未飞。

烽烟完节诗

隆庆己巳间,西贼犯我邑,延烧村落。妇子守义不辱以罹锋刃,往往而是。乃罗女赴火之节,里党至今烈焉。追纪其事,而作是诗。

一

虐焰昏炎徼,惊烽煽绿林。岂缘宋姬笑,遂断木兰吟。抱柱岂为信,登台良独任。惟应芦火玉,堪自表贞心。

二

忍说干戈日,仍钦妇子贤。膏熏何用比,烽火故相煎。烈性金同炼,芳心桂共燃。当为镆铘剑,长誓斩蛮烟。

过韶石

一

玉辇南巡日,从天降《九韶》。仍闻舞百兽,真想格三苗。风雨仙灵集,云霞绛节朝。有时盘石上,天籁暮萧萧。

二

轩帝钧天后，重华复此乡。皇风开楚越，大乐睹虞黄。石上停仙跸，云端识衮裳。珠丘不可望，流恨满潇湘。

岭上望中原

一

岭树郁苍苍，千峰划大荒。路盘秦栈没，天入楚云长。地旷留铜柱，春深贡越裳。古来思猛士，无乃固金汤。

二

行行逾叠嶂，立马倚崔嵬。关路元通汉，将军是姓梅。山川百越尽，云雾五陵开。倘上筹边疏，安危敢论才。

度滁关望凤阳

环滁山不断，西尽白云封。遥辨金陵气，知从泗水龙。河冰妨渡马，涧雪倒枯松。侧想涂山会，来王万国宗。

徐州道中

彭城徐子国，访古气弥增。饥雀啄残雪，春泉汲断冰。台临青累迴，山隐白云层。客路随征雁，翩翩向五陵。

晓渡临淮河

县城临渡口，晓涉是春冰。日月开淮甸，山川入汉陵。临渊徒有羡，履薄得无兢。立望龙兴地，风云时自腾。

春日边思

劳歌倦行迈，长路改年华。野冻冰胶岸，风鸣马喷沙。夕烽标汉垒，宵月惨胡笳。谁念穷边戍，春来不见家。

南还潞河玩月

一

潞河堤上月,清景忆皇州。心逐孤轮转,光看万里流。花阴辞北渚,帆影溯南洲。独有江楼望,应同今夜愁。

二

轮生云不碍,弦上桂还侵。披雾光逾皎,临河影讵沉。望回霄汉迥,看去海门深。别有南飞鹊,徘徊绕上林。

戏咏扇上画兰

新制齐纨扇,画作楚皋兰。叶叶幽闺性,花花彼美看。动摇晨露湿,怀袖香风寒。芳意宜连理,嘉名应合欢。

又　咏

美人怀藻思,碧草寄幽情。露叶迎香发,风枝任兴生。相怜春畹暮,相倚月轮清。若持掩歌脸,吐气必俱馨。

泛　舟

汀州暑气微,烟艇泛晴晖。鱼拨菱花动,鸥冲桂桨飞。下溪逢浣女,面水缉荷衣。相见时相问,郎今何处归。

江上吊屈庙

一

楚臣昔见放,遗庙楚江阴。憔悴当年色,凄凉千载吟。碧云湘浦远,春草洞湖深。魂去招何处,遥遥枫树林。

二

去国晴如昨,怀归复几时。皇天难具问,公子敢言思。风雨湘灵泣,鱼龙梦泽悲。《九歌》君不见,空自撷江蓠。

将至故园志喜

自予出京国，迢递望山阿。客路厌风水，丘园寄薜萝。枫林青岸合，桂浦白云多。试问长堤草，年年奈别何。

溪上独往命酒自随

清溪行不极，徐步即幽深。草识归人兴，禽疑久客心。鱼梁明落照，鸡犬隔空林。不藉芳醪色，谁能慰独吟。

本空上人禅定西村寄怀

西郊开净域，一水向珠林。鸟下斋前几，灯传定后心。钟声流木杪，松子落岩阴。借问修持苦，应怜绮障深。

对雪和四兄

早雨晚仍雪，风花湿更干。糁枝成玉树，铺径作瑶坛。赋里窥春易，尊前和曲难。莫将柳絮句，轻拟撒盐看。

过亡友陈伯衡故居

云房披素幔，雪涕访遗尘。竹石对今雨，图书非故人。鸟归深巷静，花映古苔春。何处风前笛，悲来过四邻。

又咏黎秘书汲古亭

石井何年凿，林亭向水源。梧疏翻月影，栏古浸苔痕。抱瓮忘机事，开畦远市喧。桔槔宁用此，聊灌汉阴园。

戏马台

一

乾坤龙战日，西楚气雄哉。叱咤千人废，腾骧独马来。云深巨鹿野,日落彭城台。霸业何销歇,伤心但草莱。

二

芒砀吞大泽,台上起悲风。汉世人心属,君王马步工。孤城苍树断,野戍暮烟空。独有彭门会,高秋怀宋公。一作“诸侯从沛公”。

咏 燕 市

五方殊物产,百货丽皇居。高足千金外,双环万镒余。三川谢声利,陆海让车书。但和酒人筑,休停卿士舆。

别汪和叔之塞上

花前各尽觞,游子赋河梁。我望南枝返,君同北雁翔。笳声咽陇底,海色愁渔阳。未共酬恩去,相思塞草长。

出京,汪公幹追送至潞河,别往上谷再赠

临河驱去马,送远各依依。穷路难为别,游人俱未归。雪残边草出,沙涨碛花飞。莫更听燕筑,徒沾壮士衣。

出上东门

上东东首路,车马无时闲。日日见行客,朝朝思故山。地枢连九陌,天阙表重关。借问频来往,何人剩壮颜。

咏 车

鸣銮遵广陌,缓辔动轻埃。上路流如水,长桥殷似雷。朱轮随日转,翠幰拂云来。不见渭川载,徒思托乘才。

赋得泥融飞燕子

泥融碧草芳,紫燕远相将。衔来微带湿,巢处定闻香。对舞玉池水,双栖文杏梁。袖中书未寄,夫婿隔湖湘。

赋得沙暖睡鸳鸯

沙上眠鸳鸟，雌雄不异林。东风吹欲醉，渌水照同心。上客赠文绮，佳人思锦衾。昨宵春梦去，惟恨玉关深。

发清源，开先载酒道傍，一醉而别

一

遑遑问归路，与子暂盘桓。岁月分襟易，风尘把袂难。离殇促日短，旅服过春寒。意气今何在，惟将宝剑看。

二

下马饮君酒，酒酣愁奈何。离颜正萧索，客计且蹉跎。荆玉售何晚，鲛珠泪渐多。平生惟有恨，中路一悲歌。

过 吕 梁

临河发棹唱，聊得洗尘机。夕鸟度山翠，空梁沉暮霏。孔观人已远，庄记事多违。从此茫茫去，中流击楫归。

夏日同诸客泛舟青溪作

一

东城杨柳陌，西堰木兰船。锦缆清川曲，朱楼大道边。花阴随去棹，乌韵杂鸣弦。别有凌波态，回看洛浦仙。

二

解佩临青岸，鸣环步绿浔。川如濯锦艳，溪比浣纱深。倚楫吴姬唱，褰芳越客吟。江南佳丽地，最此称游心。

三

锦席人须醉，仙舟客共登。年华各自惜，意气转相矜。瓶水沉朱李，溪花覆紫菱。莫夸姑射雪，吾有玉壶冰。

四

卷幔千花暝,回舟一水遥。芳情瑶瑟怨,别曲凤笙调。桂苑通仙阁,兰房接画桥。倚歌待明月,长笛不须邀。

金陵城南宴

逸客东山至,佳人南国多。袖翻金谷舞,梁绕石城歌。妆阁宜春入,花蹊爱晚过。留欢方待月,无遽动鸣珂。

泊峨眉亭玩月

一

昔贤临泛后,重系木兰舟。山月此亭古,风烟何代愁。鹊飞犹绕树,杯渡欲随流。多少婵娟恨,何须访醉游。

二

由来对酒处,高咏渺难闻。万古青天月,清辉殊为君。凄凉同逐客,怅望独离群。盈手犹堪赠,长歌寄碧云。

题贞吉王孙幻景庵

汉室诸王子,沙门大士家。桂开仙院叶,莲发曲池花。讲席窥山鸟,禅衣落涧霞。中林亦何事,长日演三车。

晚发豫章江上

迩来山水趣,独在豫章船。正有登临兴,其如旅病牵。抱琴传此意,栖岳计何年。暮倚中流楫,闻歌徒自怜。

赣州阻水

两涯新涨满,系缆动乡愁。万岭盘溪落,双桥带郡流。行人迷旧渡,宿鹭没前洲。失路令如此,谁能赋远游。

自南埜驿赴横浦

溪路多纡折,一程数十滩。崖欹度缆险,石浅溯舟难。樵径迷深竹,鸥矶坐急湍。任君归思切,信宿且加餐。

中秘黎公挽词

一

一代词宗丧,三朝侍史荣。芸香余旧草,风雅变新声。宦路终蓬阁,归魂必玉京。茂陵求见及,犹想禅书成。

二

晚节慕丹丘,长生事可求。谁言已年梦,公有纪梦文,是其绝笔作。竟作岱宗游。海暗千珠色,山空八桂秋。平生知己泪,零落向西州。

三

山中朝沐罢,地下忽修文。日黯炎洲树,江寒桂水云。风松吟旧馆,露草泣孤坟。欲拟招魂些,泉台恐不闻。

四

此别成千载,浮生感七哀。吟诗推我过,把剑觅君来。溟海鹏初息,罗浮凤不回。岁寒问耆旧,松柏是新栽。

始赴东山口杨柳村庄作东山之傍

先公盖尝经营,今过其地,蒿莱满目,怆焉伤怀

一

山中朝暮雨,溪上两三家。古岸堆榕叶,闲门扫橘花。茅茨散鸡犬,林沼涨云沙。何恨伤春事,无心恋物华。

二

经始东山下,萧条素业存。源桃犹避世,沙柳自成村。远树峰腰驿,孤烟谷口屯。山林情岂忝,丘壑道能尊。

三

废垄千畦韭,清川几树桃。入林披壤石,薄采荐溪毛。旧俗忧多难,新氓计转劳。未堪营一饱,身世有渔舠。

四

十亩阴连水,茅檐春雾浓。烟霞余几片,岩壑有千重。寇贼虽新息,军储亦旧供。异时负薪子,应乞寝丘封。

五

瓜地怜兹卜,菟裘无别营。刈麻防久雨,祈谷望新晴。田父休询姓,山禽不辨名。庞公遗后计,独有鹿门耕。

六

沙田春悯潦,云壑昼伤阴。牛羊村径浅,耕凿战场深。麛狎眠幽竹,鸥喧坐碧浔。遗书犹可读,谁贵满籯金。

七

地僻时留径,江深晚泊船。岂无陴上宅,实少汶阳田。俭获频供税,丰年或具饘。莫将桑梓敬,花树拟平泉。

八

荆扉颓岸引,蔬圃乱流通。包橘无千树,芳兰自一丛。暮云丹水北,古峡苍梧东。柳外春沙没,哀哀何处鸿。

舟次泷水口

一

满目兵戈后,西来岂胜游。箐林皆置堡,泷水始通舟。预恐官租逼,常怀歉岁忧。请从渤海治,致盗独无由。

二

篱落新烟少,江村古塞遥。长林收夏榷,残烧长春苗。颓屋燕双入,微风花乱飘。那堪正水宿,城拓复萧萧。

入罗滂水

井邑新安集,闾阎杂汉瑶。火耕春伐木,山猎夜归樵。潮响蛮溪合,林光瘴峒消。直须勤抚字,慎勿困征瑶。

出灵羊峡望香炉诸峡山

峡擅江山之秀,沈云卿赋颇极幽致

香炉复灵峡,信美且吾州。伊昔投荒路,今看拥上游。猿啼千嶂雨,枫落片帆秋。作赋何年客,偏怜风景幽。

陈少珍移居与周少恂相邻寄怀

二友衡门接,城隅水竹多。闲携青玉杖,高和紫芝歌。篱落同鸡犬,衣裳杂薜萝。端居寡俦侣,寂寞向羊何。

初秋夜

一

摇落才兹夕,萧条已不禁。下阶闻坠叶,悬树见栖禽。未有干时策,长怀出世心。谁言骑省客,独受二毛侵。

二

昔贤虽宦达,犹或念蹉跎。况复飘蓬久,其如落叶何。冥冥高鸟翮,滚滚逝川波。欲拟清商曲,难赓白石歌。

三

河低天欲曙,孤坐意何长。不惜枫林晚,空怜蕙草芳。暗投憎按剑,夕济恨无梁。耿耿不能寐,踯躅中自伤。

晚投洲寺[1]

暝色投沙界,幽香入梵林。夕流含砌转,寒叶下阶深。借榻邻山狖,张灯散渚禽。不须谈出世,虚寂长禅心。

---

① 崇祯《肇庆府志》卷46《艺文志 · 五言律诗》题作《晚投东洲寺》,下一首则题作《东洲寺晚望》。

洲寺晚望

寺僻流双绕,山晴绿四围。一僧迎客出,群鹭掠波飞。潦尽泉声聒,庭空帆影归。息心终傍此,非是暂望机。

答苏母舅以九日诗见寄

忽示登高作,悲怀独有君。家贫违故里,书远寄秋云。地僻山寒早,江空猿啸闻。往时落帽兴,愁绝孟参军。

宿端溪口

烟霏生暝色,信宿伴渔樵。地静林无瘴,溪喧水是潮。落霞连雁足,残烧隔山腰。虽听江城笛,何言乡路遥。

晚过光孝寺禅室寺有古菩提,梁天监物

真谛何时了,微踪暂托缘。鸟啼千岁树,霜冷六时莲。风叶随吟客,天花对病禅。无论空与寂,水月共思玄。

得苏母舅东山书问

牢落悲吾舅,东山合就耕。暮题颜远句,遥寄渭阳情。草屋营寒事,沙田足晚成。贫居闻亦乐,诗酒过平生。

游三洲岩

一

闻说岩林胜,西浮锦水春。云归瑶径失,雨洗石苗新。折桂期山客,攀萝蹑羽人。居然成独往,何用记来津。

二

洞启烟扉湿,林悬雾磴斜。藏书空有穴,封灶久无砂。扣石闻天乐,褰衣动涧霞。一从灵景秘,春事长瑶华。

张子以《五齐录事传》见示因赠

饮客高阳后，随身双玉瓶。百年须酿醉，一月几回醒。白眼看人事，清酣识性灵。君今颂酒德，吾意亦沉冥。

秋荷同坐客分赋

过夏红蕖发，亭亭小院幽。迎霜花似浣，听雨叶堪留。色静金塘晚，香分玉井秋。更宜擎月露，持奉液池游。

端州集梁约中园池

一

懒挟朱门瑟，归寻绿水园。主人解簪组，留客开萝轩。树密云迷径，池清竹映村。知君乐情志，不负仲长言。

二

名园多胜事，延赏足烟霞。片石开云细，回塘避径斜。菊含霜后蕊，桃发春前花。未觉年芳暮，留欢醉物华。

曲江值雪同家兄舍弟

急雪孤城下，同云万里长。客情犹故国，春色渐他乡。冷气开炎峤，流光艳早阳。纷纷何所拟，诸谢有歌章。

晚次始兴江口

客程行渐北，乡思转悠悠。斗下看雄剑，风前揽敝裘。渚花飘映月，霜叶洒随舟。今夕南征雁，先飞故国楼。

岭上见梅花

梅岭候偏宜，梅花岭上窥。报瑶人去远，踏雪马行迟。驿使春前发，乡心笛里知。已从关路北，犹觅向南枝。

题大庾岭北驿兼示入计诸使者

我行竟何事,访古昭王台。沧海搏鹏羽,黄金识俊才。游燕歌渐起,系越使初回。望气何人在,当关报客来。

虔州西津桥作

生平重游侠,中岁颇艰虞。宝剑南来越,雕弓北射胡。风云开上国,雨雪壮长途。候吏何须问,关门昨弃繻。

游大隆福寺

驰道开香界,仙宫近紫微。泉清龙旧跃,松暝鹤知归。画壁荒苔杂,雕兰蔓草围。双幡门外直,犹想翠旗飞。

摩诃庵寻僧不值

杖锡是何适,云霞少定踪。咒龙余钵水,留鹤伴阶松。野立看遥嶂,孤吟待暝钟。仍闻弟子说,早晚下西峰。

林开先惠练绢袜

岂料无衣客,尘中步亦仙。迷阳思裹足,举趾意缠绵。旅食从貂敝,商歌任履穿。王生今老贱,谁引汉庭贤。

开先吉士饷酒,云自齐东游日所藏,发封大醽,不觉尽醉

贻来千日酒,不饮奈愁何。穷路惟堪醉,华年渐欲过。开樽恋花月,觅侣坐松萝。愿以如渑颂,兼之击唾歌。

五日同邓希父、蒋兆卿宴黄公绍旅寓园亭,时微雨初过得鲜字

撷艾属芳筵,林亭景气鲜。蒲觞开石径,桂楫想江天。细葛凉

风袭,高槐片雨悬。殷勤看彩缕,一倍惜流年。

客中九日

细雨黄花节,秋风竹叶杯。异乡谁送酒,何处更登台。木落江云暮,天寒塞雁来。惟怜三径在,归去剪蒿莱。

梅庵僧舍阅黎秘书游石室诸篇草隶

名山支策去,高咏复寻僧。妙墨窥中秘,新诗得上乘。给从斋后膳,讲忆佛前灯。欲共禅皮出,操觚谢未能。

送黄汝纶柳州寻明府弟

醉发江上棹,西游见白眉。看云吟桂水,访古过罗池。霜叶随行暮,江鸿独去迟。羡君花萼好,到处有连枝。

饮梁氏园亭

一

与客搴芳至,林亭云沼间。层轩皆面水,密树不障山。露染桂枝碧,烟笼菊蕊斑。淹留好情景,乘月憺忘还。

二

乐志惟兹园,长林隔市喧。禽声隐翠筱,松色酿清樽。夕水芙蓉媚,新霜薜荔繁。小童行酒罢,双管月中翻。

仲冬集梁氏园得江字

曲槛嘶群骑,平池泊小艭。岚光回夕嶂,雁影溯空江。竹密烟沉径,藤疏月挂窗。清言恋朋好,胜事狎花缸。

同家兄舍弟谒文昌台

珠斗近中台,瑶琨拥化台。溪疑曲水接,山似梓潼开。紫雾花幢引,晴云宝盖来。如闻登桂籍,同此荐椒杯。

太平山庵访朱贞吉

霞踪成独往,弥棹访云林。不识王孙路,惟看忍草深。香厨分净供,松籁协幽吟。却笑征途者,劳劳江海心。

南　都

一

东吴初建国,四海此来同。地跨六朝盛,江连三辅雄。玉墀留夜月,金殿锁春风。正睹周基茂,千龄咏镐丰。

二

襟带河山是,规模南北同。铜盘万岁露,玉井两秋桐。江汉思明主,乾坤忆旧宫。到来歌舞地,犹想太平风。

三

汉家敦懿戚,周室重尊亲。揖让劳明主,艰危仗节臣。豪华卑六代,父老望三秦。万古钟山气,长瞻旧紫宸。

四

名都一何绮,钟阜据玄湖。万国舟车辏,千官剑佩趋。翠华游凤辇,碧殿想龙图。盛德兴王地,元为天下枢。

五

蓬莱闲彩仗,长乐罢霓旌。白动吴江直,青连楚岫平。暮云双阙凤,春竹万家莺。故老思丰沛,抽毫赋两京。

卷之十二

五言律诗

夏日偕同诸年友集于灵济宫

结驷情多暇，骖鸾路不赊。偶携中圣酒，来过上清家。解带褰瑶草，倾壶藉洞花。相期练灵液，携手五云车。

初读书翰林作

一

材馆抡多士，兰台出秘书。紫庭储相日，黄阁礼贤初。奏技颁银管，披文映玉除。凌云自有赋，何必羡吹嘘。

二

旧事弘文馆，新恩翰墨林。琼轩开丽泽，天路合朋簪。岁月诸儒论，风云列圣心。何人种桃李，于此欲成阴。

三

虞代收元凯，周庭引庶常。今兼文体重，古以事功良。礼乐从先进，鹓鸾接末行。何当刷毛羽，云路共翱翔。

送袁文瀫令富阳

海邑通秦望，春城过阖闾。吏才三仕达，宦迹十年疏。梅萼孤山雪，桐江隐士庐。从来因好客，官俸惯无余。

冬至前一日斋居对雪

一

缇室窥玄钥,清斋席白茅。瑶光连北阙,璧彩近南郊。砌迥檐花积,风回苑树交。天心如可见,已映易中爻。

二

迎气潜皇泽,飘霙下帝台。兆从三白异,瑞应一阳回。净色流坛树,轻飞逐管灰。明朝郊祀赋,应待长卿才。

诸客过集同送舍弟之东明

一

努力向明时,悠然眷路岐。之官怀弟别,对友念兄离。夜雨黎阳树,春风濮水湄。明朝棣华咏,应接芾棠诗。

二

季弟难兄誉,仁风在播扬。去天郎宿近,行县绶花香。丹阙占凫影,青云起雁行。顾惭采风史,抽笔伫循良。

谷 日 雪

谷日偏宜雪,花天正起风。春归瑶圃外,润洒玉田中。阁回飘还集,阶暄落易融。螟蝗今岁少,野老喜年丰。

早春长安道上

双阙丽朝霞,千门竞岁华。苑云微带雪,宫柳半藏鸦。结驷过平乐,扬鞭赴狭斜。春风才几日,先发上林花。

赋得云近蓬莱

蓬苑与天通,祥云杳霭封。杂花开绛阙,接叶映霞峰。日袅仙衣丽,风飘御盖重。惟应常五色,朝暮自从龙。

院中春日

一

柳色连金阙，花香过玉楼。林亭罗杂树，池馆带新流。禽有迁乔望，人多选胜游。谁怜看花伴，独自滞瀛洲。

二

夜宿芸香阁，朝游竹素园。花枝连苑密，莺语隔林喧。对酒开新帙，看云过别轩。仙情自有适，何必访桃源。

院中夏日

一

闷馆肃清芬，虚亭出五云。石林藏雨气，霞岛辨峰文。露影仙茎溢，莲香太液闻。携琴扫萝径，闲坐咏南熏。

二

官暇抛章绶，朝回向薜萝。风鸣幽涧竹，雨歇小池荷。散帙鸟声至，窥潭鱼乐过。自怜尘境寂，炎夏得凉多。

九日偕馆中诸友集天宁寺

帝京重九日，朋旧共开樽。地远城西寺，台高蓟北门。云光移塔影，山势断河源。忽睹南征雁，令予思故园。

家人初至京，置酒庭中对雪作

庭霰今朝集，家筵此日开。不知燕地雪，犹讶故园梅。玉袖承花出，珠帘卷絮回。瑶华虽可赠，留赏上春来。

瑞儿初见雪能为诗喜示

一

白雪儿能咏，同看帝苑边。乍连珠树密，已并玉堂悬。影助层城月,光摇万里天。更宜芸阁夕,映彩读新编。

二

晓云双阙外,夕霰一庭中。絮起犹含吹,花飞更舞空。谢吟还汝共,郢曲为谁工。往岁梅关北,寒深阻塞鸿。

雪夕,刘孙林庄四吉士过集,同用梅字

暮雀归林尽,寒貂拥雪来。卷帘如却月,连骑似探梅。润重沾银管,花轻堕玉杯。更饶今夕兴,差胜剡溪回。

馆中杂咏

一

英游真忝窃,胜地绝攀缘。树色藏书阁,花香入讲筵。岁售中秘帙,月费大官钱。载笔惭恩遇,何能即掞天。

二

瑶圃为藏室,蓬莱即道山。地幽尘境外,心远市朝间。客至聊烹茗,书成但闭关。何须拂衣去,身世已投闲。

三

春水通银汉,长桥跨玉河。散衙人吏少,归院苑云多。凤阁移新柳,龙池出小荷。自惭多吉士,联步咏卷阿。

四

槐院披丹磴,芸窗网碧纱。帘垂仙苑柳,墙压御沟花。走墨和甘露,飞文散绮霞。良时多载酒,谁过子云家。

五

侍史趋清禁,承恩下直庐。瓶余赊得酒,架积赐来书。刻凤才何有,雕虫习未除。由来少尘事,寂莫意何如。

六

儒雅先朝重,风云汉苑过。琼章悬日月,银榜拂星河。竹长成龙节,桐高集凤柯。如闻访道日,重和白云歌。

七

依隐便山性，幽栖养谷神。暂为芸阁吏，终作草堂人。种竹消长夏，听莺过暮春。林端有双鹤，潇洒类闲身。

八

徐步登芸阁，栖心傍药兰。院幽琴作伴，阶静鹤相看。藜火分宵读，柴门过午餐。儿童相顾笑，不省是何官。

九

经旬不出户，幽事亦何能。汲水尝新茗，攀花引古藤。避人长谢病，得酒便呼朋。若问为官意，闲门寂似僧。

十

偶从方朔侍，颇识子云奇。散帙尘来少，窥书鸟去迟。囊中寻旧草，马上续新诗。惟有江湖兴，闲窗独坐时。

十一

怅然不得意，隐几对前山。谢病攀云出，寻僧累日还。石泉留策听，竹户映花关。忆与溪翁别，相期云水间。

十二

湖西数百寺，双屐屡追寻。水绕芙蓉塔，山围檐葡林。千钟流木杪，万宇结峰阴。不为官多暇，知余空赏心。

十三

近得论文友，幽期竹下深。风前同奏雅，天上待知音。仙袂披云接，华轩带月临。不能赓妙咏，端坐思瑶琴。

十四

簿领知无分，文章自有家。忙时惟笔札，散地即烟霞。褊性淮南橘，闲情杜曲花。幽盟关物理，疲马恋休衙。

游慈寿寺是慈圣皇太后所建

金地出城布，琼檐绕塔回。名花天女供，仙果御园来。松阴谈经石，禽窥施饭台。晚来清禁月，长照法轮开。

题别山长老精舍

演法开精舍,焚香谒紫微。隔林期鹤返,持钵咒龙归。云表流天乐,宫中赐衲衣。犹看卓锡处,松下玉泉飞。

赠许太初

方书与素琴,共有古人心。贻我青囊诀,聆君白雪音。烟霞驱病色,山水涤烦襟。何日炼金鼎,相携就竹林。

春暮即事

春光今日暮,春恨此时长。泉响过仙院,苔文蚀画墙。庭余一鸟哢,林剩几花香。紫燕忙何事,衔泥向玉堂。

慈 寿 寺

禅宫当径口,终日有轮蹄。万宝栽为树,千花丛若蹊。香分夷国贡,鸟出禁林栖。不识西来路,王城此向西。

晚至碧云寺

松房碧云里,云蟿昼凄凄。山翠席间落,雨花檐外低。清钟疏古木,香涧拂晴霓。晚步泉亭月,分明到虎溪。

辛卯中秋家人置酒亭中玩月

秋月正宜看,秋城夜未阑。闺人张宴待,稚子卷帘欢。东壁蟾光入,中庭练影寒。年来种桂意,移傍五云端。

辛卯重九城西禅林登眺

一

燕郊载酒日,汉殿佩萸时。强赴重阳会,元无三径资。寒城淡古木，返景透疏篱。寂寞龙山后，柴桑与我期。

二

清霜涂峻坂，晚日下西岑。客舍黄花满，关门红叶深。亲朋九日饮，乡土百年心。落帽胡为者，风流直至今。

春郊即事

汉署逃名客，津桥行乐人。云山一片紫，花树几重春。章绶纷为累，琴樽且畅神。啼莺与芳草，处处动游轮。

晚春郊宴

柳外一纶巾，莺啼欲暮春。鸣琴稀俗客，持酌劝佳宾。四十无闻老，乾坤有限身。试看花下宴，谁是百年人。

病起客至，言西郊花事已过，怅然有作

一

移疾动经旬，宁知花事新。烟霞不惜赏，桃李可怜春。底事催莺老，非关送酒频。向来迟暮意，为此重伤神。

二

西郊万树杏，飘落任西东。颇恨前朝雨，深愁昨夜风。游蜂争堕蕊，舞蝶恋虚丛。老鬓将残艳，相怜晓镜中。

闻宁夏变起

近传宁夏卒，杀将乃横行。养虎虽贻患，操戈亦有名。预愁勾逆虏①，遂恐失坚城。柳外清笳曲，谁吹塞上声。

---

① “虏”字，崇祯版为空，据日本内阁文库藏钞本《区太史诗集》补。

梁武库经略河陇回

远闻乘障返，遽睹入关行。出塞三边静，归朝万户轻。偏师全汉地，间道走胡兵。不听从军曲，谁知苦乐情。

柬张太仆质卿

昔会即分离，追欢能几时。风尘一诺重，湖海十年思。绿发君先达，青云我后期。匣中龙气在，曾辱茂先知。

送韩伯仪守高邮

使君朝拥传，筮仕即专城。隔坐见摇楫，开堂闻濯缨。湖光连海阔，河润过淮明。莫厌逢迎地，中和听颂声。

林开先内翰宅酌别孙令之修仁

华堂一樽酒，叙此平生心。赠以歌前扇，聆君花下琴。湘山入县远，漓水过家深。莫畏冲炎瘴，清风在桂林。

雨后过张太仆

高斋双塔下，来往惬幽期。近寺鸣钟夕，遥林过雨时。马蹄冲溜滑，蝉响入秋悲。莫下忧时泪，朝骖我自疲。

立秋日雨中

旧侣惬相寻，凉飙动禁林。秋因一叶早，交以十年深。片雨生幽事，层城下夕阴。瑶琴多逸思，长愿嗣徽音。

初秋夜同林太史过萧太史书斋

结庐虽傍市，种竹近成林。乍到安禅地，终谐大隐心。开轩迎苑月，隔牖度城砧。已惬山泉赏，何须云壑寻。

秋日同开先、正甫出郭行经郊坛

清秋原野旷，旷望极瑶岑。七月郊坛路，千年松桧林。听鸡知洞浅，别鹤入山深。辇道苔生处，遥思羽盖临。

送胡孟弢之沅江豫章人，时疏论边事

一

萧条官舍远，况值楚山秋。杜牧言何罪，长沙涕自流。澧兰清客思，沅芷动乡愁。词赋从来地，君无薄此游。

二

浮湘明日事，江畔莫行吟。易动骚人怨，难为国士心。秋风吹芷岸，落日暗枫林。知有还家梦，浔阳九派深。

西　风

西风动万里，羁客不禁秋。送雁过关塞，惊尘上戍楼。乍嘶胡马动，漫卷汉旌愁。辛苦防秋卒，黄沙战未休。

送薛行人宣慰朝鲜

一

我皇元慎德，夷服自交侵。受命存箕国，持诏去鸡林。风烟辽海阔，雨露绿江深。莫使楼船将，功名传至今。

二

夷君沦草莽，归命似穷猿。辍食天朝义，持危明主恩。饮冰将去节，航海望归轩。职贡周封旧，长令守外藩。

九日偕诸客八里庄登眺，饮非幻上人众芳亭

陶公爱九日，而我一樽随。郊寺隐松叶，主僧开菊篱。背人南雁疾，留客晚钟迟。莫上高台望，台高多所思。

送薛行人持诏南楚便归岭外①

一

西夏昨纵横,王师命有征。三时疲士马,四海望升平。朔雪吹铙入,江云拥传行。王程君莫缓,拜舞万方情。

二

边事劳行役,秋冬两戒辀。方回辽左使,复作楚南游。雪树江关驿,云帆海国楼。仍闻下诏日,父老共销忧。

送曾中舍持诏南归

一

龙庭收羽檄,凤沼出丝纶。正睹三边静,还同四海春。别筵梅送雪,归骑柳窥人。遥想逢迎处,普天无战尘。

二

汉诏下甘泉,宣传定朔边。马随龙节远,莺待凤池迁。草暖江南路,冰消蓟北天。帝城风日好,会报使车旋。

以诗代书寄张羽王

一

美人家何在,言住湘川湄。独立叹无与,采芳何所遗。春情寄瑶瑟,幽怨结江蓠,频夜寻君梦,云山九处疑。

二

所思在桂林,欲往隔湘阴。岁暮书仍阻,春来水更深。无由展言宴,何以托飞沉。不见倾城色,空传绝代音。

---

① 乾隆《潮州府志》卷42《艺文志》收录该诗,但题为《送薛行人持诏便归岭外》,仅录第二首。

送张仆卿还桂林

还朝能几日，去国逼残年。别路春前酒，离亭雪后天。衡阳随去雁，湘浦问归船。未是投闲日，东山卧莫坚。

林咨伯太史移居北邻作此奉简

近卜宫西宅，君来就竹扉。门同垂苑柳，壁共挂朝衣。联骑寻花出，双星伴月归。天涯好邻并，不觉宦情微。

田家即事

自从服官后，耕稼废田园。偶出看农事，高谈坐树根。暝云梢雨急，归雀掠檐喧。立望牛羊径，依然谷口村。

晚渡浑河寻宝林寺

人天若远近，欲往更沉沉。问水寻沙界，看山入宝林。板桥昏骇马，松径晚惊禽。此是西来路，怕河更几深。

暮投宝林禅室赠彻上人

平明驱下泽，昏黑渡危桥。只为迷方久，非关觉路遥。莲灯明丈室，香饭具僧瓢。不待闻钟梵，先令尘虑消。

题宝林寺宾上人兰若

老僧延客处，松色映袈裟。禅坐栖山鸟，经行踏涧花。烟萝侵径狭，溪水到门斜。莫谓无车马，津梁涉更赊。

香 山 寺

云门披雾磴，石脉响流泉。殿阁衔山转，香萝拂径悬。盘松低覆地，复道上摩天。向晚生幽思，长林起夕烟。

登来青轩

层轩翠微里,宸翰此高题。仰见星辰列,平看云雾低。路盘陵树北,山拥帝城西。万乘来游地,应无七圣迷。

碧云寺水亭晚坐

落日松亭上,疏钟云外清。泉源随径转,溪月枕流明。洗钵闻花气,开林散鸟声。坐来尘境寂,弥觉世缘轻。

送陈任夫司训天台

闻子谈经处,高斋连翠微。明霞胜绛帐,飞瀑浣儒衣。白日松坛静,春风鼓瑟希。闲携童冠出,华顶咏而归。

得舍弟春来行县诸诗

政暇元吾弟,乘春或下堂。弦歌为宰遍,布令出郊长。绕郭为驯雉,他时必爱棠。采风何日至,勿剪和歌章。

中秋诸客过集,是夕余病初起

主人今强起,众客且为欢。共是天涯望,谁堪枕上看。香风出桂苑,冷露濯金盘。乞取长生药,何人住广寒。

闻郡国被灾,东明弟拮据荒政,百尔劳瘁,遥有此寄

忆弟心如岁,忧时发欲星。衣裳带月入,涕泪及秋零。小邑歌鸿雁,高原起鹡鸰。忽闻颂声作,频使客愁醒。

送梁进士宰零陵

潇湘新试令,家在潇湘南。雁去尤逾岭,凫来不假骖。琴声二水月,厅事九疑岚。莫以零陵草,还轻玳瑁簪。

癸巳九日同焦弱侯、周季平、吴会甫、董玄宰、林咨伯、庄得全六太史携酒兴德寺后池台

一

野寺堆红叶，秋原隐白蒿。乡遥愁望远，病起强登高。为客惭乌帽，随人试浊醪。逢时聊引兴，能赋愧词曹。

二

杖屦侵霜叶，壶觞就径花。高风疏薜荔，薄雾隐蒹葭。山绕层城暮，桥通小苑斜。正逢边雁下，西北有尘沙。

秋　望

野典因高发，羁怀逐望舒。暮霞红蓟叶，秋水白漳渠。去雁冲风尽，寒花对酒疏。三年频亿处，赢得数行书。

寄梁兵宪天津

一

碣石横燕甸，天津控海门。梯航万国会，貔虎五营屯。远浪含夷岛，长沙接塞垣。人传新节制，清啸似刘琨。

二

鸣笳归陇坂，悬旆度天津。朔气临河尽，军容入塞新。蜃楼清海月，狐岭静边尘。要取黄金印，归图紫阁麟。

三月十五月食大风

月食今宵异，风威特地狂。直吹阴噎灭，休遣恶氛扬。桂满摧虞折，轮移急虑伤。时祲兼贼盗，沾洒望清光。

昌平道中

此下八首皆同林太史孙给谏朝陵作

山家未夕昏，半已掩柴门。车马争途疾，牛羊下坂喧。春阴入

陵树,雨色过湖村。谁道相如病,犹堪守汉园。

朝陵遇雨

一

柏寝参玄漠,松区俯泬寥。威灵群帝接,风雨百神朝。穴地重关阻,升天此路遥。攀龙无处所,遗泽下丹霄。

二

言避崤陵雨,翻行大壑云。微风清树气,积润洗山文。银海春波阔,龙池细涧分。九陵松柏路,香霭日氤氲。

供事长陵

一

文皇鼎成后,此地葬衣冠。日月神宫閟,山河帝寝安。塞云疑扈跸,关树想回銮。寂寞犁庭事,深知创业难。

二

弓剑思轩后,山川会禹陵。翠旗何日返,龙驭几时升?寝殿行春草,幽宫寂夜灯。万年关路北,神武至今称。

雨中祀长陵柬同事孙给谏、林内翰诸公

冒雨祀官肃,山园禁漏稀。云轻沉穗帐,风细飒灵衣。淅沥松阶静,深沈燎火微。群公攀望处,入夜有龙归。

山陵对雨,同孙、林二子

春雨忽成霖,春山不可寻。稍孤登陟兴,翻惬卧游心。香涧停呦鹿,新波带浴禽。看君幽事足,为我弹鸣琴。

宿巩华城王将军宅城有离宫,驾上陵驻跸处

将军躩跞翁,壮岁事从戎。枥敝闲嘶骑,尘弢久挂弓。笳声来

远塞，树影过离宫。只为时平久，农谈终夕同。

四月朔巳酉日食先是三月十五月食

日月频见食，阴阳春夏更。岂应恒失度，无乃暂伤明。白昼麒麟斗，青天河汉横。何劳问征应，宵旰是皇情。

赠关羽客还罗浮

频夜瑶台梦，君今采药还。终须去天上，常见在人间。葛令炉边宅，安期海上山。暂离亦千岁，记取别时颜。

花朝忆故园

故里花开日，壶觞特地忙。朝携东郭饮，暮宴西家庄。常恐人事累，兼愁风雨妨。如何系簪绂，端坐阅时芳。

闲斋春日

长啸即山林，闲庭步绿阴。落花时有径，流水恨无琴。把酒宫莺乱，看云苑树深。寄言朝市者，知予大隐心。

游宗谦老年出塞壮之

嗟君垂老日，策马蓟门东。易酒颜犹壮，燕歌气尚雄。敝裘经积雪，颓鬓逐秋蓬。寄谢行间客，无轻塞上翁。

送何仪部稚孝谪桂林

长沙非不远，南去更萧森。谪宦楚山尽，独行湘水深。乡书同雁少，官舍共猿吟。今夕怀人梦，随君到桂林。

游满井，同林检讨咨伯谭光禄子文

红亭罗灌木，碧甃泻银塘。仰面飞流洒，翻阶瀑水凉。居人闲抱瓮,游女竞明妆。似得持盈戒,还令机事忘。

赠刘武库玄子

楼船横海日,属国护羌年。身保命不辱,名高谤愈全。乱蝉出深树,独鹤下秋烟。长揖去林壑,汝南多昔贤。

苑西楼客至

小楼仙苑外,芳树碧城隅。留客因题竹,闲吟且据梧。浊醪过近市,粗饭具中厨。谑浪金门隐,风流即我徒。

汝纶将归南,暂往吴门,酒后赋此

万里狂歌客,三年混酒徒。掉头金马诏,携手玉人酤。夜月拈鹦鹉,春风泣鹧鸪。偶然不得意,长啸去游吴。

秋夕家人宴

金宫珠树侧,凤阁绣屏东。月隐檐边桂,风来井上桐。晚凉清枕簟,秋色净房栊。楼外谁家妇,停砧思朔鸿。

忆 山 中

偶忆山中侣,连朝隔采薇。竹根棋局冷,松下酒杯稀。道路悠悠惯,风尘事事违。才微将宦薄,何日不堪归。

游宗谦至自塞上别归莆

木兰陂上客,还泛木兰舟。芳草还家路,黄榆入塞秋。海鸥翔不下,野鹤暮何求。莫讶游归晚,山人本姓游。

卷之十三

五言律

喜四家兄至

远道风和雪，连朝第忆兄。三年此重见，万里独长征。翅接云鸿早，枝连苑树荣。所期对策后，鹓序拟随行。

七舍弟以东明令入觐，遂拜征命

一

三年重挹袂，几度各沾裳。问子容何减，忧时鬓欲苍。赤墀求直谏，青史纪循良。无恙图书在，萧然去日装。

二

凫来丹灶令，凤去紫泥书。出宰贤声遍，还朝清问余。鹓鸿班并入，台省席元虚。努力期同气，丹诚间玉除。

送邓德咸复任上杭

双凫明日远，斗酒为君倾。柳色宫城浅，桃花山县明。南人新□□，□□①又销兵。别后闻为政，春江二月莺。

酬少司空沈纯父春日见忆

同居凤城内，何事阻相期。忽枉看花句，翻成伐木诗。池光初

---

① 崇祯版、道光版均为空格。日本内阁文库钞本作“借寇东海”四字。

解冻,莺语渐依枝。伫立碧云暮,如何慰所思。

经玉河堤上望瀛洲亭

一

环岛疑无路,迢迢隔紫氛。池分太液水,亭出五城云。风静莺迁和,天高鹤散群。尘踪不到处,长日有论文。

二

隔浦望仙瀛,开林接凤城。云藏珠玉宇,风引佩环声。把酒思文友,临池想墨卿。盈盈一水隔,谁见有逢迎。

咏窗月梅影

窗月照梅花,梅影印窗纱。乍恍临风动,谁知逐桂斜。美人问镜立,暗忆寄瑶华。不是香难掩,琼楼路复赊。

早春送乡人南还

京华七日酒,岭树百重春。终朝念乡土,是日送交亲。嗟予久为客,因子访比邻。溪上一茅宇,山南松桂新。

送大田令张

行人二月去,雨雪尚春明。闻道大田郭,终朝布谷声。山晴公事少,溪晚客吟清。借问舄凫出,何时车鹭迎。

送庄得全编修予告还湘川

春风黄鸟期,春日复多思。况当千里别,更作几重悲。绿蘋通远意,白芷动芳词。离恨樽前在,纷纷看柳丝。

别山上人房看牡丹

净土幻名花,春藏大士家。药王施法雨,天女散朝霞。妙相都无染，空香亦自奢。此真色色界，不是竞繁华。

午日张家湾舟中即事

绿树移官舫，清波蘸客衣。岁时行处见，采拾望中违。汉节新恩是，湘累旧俗非。自然爽意惬，纨扇不须挥。

初发潞河

舟行才几里，已觉清心魂。高岸隐遥郭，平沙出远村。鹤行汀有迹，云过水无痕。渐喜闻渔榜，程程近故园。

望月有怀侍御弟

昨夜西楼月，同欢对凤池。今来千里望，复值再圆期。思切披帷屡，情多度汉迟。乌栖知向府，鹊绕定何枝？

发 卫 水

鸣钲辞北渚，持节下南藩。历国方询俗，寻河尚识源。津妃歌自远，漕卒晚犹喧。行役今如此，羁怀未敢论。

舟中对月

桂月宜芳夜，兰桡爱晚洲。镜随菱水泛，弦逐箭波流。岸白非关雪，沙明不辨鸥。移家方此夕，谁解有离愁。

次故城谒澹台董子祠

问俗经遗里，钦贤得并祠。知人孔圣叹，策士汉皇私。径寂榛从塞，园荒鸟任窥。平生守正意，景行必于斯。

过 武 城

言子留遗邑，经过挹素芬。林光川上见，城影渡头分。政以得人美,官应学道闻。弦歌问遗俗,客思坐氛氲。

咏分水在南旺,源出泰山七十二泉

此水何南北,当由人所为。引来元共派,分去必因卑。顺逆流中判,盈虚浪乍移。从来歧路叹,逝者亦如斯。

济上酒楼

我忆任城会,风流贺季真。停杯待来客,果得谪仙人。万古此风月,千秋成主宾。良游不可舟,何处访遗尘。

偶到南池,旋即登舟同咨伯检讨

南池好风景,行侣赏心违。地静日光薄,亭深花气微。鱼知寻藻乐,燕喜傍人飞。不见昔游辈,高吟倚棹归。

题金山寺

万古金山寺,烟波四望分。对江吴共楚,终日水和云。灯影摇鲛室,香烟触雁群。最宜禅诵处,船客夜深闻。

游焦山

一

碧岫沧波上,幽人旧隐称。云藏三诏洞,林寂四禅僧。岸火分京口,江涛接广陵。岂徒中零水,能使客心澄。

二

绀宇写澄瀛,丹台接化城。岸形临水断,楼势倚江清。潭月窥僧定,风潮杂梵声。禅居得清净,况乃事长生。

谒焦君祠

言乘扬子渡,遂访焦君庐。天地一鸿羽,江山几鹤书。松阴入洞古，帆影过窗虚。因谢区中想，道心闲有余。

惠山泉

问讯惠山寺，因知第二泉。饮冰当夏日，沸雪散炎烟。远汲通殊域，分流灌野田。何人漱玉齿，细读品茶篇。

使过杭州船中七夕

南国秋砧起，西湖夕泛归。桥文依鹊远，槎影入河微。粉席连堤幕，针楼动水扉。明朝访卜肆，定自识支机。

出钱塘门览古作

一

驻马钱塘路，逢人说胜游。湖光吴苑晚，山色宋陵秋。岩桂密连寺，渚花高映楼。伤心六桥月，不照汴河洲。

二

花月迷人去，江山胜事存。由来躭乐土，不复问中原。歌舞喧南渡，风尘暗北辕。只余湖上草，岁岁为王孙。

泊严滩寄桐庐刘宰

泠泠此滩水，尚有古人名。闻道桐江宰，鸣琴相与清。树笼芳霭淡，鸥泛晚波轻。俯仰情何限，临流一寄声。

晚霁玉峡驿望玉笥山①

峡束江流窄，山欹堞影低。玉梁沉宿雾，金涧落晴霓。水鸟窥鱼下，林猿摘果啼。灵峰不可到，矫首问丹梯。

① 康熙《江西通志》卷153《艺文志》，文渊阁《四库全书》本。

题环山楼

小楼通四望,面面惟烟霞。为爱群峰入,何曾半壁遮。翻疑崖岫矮,不觉磴途赊。最快清秋目,林林赤似花。

自怡园为东君题

闻学华阳隐,为园取自怡。白云难赠客,芳草更遗谁。果熟禽来早,花疏蝶去迟。只余瑶瑟调,犹为美人思。

刘君东招游家园

卿家好园馆,近郭复经廛。云沼野光润,林峦秋气鲜。广庭不直达,幽榭或斜穿。招我云鸿曲,酬之岩桂篇。

独游兴教寺

野寺平郊隐,幽人独骑过。旱田秋获少,近郭晚樵多。树动霜摇橘,池荒风卷荷。安知花院里,不有病维摩。

宝界寺东廊有东坡画竹壁间,年久剥落过半,其存者彼笔气如生,立玩移时

画竹僧廊在,尘埃年代深。捎檐随笔爽,穿石竞毫森。古壁烟云湿,晴天风雨吟。山灵亦爱惜,劲直到如今。

自大庾度岭

肩舆历翠微,马首十年违。旧垒仍余壁,新松又几围。林香木犀发,山晚翠禽飞。莫问符缟在,关云拥传归。

平 圃 妇

自黄塘趋平圃,山行二日,风俗淳朴,妇女道逢使车,采者弃

筐，骑者下马，拥蔽傍立，爱其明分达礼，或通都大邑不如也。①

一

山途亦自别，恒避使君车。蛮结双环出，吴罗半面遮。定言长礼族，不必问谁家。何似长安道，香车竞狭斜。

二

问俗怜兹朴，观风羡彼姝。远嫌兼达礼，薄粉且施朱。露叶翠迎鬓，山花红趁襦。定知夫婿异，不笑使君愚。

谒张文献祠

一代孤忠在，千秋大雅存。诗才推正始，相业忆开元。曝日陈《金鉴》，蒙尘想剑门。更吟《羽扇赋》，摇夺不堪论。

游清远峡山寺②

香刹住峰头，花宫俯夕流。猿吟丹嶂静，鹤坐小松幽。片石窥僧榻，归云碍佛楼。迟回无不可，乘月上方留。

还至胥江，顺、庆、儒、懿、嘉、贞、恭、慈、国诸侄来迎

一

八年思见汝，万里暂还人。兄弟皆成长，悲欢各自陈。山田数亩在，庭桂几枝新。闻道竹林宴，依然南阮贫。

---

① （清）史梦兰《尔尔书屋诗草》卷7（光绪元年止园刻本）记载：“淘金斫石尽山家，蛮女逢迎避使车。偏是如云夸鬒发，救贫常割鬓边鸦。”作者注云：唐许浑《自广江至新兴》诗有云，“洞丁多斫石，蛮女半淘金”，注云：“端州斫石，浛涯县淘金为业。”案：岭南无浛涯县，疑是浛洭之误。（明）区大相《平圃妇》诗序云：“自黄塘趋平园，山行二日，风俗淳朴，妇女道逢使车，采者弃筐，骑者下马，拥蔽旁立，爱其明分达礼，或通都大邑不如也。”

② （清）孙绳祖《禺峡山志》卷3《诗》（同治元年刻本）收录题为《飞来寺》，内容与此有别：“半岭暮云稠，花宫俯夕流。猿吟丹嶂静，崔坐小松幽。片石窥僧榻，归云碍佛楼。迟回无不可，乘月上方留。”

二

远道能怜叔,相将短棹迎。书常隔岁至,学有十年成。欢剧追儿戏,情多唤小名。东山棋局在,或可谢苍生。

三

楚楚几家驹,相迎万里途。别时犹稚小,归略具髭须。见汝知吾老,逢人笑客迂。勋名休借问,终日愧驰驱。

秋日还山

一

秋山久不到,每与秋风期。绝涧倒槎碍,悬崖枯蔓垂。马疲知旧路,松古发新枝。遂欲投簪绂,长歌与世辞。

二

村边黄叶路,溪上白云岑。草屋山家浅,松门野寺深。群鱼依密藻,独鹤返高林。若问还山事,多应负此心。

三

频年寄书意,及此返柴关。泉响竹间石,霞明林外山。无人共长往,有客暂投闲。何事金门老,风尘却忘还。

谒先墓

一

久宦抛庐舍,衔恩展墓田。岁时违洒拂,霜露几凄然。马踏残秋草,乌啼古树烟。孤忠犹未白,何敢报重泉。先君子令泰顺,御倭功多,不蒙叙录。丞温郡,复以谗去位,逮今未白,不肖孤罪也。

二

地下音容在,人间岁月侵。年将世泽远,江与泪痕深。乌雀荒村路,松楸久客心。空劳岵屺咏,终废蓼莪吟。

再宿溪上楼三兄读书处

一

弭节上兹楼，风光异昔游。芸香充故栋，帘影上新钩。雁序中年断，鸰原此日秋。藏舟不可问，灃水恨悠悠。①

二

书带草新绿，阶钱苔半生。尘埃展旧榻，鸟雀聚虚楹。有弟官皆达，群儿学渐成。人琴竟已矣，含叹几时平。

自横槎泛端溪

竹岸收残市，花源访故津。里将仁共美，俗以德为邻。土布芭蕉盛，林香橘柚新。何须会稽守，方作锦衣人。

黎惟仁、梁少仲、麦仲张、黎君玺邀集浮丘

一

洞府何年别，烟霞此会同。白云期乍返，沧海信常通。谒帝留双舄，宾王遇八公。还持鸿宝术，归访葛仙翁。

二

闻有辽东鹤，千年始一还。我来仍未远，遗迹尚堪攀。访旧期餐液，求仙忆住山。沧桑何足问，小别鬓成斑。

宿西南驿即事

未晚商船集，将昏戍鼓多。驿楼翔水雾，村火漏烟萝。夜柝迎风急，寒潮侯晚过。常因白雉入，忆得海无波。

---

① 光绪高明阮埔《灃川区氏族谱》卷1《景迹》收录，题为《溪上楼在村西，临高家池，念莪公读书处也。叔弟海目公奉使南归宿此，感怀赋诗云》，诗尾注曰："万历丁酉决堤倾圮，后建住宅。"

送游宗谦归闽

贫交怜此别,昨别是京华。身老常为客,年残未到家。海风吹鬓短,江雁背人斜。不用忧荒岁,归餐洞口霞。

正月三日黎惟仁诸公携酒见过得供字

暂着还山屐,闲扶采药节。年新堤柳发,春暖砌桃秾。客至携尊酒,家贫少馔供。临池觞屡进,但觉野情浓。

重至濠上旧居

一

濠西一亩宅,伊昔下帷余。壁暗曾题字,园荒旧读书。闲禽歌后院,流水绕前除。旧识邻家叟,无惊驷马车。

二

树回通委巷,花发识前津。昔去荒三径,今来访四邻。庭闲侵履藓,架掩积书尘。旧种墙东竹,年年待主人。

山馆春日

春园桃李月,山馆桂松烟。竹影壁间翠,花光池上燃。楮芳初剪玉,榆小未铺钱。节物信为悦,簪绅徒自牵。

新成草堂之卜暇日漫兴

一

偶洽林泉赏,端居意绪闲。阶兰差可掇,庭桂即堪攀。风扫留宾榻,云来傍舍山。居然松菊主,堪作挂冠还。

二

疏豁称吾庐,仍惭仁智居。颓墉粗补葺,荒蔓颇芟除。檐影交苔静,池光映竹虚。小童灌园罢,花下报朋车。

三

濠上昔垂钓，瀼东昨耦耕。未知投老地，聊快著书情。兰蕙思君子，棠花识弟兄。闲携竹林兴，驻屐听流莺。

四

园林多暇日，簪绂忝明时。独负烟霞癖，谁图丘壑姿。春花披露摘，冬果带霜移。有客荷锄至，囊中得紫芝。

园内小台

桃李夹池栽，丛丛出小台。共跻明月上，独步清风来。看山聊隐几，临水屡挥杯。胜友频过此，高轩醉不回。

草堂新开，四家兄携诸侄自瀼川移舫志喜

一

自枉移舟约，先令扫户迎。入林仍共侄，举步即随兄。园蕊连枝发，池篁迸砌生。殷勤此酬劝，弥畅友于情。

二

虽居穗城北，常忆瀼川东。胜怀因物寓，芳意与君同。小酌花间露，高谈竹下风。时闻棠棣咏，来对玉兰丛。

山馆漫兴兼柬黎惟仁、梁少仲

良辰追胜事，高论集清流。买宅因林僻，为邻取寺幽。在家称长者，出户访比丘。终愿与君辈，相将鸾鹤游。

将有报使之役山馆寓怀

年芳非一事，对此独怡神。小院烟霞色，幽庭松桂春。浊醪兼养性，丹壑且全真。懒出元吾意，何曾说向人。

浮丘洞中宴

洞府游仙入，楼台望气通。焚香来桂女，行酒命芝童。鹤舞春

池月,莺啼碧树风。何当倚长袖,共挹浮丘公。

拟佳人年十五

艳质正婵娟,韶光复可怜。能歌初按拍,学弹始调弦。柔意才含蕙,芳心半吐莲。惟应三五夜,璧月此长圆。

舟夜别何孔参

行舟仍暂舣,握手暝前湾。岸火连星出,春潮带月还。居人感白首,游子叹红颜。且恋离杯数,严城未上关。

初发珠江

芳菲已满目,洲渚复含情。别路千程始,离愁百念生。简书催远去,行役惮孤征。为问辞家屡,劳劳何所成。

晚发三水溯北江

行客才经宿,离愁已不堪。邮亭数长短,江路背西南。里树春烟断,山城夕照衔。何时已行役,归结桂松庵。

将至胥江与兄侄别

一

客游非不好,奈此别情何。连雁沙边久,离杯竹下多。中流忽判袂,芳渚遂分波。相望徒相失,谁能听榜歌。

二

贤兄怜此别,小侄复沾襟。浦叶初辞树,汀鸿忽异林。江空数帆影,岸转失桡音。知逐回波去,何由返棹寻。

酬别梁少仲、黎君玺兄弟

梁公松柏质,黎子璠玙姿。对酒惜长别,临风扬妙词。兰香发深谷，莺啭上高枝。明旦怀亲友，山川遥梦思。

渡 浈 阳

岭路多奇绝，浈江境最幽。窥潭竹影净，披霭树光流。云气常凝夏，猿声尽带秋。投竿未忍去，辍棹且夷犹。

晚次清溪驿

古驿清溪上，溪声净掩扉。沙昏商舸集，村响晚樵归。旅食沾松粉，邮亭挂薜衣。临流饶怪石，时忆旧渔矶。

自清溪驿趋曲江山行作

晓障陟崔嵬，凌晨石路开。鸟啼皆应谷，涧影半含苔。林霭吹花度，溪烟杂雨来。王程若可缓，幽赏更迟徊。

过 曹 溪

一

闻道南华寺，寻源向此溪。水香浮钵远，山翠入檐低。樵路春游鹿，松房午放鸡。津梁云不远，过此识前迷。

二

相传此溪胜，来渡莫辞频。一派澄心水，千年说法人。松门数里寺，茅屋几家邻。愿假慈航力，长成利涉津。

见舆人妇携儿女馈饷其夫

岂是春田馌，将无玉案齐。应怜齐相御，好谢买臣妻。路李枝多子，山桃花满蹊。此时闺中望，玉箸几行啼。

次始兴江口驿舍

秋杪曾驱传，春深复此行。携家殊往日，独客倦长征。鸟雀荒村暮,风烟古路平。寒衣犹未脱,肠断望乡情。

客中听刘季德吹箫

昔有秦台客,遗氛住绛霄。忽传飞凤引,独下彩云朝。奈此远游意,怅然仙路遥。乘鸾无处所,瑶管若为调。

于曲江逢高正甫奉使南还

相逢一杯酒,与子暂绸缪。以我北来信,付君南下舟。乡心沧海上,客泪曲江头。为问乘槎使,何时到广州。

寒食后晚投驿馆作

春事行将暮,羁愁殊未宣。兰肴过冷食,槐火试新烟。吏立松花下,马嘶藤叶前。东郊斗鸡道,遥忆帝城边。

晚至圆通寺①

入寺一钟鸣,悠然幽思生。泉声和梵语,林影共僧行。藤叶溪烟积,松花石路半。禅房暂栖息,已觉旅魂清。

暮至天池寺

晓策凌晨磴,昏钟叩暝萝。天文上界近,梵语半空多。河迥横窗落,云低俯槛过。预愁筋力少,最奈胜游何。

佛手岩有竹林寺遗迹

僧言翠微顶,剩有一岩幽。异境客难到,诸天人罕求。崖悬几屋险,猿啸半山秋。不见竹林隐,时传钟梵留。

---

① (清)毛德琦《庐山志》卷13《山川分纪十二》(康熙五十九年刻本)题作《圆通寺》,其中“松花石路半”为“松花石路平”。

大林寺云是远公种花处，时有吴中老僧亦于此杂莳花木

大林何代寺，花木尚余芬。僧老莪松竹，鹤闲眠洞云。石苔微雨滑，泉涧细流分。天外猿声断，寂寥几客闻。

东 林 寺①

昔读《高僧传》，兼怀逸士踪。停车虎溪水，对面香炉峰。旧殿丹青落，荒池蔓草茸。我来松下坐，日暮但闻钟。

僧言远公池上忽开白莲

远公开社后，池废已千年。见说金仙降，俄然涌白莲。空香千叶散，妙相一花研。本自心无染，谁将半偈传。

浔阳渡江

天浮三楚渡，城压九江浔。远堑分南北，中流见古今。桃花经汉渚，兰气下湘阴。为问朝宗意，应知望阙心。

破额山道场

为问西来信，灯凡几叶传。林端千梵接，象外二峰悬。演法开三乘，观空出四天。何时解尘缚，来此共栖禅。

丙申三月十五日食寓西河驿作

月本为阴象，辉盈有蚀时。照临终不减，圆景得无亏。小驿冠裳少，荒村鼓角迟。伫看光复处，始解万方疑。

---

① 康熙《江西通志》卷153《艺文志》，文渊阁《四库全书》本。

纡途过光州访故友刘职方园池

名黄裳,昔年与刘别时约以使事过访

为践今生约,何言隔世期。云林应识我,鸡黍到因谁?花蕊经春落,禽声入暮悲。惟余昔时剑,凄断挂何枝。

面 壁 洞①

震旦初来日,烟霞启洞扉。苔生面壁石,云湿坐禅衣。五叶灯前度,三花顶上飞。不知传教后,何事又西归。

春日游岳祠

丹台悬碧落,紫阁上空蒙。兴发烟霞外,春归天地中。瑶林披霁雪,香霭扬微风。仙路逢迎处,纷纷羽节同。

铜 雀 妓

铜台朝夕望,王座掩流尘。园馆沦长夜,恩情无复春。铅华是日落,眉黛逐愁新。惟见西陵月,殊非欢宴辰。

使还京邸有怀一时放逐诸君子

往来方岁隔,时事忽朝更。吾弟得罪去,诸君胡为行。悬巢无过燕,倚树独听莺。已采场驹咏,将何达圣明。

送梁同年赴越西幕名炫

漓江西上寻,向下动乡心。借问莲花府,人言桂树林。地形三楚尽,山色九疑深。幕下由来重,多才独见今。

---

① 此又见(明)傅梅《嵩书》卷16《韵始篇五》(万历刻本),但题为《面壁洞,同丁元父给谏》。

送霍明府左迁河东转运从事名与瑺

才人新入幕，邑宰旧鸣琴。何事太行坂，能摧赤骥心。关危通马邑，地广实鸡林。频年有朝鲜之役。莫道盐官小，今年国计深。

得故园亲友书

故园书札至，未读已伤神。乡国离三月，亲知少两人。红颜因别减，白发伴愁新。待到归田舍，衰翁几个邻。

汪和叔新种庭竹索题

种君庭下竹，邀我中林人。入牖摇疏翠，临阶扫俗尘。秋声风际劲，寒色雨中新。万个沧江上，茅斋滋绿筠。

送混成子

一

夫子富道术，世人无不闻。徒闻不能用，长啸空青云。丹篚烟霞记，玉钤龙虎文。西山有鸾鹤，应共尔为群。

二

再坐广文席，一弹邑宰弦。弦为新绿绮，席是旧青毡。歇马榴花酒，过江莲叶船。行藏不自意，何问苍浪天。

孝安陈太后挽词内制

一

内朝倦临御，中禁罢晨昏。后德千龄茂，母仪三纪存。永辞长乐仗，去上昭陵园。嫔御一哀送，悲风动国门。

二

桂寝沦阴夕，椒涂启殡时。人怀丧妣慕，帝轸殒慈悲。宫女收遗事，词臣纪令仪。至今称马邓，惟绝外家私。

三

惨淡兰陔寂,阴沉桂殿空。鸾旌尤往日,龙綍已新宫。银海人难渡,瑶台路不穷。惟应彤管德,千载冠椒风。

四

仙舆披素帟,绛旐发皇畿。仪卫平生是,山川临幸非。玉衣迁隧馆,宝镜掩泉扉。万姓何劳慕,瑶池此日归。万历初年上尝两奉太后谒陵。

十六夜高正甫寺居对月

爱月愿长满,披云复共娱。光翻只树静,影傍塔轮孤。入座悬灯暗,穿林宿鸟呼。圆辉殊未减,讵假法尼珠。

送别驾之肇庆

小郡秋江上,新恩别驾中。对圻兼岭海,襟带尽西东。驱马朔风疾,佩刀寒色雄。长途日未暮,邦国急论功。

送孝安皇太后梓宫出还登蓟丘

象卫灵风送,鸾舆卜日升。徒劳素绋慕,正睹白云乘。寂寂原野旷,凄凄霜露凝。何人共愁望,烟雾隔昭陵。

卷之十四

五言律诗选

二月梅花

春色满瑶台，梅花犯雪开。不言芳意晚，乃发艳阳来。桃李宜相照，冰霜幸未摧。因君正留赏，度曲且迟回。

送王行甫

朝来对酒处，白发几茎丝。复此送行客，翻然感路歧。汉宫妒眉黛，楚苑擅腰肢。赠子幽兰曲，还予芳杜期。

效陈隋闺情

初莺一两啭，嫩叶数重围。喜子寻窗织，宜男傍砌菲。宁辞挑锦字，暂下流黄机。眉黛看重拂，边书昨夜归。

仲春郊外游眺

东郊驰马埒，南院看花帏。皋响清游佩，风香动过衣。鸣鸠双翅拂，喧雁几行归。纤柳裁堪折，含桃未可飞。

荣庄李贵妃挽词内制

一

鱼贯方仪茂，椒涂惠问崇。承恩辞并辇，随御忆当熊。贵幸全无比，荣萃亦易空。只余团扇咏，尤似怨秋风。

二

平生宠未歇，兹夕来何迟。寂寂云光落，姗姗仙步疑。授环徒有眷，傍辇更无期。何异姑繇水，凄然望乐池。

三

灵卫陈金册，仙舆导桂旗。言随王母去，去秋七月有孝安皇太后丧。独御彩云归。尘满新辞幄，香残旧赐衣。圣君希女谒，徒惜此贤妃。

送蒲州张尚宝使蜀便道过家

忽闻歌蜀道，星使出天津。家在龙门上，途经汾水春。锦流潆去栈，蒲坂望归人。不作昼游客，何名贵近臣。

初夏过沈道士房

碧玉风前树，红泉雨后霞。偶寻松子约，来醉羽人家。叶暗桃初实，林香枣始花。仙书若有访，知我在金华。

送卢长乐

榴花不及春，照客出城闉。麦秀想行县，凫惊由畏人。车轮登路熟，琴曲改弦新。持子寸心在，坚乎不可磷。

待月有怀

留步待婵娟，空庭白露溥。含情望云汉，彼美隔云端。桂气微风发，珠晖素箔寒。殷勤洞房色，罗帐不成欢。

七夕有怀

银汉鹊停飞，星桥妇下机。月华移宝扇，云彩动仙衣。天作经年合，人怜此会稀。无由展情恨，独步后庭归。

中秋夜独步小台望月

就枕未能安，披帏坐夜阑。阴晴万里共，光景百年看。寂寂此愁望，迢迢怀旧欢。莫将罗袂色，来照客衾寒。

杨义叔宪副入贺，同
袁仲奎少参、高正甫比部集天坛道院

欣逢朝王阙，嬉戏出丹房。暂到偕鸾鹤，重游问[①]海桑。天居云自迥，辇路草堪长。且共探琼液，来朝和柏梁。

院菊初开，诸客过酌

锦石带寒英，秋光澹客情。色增蓬鬓逸，香泛酒筵清。细雨看仍立，深杯坐复倾。可知三径意，不是为逃名。

送罗敬叔归江上田舍

一

菊黄稻又熟，秋事满郊墟。正睹过江雁，因思纵壑鱼。山瓢促家酝，野饭饱园蔬。问子归何乐，躬耕仍读书。

二

山明远空静，日落秋江深，独住江云里，谁沿江岸寻。雾霞寒映水，霜鹤晚归林。子亦思田舍，相期衡泌吟。

送黄平倩太史还蜀

一

黄叶散秋氛，参差远近分。几群燕塞雁，万叠蜀山云。旅服行中换，边书别后闻。此时折杨柳，摇落为思君。

---

① 崇祯版和道光版均为空字，但日本内阁文库钞本作“问”。

二

梁山横碧烟,巴水流青天。来往人情异,苍茫鸟道悬。猿啼绿云里,雁叫秋风前。遥见单栖羽,归向锦城边。

岁除日立春对酒

一

不觉韶年赏,都从暮节欢。采花明腊酒,生菜上辛盘。岁里逢春易,春前守岁难。欲知新旧鬓,倩为镜中看。

二

冬尽春先入,年还岁欲除。瑶林初变鸟,冰沼未窥鱼。柳发辞寒蚤,梅芳过雪余。韶光不恨晚,明旦拭簪裾。

元旦阁中对雪

一

初年看丽景,御柳已芳菲。佳景玉京满,恩光瑶殿归。林先六花发,瑞应初蓂飞。今日皇心豫,天歌出禁闱。

二

天泽迎初节,祥图启曙晖。乍披银霰集,更拂素云飞。柏叶犹封翠,梅香共入衣。欲裁元会曲,并和郢歌归。

上元夜看游者和公幹

一

芳年乐事新,月色映灯轮。九陌歌钟动,千门火树春。粉香吹作雾,衫影乱飘尘。愿假千场戏,淹留巧笑人。

二

相携游伴出,南陌又东城。永夜鱼龙戏,高楼弦管声。催春花并放,留赏月偏明。别有娱情处,酣歌达曙更。

芳　树

芳树初芳日，与君同上春。最蒙瑶席赏，俱照玉台新。叶暗萦歌袖，花飞承舞巾。从来攀折意，都在艳阳辰。

和四兄咏瓶中芍药

攀翻出栏砌，香霭入帘栊。滋艳宜添水，障容更怯风。幸逢纤手摘，得厕绮筵中。犹胜微丛下，春枝夜夜空。

宿慈恩寺

东岩吐月光 ，高论支公房。松露滴阶响，荷风度水香。钟声上界静，鹤梦寥天长。觉后闻清梵，弥令心境忘。

听无弦上人琴

上人无弦意，寄在有弦琴。静室遗群妄，诸天聆妙音。泠泠花上露，寂寂枝间禽。水日竹林下，清风时满襟。

听　莺

苑外柳枝黄，莺啼出建章。穿花如觅侣，隔叶似调簧。雨过声犹湿，风来曲更长。流黄机上妾，听罢拭啼妆。

咏庭中槐和四家兄兼邀诸客同和有序

苑西宅内，爰有双槐，大可蔽牛，高连承露，种于何人，植自何岁，接凤池而挺干，拟鸡树以舒荣。甘露沐其朝华，五云耀其夕秀。既荫数亩之宫，亦茂四邻之庇。乃若扶枝东，拂若华西谢。风起而苍虬乍舞，雨过而翠霭欲流。檐鹊晨翔，欢声叶送；宫莺乔集，新响枝传。凉蝉夕蟪，共发其悲吟；春月秋飙，并滋其清朗。琴书之友，移几榻而就阴；车马之宾，停鞭策而忘返。且椒桂芬芳，天年自伐；

樗栎雍散,匠石见遗。未若兹槐,托根斯地,处材与不材之间,得用而不用之贵。于时炎月,穆然清风,吾兄畅焉,发为高咏,誉方同于嘉树,义有取于连枝,遂使弱植缘以流声,微株因而借色。无言不酬,既难为弟,同声必应,是赖群贤。台阶可卜,如聆丝竹之音;第宅流传,孰是衣冠之裔。一时和者,共若干篇。

一

幸植华轩下,敷荣自上春。叶稠欺暑散,枝迥带烟新。秀色过仙院,浓阴覆四邻。谬承嘉树誉,滥许映台辰。

二

团圞阴广砌,旖旎发芳年。复兹炎夏月,散影日华前。高送吟风鸟,凉思饮露蝉。南熏此披拂,留客和朱弦。

紫薇花

常闻百日艳,兹睹数枝妍。种处名华省,开时接御烟。不争春色早,尚发秋风前。繁蕊既能久,微芳何用宣。

再咏笳和董玄宰太史

名瓜不引蔓,囊粟未经陈。虽共雕胡荐,何曾玉箸亲。助羹餐不厌,抱瓮力常勤。君问登盘实,应知学圃人。

黄行父携酒见过而雨骤至

雨至樽亦至,旷然心赏谐。林光新翠积,天气晚凉佳。沟水鸣山溜,宫云覆竹斋。更饶深夜听,偏助旅中怀。

秋夜独坐

永夜北堂上,帘帷秋气清。林鸟霜外定,邻杵月中鸣。玉笛凄边思,瑶琴寄远情。那堪常万里,独坐数残更。

秋　雁

秋风度玉塞,候雁发金微。才共边尘起,还同关叶飞。排云声渐众,带月影全稀。徙倚东南望,江皋何处归。

中秋望月柬董玄宰太史

月满层城上,秋分御苑中。玉楼寒自迥,珠箔照还空。望美今宵隔,含情几处同。此时折桂客,或在明光宫。

谢彦云谒选得书举子,邀予共醉喜赋

闻君有家庆,客舍共为娱。正待横腰绶,新看入掌珠。好音传过雁,小妇唱将雏。兰玉阶庭事,倾樽到老夫。

夜　坐

夜坐不觉久,庭鸟栖复啼。灯前下黄叶,井上鸣莎鸡。漏静风声细,帷空月影低。城南有思妇,幽梦越辽西。

对　菊

众卉已迎凉,繁英独绽霜。分丛元异色,搴蕊本同香。篱悬高下影,露浥参差光。晚艳成华节,秋庭采夕芳。

席上同咏黄叶

龙门非旧干,露井非故林。凋尽千丛翠,都缘一片金。烟霜不惮染,蒲柳更惊心。无复啼莺处,空余寒雀吟。

再送谢彦云

别路鹏云外,离樽凤阙前。虽言共乡土,犹恨隔山川。溟涨难为水,炎洲别有天。闻君经合浦,万里夜光悬。

忆故园梅

一

家住越江津,梅开向水滨。可怜花是雪,况对玉为人。北地风光晚,南天物候新。无因逢驿使,肠断故园春。

二

看雪上燕台,皆言雪似梅。不知珠浦树,正傍玉楼开。素艳池边出,孤芳月下来。此时闻朔管,乡思若为裁。

雪中偶披故太史林开先所书梅花诗卷,往时余与黎惟仁、林开先倡和,至是十余年矣,追往念离用韵寄惟仁

独对楼前雪,闲吟卷里梅。人非今日会,花忆往年开。驿使春难寄,瑶台梦不来。知君同感旧,邻笛几徘徊。

卷之十五

五言律诗选

人日陪四家兄宴汪和叔公幹兄弟宅

是日最宜人,晴光帝苑新。来持柏叶盏,同醉棣华春。景丽因年早,情忘对酒真。更闻和乐咏,长此接芳辰。

仲春已过,庭雪载霏,有客暮至,从北邻林宫赞乞酒

春雪满林看,春庭增暮寒。幽人扣户外,饥雀噪檐端。囊罄貂频解,尊空蚁屡干。乞君蓟门酝,发我郢中弹。

雪夜北邻林宫赞饷酒

竹下幸为邻,墙头过酒频。每惭依玉树,常得饮醪醇。涤器先心醉,倾壶满面春。此时歌郢曲,讵假当垆人。

有所思

佳人有所思,行步常迟迟。紫艳委瑶砌,苍苔盈玉墀。不愁良夜永,但惜春光移。谁悟一言别,徒虚三岁期。

当垆曲

胡姬年最少,含笑酒垆傍。舞爱青春艳,歌怜白日长。妆成称绝代,价重为时光。上客且安坐,休弹金凤凰。

杂　诗

一

玄兔与龟兹,年年为出师。宝刀行有赠,银甲解无期。扬帆捉日本,披图斩月支。不能殉国难,何用说男儿。

二

檐桃初发日,思妾上春机。夜夜含啼织,朝朝空望归。燕穿重幕入,莺绕数花飞。闻到龙城将,今年未解围。

送苏户部同年出守临江

专城未四十,露冕始南游。马首过江远,蝉声到郡秋。宣风成美俗,临水见清流。所赖二千石,能分圣上忧。

蓟门早秋

一

大火流西陆,凉云起北州。苍茫易水暮,萧瑟蓟门秋。野外鹰初击,梁间燕不留。如何芳岁晏,叹息此行游。

二

边地凉风早,萧萧吹众芳。白云来蓟苑,秋色过辽阳。思发清商引,愁含明月光。离心对摇落,为寄雁南翔。

早秋旅怀

白露先时下,莎鸡乘夕鸣。郊原芳意敛,门馆早凉生。塞雁思南向,闺人念北征。客心已多恨,是日难为情。

秋　闺

玉塞三秋别,金闺万里心。授衣惊去节,闻雁伫来音。皎月窥虚幌,凄风韵素砧。银灯耿长夜,偏怯候虫吟。

京邸菊

小堂秋气清，采采露华盈。自得幽闲思，非躭隐逸名。无钱堪贳酒，有客共食英。想忆东篱日，深杯绕径行。

秋圃诗

一

秋圃正逃名，名因种菊成。官闲资抱瓮，斋冷好餐英。满把缘谁采，深杯待客倾。《离骚》今读罢，秋日灌园情。

二

秋圃秋容淡，秋斋秋兴浓。绕篱惟树菊，开径且看松。地许白衣过，人宜青眼从。寻常一壶酒，花下但扶筇。

三

苜蓿先生馆，柴桑处士家。寒花娱晚节，老圃足生涯。露重青毡薄，簪轻皂帽斜。谁言官独冷，秋至让繁华。

四

我爱秋圃逸，谁言秋圃贫。黄花行处满，绿酒酿来新。林下无他事，篱间老此身。寄书彭泽令，个是上皇人。

归怀

已约远山伴，春深定采芝。如何拂衣日，又过秋风期。疲马倦长路，栖禽思故枝。因声寄松桂，莫笑我归迟。

九月八日邀秦、杨二计部宴显灵道院

玄宫秋正好，灵景此中开。爽气西山入，云光北阙来。褰霞寻道侣，采菊送仙杯。明日重阳酒，还登何处台。

重阳后一日对酒

忆昨登临处，风烟旅望中。旬朝虽稍过，言笑不曾空。尚想萸为佩,还看菊作丛。东篱余兴在,犹可醉陶公。

九月雪时在苑西楼与四家兄、傅逊之、高正甫诸公同赋

一

秋风吹落叶,萧飒玉阶飞。忽逐先冬雪,飘花入禁闱。气蚤偏惊雁,寒多未授衣。寄言采菊者,并折瑶华归。

二

凝云来夕苑,秋霰下秋空。绛树瑶为蕊,黄花玉作丛。入林随叶散,拂砌映霜融。南国音书晚,无劳滞朔鸿。

雪中见庭菊一株冒寒独秀,负隐者之高标,有烈士之素概,聊为赋之云尔

庭菊有佳色,逾秋迥自芳。为言兼傲雪,何止独凌霜。密叶全封翠,繁英稍露黄。停杯问群卉,寒意正苍茫。

送黄南宁黄以课绩入兼董进献之役,其赞书,予撰文

西郡推良牧,中朝宠外臣。来瞻枫陛日,还睹桂江春。贡篚勤王事,回车慰远人。欲知征诏近,为视玺书新。

东郊看迎春

今旦风光动,层城气象新。隔尘移彩仗,披雪度朱轮。枝变园中鸟,帘窥胜里人。仍闻宽大诏,万国共回春。

春日对酒

春朝试春酌,陡觉物情春。菜畔留觞客,梅旁起咏人。风光林

里转，云影岫头新。共恣芳时赏，相看未老身。

上元夜郊小庾体

长安行乐人，上节赏游新。楼台宵向曙，弦管夜惊春。宝勒灯前度，金妆月下亲。别有河桥上，争看洛川神。

元夕与诸客宴集同用灯字

十千酬令节，三五会良朋。暂假金吾夜，来看绮陌灯。清歌人似玉，上客酒如渑。何处多游骑，前门火树层。京师以正阳门为前门。

灯夕与管内史诸公宴集

宝焰吐芳馨，银缸泻绿醽。灯轮辉四座，文酒会中庭。花借薇郎紫，藜分太乙青。淹留歌舞地，何似德为星。

正月十七夜庄太史兄宅灯宴

图史开三管，烟花共一庭。灯光射遥汉，帘影散春星。节为追欢续，杯缘度曲停。正逢文共酒，双眼更宜青。

送崔司马之许州

一

送子佐繁昌，驱车颍水阳。途逢洗耳客，郡接聚星乡。贤里何人住，春流几处芳。因君慕高躅，不独海沂康。

二

东风恰摇荡，行子动征骖。春事方无赖，离心更不堪。草苗一寸绿，山色几重蓝。彼地闻贤聚，何时此合簪。

仲　春

碧草日夜长，韶光催向分。此时东阁客，望见西峰云。云旁有鸾鹤,欲往难为群。长谣采芳曲,惆怅碧林曛。

二月二十五日陪家兄、傅逊之、高正甫、汪公幹出郊得闻字

不觉物华换,郊原春已分。东林全吐叶,西岭半埋云。草色前溪绿,钟声远寺闻。赖多心赏半,谈笑恋余曛。

送沈仁甫逸人游蓟门

春鸿飞碣石,皂帽指辽东。可道林中士,依然塞上翁。诸侯尊客礼,幕府慕儒风。当忆衡门下,劳歌青桂丛。

连朝闻太液池凫雁之声

楼开天苑右,门对液池源。常日烟波思,经春凫雁喧。群呼知下集,连叫想高骞。忆在江湖上,千声过水村。

寒　食

花柳发韶年,佳游竞锦鞯。异方寒作食,孤馆醉宜眠。春思离边冷,乡愁暗里燃。惟应河畔草,能解思绵绵。

清　明

钻燧青烟起,看花旧国迷。绿杨萦绪发,黄鸟傍愁啼。歌去终逃禄,吟来异执珪。故园松槚泪,遥寄岭云西。

寒食再作

旅馆仍寒节,家家冷食来。河桥沙柳合,山院野桃开。马埒游方出,鸡场乐未回。何须重禁火,已作不燃灰。

归 雁

归雁南中发，闻从桂水滨。年还思故土，书至慰离人。芳杜江南月，长榆塞北春。往来皆应候，嗟尔客游身。

后 群 雁

同侣南飞尽，如何独后群。已迟关外信，犹阻陇头云。短翮追难及，连呼急讵闻。层霄徒见慕，谁惜羽毛分。

又 咏

秋去度南天，春来向北燕。能鸣常落后，弱羽敢求先。雾重群相失，风多影不前。犹堪系书札，飞向上林边。

又咏种桃和诸客

一

曾闻留汉核，复见避秦源。霞影移仙洞，风光近帝园。露凝香霭度，日丽锦文翻。莫道成蹊易，由来在不言。

二

不道移根远，芳菲傍日华。万年枝畔蕊，三月浪中花。近酒时分露，临窗乍落霞。谁知仙禁侧，别有武陵家。

送傅博士舒城

一

之子重南金，横经席更临。儒林他日传，循吏古人心。江路南行永，山云北望深。瑶琴多苦调，何处觅知音。

二

平生怀耿介，磊落向时贤。言笑方同此，行藏付适然。之官回雁后，别友听莺前。默默看人事，惟应独守玄。

寄谭先辈

耆旧今虽在,烟霞一杖藜。弃官常市隐,避世或岩栖。里为高贤重,门应太守题。崧台南斗外,岁晚问丹梯。

王银台行父以中秋生日同胡孟弢、高正父[①]、汪公幹过余饮

独有中秋月,偏临上寿杯。光华分玉案,清切傍银台。灵药风前捣,仙槎海上来。年年今夕宴,华发共徘徊。

奉酬武选沈郎咏予庭菊有序

庭前种菊数本,秋光烂熳,颇映篱落。沈郎过而悦之,遂留篇咏,奉酬。

一

何意微根里,传君秀句中。孤芳徒自休,晚节与谁同。留客无三径,编篱有一丛。差存高士意,空愧野人风。

二

寂寂一丛菊,萧萧傍禁林。幽香出径浅,寒色映杯深。院落迟仍发,烟霜晚更禁。惟应一高士,见赏岁寒心。

晚过王永叔给谏得香字

西掖重门掩,幽期赴省郎。清言惟散帙,宴坐但闻香。衣润微沾露,庭寒渐履霜。他乡物华暮,小酌兴何长。

寒　日

霜林无一叶,寒日复多风。硕果犹存否,危巢本易空。诛求三

---

① 正刚按:通观全书,"父"应为"甫"。

户尽，杼轴万方同。白石南山曲，悲歌夜未终。

送谭司理之越西

得近霜台使，无如郡法曹。途趋蛮府远，山绕瘴烟高。夷落无多事，乡音或间操。知君心好静，佐理莫辞劳。

送梁井卿之广平

自请儒官出，应嫌州县劳。路经沱水远，云近太行高。临别逢征雁，惊秋问敝袍。怀君欲有赠，强食当持醪。

卷之十六

五言律诗选

送慧上人还江南兼寄陆伯生文学

孤云与独鹤，去住本无依。觉路何人往，空门羡尔归。晨钟吴苑树，晚饭越山薇。相见陆居士，茶经对息机。

四月八日王行甫招饮高梁河有引

高粱河，在京师阜城门外。岁时，都人士女出游焉。俗传是日西圣降生，庸众愚蒙，咸思造福。寺寺悬长命之灯，庵庵满焚修之辈。亦有王孙公子、氓隶俗流，各怀有生之欢，共作度世之乐。于是携壶水次，列席山扉。征歌金碧之宫，奏伎青莲之宇。倾都尽出，举国若狂。王银台行父者，楚之才士也。学综九流，见超三昧。乃邀我同气，萃彼能言。追淇洧之遗风，讨宗雷之密义。虽喧寂异趣，静躁殊情；然义缘随俗，非敢佞佛也。酒后，各赋五言。

一

车马隘城闉，河桥争渡人。东方行乐意，西土降生辰。帷幕平连寺，歌钟近隔尘。问君喧与寂，相去几由旬。

二

共说调心易，谁能对境忘。烟尘迷觉路，冠盖聚津梁。未听三车演，先过百戏坊。如何空寂意，翻助冶游场。

上谷客舍喜雨和四家兄

阻饥三岁后，不雨十旬余。飒沓初鸣块，滂沱遂溢渠。乍凉风却扇，久旱泽随车。作润功非细，为霖望匪虚。

途次遇雨

已惬农人望，翻增旅客吟。云来三辅密，雨过二陵深。假盖人何吝，冲泥马屡寻。近京沾足否，明主在桑林。

重憩吕公祠

一

仙翁有遗迹，寂寂闷玄关。古路尘埃满，荒庭鸟雀闲。荣枯残梦里，风月朗吟间。日暮邯郸道，征车殊未还。

二

重憩荒祠下，独吟千古春。空余车马地，犹带绮罗尘。南陌桑阴晚，丛台草色新。烦将觉后意，说向梦中人。

既渡滹沱，劳徒御作

炎月征途苦，兼之岁复侵。汉皇思麦饭，魏帝指梅林。饥渴那能免，风沙转不禁。息徒劳行役，因作旅人吟。

雨后自恒山赴巨鹿

官路忽成河，回车就浅莎。湿云沈井陉，新水下滹沱。野润槐烟细，风喧柳浪多。愁霖非所叹，劳者易为歌。

庆都尧母祠

一

诞圣名犹茂，开唐业故隆。云沾瑶席冷，日晃翠帷空。松柏连高陇,丹青落旧宫。惟余土阶在,独见古皇风。

二

万古慈宫肃,中天帝道昌。麦秋时荐食,蚕月想垂裳。雨洗春墙碧,烟含晚砌芳。如何金屋里,翻使旧名扬。

晚过望陵台

铜台不可望,望去使人愁。魏国无遗业,漳河有浊流。空城临废井,古木带荒丘。何事词人恨,犹怀邺下游。

谒殷太师墓

一

剖心非所惮,殒志始含凄。墓是周王表,碑犹孔圣题。原田无牧唱,宰木有乌啼。白日兼愁暮,高天逐恨低。

二

殷墟不可问,朝代几消沉。直谏流终古,孤坟表至今。惊风飘落日,右道属前林。试问东周士,何人为剖心。

啸 台 作

昔贤嘉遁处,林石有余清。当日阮嵇辈,来听鸾凤鸣。高台苍藓合,古木暮云平。可叹驱驰子,空悬遗世情。

寻安乐窝故址

范阳移寓后,读《易》此林阿。画自先天启,经传后进多。玄言探河洛,幽意闷藤萝。击壤闻遗咏,高山想旧窝。

再游嵩少

忆昨游仙萝,嵩阳有故山。殷勤东溪月,待我青林间。新松生旧石,后水赴前湾。何如辽海鹤,千岁一来还。

少林晚坐[①]

山扉横石景，夕室吐晴烟。门对吹笙岭，窗临洗耳泉。岩阴回竹院，香梵起花天。坐待浮丘鹤，归来松上眠。

晓过南溪偕道公

朝来北林下，偶与山僧期。复值松风至，翛然箕颍思。笑谈欣有得，历涉遂忘疲。报道前宵雨，南岩长紫芝。

题道公新建溪南精舍[②]

一

一灯传教后，此地又开山。二室三花里，千峰万木间。香台携鹤上，竹院待云还。既了安心义，何须长闭关。

二

居士住人天，精庐水石边。傍林开宝界，持钵酌香泉。花发传灯后，鸟归鸣磬前。上方留客处，松月共安禅。

访具次阻雨马户部村庄作

重来七圣路，回首项城阴。雨至烟村失，云归山径沉。飞流奔绝涧，复栈起危岑。牧马何方问，迷途岂自今。

次 襄 城

苍茫襄野外，迢递首山阿。道遇一童问，途经七圣过。峰阴迷御跸，林响递仙歌。望望白云尽，其如天路何。

---

① 又见(明)傅梅《嵩书》卷16《韵始篇五》，万历刻本。

② 此诗亦见于(明)傅梅《嵩书》卷16《韵始篇五》(万历刻本)，但题为《题无言上人溪南精舍二首》。

过叶偶访邑人宋明府园亭留酌

姓名犹未达,径造主人园。只道双凫县,谁知五柳门。欢言成握手,晴景属开樽。见说辞官早,烟萝秋正繁。

入南阳界

北洛风犹在,南阳气已新。徒闻帝王里,尚想侠游尘。地湿遥连楚,山高半入秦。明朝南郡去,先访卧龙人。

登卧龙冈寻草庐故址

一

连冈带长薄,三顾有遗墟。地势昔龙卧,山光旧草庐。阵图云鸟散,耕陇野人锄。感激君臣际,深思得水鱼。

二

王佐才何忝,雄图嗟至今。三分扶汉业,二表出师心。冈在寻遗陇,庐荒想旧林。眺余空抱膝,梁甫为谁吟。

邓太守招宴卧龙冈

胜地敞华筵,崇冈想昔贤。卧龙犹故国,下凤是今年。三顾名空在,专城业旧传。忽闻歌召杜,五马莫留连。

晚投遇真宫行二十里松柏林下

新甫千年柏,西湖九里松。共阴白石路,来接紫霞峰。风韵笙簧杂,岚光衣袖重。金膏遥可饵,时为制颓容。

游玉虚宫

披云步玉虚,管卫象宸居。万树罗深殿,千峰入广除。丹宫金凤管,紫府玉函书。壮丽观何已,高真意有余。

至五龙宫

山暝昼闻猿，仙宫向水源。阴天龙护法，古洞鹤能言。树密林先暗，泉鸣溪乱喧。不辞登陟险，斗觉近天门。

宿 南 岩

南岩果奇绝，石槛宛长霓。俯瞰千寻壑，回登万仞梯。云边孤磬寂，天外数峰低。信宿仙都近，平明试一跻。

上南岩与杨宪长相遇

来探奇绝境，幸接烟霞颜。是日方披雾，逢君遂下山。将期采药去，便挟飞仙还。抗手揖云际，因声谢世间。

雨中经仙女祠

寂寂幽宫闭，仙娥行雨归。晚篁风际碧，秋草洞中菲。松老沾逾翠，云轻湿不飞。珊珊仙步接，徒使世情违。

冒雨趋紫霄宫

焚香游桂阈，解佩阅松寮。不觉霓裳湿，徒闻羽盖飘。烟霞年复岁，云雨暮将朝。未解烧丹灶，先来陟紫霄。

再至遇真宫

真人不可遇，重入遇真宫。尘界何年隔，天门此路通。炉前丹火冷，斋后酒杯空。催取胡麻饭，衰颜即返童。

入太和山游道院作

一

云峰自送迎，涧道乱纵横。林木有千岁，山禽时一鸣。雨来岩岫失,风过石泉清。讵取丹砂志,将怡云壑情。

二

秋山行不尽,望望意何穷。飞观疑无地,悬崖似挂空。人行碧雾里,鸟语青林中。多谢神仙侣,邀予芳桂丛。

三

凌晨石路开,披磴陟丹台。素女焚香去,青童捧药来。岚飞时作雨,涧响忽成雷。今日关门吏,重瞻紫气回。关令尹隐嵾上山。

四

谷转迷丹洞,山分出石关。人疑骑鹤至,客似御风还。天乐行相引,琪花坐可攀。松间拜真老,从此谢尘寰。

五

怀仙复问玄,倚岫且听泉。深谷时穿地,长林共隐天。鸾书裁一纸,鹤语已千年。惆怅观棋客,胡为牵世缘。

共题李仲贞隐居

一

满园花共竹,即是洞仙家。门对沧浪水,林开嵾上霞。有官寻白社,未老学丹砂。更拟淮南曲,知君心赏遐。

二

门闭碧溪头,山光映水流。竹间书屋小,桥畔草亭幽。静爱林中卧,闲寻物外游。自嫌黄绶俗,情为白云留。

均州王守招游沧浪亭

混混复磷磷,孤亭水石滨。浊时因潦汩,清处见天真。旅望凭高尽,渔歌入兴新。只疑浴波鸟,犹是濯缨人。

襄阳仲宣楼

漂泊依刘日,悲凉作赋年。无家浮汉水,有客忆秦川。乡国浮云外，江湖落雁前。逢时虽异感，怀土共凄然。

将访鹿门

耆旧人何在，躬耕尚土风。风尘违跃马，江汉有冥鸿。陇亩情终在，丘园道不穷。扁舟从此去，回首见隆中。

习 家 池

闻道襄州好，高阳乐事多。山公来对酒，时听接䍦歌。台迥丛车马，池清照绮罗。徘徊抚陈迹，日暮汉江波。

自荆门放舟晓霁作

新晴天气好，况在楚江秋。岸迥晨烟敛，山明晓树稠。沙禽随棹散，浦日共萍浮。羁思方无已，劳歌慰远游。

登岳阳楼望洞庭

湖阔天为水，楼高地出城。日光随镜满，帆势与云平。梦泽晨烟积，湘潭夜雨生。凭轩问舟子，归棹杳何征。

秋日长沙

湖外今为客，方知气候分。地秋翻畏湿，江晚更蒸云。且拟浮湘作，休传吊屈文。就中多胜事，兰芷最思君。

至湘潭访唐吏部同年

闻君休假日，闭户湘江深。偶尔便高卧，翻然惬远寻。莫因佳水石，遂欲久山林。长路亦何赠，殷勤白芷吟。

渡 湘 川

湘南有归客，日暮渡湘川。征路尚余几，乡心犹渺然。佳期芳杜外,远思绿江前。为问衡阳雁,苍梧何处边。

九月八日何太守、梁节推邀游合江亭

衡南秋更好,过客赏心并。风物重阳近,江流双练明。何年开胜会,此地集儒英。晚发临湘咏,千秋水石清。

湘南旅思

客行犹未已,乡思苦无悰。棹倚啼猿岸,书停回雁峰。江声寒水落,松色晚烟浓。明发南征路,关山尚几重。

衡阳山家作

山村八九月,茅屋两三家。古道连枫叶,闲门落桂花。竹深鸡犬静,松暝炊烟斜。已似到田舍,犹嫌归路赊。

题临溪村舍

丹林间绿筠,溪路静无尘。枫岸谁为客,桃源即主人。饭香炊晚稻,酒熟斫鲜鳞。欲起临溪阁,还家隐钓缗。

卷之十七

五言律诗选

壬寅元日使归家园作

正旦迎祥始，王春布令初。幸逢新岁月，言返旧田庐。帝祝无疆历，人看大有书。频年困征敛，兹岁复何如。

侍御弟江洲园亭

台臣归卧早，偃息惟林园。得遂隐贤操，知为明主恩。小桥通柳径，深竹閟萝轩。虽共渔樵侣，幽怀未遣论。

四兄方池内新构水亭

一

隔浦望溪林，新亭冒绿浔。卷帘山在眼，过槛水澄心。时散竹间帙，闲调池上琴。更饶濠濮兴，鱼乐共幽深。

二

步入小桥去，方欣与俗睽。亭高云作幔，池满水如珪。鸟狎频移树，花浓不辨蹊。宁知远尘事，不是学幽栖。

孝廉四兄、侍御七弟携诸侄自灀川舟来，约游西樵

一

早发灀东兴，春深始买舟。仍携竹林赏，来及棣华游。鹤蕊青岩丽，蒲香碧涧幽。名山多夙契，云卧共丹丘。

二

我家滙水北,高卧樵山西。日出东峰望,天清云树齐。将期炼金液,思欲凌丹梯。明泛桃花水,知无川路迷。

同四兄七弟泛舟海上望西樵

一

海上望松关,苍茫云雾间。长风吹瀑水,飘落万重山。碧草通仙径,琪花待客攀。此时挂帆去,应得御风还。

二

七十二芙蓉,仙家第几峰?天清揽黛色,秀出海云重。地与蓬瀛接,人将鸾鹤从。此行若结宇,何异三茅踪。

寻白云洞

春山饶胜事,花水足清芬。传道溪头寺,来寻洞口云。茗园春雨过,松径夕流分。虽复通人境,犹疑阏鸟文。

西樵山行作

一

樵山正可樵,石路上岧峣。复值观棋侣,同聆伐木谣。云垂接羽盖,虹起蹑天桥。自有淹留处,无烦折桂招。

二

逍遥彩云际,窈窕春山阿。灌木见垂葛,孤村闻伐柯。烟霞尘事少,水石野情多。若问东山意,其如风月何。

宿石泉山中

空山惟习静,身世两相捐。春草芳夕渚,风潭鸣暗泉。云清独鹤梦,月照幽人眠。永夜结霞想,长吟待曙烟。

大科峰是西樵绝顶

登高四望开,绝顶出瑶台。远岫一方缺,长江数道来。云间下鸾鹤,天上扫莓苔。高揖烟霞外,三山何处哉。

逢樵者讯云端锦岩

樵岭问樵夫,仙源路有无?几人松下老,若个谷中愚。古桂应谁折,新桃定数株。幽寻若可结,携手白云衢。

至云端村

鸡鸣云外岫,犬吠谷中村。问竹才通径,看松忽到门。春潭千丈瀑,仙茗百年根。坐待主人出,相邀农圃言。

锦岩有铁泉庵旧址,云端父老劝予卜筑于此

铁泉旧精舍,还见铁泉流。问讯锦岩胜,知为云水幽。居然异村舍,相劝卜林丘。且共区中赏,何劳方外求。

西樵山中寄示梁少仲、黎君玺兄弟,兼答龚文学

扁舟泛云海,爱此樵湖春。缥渺度松壑,逍遥离俗尘。山如采芝岭,水似种桃津。君看烟霞路,应无朝市人。

归自西樵,梁少仲、黎君玺、龚岸文过问经游之胜

自得丘中赏,难为世上传。千家带乔木,百道响流泉。竹引青龙过,花邀白鹤眠。君非采樵客,安问斧柯年。

山馆夏夜

馆静夜沉沉,闲阶捉扇吟。露光垂草尾,月影在花心。云作三峰古,烟绵一壑深。桃源未可往,桂树且招寻。

夏夜独坐

缓步惜时芳，闲情逐夜凉。风声过竹爽，月色近花香。鱼唫闻幽沼，萤流度暗墙。流连未肯卧，琴曲遂能长。

五月一日诸文士载酒邀泛江上，颇具声乐

逢辰移桂棹，命赏接蒲觞。岸挟潮声上，江连雨色凉。兰香余晚沐，莲唱倚新妆。已幸同舟载，休歌水一方。

午日家园宴

水绿鸳鸯浦，花明菡萏津。浴兰归省客，撷艾命闺人。蒲泛金尊满，丝缠玉臂新。晚凉珠箔动，随步起芳尘。

咏月下采花

良夜采芳人，凝妆倚桂轮。月临花色艳，花助月华新。枝袅纤腰怯，香留小袖春。犹嫌多露处，盈手湿罗巾。

夏日与罗彦秀内弟江上泛舟

江风当夏清，与客放船行。岛屿烟中出，云霞水上明。林开朝雨霁，津阔晚潮平。桂棹方乘兴，菱歌且缓声。

潖洲月下独泛

乘汐临芳渚，停桡弄晚霞。月华摇宝刹，星影落江槎。波送随流叶，风传出雾花。溯洄方未已，闲兴在蒹葭。

泛灃川，出三洲口溯大江至石洲登岸，和四兄七弟

一

落日晴川曲，悠然趣不穷。偶乘舟楫兴，还与弟兄同。山水存

征尚，琴尊挹素衷。晚来清管发，时逐蓼花风。

二

闲棹傍幽栖，泉香草复萋。稻畦蘋渚外，樵路竹林西。沙鸟晴偏浴，汀花净不泥。沿洄已可乐，况在故山溪。

三

乘流兴未已，摇楫大江清。晻暧前山望，留连后浦情。回樯依雁序，狎席恋鸥盟。今日仙舟上，谁知是弟兄。

将有江门之行，维舟珠浦，家兄舍弟自灃川来会

朝来棠棣咏，恰与雁行期。海树寒烟断，江帆暮雨迟。昔人犹梦寐，吾道有埙篪。明发蘋洲上，应多访古思。

舟发五羊，往江门途中有怀

以予迂且诞，书剑作良图。逐世方迷路，怀贤此问途。峤回平楚合，江阔晚帆孤。可叹无闻者，东南一竖儒。

舟泊江门，周明府宴于嘉会楼

昔贤开教地，遗构倚江潭。文雅嘉兹会，儒风盛往谈。衣冠倾海内，山斗在天南。今日弦歌宰，芳筵更合簪。

泊白沙里

黄云紫水路，翠竹白沙村。后进犹题里，前贤多及门。凤麟游已远，羔雁礼空存。侧想文明代，师臣久不论。

白沙谒陈先生祠

一

言公奋南国，卜子擅西河。绝学兴千载，微言阐四科。祀今崇圣域，礼昔重贤罗。赖有心源在，江流扬素波。

二

宇宙关皇运,东南挺大儒。有言皆训典,何事不师模。旧宅余经壁,蒙泉启圣途。怀思不可接,俯仰愧吾徒。

厓门吊古①

一

遗恨前朝事,吾来问水滨。乾坤存一旅,社稷有三臣。惨淡勤王志,间关护主身。至今厓畔石,风雨洗胡尘。

二

极地南浮日,敷天左衽时。殒身徒有客,误国始由谁。百战江山破,三军恸哭辞。海门霞几片,犹闪旧旌旗。

三

北伐歼良将,南征失令图。人心非去宋,天意乃强胡。行殿秋烟冷,荒陵夜月孤。徒衔精卫恨,沧海几时枯。

四

万里穷何路,双厓壮此门。吁天惟决战,航海岂图存。虏骑能追宋,王师实灭元。聊持一尊酒,波上酹忠魂。

五

亡国遗墟在,扁舟访古行。厓无灭宋字,波有撼胡声。冠履仍华夏,乾坤仗圣明。回思驱逐日,极塞虏尘清。

楼船出厓门泛海作和四家兄,兼示同游诸君

一

浩渺洪流外,乾坤复几何。盈虚曾不有,舟楫意空多。天上回

① 道光《新会县志》卷12《金石》(道光二十一年刻本)载《厓门览古诗》,内容与《区太史诗集》一致。诗文行书碑刻在厓山慈元殿两廊,碑无年月考。《区太史诗集》编在壬寅间即万历三十年。

樯影,云边发棹歌。昔闻占有圣,今夕正无波。

二

大鳌吾将往,神山客望登。水从天上转,槎似日边乘。贝阙含明月,鲛宫织夜灯。谁知溟涨里,朝暮变鹍鹏。

泛海归答侍御弟次韵

本无浮海意,兴发为观涛。弱水信神往,灵山空望劳。浪侵天势阔,波涌日轮高。渐鼓抟风翼,方驱戴地鳌。

梁少仲、黄汝纶约游灃川,作此往订

鹿门栖逸地,耆旧向来多。豹隐真谁得,鸿冥奈尔何。和来泉石调,不是蒯缑歌。急剪蓬蒿径,相期二仲过。

侍御弟园梅,同梁少仲、黄汝纶、四家兄赏咏

一

吾弟有奇尚,为园半植梅。溪桥寒意惬,山馆野情开。贞白存吾道,孤芳免物猜。惟应素心客,岁晏共迟徊。

二

小筑傍溪馆,先看倚岸梅。破霜孤干直,临水数枝开。香送春杯入,攀同野客来。和羹终用汝,藜杖且徘徊。

舍弟园亭,与梁少仲、黄汝纶小酌

为园幽涧曲,向水小亭开。贫有一瓢饮,闲能二仲来。烟霞多旧隐,花树几新栽。高兴林中发,清吟步绿苔。

四兄园亭,晚步示黄汝纶

溪桥曳履行,晚景爱幽清。返照原中尽,残霞川上明。叶红林半落,堤绿草还生。莫学于陵灌,还依谷口耕。

晚步瀶川

旧业青山下,长谣绿水边。近村逢浣石,远树起炊烟。竹密藏樵路,芦疏泊钓船。谁知谷口者,名在汉庭前。

官棠山庄梅树多数百年物,花时偕家兄、舍弟、侄黄汝纶载酒往观,酌咏其下

闻道江梅发,同来谷口寻。霜横千嶂静,雪压一溪深。冷月斜枝挂,寒烟瘦影侵。野桥与村舍,处处可行吟。

卧　梅

树老堪眠蹔,根危尚着花。倒崖凝雪岸,卧涧似星槎。山月低还照,溪烟压更斜。啾嘈双翠羽,何事梦瑶华。

古　梅

铁干封苔古,铅华试粉新。傍松同偃蹇,倚石共嶙峋。根老不知岁,花开常占春。犹余芳韵在,宜赠素心人。

采药朱使见访山中

独坐空山晚,长吟碧草春。忽传采药使,来访入林人。朋酒聊开径,方书共拂尘。悠悠京洛事,疑是梦中身。

咏 荼 蘼

一

传来西域水,不及中园芳。芍药含风细,西域荼蘼大者如牡丹。玻璃承露香。着衣经月气,簪鬓压时妆。玉手亲逢摘,霞光流洞房。

二

弱艳风偏舞，新茎露未晞。姣容胜桃李，多刺似蔷薇。香送砗璖碗，春生翡翠帷。犹言看未足，折以赠南威。

春夜微雨，听侍以箫合琵琶

春院雨沉沉，春愁带夕阴。更堪丝与竹，并起度前林。吹作玉堂引，弹为关陇吟。乘鸾将别鹄，持底感人心。

伤崔谢崔司马光王、谢博士天章。崔工选体，谢工乐府

流落还词客，飘零见此曹。文家存选体，乐府失风骚。归衬黄河曲，招魂涨海涛。才名身后事，汝岂没蓬蒿。

客有以短箫和琵琶者，与梁少仲、黎君玺共赋

嬴女骋游思，胡姬含别哀。悲随鹄远去，欢逐凤飞来。丝竹有余感，凄清多妙裁。何因谢玉塞，联翅返秦台。

四兄园馆新成喜赋

一

村居嫌未僻，隔水见精庐。胜地云烟外，高情翰墨余。披花时进艇，倚树日看书。数过亦何事，清言常晏如。

二

如何千古意，独在此林间。野竹临流水，溪烟上远山。笔床依岸置，书牖隔云关。虽赋高闲性，如兄宁久闲。

始兴江口别庆、儒、嘉诸侄

送棹逾千里，归流挟一航。功名当力勉，离别莫情伤。寒雨芸窗夕，春风玉树行。此时频忆汝，书札报行藏。

赠亮上人

久作双林客,仍参五叶禅。愿深能化俗,行苦更随缘。坐处苔生石,行时杖出泉。但持心印在,莫问几灯传。

闻两胡生亡豫章胡比部汝焕、兰溪胡孝廉应麟

海内无多士,交游失二胡。文章才有数,磊落调元孤。世已哀词客,人犹病酒徒。哭君余两地,寂寞向江湖。

舟过南浦伤胡孟弢

关情南浦路,生别已凄然。风雨怀人地,江湖哭友年。斗间气已没,稷下誉长悬。寂寞徐祠侧,谁令高士传。

日暮旅怀

竹日幽幽暮,松云靡靡阴。寒蛩多傍水,夕鸟未归林。岸势冲烟断,江流带雪深。寄书南下雁,传语故山心。

湖上望来雁

征路逢南雁,相看万里途。摇摇经远塞,历历向重湖。阵结江云暮,声含海月孤。故园关树隔,回望几停舻。

又作此寄林宣平

闻子弦歌处,名山得括苍。吏情如素习,宦路即康庄。城挟千峰小,天悬列宿光。当勤唐抚字,去作汉循良。

龙井寺片云亭

旧寺临流水,新亭坐夕曛。乱篁森度岭,片石郁生云。碧岫连湖尽,春泉过涉闻。犹余下山磬,相送出林氛。

携酒偶入包氏园亭

一

避石开林浅,疏泉绕径长。过桥分柳色,攀阁散梅芳。涧溜经庭内,峰云起座傍。无言暂时赏,尘虑欲俱忘。

二

幽怀随地足,真赏出天成。水石因依巧,林亭结构清。杂花笼小径,深竹隐疏楹。自省闲来往,何心待送迎。

卷之十八

五言律诗选

京师苦雨作

一

帝城阴晦积,宫路水云宽。只道天为漏,何时上得干。① 潦侵三辅阔,溜挟九陵寒。却忆怀襄世,居然悲念攒。

二

入夏多霪雨,经秋未肯晴。直须忧地陷,无计补天倾。方割伤民瘼,其咨轸帝情。古来尧命禹,天地乃平成。

自夏徂秋苦雨,兼答张孟奇、汪公幹、庄静父、韩孟郁

一

共有愁霖唱,偏多滞客情。密云屯近塞,高溜迸层城。行灶无黔突,朋车绝过声。何时披宿雾,见许过新晴。

二

地下经时雨,云生累月阴。浴凫偏近砌,干鹊漫依林。但恐高天坠,还愁大陆沉。只余檐溜响,时助客中吟。

潘子朋光禄解官南归

故人官不达,久欲赋闲居。忽见秋风起,翻然思旧庐。宁贪数

---

① 日本内阁文库钞本作“何时土得干”。

升甎，定忆四鳃鱼。前路多归兴，江天鸿雁初。

甲辰闰九日显灵阁酒会

一

闰序嘉重九，高秋会法筵。菊芳犹应候，桃发已经年。昔去人为鹤，今来海作田。仍看荐寿处，胜览出三天。

二

凤阁携真侣，龙山接胜区。重持黄菊酒，高眺白云衢。甘露披林玉，秋花散蕊珠。徒言寻白社，何似访玄都。

小年夜诸客过集俗以腊月二十四日为小年，是夕，灶神上天告人功过，家家祀灶

独有颓年感，偏逢故旧欢。壶觞迎小岁，灯火候仙坛。正直平生是，飞腾晚暮看。宁因祠灶礼，名姓动天官。李少君言祀灶则神仙可见，于是天子乃祀灶神。

除夕诸客见过守岁

杯酒临除夜，能禁晚暮嗟。愿逢新节序，莫改旧容华。岁往偏宜守，春来不待赊。年年帝城里，文字老生涯。

人日小集

人日阴晴半，壶觞事亦宜。薄云呈霁景，微霰带寒姿。花气窥林浅，莺声出苑迟。春光犹未觉，为报万年枝。

谷 日 晴

谷日更宜晴，晴知百谷成。人情先卜岁，禽语已催耕。冻渚蒲芽短，春畦菜甲明。惟欣田舍酒，归与老农倾。

送李进士南还毕姻兼宰连城

闻道乘龙客,新夸片玉名。去乘冰未泮,归捧荐亲迎。才子年方少,郎官宿更明。仍瞻凫舄影,来伴凤凰鸣。

又赋得并蒂花送李进士归娶

庭前并蒂枝,蚤映合欢帷。叶引承筐至,花邀卜凤窥。连芳桃李径,交影鸳鸯池。何必丝罗结,根株长不移。

上元之夕,星月朗然,
夜半阴雨,以去岁中秋验之,亦先晴后雨

中秋与元夕,隔岁验晴阴。九陌灯光静,千门雨气沉。秋期犹在眼,春色漫愁心。为问繁华子,香车何处寻。

乙巳午日作

一

嘉候维中数,披图验国祯。缕增王者寿,镜助圣人明。众草随风靡,孤葵待日倾。欲除天下恶,臣愿赐枭羹。

二

南国余风俗,流传自屈平。蒲觞既罗荐,桂楫亦纷迎。去国留词赋,思君袭杜蘅。惟应九辨侣,能识独醒情。

送程生入蜀

行役梁山外,离歌易水前。猿声下绿涧,鸟路上青天。暂对巴歈舞,休耽蜀国弦。凭将百钱卜,更问子云玄。

乙巳夏苦雨

去岁自夏徂秋，淫雨连月，京辅灾，大饥

神皋望欲沉，长路水云深。尚恐去秋雨，还为今夏霖。有戈回白日，无力破重阴。迁客羁愁剧，兼伤连岁侵。

自城南过报国寺，逢月空上人，云与少林寺主道公同学

朝参行脚偈，言义不愁心。念欲闻清梵，何曾惮远寻。入门孤磬发，登阁五云深。老衲长松下，相逢说少林。

夏日圣安寺常公房

禅居帝城外，讵有俗人寻。一坐了尘想，一言清道心。香烟松际暝，莲漏竹间深。何必云门隐，能高支道林。

张孟奇、庄静父、汪公幹、方胥成载酒圣安禅房言别

怅然此握手，共把青松枝。雁度斜阳里，蝉嘶落叶时。浮云增暮色，古木澹秋姿。迹与僧无住，何方是别离。

寓常公房，汪公幹过宿

朗月映松关，依栖久客间。风前同把袂，灯下各衰颜。院迥花阴寂，阶空鹤梦闲。忽闻招隐曲，归典在东山。

常公房与公幹夜谈

促膝坐僧舍，焚香对法筵。幽人吟碧桂，居士爱青莲。习懒中林卧，心非外道禅。悠悠尘想绝，言义欲俱玄。

秋日寺居遣兴

野寺谁开径,秋风独掩关。逢僧呼白足,为客老红颜。城阙秋阴晚,郊原夕照闲。翻经深叶底,时见暮禽还。

乙巳中秋,余将南行,因忆四家兄先到湾中,舣舟相待

风城今夜月,旅客此秋心。北望杯同把,南飞鹊异林。鸿声连海右,槎影宿河阴。定有沿洄兴,蒹葭白露深。

南行酬别徐鸣卿武选四首并次来韵

一

有美南州彦,来观上国光。官联班禁近,文誉婉清扬。兰蕙元同气,风波忽异乡。将寻醉翁去,山水古滁阳。

二

居情常闵默,别思更迢遥。尺璧谅非宝,枯桐惟半焦。鹓鸾劳觅侣,松桂枉相招。尚忝仆臣正,谁云淹下僚。

三

长筹君恋阙,小草我怀山。微禄堪司驭,前贤滞抱关。官曹殊翰墨,职事等优闲。犹愧鸱夷子,轻舟去不还。

四

谐世元无术,因君为决疑。物情嫌太洁,吾道贵希知。未有为霖日,谁怜失路时。赐环非敢拟,鸣佩更何期。

舟夜小集

一

前林开复合,远浦去还停。霭澹沙增白,霜多树减青。举杯兼得月,拂棹乱看星。客意闲如水,沿洄白鹭汀。

二

上客谈方剧，秋杯夜未阑。傍林迷曲岸，乘月爱清澜。往事悬河尽，新诗秉烛看。穷途惟仗醉，能解百忧端。

三

秋晚鸿声急，更深烛影斜。寒风雕翠柳，古岸隐苍葭。沦落冲星剑，逍遥贯月槎。醉来望牛斗，何处是京华。

四

落叶下河津，萧萧旅雁宾。管弦愁送客，风月忆归人。旧国苍山远，秋衣白露新。琴边有流水，聊与涤淄尘。

南行感怀四十首

友人贺伯暗吏部，以《感怀》五言近体诗四十篇见示。贺君忠孝端谅，读其诗，颇有激于余衷。南行之日，感时触事，亦作此诗，篇如其数。然贺君以四岁怀抱，并泄于篇，而余成之一时，虽各有所为，其于忠君爱国，忧时怀土，兴寄则一。诗因贺兴感，故作和贺云尔。渡淮而诗成，因呈淮阳巡抚李公道甫，并贻海内二三同志。

一

从来寥廓意，不为众人言。白日照燕阙，黄云迷蓟原。未陈济代略，虚负明君恩。嗛嗛羞章绶，依依去国门。

二

人生各有适，岂不常欢然。荣瘁安由命，行藏敢问天。百年恒道路，万里足风烟。去去复何戚，离心魏阙前。

三

咄咄坐遥夜，忧端不可论。常将心问影，频使别销魂。月矫惊弦雁，风号失水猿。谁能更奋翼，长策献君门。

四

独客黯无语，深更坐转幽。愁心偏畏夜，颓鬓不禁秋。国事凭黄口，皇恩眷白头。雷同人总喜，藿食尔何忧。

五

懒觉投簪便,秋应伏枕宜。微名从渐损,病骨不堪支。日蹶骅骝步,霜催蒲柳姿。因知摇落理,偏向长年悲。

六

悠悠去何事,独夜少为欢。索索风枝劲,凄凄露草涔。思来无一可,愁至有千端。夕寝不遑寐,时危敢自安。

七

闻道貂珰辈,由来为扫除。先朝停镇守,近日典方舆。贡采山川竭,征输井邑虚。明明皇祖训,宫府意何如。

八

河决惟徐兖,萧条郡国同。堤防年倍费,薪竹岁论功。巨浸连天阔,横流出地洪。怀襄无过此,谁为达宸聪。

九

厥贡元称下,荒年亦自输。但闻鬻妻子,宁复问田庐。水土司空职,漕渠太史书。何时睹河洛,万姓免为鱼。

十

每岁中官出,人思答圣情。闾阎敛愁叹,神鬼害骄盈。不复忧天坠,何曾见海平。愚夫劳过计,小物有微诚。

十一

憔悴沿河驿,萧条古岸杨。近年添进奉,连岁属凶荒。官舸追呼急,胥徒匿走藏。传餐吾已愧,谁忍困流亡。

十二

驿小欺凌易,财殚供去声亿难。虽疲邮宰力,犹失上官欢。鼓吹连樯动,闾阎疾首看。传言来往使,慎勿念加餐!

十三

夏镇距徐方,徐关接凤阳。玄夷书未授,沧水使相望。根本元称重,咽喉亦虑伤。三年道傍议,何日筑宣房。

十四

万方皆入贡，四海久销兵。拘士偷安计，微臣忧乱萌。天灾常不验，时变屡空惊。窃有处堂喻，将无曲突情。

十五

屡疲中国力，每岁事匈奴。贡市名虽美，金缯实岂殊。胡儿披锦绣，汉厩得龙驹。近道边防撤，渝盟亦可虞。

十六

尝闻六国日，富盛数齐燕。带甲动百万，粟支常十年。迩来军国计，仰给越吴船。塞北多屯地，京东足水田。

十七

两宫新罢役，三殿又征材。费巨金钱诎，林残陇蜀来。利端从此起，榷使几时回。但睹中原人，何曾内帑开。

十八

仗马声何远，批鳞事久稀。直须臣补衮，终望帝垂衣。养秩三缄里，迁官九列归。试言绳纠职，多半为愆违。

十九

熏莸不共器，鸮凤本殊群。岂有鉴衡混，而能忠佞分。败醪由恶犬，蔽日是浮云。万里沧浪曲，仍从孺子闻。

二十

政事归台阁，吁谟在论思。若徒周慎尔，安用老成为。鱼水诚难遇，风云合有时。寄言仲山甫，衮职答恩私。

二十一

国朝十一后，祖训代相传。货利不殖迩，忠贤能保全。近符金鉴录，远宪旅獒篇。万载金瓯业，君王慎保旃。

二十二

吏部文章伯，中丞社稷臣。几人同意气，公等费经纶。磊落还家日，艰危报主身。时来思谏疏，吟望久伤神。

二十三

舍弟西台彦,中朝直谏存。自从违谠论,不复见昌言。畎亩忠仍在,丘园道固尊。有臣期禹稷,何日返虞门。

二十四

北河秋欲尽,时序乃无恒。草木未黄落,云霞尚郁蒸。司刑权久废,白帝令何称。切虑乖生理,春来冰更凝。

二十五

乱端不可匿,愁绪更难寻。边计无朝夕,河流变古今。群公徒仰瓦,谋士但沾襟。切恐呼庚癸,谁能救陆沉?

二十六

昔闻吕梁险,悬水迸涛声。陵谷一朝异,高深万古情。昨来春涨浅,今泛夕沙明。惟有年来事,人心未肯平。

二十七

奥路元无援,泥涂敢辱知。时情方侧目,吾道肯摧眉。名姓穷何损,行藏老自疑。独余坚白性,不与世磷淄。

二十八

书剑身将老,纵横学未成。年随秋叶暮,心与夏葵倾。社稷烦三顾,朝廷用五更。异时论出处,天远重含情。

二十九

自忝邦君荐,深惭国士知。夔龙思并世,鱼水忆同时。地远情虽隔,天高听亦卑。从来恩未报,勿怨主人为。

三十

侍从违明主,江湖作远臣。心常依日月,年渐老风尘。赋在休询鹏,文成或感麟。白头吟更苦,垂涕望枫宸。

三十一

慷慨齐三士,迂疏鲁两生。负才那免妒,泥古固难行。落日怀人意,浮云去国情。那堪望乡处,北鹰又南征。

三十二

旅食忧时客，吾家仲氏贤。世知龙卧久，人想凤飞年。晚达才偏大，深资用必全。愿因晁董策，更献典谟篇。

三十三

子云官不调，白首闭玄关。身世浮云外，风尘久客间。他乡看落日，故国想秋山。沙际鸥群戏，悠悠羡汝闲。

三十四

骏马似龙媒，黄金没古台。昔人闻赵往，有客自燕来。未老孙阳遇，终收武库才。酣歌冀野暮，怀抱定谁开。

三十五

颇怪河堤柳，经秋叶未黄。层阴犹夹岸，翠影不知霜。时令乖收敛，人家乏盖藏。虽无摇落感，衰谢意何长。

三十六

季布黄金百，虞卿白璧双。穷愁应有作，意气盛难降。目断南征鹰，心驰北去艭。仍因著书暇，日暮隐南窗。

三十七

常时怀脉脉，欲去更迟迟。只是衔恩遇，非关重别离。能鸣常愧鹰，以智不如葵。借问亡羊子，岐中更有岐。

三十八

当食谁兴叹，徐行或自歌。知无千岁计，奈此百忧何。皎皎月移树，萧萧风过河。天寒湖水澹，嗈嗈暮鸿多。

三十九

江南劳运道，蓟北重邦筹。飞挽兼三辅，连樯有万艘。督来开府节，护入富民侯。战国兵争日，刍粮不外求。

四十

闲居观代变，览古慕群英。何世无贤达，逢时有令名。易沉惟日落，难待是河清。所以哀时客，淹留惧不成。

卷之十九

五言排律

又咏新柳八韵

芳柳似佳人,柔情婉此辰。朝晖灞岸日,夕弄章台春。浥露参差发,和烟点缀匀。腰肢初学舞,眉翠半含颦。玉渚千丝弱,金铺万缕新。随风未作浪,曳地不生尘。香陌临池转,妆楼拂酒频。伫看清荫接,园馆合留宾。

罗旁定后舟经两山纪行作

此地昔通道,曾劳十万师。遥传破胆略,始有息肩期。丹徼疆重辟,苍梧俗旧疲。万山罗郡国,千水会黔漓。密树森如戟,层岚障似帷。春云低战垒,锦石驻兵麾。北首卑前代,西征又此时。皇灵消祲霭,优诏问疮痍。土俗余椎结,溪途历险巇。听鸡知井落,巢燕觅茅茨。楂放新泥潦,猿啼宿雾枝。风前吟越客,花里笑蛮姬。夕泛冲江涨,归潮赴海涯。榜先沙鸟发,帆逐岸藤移。汉使裁溪笛,秦军护竹篱。楼船今罢议,无事更南窥。

读酒徒传赠张子

鼎鼎百年内,斯人始达生。沉酣寄天地,沾醉傲公卿。五岳移糟垒,三江洗玉觥。梅花澄宿酝,竹叶解朝酲。足了一生事,何论万古名。最宜看月上,难待是河清。北海樽垒满,东山丝管鸣。不能酬酒诰,秉烛也同倾。

夏日濠上书怀贻二三同好

一

闲居三亩宅，独卧一林隈。客喜忘机返，人怜失意回。濠梁一叟傲，河朔几公来。息鸟羞衔羽，为鱼忆曝腮。白云扉自掩，深竹径还开。洴澼诚何用，雕龙敢擅才。凫归差可侣，鸥伴不须猜。好事休回辙，逃名异凿坏。

二

生平多远意，中岁卧丘园。视舌新谈息，低眉旧恨繁。鲛珠翻易泪，丰剑竟何冤。下客曾三刖，中原厌七奔。只期投薄技，何意触雕樊。自我违初服，思君阻笑言。似闻鹏激水，几见鹤乘轩。有用憎膏累，无材悟栎存。文章徒不朽，荣贱且休论。简懒放情志，忧来命绿樽。

过三归台故址

贤卿论叔代，夫子实才雄。盟定全生后，名垂不死中。相桓仁岂忝，结鲍契谁同。稍乏图王器，终成翌霸功。一匡谋乃合，三逐耻曾蒙。系槛心何在，持盈戒未终。饥乌残堞暮，春树古台空。最胜思遗事，泱泱表大风。

春日城南望春

一

春还都未觉，春事不相饶。柳拂佳人幕，花停上客镳。易牵芳草思，难度落梅朝。迎暖浮杯蚁，辞寒减皂貂。何由匹佳丽，车马洛城遥。

二

烟光蘋渚转，霁景杏园来。流水看车度，芳尘避扇开。花香连帐幕，草色映池台。绮树催莺啭，长云送雁回。深闺闭思妇，落尽后庭梅。

三

春色忽无赖,客心伤此时。莺调传恨曲,柳挂断肠丝。山霁眉新画,萍开镜乍窥。池穿初出笋,窗袅寄生枝。弦管涩难理,绮罗娇不持。讵堪千里望,谁忍一朝离。

虔江月夜朱贞吉过饮舟中

章贡交流地,云霞把袂初。津梁吾系缆,山寺子驱车。朗月团沙白,寒星动水虚。青萍斗间气,鸿宝枕中书。霜叶晚堪脱,岩花寒未疏。征帆迟明发,蓬转又何如。

偕七舍弟游崇元观共题罗太史雪浪阁

阁迥玄潭出,山回绀殿虚。云霞窥坐榻,神鬼护精庐。何意终逃禄,谁同赋遂初。地犹三诏后,人是一龙余。亭放征君鹤,银焚学士鱼。捷猿攒暗壁,闲雀下空除。溪罢严陵钓,园荒董相蔬。贤良今对策,太史旧藏书。蕴玉山情适,披云野望舒。清尘不可接,高步访天居。

热审喜雨时观政司寇署

圣人弘在宥,优诏出都官。炎月遵周令,熏风叶舜弹。持衡臣道直,解网主恩宽。折用片言易,仁从三宥难。随车宜郑守,相国有袁安。六月繁霜远,当空赤电盘。浮凉消郁祲,积润长新澜。明照覆盆隐,波添涸辙欢。鸠司风竞爽,槐市夏偏寒。解泽弥天降,需云大地观。吕条元慎罚,虞典欲胜残。尚想图空日,应同画象看。

赋得五星如连珠

步历天元纪,占星子夜初。五行调自顺,众曜验非虚。丽汉光相烂，披云色互舒。贝连榆影密，珠贯纬文疏。历历称天佐，累累傍日车。正逢南至候，还绕北辰居。东井曾秦分，灵台自鲁书。更闻奎聚宿，太史奏何如。

送太保尚书郑公巡边

庙算在安危，疆场授便宜。上卿隆将礼，僚属佐军麾。天与平胡[①]日，朝兴问罪师。金城图再上，麟阁画曾披。锁钥中枢出，韬钤外阃持。兼程讨突[②]厥，间道袭鲜[③]卑。杀气山川动，兵威草木知。风嘶出塞马，月照度关旗。箭逐星旄落，尘随虏帐移。行营屯右地，经略定西陲。青海分羌落，黄沙别汉夷。[④] 有谋全制胜，无事但羁縻。丹陛悬听履，皇华入咏诗。壮猷仗方叔，献凯莫教迟。

竹莲双瑞图为陆大夫赋前同本竹，后并头莲

一

使君亭畔竹，清操叶殊祥。双竿穿云直，同根出地长。政成齐下风，节劲并凌霜。旧种俱临沼，新梢合过墙。桐川歌有斐，《淇澳》咏难忘。

二

闻道桐川长，红蕖并蒂垂。一茎初出水，双影共临漪。伴着文鸳浦，齐开绿玉池。华峰何足瑞，玄圃未称奇。若非地气异，终为雨露私。

赋得玉壶冰

凝冰在玉壶，皎洁不藏污。中实提为有，含光看却无。倒倾非

---

① 崇祯版空“平胡”两字，据道光版《区太史诗集》补入。
② 崇祯版空“讨突”两字，据道光版《区太史诗集》补入。
③ 崇祯版空“袭鲜”两字，据道光版《区太史诗集》补入。
④ 崇祯版空“汉夷”两字，据道光版《区太史诗集》补入。

掌露,圆照类玭珠。气冷朝昏澈,明通表里符。温寒虽异性,坚白岂殊途。幸得齐清誉,贞心肯自渝。

得梁少仲书却寄

书来传海客,知复在人寰。问我为官意,输君得道闲。晓疲金马直,夜倦石渠删。芸阁迎风敞,松门待月攀。怀铅消白日,采药炼红颜。丛桂招何处,浮云出未还。何时授丹诀,缩地访壶山。

病起述怀寄黎惟仁

平居东山意,近日北山文。偶缀鹓行后,长违鸾啸群。未能酬壮志,常恐负明君。载笔趋黄阁,看山恋白云。素心正如此,时辈宁相闻。病觉年华异,忙知歧路分。终当与夫子,花竹卧清芬。

赋得首夏犹清和

清和满禁城,淑景转朱明。日气笼花晚,风光拂絮轻。御园初试蝶,仙馆尚闻莺。庭藓侵阶上,池荷出水平。此时闲笔札,开阁坐蓬瀛。

长夏斋居

玄草人多暇,清斋日更长。言追方泽礼,新沐小池凉。槐露晨沾佩,荷风午送香。云光传宝扇,帘影漾银塘。玉管迎阴律,瑶琴解愠章。静观姤复理,瑞坐得羲皇。

甘 露 园

卜筑在城市,了无尘事干。亭深寻屡转,林密造无端。叠石开云细,穿池得月宽。当门银杏古,披磴壁萝寒。闻有三危露,时滋九畹兰。扫苔侵鹤迹,选竹作渔竿。丘壑道仍在,琴尊乐未阑。方期汉阴灌,归考涧中盘。

赋得秋声

独坐满清听，秋空何处寻。刁骚喧岸苇，淅沥递霜林。杂响云中雁，和鸣月下砧。初从寒叶度，转向夕山沉。不雨泉生夜，无钟梵送音。瑶琴将玉笛，一倍助萧森。

和何稚孝九日同刘玄子大通桥送客归途周户部邀泛御河之作

大峪秦城北，神泉汉苑东。登高携远客，临水怅离鸿。旧好情难别，新知乐未终。烟横青嶂断，霜落古台空。竹树摇葭岸，兰桡溯菊丛。偶然成聚散，延眺意何穷。

送王光禄削籍南还

汉储昔未定，谏者何悲辛。力尽满朝士，功归四老人。是谋非圣主，兹议起廷臣。左掖囊封盛，东朝羽翼新。一言谁止辇，丹地子批鳞。削迹还南海，登舟望北辰。莺声怜逐客，草色送归津。远水孤臣泪，他乡万里身。帝歌黄鹄举，君咏紫芝春。遥想重轮日，当迎园绮宾。

过高比部正甫斋中小酌无肴，因共作贫仕诗

黔娄过原宪，无事苦留宾。不识今朝贵，还疑旧隐沦。羹蔬胜肉味，酌醴比醪醇。丘壑道常在，田园情更亲。双钩窗下草，数卷架中尘。金马喧何避，桑枢辙屡新。饭儿同脱粟，衣仆尚悬鹑。有室堪容膝，无财可累身。只言因宦达，何事以官贫。欲待抛簪绂，归寻南涧蘋。

陈德基户曹见饷麝香李

蓟门紫玉李，懿此麝香名。本自芬馨似，不言蹊径成。近秋得

佳实,先夏荫芳荣。洗谢玉泉软,沉将寒水清。好我因投果,思君欲报琼。

天　津

御河三百里,南下作天津。堤似饮牛畔,船如驾鹊滨。荣光元瑞洛,德水故溱秦。赴海仙瀛接,经天帝泽新。水香花近苑,沙碧柳藏春。今夕乘槎使,谁知问渡人。

晚登天津回望京邑

津涂通四塞,候馆次连营。作镇兼防海,为楼好望京。地联三辅密,潮接九河平。岛势含燕甸,山形拥蓟城。舟中吴起语,江上子牟情。涛响连征笛,川光上使旌。明时虽在德,讵可废言兵?

汪公幹送至卫河赋诗别去

振旆辞京邑,扬舲问楚疆。故人惠思我,相送此河阳。梅雨经时歇,荷风五月凉。地形连海阔,川路入淮长。重以经年别,兼之远道伤。管弦催折柳,洲渚暂褰芳。河驿临青岸,沙村带绿杨。到时南果熟,千里寄谁将。

行至杭州,复与林、翁二太史相及

方舟共南下,中道屡相望。趋步皆迷路,翻飞总后行。微踪易抛掷,孤棹久彷徨。泛滥潮波远,邅回江路长。挈提虽左右,毛羽共翱翔。雨散分襟过,风期把袂将。简书予有畏,史笔尔称良。相遇犹三舍,齐盟复两乡。櫜鞬如在晋,佳丽昔闻杭。信是周旋地,能令乐事偿。汰扬俱莫诮,前后亦何妨。

泊端溪

仙台冠岑岫,石室带湖村。风景多归兴,江山劳梦魂。星槎来海曲,汉使返河源。郡接苍梧野,桥过驷马轩。望乡今日到,访旧几人存。映水朱旆节,依城白板门。溪晴浣女出,潮长钓童喧。问客何方至,嗟予忝拜恩。旧耕兼水火,残栅牧鸡豚。且息图南羽,天池昨化鲲。

饮制府陈公署中

元戎开幕府,高宴拥材官。日闪朱旗静,霜飘画戟寒。东西连仗钺,筹策借凭栏。榻几留宾下,图书许客看。登楼虽有赋,观海久无澜。入幕非才誉,衔杯即旧欢。雕盘胜海错,羽扇掩齐纨。营柳风先发,江海笛未残。穿花行玉碗,隔竹卸金鞍。却笑楼船将,惟称炎徼难。

珠江春夜别黎惟仁

春江上明月,兰棹香风吹。已怯孤樽赏,况堪千里思。佳人眷后会,载酒问前期。兰叶才胜佩,莺啼渐满枝。离觞百花候,新水半堤时。回首仪鸿羽,劳歌芳桂词。

寄新安方处士隐居

江清隐士居,学道且耽书。种药资山税,褰萝葺涧庐。在家称孝弟,出户侣樵渔。百念遣时累,一心如古初。教儿抄洞卷,课仆理园蔬。为乐常知足,虽贫不愿余。无粮因养鹤,有沼为观鱼。闻此契心赏,将乘下泽车。

夏日同曾中舍明吾、汪处士公幹显灵道院

仙宫花木芳,炎景驻清凉。细雨霓裳湿,微风箫管长。偃松成小榭,卧柳作匡床。羽士擎金液,芝童扫石堂。放鱼先凿沼,养鹤预储粮。不愿携鸡犬,时来访醉乡。

见马上持牡丹花者

纷纷游骑度,暧暧芳尘移。窈窕谁家子,名花折且持。方为眷嘉节,特用比容姿。紫雾襟前拂,香风手上吹。含情欲谁赠,脉脉中自私。

庭中芍药后牡丹发,偶尔成咏,聊以寄兴

庭前芍药朵,开向牡丹傍。本以荣华妒,翻令先后芳。日临霞绚彩,风动露凝香。绝艳既移目,新爱亦煎肠。荣落一如此,何须情恨伤。

沈道士松亭即事

偶尔涉玄境,鸾鹤纷相迎。松构一亭翠,霓缝几片轻。问予何事至,聊学步虚行。剔藓读金版,披花聆玉笙。一童守药鼎,一童抄丹经。灵液春杯泛,仙床卧簟清。搴霞卷玉袖,浥露摘璚英。即事契真想,杳然非世情。

送胡世昌文学潮州

海榴花灼灼,坛杏复离离。于昔恋时物,况兹临路歧。南方子称美,东阁我无奇。清论即消暑,高文当起衰。书斋翡翠下,讲席琅玕披。去奋扶摇翼,天池待羽仪。

夏日诸公过集紫薇花树下

久从薇省直,始见紫薇开。复值纶扉暇,相期花下来。日华摇客绶,露彩拂仙杯。国艳讵能耐,天香或见猜。何如对微质,长日且徘徊。

伏暑对景作

阴伏月方隆,阳骄日过中。车行如炙毂,云起类烧空。雪岭无

缘到，冰山有幸通。絺衣只觉重，纨扇亦何功。草悴频消翠，荷倾欲坠红。清怜姑射侣，凉忆舞雩童。水玉思偏远，玄霜服渐工。高槐倏尔动，当由君子风。

咏 石 榴

闻道涂林树，西随汉使来。移根万里远，出塞几年回。翠叶迎春发，丹葩向夏开。斜枝摇酒色，悬实含珠胎。自从玉关闭，徒然想故栽。

叨转宫僚与右谕德范公、左中允吴公、右中允冯公、右赞善林公，皆以九日上官宴春坊署兼呈左谕德叶公、洗马袁公

元良天下本，官属百僚优。忝荷荣恩并，殊非德望侔。丝纶仍旧职，羽翼逊良谋。预睹三朝节，先陪四辅游。圣情钟鹤禁，天气爽龙楼。桂发仙宫丽，梨红御苑秋。菊辰歌式宴，玉署湛方流。勉副家丞实，终惭端士求。

同四家兄、谢孝廉、汪处士对菊席上作

白露下泲泲，篱花近苑看。叶带三秋色，枝凌九月寒。泛香惟载酒，扶寿不须丹。种处宜潭水，簪时称鹖冠。幽人盈握采，仙客代粮餐。荏苒思三径，参差老一官。

又和公斡黄叶韵

碧叶换华滋，黄云覆玉墀。影将寒意淡，色与秋光宜。长信容初敛，长门宠易衰。枝枝夕阳照，树树晓霞披。惟有炎洲挂，青青长若斯。

初冬宴沈道士馆,晚登弥罗阁和四家兄

飘摇跻雾术,容与蹑虹桥。暂赴餐霞约,何劳折桂招。横琴听水近,登阁看山遥。桃谢仍留核,松香不落胶。客来疑鹤背,云起类峰腰。赌酒还逢橘,观棋遂失樵。羽衣明月曲,仙管白云谣。城阙千年在,无假叹归辽。

赋得琼岛

琼岛带天池,文明复在兹。圣人曾慕此,君子昔居之。气候看仍别,波涛涉不疑。珠崖含月吐,鹏翥共云垂。地尽南浮日,天长北望时。因君奏海赋,彼甸更言奇。高皇帝诏曰:“南溟浩渶,中有奇甸数千里。”丘文庄濬曾为赋。

赋得昆明池送陈守之昆阳

昆明几百里,其上滇城开。地涌黔巫去,波浮金碧回。长堤罗郡邑,高滥出楼台。莲叶冲凫起,菱花拂镜回。鱼形看似石,沙影辨疑灰。汉帝穿池拟,荆臣建国来。伏流江底合,摇楫浪前催。作润资良守,何烦习战材。

席上咏牡丹,家兄诸客共赋

华堂宾已合,画帐旦须开。叶似春云剪,花如承露杯。红芳无比拟,丽藻竞新裁。锦绣王公谷,烟霞仙客醅。物华天上贵,春色日边来。有美韶年赏,淹留皆上才。

赠太医院心泉吴君

问讯壶中隐,移家傍紫冥。世传医国业,囊挟《度人经》。素女留丹诀,真人葆性灵。篆从新注续,方启世途醒。鼎畔敲云母,松根劚茯苓。雌雄铅汞用,龙虎坎离扃。药臼偏临水,茶垆半倚屏。

焚香开紫诰,盥手诵《黄庭》。胜日云鸾舞,齐年海鹤形。儿孙何用祝,华烛礼坛星。

舟中同四家兄读七舍弟疏草述怀

近来忧国泪,肝胆与谁论。地震连三辅,星妖切上垣。北庭犹火怪,东海久鲸翻。燮理群公在,安危一疏存。春秋凭纪异,衮职仗调元。独尽回天力,同看悟主言。弥灾应有术,致变岂无原。朝讲何年废,吁谟列祖尊。几人扶社稷,有尔共乾坤。读罢风涛激,歌残涕泗繁。匡时平日志,养士累朝恩。圣德过虞舜,将传辟四门。

卷之二十

五言排律诗选

赠少宗伯叶公

宗伯升班峻,留曹宠任均。硕儒资典礼,天子命惟寅。讲席青宫出,仪章旧国陈。论思推补阙,制作睹维新。地近联三事,阶崇等四邻。离筵风退暑,华省气长春。礼乐从先进,簪裾接后尘。台衡频倚切,何幸属昌辰。

包都谏谪官后旅寓举子喜赋

如何谪官日,气色满长途。少妇元名玉,佳儿遂捧珠。兰征何夕梦,蓬挂此时弧。桂发初盈月,驹生即过都。恒言万事足,暂遣百忧无。去看车中载,归看膝下趋。宦情穷亦喜,客舍滞仍娱。行灶传汤饼,邀予歌凤雏。

九日偕诸客登显灵宫阁

城阙三秋迥,山川四望通。杯分承露碗,地接望仙宫。碧树含斜日,丹楼挂断虹。高凭天路近,平眺帝图雄。捉帽风偏落,登台赋渐工。羽觞遥可泛,留醉菊花丛。

和汪公幹冬日游西山宿东峪寺

传君是日往,投策向珠林。水涉溪烟冷,山行石路深。霜天净夜景,冰涧澄空音。坐见松上月,微生窗外岑。定中超幻有,觉后转萧森。一听烟霞调,方知无俗心。

初冬夜集高正甫所居禅室

禅室信清幽,仙郎道气优。芳樽宜永夜,高论集名流。月色松窗入,香烟桂席浮。阶苔初过雪,庭菊尚含秋。灯下听千偈,杯中缓百忧。用持平等法,方待醉歌酬。

洞中看梅和诸公

借问江南信,花开定几旬。洞中才破腊,野外枉寻春。探处迷村口,飘时忽涧滨。孤根寒独立,数树雪为邻。乍以开瑶圃,翻疑对玉人。梦来全仿佛,看去忆清真。卷幔微芳发,横窗素影新。为何不忍折,聊与岁寒亲。

春　初

上国韶年早,帘帷着处开。翠钿光首饰,红袖称心裁。携手将攀柳,联镳出看梅。花簪并蒂蕊,酒荐合欢杯。独叹离居者,春来春不来。

早春送李松江董漕事竣还郡吴人谓船为舠

春水送还舠,悠悠客思遥。转漕舒国计,佐牧听民谣。云树离筵早,风花别望饶。万方登玉帛,南土困征徭。王事劳于役,朋情恋久要。汉庭郎选重,看子励风标。

初 岁 月

向夕西楼望,纤纤云际生。可怜初岁影,犹是去年明。微照回银汉,新辉接凤城。钩悬何用曲,眉拂故能轻。桂已连枝发,蓂才几叶荣。体含全镜彻,形逐半环成。光细星宁夺,春还鹊未惊。问君玉台上,芳意何时盈。

元旦阁中拟献诗一首

阁道迎辰辟,天门候晓过。正朝严法从,内殿想登歌。气满苍龙阙,春生白玉珂。祥光扶日月,瑞霭曙山河。帝历符昌运,皇风鼓太和。诛求罢黄纸,征伐返玄戈。旧政随年换,新恩入岁多。小臣献椒颂,未若矢卷阿。

送万年令麦仲张

畴昔共林丘,知君静者流。万年今作县,百里昔称侯。山水清官况,琴书美宦游。吏情何必习,民瘼但须求。预想弦歌化,兼闻保障优。贤声来北阙,风景出南州。细草偏萦绶,翔鸾且狎鸥。河洲春水发,送子思悠悠。

奉使周藩发都亭作

帝宠下宸旒,臣才忝国猷。万年周带砺,千叶汉王侯。委佩辞丹陛,张旃动彩辀。再持封节出,频作使车游。根本宜先重,闾阎足隐忧。三时方亢旱,四海尚诛求。节去梅犹夏,时祲麦不秋。国章行展礼,民瘼在谘诹。嵩洛为邦翰,燕云护帝州。周南聊问俗,蓟北始鸣驺。冠盖趋梁苑,山川览宋丘。曳裾惭上客,授简愧名流。祖席熏风接,皇恩湛露稠。待看四牡入,非复侣枚邹。

自北平赴大梁途中作

我行自幽蓟,历览道途赊。夙夜将臣节,文章忝国华。畏人潜问柏,避邑屡回车。伏石形疑虎,恒山势似蛇。古原丛枳棘,平野莽风沙。息驾寻冰井,休徒倚岸花。旱云朝带雨,火岫晚蒸霞。暑月罢征传,秋风待使槎。东山咏果裸,南国沤苴麻。晋俗多栽枣,梁亭始灌瓜。嗟予惯行役,那得久无家。

游百泉

泉源欣自昔，游泳此经过。圆沫涵珠蕊，方流灌玉禾。禽声俱在水，酒气半倾荷。炎日回提幕，熏风接岸萝。汇来遥似泽，疏去却成河。竹树朝烟暝，兼葭暮霭多。昔闻紫霄侣，晦迹碧岩阿。折桂招奚及，援琴义若何。褰裳时欲往，倚棹自成歌。宛在传中沚，乘流挹素波。

百泉夜泛，因寄汪处士公幹

理楫逢残暑，浮杯属晚晴。浦遥云叶暗，川迥月华生。光射玻珠烂，凉侵水玉清。流萤兼火度，卧柳共槎横。燃烛行鱼聚，鸣笳宿鹭惊。披衣褰蕙带，宿桨采兰茎。卫女垂竿咏，江妃解佩情。沿洄不可见，因子寄琴声。

发大梁过郑州，感谊叙怀奉寄中丞曾公

昨来忝嘉命，聊得奉英游。藩邸声容盛，中台礼数优。欢言承盼睐，展燕极绸缪。复值疆场暇，高谈樽俎筹。何由誉嘉树？因复出长楸。分陕风犹接，游梁赋易投。笙镛奋白日，河岳悬清秋。相遇期终在，衔恩惜未酬。土风初过郑，封壤渐观周。东里多遗爱，南阳有令猷。缁衣闻夙好，青佩动新愁。郑圃行将嫁，溱源遂乱流。忆君意未已，书此寄离忧。

登崆峒山

闻道无为代，崎岖访道行。凤笙喧涧溜，云罕绕山坰。壁削千崖峻，溪回万乘轻。孤峰类员峤，连岭若层城。理自窈冥契，神从静默生。去形遗耳目，忘物废将迎。雾卷烟扉湿，云开石屋明。林昏天欲晓，苔滑雨初晴。愿从轩皇驭，斋心问广成。

至自崆峒,同年朱兵宪觞于颍川上

昔闻有上士,独坐山之岑。轩皇好妙道,羽驾此来临。曰余厌雌伏,遇物表冲襟。夫子守雄镇,匡时无俗心。风云追夙契,山水叶幽吟。马放仙童牧,途容圣侣寻。绮筵张水次,锦幔接峰阴。乐恍钓台奏,觞盈玉醴斟。风来朝气爽,雨过暮流深。坐见石梁没,回看山翠沉。不能陪上略,遂欲返中林。此意何人解,因君扬素琴。

途中苦热作

征途仍郁热,徒御苦炎氛。节去金犹伏,烟来林更焚。汗流如带浴,颜赭似含醺。赤日冲炎嶂,青天堕火云。雪山徒自远,冰井竟空闻。何必朱鸢塞,方为老汉军。

入净乐宫

秦祠称五畤,汉祀表三千。岳外岂无岳,天中信有天。神灵前代著,统系后人传。北帝元君北,玄冥本号玄。麇城开旧国,楚史读遗编。犹记神农世,何遗净乐篇。真人昔内靖,紫极映南躔。助顺龟蛇应,扬威风雨旋。洪蒙功始显,冥漠理能宣。仪卫宸居设,丹青圣虑全。幡幢悬碧落,楼阁下秋烟。弱水通襄汉,昆丘隔市廛。嗟余瞢大道,来此叩真诠。

襄阳览古

落日荒原上,清川思不穷。含悲登岘首,高眺入隆中。封壤吴都旧,江山楚望雄。桔槔辞汉老,耕稼访庞公。树远荆门接,云低梦泽空。池台思故国,冠盖想遗风。霜绽千村橘,烟含两岸枫。登楼虽有赋,感叹为谁终。

岘山怀古

岘亭标往胜,楚俗旧登临。昔堕看碑泪,今伤歧路心。江山无改易,贤达几消沉。緬想昔人叹,翻为后代钦。雍台临汉水,樊口接荆岑。树似遗棠爱,川如睹洛深。谁知感慨者,名向此山寻。

自宁远趋蓝山纪行作

零陵南去路,行客倍销魂。地暖林多瘴,山深日易昏。桂香岚自馥,竹泪湿成痕。野少千厢积,家惟数室村。毒流防饮马,落木忽惊猿。乱树山腰驿,孤烟谷口屯。柴门喧鼠雀,草屋牧鸡豚。山鬼能人语,溪傜半鸟言。夔峰通岭徼,舜水即湘源。因想重华帝,那轻万乘尊。

发 湟 川

自连州顺流三四十里,两岸奇峰怪石,对起水涯,或作仙佛、鸟兽、花木状,千形万态。水竹映发,颇极幽致。越在荒隅,好事罕至,故莫得而传焉。

归棹下湟川,扁舟去若仙。奇峰争插岸,怪石尽撑天。刻画神工似,雕虫物象全。孤根斜竖笋,侧叶倒垂莲。碍日仙幢起,嵌空佛座悬。阳崖飞盖舸,暗穴下浇泉。忽向山阴道,频回剡曲船。只言疲应接,无事久攀援。游客难名状,图经失品诠。不缘诗里画,胜绝若为传。

赋得日再中

阳得隆熙运,祥光应瑞躔。神曦腾四极,圆景曜中天。露浴朱轮净,云披宝镜鲜。无私临万国,有照彻重玄。测晷桐圭正,团阴树盖圆。六龙齐玉勒,万象烛玑璇。政睹丰亨候,仍看丽正年。明明宸位食,赫赫储宫连。午运符尧数,寅春接启贤。葵心何以献,长奉日华前。

侍御弟江洲园亭[①]

何处谢纷哗,江村爱物华。里中高士卧,溪上侍臣家。野竹侵堤密,闲门向水斜。无钱构台榭,有地积烟霞。浦静渔收钓,林寒树噪鸦。谁知彭泽径,不是武陵花。

夜宴石洲江上赋得江边星月

江空夜复清,星月落江明。吐珠疑合浦,沉璧类连城。机石随流出,菱花拂水晴。濯枝榆影冷,泛蕊桂华轻。玉镜宜常满,银河俨未倾。宁知郧池宴,别有颍川行。

自江门进帆海上作

众流趋海若,大壑去鸿蒙。失路矜河伯,中途遇苑风。纳川归浩浩,噫气入逢逢。穷发还过北,扶桑更向东。鹏身起羊角,鱼翼掩舟蓬。巨浸浮天外,回流出地中。槎来如有信,帆去若乘空。万国波涛接,三山烟雾通。游门思孔圣,垂钓想任公。登碣心犹壮,乘桴道未穷。临深谁复测,善下理能终。

赠番禺穆明府

越井炎洲北,贲禺桂水东。神仙开胜概,良宰穆清风。海阔恩波似,春长惠化同。三城归保障,五石表年丰。政以鸣琴裕,文从

---

① 此首又见于高明阮埇《湄川区氏族谱》卷4《诗章》,名为《题侍御弟江洲园亭》,并注曰:“即烟霞圃。”另据高明阮埇《湄川区氏族谱》卷1《景迹》记载,烟霞圃,万历间区罗阳所筑也。公居台垣八月,三疏叩阍,见谪回籍,遂筑西园,周十余亩,植果灌蔬,杜门自乐,因名烟霞圃。叔兄海目公增曰:“无钱构台榭,有地积烟霞。”内构一小斋,名曰“寻乐轩”,中一小亭题曰“山水清晖”。

制锦工。昔闻荆玉美，今见楚材雄。国瑞偏征老，仁心欲化童。循良谁第一，推毂有群公。

游灵隐寺

西风翠微半，地涌化人宫。高挹群山外，幽藏万木中。石楼飞映日，金铎响迎风。檐迴江涛落，窗临海月空。雨花笼霁景，岩桂长新丛。搜对存微尚，淹留息薄躬。从兹超有尽，去去入无穷。

登天竺寺

路绕青崖逼，山回绀殿悬。云霞低四领，钟梵出三天。甘露浇灵药，名香绕座莲。鸟归经院寂，花隐法堂偏。涧草含晴雨，坛松覆夕烟。来窥无净界，超悟有为禅。何必长逃世，方知可尽年。

答汪公幹长安秋夜见忆兼寄潘子朋

旅舍惊秋夕，情人感旧初。香残知蕙变，盖冷觉荷疏。溽露迎寒早，轻云过雨余。萤飞时隔幔，雁度欲传书。苑月栖金柝，城烟澹玉除。不知骑省客，摇落兴何如。

雨中再贻孟奇、公幹、静父、孟郁

六旬积阴雨，九土重怀襄。势挟千崖下，声连三殿长。楚南飞石燕，齐北舞商羊。落电牵雷奋，高天吝日光。鱼龙喧大泽，蛙蚓聚中堂。奔溜成方沼，颓廊毁半墙。未昏先秉烛，避湿屡移床。结驷妨端木，持粮候子桑。涉深思假筏，就浅怯褰裳。经夏苔花碧，先秋木叶黄。晤言徒阻绝，忧思久旁皇。珠桂频为客，风波滞异乡。郁蒸翻助暑，淅沥乍生凉。旧恨滋幽独，新诗会激昂。

被弹将南行作二十四韵

平生怀耿介，才识非通饶。徒以乡闾誉，谬蒙明主招。壮图依日月,长策起渔樵。迂薄妨贤路,疏庸负圣朝。遭逢良匪偶,谗构谅无繇。自省文儒望,何干俗吏条。含情常脉脉,负谤实哓哓。大雅颓孤响,良朋失久要。高林动风叶,平陆涌波潮。众口金徒铄,群言石可漂。青蝇点珪璧,斥鷃议鹏雕。不量叔孙武,其如公伯寮。小来交易合,大往道宁消。鸿渐仍于木,莺迁暂下乔。马曹官始调,虎观秀曾翘。思就南冥息,期从北海超。冰壶元自洁,瑶瑟讵更调。直道无妨黜,浮荣从见剽。有怀常不寐,独酌漫成谣。鬓发思君变,丹心去国摇。盈虚时所昧,倚伏理恒昭。胜负争蜗角,功名覆鹿蕉。离群友鸾鹤,委佩杂兰苕。畏路今何畏,骥兜更有苗。

候调久不得报,怀归作十四韵

春辞鸳鹭列,夏阻凤凰城。未果酬恩遇,何阶达圣明。仆臣犹左秩,司驭乃留京。负谤丘山重,移官两露清。昔贤何惨淡,时论尚纵横。无没华阳馆,林荒督亢亭。被谗殊乐毅,去国类虞卿。大道如弦直,中怀若砥平。为樗甘置散,处雁愧能鸣。已脱樊笼累,犹存曲木惊。宵光初出草,反舌渐无声。蓟北风烟尽,江南兰杜荣。迎风捐客佩,临水濯吾缨。若见山中桂,应知留滞情。

卷之二十一

六言诗选

关南阳羽客

一

八桂春风闭户，七松秋月开关。千年华表城郭，五岳云中往还。清浅蓬莱海上，摩挲铜狄人间。昔时采药童子，俱成白首红颜。

二

几度星移物换，经过碧眼方瞳。暂佩药囊市上，旋驱鸡犬云中。卢敖初逢若士，云将再遇鸿蒙。未能九转生翼，乞君一粒还童。

遣　怀

一

晨起科头理药，清斋叩齿焚香。几曲琴声山意，一帘树影秋光。名姓虽登朝籍，衣冠懒逐班行。金马时逢难客，木鱼书礼医王。

二

药碗经年不废，荆扉镇日长关。掩耳压闻时事，回头却望家山。蝶去花阴寂寂，风来鸟语闲闲。青牛柱史何在，白鹤仙人未还。

卷之二十二

七言律诗选

和四家兄早春家园

南园草色映堤新,小径莺声过雨频。花萼池边裁雅咏,芝兰庭下玩芳春。溪桃笑日攀游骑,岸柳和烟罥舞人。家酝自堪成一醉。不须酤酒过西邻。

分赋古迹得濠梁

濠上风吹白接䍦,何年庄惠此追随。鲦鳞群出来游日,秋水凭添倚杖时。雨过空梁斜照寂,月摇轻舸片云迟。从容鱼乐即吾乐,观到忘形乃得之。

赋得漆[1]园

漆园为吏傲何如,千载南华有旧居。巷口夕阳迷梦蝶,濠梁秋水忆观鱼。身闲久息机中灌,地迥真藏世外书。从宦由来非宦侣,至人心与世人疏。

陈少珍山人以岁暮怀武夷之作见示赋答

虹桥回首挹清芬,几度缄书寄鹤群。访道旧寻偃月子,游仙频

---

① 崇祯本原作“膝”,今据道光本改。

梦武夷君。溪声九曲流残雪，幔彩千峰入暮云。借问移家在何日，忍令仙乐不相闻。

辛巳仲春，有鹤一双
巢于耆德寺浮屠顶上，感而赋之

有鸟双栖只树林，翩然瑶水两仙禽。月临莲界巢初定，云满芝田岁已深。健翮风烟时立驭，清歌城郭更留音。千年一度梅花国，霄汉谁知万里心。

黎惟敬秘书楼居新成赋赠

一

楼对仙城望不赊，新开林壑驻烟霞。当门小径宜栽竹，背屋闲园可种瓜。座引青藜频徙倚，醉余皂帽任欹斜。问奇客指戟郎宅，送酒人寻处士家。

二

仙史前朝罢直庐，为楼亦傍五仙居。烟浮树色侵缃帙，杯领山光入绮疏。门巷阴森五株柳，花林坐卧一床书。问君几枕羲皇上，清梦还能到玉除。

黎惟敬秘书新辟东林社，与诸客同过

郭内名山似竺乾，苍松白石傍清泉。林间片地皆成宝，花里诸峰并是莲。钟梵远分城北寺，袈裟初悟海南禅。何人解驻逍遥论，此地招携十八贤。

出七星岩，泛舟过阆风岩，遂至流霞岛

翠壁丹林相对开，岩光树色共潆洄。槎疑银汉侵星上，山作蓬壶泛海来。水上片霞开别岛，花间攒石隐仙台。建标重入金声赋，言是赤城华顶回。

移酌阆风岩得支字

登攀终日不言疲,命赏留欢席数移。醉卧烟霞中有客,饱看林壑外无奇。飞梯拂雾垂萝碍,攒石空当古木支。此地即为真阆苑,何劳逸驾访瑶池。

出蓬壶,径稍折而东峭壁耸峙,扳缘数百步平广可亭,是为舍弟振衣处,先赋以属同游

青霄高步视尘寰,斗外梯悬万仞攀。蹑履天风生腋下,振衣仙佩响云间。烟萝行处宜舒啸,石髓逢时好驻颜。不倚羊何能和客,惠连诗句向谁删。

既泛流霞岛,望隔水一岩,景最幽绝,挟两小艇并入,岩扉倒垂,虚明澒洞,日色水光,隐映壁间,援笔题曰潜曜洞,命诸客共赋得悬字

岩扉掩映叶舟穿,双桨冰壶类水仙。室似虚庭偏受白,泉如赤水欲探玄。潜窥罔两千形伏,散出祥光万象悬。怪底墨花时作雾,暗潭疑起蛰龙眠。

初返濠上访黎惟仁

三径壶觞此重过,牵衣无奈故情何。主人清论花间出,稚子闲嬉竹下歌。草阁烟云挥翰集,柴门鸟雀灌园多。知君厌听风尘语,长日清樽对碧萝。

杪夏濠上

濠上行云卷复舒,数竿修竹野人居。庭幽早听秋虫急,客病时惊夏木疏。栖息一枝南国鸟,逍遥万里北溟鱼。中林拟遂甘疏散,

未老浮名觉渐虚。

送黄公绍博士赴北雍

公绍自祖宪副公世起家经术,舅氏诸黎皆有盛名

似舅才名见国工,承家经术几人同。能诗争羡匡文学,解易谁如戴侍中。碣石雁行秋色里,桥门鹓序日华东。西京旧典谘同异,讲席何须更筑宫。

重阳后一日,同黎惟仁、陈少珍、梁少仲、陈孔信、麦兆张、黎君玺再登西城角楼

壶觞已在重阳后,楼阁偏宜胜事传。远水微明摇落日,孤城惨澹横秋烟。风高木叶斜斜下,树动江船宛宛连。地暖篱深菊未放,餐英谁续楚骚篇。

将游燕感赋

一

疏慵久分卧蒿莱,何意遭逢策蹇骀。世路十年和氏璧,风云一日郭生台。驱车惯涉中原险,弹剑能令北斗回。白首故意霄汉上,赋成应荐子虚才。

二

壮士听鸡欲据鞍,出门休讶客衣单。十年马首人非昔,九折羊肠路不难。草色莫牵公子思,花枝偏恋上林看。五陵冠盖追游地,目送云鸿接羽翰。

三

莺花忽忆凤皇城,裘马春风又远行。相府莫轻怀刺客,关门曾诧弃缟生。臣惟羁旅兼疏贱,策岂纵横误圣明。投笔论功吾已后,敢云词赋动西京?

抵南都闻林开先先一日渡江入北

千里风期拟共君,过江消息转愁闻。雁来建业书何处,舟入邗沟路暂分。六代莺花余染翰,三吴烟树阻论文。若言鞭弭寻常事,先寄离声向五云。

章江逢王侍御暂还五羊别业以谏取麒麟故

避骢江左识时贤,主圣能容直道全。中使误传灵囿曲,侍臣新献《旅獒》篇。虞园树影依僧舍,章水滩声逐客船。闻道白麟将罢对,相如谏猎岂徒然。

黄公绍博士斋中同黎司封集得文字

华阳杯酒洽兰芬,那敢含愁独向君。堪笑迷途凋黑发,朅来高馆坐青云。檐前碧草怜春色,宛外疏钟报夕曛。触目鹓鸾俱旧侣,赋成空愧子虚文。

初夏,蒋兆卿博士邀饮迟,邓希父不至

讲后西斋苜蓿宽,俸钱供客晚逾欢。玉杯沾醉留春易,宝剑论心逼夏寒。绕屋林鸠呼雨急,衔泥梁燕怯人看。纵令开径饶心事,咫尺求羊共过难。

饮邓希父博士斋中

故园烟树忆论文,短褐狂歌此对君。碣石谈天看汝在,都门击筑傍谁闻。清斋帘色残春草,小苑莺声过夏云。为问玄成谁载酒,诸生经术起河汾。

王季孺编修数从邓子振检讨踪迹，不佞遗落之后，亟动归兴，作此奉寄

玉署何因眼并青，似缘踪迹念漂零。文章岂厌穷愁色，日月还高著作庭。双阙晴云新视草，三江春水渐扬舲。若非太史能占气，容易风尘问客星。

再答季孺太史

蓟苑飞花恋客裾，美人天上叹离居。万年春在龙池树，一代名收虎观书。马骨棱曾悲顾眄，赋才沦落愧吹嘘。词垣最羡贤臣颂，长日风云护禁庐。

奉送宫谕赵先生之南大司成

词臣三命领成均，帝念留京典乐新。不谓江山收丽藻，直将文物借陶钧。宫衣暂辍金华席，江月晴分璧沼春。谁向东都引奇士，青云高阁想平津。

和大司成韩公祷雨宿署中之作次韵时读书国学

旱云何事赋成均，总道苍生属望新。丹陛宵衣传露祷，三雍拜诏肃郊禋。风霾岂压祈年瑞，桃李偏宜化雨春。惟是傅岩征梦日，商霖应洒属车尘。

寿宫成恭纪

福地金舆警旦开，千峰灵气接瑶台。关门树拥仙城出，碣石云盘帝宅来。天上玉楼多日月，海中琼岛象蓬莱。微臣窃拟冈陵颂，持献君王万寿杯。

奉和赐藕蘚

帷宫路绕碧池回,水殿风传翠槛开。玉女移根来太华,仙人分露出天杯。擎将素腕寒相映,雪去轻丝暑乍回。愿比灵龟游叶上,千年长捧帝恩来。

奉和甘霖应祷

天行瑞应慰三农,紫金璇霄一气中。遥圃近郊流积润,奇花仙颖泾芳丛。云来御苑千重结,石激灵泉百道通。为是皇城过桑祷,雨旸元不减年丰。

午日同咏葵花

炎天众卉竞芳鲜,小院孤葵发更妍。种处幸当文杏馆,开时偏近浴兰川。迎薰翠叶连云布,捧口丹心似火然。莫以细微轻下体,愿君植向华林前。

闲云馆为洪阳学士赋

君家云馆住山深,馆静云闲况道心。袅袅常时生涧户,迟迟何意出岩林。溪边寒影抱幽石,天际秋容带夕禽。怡悦莫言无可赠,从龙今旦且为霖。

槐阴清昼和寓直诸公

洞门晴日霭沉沉,虚院高槐生昼阴。云影临时青殿接,露香凝处绿阶深。嘤嘤黄鸟分枝转,嘒嘒玄蝉抱叶吟。臣对南薰何所献,欲将封事答虞琴。

和黎惟仁得吴明卿书问次韵

旧游吴质报音初,老大衡门物态疏。明月频悬千里梦,十年始得一行书。溪边拄杖寻鸥往，竹下幽亭载酒如。除却武昌鱼雁字，飞尘应不到君庐。

酬黎惟仁春日登楼见寄

仙客楼成海上家，新诗字字染春霞。烟轻水郭丝丝柳，风细池台树树花。芝径羹香煮白石，松房酒熟漉丹砂。非关草色怜公子，自爱衡门度岁华。

春日寓崧台

高台烟树静书斋，绕径青萝映紫崖。阁迥白云时入户，春来黄叶尚盈阶。傍林独酌花先醉，倚栏微吟鸟共谐。何客到门成好事，笔床茶鼎称幽怀。

饮对江楼，望越井冈木棉花，同黎惟仁赋

高楼醉倚眺山椒，千树红芳雨点消。已共露桃开二月，似陪仙杏种丹霄。绛烟掩映呼銮道，赤锦分明插汉标。别有寻芳骑马埒，粉绵飘尽紫骝骄。呼銮道、朝汉台，皆在越井冈。

寄梁少仲巢居

古木苍藤此结庐，白云长护小窗虚。花源暗绕城阴入，瓜地偏宜雨后锄。饮犊翻嫌洗耳后，盟鸥应对息机余。何时一接巢居子，徙倚松窗读道书。

同黎惟仁访朱氏兄弟山池

渐入前林已少邻，转行深巷更无尘。烟迷竹树才分径，花泛溪塘别是津。往日云山如待客，经年琴酒始逢人。爱君几片松间石，青李临书过一春。

访唐寅仲青门别业

地即青门世岂秦,孤亭云树坐幽人。藤枝半覆弹棋几,花蕊偏承漉酒巾。入座峰阴猿欲卧,悬阶巢影鹤俱驯。著书渐老松门约,何限王孙碧草春。

雨后酬梁少仲

珠浦云沙过雨余,水村溪郭迥幽虚。山桃浓花湿欲尽,岸苇柔条沾未舒。返照石林闲放鹤,乍晴江槛好观鱼。知君不浅膏粱兴,庄叟初醒蝶梦蘧。

九日之夕,过黎惟仁紫芝山房兼怀燕京亲友

晨出登高独举觞,晚携余兴到柴桑。枫林扫叶摇霜月,芝室披云冷石床。往日龙山高会少,故人雁塞尺书长。今宵且共东篱醉,何必还寻落帽狂。

赠侯见洲参政

西藩车骑旧征南,八十闲居乐自耽。蓝尾杯深花下醉,蝇头书就烛边忝。不烦鸠杖扶松径,自结云房傍竹潭。坐客莫谈蛮府事,紫薇堪笑鬓鬛鬖。

赠黎司训令定安

除书催遣换儒绅,绛帐初辞墨绶新。地隔龙编开别岛,云连象郡暗遥津。波涛晓送琼台日,花树先成海县春。南涉珠崖天更远,早因凫鸟上枫宸。

卷之二十三

七言律诗选

瀛洲亭看菊

帝城秋晚更妍华，仙院初开绕径花。冷艳何曾遗玉砌，幽怀翻似对山家。高云护叶凌风劲，锦槛扶枝映酒斜。西掖近承新雨露，东篱还醉旧烟霞。

寄题张傅野万玉山房

一

中朝清誉归山宰，尚忆琴尊在竹林。绕亭自泻双溪色，开径从遮十亩阴。有时手携绿玉杖，长日卧听青鸾吟。清风淇水闻微咏，明月潇湘何处寻。

二

楚岸湘烟卜筑宽，孤亭修竹半临湍。经冬青青杳霭色，长夏肃肃高云寒。坐引清风摇佩玉，闲看佳句满琅玕。为君且就灵丘赋，未得相从蒋径看。

送萧户曹出守宁国

一

文章小陆更高名，五马聊为剖竹行。钟阜地形江阁近，宛陵溪色郡斋清。谢公自有青山兴，楚客元多白雪声。经术久知能缘饰，况携佳句似宣城。

二

襜帷寒散九河冰,南去云山郭里登。江郡风流新守出,帝城佳气旧都凝。桃花潭水流春谷,鱼浦人家接宛陵。此地从来属良牧,料君应有玺书征。

陈德基户曹督饷浙江

司农省下晚成名,又领军储促水程。为郡久闻吴下咏,看山共美越中行。沙场转饷秋防急,浦溆鸣笳朔吹生。倘过西陵遇风处,烟波终日旅吟清。

己丑孟冬朔日颁历

初冬孟月月为阳,宝历欣逢帝道昌。雨露九天随正朔,衣冠万国奉春王。瑶阶蓂应尧年发,玉座云扶舜日长。更喜看来新节序,先从霄汉破恩光。

仲冬即事

一

帝城云物逢冬仲,玉署含毫对此辰。恩重岁时多笔札,地偏清切少风尘。向人梅柳迎阳发,近苑楼台过雪新。吹律定应回黍谷,负暄终拟献枫宸。

二

雪后恩光满禁闱,阁中吟眺属晴晖。渐看云物迎祥至,莫遣冰霜逼岁归。地暖水泉先自动,江寒鸿雁远相依。九重更籍调元事,早晚阳回力尚微。

灯市夜游

三五风光帝苑催,层城灯火映楼台。软尘暗逐香车度,微雪初笼淡月来。九陌游心争向出,千场杂戏未言回。家家弦管传新曲,尽入升平调里裁。

又和董玄宰玉河冰泮阁试之作

苑雪初消淑气催，溶溶冰溜转蓬莱。玉泉渐泻方流出，银汉才通一道来。映水啼莺穿柳过，沿堤饮马踏花回。共将鱼藻歌皇泽，履薄深惭利涉才。

太庙荐新麦

献新清庙庆年康，时食来牟举上方。御亩收时珠作粒，寝筵登处露凝香。晨炊已属供槱火，熟荐还应得嬴尝。闻道思文歌后稷，更将丰瑞颂君王。

庚寅中秋馆中对月

一

御堤流水象天河，堤上游人步月过。云气渐分仙掌曙，秋光偏在禁城多。南宫树影栖鳷鹊，西第花阴会绮罗。此夕清晖谁不望，霓裳何处倚云和。

二

家家望月此宵晴，独步瑶阶接凤城。天上楼台元异色，风前弦管半离情。且教华烛辞中禁，莫遣微云岁太清。看到关山肠断处，年来狐塞未休兵。

三

愁闻织女渡河津，谁闭嫦娥在月轮？宝镜台临瑶席冷，羽衣香染桂花新。鸿来绝塞书千里，鹊绕空庭树几巡。遥夜玉堂秋似水，可堪盈手赠佳人。

四

今宵明月谁家好，玉署风帘坐素秋。露重梧枝垂曲槛，天空桂子落高楼。金河戍客吹笳望，锦字闺人卷幔愁。北雁飞来绕南去，几回清景忆同游。

慈圣皇太后圣节皇极门朝贺

共说羲和能浴日,旋看金母乐长年。彩霞剪叶传宫胜,青鸟衔花集御筵。月殿山河光应地,星妃环佩引朝天。天颜近接慈颜喜,愿续思齐作寿篇。

制府刘公之移镇东越,破海寇也。于时霖雨初霁,适有卿云灵鹊之瑞,公既自为诗纪之,不佞守职词垣,遥从万里外倚和焉

五色云

五云缭绕傍军城,只为元戎护启行。若雾摇旌氛欲净,非烟拂盖再初晴。金枝乍冷苍梧野,玉马新屯细柳营。捧日定知应苗格,光华来和帝歌声。

灵鹊

辕门旺气动三城,灵鹊如云翼阵行。总为移军占喜色,非关绕树噪新晴。银河填处移兵渡,金印悬时傍将营。铙吹未翻朱鹭曲,已从喈喈听欢声。

辛卯立春

迟日条风散晓寒,东郊迎气转仙坛。城边雪送青旗色,天上春开白玉盘。细草乍侵宫路发,归鸿欲傍苑云看。韶光共道今年早,走马听莺过上兰。

上元后三夜陪焦、陶二太史,王、董、黄、孙四吉士宴大将军李侯宅

盟府金貂弈世功,淹留词客醉新丰。歌翻都护春调马,赋奏甘

泉晓射熊。北里烟花过节丽，西堂樽俎助文雄。当杯又进吹铙曲，塞上何人更引弓。

仁圣皇太后圣节朝贺

琼宫瑞霭接层台，天子承欢龙衮来。长乐慈云仙杖晓，坤闱御气曙钟开。玉桃先发宜春苑，瑶水重添献寿杯。幸从九重称庆毕，方随万国颂恩回。

寄南比部何公露何家南都得称韦曲

官舍闻君在故园，板桥垂柳绿淮源。看山引兴趋公府，散吏传呼到里门。竹下摊书岩翠湿，湖边立马水禽喧。更怜载酒饶幽事，韦曲烟花过谢墩。比部官舍面钟山带玄武湖。

上苑迁莺

春光澹荡晓莺期，早刷金衣伴凤仪。出谷乍迁三殿柳，随风好上万年枝。啭来云里传声远，身过花间弄影迟。仙苑忽闻歌伐木，余音犹绕濯龙池。

太液晴波

沧池滉漾接离宫，玉渚遥将云汉通。雨霁波恬天共碧，烟消日荡水成空。楼台四出平堤外，花树千重落镜中。欲傍兰桡乘兴去，共欢鱼藻沐恩同。

行经玉蝀望太液池

雕阑宛转度芳溪，映日春旗拂彩霓。碧浪晴开天苑右，青山近出帝城西。潭鱼在藻惊人跃，谷鸟衔花过水啼。惟有岸杨与汀草，长承玉辇幸金堤。

上巳日陪焦、陶二太史，黄、庄、刘、冯、吴五吉士潘中秘宴非幻上人众芳亭

春游懒逐少年场，僻地移尊野兴长。径草眠烟侵坐席，天花落涧引行觞。风飘弦管催黄鸟，尘带香帘出绿杨。闻道兰亭好修禊，何如高咏竹间房。

杨　花

杨花摇扬日光柔，燕拾莺衔飘未休。纵落只宜粘玉砌，高飞犹自度琼楼。幸同白雪因风起，懒著春萍逐水流。粉阁妆台栖不定，更堪无绪惹离愁。

朱舍人有吴门之役，先过河间官舍省亲，寻归湖州，因忆君采舍人亦以去秋奉使过家

西风薇省散鸣珂，把袂都亭奈别何。驻马白华河上近，渡江红叶雨边多。蓟门砧动催鸿雁，苕水帆归掠芰荷。惟羡君家兄弟好，凤池岁岁沐恩波。

送徐苻卿使郑府营葬

苻卿衔命拥华轩，藩礼逾知没后恩。走送玉鱼称上客，逢迎珠履感平原。河山宿草藏封册，雨露新松出寝园。公子承家仍好士，看君虚左过夷门。

闻叶中丞复自洮州移镇甘肃奉寄

去岁虏①寇临洮，公自贵竹移镇，欲以三千战士横行□□②。至是，有谓甘肃孤悬，三面逼虏，锁钥之任，非人不可，遂以公移师往镇焉。

一

初闻胡③骑牧临洮，僰道山川转节旄。独主进兵探虎穴，尽排和议说龙韬。两河障垒临关险，十月边烽出塞劳。今日□□谁断臂④，知君不厌陇山高。

二

千里悬军屡凿空，牙旗四面卷华风。破胡不用金城略，开府新当锁钥雄。射雕暮向阴山北，饮马朝从瀚海东。汉室孟坚惭载笔，燕然从此更铭功。

三

三千甲士请前驱，报国辞家誓灭胡。⑤ 河外雪霜连大漠，碛西烽火际穹庐。天山自昔闻三箭，关塞当今用一夫。传道蓟辽鼙鼓急，更烦旌节驻长榆。

送艾熙亭中丞巡抚四川

霜飞绣斧豸为冠，雪尽岷山立马看。斩佞上方曾借剑，征蛮诸将几登坛。旗翻锦水千花出，弓抱峨眉片月寒。廊庙岂烦西顾虑，

---

① 原文空缺，据道光灿如版补。

② 崇祯本、伍本、灿如本皆空缺。灿如本原按云："'横行'下，蜀本初刻作'北虏'。旧本缺。"

③ 胡，崇祯本、伍本皆空缺，据灿如本补。

④ "今日"下二字，崇祯本、伍本、灿如本皆空。灿如本原按："'今日'下，蜀本初刻作'将军'，旧本缺。"

⑤ 灭胡，崇祯本、伍本皆空缺，据灿如本补。

从来形胜得人安。

移居后谩述

一

故园归梦绕云涯,犹向风尘阅岁华。暂载图书游帝阙,乍开林馆拟山家。清阴渐匝龙池柳,小径新移鹿苑花。忆昨山中期道士,绿槐庭下煮胡麻。

二

浪迹长违障上居,幽栖多愧武陵渔。庭饶碧树分比舍,架积缃编半道书。西苑云霞看不厌,南天水竹梦常虚。若言大隐真朝市,过客烦题处士庐。

竹径新开,陆伯生、汪公幹见过留饮

客居何敢问菟裘,傍苑新成小筑幽。三径逃名惭二仲,五湖归梦有扁舟。西宫树色凭轩入,太液荷香近酒浮。若欲别寻丘壑赏,晚来山翠更登楼。

送陆伯生还吴

才名岁晚尚沉沦,岂谓东归只忆莼。黄阁客来游渐老,青山家在到仍贫。常题柿叶偏随手,新剪荷衣亦称身。若道长安好留客,五湖渔钓是何人。

送吴门卫司空榷税杭州

苏台行尽见杭城,官舍离家百里程。竹箭旧输多越赋,梅花新曲半吴声。雪残小苑星轺远,草绿长洲画鹢轻。若是司空旧游地,六桥堤上问山名。

屠田叔需次都下，闻内人之变，作此往慰屠时新纳姬

岂是从军过塞北，应缘薄宦滞天涯。庭中忍听将雏曲，帐下愁吟赠妇诗。巫峡云归虚雨约，洛阳莺老负花期。春风憔悴潘郎鬓，试把青铜问小姬。

寄宗良好琴书，嗜声乐，时多病

昔从文史见风流，常忆琴尊侍宴游。奏雅几时来北阙，校书经岁卧南州。楼中香护青绫被，江上春归翠翰舟。更道别来多胜事，相如武骑正淹留。

寄万兵宪

胡烽从此绝河源，闻说才人在北门。尘静犬羊朝纳款，月高旌旆夜归屯。关山几叠云中曲，烟火千家塞外村。想忆边庭近无事，闲看耕犊散平原。

章元礼寓善果寺，与林咨伯、潘象安出访

入寺松杉双鹤鸣，一时尘虑顿能清。风来竹院秋先到，雨过香台暑渐平。树里棋枰淹客坐，花间经卷傍僧行。浮沉世事应难定，去住空门任此生。

送杨义叔宪副之左江

三年暂返滇池节，万里仍扬桂水旌。汉使由来多象郡，越江何处似羊城。褰帷未厌关山远，开府能令瘴疠清。正喜遐方无战伐，不劳溪笛怨南征。公初令东莞，由御史佥宪浙江，参议云南，宪副广右，皆越地也。

上元置酒苑西楼,同四兄、七弟对雪,瑞、历两儿侍

一

共道韶年乐未涯,更逢飞雪赏逾赊。随风著柳偏成絮,拂水沾梅并是花。谁言玉树非连干,况对银灯发九华。春来事事宜兄弟,岂但新词属谢家。

二

凤城行乐幸同欢,雪色年光上画阑。六出花前艳流火,百枝灯里薄生寒。莺迁上苑声犹涩,雁度平楼翅欲干。试问年来相忆处,瑶华共把醉中看。

与客赏牡丹

金屏香榭簇芳尘,共识长安富贵春。正好看时盛游骑,何曾赏处见贫人。千花敛态羞无色,数朵争妍觉有神。寄语金銮旧供奉,莫夸艳曲醉中新。

咏 牡 丹

长安城里竞名花,西苑园边好物华。开近绮罗添国艳,看来弦管半天家。佳人北里青丝槛,公子西堂白鼻騧。为与群芳殿春色,不辞欢赏极豪奢。

送少师许先生致政还新安

一

阊阖初辞剑履班,天门回首望龙颜。香凝合殿朝衣冷,花发平章赐第闲。绿野乍开丞相去,赤松真伴帝师还。采芝日暮商歌起,身在黄山紫翠间。

二

常时封事荅宸旒,天下安危在运筹。北阙来承鱼水遇,东山归

待菊松秋。还因汉世思黄绮，岂向尧时慕许由。童稚莫嫌三径晚，五湖容易着扁舟。

三

十载丝纶藉上卿，几回霖雨慰苍生。夔龙业就身先退，鸿鹄歌来翼已成。天为老臣全晚节，时逢明主竟遗荣。前星重朗边烽熄，此是先生后乐情。

四

中兴调燮属盐梅，丙魏同心佐帝来。白昼曹门频却扫，青霄弘阁几怜才。岁星本合归东海，荧惑胡为掩上台。临别岂劳秋草怨，石渠桃李半新栽。

五

保传青宫白发新，玄成勋业在枫宸。篱花未醉陶元亮，镜水先归贺季真。凤诰旧颁云五色，龙楼新捧日重轮。徒令祖帐青门客，怅望贤哉此老臣。

六

紫阁秋风咏季鹰，新安江色兴堪乘。业传虎观窗前读，心记龙门醉里登。西掖桐疏无凤宿，东陵瓜美倩人称。卢敖稽首天师去，白岳云中第几层。

捧敕后归署寓怀兼呈王给谏

十年作宦俸无余，官舍苔生久索居。晓接炉烟趋御府，昼开芝检捧天书。秋风乡远初惊雁，废沼潮生旧种鱼。久欲投簪犹未得，逢君携手在公车。

卷之二十四

七言律诗选

行至淮阴，会有勘河之役感赋并贻当事诸君

行河冠盖日相仍，万井萧条思不胜。淮水建瓴嗟下邑，汉家沉璧护诸陵。禹功四载今何赖，贾第三条晚见称。疏凿更须平土颂，能歌瓠子亦中兴。

题虎丘山寺

姑苏城外王珣宅，十里楼台胜画屏。泉因好事多逢品，石本无心亦解经。生公池在藕花碧，吴子墓荒龙气扃。游人散后明月上，笑指秋阴下洞庭。

阊门寓目

蓼花风起渚莲飘，处处菱舟趁晚桡。吴苑几年无伯气，胥门终古有归潮。枫林竹岸斜连郭，水寺溪村尽带桥。独有馆娃宫外柳，年年烟雨锁长条。

严州陈太守招饮别署

松竹萧森数里行，到门不省是专城。郡缘高士风犹古，官似新安水更清。山翠入帘吹不散，石泉添雨晚争鸣。逢君坐久多幽思，欲就严陵隐姓名。

过兰阴不得游灵洞山房奉怀

青溪迥绝少为邻，翠岭依微入望新。五柳种成才有径，千桃栽就更无津。云霞岂乏留宾榻，猿鹤从知待主人。见许初平为弟子，愿看棋局过千春。

图南诸王孙同舟送至剑浦而别

使星何在豫章西，有客相随恋别携。树引柴门帆影近，烟横芦渚雁飞低。佳人揽桂齐前路，王子同舟爱晚溪。南浦岂劳重怨别，岭云江月不曾迷。

将赴豫章，待风鄱湖，先寄宗良、孔阳、孟弢

鄱江回棹越湖波，五两风停候晓过。乡路正愁南海远，故人惟有豫章多。心如蒲席常思挂，身上莲舟未惯歌。强学歌来望南浦，不能飞渡欲如何。

泊丰城曲江

县城西绕曲江流，江水初澄潦半收。宝气亭连星影动，金华潭涌月光浮。鸦投古堞暗枫岸，鱼宿寒烟生荻洲。闻道斗间新气色，客槎今夕在南州。

张明府招饮快阁

快阁登临秋更宜，暂停征舸共来窥。檐前落木风兼下，天际归云雨乍随。鸟渡平芜烟漠漠，帆移远浦树离离。忽逢仙令飞凫舄，留醉山翁倒接䍦。

和四家兄登九成台

夔龙班里忝游陪，何似延陵历国回。闻乐总忘三月味，放歌独

上九成台。深山松桂经秋长,古驿芙蓉向水开。此地自留虞帝迹,凤凰千载可重来。

谢韶州偕诸僚邀游九成台

虞帝昔巡衡岳至,山川万古有韶名。云霞尚想飞龙驭,箫管犹疑下凤城。石上松阴迎辇合,檐前溪响应琴鸣。延州岂必观皆遍,但鼓南熏佐圣明。

回至英州,九日登南山寺,张明府载酒

野寺移樽木叶苍,南山佳色对重阳。闲阶坐爱莓苔静,深院时闻松桂香。岂有参军来落帽,偏宜陶令与传觞。今朝不费天涯目,此地登高近故乡。

渡浈阳峡赠陈长水山人归灵州旧隐

浈阳山水共清辉,中有云林合翠微。鸡犬未曾逢钓艇,薜萝终待制山衣。石潭映竹高低见,溪鸟避船来去飞。借问灵州寄禅室,何如此地息尘机。

访杨肖韩丹室戏赠公好著述,晚学仙,常施药人间,点须发而自镊其白,以示验。诸杂技尤擅长

一官病后著潜夫,归访仙人九节蒲。考室自能依八桂,为园先学种三珠。但驱鸡犬抛丹药,莫唤儿童镊白须。闲共羽流争胜负,不因棋局即呼卢。

山馆即事

上庐得沼复兼园,课仆除荒更剪繁。阶竹仅通羊仲径,雀罗堪置翟公门。深冬古木无霜气,久旱方塘耗水痕。已分山林今暂适,恐烦当路促征轩。

早春园桃盛开，亲友携酒过赏得春字

柴门别是武陵津，金马初辞侍从臣。赖有小桃开野径，暂攀游骑驻芳尘。临风乍发藏歌鸟，映水时翻见丽人。几度花前得共醉，那能不惜故园春。

访黄公绍隐居黄时病足

久抛簪绂谢人群，独闭藤萝注古文。桂发秋山多偃蹇，兰生春谷本清芬。双童竹下扶迎客，短榻花间卧看云。近日称诗遍城市，风流终愧不如君。

制府陈公设斋食招集崧台时以忧旱故

小队临江昼不喧，高台烟树接辕门。杯行碧玉斟明水，馔出香厨供净根。风月几人陪坐啸，关山万里属橐鞬。楼船下濑非今日，何事南征曲尚存。

登天池山

层层石路上无涯，漉漉流泉听转赊。万仞壁间藏古刹，千岩云际吐奇花。望穷天汉人难住，行尽烟霞佛有家。一点尘心何处著，夜来风雨长灵芽。

寒食维舟南浦，孔阳王孙酌别

清时未得言逃禄，冷节何堪赋采蘋。高阁朱阑怀帝子，长堤碧草迟佳人。莺花南浦舟中酒，寇盖东郊道上尘。行乐也知随处好，独怜分手过余春。

密县天仙宫白松是黄帝葬三女处

霜根翠叶此何奇，传道轩辕宫里时。玉质不缘三女化，瑶台争睹万年枝。风飘偃盖鸣环过,露浥流膏带粉滋。不独皇英去湘浦,至今斑竹使人思。

观滴水蓬

玉女宫前小洞天,忽逢灵境兴倏然。阴崖乱滴非关雨,碧甃承流若有泉。风递清声摇杂佩,涧含春溜泻平田。醴泉神瀵何如此,便欲抽毫续水篇。

九日城西眺望

季秋风日已凄清,况是羁人骋望情。红叶不曾殊海国,黄花只少对山亭。京华作赋悲摇落,故里登高忆弟兄。何用茱萸今日会,年年酒向客中倾。

送何公露佥宪之豫章

豫章东望即东吴,宪节西行入画图。部下神仙称县尉,赋中山水美洪都。秋风骑从登庐岳,明月官斋对蠡湖。见说南州能下榻,不知谁向府中趋。

送郭希参分守川东开镇夔府

远上荆门望蜀城,褰帷无复叹长征。公孙废苑秋风早,神女荒台暮雨生。兰省昼开南客宴,竹枝宵动北人情。瞿塘水落漩涡小,倚棹安流万里行。

戏和汪公幹塞上逢妓

关前日照红罗襦,马上香生赭汗珠。紫塞连朝逢侠少,青楼何夜梦狂夫。歌成都护名征虏,学得琵琶不嫁胡。若使阏氏见颜色,花间妒杀小单于。

冬至前一日郊坛寓目

瑶京散雪气微和，玉律来阳景渐多。太一降生烟缥缈，上宫行处佩逶迤。坛边瑞蔼迎仙跸，日下卿云待帝歌。借问甘泉陪从客，天门何处翠华过。

冬　至

黄钟律转日南至，缇室灰浮阳气潜。苑外窥梅才的的，河边觅草未纤纤。楼台消雪皆迎暖，云物呈祥不待占。闻道南郊恭代毕，定将昭事答威严。

少年行，赠人从征

银鞍玉勒锦缠鬃，秣赵驰燕似下空。犀甲镂金光错落，貂裘拂雪紫蒙茸。腰间宝剑明秋水，臂上雕弧应落鸿。待与将军全属国，方论年少有英风。

独　坐

独坐寒斋雪里开，遥思山院落残梅。花明赤岸鸿犹去，冰结黄河鲤不来。但遣清笳吹夜月，难教长袖送春杯。侵晨喜鹊檐间散，薄暮栖乌城上回。

四月六日与客游高梁桥

燕郊四月如春月，景物暄妍宿雨晴。仙苑名花裁罥蝶，御堤芳树始流莺。平林翠幕褰风扬，落日红妆照水明。自幸太平多乐事，共将弦管寄欢情。

四月八日高梁桥即事

西方降生传此日，北土行乐开群迷。艳艳游尘障去岸，纷纷杂仗拥回堤。秉兰藉草逢新浴,赠李投桃历旧蹊。独有瞿昙心境寂,天花落水不沾泥。

中秋乐词

一

云楼奕奕敞朱扉,玉宇重重彻紫微。轮满天庭分昼景,桂开仙阙吐圆晖。深深罗幌焚香出,队队霓衣侍辇归。忽听云中催按笛,怕令乌鹊又惊飞。

二

朣胧玉宇御瑶觞,佳景千秋乐未央。自有重轮开玉镜,何须仙曲舞霓裳。兔宫久闷长生药,桂殿新熏百和香。此夕关山人尽望,愿分余照及穷荒。

和四家兄九日武场观射

明时讲武重疆场,九月霜清塞草黄。跃马抡材争入彀,登坛奏技识穿杨。泽宫旧纪周文盛,猛士还思汉道昌。闻说登高羡能赋,与君同醉紫萸觞。

怀西樵

溪上茅堂昼掩扉,松门咫尺往来稀。秋林响处归鸾鹤,春雨生时长蕨薇。樵径定穿云里入,泉声应向竹间飞。不知空外茶烟起,若个人家住翠微。

盛夏偕宫赞林公、司成胡公过陈任大斋中得湖字旧事大司成,缺宫僚以此推补,故末句及焉

何为触热客来俱,槐市东头赤日无。座上清言皆月露,樽前闲兴尽江湖。敲冰凉沁玻璃碗,挂壁云生水石图。雍馆风流有如此,将因著论老潜夫。

蓟门早秋

蓟城杨柳早寒知,不待秋来气已悲。乡国看为天尽处,塞门愁记雁来时。关前汉骑侵晨发,楼上胡笳向暮吹。叶落深闺徒下泪,从今征戍几年期。

赠黎惟仁先生

竹径松斋养道机,闻将名姓寄丹扉。盈阶兰玉霖相茁,绕树鹓雏始学飞。红叶晚堆烧药鼎,白云闲补住山衣。尊前却笑磻溪叟,犹伴周王射猎归。

得万中丞朝鲜书问却寄

中丞家住雁门边,破虏功高在少年。出塞惯骑胡地马,渡辽还泛汉楼船。黄龙戍外书千里,玄兔城头月几圆。横海只今夸绝漠,鸡林新勒照燕然。

清明日公幹过谈郊游

河堤嫩柳拂游人,为惜韶华插鬓新。冠盖五陵朝墓路,郊原一片踏青尘。山中榆火过寒食,江上蘋花照莫春。不见风光可怜处,年年伴乐客中身。

闻宪府李公增修星岩之胜遥有此寄

一

岩楼好去沥湖陂,风景年来倍昔时。出镇近逢羊叔子,胜游重睹习家池。经春桃水迷仙棹,长夏荷筒杂羽卮。闻此令人发心赏,羡君霞路拥旄麾。

二

石室从来洞壑幽,近传胜事足风流。小儿缓舞铜踶曲,游女明妆罨画舟。奕奕朱扉窥水榭,隆隆丹障隐山楼。南岩北寺寻俱遍,驷马高车何处留。

侍御七弟携诸侄游四①樵遥寄

前溪旧隐接松关,别岫新题引蔓攀。十里烟萝行象外,千家鸡犬住云间。回椒竹涧春流满,曲崦茶畦夕照闲。昨日闻君携侄往,西樵应好作东山。

闻侍御弟石室之游

旧日行歌沥水滨,已知巾舄出风尘。近逢桂树聊攀咏,宁为桃花始问津。往往岩间闻伐木,悠悠潭曲见垂纶。谁怜绣服清朝彦,暂向云林学隐沦。

苑西书楼宴坐兼答陈生

小楼东面禁林芬,闲坐高谈到夕曛。天近彩云排牖入,风回清漏隔花闻。观书滥许三坟富,对酒才过数盏醺。见说名山好藏副,欲探石室与论文。

庚子十月朔颁历

凤纪恩光隔岁传,万方正朔仰尧天。卿云但遣灵台奏,恒雨何劳太史编。蓬阙曈曈迎晓日,蓂阶馥馥绕祥烟。从今新令更新政,遂比成周过十年。

送张廷评赴南都

南去云山郭里登,法曹闲似六朝僧。城边人吏迎淮水,竹下官斋到蒋陵。策马晨趋三署月,挂帆春断九河冰。东南民力须封事,

① 道光《区海目诗集》"四"作"西"。

可但凭高问废兴。

和公幹冬日入显灵道院感昔

陵谷依然迹已陈，早逢真诀想还真。窗余朱篆抄经字，房少丹炉候火人。羽节芝翻云外寂，石坛瑶草雪中春。金茎捧罢琼箫冷，玉手攀花惜此辰。

使大梁赠同行范中翰

连翩征骑帝城西，四牡骄嘶玉齿齐。池上凤书谁比翼，阁中星使旧分藜。千花汴口明朱邸，二室云边落紫泥。传道輶轩将问俗，共裁谣咏入封题。

过卫作

环辙何心在磬声，卫多君子昔知名。陈诗无复桑中咏，间俗翻从枣下行。沁水繁花朝饮马，淇园深竹暮啼莺。最怜静女风流尽，谁识当年垂钓情。

过卫何①太守年兄席上作

善政由来继卫侯，宾筵况复甚风流。地过淇上多遗咏，客指周南未滞留。竹树千竿如水郭，荷花六月似江楼。他年胜事追河朔，紫李甘瓜即旧游。

将至苏门途中寄黄平倩宫谕次见赠韵

我向淇园问竹竿，闻君犹阻啸台看。归朝司马游宁倦，历国延陵意未阑。卫水客来篇咏少，苏门人去酒杯残。探奇倘就梁都赋，题品能无重士安。

---

① 何，道光灿如版作“河”，日本内阁文库钞本作“何”。

孟津殿下新建书堂,得请赐额勉学书院恭赋

玉槛银潢接颍川,肯堂新沐帝恩偏。奏诗早擅河间誉,好学今称卫武贤。东壁赐书光列邸,西斋留客咏初筵。游梁枚马虽能赋,何似奚斯颂鲁年。

王乔飞舄处

仙令曾闻谒紫微,千年城郭是耶非。风前乍想霓旌去,天外惟传玉舄归。暮雨霏微芳草径,空山摇曳白云衣。讵须鹤语留华表,始信辽东有令威。

题博望驿壁

汉家边堠抵河源,又出莎车伐大宛。遂侈葡萄筑宫观,更歌天马度昆仑。但贪绝域封侯印,谁顾勤兵扰塞垣。今日称臣遍属国,不劳持节扣关门。

出均州赴太和行驰道上

百里天街石路平,游人指点近瑶京。芳林隔水闻花气,虚谷含风有鸟声。衣上岚光千片落,帷前山色数峰晴。逢迎道左多真侣,未入云门觉思清。

登太和顶谒玄帝宫

一

皇家香火此开宫,上帝由来有寓公。雷电曾驱太一阵,楼台真殚鬼神工。霓旌拂雾斜连汉,宝盖浮烟晚御风。为问古来封禅代,参差独向海云东。

二

万峰蹲踏向天门,仪卫森严黑帝尊。士女焚香杂环佩,真官拜

表领幢幡。心归净乐生身地,口诵降魔度世言。独以无为参圣道,更从无始问玄元。

三

金阙岧尧天柱安,瑶阶千折上危阑。妙香不断朝天路,真气时逢礼斗坛。羽客尽擎青羽盖,云仙皆着紫云冠。先朝数遣祠官出,探得真函进御看。

与番禺穆侯宴浮丘

丹台路绕碧城隅,茂宰真游道驾纡。近报政成能下凤,更传仙去似飞凫。蒲香欲驻安期舄,云气常封葛令炉。愿籍流霞歌进酒,暂停轩盖白云衢。

陈勋卿龙津别业开并头莲,邀客共赏,陈公往岁曾有此祥,适拜征命

津桥缭绕碧池浔,翠岛红云倚盖临。昔见芙蓉开并蒂,今来菡萏发同心。定知浥露无浓澹,不信含霞有浅深。日暮横塘歌未已,年年欢宴此追寻。

赠梁少仲东山旧隐梁君挟丹术,好市药,善弈

三珠洞口玉台东,台上逍遥玄发翁。药市可曾逢葛令,博徒何必隐毛公。松间石髓凝霜白,囊里丹砂漉酒红。更说茅斋无一事,日调么凤竹林中。

和孔阳王孙舟中听琵琶赠别之作

鹦鹉杯浓醉复醒,琵琶调急弄还停。小童曲奏凉州伎,上客欢留陇水听。远浦霜横烟漠漠,空江月落风泠泠。不知凄切缘何事,徒使离人泪暗零。

罗敬叔送至赵家圩晚泊赠别

江路萧条兴更乘,扁舟岁暮旅怀增。天边回雁犹冲雪,水上潜鳞渐负冰。远戍孤烟吟塞笛,荒村独树引渔灯。君今且作三湖长,厌向风尘问五陵。

秦侍御、钱吏部、张宪副招游湖上泊孤山

莫踏笙歌一路尘,共将文酒话清真。长谣绿水无来客,独往青山有昔人。鸟哢芳林移谷口,烟含轻舸出池漘。更逢幽境须留醉,山寺梅花水际蘋。

栎园精舍为潘子朋赋

作赋闻君拟遂初,为园溪上爱清虚。烟霞半拂轩楹入,萝薜能将绂绶疏。岭树攒云遥似盖,阶虫蠹叶尽成书。莫言才散为时弃,得遂天年乐有余。

鄂　墓

一

曾将遗事访朱仙,又见孤坟浙水边。南渡总无恢复意,中原空有誓师年。战场地远余春草,垄树林疏起夕烟。若使黄龙勋业就,遗封应更象祁连。

二

外都回首见旌旗,洒扫宫廷已有期。细柳不闻曾奉诏,金牌何事遽班师。雁来尚记南侵日,松古应无北向枝。一掬西陵千载泪,断桥斜日草离离。

与客登湖心亭

玉函亭子水仙栖,面面雕阑着水齐。云树迥悬三竺路,绮罗斜

带六桥堤。飞花往往随风度，好鸟时时隔岸啼。幸是兰桡皆可息，桃花春水不愁迷。

卷之二十五

七言排律诗选

水退后呈郑使君十四韵

四载风烟拥节旄，大川舟楫属贤豪。金沙涨挟青岩下，锦石秋吹碧浪高。西郡日来沉雾雨，南溟天阔簸风涛。四方大水无不尔，九载襄陵此重遭。已悼室庐同泛梗，转愁阛市渐容舠。三山欲出层波底，千水遥吞百雉牢。万命一丝悬蚁穴，孤城三板足乌号。蛟龙纵意骋巨鳌，鸿雁伤心哀暮壕。十道变书连日上，颓隍版筑不时操。官疑苍水充行使，书出玄夷领郡曹。陷溺似曾须宝筏，阻饥急用散仓廒。安危谁辨堤防力，利涉兼知抚字劳。白马至今歌瓠子，黄楼终古奠徐漕。看君保障功成日，合有玄圭锡异褒。

汉江舟中待胡襟寰中丞不至寄怀

中丞鹊印近登坛，白钺彤弓映豸冠。入掌中台专弹射，出兼四镇拥材官。周秦形势原交错，楚蜀山川更郁盘。千里封疆劳节制，万年江汉静波澜。缨歌似逐铙音发，鱼乐皆成阵势看。西上儿童舞盘木，南中父老望旌竿。秋高岘首游宜数，岁晏隆中卧莫安。沧浪月为牛渚月，租船何夜傍江干。

瀛海长春歌为宪副刘翁作，翁家瀛海，以元日生，时夫妇皆寿八十余。长子礼部侍郎、次子副都御史，故并侈其家

世家瀛海近长安，天上夔龙接武看。大子文章领宗伯，次儿勋业冠台端。庭闱自昔荣三乐，人物中朝数二难。家宴烟霞元日酒，仙人楼阁五云盘。风前玉树连枝发，雪后蟠桃并蒂餐。为问年来清浅处，几回蓬阁更承欢。

卷之二十六

五言绝句选

羊城八景

石门返照

石门江嶂断,来往思无穷。万水浮天外,千帆落照中。

蒲涧帘泉

一道香蒲水,奔流下翠微。醉起弄珠箔,回风卷雪飞。

灵洲鳌负

花宫环碧水,百尺驾春涛。缥缈金银阙,云门控巨鳌。

景泰僧归

松门送客返,栖鹤满珠林。昏黑藤萝外,钟鸣山翠深。

大通烟雨

江上日烟雨,禅林渺何许。磬声时一闻,不见僧行处。

越台秋月

辇路余衰草,荒台千古留。空悬汉时月,不见汉时秋。

白云晚望

白云在空山,还望山中客。聊持一片心,惆怅千峰隔。

扶桑浴日

叱起群龙驭,天鸡闻远空。东溟一杯水,洗出金轮红。

浊潦骤溢水槛遣兴二绝

一

桂江几千里，新水下浑浑。偶动乘流兴，堪浮五石樽。

一

今朝江水浊，云日汩虚明。我欲澄流滓，中流见太清。

崧台独步颇有何仰之怀

一

台榭一方胜，江山千古同。由来涕泪处，不独有羊公。

二

阁迥青林上，台孤碧雾悬。寂寥谁与晤，吟眺下江烟。

端溪杂咏①

一

城头吹玉笛，城下唱渔歌。为问南征客，其如烟艇何？

二

夕阳下前山，山光落溪水。款乃时一闻，只在山光里。

三

前山是铜鼓，叩之寂不鸣。试植千云木，风调韶濩声。

四

渔唱闲皆去，鸥群过不还。平江展如镜，不遣照愁颜。

崧台月下

崇台标紫阁，玉槛被层岑。月出珠林晓，栖来两锦禽。

---

① 最后一首为崇祯《肇庆府志》卷50《艺文志 · 七言排律》所记载。

望七星岩

一

仙山对城郭,累累七星石。中有太古文,世人了不识。

二

几度别仙山,瀛洲绿水环。碧桃开又落,乱点玉苔斑。

杪夏江上

六月凉风发,飘飘吹客槎。持竿向溟渤,挂断海门霞。

垂　钓

江风卷钓丝,心事白鸥知。终日烟波里,持竿欲待谁。

咏黎君玺盆竹

盆竹当夏茂,经冬亦不凋。疏阴宁碍月,远意自干霄。

客中九日

乡望三千里,归怀十二时。黄花应满径,何客醉东篱。

荒馆种竹,率尔成咏,聊寄一时之兴,得十二绝句

一

拂雾捎初起,干霄意已长。枝高承月露,节苦任风霜。

二

丛翠当轩密,新阴南席移。晚来风雨至,应长出墙枝。

三

尽堪供啸咏,不假报平安。莫谓龙身小,风云终日寒。

四

本买王猷宅,兼开蒋诩园。不须期二仲,好客但过门。

五

常日一壶酒，空谈晋代风。今朝玉尘尾，几个竹林中。

六

客居能免俗，尘事讵能清。坐近凌风干，方知饮露情。

七

秀色凭开帙，清凉荫弈棋。名贤须对酒，留客共题诗。

八

近种墙东竹，时常借客看。长安无钓侣，不虑伐渔竿。

九

昔住筼筜谷，千竿绿映池。虽无封比渭，窃有咏临淇。

十

处士移孤干，高僧惠数竿。清风共明月，今夕称闲官。公幹处士、序上人，各以数竿见贻。

十一

江南云水乡，蓟北冰霜地。由来岁寒心，不以移根异。

十二

劲节含龙箨，孤标出凤池。最宜风月夜，不遣俗人知。

寄　侄

一

来日绮窗桂，开芳已满丛。如何攀折处，犹未达秋风。

二

阮家有贤叔，学孔更师庄。礼法容疏放，风流减少狂。

三

昔时睹墅客，今日竹林人。不待罗囊解，吾知小阮贫。

四

有客从南来，闻是尔相识。曾无一字书，安知我心忆。

舟行杂咏

自出都门,泛潞水,渡天津,溯卫河,至于清源,又穿漕至于济宁,舟行二千余里,历览备焉。兼有风月之美,无波涛之险,若谓漕渠不梗,运舟无碍,亦足以极水行之趣,畅临泛之情,不可无纪也,诗成若干。

一

易水横畿甸,燕山壮国门。南行望星斗,始觉北辰尊。

二

相送御沟水,天津南渡头。不堪临泛处,频上望京楼。

三

落日官舟发,前溪箫鼓闻。只愁惊鹤梦,兼恐动鸥群。

四

野旷天明水,风清月在林。孤舟一夜与,行客十年心。

五

人代看天地,河流阅古今。乘槎无处觅,闲取《水经》寻。

六

越鸟南飞去,徘徊望北林。何须江海上,始识子牟心。

七

斥卤连河曲,谋生少耕织。丁夫贩海行,少妇负盐出。

八

入卫临淇水,闾阎尚古风。但闻歌枣不,下见咏桑中。

九

客兴在扬舲,怀人任醉醒。连宵风月美,七十五长亭。

十

夏至南风盛,维舟向河澳。问君何淹留,南园荔枝熟。

十一

清源财赋窟,但富商与贾。笙歌满画船,谁识运丁苦。

十二

岸傍新种柳,短短濯流丝。未足烦君折,春情只自知。

十三

风声泛池荷,月色到衾枕。漕舟中夜喧,客子不遑寝。

十四

堤柳逆船行,岸花临水发。欲折寄情人,惆怅前朝别。

十五

浦日生残照,河风送晚凉。停桡未忍去,为爱岸边杨。

十六

长日惟临水,经旬不见山。欲兼山水趣,只有画图间。

十七

岭峤人未归,汀洲芳已晚。时闻两岸香,不知花近远。

十八

转输萧相计,积贮贾生篇。月出万樯立,漕穿一线悬。

十九

志士不贪生,贞夫耻幸成。如何鲁连箭,只解射聊城。

舟中杂咏

分水而南,与济合,始见山。逾济,与沂泗合。趋彭城,会大河。行数百里,夹以重湖,约以崇堤。既出彭城,浮淮达扬。弥漫巨浸,徐以南诸郡,若在水中,旅况系之矣,成诗若干。

一

驿路南通越,河流北到燕。今朝望乡国,并觉两情悬。

二

洑流几千里,往往见清川。汇作荣河泽,奔为趵①突泉。

① 崇祯本作"跑",此据道光本改。

三

日有登高兴，云林不可攀。移舟当缺岸，始见谷城山。

四

长堤几百里，两岸夹重湖。白水映城郭，青天隐舳舻。

五

谁言北湖内，百里泛荷花。为少吴姬采，来冲汉使槎。

六

江南莲叶舟，江北莲花屿。尽日双鸳鸯，无人自来去。

七

近徐山渐众，出济水才宽。始觉行无碍，兼知路不难。

八

横汾犹有唱，过沛久无闻。不见芒砀气，回瞻碣石云。

九

河流出西极，万古下龙门。莫谓狂澜在，终看砥柱存。

十

相逢沧水使，四载乃言乘。蒿目因淮泗，焦心为寝陵。

十一

河流未易清，海波亦难晏。不见淮徐间，深谷为高岸。

十二

无盐犹自可，无禾当奈何。淮南百万口，泪尽绿淮波。

十三

湖平与天阔，水澹共云浮。宿棹依蒲蒋，回樯逐鹭鸥。

十四

南湖莲未稀，北湖莲已乱。鱼畏来舟潜，鸥惊去棹散。

十五

逢君竹西路，送客茱萸湾。玉手摇兰桨，琼波写雾鬟。

十六

江都全盛日，锦缆引龙舟。书楫三千女，空余邦水流。

十七

玉树歌犹在，琼花乐未休。至今水市火，尤似苑萤秋。

山园咏春

雏燕初调语，娇莺强学飞。蕙长才可佩，荷小未胜衣。

南浦曲过豫章日见舟中有别者，因写其情而作是诗

一

豫章南浦南，送郎下江帆。何用表离意，茱萸绣领衫。

二

豫章南浦北，送郎下江舶。何用识郎舟，沙棠青丝笮。

三

何处最伤情，南浦西江渚。不忍见南浦，是我送郎处。

四

大江三千里，南浦最伤情。江流日夜深，是侬泪所成。

浔阳曲

一

门对九江水，送郎只一处。莫作九派流，寻郎无处所。

二

上江向襄阳，下江向扬州。侬船在中央，郎心在两头。

三

昨日经樊邓，今朝过夏口。仿佛浔阳城，已映武昌柳。

四

夕阳渡楚水，微雨集吴船。江风白浪起，君行若个边。

杂　曲

一

可惜瑶台映,堕落粪壤里。白日照不及,春风吹不起。

二

朝游南陌上,有女颜如花。周道平如砥,何须向狭斜。

三

美人层城上,可思不可见。愿寄锦子书,无由致双燕。

四

清歌何处发,哀响绕行云。日暮花飞急,夫君闻不闻。

五

宿昔金兰约,同心与我亲。如何相信久,犹畏路傍人。

咏梅用枝横却月观花绕凌风台韵

一

南枝与北枝,俱发上春时。无劳问寒暖,故是一相思。

二

梅时风日清,的的向人明。带雪香难掩,临溪影乍横。

三

冰玉有余映,铅华暂谢却。安得素心人,徘徊弄春爵。

四

悬崖百尺干,幽溪千丈雪。何处报佳期,及此上春月。

五

皎洁瑶台树,开花近东观。素影临玉阶,孤芳入幽幔。

六

美人惜瑶华,欲折还咨嗟。素手轻盈立,来攀雪里花。

七

银环枝上出,玉袖花前绕。萧关人不还,汉使春来少。

八

书报天中客，看花思不胜。韶光一如此，年鬓复相凌。

九

徘徊杏梁月，飘飖兰殿风。更将芳洁意，吹入望春宫。

十

昨得春闺信，繁华映玉台。今朝上苑见，云是故园来。

闻　雁

一

凉风昨夜至，羁思日纷纷。飒飒阶叶下，萧萧边雁闻。

二

几日辞边渚，何时度岭云。凤城秋月夜，一半为离群。

偶至一处见池荷

投我白羽扇，坐君嘉树林。池花照人面，池水清人心。

同四兄咏梅寄七弟仍用枝横却月观花绕凌风台韵

一

日夕望乡处，况当梅发时。有如三珠树，岁晏复连枝。

二

远韵风前并，芳标月下清。既能孤干直，何用数枝横。

三

偶到梅边来，珠帘半下却。林里寂无人，纷纷月中落。

四

昨夜春风生，吹送瑶台雪。为君展玉琴，高调石上月。

五

我有游仙梦，如入清虚观。恍见瑶台人，临风共攀玩。

六

闲来梅树下,爱此岁寒花。何处堪留赏,瑶台即我家。

七

月向枝上照,风从花下绕。风月如有情,憔悴令人老。

八

本来江岭侧,发艳玉台层。孤芳但自保,何畏雪霜凌。

九

莫谓移根远,开芳入汉宫。一枝何未放,知是待春风。

十

常日看花兴,兄行弟必陪。今朝望乡国,携手上春台。

岘亭再作

独携千古意,偶向林间坐。由来岘首碑,此泪非空堕。

樊 城 乐

一

樊城多估客,赀富者称强。明珠买歌笑,识是广州商。

二

闻君五湖去,三载无信息。但能念旧谊,何虑不相忆。

三

夙昔逢欢时,相见何草草。女萝附槿花,如何得终老。

四

结伴三江口,游戏五湖中。不惜今憔悴,当念旧时容。

陈勋卿滘口西庄杂咏

一

柴门临滘口,重叠见溪山。更着一茆宇,分明图书间。

二

衔杯何处好，风月临江美。为问江上翁，赏心竟谁是。

三

门临绿野尽，鸟下清江深。借问王孙意，宁知春草心。

四

前山多白云，可望不可即。惆怅山中人，遥遥似相识。

五

归耕亦何事，十亩江边云。独与饮牛客，门前水竹分。

王光禄园林杂咏

一

洞小沿花入，花香出洞新。彩云飞不去，留作洞中春。

二

山楼积翠多，纷纷皆可挹。不知翠入楼，但觉琴书湿。

三

与子共垂钓，白日照孤舫。春来云水生，清风洞兰桨。

四

小艇日无事，回塘逗夕曛。幸无风浪险，随意宿溪云。

正月十五日霍君仪邀游朱季美山池，同用畅超然之高情为韵

一

生平丘壑意，到此即情畅。花鸟入新年，欣欣已相向。

二

拂拂复摇摇，春色向人骄。谁知入林客，神理固自超。

三

青春对华馆，少饮亦陶然。起步绿芜上，行吟芳草边。

四

新年诗酒兴,携赏入山池。一步一留眄,高谈恣所之。

五

步步山情适,烟霞春望高。庭梅飘未尽,半已落源桃。

六

灯烂花仍艳,弦娇酒复清。共将行乐意,来此叙幽情。

卷之二十七

七言绝句

春日访山家

苔径无尘到渐賒，小园留客剪春茶。自从闭却山门路，落尽山樱几树花。

春江杨柳词赠别

一

客与春江江可怜，柳条拂水又含烟。绿波一道金堤合，何处津楼系酒船。

二

江岸溪桥绿姒匀，一枝烟里送行新。正堪对酒听黄鸟，无那当春别故人。

戏和怨歌

梦时欢爱醒时空，江水郎情日向东。桃叶纵轻那得渡，柳丝不定却因风。

花下逢故人

花里逢君倒玉卮，情多未语又伤离。檐前碧柳如相怨，绾尽长条知为谁？

梁少仲夜过濠上

云木萧疏覆短垣,焚香习静了无言。寻常竹下经过少,惟许幽人夜叩门。

听豫章贞吉王孙吹铁笛

裂石穿云歇又闻,铁龙高响入层云。临池不用征丝竹,吹散匡庐万叠氛。

燕京风霾连日,春昼阴冥,不得跨蹇驴出郭,怅然有作

一

旅馆莺花病客身,出门何处叩枫宸。阴霾十日连城阙,二月燕山不见春。

二

燕京十日天雨沙,客子春来只忆家。纵使素缁元不化,那能长负武陵花。

三

天色冥冥碣石昏,风尘终日混乾坤。蹇骑何处看花去,拂几焚香深闭门。

出城马首望西山

一

出城一里已村寺,况有山翠堕马前。殿阁连空半烟雾,清凉何处是西天。

二

西来绀宇郁重重,金地炉香隐碧峰。驰道绿杨三十里,夕阳应扣下山钟。

三

芳郊草色欲浮空，处处垂杨隐梵宫。信马独行随所适，帝城春在雨花中。

四

天花万树宝宫来，云际千峰向水开。闻道湖村佳景色，断烟疏柳出楼台。

宿碧云寺

寂寂松坛结暝烟，泠泠石上听流泉。十年京国红尘梦，留得山窗一榻眠。

感怀讯友人

一

燕阳为客几经春，鲁国朱家是故人。今日汉宫谁荐士，世情一见一回新。

二

卞生怀璧一何冤，桃李成蹊在不言。为问归齐越石父，今朝谁是左骖恩。

三

自闭藤萝阅古方，茂陵归卧著书长。昔时意气今谁在，独抱清羸付药王。

吴 姬 吟

金塘霜落渚莲稀，日暮吴姬荡桨归。白纻风前吹不散，夜随明月过江飞。

江南归思

千里蒹葭抹夕岚，几群鸿雁度澄潭。砧声忽送关山月，一夜归心向岭南。

杜鹃花

似鸟为花唤为真，千声啼血染成春。曾向六宫惊梦醒，至今愁杀浣花人。

雨中蔷薇

短刺长条满院香，淡烟微雨洗红妆。织成锦字凭谁寄，起向阑干玉箸长。

海棠

卯酒初销羯鼓新，沉香亭榭已成尘。何如夜半烧银烛，别照巴川锦段春。

春塘曲

夭桃浓李间垂杨，青鬓朱唇杂粉光。歌罢采芳人不见，落花无数点回塘。

新秋沧溪月下泛舟

满林新月水微波，画楫乘流入兴多。一片银河秋色浅，相看脉脉奈愁何。

送谭永明游江东

一

尊酒离愁惨不挥，平沙立望断蓬飞。当年游侠倾燕市，老向江东作布衣。

二

铁骑曾驱紫塞秋，长城新月照刀头。将军不用平明策，落日萧条吴楚游。

赠汪知事赴闽幕

一

薄宦驱驰越海湄,简书又向七闽移。莺花三月连南国,伴逐宫舟过武夷。

二

春树迢迢隔海云,无诸城向海门分。花前忽送迁莺去,何处听莺又送君。

赠谭金吾还朝谭先世广人,家京邸

一

家住层城接御沟,承恩使越锦衣游。尺书入报明光殿,东尽扶桑看海流。

二

年少才多好丈夫,朝回新拜执金吾。南过铜柱元标汉,西出榆关更射胡。

院鹤吟少宗伯韩先生放双鹤院内,命馆中诸友共赋

一

连翩玉羽下瑶台,玉堂主人携放来。松际长鸣花外立,月明仙驭凤池回。

二

绕砌巡池止复行,孰知心迹与双清。有时露白秋林净,一片仙姿月下鸣。

三

朱顶玄裳白雪衣,松庭竹院立斜晖。情知不是轩墀物,养就翀天翼便飞。

咏上苑桃花

一

御沟流出是仙源,二月风光满帝园。为见开花向瑶水,始知方朔在金门。

二

临水丛花帝苑新,虽成蹊径不成津。玉盘未献千年实,露井先开万岁春。

送人之辽阳

一

北风十日吹胡桑,貂裘为客去渔阳。马上宝弓如满月,腰间匕首似悬霜。

二

吴客酣歌出蓟门,阴山猎火照河源。因声寄语辽西将,今日胡儿正负恩。

别山上人以佛前盆菊见贻

净土移根供佛前,本来幽意合栖禅。从今处士山窗下,日对《楞严》诵几篇。

同林咨伯、汪公幹、黄汝纶秋日僧房对菊

一

停策僧家茗碗香,西风扫叶蒲绳床。官闲每有寻幽赏,静对寒丛开竹房。

二

纵酒由来欲废禅，寻僧又复到篱边。不分秋色谁为主，自抱幽闲结净缘。

三

蓬鬓西风几岁华，禅堂啜茗对丛花。相逢斗酒无三径，倚杖西林日又斜。

送即墨赵丞

即墨遗封渤海头，齐城七十照高秋。更须龚遂收耕犊，不用田单教火牛。

入 西 山

一

山叶初齐水满汀，晓风吹雨过湖亭。泉声只在花深处，不是闲人不解听。

二

寻山累日踏花行，讲席香台积渐平。钟磬寥寥水南寺，乱泉犹作雨花声。

过友人玉河官舍

玉河草色正熏衣，下马官斋昼掩扉。客共主人清话久，莺啼深处雨霏霏。

送范子乔还杭

一

钱塘佳丽古名都，行乐他乡得似无。弦管楼边花柳暗，赠君呼酒过西湖。

二

故人家在上湖滨,二月湖光思杀人。君过六桥携酒觅,桃花犹似去时春。

送梁武库赴临洮

一

男儿报难在沙场,八月边秋塞草黄。帐下先声期灭虏①,军前杀气已凌霜。

二

擒胡必用金城策,破虏②还须武库才。毳幕远移青海曲,羽书先过白龙堆。

平胡曲③

一

休兵解甲卧沙场,归马离鞍苜蓿香。报道将军百战力,欢传天子万年觞。

二

汉将乘秋西击胡,阴风万里扫穹庐。海涛怒作三军气,沙雁排成八阵图。

从军行

一

鹔鹴刀映角端弓,生长沙场胆气雄。上马扬鞭辞不顾,边书夜出建章宫。

---

① 崇祯版为空,据道光版《区太史诗集》补作“虏”。

② 崇祯版为空,据道光版《区太史诗集》补作“虏”。

③ 胡,崇祯本空缺,此据道光版《区太史诗集》补入。日本内阁文库钞本《区太史诗集》卷27则作《平虏曲》。

二

雪花千里乱飘蓬，逐虏①阴山已灭踪。白草黄沙经百战，自怜犹觅酒泉封。

三

焉支山外黑云连，翡翠楼中明月悬。未听胡笳先下泪，行人无事莫临边。

闲居作长庆体兼劝诸少年

一

桂楫兰裾学采莲，妖童艳妓斗花妍。江乡往日何曾见，云是东吴游冶船。

二

闻道先朝卿相家，方袍革履衬乌纱。不知此事何时变，昨日仙裳出看花。

三

红颜过后白髭须，年少无何便老夫。久知人意会憎老，此事君能免得无。

四

鸟语花容各自成，老夫那得太无情。茶炉药碗竹间榻，随分随缘过此生。

五

半亩方圆一草庐，三杯浊酒满床书。觉来名教真堪乐，意不求多愿有余。

---

① 崇祯版为空，据道光版《区太史诗集》补作“虏”。

中宿山歌①

中宿山者,即清远峡山也,山去羊城三百里而遥,世传往时潮水迅急,半宿而至,故名中宿。远道初回,归心转剧,怅其不尔而作是歌。

一

中宿山头可②望乡,猿声今夕更沾裳。近来潮水全无信,借问郎心有底忙。

二

客帆山寺两依依,闻道飞来便欲飞。若使客帆同此寺,不烦一宿也能归。山顶有飞来寺。

三

江帆江鸟晚争回,溪月溪烟处处催。闻道蓬莱又清浅,归心那得夜潮来。

出　寺

山院鸣钟日已昏,僧房虽近隔啼猿。回看行处疑无路,一带溪烟锁寺门。

---

① 康熙《清远县志》卷11《外志》,题为《待命中宿》。诗中字句有变化,附录于下:

中宿山头一望乡,猿声今夕更沾裳。近来潮水全无信,借问郎心有底忙。

江帆江鸟晚争回,溪月溪烟处处催。闻道蓬莱又清浅,归心那得夜潮来。

客帆山寺两依依,闻道飞来便欲飞。若使客帆同此寺,不须一宿也能归。

又(清)孙绳祖纂修《番峡山志》卷3(同治元年刻本)第二首和第三首的顺序与该志相同。只不过全诗名为《待命中宿峡》。

② (清)孙绳祖纂修《番峡山志》卷3(同治元年刻本)"可"字作"一"。

赣 江 曲

一

章水西连贡水回，橹声摇过郁孤台。储潭庙里赛神出，几斤香烟树杪来。

二

一滩险过一滩来，乱石拦江一线开。喷雪奔涛三百里，游心多向此中灰。

三

礁石崚嶒障逝波，鹧鸪啼处女郎歌。滩流已隔梅关远，犹问还家路几多。

四

天柱滩连惶恐滩，南来此是利名关。行人不怕波涛恶，来过滩头重载还。

五

二日看山快旅情，不知虚骇已多经。傍人莫怪舟行稳，来往溪禽识使旌。

北行江上日望舍弟南归信息

一

自尔封书作逐臣，天涯消息望归人。不信江头芳草色，故园犹有棣华春。

二

莫怪春来会面稀，风尘从古事多违。君南我北皆流涕，出处何须问是非。

三

共道批鳞罪有余，主恩翻得守田庐。渔樵久定归来计，不待逢人更卜居。

四

得承严谴是恩波，去国还家思若何。莫道故园春事少，古来迁客岭南多。

宿圆通寺

寂寂空山莲漏稀，山深日出饭香时。不知马首忙何事，卧听松声起每迟。

登天池山

一磴停来一磴攀，半乘云雾半登山。世人不识飞仙事，看我天池洗药还。

宿天池雨中追和阳明

一

山河世界谁分主，佛地虚无吾偶取。老龙山半起耕云，晓来处处春田雨。

二

今番春事元有主，分付游人莫多取。夜来山下雨飘花，不知山上花为雨。

谢病遣怀

一

闻君何事病相宜，长日高眠与咏诗。因昨归山眠未足，到来官舍起常迟。

二

落拓无能一病夫，多时误却酒家胡。明朝病起看花去，斗酒一钱犹恨无。

三

无病时常骑瘦马，沿阶问酒踏花行。病来不虑妨官事，恐负花情与酒情。

四

日长惟检药囊看，卧对花阴转石栏。无病病时皆闭户，不才偏称此闲官。

雪中漫兴

一

银鞍白马行且歌，貂帽狐表拥雪过。谁分袁安独高卧，主恩偏许闭门多。

二

梅边柳畔弄芳辰，玉树瑶轩入望新。梁苑何须夸白雪，汉官元自有阳春。

戏与座客咏采玉簪花

秋窗梳罢绿云鬟，贪玩芳丛暝不还。遗却玉簪无处觅，低头误拾在花间。

月下对玉簪花

冠轻钿小额涂鸦，院静风微桂月斜。一带秋林香露滴，玉人来摘玉簪花。

闲游入道院

一

无事闲游步若仙，始知真境帝城边。探囊剩有灵丹粒，施与人间度小年。

二

年光偏在羽人家，琪树逢冬尚着花。绛节朝回无一事，玉壶沽酒浸丹砂。

庭前紫菊一花四头，四家兄、谢彦云、汪公幹同咏

一

芙蓉已发同心朵，嘉木仍芳连理枝。未若秋庭称瑞菊，一花四蕊映霜篱。

二

同心并蒂两相催，紫艳妆成四向开。若道秋光不媚客，何因面面送香来。

再入显灵道院有感

一

青鸾慵舞鹤慵鸣，寂寂瑶阶苔半生。当日吹箫人已远，蕊珠宫外不胜情。

二

闻访逢壶信未真，仙床香榭掩流尘。到来白石青松径，残却当年玉树春。

三

少年采药去何之，白日人间无见期。窗外碧桃零落尽，春来依旧怨黄鹂。

春日旅怀

燕越关山万里余，乡园归梦几宵虚？夜闻回雁纷纷急，应有南来一纸书。

解监宅看海棠

解家海棠帝苑边，开时车马日喧阗。游人不为金貂贵，近侍能

留锦绣筵。

望 乡 书

春月春花伴客居，乡愁乡恨几时除。登楼望尽南回雁，不得南中锦字书。

忆 阮 溪

吾家何在绿溪头，水上楼台竹下舟。记得看花二三月，满塘红蕊涨新流。

夏日泛百泉

一

百道泉源并穴流，雨余风物似新秋。初谣渌水垂竿曲，转忆红妆赠佩游。

二

孤亭隐隐芰荷香，六月浮樽水气凉。小艇闲时鸥坐伴，白云深处酒为乡。

月下泛沧浪江

一

碧空云尽水无烟，孺子沧波正渺然。惆怅濯缨人不见，月明歌送钓鱼船。

二

洞庭西望水云乡，秋半蒹葭未有霜。一曲沧浪歌不歇，又随明月下潇湘。

过黄陵庙

一

烟雨初消苦竹幽,鹧鸪啼破碧云愁。黄陵庙口西风急,不觉潇湘瑶草秋。

二

远别谁传万古悲,乱篁秋草不胜思。湘江日暮行难进,空使愁云满九疑。

湖 南 曲

湖南秋水渺烟波,万古萧条别恨多。虞帝南巡去不返,独留瑶瑟怨湘娥。

湘中杂咏

一

江岸枫林日自波,离居偏在海云多。不知何处传书雁,独自衡阳不肯过。

二

潇湘归客驻兰桡,江上谁吹明月箫。借问芳情何处托,青山无语水迢迢。

三

兰皋宛转透蘋洲,是处人传帝子游。长路别离谁不苦,清江白石为君愁。

四

湘中胜事古来闻,贾傅徒传吊屈文。不是此中留逐客,至今兰芷为谁芬。

五

纷纷木叶下江潭,远客乡书万里缄。无限征鸿愁不度,断肠秋色在湘南。

六

湘水东流过汨罗，怀沙千古怨魂多。楚童未解骚人恨，犹自风流学楚歌。

七

江上相逢思渺然，归期犹滞楚云边。衡阳自是无来雁，纵有乡书何处传。

八

山南山北鹧鸪飞，日暮征人泪满衣。莫道思君行不得，纵令行去不如归。

九

回雁峰头雁几声，白蘋洲上旅人情。衡阳南去千余里，一夜思家白发生。

十

渔归远浦夕烟生，雁落平沙秋水明。小艇夷犹江上客，棹歌偏在月中行。

十一

兰舟摇漾溯流光，千里风传杜若香。迁客由来多怨恨，不知风景在潇湘。

咏山中桂

金粟香飘玉露披，巃嵸多发倚岩枝。深山远道无人折，独对秋芳咏楚词。

望 九 疑

一

何处湘山望裹悲，九疑千载有遗思。寻常一带愁云锁，不遣行人到更疑。

二

零陵南去有珠丘,当日皇英湘水留。九处云山无路觅,至今瑶瑟使人愁。

三

昔闻虞帝治垂衣,五月南巡遂不归。当日夔龙谁护从,更无人挽翠华旗。

白云洞流觞①

满壑云藏太古天,仙书元未有人传。我来载酒岩前石,风扫松花出洞泉。

经碧云村

门掩松溪石路斜,碧云开尽见人家。客来惯煮胡麻饭,春到先收谷雨茶。

山中言志将有西樵之卜,聊述所志云耳

一

行尽清溪到几峰,峰头精舍有云封。功成不爱通侯赏,乞得闲身伴赤松。

二

柴扉竹里掩斜晖,童子山前采药归。满地藤花闲不扫,风来吹上钓渔矶。

三

茗园烟袅绿云鬟,花底朱扉映竹关。风月自来歌舞席,不知何处是东山。

---

① (明)郭棐编撰,王元林校注《岭海名胜记》卷13(三秦出版社2012年版,第670页)题为《白云洞》,且“我来载酒岩前石”为“我来对酒岩前石”。

四

莫道山家事事慵，看云看水费持筇。新栽松树能留鹤，小引溪泉即卧龙。

五

竹树阴森带茅屋，山客归来酒初熟。有时一卷《黄庭经》，独对岩前千丈瀑。

六

一道飞泉挂碧峰，石桥流水出深松。山僧自扣山门磬，知隔前溪第几重。

田家吟

一

农务虽闲未敢安，近来生事日艰难。旧租未了新租急，又责金钱供内官。

二

东邻贳酒劳西邻，百日方闲一日身。莫笑田家欢乐少，汉家天子尚忧贫。

三

春雨新晴田事初，邻家相劝把犁锄。昨闻城市迎中使，应赐南中父老书。

四

海内传闻有赐酺，醵钱相就醉枌榆。诏书又报天南下，不是宽租是索租。

高要陈簿给事军门以绢索诗赋赠陈旧为阁中吏

承相第中扫门客，将军营里佩刀人。怪来鸾凤翻栖棘，肯使骅骝不绝尘。

杭州歌

一

东南佳丽号名都,吴越山川入帝图。地拟汴杭开上苑,天留明圣作西湖。

二

金陵东渡更龙蟠,越水吴山画里看。尽说江南好行乐,谁云江左是偏安。

三

汴水何如越水头,南入行乐北人愁。湖山在昔多临幸,士女犹如习宴游。

四

都城万雉若云翔,梵宇琳宫蔽日光。对表两高成玉阙,中开三竺是金堂。

五

长江南渡驻龙旗,淮泗年来少出师。东海尽为资福地,西湖曾作放生池。

六

东临禹穴北吴关,万乘旌旗云水间。谩道秦皇好巡幸,南来不及会稽山。

七

土风元比汴京和,花石何如艮岳多。传道先朝游幸日,六桥芳草翠华过。

八

秦黄临海海涛生,钱氏射江江水平。自此余杭为内甸,更将淮比作长城。

九

海门东阻控波澜,天目西标更郁盘。泽国即为吴旧国,临安非复宋长安。

过和静宅

惆怅高人鹤不回，独行幽径咏闲苔。春来旧宅无人问，空发孤山几树梅。

孤　山

疏竹寒梅对茗垆，白云明月此山孤。山前一带红尘路，从遣游人踏绿芜。

行九里松向天竺

步入春溪九里松，南屏如画障芙蓉。遥知金界焚香处，天竺峰头朝暝钟。

孤山看梅

素赏殊非桃李人，深藏疑避绮罗尘。自从逸客高吟后，湖月溪烟几度春。

湖上楼对雪遣兴

一

淡扫平湖十里光，瑶堤宛转属虹梁。千林玉树花争发，不信孤山有暗香。

二

冻袅松云洒竹烟，梅风吹度小窗前。朝来画舸门边系，错认王家乘兴船。

三

临水寒梅照雪新，西湖何谢石湖春。年来胜事消磨尽，两处谁为清赏人。

西湖杂曲

一

城外朱楼映晓霞,酒船伎舸各穿花。少年尽日出行乐,薄暮还寻苏小家。

二

平湖一带绕山根,山上禅宫湖上村。逋客宅边招隐士,鄂王坟上赛忠魂。

三

妆楼舞榭属回堤,垂柳垂杨拂水齐。可惜西湖千顷浪,更无人解钓清溪。

四

泛舟湖上仰神仙,桂楫中流兴渺然。好是米家书画坊,元非越女芰荷船。

五

当筵窈窕善吴音,能唱新词动客心。忽听阳春传雅曲,是谁湖上发高吟。

过皇店

皇家新店跨神州,泉府虽盈万姓愁。今日何人忧国计,独劳天子自持筹。

阮溪漫兴

一

春满前溪花水香,三峰历历对茅堂。寻常莫遣柴门闭,看取山光下夕阳。

二

野寺疏钟报夕曛,寥寥仙梵隔溪闻。山僧送客临溪水,还向山门礼白云。

三

谷口生烟上翠微，孤亭晚坐数鸦飞。隔林樵子遥相问，今日观棋谁后归。

四

拄杖穿林出每迟，板桥凝望去何之。柴门流水花间月，正是云溪春暮时。

携酒啸台作

一

淇竹冷冷涧水清，美人截作凤凰鸣。高台曲尽彩云没，何似当年长啸情。

二

嵇琴阮啸各名流，千载遗风仰未休。怪却苏门孙处士，当时何少醉乡游。

太和宫杂曲

一

百寻铁锁系雕阑，千折瑶阶莲步难。露洗玉颜溅霓服，风吹雾鬓拂星冠。

二

青鸟书归度海霞，班龙车引上真家。榔梅树下多成实，仙李峰头解作花。

三

瑶阶步步整金莲，密语低声诉上天。罗帕捧来酬醮礼，金钗施尽当香钱。

四

琼台金阙郁重重，上界常教雷雨封。一片仙云凝不散，夜来还过二茅龙。

五

小童学炼白朱砂,轮向天坛扫落花。玉管金炉解迎客,碧云遥指太清家。

大雪日微霰,下庭看小儿女积霰为戏

小雪初过大雪晨,微云微霰点轻尘。谁言蓟北无花日,亦有江南咏絮人。

题袁客金台览胜卷

我为闲官缚此身,君应无事作游人。马蹄踏遍金台胜,消得尘途几斛尘。

聊　城

一

秋草寒原旧叶①虚,却秦存赵片言余。无端更射聊城箭,多是英豪习未除。

二

谈笑功名节概稀,古城残垒对斜晖。年来羞道纵横计,走马城南射雉归。

---

① 叶,道光版作“业”。

附　录

正刚按：从《区太史诗集》卷目看，应是选集。实际上，区大相的诗作远远不止《区太史诗集》所录内容。笔者在一些文献中发现了《区太史诗集》中所没有的诗作。当然，这仅仅是笔者目之所及，相信还有不少区大相的诗作，会被陆续发现。现将所见附录于此。

嵩阳院观汉封三柏①

嵩阳宫外柏三株，汉帝遗封今记无。翠霭尚留龙驭远，青天时有鹤群呼。年深饱历风霜色，世渺全荒玉检符。欲问兴亡千载事，不知人代几荣枯。

游少林值雨，同丁元父给谏②

清昼入门春雾浓，坐深檐溜递疏钟。泉声欲过三花树，云气常生二室峰。入夜萧条清客梦，翻阶滴沥滞游踪。明朝儗趁嵩高目，好放晴光随杖龙。

---

① 康熙《嵩山志》卷8《形胜六》，中州古籍出版社2003年版，第113页。

② （清）叶封撰，宋学清校点《嵩阳石刻集记》卷下，中州古籍出版社2003年版，第75页。正刚案：此诗与上一首《嵩阳院观汉封三柏》，总题为《少林汉柏二诗》，落款为"岭南区大相"。又有"右诗区大相题书，二石在少林寺"。此应为《嵩阳石刻集记》的撰者康熙初年人叶封所加的注释。又此两首诗最早见于（明）傅梅《嵩书》卷16《韵始篇五》万历刻本中，但后者题为《游少林值雨》。

玉溪垂纶[1]

孤村流水涨秋山,绿树风微鸟共闲。钓罢玉溪垂落虹,白云偏护石羊关。

游少林[2]

一

天下名山数少林,公余乘兴一登临。黄花翠草凝禅意,白石清池惬赏心。竟日轮蹄忘去住,百年身世任浮沉。主僧知我耽诗癖,相引行吟到碧岑。

二

少林山前古梵宫,达磨曾此立禅宗。养龙崖废埋春草,卓锡泉甘自乳峰。出世不须钻故纸,传灯谁复继遗踪。吟余策马东归去,回看云林隔暮钟。

三

为爱山林景物稀,登临随处竟忘归。云迷竹树浓还淡,雨堕岩花湿不飞。养晦高人曾索价,谈禅老衲欲留衣。何妨结社重来此,一洗尘心是与非。

四

百丈山前佛寺开,春深缓辔一徘徊。落花细逐溪流去,好鸟低冲马首来。习静随缘餐笋蕨,看碑沿砌扫莓苔。放怀欲尽登临兴,可奈王程再四催。

---

① (清)景日昣撰,周树德、吴效华校点《说嵩》卷31,中州古籍出版社2003年版,第773页。

② (清)叶封《少林寺志·七言律》,"四库未收书辑刊"第9辑第6册,北京出版社2000年版,第774~775页。

紫竹洞[①]

雾登回青嶂，松门历翠微。来寻紫竹洞，坐待白云归。怪石凌秋屐，长藤挂衲衣。兴移凉籁发，疑挟凤笙飞。

闻宪府李公增修星岩之胜遥有此寄[②]

一

岩栖好去沥湖陂，风景年来倍昔时。出镇近逢羊叔子，胜游重睹习家池。经春桃李迷仙棹，长夏荷筒杂羽卮。闻此令人发心赏，羡君霞路拥旌麾。

二

石室从来洞壑幽，近传胜事足风流。小儿缓舞铜鞮曲，游女明妆奄画舟。奕奕朱扉窥水榭，隆隆册障隐山楼。南岩北寺寻俱遍，驷马高车何处留。

寄和沈纯甫比部游崆峒岩[③]

一

城外名山此郁盘，青山孤剑倚嶙岏。石坛过雨瑶花静，丹壑含风玉乳寒。藜杖自穿云雾入，苔碑先拂薜萝看。绝怜空谷稀人迹，尘外逢君一笑难。

二

把酒萧条眺远峰，削成青壁秀芙蓉。书传有客拾瑶草，日下何人鞭玉龙。树杪秋阴凉籁起，岩前黛色暮烟重。非缘谪籍邻幽杳，石上争题逸士踪。

---

① 崇祯《肇庆府志》卷46《艺文志·五言律诗》。

② 崇祯《肇庆府志》卷48《艺文志·七言律诗》。

③ 崇祯《肇庆府志》卷49《艺文志·七言律诗》。

游 梅 庵[①]

一

松门长日闭烟霞，扫石焚香诵《法华》。禅客到来无所见，水晶宫里玉莲花。

二

解带山门对夕晖，白云不住鸟惊飞。山僧若道心无染，散落天花亦满衣。

游七星岩[②]

磴道纡回碧雾盘，玉虚宫阙上巑岏。何来灵气真人御，不尽长风大壑寒。洞口秋阴连薜荔，岩前空翠湿琅玕。丹梯袅袅非尘世，鸿雁冥冥愧羽翰。

度大庾岭[③]

关河谁设险，道路至今平。花树迷秦戍，风云卷汉旌。梯悬沧海日，楼望尉佗城。慎德今皇事，楼舡罢远征。

峡山飞来寺[④]

一

放棹沿烟岛，寻钟到石台。雪飞清溜下，江泻翠屏开。野鹿衔

---

① 崇祯《肇庆府志》卷50《艺文志·七言绝句》。

② (明)郭棐编撰，王元林校注《岭海名胜记》卷16，三秦出版社2012年版，第774页。

③ (明)郭棐编撰，王元林校注《岭海名胜记》卷16，三秦出版社2012年版，第721页。

④ (明)郭棐编撰，王元林校注《岭海名胜记》卷11，三秦出版社2012年版，第448页。

花去，秋猿献果来。更传幽绝处，孤赏信悠哉。

二

香刹住峰头，花客俯夕流。猿吟丹嶂静，鹤坐小松幽。片石窥僧榻，归云碍佛楼。迟回无不可，秉月上方留。

仙　源①

闻有定心胜，闲来访给园。最怜幽密处，无客解寻源。

再登峡山②

万里星槎岭外行，招提此日证无生。空堂说法俱成幻，久客逢僧不记名。鹤唳峰头纤月落，猿归洞口暮云平。重来不尽攀跻兴，几向沧浪欲濯缨。

续刺谗诗十一首③

读用环家兄《刺谗》之篇，慨然有感于怀，兼答汪文学和叔处士公幹。

一

天监下民，正直是与。孰任奸慝，而司世矩。周周之族，亦衔其羽。乃如之人，下恤其侣。

二

缉缉谗夫，实善中人。中藏憸贼，外示亲密。如虿斯螫，如犬斯狺。皇天祸淫，孰逃尔身。

三

施施谗夫，胡言之厚。甘言谀辞，亦孔之丑。君子攸行，遭汝

① （清）孙绳祖《禺峡山志》卷3《诗》，同治元年刻本。

② 乾隆《清远县志》卷13《艺文志》，但此首诗在康熙《清远县志》卷11《外志》中收录在《待命中宿》之后，署名却为宣化人太傅萧云举。

③ （清）屈大均《广东文选》卷26，康熙刻本。

疾诟。邦家之覆,亦在利口。

四

毁玉为珉,诬舜为跖。云胡不造,负此谗慝。在昔有训,顽谗是堲。奈何邦家,长此蝥贼。

五

俨斯恪斯,我仪孔嘉。惕斯勤斯,我德靡瑕。爰敕我躬,日闲我家。庶几夙夜,以保靡他。

六

天之方蹶,良士祚之。民之多艰,良士阜之。四国有难,良士辅之。祁祁良士,谗人恶之。

七

道之丧矣,谗人是命。俗之讹矣,谗言是听。夫惟仁人,去谗远佞。放之流之,四国是正。

八

嗟余小子,不早是图。傲此正直,玩彼奸谀。毁防延盗,世谓之愚。比之匪人,不亦伤乎。

九

高林致风,盛德来毁。云胡否德,而蒙谤诽。我仲我季,正直是履。恶佞疾邪,为端是轨。

十

昔在公车,偕我仲季。邂逅三汪,声同气契。剖文析义,其言孔惠。久要不忘,眷尔离袂。

十一

有鸟在梁,亦曰在原。煌煌哲兄,急难斯存。彼美汪生,汝亦昌言。谁谓友朋,不如弟昆。

浮丘社怀赵太史[①]

一

背郭楼成到碧虚，何人堪作上头居。金砂久秘神仙箓，玉笥新藏太史书。汉署几年违侍从，洛阳三入待公车。酒阑却忆瀛洲侣，黄鹄天风万里余。

二

紫气朝来满近关，千秋名胜在人间。杯前霞绕庐敖杖，海上涛飞葛令山。珠树岂会吟落叶，丹砂聊得驻春颜。玉笙吹罢邀明月，又见孤城一鹤还。

秋日集海珠寺[②]

一

烟波缥缈散花台，祇苑初传鹦鹉杯。岛上一珠悬法乘，江中只树辨如来。林开碧嶂孤城转，水合青天两岸回。已泛仙槎逃苦海，欲乘灵气望蓬莱。

二

清凉绀殿水云开，碧石晴江素练回。似有法王驱象至，岂无神女弄珠来。栖禅鹤下惊飞锡，听偈龙归引渡杯。日暮天花何处落，幽香长绕译经台。

---

① （明）郭棐编撰，王元林校注《岭海名胜记》卷6，三秦出版社2012年版，第204页。

② （明）郭棐编撰，王元林校注《岭海名胜记》卷7，三秦出版社2012年版，第263页。其中第一首又见于康熙《南海县志》卷16《艺文志·诗》，题目为《海珠寺》。但康熙志中的"法乘"为"照乘"，"只树"为"双树"。

秋日登浮丘台①

一

海上何年大药成,苍茫岛树近东瀛。烟霞似挹浮丘袖,风竹疑调子晋笙。仙去坛荒丹井在,客来云起毒龙迎。凭谁共拾金光草,十二楼中近五城。

二

涧户灵泉闭泬寥,仙人楼阁五云遥。昆丘望去珠为树,蓬岛移来玉作桥。往日丹砂无客觅,他时黄鹤待谁招。飞云亦有升真路,缥缈如逢绛节朝。

和黎惟仁秋日登城楼次韵②

一

霜天摇落海门深,瑟瑟松风静入林。汉代关河王暝色,越王城阙琐秋阴。东山有客高云卧,南市何人叹陆沉。尔采瑶华为谁赠,苍崖丹屐敬幽襟。

二

城北楼台烟雾深,城南木叶下枫林。青天翠削三山秀,沧海云含七郡阴。霜落啼乌连晖睨,江寒浴鹭漫浮沉。赋成不倦登临目,竹色秋光上客襟。

---

① (明)郭棐编撰,王元林校注《岭海名胜记》卷6,三秦出版社2012年版,第209页。另,康熙《南海县志》卷16《艺文志·诗》仅录第一首,且题名为《浮丘》,其中“风竹疑调子晋笙”作“风竹宜调子晋笙”,“十二楼中近五城”作“十二楼光近五城”。

② (明)郭棐编撰,王元林校注《岭海名胜记》卷16,三秦出版社2012年版,第30页。

重 熙 洞[①]

半岭披丹磴，孤亭倚翠岑。窥天开穴小，穿石入云深。涧溜春衣润，阶苔蜡屐侵。登临云未晚，山霭自多阴。

谒五贤祠[②]

山水名贤地，登攀自昔闻。翰林多出守，刺史并能文。涧溜含斜日，江天入暮云。何由绍芳躅，泉石挹余芬。

吕太仆招游幽栖庵[③]

不负冥搜约，溪回麋鹿踪。烟云生大壑，钟磬响深松。乱石都成佛，穷僧半作农。虚空开眼界，百里见孤峰。

过烟霞洞[④]

云磴惟看夕鸟还，岩扉高掩乱松间。不知凿破仙源路，从此烟霞也不闲。

题陈村欧解元祠[⑤]

先世始金陵，岭海三迁，允矣龙津传奕祀。词臣光宋代，衣冠七叶，洵哉庙祏表贤书。

---

① 万历《滁阳志》卷14《艺文志》，万历四十二年刊本

② 万历《滁阳志》卷14《艺文志》，万历四十二年刊本

③ 康熙《滁州志》卷29《艺文志》，康熙十二年刊本。

④ （清）刘子秀《西樵游览记》卷13《艺文》，广西师范大学出版社2012年版，第551页。

⑤ 《澛川区氏族谱》卷4《诗章》。

区灿如跋[①]

右从祖《海目太史诗集》二十七卷,板藏家祠,岁久漶灭,坊间无从刊布,海内操觚家诵其诗而未睹全集者,百端求购,卒不可得。灿宰晋榆社时,行箧尚存数帙,邑人士争求之。乙酉来蜀就养于长子拔熙双流署中,知所携集亦尽为士人索去,复传抄不已。爰将所存一帙付之剞劂,应蜀士之求也。其诗力袪浮靡,脱尽有明一代习气,诸巨公已有定论。番禺屈翁山先生谓:"《海目诗选》行世,而虞山钱氏不获见之,此《列朝诗集》之憾事。"国朝《四库全书》搜辑大备,吾粤自南园五先生后,黄、黎诸公遗集俱经纂录,而《太史诗集》独阙,非采访偶遗,亦刊布者少也。然则重刻之役,又可缓乎哉!家有敝帚享之千金,而况清分之可诵,知而不传则不仁,君子耻之矣。祖又有《文集》三十卷,异日邮寄来蜀,当重订付梓并广其传。

道光庚寅孟夏既望从孙灿如谨跋

伍元薇跋[②]

右《区太史诗集》二十七卷,明高明区大相用孺著。先生有《前使集》《后使集》《海目诗选》行世,此其汇刻之本,故陈文忠一序外,《前使》《后使》二序附焉。

朱竹垞《静志居诗话》谓,持律既严,铸词必炼,岭南山川之秀,钟此国琛。又谓,如纯钩初出,拂钟无声,切玉如泥;又如饶吹平江,秋空清响,其推挹至矣。翁山屈氏则谓,岭南自张曲江倡正始之音,明三百年诗之美,海目为最,在泰泉、兰汀、仑山之上。而均有憾于虞山钱氏《列朝诗集》置而不录。置而不录于先生何损哉!

---

① 据道光庚寅孟夏重镌《区海目诗集》补。标题为整理者加。

② 据道光二十年伍元薇辑伍氏诗雪轩校刊本《粤十三家集》补。标题为整理者加。

钮玉樵《觚剩续编》谓,先生全集多馆阁之作,宜为檀萃《楚庭稗珠录》所讥,谓钮称诗尚操吴音,于先生全集但取《醉隐记》,此先生集中下下者,而以为可传,岂知先生者?然《醉隐记》实非诗也。另有《文集》当购求之。《楚庭稗珠录》又谓,先生集如黄钟大吕,高文典册,而翁山屈氏所论殆阿好之言。屈氏谓白沙诗胜曲江,固匪持平之论,至谓先生诗能继曲江,在泰泉、兰汀、仑山之上,则后有作者当无不心折此言。夫翁山亦岂阿私所好者哉?先生一门父子昆弟,俱以文章道德著作流传,而诸集间多遗佚,此亦通行本,与陈砺甫茂才购得,爱玩不置,爰校勘一过,亟付梓人。

庚子重阳令节后学伍元薇谨跋

区太史文集

端溪区大相用孺父著

目 录

杆庵[1]记

《区太史诗集》，道光间，其后人灿如有四川刻本，南海伍氏亦刊入《粤十三家集》中，惟《文集》流传极罕。阮《通志·艺文略》未载，仅《高明县志》著录之。罗学鹏《粤东文献》欲刊入而未果，殆未见其书也。

丁亥小除夕杆庵记

① 杆庵，汪宗衍号，字孝博，为近现代广东著名学者、文史大家。

汪宗衍序[1]

《区太史文集》十二卷,《明史·艺文志》、道光《广东通志》皆未著录。惟《高明县志》载之,卷数与此同。清嘉道间罗学鹏《广东文献》、伍氏《粤十三家集》仅刻《诗集》,其序跋皆言欲访刻《文集》,而不果。道光庚寅,其族人灿如重刻诗集于蜀中,跋谓《文集》三十卷,异日当邮蜀重订付梓,亦未之见。卷数与此不符,殆记忆之误。亦未刻成也。此本缺笔,至胤字,而丘字尚未加阝,当为雍正初年刻本,似有清一代未有第二刊也。余偶于冷摊获此,惜缺失第八、九两卷,访之同人皆无。之后,从黄慈博先生家得一残本,仅余四卷,而此所缺者适在。爰假归,觅人景写之,一成帙焉。见存亦无第二本也。

壬申仲夏,宗衍记于榕西僦庐

---

① 此为雍正刻本扉页的内容,讲述区大相文集刊刻的经过。标题为整理者所加。

区太史小传

区大相,字用孺,高明人,万历己丑进士。选庶吉士,授检讨,历官中允,掌制诰,居词垣十五年,自给谏调南太仆丞,以疾归里,居八年卒。自前后七子谈诗,以翰林为馆阁体。至大相始,力祛浮靡,还之风雅。再使封藩,历齐、晋、吴、越、嵩、洛、衡、湘,咸著篇咏,著有《前使》《后使》二集。阮志《艺文略》称《区太史诗集》二十七卷,注:存。

卷之一

疏

因旱修省陈言时政疏

臣昧死言:臣闻王者在上,天无愆阳,五政惟时,甘雨乃至。凡灾祲之来,未有无因而言者也。今年自春不雨,徂于仲夏,旱魃为虐,风霾昼昧,日黯黯而复烈,云垂垂而欲敛,虽烁石流金,未若此甚,而燋禾杀稼,已睹其渐。百姓以为汤之七年,宣之太甚,圣世不免,群情汹汹。皇上恻然深念,惕然远图,下罪己之诏,广直言之路,减膳善,撤鼓钟,薄税敛,赈饥穷,宥死缓刑,蠲逋宽农。又分敕百官省过涤愆,罔爱珪璧,遍于山川,斯亦忧勤之极思,修禳之至计矣。

然而霖雨未降,岂天道远而难格,人事修而靡应耶?臣观天人之际最为不爽,未有感而不通者,意者修省之实未尽乎?所谓修省之实未尽者,时政之疵缪而乖和,元气之郁塞而致眚,而一时廷臣建言,不曰衮职有阙,则曰某弊当革,某罪当议,或者争体统于毫末,较是非于锱铢。若是者,不知果足回天变,而叶休祥否?

臣谓天下犹人身然:朝廷,腹心也;臣工,手足也。流通于腹心、手足之间,则元气是已。不幸有寒暑疾,腹心未尝曰"此手足不善护卫也",手足亦未尝曰"此腹心不善调摄也"。相与维持元气,善厥身而已。臣闻桑林躬祷,十里来云。彼剪发割爪,虽史氏浮谈,而所谓六事自责者,真可上答天谴。宣王侧身修政,亦曰我心惮暑,忧心如熏,未尝诿责于其臣也;遐想其时,公卿百执事一体交儆，未尝归咎于其君也。盖不敢以修省祈祷为弥文也。

今天下政之无节，民之失职，亦多故矣。大者如谗说之殄行也，朋党之害公也，谄谀之蔽明也，贪墨之殃民也，刑罚之不中也，弊窦之蠹财也，淫末之伤农也，皆足丛民怨而干天和，当事者固泄泄然。民谤滋于下而不恤，天变征于上而不悟，臣未得其解也。陛下祈祷之诏屡下，修省之诏又屡下，而天犹不雨，毋但曰："此奉行者之过欤！"夫下之与上，犹地之于天，天地交，然后元气通；元气通，然后阴阳和、雨泽降。由此观之，天地解而雷雨作，上下交而解泽流，必然之理也。

今陛下端居深念，一切起居、听睹、喜怒之节，臣下未必知也；诸臣展采在列，一切忠佞、毁誉、白黑之辨，陛下未必知也；四方水旱利病，部台使者关白六尚书省，六尚书省关白内阁，不过御前一批答而已，未必详阅也；详阅矣，未必与公卿大夫一计议也。上下之情，可谓通乎？一遇灾变，上固曰此必有任其咎者，过不独在上也；下亦曰此必有当其责者，过不独在下也。间有修省祈祷，循故事耳，臣故曰未尽其实也。夫上下之情不通，则阴恒伏阳恒亢，而元气不流。臣尝考《洪范》《五行》曰："旱，所谓常阳也。君持亢阳之节，暴虐于下，臣下悲怨而心不从，故阳气盛而失度。"京房《灾异对》曰："人主无施泽惠利于下，则致旱。"今明良一德，何遽至是？然臣窃虑其然者，正谓元气之贵通也。

臣又闻旱有三，救之皆在人：蹇阳肆凶，下土只慎，虽六七岁，黎人不饥，是谓天旱，而可以人洽也；君道炽灾，德涸仁枯，贪风暴气，蒸为时厉，是谓国旱，然可以德沃也；邦毁其政，吏贼其行，千里人心，燥为不阴，是谓人旱，然可以政皋也。故欲雨泽时，莫如修德政；修德政，莫如调元气；调元气，莫如通上下情。陛下诚覃思上理，大更化弦，日御朝讲，嘉与三事，大夫计议得失，省所以致灾之由，求所以弭灾之道，上下交儆，则元气流浃，阴阳和畅，然后天变可回，休祥可致矣。

正纲纪厚风俗疏

臣闻苏轼曰:“未乱易治也,既乱易治也;有乱之实,无乱之形,是为难治。”难治者,众人所熟视为不足忧,而老成长虑,所为蒿目而思,焦心而图也。今夫人之致病也有原,而治病也有术。有人于此,其饮食起居素无恙也,一旦凋瘁耗瘵,尽反其常,此其中必有以受病,而不能告人者矣。不察其治之之术,而苟安旦夕,以幸其无事,必至立毙而后已。夫国家之治乱,何以异此?

今天下,辽蓟宣大忧边,淮徐忧河,吴越荆蜀忧饥馑。地震川溃,人妖物怪,在在而是。尩羸如病人,宜汲汲亟为之图,而识者以为此皆无足深计,何也?天灾时变,何代蔑有?外服之跳梁,黄河之冲决,饥馑之频仍,一疆吏牧守事耳。臣以为受病之原,有在此不在彼者。故尝谓今天下之病,莫大乎纪纲之废弛,风俗之浇漓,而世且恬然安之也。

昔人以纪纲譬人命脉,风俗系国长短,此非细故。当今百僚奉法,四海向风,可谓上有纪纲,下有风俗。而臣以为弛且漓者,窃见迩年以来,臣工异意,处士横议,体统凌迟,是非倒置,下侵上,贱逼贵,筮仕而诋朝政之阙,庶僚而操公卿之权。至如士卒辱将帅,豪右凌有司,转相效尤,非盛世所宜有。贪墨败节,僭侈逾制,流言煽惑,谗说殄行。同己则誉莸为熏,异己则变白为黑,或以投揭伤善类,或以倾危乱国是。纲颓纪弛,风靡俗浇,使贾太傅见此,痛哭流涕,又当何如?长此不治,害将安穷?寻且移及国运矣,臣窃忧之。

然皆积渐而然,非无因而至。方今恬熙既久,奸伪萌生。朝廷之上,姑息偷窳,而少赫然独断之意;闾阎之下,挟奸任智,而无憬然奉法之心。上姑息则法守坏,下挟奸则好尚颇。夫驭悍马者利其镊策,矫曲木者致其绳墨。臣以为欲正纪纲,莫如严法守,欲淳风俗,莫如端好尚;欲严法守、端好尚,莫如肃官常、励人心;欲肃官常、励人心,莫如正朝廷。

今法守之不严,非一日矣。臣下相讦,彼此互争,是非固在朝廷也。兹者大臣引过以远嫌,既温旨留之;小臣侵权而姑直,又温旨容之。正人指邪人为朋,敕下该部;邪人指正人为朋,亦敕下该部。此曰崇体统,彼曰开言路。朝廷曾不能出一言,别忠邪,明黜陟,是倒持太阿而授人以柄也。如此而望纪纲之正,难矣!

今好尚之不端,非一日矣。壬朋比德,邪枉任情,趣舍固在朝廷也。兹者欲官无贪墨,而入市攫金者营迁;欲下无僭侈,而帝服后饰者不禁。上本意明公道也,而流言谗说者充塞于路衢;上本意持国是也,而投揭排陷骄人于白日。朝令而夕犯,此禁而彼发,朝廷曾不能降一诏,檄功罪,定习尚,是虑河之决而自溃其堤防也。如此而望风俗之厚,难矣!

夫朝廷,元气也;纪纲,血脉也;风俗,营卫也。有元气以运血脉,役营卫然后通流联络,而无底滞偏胜之患。故严法守则纪纲自正,端好尚则风俗自厚。昔人谓正朝廷,以正百官、正万民,盖谓此也。臣诚愿朝廷奋励精之图,黜委靡之渐,明贤奸之辨,辟正直之门,祛跖盭之见,绝倾险之媒,毋以姑息伤大体,毋以隐忍启侥幸;示臣工以师师济济之风,布天下以荡荡平平之政,上行下效,臂运相从,则纪纲既弛而复正,风俗既漓而复厚,雍熙悠久之治,莫过乎此。惟皇上采择焉。

卷之二

馆课

比周骄泰和同辨己丑阁试第一

世道之隆,成于君子,而坏于小人之乱之也。小人之乱于君子者有三,曰:朋比之疑周也,骄侈之妨泰也,党同之迹和也。圣人常忧焉。盖汲汲亟为之辨,而世且贸焉莫觉也,则乱真之伪难攻,而似是之非易淆也。故患莫大于乱真之伪,而治恒坏于似是之非。所谓似是之非者,不徒辨之乎形迹影响,而辨之乎心术也。夫人之类与,判乎用情动作,著乎四体论议,别于意见,此何择乎君子小人,故比周也,骄泰也,和同也。

初若无甚异者,圣人必断言曰:此君子而彼小人迹其外,会不能以毫发而竟其底蕴,犁然若别白黑,若苗之有莠,玉之有碱砆也。曰:如此则为真,如彼则为伪,此必不可无,而彼必不可有,以待乎后世之自辨而已。

今夫离形骸障尔汝,命曰:不广曾不若普遍之得众也,缰锁声利桎梏形体;命曰:日忧曾不若安舒之自得也,峻宇嵬琐不可方物;命曰:忿戾曾不若乐易之共济也,故曰周、曰泰、曰和,皆君子之懿行。小人者方欲窃之而不能,惟欲窃之而不能,故常饰其似以求合,饰其周则阿徇者,假之而普遍;饰其泰则侈肆者,假之而安舒;饰其和则亲昵者,假之而乐易,始以伪真卒也。伪入而真愈乱,此世道之大忧也。故单言其是,则君子难知,不若周与比,泰与骄,和与同,对举而互存,使人皆得为之辨。如此则周也,泰也,和也;如彼则比也,骄也,同也。外类者叩之乎中扃,迹疑者揆之乎情素,而小人依阿澳涊亢类,侧媚之私始不得假其似以乱于君子。故曰孪子之相似,母知之;淄渑之相淆,牙知之;是非之相错,圣辨之,何则真是者不可惑以非也。

故尝论天下之人品,辨于心术,见之动作,成于类与形之论议。君子者亦曷尝有意于周与泰与和而标之以自异?盖其心一天理之公而已。公则无我,无我则无人,无人我则家天下人中国;勤思乎并包,驰骛乎兼容;得丧穷通,不婴其情;毁誉是非,不烦其虑;不拂人以从己,亦不阿意以徇物。故其周也,如九官十二牧师济相让而不为比;其泰也,如歌明良赓喜起而不为骄;其和也,如都俞吁咈聚精一堂而不为同。当其时,非无一二小人窃其近似,然不曰周而曰圮族,不曰泰而曰象恭,不曰和而曰嚚讼,摈斥放逐而无所容,则以君子自有真,小人不得而乱之也,此君子小人之大较也。

故辨骄泰,则具于颛孙氏之问从政;辨和同,则详于晏婴之论丘据;惟周比之辨,则欧阳朋党之说,庶几近之,彼皆决于一念之公私焉耳。或曰人藏其心,不可测度,恶取乎心而辨之?曰:有视以观由察安之说在也,如虑比周之难辨,且怵之害以携其交,彼非道义之合,有不掉臂去乎?如虑骄泰之难辨,且乘之卒以观其度,彼非顺理之安,有不矍然失措乎?如虑和同之难辨,且诱之利以间其合,彼非恭寅之美,有不竞起争乎?此亦缘迹论心之法也,庶乎其有辨也。

克己复礼乾道主敬行恕坤道论阁试一名

圣人之学,忘私而已。其教人也,惟缘事而制其私。夫心何私之有?形骸障于已,知诱牵于物,汩焉没焉,波流委靡,而不可禁制究也。欲反内,据理反外佚,为仁者,非力遏其萌,则不能制。顾有从己意,初念起而制之者;有缘应感,揆事物而制之者;言人人殊,其欲人制私为仁,一而已矣。

昔夫子论仁多矣,曰克己复礼,语回也;曰主敬行恕,语雍也。宋儒绎之,而有乾道坤道之辨,此何以说焉?吾谓可以体验得,不可以影响求也。何则天地之道,仁而已矣?氤氤缊缊,冥冥漠漠,有专而直,有翕而辟,其蔼然生者,皆所谓仁耳,此何别于乾坤?顾夫乾主健主施,坤主顺主受,健而施者以气化,顺而受者以质成。以气化者,气至倏行,机萌倏达。以质成者,气交后行,不先气行也;机迎后达,不先机达也。此乾与坤之所以别乎?要知生物之仁,非有二也,人之为仁,从乾入者,有进德修业之功,有自强不息之勇,有纯粹以精之妙,非取乎乾也;疑于所谓静专动直者,则亦谓之乾。从坤入者,有敬义挟持之力,有学问宽仁之实,有直方而大之验,非取诸坤也;疑于所谓静翕动辟者,则亦谓之坤。所由入不同,其于以去私为仁,一也。然则二子何取乎尔?回也深潜,雍也厚重;回也默识,雍也简默。深潜默识类刚毅,厚重简默类木讷,若论为仁,则回乾而雍坤。何者?刚毅类乾,木讷类坤也。

仁者之在人天,则中扃,躯壳外摄,一切耳目口体,与夫出入,云为物我施受之形,悉躯壳耳。躯壳累而后有己,己胜而后隔形骸离尔汝。故以己对己,则视听言动一摄非礼己也;以己对事应,则不简而放,不欲而施,亦己也。颜子识之早,反之力,敏悟直捷,其所克者,如三军压敌而靡弗摧也;其所复者,如众流归海而靡弗入也;其心体力行,更无阶级,更无涂辙,非刚健中正能乎?仲弓力未能辨此,求之己而未得也,求之视听言动而未得也。己对事而后敬肆觉,己对物而后公私辨,其工夫,其体验,有阶级可寻,有涂辙可据,一含弘光大之量胜矣,此乾道坤道之说也。

乾神运而无方,坤施为而有渐,故极克复之效,用行舍藏,斟酌礼乐,且以为天下归仁之验,非回曷任焉。究敬恕之成,家邦无怨止矣。毋亦大生广生之意欤。尝通其说于复矣。复者,天地之心也。颜子不远复,故无祇悔;仲弓休复,以下仁得之,复善同而所以复异耳。昔者,颜子进而曰:回忘诗书矣,可谓仁乎?子曰:未也。

它日，又进而曰：回忘礼乐矣，可谓仁乎？子曰：未也。盖至于健羡黜聪明并，所谓视听言动瞿然默化，是谓坐忘。而后夫子始与其得也。彼仲弓者，无乃尚拘挛诗书礼乐之迹，束缚耳目，桎梏事为，未能三月不违者欤？

大抵天地之初，一太极耳。太极判而后两仪分，而固不离太极也。此理在心，惟圣全体；其次则克复，私尚微而化之，其轻清，亦乾也；又次则敬恕，私已形而防之，其重浊，亦坤也。乾与坤必有分矣，然非其至也。然则回其乾乎？雍其坤乎？夫子其太极乎？

为政有纲纪文章论阁试一名

尝谓圣王之法，不可一日不行于天下，而亦不能一日徒行于天下。夫天下曷尝无法哉，其所统一伦类，役使群动，上下相承，大小相维，整齐天下之具，固犁然备也。然而或废格不行，何也？积渐久而人心玩也，承平狃之则玩，耳目靡之则玩，文议牵之则玩。夫然后向之，所以相承相维，一切整齐之具，皆且目为弥文茫乎？无所统摄而政且日入于敝，惟圣王明以其不可不行者约束天下，而阴以其不能徒行者鼓舞天下，此所以久而不废。

盖纲纪文章者，圣人①所以约束天下而所用，纲纪文章者，则圣王之精神所以鼓舞天下者也。《传》曰：纲之纪之。而孔子赞尧亦曰焕乎文章。两者之为政重所从来矣。所云纲纪非名位之谓也。所云文章非粉饰之谓也。若稽田纲纪其疆畎，而文章则其敷菑也；若作室家纲纪其垣墉，而文章则其丹雘也。精神者，又所以修疆畎、勤敷菑、固垣墉丹雘者也。

今夫天下之势亦涣矣，毋论远而侯甸，远而要荒，即楯陛之迩辇毂之下，星布棋列，未始无爪牙臂指之势存焉。一日无纲纪则散，一日无文章则紊。夫为政而至于散且紊，此与操不柁之舟，试

---

① 人，雍正刻本作“王”。

阳侯之波者,何异而乌乎?言政尝观三代圣人,何其汲汲于纲纪之绸缪,而文章之繁缛也。

天子役公卿大夫,公卿大夫役百执事,百执事以次相役,而又物采章之,等威别之,树以风声,布以象魏,微独大而宫闱朝庙官师兵戎之属,即一车旗,一服色,一律度量衡,靡弗区分类辨。圣人何若是区别也?以为政之急务,一切无大于此者。是以天下之势,若爪牙相制,臂指相使,当其无事,半两之铜,咫尺之绶,传置而制天下。时其有事,即大奸巨滑犹若有所慑,而不敢动,何也?则体统素明,经制素定,而三代圣人,又以不倦之精神,鼓舞振动,其间有不徒靡天下以文,此所以帖然长治,而无四分五裂之患欤。

陵彝至于季世,先王之典章固在也,一代之声名文物未改也。而离为十二,合为六七。侯国擅命,陪贰执政,则纲纪陵替,文章道丧,而鼓舞振动之无具也。故曰:为政有纲纪文章,则精神运焉耳。或曰:若然,则新室宇文之周礼,若之何不治乎?曰:惟其为新室与文也,此所以不治也,法虽具,人则亡,纲纪文章,其澌灭也久矣。大抵有法者,有法法者,法者,法也,而所以法法者,非法也,人也。法之初立,其圣君贤相,相与竭精敝神,画一而守之,乃其后非敝于纷更,则敝于因循。盖始未尝不振饬,而后渐靡颓耳。夫惟鼓舞精神,而时饬之,使公卿大夫常有孜孜不怠之意,而纲纪文章无偏,而不举之处则有望于善守法者。

《周礼》圜钟六变函钟八变黄钟九变解庚寅阁试第一

《周礼》:圜钟礼天神,函钟礼地祇,黄钟礼人鬼。诸儒论之详矣。盖王者,父天母地,保合人类,参三才之理,达幽显之情,未易得其解者也。万物滋萌于子,建子之律,阳气钟于黄泉,故钟称黄;冒昧于卯,建卯之律,阴阳之气相夹而聚,故钟称夹;昧薆于未,建未之律,万物成熟而众多,故钟称林。变夹而言圜、变林而言函者,天体圜、地含弘故也。黄钟无异名者,天主变、人主常故也。乐以中声为本,故仲春之管为天宫,仲冬之管为人宫,中央长夏之管为地宫也。圜钟之管七寸四分,中含房心之气,房心为大辰,天帝之明堂也。圜钟为宫,则黄钟为角,太簇为徵,姑洗为羽,三者阳律之相继也。相继者天之道,故以祀天神焉。函钟之管,中含水坤之气,所谓大社地神也,土之盛德在焉。函钟为宫,则太簇为角,姑洗为徵,南吕为羽,三者律吕之相生也。相生者地之功,故以是祭地祇焉。黄钟之管九寸,中含虚危之气,虚危为宗庙也。黄钟为宫,则太吕为角,太簇为徵,应钟为羽,三者律吕之相合也。相合者人之情,故以是享人鬼焉。

圜钟之为六变,函钟之为八变,黄钟为九变,何也?从其方也。圜钟为卯,卯之数六,其得冲而居酉,则亦六也;函钟为未,未之数八,其得冲而居丑,则亦八也。艮始万物而坤终之,其位在甲,甲为天之首,二仪之循环,一阳之来复,故甲子至壬申为九数,乙丑至壬申为八数,丁卯至壬申为六数也。《云门》之乐六变而终,圜钟以之;《咸池》之乐八变而终,函钟以之;《箾韶》之乐九变而终,黄钟以之。六变乃羽七之乐,不言七而言六者,起声在南宫,一变至姑洗,六变至夹钟,得宫数声为七,数变为六也。八变乃徵九之乐,不言九而言八者,起声在应钟,一变在蕤宾,八变在林钟,得宫数声为九,数变为八也。九变乃宫五之乐,五相守为十,不言十而言九者,起声在南吕,一变在姑洗,九变在黄钟,得宫数声则十,数变为①九也。

天神始于黄钟,终于姑洗,以木、火、土、金、水为叙,则宫声当在太簇徵之后,姑洗羽之前,则自当以圜钟为宫也,故曰"乐六变",即天神可得而降矣;地祇始于太簇,终于南吕,以木、火、土、金、水为叙,则宫声当在姑洗徵之后,南吕羽之前,中间为函钟当均,则自当以函钟为宫也,故曰"若乐八变",即地祇可得而出矣;人鬼尽十二律为义,则始于黄钟,终于应钟,以宫、商、角、徵、羽为叙,则当始

---

① 为,雍已刻本作"则"。

于宫声,自当以黄钟为宫也,故曰“若乐九变”,即人鬼可得而礼矣。

同会于卯,何也?卯者,昏明之交也,所以交上下、通幽明、合人神者也。音止三,何也?以金石统之也。五声无商,何也?商主杀,天地人物之情皆恶杀也,其声无商调,非无商声也。荀卿以审《诗》《商》,为太师之职,然则《诗》为乐章,《商》为乐声,章之有商声,太师必审之,为避所克而已,况此皆变数之自然,非可以意凿也。故曰“王者父天母地,保合人类,参三才之理,达幽显之情”,而何待乎?后儒之臆说也。

知命俟命立命说

昔者,夫子盖罕言命,其意以为,浅言之则使人拘而多畏,深言之则又使人眩惑而失其归。然亦尝言之矣。曰:不知命,无以为君子。曰:君子居易以俟命。轲亦曰:夭寿不贰,修身以俟之,所以立命也。

悲夫,世之荧惑于利害,行险履危,以侥幸于不可,必卒之乍消乍灭。举吾虚生虚死之身,而听之造化,其始皆原于不知耳。今世之言命者,不过死生修短,祸福穷通,得丧丰约,人事之不齐而已。凡此皆理数之自然,人莫能违。岂惟人不得而违,即造化以此,播弄群品,而亦不容自主者,何也?洪垆大冶,陶铸万形,非有所为也,非有所致也,直而推之,曲而任之,自生自死,自长自短,自祸自福,自穷自通,自得自丧,自丰自约,皆物之适然而造化,岂自主之乎?故曰窈然无际,天道自会,莫然无分,天道自运,天地不能犯,圣智不能平,鬼神不能欺,巧历不能计,是知一定者非命,未定者非命,惟未定而未始不默定者。所谓莫之,为莫之致人所不能知也。

今夫珠玉满肆,过者掉臂,定故也。乃若一兔在野,千夫且共逐之,众皆以为未定,不知共逐之中,必有一人应得之者,一人得之,则众逐者妄矣,则造化之所默定,而人不能知也。今世之不逐在野之兔者鲜矣。君子知夫一切皆由于命,而人力无如之何,故傥来则曰顺,傥去则曰时,吾素吾位,吾正吾己,而不敢求胜于造化。修道行法,以听其自来,若鱼之在水,鸟之在空,金之在冶,而靡弗顺也。君子于父母,东西南北而靡弗从也,是之谓夭寿不貮,修身以俟之者也。时不能亨,遇不能困,天地为逆旅,生死为旦暮,处危若泰,履险若夷,不因福不惧祸,在世一日不为短,逾于上古不为修,匹夫不为穷侯王,君公不为通钟鼎,不为丰蔬水,不为约宰割,阴阳旋转,乾坤冥冥,漠漠之天,不得挟其适然之数张主乎我。故曰:所以立命,夫不取必于造化,而取决于人事,亦夫子罕言之意而已。彼以炼形为永算,幻形为解脱,则犹有畏死之心焉,无亦夭寿之说惑之与。昔者汾阴侯生善筮,先人事而后说卦,而蜀庄之言命也与。臣言忠与子言孝,夫一技耳,犹不忽人事,矧圣人立命之学哉!

候气说

候气之法,何昉乎?《汉志》:"天子以冬夏二至,先后五日御前殿,合八能之士,陈八音,听乐均,度晷景,候钟律,权土炭①"。至如密室、缇缦、木案、葭灰诸法,犁然甚具,然非始于汉也。

昔者,黄帝命伶伦取竹造律,命荣徯铸十二钟,协月筒。律用十二月之中气,筒用十二月之节气。按气求声,以宣八风,节四序,推历谐律,协和神人,盖其法已详,第稍轶,不传耳。大抵天地间,有气而后有数、有声,数与声皆出于气也。气不定,则数不均,声不和律,度量衡、历象何所取衷?而万事万化胥失其节。故夫推步占候之说,虽神圣不能废也。

然而气应有早晚,灰飞有多少。或方入月,其气即应,或至中下旬间,其气始应者,或灰飞出三五夜而尽,或终一月才飞少许者。世因疑其所至,诸律方不逾数尺,气至独本律应,何也?或谓古人自有术;或谓短长至数,冥符造化;或谓干支方位,自相感召。皆非也!

---

① 炭,原作"灰",据《后汉书·律历志上》校勘记改。

《隋志》谓:“冬至,阳气距地面九寸而止,惟黄钟一管达之,故黄钟为之应。”亦非也!何以冬至则距九寸,而正月则距八寸也?恐亦附会之见耳!愚尝求其说,十二月皆有候,而法莫微于冬至。其时子半,其气初萌,在律属黄钟之宫,一阳方动,其卦为复,日南至而始反北也。夫候气非难,定黄钟之律为难。律者候气之具,而黄钟者十二律之本也。黄钟诚定,则彼十一律者,皆可按法而求矣。

古今为黄钟之说者,盖出于司马氏。曰:“置一而九,三之以为法。实如法得长一寸,凡得九寸,命曰‘黄钟之宫’。”各因而三之,上生者益一分,下生者损一分。自是朱子因之,以为清浊之辨。曰:“五声之序,宫最大而独浊,羽最细而独清。商之大,次宫;徵之细,次羽;而角居四者之中。”蔡氏因之,以为多少之辨。曰:“天地之数,始于一,终于十。其一、三、五、七、九为阳,九者,阳之成也;其二、四、六、八、十为阴,十者,阴之成也。黄钟者,阳数之始、阳气之动也,故其数分九寸之数,具其声气之元,不可得而见。及断竹为管,吹之而声和,候之而气应,而后数始形焉。均其长,得九寸;审其围,得九分;积其实,得八百一十分。”此皆天地之自然,非他缪巧所能加损也。

自黄钟之数失,而气候亦因以不验。章昭、刘恕、长孙无忌诸人,徒据《吕氏春秋》“三寸九分”之数说,遂以九寸为黄钟之变。而近世拘儒,又从而著为之论,以声清者为贵,浊者为贱,数少者为贵,多者为贱,曰九寸者,黄钟之终数,盖益之数极,而为蕤宾之管也。不知九寸之可信者,稽数而一阳立,溯理而一元存,律气至而中声出,而有可据也。

若夫三寸九分,阳不成阳,阴不成阴,次第损之,则纤伏而无声,次第益之,则高亢而不伦,何所据而定律乎?且乐以中声为本。《月令》十二月皆言律中者,谓应中气而中律故也。中央特言律中黄钟之宫,盖四时于中央,十二律本于黄钟,五声本于宫,八音本于土,以中央无正律,故取黄钟之宫为声律之本,《戴记》所谓宫为君是也。又万物滋萌于子，十二辰始于子，黄钟应子律，故足为万事根本，安在以清浊、多少分贵贱乎？

吾意所谓黄钟之宫，特吹之三寸九分，而其管实九寸焉耳！何者？上古之圣制为十二管，以候十二辰之气，而十二辰之音亦因以出焉。以十二管较之，则黄钟之管最长，应钟之管最短。以林钟比于黄钟，则短其三分之一；以太簇比之林钟，则长其三分之一。其余或短或长，皆上下于三分之一之数；其默符于声气，自然之应如此也。夫律长则声浊而气先至，极长则不成声而气不应律；短则声清而气后至，极短则不成声而气不应，此其大凡也。今欲求之于声气之中而莫适为准，则莫若多截竹以拟黄钟之管。如是而更迭以吹，则中声可得；浅深以列，则中气可验。苟声和气应，则黄钟之为黄钟者信矣。故曰：天地之气正，而十二律定矣。

卷之三

颂

万寿无疆颂,有序 庚寅八月阁试

臣闻天启灵符,叶金商而届节,帝开寿域,握宝镜以呈辉,是以少昊开先,流虹现祉,殷邦肇祚,玄鸟发祥,既称诞圣之期,亦征王者之寿。恭惟皇帝,道迈重玄,德孚元始,御宝箓扬,鸿休玄德。闻皇泽流绵,基图于十叶,纪元命以万历,岂非欲长恢帝纮,永振王纲,苞育天地,登迈三五而垂无疆哉。惟兹十有八祀,八月既望,恭遇圣寿届临,乃开御幄,乃陈法驾,警跸宵严,龙驭旦升,文武臣工,骈玉交舄,殿前呼万岁者三。

是日也,金飙肃,玉露澄,卿云烂,嘉谷登。荣光烛汉,紫电绕枢,戎狄贡尽,川岳效灵。信天人协应之符,万宝告成之候也。夫天得秋而治功成,则万民欢忻鼓舞,戴皇穹之罔极,圣得秋而治功定,则万民欢呼祝颂,愿万世而为君,讵非圣寿齐天之一验欤!

然臣犹以为天地之德日生,圣人之寿以仁。夫法天法地之谓仁,不骞不崩之谓寿。是以轩辕问道必先养身,殷周长世动称无逸,用能三光明,六符正,寿星朗, 玉历永。皇帝所以仁寿一世,垂拱万年,或在此,不在彼欤?故葆神凝一太和也,惩忿窒欲茂德也,泽被勾萌至仁也,久道化成上算也,则岂必逾昆仑、登玄圃、表云亭之墠,驾蓬莱之舟,然后称祈天永命哉!臣不佞待罪词垣,方修雅颂之业,谨推演所闻,阐扬休懿,播之金石,庶几矢歌于天保,比义于金镜云耳。

颂曰：皇矣上帝，昭兹历数。大德受命，至仁缵序。启我皇明，十叶在御。六服承休，百辟贞度。爰有神孙，愈绵厥祚。登闳帝埏，恢我皇度。神之享之，无疚无恶。民之戴之，遵道遵路。于烁我后，体道凝神。恭默驭辨，玄照秉真。就云握历，望日临民。道德为师，神化垂绅。二宫盛礼，九族睦亲。一体宫府，一德臣邻。我皇寿考，遐不作人。车书同轨，天下归仁。穆穆在庭，雍雍在宫。致平以文，戡乱以戎。运符三五，道叶和衷。南畅北服，被西渐东。帝降灵贶，答兹玄功。甘露瀼瀼，瑞谷芃芃。嘉祥休祯，集于厥躬。皇建有极，万福攸同。时维仲秋，金天布令。星汉澄鲜，天人协庆。华渚降精，赤符诞圣。娲氏浴日，箴臣献镜。后拱宸居，刚健中正。视履考祥，执烈维镜。泰阶扬彩，斗极交映。祥迎百辟，欢动万姓。皇帝曰嘻，靡德受祉。问道金铉，宵衣玉几。罔游罔逸，不殂不迩。明命有赫，降鉴于此。福禄是遒，令闻不已。笙镛间作，銮辂戾止。百辟万姓，媚于天子。圣寿无穷，天颜有喜。在昔上圣，其德不迁。享国长久，亦万有千。逌于轩后，齐心是先。姬箓攸懋，无逸以延。臣愿皇帝，敬德罔愆。真一迓嘏，纯诚统天。自强不息，终日乾乾。明明天子，胡不万年。

赞

《王会图》赞

于皇哲后，混一函夏。容之覆之，恢我王序。治以不治，来而不拒。宾服是常，庭实百旅。昔在涂野，万方朝会。赫矣姬运，威德是迈。上掩天纮，横绝地界。乃作斯编，宣迪来裔。孰其继者？皇哉唐哉！耻雪百王，威临九垓。一家乎越，莫敢不来。乃绘斯《图》，皇枢诞开。厥《图》何有？有貌有服，有贡有物，扶服蛾伏，蛮邸藁街,首趾相属,逾碛绝漠,穷海殚陆。厥貌维何?交臂贯耳,猩唇猳啄,雕题凿齿。厥服维何?左衽骤易,缦乎之缨,椎结之饰。厥贡维何?方物土事,火浣西收,楛矢东至。浮琛沉羽,陵水经地。日域月蝟,效珍献异。累累道路,咸归天府。重以鸟译,传以象胥。凡兹贡会,视岁而举。映带异俗,丹青皇御。惟《图》所临,莫非王臣。抚我则后,归于有仁。海有安澜,边无战尘。凡有血气,靡不尊亲。惟《图》所抚,莫非王土。西涉流沙,东渐桑野。南尽北户,北绝委羽。明明在驭,各安其宇。明王有道,有定四极。四彝为守,万邦承式。无怠无荒,亦无反侧。《王会》万年,王慎尔德。

从祀四大儒赞

于皇熙代,天启文明。列圣绍休,真儒挺生。斗揭岳峙,实繁其英。继往诏来,为道之祯。朝尊圣统,追念儒功。乃集群议,询谋佥同。殷礼肇举,秩于瞽宗。匹休并祀,是惟四公。懿彼河汾,实兴绝学。神会洙泗,心印濂洛。功崇践履,诱遵博①约。复往之教,居然先觉。立朝论议,志在格君。书录典奥,力主斯文。风览中枢,士景卿云。卓矣新建,机神朗圆。顿而非渐,立也能权。周程之后,独表九渊。良知所揭,象冈探玄。康侯顺丽,箕子明彝。道本济弱,文能起衰。不朽者三,为世所师。江门之学,自得为至。笺经注书,非其所事。静中涵养,孔门真谛。默不能藏,诗以见志。以儒为禅,孰被群疑。舞雩童冠,圣世皋夔。子陵出处,康节襟期。敬齐遁世,高蹈林泉。力诋佛老,学慕圣贤。存心养性,至论无前。濂建之后,独得真传。主盟鹿洞,讲艺桐源。居业一录,示教万言。后之学者,从此入门。惟兹四儒,后先崛起。翼我休明,示我途轨。道同师友,学究源委。既陈俎豆,并列宫墙。曷瞻曷企,孔庙之旁。

---

① 博,雍正刻本作"愽"。

谁其继者，仰止靡皇。

碑

东岳碧霞宫碑

东岳庙，祀岳神也，庙在岳绝顶。东岳者，扶舆之福，镇东土之雄峙也。由庙稍前，数折而下，琼宫银阙，冠峰被麓，丹碧造天，香烟薄汉，若云霞蒸吐碧落间，是为碧霞元君之宫。碧霞元君者，莫详所自出。

《瑶池记》云：黄帝尝建岱岳观，遣女七，云冠羽衣，焚修以迓西昆真人。元君盖七女中之一，其修而得道者。

《博物志》又称：泰山天孙，主召人魂，知生命长短。未知孰据。

总之，岳据东土之中，载青阳之气，位五行之首，是以作宗诸岳，尊迈百灵，造兆庶之休祥，协帝王之符命。疑所谓元君者，夫亦东方万物始生，托坤仪以显灵，故能德配苍穹，功侔造化，征灵表异，若斯之显赫也。

自碧霞宫兴，而世之香火东岳者，咸奔走元君，每岁瓣香岳顶，数十万众，施舍金银钱币亦数十万，而碧霞香火视他岳盛矣。

万历庚寅岁，内侍诸臣吕进朝、孙成等百余人言于上，曰："臣等幸得执扫除，供事内廷①，罔克补报，愿以洒扫之暇，恭一瓣香于岳顶。臣等无他祈祷，惟愿陛下万岁，国家永享太平。"天子嘉其诚，许之。岁以春秋礼岳，祝厘三年，无所倦怠。至是，思勒碑答贶，用昭不朽。

史某曰：予往行齐鲁道中，顶斋戒口弥陀者，声闻数十里，策敝

---

① 廷，雍正刻本作"庭"。

足茧而犹不休。问之有事于碧霞,问故元君能为众生造福如其愿,贫者愿财,疾者愿安,耕者愿岁,贾者愿息,祈生者愿年,未子者愿嗣。子为亲愿,弟为兄愿,亲戚交厚,靡不交相愿,而神亦靡诚弗应。其无所愿而往者,千百中不一人焉。夫此千百中而一人,必其人之贤,而神休所独注者也。予因叹人之情,岂其自便于跋涉,彼其心必有所营求,是以争千里之逐而不顾,乃利之所不载,鲜有不重适莽苍,而惮跬步者也。今诸君无前数者之愿,而独愿人主寿康,国家永享太平,涤除瑕慝,以荐馨香,斯不亦所愿者大,而神休所尤注者乎? 足以碑矣。

铭曰:岩岩福镇,表于东土。群望之宗,百灵之府。近缀梁父,远眺蓬丘。坂岜盘复,积阻重幽。邈矣禅代,兹焉镌成。金篋载符,玉简秘灵。育成万品,光启庶生。不惩其报,无私尔营。瑶宫奕奕,玉女攸居。宝户绘闼,月牖云扉。丹碧云汉,祥光陆离。爰奠厥位,降福无期。于尔庶士,贲然来思。毋念险巇,以崇厥禧。神之格斯,芝羽盖旗。其旗伊何,翡翠七旒。凤睇之馔,玉禾之羞。镜尔明德,陟彼青丘。幽赞皇祚,永禔尔休。

铭

原心亭铭

蠢然而物,灵者为人。所蠢匪形,所灵匪身。身之所宰,是谓天君。内摄百体,以应纷纭。其德曰仁,其理曰生。台也丹府,舍则神明。止兮若水,照兮若镜。体焉本虚,用焉能应。探体潜用,不离方寸。居中宅和,两仪是贯。放弥六合,卷不盈掬。正先诚意,养善寡欲。既称大体,亦曰严师。操存舍亡,出入无时。无物不长,苟得其养。学问之道,在求其放。何以持之,惟严与敬。畴不具此,云胡不正。何以辨之,惟危与微。畴不同此,而忽几希。存尽圣贤,纵失禽兽。收之广庭,或愧屋漏。无以毫末,而寻斧柯。人之无良,俯仰谓何。吉凶悔吝,群然而会。户牖盘匜,惟是之诲。有物无朕,孰究本原?存之又存,道义之门。有物无形,孰名吾亭?常目而在,庶几常惺。斯亭谁构,斯铭谁则?凡厥有心,服之无斁。

记

己丑科进士题名记

今上御宇十有七年,礼闱所选士三百五十人,上临轩亲策之,问纪纲所以兴颓,风俗所以淳漓。焦竑而下,对各称旨,赐及第出身有差。循故事,勒名贞石,命臣记其事,典至鸿巨也。臣不佞,谨稽首言曰:

题名非古也。唐制科目取士,士中选者得赐宴曲江,标名雁塔,大要侈一时声华之盛,其于国家造士之意,与士所以图报之谊,概乎未闻焉。臣谓世所需士,徒名也乎哉?今天下士竞名极矣,上复揭其名第低昂之,是厚招士以名也,是为竞名者立标也。虽然不名不传,臣则惧矢心报国,湮灭靡称,营私背公者,有所逃以为不义。盖昔选士之制,肇自有虞,询事考言,敷奏明试,孜孜惟实之求。彼其俊乂服官,三德咸事,师师济济,何若此盛也!则上以实求,而下以实应也。历夏而周,其法浸[①]备。其取之也,升之司徒,登之乐正,教之泽宫;其用之也,纪之大烝,表之太常,铭之彝鼎。生有鸿名,没有徽称,抑又何也?由上之所取,循名而核实;士之所应,显名而厚实。以故兔罝之夫足备腹心,缀衣之贱能箴王阙,盖

---

① 浸,雍正刻本作“寖”。

以实得士也。如是多士,视今日于虞周何如也?

国家文明之治,酝酿磅礴,以治于兹。皇上又以恺悌作人之化,申饬澡雪之嘉,与三事大夫,弓旌岩穴,登闳古初,谓宜俊乂辈出为天子使。乃臣伏读制策,虑纪纲之日弛,忧风俗之日漓:一则曰僚属侵上官,士卒辱将帅,庶孽诘宗藩,豪右凌有司;一则曰贪墨败节,僭侈逾制,谗说殄行,虚声贸实,诡异坏人心,倾危乱国是。惓惓思救弛以正,返漓而淳,臣以为亦多士之责也。

夫纪纲之弛者,士习玩也;风俗之漓者,士风靡也。有如上欲厘而正、挽而淳,而士不以正且淳应者,非夫也。明兴二百余年,勒石大学,穹然相望,名卿硕辅,辉映璧水,使人悚然敬,穆然而有余思。间一二苟且冒昧之徒,贻玷宫墙,则遇者且唾其名,将仆石焉尔。多士惧实弗称,无虑弗名矣。名之而令人思,是在今日,名之而令人唾,亦在今日,多士宜何名焉?臣请以石坚多士志,矢猷宣力,奉公树绩,垂名竹帛,则其人坚贞而岩立,且与兹石俱不朽。岂惟士之荣,国家亦与有赖焉!其无及毁绳逾简,败度丧节,如前所谓贪墨、僭侈、侵凌、倾危,使纪纲、风俗两无所赖,以负国家造士之意,则亦有兹石在也。其永无刊,臣谨为之记。

醉隐楼记

去予乡三十里,濒江而居,有隐君子者,号曰醉隐公。醉隐公于他物,无所嗜好,而独寄其情于酒。方其寄情于酒也,沉冥酩酊,常累日月。凡家之有无亲戚之往来庆吊,世之理乱否泰,身之穷通荣辱,一切弗问也。以是数者为妨于醉也。

年十二三,即好读古书,有志著述,寻以为妨于醉,去之。举于有司,彯缨系组谓可券取,以为妨于醉,又去之。终身不仕,或劝之仕,闭目摇头,急呼家人取酒,涤其耳然后快。其才可以仕竟不仕,其不仕直以酒,故曰“醉隐”也。

醉隐公既沉浮于酒,于是乡之好事者,多载酒从之游。耕夫牧子,有招辄往,往辄尽醉,而人亦乐公之易与。于是风日之朝,月露之夕,或藉花蹊,或荫竹屿,或杖山烟,或棹水郭,而皆无不醉之时,无不醉之地,遗形骸忘物我,以自适于天地间,乃自号其乡曰“醉乡”。

乡之前大江曰“酒池”,江之对岸大雁山曰“糟丘”。尝命家人曰:“我死魂气往来于是,祭我多具酒,亲戚或见忆,以杯酒相酹足矣。”醉隐公既殁,其子中书君仕鉴,即所构楼貌像思焉,曰“醉隐楼”。岁时陈设浆酳肴核如存日,亲友过者必酹以酒杯,属予为记。

予惟古之以酒而隐者多矣,然未必真其好也。彼生不逢时,或才不遇世,窜匿瓶罍,浮泊糟蘖,以避名而远害,所谓有托而逃焉者。醉隐公生遇明时,怀才不仕,无所托而逃于酒,殆真隐者也。

昔屈到嗜芰,其子荐不以芰,君子讥其以饮食之故,而违亲之命。中书君是举可谓善思其所嗜者乎!予性不能酒,然喜酒,又喜人饮酒,居常客不至,或客至不能具觞,终日谈无趣味。尝恨不与醉隐公同时,观其沉冥酩酊之态,以发吾趣。又束缚绅弁,无所逃于君臣之义,不能如醉隐公之脱然无累,以适其酣畅之怀。谋于归田后括所积俸余,尽付酒家,日与酒民酣畅其间,以庶几所谓醉隐者也。然且未遑也,故乐道其事而记之。

题跋

恭题两朝御札卷后

是卷乃仁宗皇帝御札,赐故太师杨文贞公士奇者。最后一幅则宣宗皇帝所赐士奇诗也。文贞之孙、副使臣寅秋携之京师,臣大相因得拜观焉。文贞在先朝特被眷遇,勋业亦为一代名卿之冠,具列旗常,人人能道之。至如宸翰咨谋,机密惓惓,腹心之托,鲜有闻之者矣。卷中如问存留、官军数目,如谕鲁人洗马林,如封进迎銮表藁,盖仁庙在东宫时,军国大小机务,靡丝毫不留心如此;又如议除腐割、鞭背、连坐及妖言诽谤等刑罪,尤关一代治体,必密谋而后行。文贞亦无日不参侍帷幄,赞成休美,稍以病去,左右至屡勤慰问,亲洒秘方,申之咏怀。宣庙诗不云乎?予职有缺需卿补,卿亦殚诚副虚伫猗欤。明良际遇之盛,斯称千载一时哉。若夫点画精整,笔力遒劲,世所共宝,乃圣神之余事也。杨氏敬藏数世,以至寅秋出入与俱,客求观,必焚香盥洗而后展,圣代球璜,遂为君家世传,庶几无忘先烈矣。

万历甲午秋九月既望

卷之四

序

贺总督两广如冈陈公平寇序

二十五年秋，广西巡按御史林某覆核两广幕府平岑溪瑶贼功次，上闻。皇帝曰："赖文武之力，南征北讨，罔不奏功，惟核惟允。其惟都府镇臣，殚乃猷念，厥功维懋，赏亦宜懋。"于是如冈陈公进都察院右都御史兼兵部左侍郎，总督如故，诸赐与甚盛。是役也，甲卒不过五千，俘馘不过千二百，然而圣情嘉悦，册功视北塞，则以陈公在镇不扰，师出以时，炎徼晏然故也。

先年春，公疏言岑溪瑶贼屠戮獞村，苍梧、藤二县危在旦夕，不早剪除，恐后难图。皇帝曰：岭外苦兵久矣，自丁丑而始息肩，予不忍重困以兵，如督臣言，兵又不可已，其相机剿处，安辑遐方，罔俾滋乱。公受命，先谕以德，意不肯散，乃檄罗定兵备副使洪某征发所部兵往，故总兵陈璘、参将吴广将之，而广西巡抚戴公、总兵童元镇，亦各率汉土官兵来会。既集，公乃誓师，凡瑶之薮狼，狼之诱瑶，杀无赦；若瑶被胁而从，赦勿治。乃以某月进兵，克日破贼，不縻饷，不顿甲，往返数月，西路以宁。公举事甚慎，料事甚闲，临事甚断，乃克有济。惟昔岑溪与罗旁声势为梗，始罗旁发难未甚也，日滋月蔓，盘据千余里。丁丑之役用兵至十余万，军兴之费至百万，俘馘至三万余，开两县治之功烈甚伟。然使未及繁盛而芟薙焉，杀伤未必如此之多，用费未必如此之巨也。

时独岑溪未平，移大师扫荡之，如纵巨火燎一毛耳。宽假游魂以有今日,失今不治,后为罗旁,亦势必至。公当机而发,费省而功巨,斯足述矣。

又岭外自罗旁定后,稍去汤火,异日者不能无妄动之虞。公巡抚广西三年,总督又三年,壹用镇静,休养生息,未尝妄费一饷发一卒,六年之间始有今役,然犹审视却顾,迫而后动。即近日黎莫事,亦彝国改革一大机局也。抚驭失策,兵连祸结,且未可知。公第宣布威德,而能令方张之酋系颈请罪,僭夺之凶叩关纳款,旬日再受上赏,岂非不生事以邀功者之永鉴乎?当寇发时,大相以事①过家,睹其事,追幕府上功,适还朝,兹定功赏。又从公卿后与观盛美,南中士大夫在京者若而人,谓大相职在记载,宜序述以贺公。

序曰:公镇广南,镇静类羊叔子,持重类赵营平。其平岑溪,师不妄发,役不逾时,自始事至于奏功,民罔知输挽之劳、军兴之扰,大略如此。然国家方事岛夷,拊髀文武重臣,如公者,真其人哉。

贺直指方麓李公荣拜殊恩序

直指李公之拜恩命也,不佞大相既幸载笔,从藩臬诸公,后稍为论次,以扬休美,虽不能藻绘其词,有所发明,比于雅颂之义,然于李公所以宣文命而饬吏治,则可得而略言也。乃总戎孟公复造焉,曰:某封疆之臣也,授之梱外,备之域内,傥东略之,未效其敢。曰:请问之文吏,惟是简士伍,厉将领,振耀威灵,慎固封守,而质成于直指使者,明疏功罪,以待庆让,则国有常宪,自某视东师,赖公威德,实式灵之疆圉宁谧,亦既数年于此。

且夫东粤负山阻海,蛮峒梗其内,狃我王化,环波涛而君者且数十国,薮泽啸聚,倏忽变生,微公弹压,其庸不廑于恤。今兹之役,惟公与国同休用,永锡我二三武吏之休。不佞既稔公嘉惠海隅,因复孟公曰:夫李公者,殆所谓文武之宪哉,今御史出按郡国,

---

① 事,雍正刻本作“使”。

虽以大将军至贵，倨且退就有司之列，廪廪受成事，岂故欲丽威严，事声烈贞宪度而已。儒者之道，文以经之，武以纬之，文化之于勖万邦也，固将使民至老不闻兵革，然方国必置帅经武，以时陈鞠，岂以治安，而不祗戒祟明命乎哉。

夫粤奥区也，枕夷夏之交，擅山海之饶，其俗轻标易动，是故有文吏以拊循教化而绥辑其人民，有武吏以训练简阅而捍御其灾患，使者出载简书以威命，法禁风于有位而董正，其弗恪国家，不以遐遗粤而废疆理也所从来矣。

天下久安，粤无大兵革且三四十年，搜狝讲阅之礼，取充文具，戎索之弗饬，武功之弗扬，非一日之故也。以壤地辽绝，故临制不易焉。公秉宣庶猷祚之明德，故有辰告之文，有宪令之布，有诹谘之恤，宣其德以摄，固和之。是政①能使数十里封域若在宇下，十郡利病甘苦若在几席，申命有司勤恤以体之，宣训以导之，省征羡以厚之，裁供役以纾之，广蓄储以备之，简狱讼以安之，所以广利厚生，止辟靖民，俾不为奸也。公既饬文治，能拊循导者扬之，不者黜之。已又核武吏能训练简阅者扬之，不者黜之，大阅将吏差次功罪，不僭不滥，惟明克允夫，是以皇灵丕振，而疆场足赖也。盖不佞尝稔公论边事矣，当西夷婴城，我兵相持未决，公乃抗言兵力合则众，分则寡，今众不满三万，而欲东御寇西拒贼，势必不能，宜于川贵选调土兵，厚集其势，贼气自夺，卒如其言，计日破灭播州之乱。朝议合数省师讨之未克，公复条上数事，大率谓文法宜宽，民隐宜恤，人心之涣宜收，驿递之困宜处，各省借支宜以某日至楚，留漕票宜从某道入师，克在和事成在断。又如其言计日策功。公长于料事如此。

近者海洋小警，一发就殄，公不言功而言罪，一时文武将吏竭蹶待命，自是武备始饬，海澨以宁。世或掩败为功，或虑失将吏欢

---

① 政，雍正刻本作“故”。

即大挫衄,匿不以闻,视公何如耶。

公尝谓[①]予言:粤所以多盗,封壤辽远,而舟楫便利也。宜审度形势,塞孔道,严保甲,禁民毋得乘轻橹,挟弓矢刀剑。又欲于南新顺要冲置重镇,宿楼船军千人,而以郡丞贰兼辖之,下绝岭南盗源,上可备岭西声援,皆百世之利。惜其时遄归未尽见之行,有如公归,一旦承清。问所以按粤状,必且置对曰:臣奉命出按岭外,所规画疆理罔敢不竭,其未尽者以遗后之人,俾终厥绪,则岂徒尔二三武吏之休,将锡我东粤无疆之休。然公向用伊尔宠命日隆,文剑之铭,彤弓之贶,则予与孟公尚拭目俟哉。

贺郡守邻嵩陈公奏绩序

公之为吾端也,其治民有经,其爱民若不足,庶政百度,乃罔不俾。又暨于英僚庶尹乃亦罔不祗慎,一时吏肃民安之效,前此所未有也。时乃有成,将报三年之政于主者,郡僚某君辈乃条具公状数十事,示不佞使叙之。

盖诸僚之言曰:公非端民之守,而端民之父母师帅也。诸君子日承公教习,公行事即此数十事者,犹以为少也。若百姓见公出一令,即知一令之善,行一政但知一政之利,他图议阙密固不可得而知也。惟诸君子言凿凿,非阿其好,当无俟不佞言。而犹俟不佞言者,岂非言出士庶之口为公乎?不佞尝采之民间,若缙绅先生、博士弟子之所讲论,若田畯牧竖、贩夫市驵、里巷之所歌谣,乃知郡前此未有治也,自公而始有治也。郡属输将固多征羡,自公严为申饬,而赋敛始为轻也。郡故多讼诤案牍,或累年不决,胥吏夤缘为奸,自公立[②]言立讯,例从未减而讼牒始为省也。郡属里甲故苦重役,供亿百端以为常,自公调停均节,更议费出,而里役始为纾也。

---

① 谓,雍正刻本作"为"。
② 立,雍正刻本作"片"。

郡故多黠猾，善舞文，凭倚为城社奸，自公擿发抵罪，而公庭始为肃清也。郡学宫故久敝坏，自公首为修治，庙宇堂庑翚如翼如，创经阁于邑序，以崇经术，而儒风始为振也。郡青衿故多质少文，自公按月课艺，而士始彬彬为向学也。郡城隅故卑薄无警备，自公撤而新之，而金汤始隐然为重也。郡故二厂为厉，牙侩哨守奸至不可名，往来患之，自公裁革刊定，而商旅始为称便也。郡百用故取办市肆，至不得关半直，自公申禁平易如市价，而廛市始为安也。

其他导郁宣滞，抑强扶弱，临御有式，宴见有节，盖虑之精详审固，督之哲明慧敏，将之恻怛慈惠，而四民不失其业，故曰：郡至公而始治也。

而公之爱民则有若不足者，常号于众曰：吾行其有不便乎？诸僚友其或分理未尽乎？群属其或拊循不以道乎？乡之士大夫素封赀郎家，其或越礼逾制乎？恳恻化导之心，盖三年一日焉。语曰：民者，至卑也。使之取吏，必取所爱，故十人爱之则十人之吏也，百人千人爱之则百人千人之吏也，万人爱之则万人之吏也。

夫万人之吏撰卿相矣。故曰士庶之口为公也。乃不佞尝窃怪阳道州自署其考，以为政拙心劳，孝肃在郡，史但称其一砚不持。夫以道州之惠爱，而不嫌于自疏其短，以孝肃之威明，而史不称其他善政，而后世不以是为二公贬。不佞往在史局，见四方上计，有不谓征输能完乎？狱讼能平乎？户口能增乎？土田能辟乎？储蓄能裕乎？学校能振作乎？盗贼能擒治、耆老能敬礼、孤鳏能矜恤乎？果尔道州信拙，而孝肃为绌于惠矣。然而民誉未必尽与也。公政掩前人，惠在民间，心固若不足，而誉归之矣。公才足独任，僚采廪廪仰成事，不必有坐啸画诺之称，而皆得以才自见，师济之谊，尤足述焉。惟是直指李公，方以卓异荐公于朝，制府戴公以会荐公持节，就便治岭西兵，朝家用汉故事，公宜以二千石入拜九列，若用山阴王公近事，公宜从两台请持节治兵，乃父老意，则愿用近事，然后超拜如汉事未晚，傥亦二三君子意乎！

贺南阳郡守邓公考绩序

南阳当古豫州之南,包、申、樊、商、邓、房,随而有之,封壤既广,故所以绥和辑宁之道,厥惟艰哉!昔周之兴,汝、汉、江、沱之间最先被化。其政俗之美,不独见于羔丝之在位,蘋蘩之在公,为能励其勤俭正直之操,修其静一诚敬之德。即《兔罝》之野人,汉滨之游女,亦皆能以才自见,以礼自守。故圣人取而著之《风》首焉,以见王化所被之远,而当时贤臣能循行郡国,以宣布王者之化于南国如此。

虽其山川辽旷,风气揉杂,雀角鼠牙之讼不能尽无,而凭居之族,深谷长流之所阻,时或出而挠政,以动京国而勤王心,然皆治之而讼随息,谕之而俗遂恬。故《行露》之诗曰:"虽速我狱,亦不女从。"《江汉》之诗曰:"时靡有争,王心载宁。"见群下之化强暴而就于礼义,去争心而取正于中国又如此。是故"甘棠蔽芾",则召伯之所听断也;"江汉汤汤",则穆公之所经营也。

迨汉中叶,用以再兴,真人挺生,豪杰景从,于是昆阳白水之墟,愈见重于天下。当其时,其守土之臣,必极天下之选,而兹土之士出,而守四方者,亦皆砥砺名行,以治术著声。后世稽循吏之治者,多称引南阳,岂非其山川虽辽旷,风气虽揉杂,不能无待于圣人之化?而惟其有圣人之遗化,故后之守土者与生斯土者,多用以循良,显其故家遗俗,流风善政,迨今而未泯欤!

溆浦邓公之守是邦也,清静恬淡,既足为吏民师帅,而经术文章,又足厉风雅①道而示之趋。至其布法于民,表率僚属,又皆以化导为务,而不屑屑于科条簿领之是程。是以三年之间,教化大行,虽岁或大祲,而民不为灾;采榷之使交驰于道,而民不为扰;士服教,庶民安业,而公之功名日以显于天下。

---

① 足厉风雅,雍正刻本作"足风厉雅"。

予使过宛，适公奏三年最。友人裕州守邝公以群僚之命来谒予，言予惟宛有二南遗化，召伯之循行，穆公之经营，尚矣。汉世良吏为盛，而南阳之治烂然史册，几轶三辅。如召翁卿之劝农禁俗，杜公君之治陂拓土，鲍德之兴学，羊续之悬鱼，皆治南阳者也；卓褒德之宽仁，郭颍川之河润，张渔阳之两岐，宋九江之渡虎，皆产南阳者也。南阳之多循吏，盖自昔而然。

公仁爱清俭，在郡薄赋省讼，教训正俗，既使民有父母之称，虽中使横暴，而境内帖然。近者裕州瑞麦之产，则又与渡虎、两岐者异世同祥。然公方且以羔羊素丝之节，流勿剪勿伐之仁，本匪疚匪棘之心，布来旬求宣之政。勋业之盛，将与两召比隆。区区汉吏，足为公道哉？

公自起家郡里，所至多惠爱。在南曹时，裁革积弊，商民至今祠之。公非独以南阳显，乃南阳则愈以公显矣。

送霖宇梁公赴镇开原序

今言边事极坏者，则辽左甚。言辽左极坏者，则开原甚。盖其难，视他镇不啻什佰①矣。

近者河西小却，天子为按剑震怒，思有以振刷之也。于是开原道缺，当事者难其人，佥谓天津梁公有大略，熟机事，遂以梁公往。偶大司马石公来语其事。余曰：开原在辽为极边，宜梁乎？石曰：不见曩者莽川非极边乎？余曰：梁之镇天津也，京东赖之。然防倭也，倭，南人所习也，今逼寇矣。石曰：不见曩者莽川非御鲁乎？余无以难也。

然因有感两川事焉，夫疆埸讵不贵得人哉？向大②酋纠党内犯大鲁，随之临洮间，所杀掠甚众，公是以有经略之役。颇记其时议

---

① 佰，雍正刻本作“伯”。

② 大，雍正刻本作“火”。

款议战,是非蜂起,乃公遗书予[①],檃括西事,设为答问者,以讽朝士。问经略完策,空而两川,清而西海,而断绝其西牧,假道乃可以报命;问经略要机,分别顺逆,相机抚勦,务于战胜守固;问番鲁胜算,鼓番乃所以驱鲁,驱鲁乃所以安番;问两河善后,河西守甘肃一带,则鲁无由入海,河东守归德一路,则鲁不敢入川;问贡市长计,不媚鲁,不弛备,虽百年其亦可行之。

于是朝士闻之,知公之能制鲁也。卒如其言,大[②]酋远遁,大鲁还巢,西境以宁。无何朔方变起,关中震动,公乃宿重兵井陉以待;无何倭陷朝鲜,辽左警急,公又宿重兵津门以待。初,倭陷朝鲜,侦者云将夺全罗,航海犯京邑。津门,孔道也,守备单薄[③],公至,缮城堡,修战舰,精训练,严简阅,规画布置,以静制动。倭知有备,留连朝鲜,我兵救至,逡巡而退。津门所以晏然,畿甸所以不扰,皆公捍蔽力也。

然公自两川而后,久暴露于外,驱驰戎事,不遑家室,以赴朝廷之急,譬如以只手捍蚊蚤,左急则顾而之左,右急则顾而之右,兹且以开原累矣。计当事之意,岂无他人,有公则辽以左可长无恐耳。常窃为之计,开原夫辽不尝富强耶?木叶白云间,非辽故京耶?兹何以极坏难支也?自红螺失守,兴中沦没,开原始孤悬徼外矣。自朝鲜调发,士马物故,辽左难而开原愈难矣。开原四战之国也,若铁岭不固,则懿路以北殆难言安哉。议者谓拓边有三利,然此往说。公至不修边乎?修边不先疆理乎?不过沈阳,涉蒲河,经懿路,循泛河,边墙不处处倒塌,墩台不仅存颓垣乎?铁岭旧疆有存者乎?以公神识,自有妙略,如其策西事者,所谓鲁在目中,宜非肉食所与谋也。

---

① 书予,雍正刻本作“予书”。

② 大,雍正刻本作“火”。

③ 薄,雍正刻本作“簿”。

公在天津，号令严明，麾下奉法惟谨，参将王君承业、游击钱君烨、刘君应祺，故与公周旋，并著劳勩。以予习公，数百里驰使，属赠言。予竖儒也，安知大计哉。谨述公前后事归之，见疆场之贵得人。

贺邑博复阳蒋先生考绩序

古之君子，其出而为王国之用也，必有以自见者矣。其大者乃在安社稷、定国家；即小之，而才治一职，智效一官，亦莫不有绩效之可见。

吾既有以自信，而人亦执此以课其劳。《传》曰："君子以成德为行，日可见之行也。"为而无成行，而不可见者，世将疑焉而不信①。是故职钱谷者，以钱谷效；职兵戎者，以兵戎效；职狱讼者，以狱讼效。其才与智不足以办此，世必谓之阘茸无能，未有泯然无可见者。惟文学之臣，职在掌故，稽礼定乐，陈器辨数，暇即引见诸生，考问学业，讲说经义，无民社之寄，无一切钱谷、兵戎、狱讼之务，无可以自见其攻伐，人或以其无所以自见也而忽之，己亦以其无所以自见也而颓焉、而不振。簿书小吏方出而凌其上，文学掌故先生亦退焉，安处其后，虽然吾见称是职者之难也。

古者十五入大学，学先圣礼乐，而知朝廷君臣之礼；其有秀异者移之庠序，移之少学；诸侯岁贡少学之异者于天子，试之泽宫而后爵命焉。然皆自学官之教始。是故天下之人，其位望至于为公、为卿、为大夫，而莫不始于士；其德业之成，至于为圣、为贤、为豪杰，而莫不始于为士。学官无民社之寄，而士之负荷民物、担当宇宙必由此而出；无一切兵戎、钱谷、狱讼之务，而士之称才智能剸割者，往往预养于此。学官之绩效，盖至此而始见也。

全州蒋君者，来教吾邑且三年，诸司课其成，咸署上考。直指

---

① 信，雍正刻本作"言"。

李公,以学行荐于朝,将显用之;及门之士,幸君之有以自见,而冀其道之大行也,谒予,言为贺。予观其言动不妄,外若暗默,与人尽诚款,不设城府,而泾渭甚明,盖恂恂笃实君子也。其教诸生,大指在端士习,作士气,尝著《训略》三篇,以寓规讽、资闻识、备观省。士不修学,事干谒,不冠履出,或游戏废业,皆有禁;束脩之贽,不问有无缓急,亟周之,月俸所入以供诸生课费,不问其余。簿书小吏或睥睨士类,同事者或阿意迎合,必反复争辩,毅然以身尝之,不问利害。诸士于君,其分则师生,其情则家人,其信奉之则蓍龟也。咸知修学尚行,不悖所闻,庶几负荷民物、担当宇宙及才智能剸割者出乎其间,以应王国之求。

予固谓君之绩效至此而后大也。会时适有新昌之命,诸生复聚议,以为吾师学行宜进典六馆,教天下士,或横经白虎,为人主陈说大义,不宜烦以民事。予谓诸生言:固也,汉世吏治多用经术,民社之寄钱谷、兵戎、狱讼之务,儒者以为实学,当事者无亦欲君更收效于此,然后大用之乎?昔阳道州为国子司业,迁刺史,诸生诣阙请留者数百人,然"催科""抚字"二语,道州卒以此为良吏,流声史册。诸生无少新昌哉。行见若师,且以治行召矣。

贺郡守邻嵩陈公奏绩序

昔汉以六条察吏,盖于二千石为兢兢。当其时,天子励①精求治,愀然下诏,乃曰:"与我共此者,其惟良二千石乎?"二千石,一外臣耳,县官至,欲与之共民而艳慕其效,至于政平讼理,使民无愁叹。汉治盖重守哉!

今夫割②辖,大者数百里,小亦数十里,封壤相望也。地有刚柔、燥湿、肥确,民俗有浇淳,赋役有重轻,讼有繁简,治之者有能

① 励,雍正刻本作"厉"。

② 割,雍正刻本作"郡"。

否,政有缓急、张弛、宽猛。夫使一郡之内而国异政、家异俗,亦安得政平讼理而称之?于是郡守之势穷,而县官所与共民之意亦穷。是故其道莫若训吏,训吏莫若以身先之。汉以来,二千石得自署参佐,选用良吏。今制虽不得自署,然能正己率属,躬先教化,使能者有所劝,而不能有所勉,斯所贵共民者耳!

肇庆于岭西为剧郡,所领州县十二城,皆负山阻险,疆域辽阔,民俗庞杂。而十余城者又各为政也,治泯泯棼棼,民是以不匡。故守吾土者,不难于平其政,而难于使十余城之政之尽得其平;不难于理其讼,而难于使十余城之讼之尽得其理。不然,我有人民而长临之,吾能庇之以封植焉,岂不亦称治效?其如此,十余城者待命何也?

郡守陈公之为肇庆也,不自为政也,又不令十余城各为政也,乃与十余城共为政也。其与十余城共为政也,为之堂上而已。公之视十余城也,无以异于堂上也;其为之堂上也,无以异于为之十余城也。其以我为一郡之主,欣戚利病,我其尸之?夫既环千里之封而置我守,联十余城之长而严事我,岂其谬为尊且重者?则又安用我为也?此公加惠意也。盖政期于尽得其平,而讼期于尽得其理矣。是故明察以莅之,给办以宣之,煦呕以抚之,矜哀以遂之。平法致宪,揆度衡令,使百尔小大画一而守,以法相维,以事相劝,以功相序,以能相先,安其教,宜其俗,公所以幸敝土而锡之乂康者也。

初,公拜命来端,皇皇谋及卿士,谋及庶人,天佑我民,以重畀公,岂其以我为尝者,又岂以公之才为不足办此,无亦谓是十余城者,要束且未申,条教且未布,因仍积习,惟故之便,无乃于政实有缺欤!征输止足赋额,毋额羡①;里役止勾摄,无重困以供亿;胥吏止承行,毋得舞文;府差毋得至县,县差毋得至乡;幕尉止捕缉,毋

① 毋额羡,雍正刻本作"毋额溢羡"。

窃权虐下;关市止军需及机察,毋横滥稽留病商旅。至如广储蓄,浚城隍,敬老字幼,兴学造士,凡公所为,无非为十余城之民,计百世之安。凡百有①位,罔不仰承休德,捐既往,图来效,以期不负公之教;百姓亦罔不被德蒙休,讴吟思慕,相安于公之政。盖公之教遍于群牧,而公之政自堂皇达于四国矣。

于是公报三年最,适台使者以卓异闻,十余城之长相与谋曰:“二三子逮事夫子有日矣,庶几禀仰教令,以幸无过。今兹之役,二三子及观厥成,可无以扬公之休?”乃因高要李宰、高明杨宰来征言。夫为天子训吏导民,使政平讼理,公之休德也;奉公之令而致之民,二三长吏之良也。不佞既稔公政,又嘉二三良吏,能禀承公教,相与以有成也,其敢辞于载笔?

送黄恺衷吏部归寿尊人序

有诏于朝者,其位号爵秩,足以逮其所生;其俸禄优予,足以给朝夕之奉,而佐就养之所不备,此亦生人之大幸矣。然而君子时或不处焉,以为不若舁篮负戴之为安,食菽饮水之为愉快也。非夫爵秩、禄予之不足贵,而其情之所至诚,不出乎此也。

夫士不尝贫,无以养乎?计且曰:吾幸得三釜养也。毛之檄可捧魏之屺,可以陟也,吾无恨焉耳矣。迨至遭时遇主,祈②高爵儋厚禄,此其视三釜不啻丰隆矣,乃始怃然思曰:吾乃今知轩冕之不如负戴也,钟鼎之不如菽水也。斯不亦贸于情而远于实乎?呜呼!是③亦有难言者矣。

凡情之至者,则言语之所不能喻,而爵禄之所不能解焉。孝子爱日,此情之至也。日者,一去而不可复也。颓谢之颜不可复壮,

---

① 有,雍正刻本作“在”。

② 祈,雍正刻本作“析”。

③ 是,雍正刻本作“斯”。

已逝之日不可复来,而事生之日有失,于吾亲者不可复补。故君子思其不可复而先施焉,无使它日有不及时之悔。三公至贵也,而不以易,又况王事勤于外,色养缺于内,是用眷怀,进退维谷。当斯时也,有不轩冕桎梏,幸一旦解脱乎?是故圣人之御下也,常不尽其情,情有至焉,不可夺也。

吾乡博罗黄君缙,曩由中书舍人,历今文选员外,内省之清华,天曹之要重,咸都其盛,而居常不怿,其情诚不出乎此也。中书秩满得爵尊人,如其官荣矣。君戒使驰封函归,顾潸然出涕曰:主恩难遇而可再也,亲年难得而不可再也。安得以不可再之年,常悬之以待恩遇?及为文选会,一再迎养,竟不果行。君乃愈踧踖深念,快意归养。会尊人寿期近,于是同乡荐绅谋称寿,以慰黄君之思,而冀其留。予谓此君之至情正,言语所不能喻,而爵禄所不能解者也。

夫人情有所慕于外,则高位厚禄可以容吾之劝;无所激于中,则甘言美辞可以投吾之间;惟有所激于中,而无所慕于外,则上不能得之于下,而侪类不能得之于友。昔先王知夫人之情不可强也,于其行役也,代之言曰:“王事靡监,不遑将父。”所以体之至矣,犹未听其言去也。令甲京职得三岁归省,无兄弟得终养,则已听其去矣。国家德泽庞厚远轶前代,所以使人子无不得之情欤。

君兄弟五人,无归养之理,然度君之情,必不以轩冕易称觞之乐,则莫若听其暂去,是先王所以善体人情,而为劝忠之大者也。君家罗浮山下,故仙灵窟宅,是多奇葩异草,长生之庭、不死之药在焉。君归采而献之,然后为快于情,虽无轩冕钟鼎亦乐若是,则爵禄所不能解者,庶吾言语之所能喻矣。

贺怀棘王公宣镇召拜左副都御史还台

上顷有意乎边陲也,为之左顾忧辽蓟,右顾忧宣大,所以责核守御甚切。至边臣非有大战斗出塞上首功,不得辄论功次晋爵秩。

是时,九边独宣大久无鲁患,羽檄不驰于近塞,烽火不彻于远郊,盖几年于兹然。而巡抚怀棘王公顾以左副都御史召入,无大战斗出塞上首功事而论功晋爵,都极荣宠,威权煊①奕中外。盖上之用公由干城而腹心,公之筹边妙折冲于樽俎,自有防御之远猷,不从侈开边出塞之勋、上首功而已。

先是,客有至自宣府者,余与谈宣府。客曰:上谷,正嘉间百战地耳,岁岁中鲁,鲁大入大获,小入小获,我疲奔命,鲁与我杀伤,过当边城为无人,行数十里不见烟火。自款市来,十年生聚,十年训练,重以迩时之抚循,其将之斩然朘削者黜之,其鲁之悍然骄横者罪之,边无不耕之地,野无不聚之堡,百里内烟火相望,村歌戍角,朝暮互答。过其地者,不知为边境,问主将谁,则惟公功。客久游塞上,言当不诬。客又言:公在镇,号令惟一,赏罚惟明,斥堠惟严,间谍惟时,刍粟惟充,简阅惟精,市赏惟信惟节,而时处以镇静,士饱马腾,并思一当鲁顾。鲁奉约束,惟谨市格以外无纤毫滥予,鲁亦无纤毫过索,不遗一镞,不费一甲,而上谷屹然为畿右重。由此观之,公之有功于宣镇,乃在于此,而安事出塞开边,日与鲁相从,以决旦夕之命也?

史氏大相曰:如客言,镇静之效,斯略可睹焉。然以余所闻,公两事勇于有所裁,而不为发大难之端,宽于有所佚,而不致酿无穷之祸,非天下之沉毅深识,不足以办此。国家初款鲁,岁费未甚巨也。后将偷备弛,藉款为命,稍溢以媚鲁甚,且割军需佐之,鲁知我之以款为命也,恣睢咆哮,以求快所欲,款议愈坚,边计愈窘。公具疏曰:鲁款②所以息边也,奈何因款以窘边。乃檄诸道力裁市马数千,维时微独犬羊觖望,即内地不无有尶尬是举者,然鲁竟帖然听我三载,间计省所费二十余万。夫此未足多,第使市赏有定,鲁酋

① 煊,雍正刻本作"赫"。
② 鲁款,雍正刻本作"款鲁"。

无哗,伸中国之威,折骄鲁之气,公之沉毅深识,勇于有所裁,而不为发大难之端者,此其一也。史酋归命我久矣,顷者,触事阑去,此其出柙之兕耳,得且以饷将士。乃公既以计就擒,且为请曰:贰而执之,服而舍之。终待以不死。由是部落慕义来归者众。夫既令反侧之自安,又能启远夷之向化,公之沉毅深识,宽于有所佚,而不致酿无穷之祸者,此又其一也。以彼慕战出塞上首功,方此孰为多乎?

昔李牧备雁门,军市之租皆输幕府,为士卒费,日击数牛飨士,鲁入辄收保,鲁以为怯也,已乃选车骑士北逐单于,单于奔走十余岁。其后魏尚为云中守,用其法,匈奴远避,不敢近云中,曾一人率车骑击之,杀伤甚众。今鲁幸遵约束,不敢动耳,脱不然而狡焉背盟,有不击杀如牧、尚两人者乎?彼两人者,其椎牛飨士,时鲁已在目中矣。

由此观之,自古镇静沉毅,可股掌玩鲁,从李牧、魏尚逮公而三耳。然牧既代,复用尚,以上功见罪,故其功皆再试乃见。今公以天子命归台,居中制外,遭遇之盛,已非两人者敢望,又其成法具在,假令代公者画一而守,即上谷可百年无事。户曹戴君绍科时督饷上谷,与公共事最久,机宜擘画,多所赞度,于是数百里介使,俾大相叙其行。夫公之策疆圉者,则大相与戴君所尝闻且见矣,若庙堂石画,尚俟他日以请。

卷之五

序

寿制府戴公六十一序

昔周之兴,毕召诸贤,皆以耄年匡辅王室,忠勤不怠,功烈光乎数世。迨其中叶,而申甫之徒,犹岳降以蕃王国,故其诗曰:“维申及甫,维周之翰。”自古耆俊在位,国祚灵长。然未有昌明巩固,累十叶无阽如我明者,斯称岳降之期也。

维时大中丞戴公应运而生,奋庸在列,累迁而功德可见,帝用俾之造粤,于疆于理,至于南海,斯又保厘分陕之烈乎?然公至是始及耆耳,非若毕召之既耄任事也。在《礼》,六十曰耆,指使。指使者,劳智不劳力,而公方且驱驰王事,拮据民瘼,安在力之不劳,遽自逸谓老焉者?兹岁秋仲,维公是诞,于时海宇宁谧,边隅无事,氛祲久息,灾沴札厉之气不作,凡百有位罔不仰风承德,颂肤功,扬茂烈,而冀公之寿考以宁也。

于是左辖陈公,参知余公、任公,宪长李公、林公,督学朱公辈,命赞执爵者以辞。大相为公宇下士,即微群公命,犹将效其私祝,以附舆人之颂,矧命及之乎?

窃闻之,君子之生,必有所裨于世,而出必有所为于时,故人望其出而愿其久生,非私之也,谓其德业闻望足以镇抚国家,利泽足以安定民人。《记》谓:民见其德,必称其人,朝夕祝之,声闻皇天。故永其世而享其年也。又非独下之情为然,虽其君臣僚友之间,亦必望而愿其在位久,而历年多,非私之也。夫亦谓镇抚我国家,安定我民人，非君子莫任耳。

公昔秉猷宣哲股肱，王造业逾三纪，徽谋令图，乃罔不用。又天不遗遐氓，载秉节钺，奄甸南土，俾康奠之。又五年于此，昭佑我粤，长有其治，厥惟笃厚哉。微公，粤何所待命焉。盖自薮泽弗靖，日寻干戈，斩刈芟薙，久而后辑，而粤之命几尽于兵，公用绥之以柔和，简节疏目，咸与并生，即曩者府江、琼海两捷，然皆逼而后应，虑而后动，师行而民不残，粤人至今室家相保，谁与乐生？公所贻也。自吏治呰窳，仕者以粤为外府，物产地力不胜其求，而粤之命几尽于官，公用风之以轨物，惩贪戒墨，董其不恪，使夫大小以法相维，以分相守，吏法而廉，政清而惠，粤人至今百室盈止，谁与厚生？公所贻也。自搜括之令行，粤独当天下三分之一，山泽崩竭，脂髓无余，而粤之命几尽于赋，公用镇之以宽静，均调节缩，如额而止，逾额有禁，非法之诛求有禁，故国有横征而民不重困，粤人至今得保其余生，以须太平，公所贻也。

粤人命脉，荣瘁视公，欣戚视公，维公于粤既重贻之，不啻扶衰起羸，而跻之仁寿。粤人固曰：公实生我，奈何不愿公久生？相与歌咏其德，祝之世受多祉，永保我民，嘉祥萃于其身，而福泽被之无穷也。古之善颂者莫如《诗》，曰“遐不寿考”，曰“眉寿无疆”，而常于岂弟之君子称焉。然则如冈如陵，不骞不崩，非乐易广厚之德，其孰能延之。公盛德在躬，其所畀者，厚醇以强固，用能惇大，宣明以丰功，协于上下，锡之嘉福，而引之勿替。夫天实命之矣。

然公自西粤之役，久暴露于外，朝廷悯公劳思，佚之左右坐策国事，故请谢之疏三入而三慰留焉。盖昔召公告老，周公留之曰：“天寿平格，保乂有殷。”古者大夫于国，虽年及之，君不听谢，犹不敢懈于位，故其僚友之规戒，与所以望而愿之者，无非国事是恤，况膂力血气方可以发谋议定功业，岂其遂自介逸，而忘社稷图哉。国家卜世，远轶成周，主上方且登，用二三耆旧，愈衍亿万载鸿庞纯固之运。惟公勋德弥茂，简在方隆，相不佞，窃敢赞以毕召、申甫之业，若夫诸大夫之祝，则犹有周公之意在焉。

寿端翁罗丈人七十一序

余往侍端陵丈人归，辄顾内子喜，内子问其故，曰："余喜而翁学博才高，德隆而位不称也。"内子曰："学博才高，德隆而位不称，何喜为？"曰："夫人而得全于天，未有不食其报，翁之学宜宿禁近备顾问，翁之才宜际风云霈霖雨，翁之德宜起岩穴翊熙运然，而位不称者，此必昌乃后，或后之年乎？"余喜夫而翁之寿也。

丈人家盖有诗文社焉，文社习博士家言，诗社以修雅颂之道，墨客词流，往来二社，讲业校艺。丈人则亲执酒食，理供费，居无三日不宴客，宴必丰饮馔，备声歌，赀用所入家人薪水外，尽出供客，岁以为常，又好周人急，振人乏，寒门素室之子，多往依之，斯称贤豪长者哉。乃折节读书，博极广览，几尽载籍，肆口悬河，虽宿学弗能究诘。至好修姱节，表表士林，卑之而莫喻，隐之而弥光，岂非得于天者全，而修于人者备乎？

岁仲冬，丈人春秋七十一，余守官词林，弗获与祝筵，因忆家食时遇丈人寿辰，必率内子暨儿女辈往觞焉。是日也，肴酒在筵，琴瑟在御，珠履上堂，兰玉阶下，天与之逸，神锡其嘏，酒酣乐进，式歌且舞。

《歌瑶台》曰：瑶台兮云浮，菌阁兮蕙楼。溯赤水兮负玄洲，飞仙遨兮驾苍虬。星晨朝兮绛阙，日月环兮丹丘。孔盖兮龙旂，仙之人兮纷纷而来游。霞帐兮曲璚戛，云璈兮把霓旌。修麟脯兮酌玄酒，临高台兮乐长生。

《歌天池》曰：望天池兮浩溟溟，日滉漭兮云无晶。控巨鳌兮驰贝阙，荐波茗兮拾海月。鲛室兮嵚巇，珠宫兮逶迤。仙人下兮光陆离，驾水车兮载云旗。夕息兮若水朝，嬉游兮扶枝。行乐兮天池长，千载兮若斯歌。

《八桂》曰：桂树生兮山南，沐玄云兮荫澄潭。擢修茎兮幽蔼，布芳叶兮夕岚。发华滋兮秋风,翔群羽兮鹈鸿。既拔萃兮高岭,复灌生兮玄冬。扬芬兮素节,含贞兮嘉月。嘉卉茂兮岩间,桂父淹留兮往还。酌醑兮长咏,望八树兮渺难攀。

歌竟,更奉觞而进。兹虽不与祝筵,乃斯义乌可废乎?内子曰:“夫《歌瑶台》何也?罗溪盖有瑶石台焉,义取乎南山也。天池者何也?南溟也,义取乎川至也。八桂者何也?南中有八桂树焉,冬夏青青,义取乎松柏之茂也。然则向为翁寿何也?”曰:“夫天人之道察矣。曩岁,天子有事于郊坛陵庙,将合百灵之佑,以绵无疆之禧,惟时翁调六膳而进之,必诚必洁以左右,而默赞受禧凝命之祥。今读《两都》《陵庙》诸诗,有不知大官署罗翁者乎?有不谓罗翁克厥事,以勷天子,而迓鸿庥,永跻寿考者乎?有不谓罗翁必诚必洁,德足以荐其馨香,而不俾之昌炽,俾之寿臧,以延年若斯之永也,尚谓有天道者乎?上世风醇气和,民生其间,乘化以游,心无名欲,其时多寿考,其后斫淳庞之朴,与物为构,薄伐天和,而民始疵札矣。翁湛思朗识,机智尽迸,与人悬悬,竭其款诚,强学砥行,老而不倦,备于人而全于天,又况位未称是者乎?夫心平者气畅,泽周者用宏,蓄厚者施远,行独者神完,享啬者源裕,以此知翁之寿未艾也。今别翁四五年,闻其精神强固,燕息游处不异往时,百年固若斯矣。”

内子闻余言,亟遣力持归寿翁。余曰:“它日望南极老人,星下有光,耿耿烛天,是翁开寿筵处也,且与若遥拜祝矣。”

寿文谷萧翁八十一序

汉阳盖以两萧先生重焉。两萧先生者,吾师汉冲先生暨仲氏汉颖先生也。

岁在庚辰,吾师龙翔于艺苑,仲氏凤举于农曹,相与埙篪六籍,圭璋圣代。斯所谓道德之宗,文章之匠已。大相之获侍师席,则在岁己丑。是时,先生方负天下之望,虚怀弘奖,推引士类,慨然以斯文自任,所拔擢士与四方名流多出其门,谈说道艺,扬榷今古,绍明圣绪,以开来学,譬之饮河,各充入室皆化,虽或来忌者之口,而处之泰然。故世之言宽洪博大,必称先生。而先生曰:“家大人之教如是也。”已复得交仲氏,仲氏当世所谓笃论君子也。与之接,若坐春风,若饮醇醪,深静凝密,莫测端倪。至于出处辞受之际,邪正善败之端,则断断如也。故世之言渊澄粹雅,必称汉颖。而先生固亦曰:“家大人之教如是也。”

维夫江汉自周文王以寿考作人之化,渐被至今,而两先生者出言必述其家教,于是称两先生者必称文谷萧翁。论世考德,固知汉代大丘,宋室明允,虽至微子,犹足表于时,况有子若斯乎?二三子既侧闻翁之风,则时时从师门问起居,得其素概,知翁尝有志用世,尝起家明经为泰安丞,又尝以直道忤于时。夫其峻洁之操,卓然物表,夸易之度适乎?群情所以睹其峻者严事之,闻其易者乐就之,居有贤德,仕多惠爱,于时稍戾,浩然长往,岂非修士之遐轨、达者之通概乎?

是时翁行年且七十,而节尚操修如其少时。其后七十为岁之乙未,吾师以国子祭酒,仲氏以河南提学副使,皆得请归省,为能不以三公易一日,不以钟鼎遗菽水。《南陔》咏其思养,《北山》遂其遑将,斯亦近代希有之遇也。

今翁且八帙又一,而节尚操修,又如其七十时。二三子日远师门,不复如曩时奉起居,然质以所闻,翁之寿算未有艾矣。盖襄汉之间多隐君子焉,如汉阴丈人者流,必德邵而年高者,传虽未尝称其岁年,而以理度之,其必寿无疑。何者?机心不存,则纯白备而神生定,其有不长存永固乎?抑闻之天道,约于前或丰其后,此不足则彼有余。翁有用世之志,而不悯于厄穷,以其所不足者自寿;两先生有向用之机,而不难于退养,以其所有余者寿亲。由此观之,翁之长世永龄,盖已得全于天矣。

因忆师曩在京邸,遇翁寿日,每多陟岵诗人之思,以不及称觞为不乐。今兹之辰,筵席肆陈,冠履杂沓,歌南山而咏冈陵者,相率而盈于庭。两先生奉觞而进之,不知其乐,视京邸时何如？二三子既不获观其盛,因叙今昔之遇,以矢祝颂之私如此。

寿侯大参见洲翁九十一序

曩侯大参见洲翁之八十有一也,予尝寿以诗,曰“蓝尾杯深花下醉,蝇头书就烛边参”,曰“不烦鸠杖扶松径,自结云房傍竹潭”,是为万历丁亥之十月。

翁是时虽跻大耋而神王气完,耳聪目明,肢体强固,无异童年,若非鬓有白者,不疑为五六十岁人,况八十余乎？至如宾客宴会,周旋揖让,自朝至暮,无毫忽倦怠疏玩意,则壮者难之矣。诗盖美翁既寿且康隆,隆未有艾也。又其时,翁致政才四五载耳,归田后,犹以广右八寨功,升本省参政,则前此七十四五时,翁尚驰驱戎事,蒙犯风露,触冒险艰,宁如鬻子所云,坐策国事而已乎？

翁今且九十又一矣,乃神气犹昔也。耳目聪明,肢体强固,犹昔也。与夫宾客宴会,周旋揖让,终日无倦怠疏玩,又犹昔也。翁殆天授乎？或者疑翁为有术,以致之如方家导气引形、练精养神者,然翁实无有此也。

其姻友陈莱峰公尝为予言,翁自起家为江浦令,是南畿孔道,车马杂沓,当天下之冲,又重兵戍,悍卒挟主帅之威,凌虐百姓,有司苦之。翁调剂得宜,故畏怀足述也。其为宁波丞,增城慈溪有保障功,慈溪人至今赖之。寻转北户部郎,督治蓟镇边储,剂量节缩,所省岁十数万,以其积余补前军之逋及预来岁之额收者,军储复赖之。已而守思恩,多循良声;宪副苍梧八寨功,多出运筹。盖翁性缜密周详,不絿不竞,所至皆以清慎勤著称,有功德及于民。居家孝谨,宗族闾党厚自周恤,尤重事先祠墓,修举靡不殚心竭力,恂恂笃厚有万石家风。

合而观之,翁自修身,以达于为政,安贞而居,居无妄动,履道而行,行无越思,尽职而仕,仕无旷官,未尝有饰情役智之劳与惊世骇俗之观。至于道之所宜处,分之所宜尽,又未尝有退托而不任及任而不胜之事,是故其精神无一日不用其心志,肢体无一日不警醒振励,故无昏耗衰眊之态,此翁所以寿而能康也,不导引而延,不练养而玄者也。

是岁某月日为翁生辰,莱峰公适以光禄少卿内转,更属予寿言。昔伏生盖九十传书,然是时眊矣,但口授女子,使笔之而已。惟卫武公亦九十,乃犹箴警于朝,曰卿大夫无谓我老,而忘规我,是以《淇澳》之咏作焉。说者以为咏公之威仪也。今我[1]虽老而勤修不倦,岁时朔望,必焚香洒扫,谒告神明,每日鸡鸣而起,夜分乃寐,无伏生之眊。尝自题座右曰:"三朝窃禄惭无补,九耋行年志未休。"其威仪不少损于武公,而有其箴警,然则公之寿康,果未可量也。予故取《淇澳》之咏,谓有合于座右之旨,而因以为祝,即前诗无庸之矣。

贺卢母胡太宜人八十寿序

自予至滁,而得滁守卢君之为政也,已又得其为人也。已居数月,乃又得其家世。

卢君者,广西右辖怀莘先生之仲子,其母太宜人胡,即今所称寿八旬者也。太宜人以夫贵封恭人矣,后以子贵封太宜人,故又称太宜人云。

卢君之为政也,能节而惠,断而不苛;其应务也,周详而敏给;乃其为人,则诚忠实简,重长者也。节惠而断,周详敏给,而以忠实心行之,蔑不济矣。故虽岁屡荐饥,而民不为害;虽河工征派之烦,而地不为扰;虽处冲疲之郡,车马日交驰于道,而力不为窘,是以滁人悦而安之,相与颂之祝之。及其母太宜人而望其寿考以宁也。

---

① 我,雍正刻本作"公"。

然予考卢君家世感焉，当世庙末年，东南苦倭患，先大夫尝领浙之下邑曰泰顺者，下车之月，忽倭五千突至，百姓惊惶逃窜走匿。先大夫戒众无恐，竟以城完。是役也，与倭相持五十日，薄城者三，倭无所得，乃假道入闽，所获倭近三百，事具郡县志。倭入闽，遂攻破福安、宁德诸县，所在伤残。闻有卢某者，即所称怀莘先生也，自晋江移福安，经纪残创，缮城垣，治庐舍，与民守之。其后倭再攻城，城守御甚设，倭为引去。是故东南属邑相望，日虞于倭，某城完，某城不守，千里相闻，以为欣戚，虽在隔省，若比邻然。自予为童子时，见先大夫述先生福安事如此，不图今日乃得与先生仲子共事兹土，入其境而政可知，与之语而人可知，论其世而德可知，追惟往事，能不慨然于怀耶！

卢君曰：先右辖公在福安，母太宜人之力居多，倭再犯城，城中危急，太宜人略无难色，诸修守、修备皆从旁，纵臾之兵士乏食，衙内亲为炊爨荐疏，有子守城妻供飧之称。嗟乎！即烈大夫何以过焉。语曰："哲夫成城。"以太宜人观之，独哲夫然哉。忆先大夫御倭时，盖先孺人与其子皆未之从也，有愧所谓子守城妻供飧者，而食福复不逮太宜人远甚。不佞才识短浅，未尝效一日之用于国家，视卢君出修其职，入致其养，能无赧然乎？

太宜人今年八十，而步履若健妇，操作不少倦，其食丰享遐且未可以年数计。卢君方翩翩壮盛，翱翔郡国，用良二千石起家，勋名日上。予且莫能窥其际矣。是岁月日为太宜人诞辰，全椒令关子、来安令何子者，卢君属也，推滁人之意，请授执爵者辞，予因论次所得于卢君者以复之。然闻太宜人自少拮据家政，以成夫名，其训诸子惓惓，忠孝大节，内德甚备，而予独详福安事者，以为笄黛之所难也。子五人，长祠部君，以直谏显诸君，并蝉联仕路，独称滁守者。滁予所知也，然而滁人之寿其母太宜人也，则《鲁颂》具之矣。

四游稿叙

《四游稿》者，今少傅瀫阳先生所为诗也。先生自登第，官翰林,出入侍从,以至终陟元辅,有《北都稿》。自再起,留寺掌院篆,教国子贰冢卿,有《南都稿》。自奉册楚藩,有《使楚稿》。自出副越宪,有《客越稿》。曰“四游”者,纪其遇也。

是时,先生谢病邸居,请归相印,疏凡十七,间及时政,词极恳切,天语慰留,亦极谆恳。先生不得请,杜门无聊,则取平日所为诗,手披口吟,冀以自遣生平遭遇,有此四者,刻成以策,视相俾叙之,曰:惟子知我。

相逡巡谢不敏。数月后,复申命如初,谊不能辞,乃拜手言曰:夫相何足以知先生哉?先生以道佐明主,入告出顺,事成不显,其功但见,其忠几几尔,度休休尔,仪抑抑尔,节凛凛尔。天子嘉之,天下谅之。或始不免疑且忌者,既乃信且服之。此不待相而知也。虽然,安敢谓不知先生乎?当先生南迁时,相在家修,逼之而后见,见而不拜也,先生不谓亢。及为祭酒时,相问叶雍馆,谈道则往,讲艺则往,众唯唯而独默默也,先生不为矫。乃入为少宰时,相读书词林,随众一见,见辄退,未尝半语叙契阔感知遇也,先生不谓迂。及爰立时,相在史局,公见外未尝私投一刺,终岁间未尝私请一谒也,先生不谓疏。因是知先生于人不以亲就为厚,疏远为薄,誉之为贤,毁之为不肖,既和且平,好是正直。相于先生,则可谓云尔已矣,故得论其诗焉。夫和平正直,道之则也,君子以此养性而达情也。和者其词愉,平者其词恬,正者其词雅,直者其词淡。愉则不躁,恬则不厉,雅则不佻,淡则不浮。夫恬愉淡雅,诗道其至矣。先生所作有之。是故于《北都》见夙夜之义焉,于《南都》见顾瞻之思焉,于《使楚》见靡及之怀焉,于《客越》见优游之志焉,凡朝宁之敷扬,僚友之讽喻,征行之纪述,时物之感触,无非是者。

然君子诵《北都》《客越》,每叹其难,何者?处名位之极而无富贵之心,当失意之甚而无牢骚不平之气,非有道者不能以是养性而达之情,宜其为诗恬愉而不伤于躁厉,淡雅而不伤于佻浮,可以兴观群怨。盛世之音，于是乎在，后有作者，斯焉取则。小子业谢西河，说惭匡鼎，何能扬扢大雅，妄为标制？作之休由，贻之来哲。

张成叔诗叙

四明之称诗，予所及交者，余君房氏、屠田叔氏两君，世所谓好奇嗜古者也。君房，予甫与交臂，知其人耻不能为古人者，不独诗也。田叔，予与倡和最久，其于诗无所不刻意，未知于古何如，然可谓能不为今人者矣。

自予得交二君，而人与诗日愈淬砺，不古不已。盖古之君子其有得于道也，虽其独造诣能自振拔于流俗，而交游倡和切劘之力，抑亦不可诬也。予乃今而又得张成叔氏。予之交成叔也，始因文而得其为人，已因人而得其为诗，其人与诗皆可以进而之古，不徒斤斤猎取一时之誉而遽已焉者。

岁甲午，天子试天下贡士于廷，予得成叔文，异之，意必肆心学古者，比与相见，冲夸温粹，类其为文。居有顷，因携所为诗来质正，予得而遍阅焉，皆本情以属景，依律以谐声，庶为不诡于古。始予但意成叔之娴于制义，不谓其声诗之道已至于是。而成叔则因应文，少而好为词赋，长而颇遍群书，虽时在帖括，而吟咏不废，斯其所以得至于是，居长安一载，而足不窥阈外，绝无一酬答语以干时贵，其用力之专，而不急急取一时之名又如此。

今搢绅学子用博士业起家，致通显，乃始反舌学韵语。卑者句窃字剽，无所发明；高者乃恣睢于法度之外，按之而不合节，歌之而不成声。布衣游士方且资其卑俗之调，游大人以成名，斯其人与诗两失之矣。成叔自其少而肆力，又无一切营名竞得之念分其志，虑其进于古无疑也。乡故饶山水，成叔取王内史寄畅山水阴之语，名其园将归，而愈卒业焉。又时过余、屠两君者，日以古道相淬砺。吾见成叔将旦暮古人，宁独诗哉。

潘象安诗序

象安自其垂髫时而为诗,诗即能为唐也。新安学士掌故多称诗,咸以为不及象安,争下之。于是,象安始自信其为唐也,遂大肆力于诗。其后数年,而诗日愈工,名日愈起,户外之履常满。象安顾不喜世俗交,日扃揵蓬首,攻古文词,大历而上,靡不溯委穷原,含英漱润,行歌而坐讽,字叶句谐,则满志善笔而藏,不即十易弗厌也。新安多佳山水,兴至悠然独往,听鸟看松,嗒尔忘返,收景物之自然,以资其所为诗。故其诗道情属景,本乎天真;清适闲静,类有道所为。

其后十年,而名满海内。故相淮南李公闻其贤,玄纁三往,而后至长安。长安公卿闻象安至,亟就相邸,问业不能得,欲以布衣荐于朝,又不能得,则日工诗如初,久之,还新安。已复入京,其后相继三四,相君皆引为重。

又十余年,而余始读书词林,则象安业以笔札供奉禁廷矣。一日,从友人壁间见余杂拟乐府诸什,洒然有当于心,既相与定交,遂尽出箧中诗相质。

是编则汪伯玉中丞汇其平时所作,今少傅许先生所为点评者。余既为卒业,乃叹曰:微矣!夫象安氏之为诗也。夫诗者,本乎情,丽景成声,斯谓之诗。《风》《雅》以还,迨乎魏晋,体制代变,有唐近体,异其制而袭其情,犹风人之遗焉。

明兴弘正间,力驱宋元,还之古始,合者什一。近世求多于古,自用我法,未免恣睢于情之中,而决裂于格之外。象安以为无当,故宁卑卑述古,毋宁以近调鸣,大率由古选入者,以象安为古选,由唐入者,以象安为唐。其所满志者,已导大历,放乎魏晋;即志所未满,要于天壤间,必有当焉。发乎情而止乎法,是象安氏之所为诗也。象安于诗,盖其天性然,尤折衷往昔以定其格,穷极物态以发其真,盖取材若斯之博,而肆力若斯之专矣。许汪雨先生以文章鸣一代操觚之士，咸北面受事，顾独折节。象安为布衣建旗鼓，又欲世之读象安诗者，因其诗以得其为人。夫知两先生则知余言，知余言则知象安矣。

两越汇草序

参知任公刻其近岁所为诗，曰《两越汇草》，命不佞相序之。

两越者，在于越为浙东，在南越为岭东也。公之出守浙东也，曾一上三年之计，是以有《括苍》之篇，有《上计》之篇。其秉宪岭东也，曾一奉万年之觞，托采真之游，是以有《凤城》之篇，有《祝厘》之篇，有《罗浮》之篇。

公于诗道，无乎不窥，他篇籍甚富。兹刻其在两越者耳，为古选歌行近体律绝，共若干卷，合而观之，盖大历以上之遗音也。然公岂徒自豪于诗而已哉？夫诗者，通乎政者也。政之所被，而歌咏以导之，唱叹以遂之，厚人伦，美风化，达于事变而怀其旧俗，是故先王之观政也，必陈诗焉。公两越之政，无不泄之于诗，于以宣风，于以广览，于以闵劳，于以恤隐，于以献忠，于以敦俗，性情备而《雅》道昭矣。夫《大雅》至宣王，其周之盛乎，是贤卿士大夫之所作也。

当其时，方、召、二甫之徒，内修政事，外攘夷狄，复文武之旧，成中兴之烈。是以本《崧高》原《烝民》，表江汉侈梁山。然不徒作诗以美其事，而并著所作者之人，彼其君臣僚友之间，相与以鸣。国家之盛，猗欤休哉！今士大夫以诗为妨于政而滥于情也，而讳言诗，布衣游士始出而分主其盟，去《风》《雅》之旨远矣。

公自拥专城，至于建旄树屏，内有填委之职事，外有孔棘之时难，入奉介圭锡鬯之宠，出殚疆理旬宣之猷。然而车辙所至，凭轼赋诗，采风问俗，感时触事，图绘山川，舒写物情，是将股肱王造，丹青鸿化，与方、召、二甫诸贤共还《大雅》之什，又岂大历名流所敢望乎？然公方且以二越命篇，使夫观者以罗浮为松高，目括苍为梁山,并侈诗歌流声金石,无负二越矣。

徽兹录序

仁山,吾越望邑也。岭以外东西诸水皆注焉。形家谓水为财乡,其在人为淑秀而有文,故仁山之为邑,其野沃饶,其风朴茂。其封域当艚舶贡市,而其民顾无一人与夷通货者。窃尝爱其俗之愿悫力本而重犯法,其士则娴于诗书而崇耻让,虽邹鲁之儒风,三吴之秀彦,不能远过。然自黄文裕以文章鸣天下,而士之追踪蹑景者,数十年所尚寥寥焉,岂海滨清淑之气不常完,将上之倡导而振作者,犹有待耶。

夫地征乎人,人征乎文,匪文曷征已?自张侯宰是邑,而风气之不完者完之,日与诸生讲业课艺,一时缀文之士,归之如流水。兹刻乃张侯亲为点定者,引绳墨切理道,高不吊诡,卑不入俗,盖斌斌盛矣。其曰徽兹,盖卜士之兴,而以此文征也。昔孔子叹杞宋之无征,乃深惟其故曰文献之不足也。

吾于仁山征献,献在文裕矣。于仁山征文,文不在兹乎?挽回气运,追茂前轨,诸士勉哉,其无负贤侯征士之意也。抑贾子有言,移风易俗,使天下回心而向道,非俗吏之所能致,是以文翁兴学,蜀士多才;吴公荐贤,治行第一。侯恂恂儒者,其治重经术、尚教化,将使仁山之士,以有侯之教,辈出如蜀郡。仁山之治,又以得士之效,高第如河南,故侯以文征士,而吾以士征侯也。

卷之六

内制口宣敕谕

一

万历二十六年正月，宣谕天下朝觐官员，皇帝敕曰：朕自践祚以来，凡九计吏于兹矣。每念吏治关乎民生，盖未有吏不称职，而民能乐业者。间者灾异叠见，水旱频仍，师旅烦兴，公私告匮，民亦劳止，实轸朕怀，所赖分猷共念，则尔藩臬守令诸臣责耳。乃诏条屡布，德意靡宣，禁酷惩贪，不为衰止，货赂滋章，淫刑转炽，催科无序，狱讼惟繁。沽名者张鸷击之威，怠事者任蠹弊之积。大僚不能正己率属，每私庇以市恩；下吏不思守法奉公，惟巧营以避课。沿习有日，欺弊成风，安有吏治如斯，而民不愁叹者？兹当来朝，爰循旧典，简别汰斥，视昔加严。尔等既与存留，各还旧任，尚其鉴已往之覆辙，奋方来之令猷，罔饰虚文，勉修实政。思闾阎之穷困已甚，务拊循休养，以保根本之图；思度支之经费浩繁，务节缩赢余，以佐公家之急。毋以脂膏自润，毋以胸臆自恣，毋以朕耳目所不及，而缘饰为奸，毋以人毁誉为可虞，而弥缝侥幸，一湔陋习，共砥官箴，用赞太平，以消灾沴。如其不职，宪典具存。钦哉，钦哉。故谕。

二

万历二十九年正月，宣谕天下朝觐官员，皇帝敕曰：朕临御天下二十九年，于兹夙夜省图，深惟德之不明，有负皇天列祖付托至意，顾所与分猷，共念保惠黎元，则尔藩臬郡县诸臣是赖焉。间者年谷不登,灾沴洊至,奸宄窃发,师旅频兴,加以微榷,开采处置失宜,转徙流离在处而有。国之不康,朕执其咎。乃日览章奏,每见为吏者大率体国之念微,奉法之效鲜,惩贪之令数下而货赂滋章,戒酷之条屡颁而鞭笞弥惨,催科溢于额外任意掊克之图,听断枉于法中甘心锾赎之人。巧宦以弥缝而沽誉,健吏以击搏而树威。举刺混淆,名实谬戾。兹当大计,已敕所司澄汰不职,严于往时。尔等既蒙简留,仍还旧任,尚思鉴省前愆,勉图后效;思闾阎何由而困穷,则当务拊循之实;念国计何缘而耗匮,则当求节缩之原。上下相箴以廉,大小相维以法。毋营苞苴而裂绳简,毋饰簿书而掩功能,毋以下民卑弱为易虐而恣意侵凌,毋以朝廷高远为易欺而转相蒙蔽。慈和布政,恺悌存心。于以仰赞泰宁,潜消灾祲,副朕忧劳天下之意,将录汝庸。如或因仍旧习,怠弃官常,视疾苦若罔闻,以欺谩为得计,虚文罔上,骫法容奸,则国宪具在,朕不尔贷。钦哉。故谕。

外制制诰

少傅兼太子太傅吏部尚书建极殿大学士赵志皋并妻

制曰:朕倚任老成,计安宗社。惟圣人内外无患,注意何分于安危,惟哲辅文武兼资,论功独先于帷幄,益将调元气以宰万物。其在上公是能安中国而抚四夷,厥称元老,宜有异数,以答殊庸。

咨尔具官某道,足匡时期,应名世。忠清亮直,秉事君之小心;光大含弘,扩容贤之雅量。在先朝茂简,已为不愧科名,于今日倚毗,愈能克副委任。尝多艰之历试,乃众望之攸归。自是更践高华,在公夙夜,寅清礼乐,澄叙品流。其心则进思尽忠,退思补过;其学则不求人誉,惟求天知。是协师言,诞登揆路。置之左右,说言正论之时闻；托以腹心，运筹折冲之有赖。侃侃立朝之节，断断谋国之成。处是非利害之冲，群议撼之而不动；当是变劻勷之际，片言定之而有余。由庙算之弘少，致边功之屡奏。虽硕肤是逊，而酬眷宜隆。叙职东朝，摄师氏之极品；加衔内殿，陟建极之崇班。是用授尔阶光禄大夫勋上柱国锡之诰命。

於戏！在昔三孤，相天子以德义；惟兹四辅，训储宫于元良。古用正人，朕异端士。卿其勉赞机务，愈笃忠贞，若吉甫为宪万邦，永作宗周之翰；若伊尹咸有一德，长垂伐夏之勋。俾守在于四陲，将治隆于亿载。钦哉。

制曰：朕慕中兴之烈，则嘉簪珥规谏之贤；咏南国之风，则美鹊巢纯一之配。是知良臣之体国，亦犹哲妇之刑家。有殊宠，既颁于上台；可齐荣，尚靳乎内秩。尔具官某妻封孺人，累赠一品夫人。方氏妇仪庄静，内教端严，蘋采致共，中馈佐肃将之敬，鸡鸣献儆，内庭无燕昵之私。虽偕老之愿已违，而媲德之音犹茂。惟兹匡赞之业，皆本敬助之遗。追念前徽，宜申后命。兹仍赠尔为一品夫人。山河表德，庶服宠于穹阶；图史留馨，尚垂休于奕世。

赵志皋曾祖父母

制曰：朕酬庸鼎轴，论世槐阶，浚发祥源，积美常延于鼻祖；绵长世绪，绍休每笃于耳孙。矧先臣位不满德，庆有留余；而当宁赏以劝功，恩宜上逮。尔原任工部郎中赵年，乃具官某之曾祖父，振古遗直，清时朴忠。生平之志行凛然，往哲之仪刑具在。心清似水，犹钦廉洁之风；道直如弦，尚想刚方之节。官黜而守弥劲，身退而名愈尊。用能以诗书之泽遗后贤，本佑启之功赞大业。信渊源之未远，宜纶綍之再申。兹加赠尔为光禄大夫上柱国如曾孙官。三命兹恭，茂笃忠贞之烈；九原可作，愈扬俎豆之光。

制曰：夫家道昌炽者，其积非止一人；先泽深长者，其及必以数世。故似续无间于后先，而隆报宜均乎祖妣。是惟相业尤重国章。

累赠一品夫人李氏,乃具官某之继曾祖母,有蘋藻相祀之敬,有鸤鸠饲子之仁,动应壶仪,嗣前徽而弗替;蓄为家庆,垂后祚以无疆。爰有亢宗之孙出,称名世之辅。惟世泽之共永,乃国典之重颁。兹仍赠尔为一品夫人,四德载扬,尚歆命于翟茀;片言不朽,用锡乎闺闱。

制曰:诗咏姒续,爰申祖妣之章;礼逮先人,诞受曾孙之庆。盖德美必昌乎来裔,而福祚每始于闺闱。其在上宰之追崇,尤宜殊恩之特被。尔赠宜人潘氏,乃具官某之曾祖母,柔嘉内则,令善慈仪,锵锵和鸣,已叶凤占于四世;振振孙子,遂图麟阁于三公。聿追浚发之祥源,肇举酬庸之盛典。兹赠尔为一品夫人,管彤风远,溯阃阁以敷纶;珈副恩隆,抚云仍而答贶。

赵志皋祖父母

制曰:积德之遗子孙,世美其清白;纂戎之承祖考,代称其显扬。况啬于享者,其报必丰;乃源之深者,其泽必远。宜有追崇之典,以慰光前之思。尔原任漳浦县主簿赵晨,乃具官某之祖父,节操名家,风规表俗,宁蔬食无求于世,遂布素以终具身。裹足公庭,半榻风尘之外;挂冠县署,数椽衡泌之中。经纶虽屈于下僚,诗书遂启乎来裔。惟予太平之硕辅,是尔济美之闻孙。爰溯渊源,再颁渥泽。兹加赠尔为光禄大夫上柱国如孙官;爵以上公,用酬未竟之志;赏延再世,尚垂永裕之休。

制曰:统绪肇基,内范实襄乎祖德;庭闱锡羡,慈源茂衍于孙枝。善庆之积惟均,本始之情罔间。当元功之褒叙,宜内秩之优崇。尔累赠一品夫人龚氏,乃具官某之祖母,修其内政,穆有壶仪,偕隐鹿车,德既媲于君子;储祥麟趾,庆乃发于闻孙。眷惟调鼎之殊庸,尚想含饴之懿范。徽音如在,渥泽重申。兹乃赠尔为一品夫人。福于王母,尚歆翟茀于崇阶;宜尔子孙,永锡闺闱之令闻。

赵志皋父母

制曰：贤父迪子于成，则茂教忠之训；明君代臣而报，则隆广孝之恩。矧惟弼直之远猷，悉本义方之令绪。既作求乎世德，宜并崇乎国章。尔累赠光禄大夫柱国大学士赵贤，乃具官某之父，清修姱节，履道居贞，让产本意于求仁，折券无心于市义，敦行孝友，不出家其教成；熏德善良，望其庐而讼息。乃率过庭之诗礼，诞启谋国之经纶。惟天赉予，是资良弼。繄而有子，厥克象贤。爰褒槐路之殊庸，再申祢庙之特贶。兹加赠尔为光禄大夫上柱国如子官。极品崇阶，焕龙章于有赫；垂辉累叶，昭燕翼以无疆。

制曰：人子之念劬劳，情均怙恃；国家之酬功德，恩并显扬。乃硕辅之效忠，由慈闱之善训，宜加殊宠，以表芳徽。尔累赠一品夫人张氏，乃具官某之母，孝慈成性，允协闺仪，勤俭饬躬，克襄家政，夙德夙偕于君子，麟祥乃发于嗣贤。禀其温恭，好是正直，功归衮职，尚追遗泽于机丝；劳在鼎调，更忆余哺于棬泽。徽音婉其未远，纶命赫以洊加。兹仍赠尔为一品夫人。德光彤史，作士女之芳规；荣极内阶，传闺闱之盛事。

太子太保兼户部尚书武英殿大学士沈一贯并妻

制曰：朕特简上臣，光辅大业，股肱之寄，在心力契动风云；道德之效，在安强功归调燮。惟兹经文纬武之哲辅，弼予安内攘外之殊勋，稽故典，允协懋，官嘉今绩，当承眷赉。咨尔具官某，心源精一，道术纯明，不激不随，著大臣之风节；惟忠惟孝，作庶位之表仪。在先皇简置词林，固需今日之用肆。朕躬拔居讲幄，愈殚厥心之猷。自此周践清涂，弥隆揆望，掖垣之侍从，宫局之论思，天官少宰之鉴衡，宗伯文昌之礼乐，言可底绩，志在格心，爰正台司，俾参枢要。惟天赉良弼，其代予言。惟汝作保衡，能辅台德。为之堂上舞于羽，而戢戈矛处在禁中。悦诗书而敦礼乐，虽内宁不忘外惧。常申饬乎边防,有文德克定武功,遂制胜于庙算。眷疆埸之伟伐,嘉帷幄之长筹。宜赉殊褒,用扬茂烈,孤卿晋秩,秘殿加衔。丕延世赏之恩,载举酬庸之典。是用授尔阶光禄大夫勋柱国,锡之诰命。

於戏!禹拜言而皋陈谟,尚交修乎一德,周作师而召为保,亦夹辅之同心。矧朕眇躬,赖卿明勖。时方未雨,尚宜廑桑土之忧;其在来宾,愈无忘旅獒之训。将朕常与治同道,惟卿亦与国同休。钦哉。

制曰:上臣体国,内行始化于闺帷;哲妇宜家,外襄勤修乎德业。故槐棘之勋庸愈茂,斯蘋藻之贤淑弥彰,宜有并贵之恩,用著相成之义。尔具官某妻累封夫人张氏,毓贞世族,丽美哲人,贵而克勤,穆修阃政,贤而交儆,动协图箴,佐尔上公,树兹茂伐,鸡鸣献戒,默襄待旦之猷;缍织佐勤,内赞垂绅之业。虽纶恩之屡被,乃兰问之中捐。宜嘉往劳,再颁新渥。兹仍赠尔为一品夫人。管彤有炜,载扬南国之风;翟茀斯皇,永作中闺之范。

沈一贯曾祖父母

制曰:积德之效,常百年而后兴;酬庸之恩,至四世而始备。伟相业之所就者大,信世泽之所培者深。爰锡殊褒,用昭隆报。尔沈宗义,乃具官某之曾祖父,戴仁履义,溯德里之高风;抱朴守贞,钦逸民之遐轨。当其为善于己,庸知责报于天。乃浚发祥源,远贻华裔。俾朕得贤辅,若家人之聚朝堂;惟尔启重孙,如水火之有源本。聿追世绪,载锡恩纶。兹赠尔为光禄大夫柱国如曾孙官。勋阶峻极,丕扬烈祖之光;世泽悠长,尚笃曾孙之庆。

制曰:朕惟福泽悠长者,非一日之积;子孙昌炽者,乃数世之遗。固知哲辅之挺生,亦由曾闱之浚发;肆举祇庸之典用,慰原本之思。尔陈氏乃具官某之曾祖母,令善有闻,柔嘉可则,百年余庆,已知积累之劳;五世其昌,遂应和鸣之卜。惟庆源之茂衍,宜恩数之优隆。兹用赠尔为一品夫人。福生有基,既涣崇阶于纶綍;庆来未艾，尚绵遐祉于云仍。

沈一贯祖父母

制曰：朕显忠遂良，则美发祥之自；酬庸叙绩，则褒积庆之原。惟祖德克裕乎孙谋，矧相业光施乎先烈，不有优崇之数，曷彰启佑之勤？尔累赠太子少保大学士沈元瑞，乃具官某之祖父，质行恂恂，孝友睦乎邦族；纯衷蔼蔼，和易率其天真。返太朴以全年，执不竞而游世。上善若水，人传一拂之生；树德务滋，世卜三槐之望。惟朕良弼，实尔闻孙，丕嘉光辅之勋，式举追荣之典。兹赠尔为光禄大夫柱国如孙官。公孤锡命，为天道与善之征；烝畀承恩，衍世德作求之庆。

制曰：诒厥孙谟，浚源虽由于烈祖；肇基世绪，垂范每始于重闱。惟媲德之延用，保世以滋大，姒续之恩罔间，褒崇之宠宜均，其在大僚，独称异数。尔累赠夫人朱氏，乃具官某之祖母，柔惠宣慈，俭恭作范。以善配善，世称德里之夫妻；用和召和①，祚启相门之孙子。鹿车之风如在，凤阁之泽弥长。是用奖答乎元功，因以光昭乎懿问。兹仍赠尔为一品夫人。善庆积之有原，其承茂阋；福祉引之无斁，尚庇来昆。

沈一贯父母

制曰：能仕而教之忠，贤父所以训子；因心而广其孝，国家所以体臣。惟过庭之诗礼素闻，斯谋国之经纶攸裕。矧象贤即登于上宰，岂燕翼可后于崇褒。尔累赠资政大夫大学士沈仁佶，乃具官某之父，明德在躬，平心应物，任天而动，孝友姻睦之有闻；与古为徒，言行衣冠之可法。慕达人之止足，穆矣玄风；溯有道之仪刑，泊然素履。乃发祥于哲嗣，用奋庸于清时。肆褒辅弼之远猷，愈彰贻穀

---

① 和，雍正刻本作“作”。

之令绪。兹赠尔为光禄大夫柱国如子官。天为可必,代占相业于三槐;善岂无征,世守家风于万石。

制曰:《易》著严君,并阴阳而立教;《诗》称穆母,诲劳逸以成贤。矧惟鼎轴之元勋,悉本庭闱之善训,酬庸有典,锡秩宜崇。尔累赠夫人洪氏,乃具官某之母,圣善母仪,徽柔坤德,恭敬宜于君子,雍睦洽于家庭。笃生嗣人,为时辅弼。鼎调业大,犹思凡瞻之功;褒职劳多,尚守机丝之教。虽弘奖既颁乎子秩,可尊称未备于慈闱。兹仍赠尔为一品夫人。珈副崇阶,永慰杯棬之慕;闺闱令范,长流图史之芳。

太子少保吏部尚书蔡国珍并妻

制曰:朕惟衡宰之司,古重其选;统均之寄,世难其人。将倾心而倚畀,乃极意于敷求。盖非秉鉴惟明,何以澄汰流品;非持衡惟允,何以铨叙群材?是惟老成,特副简任,宜加宠异,以答忠勤。咨尔具官某,伟度纯衷,贞操亮节,蚤通仕籍,阅有年劳。自展采留曹,践更选署,校士闽臬,扬历藩坦,式弘薪槱之功,丕著芾棠之咏,人已服其藻鉴,世皆望以台衡。既而晋抚江防,则惠威旁鬯;入陪宪府,则风纪振扬。遂跻少宰,昔之小心,一介必严,乃生平之大节,声猷久懋,物望弥隆。朕嘉乃庸,畀以今秩。惟尔树仪端表,以肃官联,显明黜幽,以厘吏治,大裨邦政,式获朕心,久称岩石之胆,不愧保衡之任。兹以绩闻用,授尔阶资政大夫,锡之诰命。

於戏!惟人才关乎国运,朕切畴咨铨法,戒乎官邪。尔宜详慎,是非付之公论,则毁誉不生;用舍断于主权,则恩怨自泯。是称则哲,亦在至公。若名实或混于平时,则缓急何裨于临事。其尚愈敦素,概勉酬眷知,庶称老臣体国之忠,长收任贤图治之效。钦哉。

制曰:朕崇奖大僚,诞敷渥泽,念其闺闱之有助,则褒宠并加;虽其音容之已遐,而恩荣追逮。至情所出,在礼不私。尔具官某妻封安人徐氏,秉性幽贞,持躬勤俭,主馈宜配君子,惟其敬恭;相祀不愧神明,是在纯一。深愿虽违于偕老,徽音独著于当年。宜霈明纶,用旌往勣。是用赠尔为夫人。载扬南国之风,永作中闺之范。

制曰:贤臣秉国鉴衡,实赖于名卿哲妇;宜家蘋藻,必资乎季女。惟其媲德,所以偕荣。尔具官某继妻邹氏,嗣徽称淑,处贵能虔,孝敬有齐,筐筥之仪乐衹;柔嘉无遂,环佩之节雍如。从名硕于大僚,效赞襄于中壶。眷兹淑问,宜锡嘉名。是用封尔为夫人。衹承翟茀之荣,愈谨国箴之训。

蔡国珍祖父母

制曰:朕嘉奖臣劳,溯百年之令绪;推崇原本,贻再世之恩荣。惟是秉轴之大僚,膺此酬庸之异数。尔蔡镇乃具官某之祖父,冲夸游世,刚直禔躬,行善不居其名,好施不责其报。力耕以给祖税,风称陇亩之逸民;积德以遗子孙,遂衍诗书之世泽。有贤绳武,为国持衡。肆叙绩于元卿,乃追恩于烈祖。是用赠尔为资政大夫如孙官。廷纶肇锡,世德之光,渥泽游膺,尚笃孙枝之祐。

制曰:业垂裕后,恒翼子以贻孙;礼重崇光,必尊祖而及妣。在朝廷本出殊典,于臣子亦为至荣。尔阴氏乃具官某之祖母,德含婉淑,性秉俭勤,养祀竭蘋藻之共,允符内则;育子备获熊之训,无忝母仪。虽执节于中年,乃发祥于后胤。慈源锡羡,孙业弥昌。是用赠尔为夫人。用以风乎女士,其永庇乎来昆。

蔡国珍父母

制曰:父教忠于子,而后成显扬之名;君报礼于臣,而后励靖共之节。故有推恩祢庙之巨典,以待宣猷枢轴之名卿。尔刑部主事蔡焰,乃具官某之父,宅心好义,锐意穷经,推财食饥,仁问素高月旦;输诚乐善,贤声久播士林。虽儒行未弘于厥躬,乃庭训克严于令子。遂开宰衡之业,光昭诒穀之谋。是用赠尔为资政大夫如子官,百年种德,常基有羡之休;八座敷荣,尚佩维新之贶。

制曰:朕惟疏附奔走,臣工之绩攸资;顾复劬劳,母氏之慈允赖。肆奖忠勤于上宰,宜褒令范于北堂。尔封太安人李氏,乃具官某之母,终温且惠,能俭而勤,蘋藻扬芬,茂尊章之孝养;珩璜协德,穆家庭之肃雍。克佑义方,勖成贤哲。枢衡之业方茂,机杼之训斯扬。是用加赠尔为夫人。承龙章于有赫,延庆祚于无穷。

太子太傅兵部尚书田乐并妻

制曰:朕眷顾西陲,特重安攘之寄;宣威外阃,式资文武之良。算出万全,功收一举。嘉殊庸之入奏,宜宠锡之特颁。资尔具官某,操履端贞,器资笃亮,才何肩巨,而体以纯诚;智足沉机,而持之慎密。自西台而后,皆务农讲武之年;由开府以前,多策马论兵之日。久司边务,愈习戎机。朕方倚以长城,众皆称其上策。乃假节钺,往镇河湟,屡折遐冲,弘资妙略。惟是松山之盘据,以致宾酋之跳梁,蔑一线之孤悬,谋三路而并犯。而尔训齐戎律,丕振乎威稜;妙揣鲁情,尽得其要领。伺黠胡之狂逞,鼓众怒以掩攻。既分锐遏其前锋,亦出奇邀其归路。遂收全捷,允藉长筹。千里疆场,坐见□□①之灭;百年土宇,仍增汉垒之雄。虽由庙算之有灵,喜见师贞之袭吉。特升华于枢府,仍晋秩于宫孤。兹授尔阶光禄大夫,锡之诰命。

於戏!国家久长之策,安不忘危;老成经远之猷,事有其备。眷言今日艰倍往时,在大臣宜廑乎内忧,岂小务可忽乎外惧?尔尚愈举邦政,用缵武功,务殚帷幄之谋,永保旗常之绩。钦哉。

田乐曾祖父母

制曰:朕闻积德之厚者,其发必大;树功之懋者,其报宜隆。眷

① 刻本、钞本此处均空两字。后文若非另作说明,空字、字迹模糊难以辨认处均以□代。

予社稷之重臣，膺此邦家之异数。尔田玉乃具官某之曾祖父，乐志丘园，慕达人之轨；藏真畎亩，推贞士之风。佳名隐而弗彰，乃光远而有耀。百年之蓄，三世其昌。肆推浚发之祥，宜溥追崇之典。是用赠尔为光禄大夫。祖德愈久而弥光，国恩方来而未艾。

制曰：泽延姒续，知世德之垂庥；化始阃门，宜曾闱之貤宠。为善庆之蓄积者久，斯恩数之追逮者隆。尔王氏乃具官某之曾祖母，慈惠宜家，勤俭作范，媲德偕隐，培庆泽于百年；蓄祉肇基，叶和鸣于三世。伟曾孙之树绩，追上世之储祥。兹用赠尔为一品夫人。恩华丕耀于泉扃，芳懿永垂于奕叶。

田乐祖父母

制曰：朕崇礼大臣，必推恩及祖，益缵戎于后，固由绳武之贤；而垂裕于前，亦藉诒谋之善。尔赠资政大夫都御史兼兵部左侍郎田庆乃具官某之祖父，性资朴茂，秉德端良，怀高蹈于丘园，不求闻达；孚令名于里闬，尚有典刑。浚厥祥源，施于胤祚。抚孙猷之愈罄，嘉祖德之不忘。兹用加赠尔为光禄大夫如孙官。诞膺九列之崇阶，愈衍百年之庆泽。

制曰：夫孙谟远绍，前有种德之英；家范遹宣，内有媲德之配。故尊崇之异数，宜祖妣之均沾。尔累赠夫人张氏乃具官某之祖母，夙闲内则，允践闺彝，操贞素以佐隐贤，家业由裕；培善良而开后胤，世绪用昌。策勋既茂于公家，介福宜归于王母。兹加赠尔为一品夫人。烈祖之仪并隆，闻孙之佑以笃。

卷之七

外制制诰

工部右侍郎姚继可并妻

制曰：司空□□[1]邦土，是称干济之臣；贰卿兼率庶僚，必籍经纶之彦。畴若之任既慎，程工之典宜崇。尔具官某，器资笃亮，才识渊闳。自昔中外宣猷，后先底绩，夙著康平之誉，载扬謇谔之声，迨更践乎臬藩，亦再抚乎关陕。既我武之维扬，简阅望劳在边。工为最著，乃从阃外晋贰；冬曹再起，田间俾还旧职。在平时，既综理之不易；于今日，适营建之方殷。惟尔克展厥猷，懋修乃职，训工综事恭勤，匪懈于夙宵；率作省成节缩，尽殚乎筹画。底兹岁绩，慝于朕心。是用进尔阶通议大夫，锡之诰命。

於戏！虞舜之咨伯禹，帝载惟熙；周成之任毛公，美业是赖。朕兹望尔不后古人，尚怀永图，愈弘丕绩。钦哉。

制曰：夫勋庸著于朝宁，则恩数逮其闺闱。既酬干国之劳，亦表刑家之范。彝典具在，存没惟均。尔具官某妻封孺人赠夫人赵氏，范禀图箴，行芳蘋藻，柔嘉维则，允谐燕婉之求；儆戒相成，夙著鸡鸣之誉。早从沦谢，不共显融。追溯往劳，宜颁新渥。兹用改赠尔为淑人。歆承丝纶之宠，永留闺阃之芳。

制曰：人臣能宣骏伟之猷，而无燕私之溺。必资贤淑，相与箴

---

① “司空”后二字模糊，难以辨认。

规。夙愿乃阻于偕荣,殊恩可靳于并贵。尔具官某继妻赠夫人王氏,克备妇仪,卓有士行,持身淑慎,既克绍夫前徽;治壶肃雍,尤协襄乎外政。方恩华之洊至,悼芳懿之中捐。兹用改赠尔为淑人。淑问载扬,幽原永耀。

姚继可祖父母

制曰:朕闻余庆本之积善,明德世有达人。眷予体貌之臣,厥有燕贻之自。施于祖庙,载在王章。尔赠通奉大夫左布政姚泽乃具官某之祖父,朴心天赋,孝悌躬行,亩亩遗荣,独秉幽贞之操;家庭种德,式弘昌炽之图。有子而孙,并贤且贵。溯求令绪,载霈恩纶。兹用改赠尔为通议大夫如孙官。跻六副之崇阶,彰百年之善庆。

制曰:朕尊礼大臣,褒崇先德。既推恩于再世,爰逮命于重闱。盖缘子孙追远之情,用是国家报恩之典。尔赠夫人杨氏,乃具官某之祖母,秉正望族,俪美德门,操勤俭以起家,协严慈而昌后。母由子贵,荣章已贲于当年;祖以孙尊,宠数滋彰于奕世。储祥既厚,食报为宜。兹用改赠尔为淑人。并隆烝畀之仪,愈衍云仍之祚。

姚继可父母

制曰:父以忠教子,而后成显扬之名;君以孝劝臣,而后励靖共之节。矧令绪相传于述作,而荣名济美于后先。惟时臣僚,膺此异数。尔原任左布政姚汝皋,乃具官某之父,振古遗直,清朝朴忠,再批逆鳞,有独立敢言之气;屡回砥柱,有孤贞迈俗之操。惟偃蹇于荣途,遂优游于故里。虽经纶未尽其用,乃箕裘已大其传。虽尔嗣贤,作予卿士。溯渊源之有自,宜渥泽之重颁。兹用改赠尔为通政大夫如子官。祇歆命于庭纶,庶增光于家乘。

制曰:国有世臣,必本教忠之训;家惟令母,乃昌垂裕之图。故大臣之爵秩既隆,则慈闱之恩华宜渥。具在国典,用慰子情。尔累封太夫人白氏,乃具官某之母,夙娴内训,克备母仪,以正弼忠,相夫树绩于藩省;用劳成爱,课子奏功于冬曹。虽钟鼎之养已违,而机杼之劳未泯。载扬慈问,申锡龙章。兹用改赠尔为淑人。祗服如生之荣,并伸欲报之德。

总督陕西三边军务兼理粮饷
太子太保兵部尚书兼都察院左都御史李汶

制曰:朕惟上兵伐谋制胜,常先于庙算;重臣厌难宣威,特假乎将权。自非具文武之壮猷,何以茂安攘之大烈?肤功屡奏,宠锡宜崇。尔具官某,长才伟略,亮节沉谋,在昔中外践更,能经能纬;后先劳绩,允文允武。既简在乎帝心,亦素孚乎舆望。属因关陇多事,河湟用兵,茂简中枢,特授外阃,始建节旄于西土,继专锁钥于北门,弹压四镇之雄,总领六师之重。甘宁奏捷,我武已扬。莽剌论功,军声大振。顾戎心之叛服叵测,而边备之瑕衅易生。尔能戒先不虞,谋在素习,誓师而出,何身便之肯图;执讯而归,乃国耻之是雪。惟尔忠勤之素励,以致勋伐之屡闻,在边庭以为殊庸,于朕心亦应特眷。用蕃晋锡,丕奖师贞。载加宫保之崇班,并延世官之懋赏。仍授尔阶资政大夫,锡之诰命。

於戏!忘战必危,国之大戒;方胜而惧,古有宪言。是以君子闻金革,则思守封疆之臣;见郊垒,则虑遗君父之辱。今西陲幸晏,虽在息肩,而东海未恬,尚烦左顾。乘虚而动,本猾鲁之狡谋;思患预防,乃老成之长虑。尔尚宏乃妙略,殚乃忠猷,勿狃数胜而至兵骄,勿轻小丑而忘警备,务作三军之气,长伸九塞之威。

李汶曾祖父母

制曰:源深流远,积德之效斯彰;功懋报隆,推恩之典爰及。厥惟勋臣,膺兹特宠。尔李鹏乃具官某之曾祖父,一任真诚,不求闻达，躬耕乐道，本遗畎亩之安；抱朴居贞，遂衍诗书之泽。先德至是而始大，后业因之而弥昌。爰启曾孙，作予祈父。兹赠尔为资政大夫如曾孙官。异数显膺，爰升华于袥庙；高风如在，尚笃祜于宗祊。

制曰：德培烈祖，爰籍中闺，祜笃曾孙，并褒上世，斯诚邦家之异数，以待社稷之重臣。尔任氏乃具官某之曾祖母，闲于嫔则，穆有壸仪，身挽鹿车，当世享田家之乐；祥开麟阁，他年垂障塞之勋。聿追四世之庆源，爰霈曾闱之渥泽。兹赠尔为夫人。尚歆承乎新命，用永庇乎来昆。

制曰：世德垂庥，既子孙之咸赖；曾闱貤宠，宜先后之偕荣。用慰本原之思，实示祗庸之典。尔王氏乃具官某之继曾祖母，勤俭宜家，慈仁著范，德谐隐士，式培善后之基；庆及重孙，遂著光前之业。功视前而为烈，德垂久而弥芳。兹赠尔为夫人。恩华丕耀于泉扃，芳懿永垂于奕叶。

李汶祖父母

制曰：安边定国，资一代之宏猷；绳武缵戎，本百年之善庆。懋赏锡于贤胤，诒谋溯其哲人。尔累赠资政大夫都御史李穆，乃具官某之祖父，戴仁行义，悦礼敦书，王烈居乡，式起望庐之化；庞公耕垄，能高表里之风。委祉储祥，孙枝乃起；宣猷树绩，祖泽丕彰。兹加赠尔为资政大夫如孙官。三命申荣，既增光乎世德；九原可作，尚祗服乎国恩。

制曰：夫祥源浚发，必由上世之贤；令范昭垂，亦赖中闺之助。故褒崇之异数，宜祖妣之均沾。尔累赠夫人毕氏，乃具官某之祖母，德全闺范，行称女师，操贞素以从隐人，家业由裕。培善良而开后胤，世绪用昌。勋伐既肇于重闱，恩光宜隆于再世。兹仍赠尔为夫人。申锡王母之仪，永笃孝孙之庆。

李汶父母

制曰:人臣劳在边疆,悉本教忠之训;国家赏延弥祖,式弘广孝之恩。矧既褒挞伐之殊勋,而可忘显扬之大愿?尔累封奉政大夫赠资政大夫副都御史李登,乃具官某之父,游志高明,饬躬孝义,道方而行则笃,宾筵推耆硕之风;身隐而名愈尊,俎豆仰先民之范。爰有令子,蔚为巨卿,当拥旄仗节之权,成安夏攘夸之绩。迪哲有自,食报无涯。兹加赠尔为资政大夫如子官。宠章三锡,尚承优渥之恩;善庆百年,永阐幽潜之德。

制曰:前母贻荣,令典丕著;明廷懋赏,殊恩是覃。盖敷锡类之化,以光劝忠之效。尔赠宜人边氏,乃具官某之前母,毓贞名阀,俪德哲人,相夫有交修之勤,裕后衍重光之盛。虽劬劳顾复,不自其躬,乃福祚显融,率昌厥嗣。芳规不泯,恤数宜申。兹加赠尔为夫人。祇服如生之荣,并伸欲报之德。

制曰:经纶启绪,道固本于义方;机杼宣劳,教亦由于令善。欲报之心罔极,追崇之礼宜隆。尔累赠夫人王氏,乃具官某之母,妇德静贞,母仪雍肃,行芳蘋藻,致敬于尊章;范协珩璜,宜配乎君子。勖成贤嗣,茂树肤功,肆褒西塞之勋,丕阐北堂之训。兹加赠尔为夫人。祇荷宠于翟䍐,用永慰乎柔泽。

太子少保南京工部尚书叶梦熊并妻

制曰:握锁钥以宣猷,才更资于文武;开云台而议爵,功莫大于安攘。晋邦土之崇班,兼羽翼之重寄。畴咨正切,倚任方隆。尔具官某,有经国之宏谟,而蕴以学术;有济时之宏略,而出以忠诚。旧德冠乎先朝,殊庸茂于今日。才历试而愈练,志曾剉而弥坚。惟昔抗疏论兵,已谂筹边之策;迨后专城出守,遂收平寇之勋。自是整饬辽阳,保厘东土,巡抚贵竹,移镇关中,在在存蔽芾之思,赫赫振燀焞之旅。临洮外窥,群议攸属,是以有甘肃之役,而火酋远遁;朔方内变,身请往当,是以有宁夏之役,而哱贼就歼。定百战之画于军中,全孤悬之城于塞上。劳而不伐,公以集思。朕嘉肤功,畀总边镇。而能伐谋先兆,握庙算于万全;料敌当机,壮军容于九伐①。以致靖鲁一捷,愈伸中国之威。宠锡崇褒,以彰殊眷。兹用授尔阶资政大夫,锡之诰命。

於戏!董六师而平邦,惟尔恢我庙略;饬五材以辩器,畴若亮予天工。殚乃忠猷,竭乃心力,无忘周官阜民之诰,庶称虞典熙载之咨。钦哉。

制曰:大臣劳在疆圉,既舄奕乎鸿名;夫人德备河山,用委蛇于象服。惟伉俪之体一,肆宠锡之典均。尔具官某妻,封恭人廖氏,贵而克勤,穆修阃政,贤而交儆,动协图箴,佐我重臣,莅兹雄镇,克树外攘之烈,能捐内顾之私。宜锡朝恩,俾从夫爵。兹用加封尔为夫人,翟茀斯皇,已备中闺之宠;蘋蘩载洁,愈扬南国之风。

叶梦熊祖父母

制曰:积德之疑效百年,源深则其流自远;推恩之典及三世,功懋则其报自隆。宠方覃于国章,时乃验之天道。尔叶标乃具官某之祖父,自早有行谊,闻于乡评,乃啬于年,弗竟其造。仁不必寿,岂天道之无知;贤而克昌,庆善人之有后。蕴崇潜德,笃启闻孙,成社稷之元功,负华夷之重望。溯厥原本,涣加宠褒。是用赠尔资政大夫如孙官。八座崇阶,尚祗承乎明命;九原贲泽,其永庇乎来昆。

制曰:尊祖及妣,子孙之烝畀惟均;锡命疏恩,国家之追崇并逮。矧家有从一之妇,斯国有不二之臣。事有关于彝章,典宜隆于褒叙。尔邹氏乃具官某之祖母,德称女师,仪为邦媛,早著柏舟之节,永扬兰阃之芳,孝养二尊,既妇道之能执;成立遗腹,尤母德之所难。惟是节孝之门,遂启忠贞之胤。奕世弥显,徽音如存。是用

① 伐,雍正刻本作"法"。

赠尔为夫人。肇锡嘉名,既表幽潜之懿;永膺多福,愈衍昌炽之休。

叶梦熊父母

制曰:《书》诏君牙,茂述笃忠之烈;《诗》歌召伯,载扬维翰之勋。盖惟家法之相承,用能世禄之滋大。故有尊崇祢庙之典,以示作求世德之荣。尔原任古田县县丞叶春芳,乃具官某之父,学究渊源,动遵矩矱,名登贡籍,服在邑僚,生而靡依,当蓼莪之废咏;仕不满德,致经纶之未彰。蓄其余休,发于令绪。以尔肖德象贤之子,为朕安边卫国之臣。追惟令谋,特申异数。是用加赠尔为资政大夫如子官。显号重膺,迓龙章于有赫;殊恩诞锡,垂燕翼于无穷。

户部右侍郎张养蒙并妻

制曰:朕深维国计,特简忠贤,总九式以阜财,是称会府;率群属而赋政,亦赖贰卿。自非干时之通才,曷称经国之重寄?咨尔具官某,伟度宏猷,纯衷劲气,侃侃立朝之节,始终不渝;惓惓谋国之忠,心口惟一。维昔秘馆储英,谏垣展采,清修特立,谠直素闻。自此晋参藩政,有推贤让官之风;洊历寺卿,多秉心明刑之绩。更践既久,望实弥隆。出抚江防,惠威旁鬯;入陪台宪,风纪振扬。乃贰司徒而制地征,俾领度支而经国用。惟尔忠诚体国,清谨率寮,任劳怨而不辞,委艰危而立办,凡所规画,咸副朕怀。阅兹累劳,嘉乃丕绩。是用特授尔阶通议大夫,锡之诰命。

於戏!积贮生民之大命,综理宜先;财用足国之常经,剂量是急。畴咨康阜,必籍老成。今供费浩繁,帑庾殚竭,计岁入不胜其岁出,将病国且至于病民。有怀永图,岂无长策?惟审于均节,可制出入之经;惟慎于稽求,可剔蠹耗之弊。尚其殚乃心力,称兹简庸,勒成太平之书,永保富强之效。钦哉。

制曰:良臣体国,必资正直之贤;哲妇宜家,实藉纯一之德。惟内外有相成之义,肆朝廷敷并贵之恩。尔具官某妻,累封孺人赵氏，温惠天植，孝敬性成，相馈克虔，夙效蘋蘩之职；居丰能约，惟甘荆布之风。爰表河山之令仪，再锡冠帔之渥泽。是用加封尔为淑人。祗承宠于中闺，永扬芬于南国。

张养蒙父母

制曰：为桢为干，君倚才臣；肯构肯堂，父传贤子。顷因谋国，询及过庭，宜宠①龙光，以酬燕翼。尔封征仕郎给事中张四维，乃具官某之父，端贞高士，博雅硕儒，茹古涵今，早岁蜚英乎胶序；抱仁履义，余风式化乎乡闾。虽云霄之志未酬，乃箕裘之业已裕。眷惟经纶之绩，式嘉佑启之功。是用加赠尔为通议大夫如子官。荷恩光于有俶，衍世泽于无穷。

制曰：疏附奔走，臣工之绩攸资；顾复劬劳，母氏之慈允赖。肆奖弘功于九列，宜褒懿范于北堂。尔封孺人薛氏，乃具官某之母，德禀柔慈，性含贞淑，脱簪珥以佐夫，勤宛解佩之令范；躬纂组而勖子，学协断杼之芳规。惟令善教裕于传家，致贤哲才优于经国。是用加赠尔为淑人。庸慰怀于桊慕，永留辉于管彤。

刑部右侍郎董裕并妻

制曰：朕惟八柄驭下，式重刑罚之条；三典折民，茂著衷矜之教。是以秋卿率属，监于祥刑；司寇佐王，期于致理。简命既资乎明允，程功可后于褒崇。尔具官某，器资宏宽，志行笃淳，自昔中外宣劳，后先累绩，西台秉宪，百度维贞，列寺升华，庶绩并奏，虽稍挫而节弥坚，况数更而才愈练，乃建中丞之节，乃称廷尉之平。望实既隆，简稽攸当。遂副冬省，晋贰秋曹。深惟国典之重轻，允系民生之休戚。弼予于治，惟尔之中。尔能以明清敬忌之衷申饬法律，以持重老成之度平反狱情，躬听穆命之五辞，克副尧心之三宥。肆

① 宠，雍正刻本作“锡”。

阅岁课,用嘉乃庸。兹特授尔阶通议大夫,锡之诰命。

於戏!虞帝之协民,中则惟钦恤;周王之慎庶,狱亦罔敢知。允升大猷,是资耆硕。尔尚祗敬厥绪,图维有终。一洗俗吏之烦苛,尽用儒者之忠厚。长我王国,比隆虞周。钦哉。

制曰:大臣进有奉公之诚,退无燕私之昵。匪藉贤淑,曷与箴规?道既茂于相成,恩宜隆于并贵。尔具官某继妻封恭人李氏,敬慎闺仪,柔慈内则,前徽克嗣,夙称相祀之贤;既贵能虔,允作宜家之淑。方崇阶之再锡,遽懿问之中捐。兹用赠尔为淑人。载扬南国之风,永作中闺之范。

董裕祖父

制曰:朕嘉与臣劳,溯求先德。则有尊祖之命,以慰光前之思。自非巨僚,无此异数。尔董重鼎,乃具官某之祖父,禔躬孝友,秉性刚方,古谊古心,素起乡邦之敬;卜兆卜宅,深培善庆之源。诒子乃孙,俾昌而炽。眷平友之绳武,本仁厚之开基。是用赠尔为通议大夫如孙官。爰锡宠于廷纶,尚增光于家乘。

董裕父母

制曰:士之居贞履道,不显于国,必显于乡;及其服采承休,不在其身,则在其子。矧令绪有光于作述,宜恩纶相继于后先。尔累赠中宪大夫都察院右佥都御史董禹方,乃具官某之父,潜心道奥,奋迹儒林,绩学砥名,卓尔前修之范;规言矩行,允为后学之师。业称俎豆于其乡,复衍箕裘于厥嗣。远追贻榖,宜沛明纶。是用加赠尔为通议大夫。式增儒道之光,永荷朝章之宠。

制曰:明刑西署,方资淑问之贤;孝德北堂,实本慈仪之训。欲报之恩罔极,从贵之典宜隆。尔累赠恭人谢氏,乃具官某之母,庄淑而慧,徽柔以恭,从一明女子之贞,宜家著闺闱之范,佩环劝学,襄行业于名儒;机杼留规,迪勋猷于哲嗣。芳徽未泯,懿矩如新。

是用加赠尔为淑人。爰敷宠于纶褒,庸慰怀于桊慕。

都察院左都御史温纯并妻

制曰:内台掌宪,聿隆风纪之司;专席登贤,特慎纠绳之寄。盖将饬朝章而贞百度,其惟素裕忠猷;重国体而肃庶僚,亦在独特风节。自非名硕,曷副畴咨?倚毗方殷,褒崇可后。尔具官某,器资亮笃,才识宏深,介特有古人之风,镇静得大臣之体。自昔通班仕籍,服采谏垣,遇事敢言,夙闻蹇谔;立朝正色,久擅风裁。已而再历名藩,洊更列寺,仆御燕飨之毖饬,礼乐刑政之修明。出抚南邦,茂辔保厘之绩;入陪农省,弘宣经济之猷。乃督京储而综九赋,乃绾留铨而长六乡,皆有崇庸,以副茂简。平生自许,虽一介而必严;夙夜在公,允三事之惟恪。爰稽夙望,晋掌台端。惟尔纠慝绳违,树仪贞度。兹用岁绩,特授尔阶资政大夫,锡之诰命。

於戏!国家之元气系乎纪纲,僚寀之仪刑关乎台察。惟有守乃能执宪,必无私斯可闲邪。若使自弛纲维,何以克扶统纪?尚愈敦乎素概,用勉副于特知。俾宪度惟贞,足增朝廷之重;股肱有托,常贻宗社之安。钦哉。

制曰:《易》系家人,首正男女之位;《礼》崇命妇,均覃存殁之恩。矧是大僚,宜膺异数。尔具官某妻累封淑人又赠淑人李氏,静庄植德,淑慎为仪,严训禀自先姑,令范宜于君子,敬恭佐馂,洁滫髓而自将;俭素从官,戒绮纨而不御。尝再沐赐绯之宠,亦三膺锡诰之荣。虽淑问之中捐,乃徽音之未泯。聿追往勚,宜沛新恩。是用赠尔为夫人。颁显号于下泉,扬芳徽于南国。

制曰:夫疏荣及于卿士,则锡命逮于室家,以正齐体之伦,而明从爵之义。兹惟彝典,亦曰隆恩。尔具官某继妻杨氏,秉性幽贞,禔躬孝谨,嗣阃贤之后,而釜锜克恭;俪名硕之尊,而羔丝能赞。当显融之甫逮,乃淑懿之先凋。非藉悫纶,曷扬徽问?是用赠尔为夫人。祗承宠于翟茀,永留辉于管彤。

温纯祖父母

制曰:纪纲庶位,必推独坐之猷;褒表高门,宜溯百年之善。风望虽著于才胤,佑启实由于隐贤。尔累赠通议大夫大理寺卿温淮,乃具官某之祖父,行践伦常,见超流俗,当家道之中落,卜门祚之将兴,陇亩遗荣,独秉幽贞之操;家庭种德,式弘昌炽之图。启尔闻孙,为予赏宪。溯求令绪,载霈褒纶。是用加赠资政大夫如孙官。王章有赫,式昭裕后之休;祖泽无穷,弥衍亢宗之庆。

制曰:诞布廷纶,褒嘉台宪。眷孙谋之克绍,则泽溯渊源;推祖烈之由襄,则荣分阃阈。越予名硕,服此上彝。尔累赠淑人曹氏,乃具官某之祖母,静贞天予,淳懿性成,善成闲家,致闺门之肃肃;仁能裕后,宜子孙之绳绳。吉叶再传,功光专席。用扬休于奕叶,宜锡命于重闱。是用加赠尔为夫人。常承烝畀之荣,愈笃缵戎之胤。

温　纯　父

制曰:君简才臣,茂振风猷于重地;父成令子,丕昭作述于清时。繄执宪之命克承,知教忠之训能裕。爰颁鸿渥,用畣燕贻。尔大理寺卿温朝凤,乃具官某之父,履道逸民,居贞端士,因乎心而孝友,尚余表里之风;熏其德而善良,载起望庐之化。诗书迪哲,训不逮于宦成;仁厚开家,性尤敦乎故素。是兴贤嗣,作我名卿。眷兹宠禄之昌,宜申赞书之锡。是用赠尔资政大夫如子官。三命弥尊,垂令名于不朽;九原可作,服宠数以维新。

卷之八

外制制诰制敕附

协理京营戎政都察院右都御史李春光

制曰：朕茂简戎枢，恩扬武烈，明九伐而佐邦政，是称爪牙；简六师以壮皇畿，亦赖帷幄。事权既重，委任宜隆。不有殊褒，曷彰特眷？尔具官某，以惇厚之器，而卓有秉操；以宏敏之才，而精于谋画。自宣猷郡理，展采郎闱，是多综理之能，已预折冲之略。从此更践藩臬，晋抚边隅，西土保厘，用恢长策，北门锁钥，屡奏肤功，乃陟司马之贰卿，俾赞京营之重务。寻假内台之右，特膺专席之权，而尔愈励忠勤，克严戒备，董齐法令，鼓士气于精明；奖率韬钤，养国威于震叠。惟兹伟伐，允藉壮猷。是用授尔阶资政大夫，锡之诰命。

於戏！安内攘外，事莫大乎戎兵；居重驭轻，虑必先于根本。分朕猷念，所赖老成。尔尚求多前功，对扬新命，无事而备，不忘张皇之图；思患而防，愈赞威严之治。

李春光祖父母

制曰：朕惟世德之茂，必施子以及孙；国恩所推，恒自亲而率祖。盖上以答其诒谋之善，而下以慰夫追孝之思。尔都察院副都御史李寿，乃具官某之祖父，笃行好修，朴衷慕古，韬华戢耀，咸高长者之风；积功累仁，乃笃后昆之祚。渊源所自，食报惟宜。兹特加赠尔为资政大夫如孙官。式增耀于重泉，以流芳于奕叶。

制曰:夫恩褒及于再世,而命秩侈于重围,斯乃国家报功之上仪,实彰大臣缵祖之弘孝。礼之所起,朕不敢私。尔赠淑人程氏,乃具官某之祖母,禀德静专,禔躬孝敬,厘尔士女,夙培浚发之祥;裕乃后昆,允叶和鸣之吉。惟予枢贰,实尔闻孙,勋庸既茂于公家,介福宜归于王母。是用加赠尔为夫人。并隆烝畀之仪,愈保昌融之祚。

李春光父母

制曰:朕惟父之爱子能仕,则教之忠;国之驭臣有功,则懋其赏。故有追崇祢庙之典,以昭作求世德之光。尔都察院副都御史李宪,乃具官某之父,冲夸游世,谅直任真,怀高蹈于丘园,不求闻达;孚令名于闾里,尚有典刑。本其诒燕之谋,式启庞鸿之业。追惟义训,可靳殊褒。兹加赠尔为资政大夫如子官。式跻九列之崇阶,愈衍百年之庆泽。

制曰:人子念劬劳之德,怙恃惟均;国家体显扬之情,存亡匪异。惟湛恩之洊锡,乃慈训之丕扬。尔封太安人,又累封淑人王氏,乃具官某之母,性舍贞静,体修俭恭,率令范于闺闱,克襄士行;训义方于机杼,聿显母仪。繄予枢臣,实尔哲嗣。爰溯笃生之庆,叠颁优渥之荣。兹用加赠尔为夫人。祇荷明纶,愈光幽壤。

巡抚南赣汀韶等处地方
提督军务都察院右佥都御史李汝华并妻

制曰:执宪台端,特重纪纲之任;建旄阃外,式资文武之猷。矧地控三陲,权兼四镇,念抚绥之不易,宜宠锡之特隆。尔具官某,识量宏深,操持洁慎,淑问夙扬于司李,直声久著于伏蒲。乃贰奉常,俾尔相祀;乃贰通政,俾尔纳言。及晋勋卿,愈效声绩,遂授中丞之节,于襄豫章以南。江省上游,奄四封而锡履;襟喉要地,临五岭以建旗。惟尔谋以断资才与诚,合纠虔将;吏略法乎威严,绥戢兵民。

惟持以镇静,允称一方之重镇,将折千里之遐冲。眷兹肤功,宜膺茂渥。是用授尔阶中宪大夫,锡之诰命。

於戏!边隅无事则瑕衅易生,中外久安则纲维易弛。时方未雨,尚宜廑桑土之忧;若在中流,岂可忘衣袽之戒!惟事事乃其有备,当时时儆于不虞;无忘保介之勋,愈茂安攘之烈。钦哉。

制曰:朕锡命大僚,式举酬庸之典;疏荣中阃,爰申从爵之章。虽存没或殊,而褒恤无间。尔具官某妻赠孺人赵氏,淑慎闺仪,柔慈内德,蘋蘩有托,效共敬以无违;环佩中捐,嗟显融之弗逮。追念往勚,宜霈新纶。是用加赠尔为恭人。歆承珈副之恩,常所管彤之范。

李汝华父母

制曰:忠勤体国,资专阃之壮猷;清白传家,本趋庭之善训。故有广孝之典,以慰光前之思。尔原任同知李仕,乃具官某之父,学本通儒,仕多实政,宣猷郡国,夙闻遗爱之称;表式乡闾,雅负先民之望。经纶未尽,佑启斯弘。眷惟式穀之贻,乃有画熊之业。是用加赠尔为中宪大夫如子官。惟三命之洊申,虽九原其可作。

制曰:无竞维人,茂著安攘之绩;靡依匪母,弘多令善之规。宜有殊恩,体其劬慕。尔封宜人张氏,乃具官某之母,终温且惠,能爱而劳,笃孝敬于蘋蘩,克襄士行;禔言容于图史,夙著母仪。惟兹开府之勋名,愈表北堂之懿范。是用加赠尔为恭人。储嘉祉于来昆,扬芳徽于奕世。

原任提督操江兼管巡江
南京都察院右佥都御史陈荐并妻

制曰:朕图维根本,慎简忠贤。台察系纪纲之司,两都均重;江防称锁钥之寄,四国于宣。当委任之方殷,岂崇褒之可后。尔具官某,卓识宏才,纯衷亮节,自宣猷于郡理,迨振采于辟垣,夙扬蹇谔之风,弥励清严之操。自此出司外宪,则虔纠罔愆;历长名藩,则保厘有道。惠威旁鬯,望实愈隆。方简在乎朕心,辄归宁于子舍。稔惟忠孝之大节,夙具文武之壮猷,乃起中丞,往巡南服,总三军而清江徼,摛六计以肃官联。事必奏功,言可底绩。业从新命,简服北台,复录旧□①,诞敷崇秩。兹特授尔阶中宪大夫,锡之诰命。

於戏!惟内台纲维庶政,惟中丞绳准百司,非夙秉朴忠,无以持大体而定国是;非独特风节,无以扶正气而折邪萌。尔尚愈竭忠猷,修明宪典,茂竖激扬之烈,弘宣匡弼之谟。钦哉。

制曰:《诗》咏宜家,式重人伦之本;《礼》著从爵,用彰国典之荣。义有取于相成,恩罔遗于偕及。尔具官某妻封孺人,又赠孺人周氏,令仪躬被,淑德性成,宜尔室家,夙扬徽于壶范;相尔夫子,能著绩于官常。虽懿问中捐,而徽音未泯。兹用加赠尔为恭人。歆服新纶,式昭往勚。

通政使司通政使田蕙并妻

制曰:朕惟国家大政,必使上下流通,然后无底滞壅蔽之患,惟是出入王命,宣下情而达上听,则惟纳言之臣是赖焉。尔具官某,才识通宏,性资朴茂,自抡制策,屡著声华,邑宰宣猷,雅多廉平之誉;农曹司计,夙弘综理之能。爰自郎闱,晋参喉舌,更历左右,俾掌银台。尔乃愈励恭勤,克慎出纳,凡百司之章牍,辨核必严;与群情之隐幽,敷奏惟允。劳望日积,褒叙宜隆。是用授尔阶通议大夫,锡之诰命。夫人主周视广览,所以为明也;廉听迩察,所以为聪也。今四方利病或不以时闻,民情或壅而不达,岂朕所望于纳言之意乎?尔既祗厥叙,尚愈加茂崈用赞。朕明目达听之治,惟尔亦永有休问。钦哉。

制曰:夫妇人伦之始,《礼》称从爵,故或德茂相成,而愿违谐

---

① 原刻本涂抹一个字。

老,则朝廷锡命之典,必均及焉。尔具官某妻累赠宜人秦氏,淑慎为仪,慈柔赋性,含辛茹苦以佐朝夕之供,织纫缫丝以赞灯窗之业。虽尝励鸡鸣之儆戒,而未承翟茀之光华。兹用加赠尔为淑人。异渥洊膺,幽源永耀。

制曰:《易》称中馈,《诗》咏宜家,言女德有裨于士行也。国家疏荣锡命,岂以先后间哉!尔具官某继妻累封宜人陈氏,夙娴姆训,克嗣前徽,不忘荆布之风,允践蘋蘩之职,令仪既备,明綍宜申。是用加封尔为淑人。祇承冠帔之华,愈谨珩璜之度。

田蕙祖父母

制曰:国家褒宠臣工,推恩及其祖考,所以嘉绳武之贤,彰骏源之庆也。矧其人出为名宦,处为乡贤,尤当亟扬者乎。尔原任知州田天泽,乃具官某之祖父,清廉雅有高①家风,孤介殊无俗韵,驱驰州县,夙多保障之功;俎豆乡闾,尚作表仪之式。泽延再世,祚启名卿。念厥诒谋,特兹申命。是用赠尔为通议大夫如孙官。诞锡明廷之贶,永②昭奕世之光。

制曰:朕惟尊祖及妣,人情所同,而缘分异施,品制有限,自非阶秩之隆,未有邀恩于大母者也。尔王氏乃具官某之祖母,德全敬孝③,行备俭勤,顺政宜家,克襄廉吏,诒谋启后,爰得亢宗,昌延再世之祥,宜霈初阶之命。是用赠尔为淑人。歆承新渥,永庇来昆。

田蕙父母

制曰:士有强学砥行,抱义甚高,乃经术不售于身,而儒效竟征于子,观所显树,能忘式穀之自哉。尔贡士田维鲁,乃具官某之父,

① 高,雍正刻本中无此字。

② 永,雍正刻本作“不”。

③ 敬孝,雍正刻本作“孝敬”。

学穷今古,而孝友早闻;名振胶庠,而谦让见誉。虽里选之已及,乃仕籍之未登。爰启嗣贤,为时名硕。是用加赠尔为通议大夫如子官。申锡丝纶之宠,茂增堂构之光。

制曰:人臣念母氏之劳,而不逮养,位愈崇则其慕念切,匪藉国恩,胡以慰其私而示劝哉?尔累赠宜人俞氏,乃具官某之母,内范庄严,阃德孝敬。闺中劝学,夙闻环佩之规;膝下授经,尚守机杼之教。勖哉①令子,洊陟高华。眷惟慈训之光,宜晋褒纶之恤。是用加赠尔为淑人。歆承国宠,永作闺彝。

南京大理寺卿沈应文

制曰:朕惟明五刑以弼五教,式隆棘寺之班;折民狱以棐民彝,特重法卿之选。简命既资乎明允,程功可复于褒崇。尔具官某,志行笃淳,持以端重,性资粹密,出之宽弘。惟昔郡理宣猷,已扬淑问;留曹展采,再著声华。才识以谙练而愈精,节操以更历而愈励。臬台秉宪称纪纲之得人,藩服保厘信屏翰之有赖。乃晋自内,甚籍京兆之声;乃简而南,屈置理卿之秩。弼予于治,藉尔持平。而能以明清敬忌之衷申饬法律,以忠厚老成之度哀矜狱情。丕昭审克之勤,允赞协中之化。勤劳既懋,褒叙宜隆。是用授尔阶通议大夫,锡之诰命。

於戏!刑狱系生民之命,廷尉称天下之平。惟皋陶期于无刑,则好生攸洽;惟苏公敬尔由狱,则长国是基。克绍前徽,允资耆硕。尔尚祗敬厥绪,图惟有终。予曰当刑汝勿刑,予曰当宥汝勿宥。共遵肺石之典,期成画象之风。钦哉。

翰林院编修邓士龙并妻

制曰:朕方锐意文治,选用儒硕,列在禁林,盖论议著作之任取

---

① 哉,雍正刻本作"成"。

裁焉,所以期待甚厚。而可忽叙成之典乎?尔具官某,才资秀雅,志行端淳,拔自制科,抡于词馆,而能华不逾实,博不溺心,经术行能,厥修日茂。兹用岁阅授尔阶文林郎,锡之敕命。夫所为宠异词臣者,非徒资其撰述而已,将储为异日之用焉。惟厚养宏蓄,斯足备咨询;惟渊诣精修,斯足资启沃。勉茂大业,用副远期。钦哉。

敕曰:夫士者,学不驰志,仕不违箴,则必有交儆之助焉。国典疏荣,逮于中壸,嘉相成也。尔具官某妻罗氏,植性柔嘉,秉仪贞淑,孝敬以奉尊章,敬共而佐君子。尔夫仕学登誉,惟乃之休。兹用封尔为孺人。祗膺翟茀之华,愈宪图箴之训。

翰林院编修陈懿典并妻

敕曰:国家置史局,以延经术行能之士,将使朝廷左右熟察其为人,而后登用焉。所以期待甚厚。自非硕儒,不在兹选。尔具官某,学术宏深,器资端重,抡干制策,储之禁林。乃因陶养之成,爰授编摩之职①。而尔进修匪懈,博雅有闻望,实素孚向用伊始。兹以岁阅用,授尔阶文林郎,锡之敕命。夫所谓宠异儒臣者,非徒优游文艺而已也。惟通今博古可以裕经纶,惟端本澄源可以资启沃,厚植而远期之,是大用具也。尔其懋哉。

敕曰:儒臣终岁校雠,穷居下帷之日不异也。妇子皆能效其儆戒,不以优闲废业,岂非贤乎?夫是以有从贵之章。尔具官某妻李氏,言动有法,礼义不愆,允迪闺彝,以襄士行。尔夫学不弛志,仕不违箴,则交儆之助弘矣。是用封尔为孺人,祗承翟茀之荣,愈懋衿鞶之训。

陈懿典父母

敕曰:夫奇志笃行之士,堙没而不称者,多矣。乃其绪业恒昌

① 职,雍正刻本作“任”。

于子,使令名载而行之,岂非天道乎？尔陈一德,乃具官某之父,博学硕儒,好修贞士,生而喜施,折券流仁。晚更敦伦,分宅表义。虽中道而赍志,乃式穀以诒谋。有子振誉词垣,尔之志行不泯矣。是用赠尔为文林郎如子官,歆既没之荣名,迓方来之鼎贶。

敕曰:夫将母有怀,犹兴歌于来谂,矧抱不逮之悲,而切罔极之报,挨邀宠命,曷由伸其永慕乎？尔王氏乃具官某之母,慈柔秉德,雍肃为仪,宜家扬孝敬之风,勖子备爱劳之教。虽尔躬不阅,而哲嗣能扬,没有余徽焉？是用赠尔为孺人,贲新恩于下泉,扬令问于中壶。

敕曰:夫谓继母如母者,非徒配父之尊而已,抚摩之以冀其长,教诲之以冀其成,斯所谓报同离裹也。尔朱氏乃具官某之继母,夙娴内则,克嗣前徽,躬勤俭以造家,殚恩爱而育子。惟嗣贤之克肖,本慈训之迪成。是用封尔为太孺人,长承显融之命,丕昭均一之仁。

翰林院编修韩爌并妻

敕曰:昔汉世承明,著作之庭选用才士,第以文藻相夸美而已,无所与于后日之用也。国家柄用,多出史职,遴选储养,每难其人。尔具官某,才识华茂,志行雅醇,蔚以家传,抡入词垣,爰采才誉,俾直史垣。而尔志期大成,学务深诣,进修罔懈,记载惟勤。兹用岁课,授尔阶文林郎,锡之敕命。夫士修之家而效之庭,今文学之臣,未离占毕而裕经世之能,终身椠铅而给王朝之用,犹之夫家修而已,未尝有坏也。尔尚愈笃初志以需大用,朕以是验尔之成焉,毋忽训词。

敕曰:伉俪之义,有与同德,不有与同荣,此人情之所隐也。矧惟生平行业,实尝资其相成乎？尔具官某妻杨氏,德芳兰蕙,度协珩璜,七诫拟贤女之箴,四德守彤编之训。惜也相夫绩学登仕,而尔偕贵无年。淑质长捐,令仪未邈。是用赠尔为孺人,歆承丝纶之觋,永增图史之辉。

敕曰:侍从近臣,入奉清闲之燕,出游著作之林,阃以内不遑问也。非有贤淑,孰佐外修?尔具官某继妻杨氏,毓贞名阀,俪德儒英,贵而能勤,仁以逮下,克绍前美,翼赞官常。是用封尔为孺人,愈效儆于鸡鸣,庶攸宜于象服。

韩 爌 母

敕曰:古称妇人无仪,惟夫与子仪之,乃有后先通籍,作述济美,则其所仪者大矣。尔原任左参议韩楫妻封孺人祁氏,乃具官某之母,秉心温惠,赋性俭勤,拮据以佐清修,爰劳而襄义训。昔尔夫持正立朝,罹谗去国,一时之士论称屈,今日之心迹始明已。因尔子满秩陈情,复官致政,而尔福祉方茂,禄养攸宜。是用以尔夫原秩晋封尔为恭人,祗膺珈翟之恩,并介庭闱之庆。

翰林院检讨傅新德并妻

敕曰:朕储才中秘,抡其学行之优者官于史局,非徒橐笔供奉左右,实借以广论思备顾问也。秩望高华,非其人不易称焉。尔具官某,才藻清华,性资醇谨,蚤岁蜚誉,肄业词林,储养有成,服官史职,燃藜执简,克勤其能,校艺程材,不爽其鉴。兹以岁课,用授尔阶征仕郎,锡之敕命。夫国家收材甚博,抡材甚约,蓄材甚预,二三文学之臣,朕既博收而约选之,蓄之今日,用之将来。尔宜思所以待用之具,愈励进修,以期远大,斯有光于训词。钦哉。

敕曰:儒臣服官清华,能不以燕昵废业,此其内必有歌儆戒而相成者。疏恩中壶,于礼为宜。尔具官某妻阎氏,休有令仪,克修壶德,孝养竭蘋蘩之敬,出入谨环佩之规。相尔夫君,扬休词苑,显荣方茂,匡赞惟勤。是用封尔为孺人,祗服宠于六珈,无忘规于四德。

傅新德父母

敕曰:管子有言,士之子常为士,故家庭之教不肃而成。吾文学之臣,有勤修职业而显扬休问者,其本之庭训可知也。尔傅应期乃具官某之父,行有准绳,心无城府,贫而好学,早蜚庠序之声;孝以事亲,晚擅乡闾之誉。诲尔令子,为时词臣。禄养方隆,寿康未艾。是用封尔为征仕郎如子官,式酬诒穀之劳,无替教忠之训。

敕曰:人子及亲之存,能以三釜之禄养,幸矣。矧天寿并茂,国宠均沾,非吾文学之臣,何以有此?尔樊氏乃具官某之母,贤明赋性,孝敬褆身,拮据以佐清贫,操作而襄义训。尔子词林著誉,而尔寿祉方来。是用封尔为孺人,疏东观之鸿恩,称北堂之燕喜。

翰林院检讨刘生中并妻

敕曰:文学之臣,日侍朕左右,所以朝夕论思,润色鸿业,斯儒者之极选也。居是任者,必学行兼茂之士乃称焉。尔具官某,端厚之器,纯朗之衷,当词馆之养成,乃史垣之茂简。而尔研心校雠①,锐意进修,文诎浮华,学求实用。兹以岁阅,用授尔阶征仕郎,锡之敕命。夫士不素养,无以重国,学问欲其邃以弘,器识欲其渊以静,志行欲其端以醇,无撄世故,无变初心,是养之具他日能为国重者也。尔勉之矣。钦哉。

敕曰:士君子自始学,至于服官,咸著声华,内德之助不少矣。疏爵不及壸阶,何以著相成之义乎?尔具官某妻王氏,柔嘉可则,婉淑有仪,采蘋而宜家人,鸣环而配君子,勤襄学业,茂赞官常。是用封尔为孺人,美象服之攸宜,期燕私之效儆。

刘生中父母

敕曰:士以一经启其家业,即身虽未试,有令名焉。此朕所嘉予也。况其子能显扬于朝乎?尔生员刘正蒙,乃具官某之父,穷经力学,笃行好修,孝友孚于家庭,德义称于里闬,勖成令子,振誉词

① 校雠,雍正刻本作"雠校"。

林，钟釜方宁，椿庭正茂，可谓躬食其报也。是用封尔为征仕郎如子官，祇承洊至之休，永介无疆之福。

敕曰：寿母燕喜，诗人咏之。若吾侍从文学之臣，并邀国宠，为二人欢，斯又非庭闱之乐事，人世所希遘乎？尔孙氏乃具官某之母，秉德慈孝，植性俭勤，雍穆之风以和上下，爱劳之教以成嗣贤。夫既偕老，子能亢宗，其福履厚已。是用封尔为孺人，喜锡福之自天，幸承欢于永日。

云南道监察御史刘景辰并妻

敕曰：朕以耳目之任，简迪台臣，俾之整肃内外，纠绳愆违。风纪所系，至重也。自非端方宏达之士，通世务，明治体，何以擅蹇谔之声，茂激扬之烈？尔具官某，风猷朗练，器识精明，始宣力于使垣，遂升华于宪府。而尔维持国是，董正官邪，立朝望重花骢，按部风清茶马，顷视大役，愈殚忠猷，志在裁冗节浮，即权贵而有不避；事在宽商裕国，虽嫌怨而有不辞。兹用岁阅，授尔阶文林郎，锡之敕命。夫天下公议在台谏，而或搜求纤细以沽直声，或谬为宽大以长奸弊，朕甚不取。尔既以亮节闻，其愈矢乃心，知无不言，言无不当，以匡朕耳目之所不逮。钦哉。

敕曰：御史持节禀轺，茂扬令闻，此其配必有毖饬家政，以释其内顾之忧者。劳之弗酬，劝于何有？尔具官某妻周氏，毓贞华胄，媲德儒英，珩璜克谨于闺彝，环佩允襄乎官政。从爵而贵，厥有旧章。兹用封尔为孺人，祇服宠于六珈，无忘规于四德。

刘景辰[1]父母

敕曰：朕惟先王表齿德，励风俗，其在高年茂行之士，必荣畀焉，而况克迪厥子，展采于时者乎？尔封修职郎行人刘应鹏，乃具

① “辰”字在刻本和钞本均作“宸”，此据《明实录》卷317改。

官某之父,孝友禔躬,冲夷游世,娱情泉石,为圣代之逸民;著德乡闾,称海滨之遗老。禄养正茂,寿算方绵。兹用加封尔为文林郎如子官,祇荷宠光,用介遐福。

敕曰:人子当父母俱存,能以王朝之禄养,幸矣。乃若天寿并茂,国宠均沾,进纾补衮之忠,退有裁斑之乐,此乃士人之极荣而希遘者也。尔郭氏乃具官某之母,终温且惠,能俭而勤,身挽鹿车,克相高人之隐;手裁机杼,勖成令子之名。当豸服之承欢,宜鸾章之下逮。兹用封尔为孺人,昭受国恩,永绥家庆。

福建道监察御史何熊祥并妻

敕曰:御史作朕耳目,于以持宪贞度,纠过绳愆,自非端士,孰弼予治?朕所为慎简而责成者,至不轻也。尔具官某,才识通明,志行端洁,储才秘馆,简任内台。而尔矢心敷陈,锐意建白,入奏殿陛,出按边隅,皆能蹇直著声,澄清流闻。兹以岁绩,用授尔阶文林郎,锡之敕命。夫以朕之爱民而民未被泽,求治而治日以远。其故安在?毋乃御史务为长厚,不以闻欤?尔今巡行八闽,此方吏治民情,尔得言且行之,愈懋乃猷,毋替朕命。钦哉。

敕曰:今持斧使者,凭轼而勤王事,其不遑室家之恤明矣。藉非有敬助之贤,能免于内顾乎?尔具官某妻梁氏,冲仪有则,淑德无愆,蘋藻致共,明章妇顺,环佩效敬,懋赞官常。眷惟白简之风,可想缟綦之绩。兹用封尔为孺人,宜其象服,愈戒燕私。

何熊祥父母

敕曰:士者业名为儒,积学有年矣。乃数奇不获一试,而能以一经迪子,俾出而光大之,此屈伸之理,而国典所必扬也。尔何上新乃具官某之父,力学穷经,敦仁乐善,既盟心于泉石,乃笃训于家庭。惟予执法之宪臣,是尔诒毂之令子,善庆有自,禄养方宁。兹用封尔为文林郎如子官,特疏枫陛之恩,永介椿庭之福。

敕曰：人子迈迹策名，虽父教致然，乃和丸勖志，所资于母训不少矣。此疏恩所宜并逮也。尔汤氏乃具官某之母，穆有令仪，慎修阃则，相夫偕隐，贤声久著于鹿车；训子成名，荣问弥高于豸服。式昭慈矩，爰锡纶章。兹用封尔为孺人，荷翟茀之宠光，衍庭闱之福祉。

浙江道监察御史乔廷栋并妻

敕曰：国家以耳目之任寄之台臣，自朝廷而下达于四方，有可以肃宪度而决壅蔽者，皆得言且行之。盖其责甚重，而非端方练达之士未易称焉。尔具官某，器资敏裕，志行端良。爰自使垣简司台察。惟尔禔身有恪，秉宪不阿，按部西陲，巡行内甸，雅负澄清之志，弘宣干济之能。兹以绩闻，特授尔阶文林郎，锡之敕命。夫以朕夙夜思理，而朝政多违吏治，或疵缪不修，无以称朕意。此皆尔御史职也。诚使上无缺政，下无干纪，厥道安在？尔今南巡江省，尚殚心效力，光我训词。钦哉。

敕曰：大士方奥渫时，所赖食贫之配不少也。迨其显融而弗获偕享，朕甚悯焉。尔具官某妻刘氏，华胄禀箴，名儒媲德，脱簪珥以佐中馈，解佩环而襄下帷。虽偕老之愿不谐，而内助之功未泯。是用赠尔为孺人，祗服华纶，永芳彤管。

敕曰：人臣出奉单车之劳，入严退食之节，非资内德，孰赞外修？锡爵疏荣逮于中壶，制也。尔具官某继妻高氏，慈柔成性，淑慎为仪，孝敬绍徽，均一致爱，有齐季女之范，克赞在公之贤。兹用封尔为孺人，洊承恩于翟茀，罔懈儆于鸡鸣。①

乔廷栋父母

敕曰：朕嘉台臣之劳，而考其家世，乃有迈迹戎昭，肇基儒业。

---

① 雍正刻本此处有“图箴”二字。

其诒谋佑启之功,非藉朝章,曷扬世德?尔乔清乃具官某之父,桓桓武裔,敦礼乐而悦诗书;抑抑儒风,长贫穷而语仁义。挥金高处士之节,式穀启令嗣之贤。睹览辔之芳猷,知过庭之遗范。是用赠尔为文林郎如子官,有赫丝纶之命,于昭庙祏之光。

敕曰:古今所称贤母,非藉良嗣,无以自见,故子禀母教而为时用,则母亦服朝章而从子贵,所以彰令善而慰显扬之愿也。尔张氏,乃具官某之母,性含温惠,姆训早娴,范禀肃雍,闺彝允践。承家罔愆于孝敬,勖子无倦于爱劳。宜霈渥恩,载扬徽问。是用赠尔为孺人,养虽违于三釜,恩已逾于六珈。

广东道监察御史唐一鹏并妻

敕曰:自昔哲王慎简忠直之士,俾司纠绳,然后上无缺政,下无干纪。朕持此以责成台臣,意甚殷也。顾可忘褒叙乎?尔具官某,才猷硕茂,操行端方,制策抡材,使垣宣力,屡勤诹咨之役,擢居纪纲之司。而尔持正不阿,奉公惟恪,立朝动称蹇谔,行部雅著激扬。兹以绩闻,用授尔阶文林郎,锡之敕命。今吏治日敝,民生多艰,朕惟不明以至于是。布德达听,纠违黜邪,非尔御史责乎?律己严则施于纪法者肃,秉心虚则得于诹询者广。惟尔懋哉,毋忽朕命。

敕曰:吾风纪之臣,夙夜在公,非独其自树茂也,盖亦有内德之助焉。故叙绩于大庭,必疏荣于中阃。尔具官某妻田氏,贞静自仪,柔嘉维则,操俭勤而佐内,笃孝敬以承尊。眷兹秉宪之良,实赖宜家之助。是用封尔为孺人,祇服恩华,无俞顺止。

唐一鹏父母

敕曰:士受师儒之任,敷教造士,效有劳勚。而列职庶僚,不获与训命之荣,微贤嗣以显扬之,或无以自著于时矣。尔原任贵州兴隆县教谕唐宗尧,乃具官某之父,咀古茹今,名高文囿,规言矩行,动协师模。随地留桃李之芳,传家衍箕裘之绪。是用赠尔为文林郎如子官，酬义训于当年，垂恩华于奕世。

山西道监察御史应朝卿父

敕曰：士以德行道艺敷教作人，称师儒之任矣。又能训迪厥子，显扬于时，而名与寿并臻焉。斯乃家庭之乐事，而国典之所亟褒也。尔原任训导应存素，乃具官某之父，清修彦士，博雅名儒，茹古涵今，家学夙高于文囿；规言矩行，贤关咸仰其师模。横经流振铎之声，式榖茂过庭之训。眷惟青毡之世业，佑启自①简之良臣。尔子方奏绩于西台，而尔适解组于东序。禄养攸茂，宠锡宜申。兹用封尔为文林郎如子官，嘉尔义训，爰颁纶綍之荣恩；俾尔寿昌，永介庭闱之福祉。

吏部考功清吏司主事潘洙并妻

敕曰：天官之属考功，掌群吏之殿最，以黜陟诏于大宰。然则吾之辨核不差，功罪惟允，是考功之得人也。肆朕必慎其选焉。尔具官某，志行醇谨，才识精通，曩抡制科，已称恬雅，造士郡序，典教辟雍，比晋冬官，能熙庶绩。以尔程士之当，必有知人之明。简置铨曹，俾佐考法，综核澄叙，惟尔责焉。兹以岁阅，特授尔阶承德郎，锡之敕命。夫简贤以彰有德，绌不肖以瘅恶，王者之治，无出此二者矣。朕惟是严具慎焉。而吏治不加进，毋乃敕举者，实有所阙软。尔今职在臧否人物，人以尔之臧否而臧否尔，惟尔懋哉，毋替训词。

敕曰：人臣历官，华要屡著声猷，其内必有贤淑之助焉。肆朕涣大庭，赉及中阃，惟其称也。尔具官某妻杜氏，柔嘉惟则，婉淑有仪，相尔良人，绩学登仕，显融方茂，匡赞惟勤。兹用封尔为安人，象服攸宜，燕私愈儆。

---

① 自，雍正刻本作“白”。

户部四川清吏司郎中方遂并妻

制曰:国家理财重务责之地官,而备设其属以分任之。然则郎署之良,皆朕所倚经国裕民者也,褒叙顾可缓乎?尔具官某,器资沉厚,操履端严。蔚以甲第之英,试于钱谷之务,入司仓庾,出榷江关,而能秉廉勤以惬官评,酌盈虚而裨国计,积有劳勚,最于程书。是用授尔阶奉政大夫,锡之诰命。属者倾左藏以事东征,重以营建之役,公私俱困。大司农持筹而忧不足,不得已,遂出目前之策;开纳不已,而议采矿;采矿不已,又议加赋。或者甚谓其非计也,则何道而可?尔在司农之日久矣,愈殚心讲求,以佐国家之急。朕嘉尔能。

制曰:夫妇齐德,爵亦如之。士者恩沾一命之荣,逮家室,而攻苦食贫之配不与焉。亦足悯矣。尔具官某妻张氏,秉德贞静,禔躬孝敬,当如解佩以劝学,捐奁以佐贫,岂不期显荣与共?乃珈笄甫逮,而梁笥中捐,言念往劳,可忘新渥?兹用赠尔为宜人,式覃恩于下泉,永留芳于中壶。

方遂父

制曰:士能以行谊世其家,经术成其子,即身诲①岩穴,而亦有效于王国。子贵推恩,非以彰潜德哉。尔方大化,乃具官某之父,端方善士,博雅通儒,搏风屡拟于鹏图,伏枥竟淹乎骥足。洵好修之先辈,诞贻穀于后贤,藉尔庭闻,俾予国计。兹用赠尔为奉政大夫如子官,祗歆一命之荣,庶慰三釜之慕。

① 诲,雍正刻本作“晦”。

卷之九

尺　牍

奉报王对南相公

自相通籍金马，逮今守职史局，三四年间，庙堂大机议不敢与闻。至如时政人心，亦既耳而目之矣。所不至大坏决裂，谁之力乎？相公以去就维国本，以行藏付吾道。当其危言激论，天下以此服大臣之忠；及其引身决退，天下以此服大臣之节。然相不敢同声赞和者，以为非所以论大臣之心。兹捧读大札，谓一去不足以塞责，然后知相公之心爱君忧国，非急于以去自明，不得已决其去于义，而踌躇眷顾，犹不忍以社稷之忧遗君父，此可与世之轻事喜言者道乎？惟是时事多艰，主上宵旰不遑，文墨小臣犹焦心蒿目。窃计东山一片云石，不得终留杖屦耳。相江海贱儒，不谙世务。相公幸不度外之，俾与东阁造士，均领提诲，恐遂泯没，以负恩遇。又不自知其力之不逮，曩于相公之行也，妄为宗社根本虑，故尝欲效其区区而无从，敢就来使而敬陈之。

再报王荆石相公[①]

相闻古之君子，不以三公易一日，尝想慕其人，乃今见之日者，

---

① 王锡爵（1534—1610），字元驭，号荆石，明代苏州太仓人。嘉靖四十一年（1562）会试第一（会元），廷试第二（榜眼）。其子王衡在顺天乡试名列第一，万历二十九年（1601）进士及第，会试、廷试皆第二，时人誉为“父子榜眼”。

相公念太夫人至亟也。昼废餐,夜废寐,千计百维,六七疏而后得所请。当此之时,屣视衮冕,尘视钟鼎。盖昔之相臣勇退谢事者多矣,未有为其亲解相印,如脱徽缨,惟恐一朝不已去者,宜乎朝野感动,道路叹息,以为千古一伟观也。至孝所格,圣眷弥深,亲心斯惬,岂非簪绅之极荣,而忠孝之懿轨乎?相公出处合圣,则举动关元气,迩来彩服承欢定省,暇出赐金,易甘脆为太夫人寿,畅王阳回驭之心,赋潘子闲居之什。相公之为衮冕钟鼎大矣。顾相所窃计者,当今内之储位尚虚,外之疆圉弗靖,上之国是未定,下之灾祲频仍,社稷安危之身,恐不得久恋庭闱,胥门云水,终当让岩廊也。相海陬末品,辱收门士之列,此之为知遇他人,宜如何报?曩在平津邸,不敢执扫门之役,又不敢私投相府一刺,盖相公方以收罗人才为天下公,相亦忘乎其为私焉耳。然而国士之感,更当十倍他人也。倏拜芳诀,欣幸不知所自,乃敢布其腹心,并承动静,惟①万万为国自爱,不宣。

回陆葵日祭酒

相逖土小儒,窃从班侣后瞻望清光有日矣。此之为欣幸,殆非楮墨所能殚记也。门下宫采久悬,台阶渐朗,曩辍金华,裁斑子舍,兹入璧水,振铎儒林,薪樵士类,朴棫圣化。相且愿与此思皇之士共庆焉。顾惟门下久注论思,六代江山,知不足淹赋笔也。尝自谓以相疏卤,幸承大君子矩矱,傥不终麾门墙,言语之所衣被,道德之所隐括,竟其所就,或知取裁,方切皈依。乍违披豁正怀,延接远辱记

(接上页注文)王锡爵累迁至礼部右侍郎、文渊阁大学士。万历二十一年(1593)为首辅,官至太子太保、吏部尚书、建极殿大学士。二十二年(1594)辞官后仍一再被帝相召,三十八年(1610)终老于太仓,赠太保,谥文肃。王锡爵在任期间,日寇侵朝鲜,他力主对日一战,以斩断日寇对中国的妄想。有《王文肃公全集》55卷。

① 惟,雍正刻本作"唯"。

存，喜鲤信之来临，恨挐音之尚杳。敬佩德音，言展他日，敢就来使，附勒谢函。极目南云，瞻溯不尽。

刘衡野

相岭海孤踪，滥竽华选，窃从班侣望后尘晞末耀有日矣。此之为欣幸，殆非楮墨间所能殚述也。阁下佐历英标，道园哲匠，史才夙擅于藜阁，官采近楼乎台阶。多士向风，庶僚钦范。迩者暂辍金华之直，远寻碧山之盟，迹既遍乎三湘，籍遂穷乎二酉。平台温景，且迟论思；秘局清幽，早宜藏副。八九云梦，知不能淹赋笔。旷怀瞻对，远辱记存，觉楚泽之天遥，恍郢歌之雪集。敬佩德音，言展它日，敢就使勒谢。南云北雁，不尽驰溯。诸惟为道自爱。

答冯具区祭酒

我国家辟雍造士，实重师儒之选，自非文章夙老，眷命不轻门下。清时有用之学，名世杰出之才，爰从赐环，典教南胄，丕显①士类，简在帝心，弘薪樵之化，播朴棫之颂。相且愿思皇多士共庆焉。相海滨弱植，仰晞景曜，常恨登龙之晚，无由一聆謦欬以毕此生。既而通籍词林，正幸执经问疑有日，而门下且翱翔旧都，览德千仞，可望而不可即。忽枉瑶缄飞堕芸馆，启函芳袭，捧读神摇，有如暂迩清光，面承开接，又不自知其身之在数千里外也。敬佩德音，言展他日。南云芳草，未尽依依。

再答南少宰刘衡野

自我公再起岩穴也，不独物欣霖雨，士获仪刑。相且窃幸前此未罄之教言，当得终竟其绪，未几而台曜耿耿南垣矣。陪京重地，衡宰特简，于以铨镜九流，品藻清浊，此自朝家眷怀根本至意。在

---

① 显，雍正刻本作“扬”。

不肖则以为槐阶鼎铉,不宜久虚,今宇县多故,当宁寤寐惟良政,望我公入正端揆,丹青大化耳。方怀吐握,远辱记存,拜手荒函,附承归使。

答董扩庵巡抚

拜大札之辱,知旌节已抵郧镇受事矣。鼓角为之精明,山川至于抃舞,即西楚庆幸可知也。夫方城汉水间,用其力,足以抗中原,讵不以险哉?乃岘首之镇静,襄阳之惠爱,于今犹有遗烈,又非所谓以人不以险乎?方今俗尚抗弊,大吏优游苟默,博宽大之名,举法纪而弁髦之;或矫之以为刻核,则束湿吹毛之治,又不胜其揳急,若张四面之罗,以掩群雀,触之即犯。明公宜何取焉?假令不优游而镇静,易刻核以惠爱,知明公自有壮猷,非笔札小儒所能赞也。使旋肃此奉报,伏惟为国自爱。

答陈如冈巡抚

忆在都门,获瞻衮舄之光,其时明公方延揽天下士,吐握贤才,乃不以相为匪劣也,推诚乐与,进之几席,此虽有赫然震俗之士,加以先容之素称行谊道,诚款者左右后先交口,游扬宜不至此,岂非特达之契乎?已而明公出镇西越,则相实窃幸焉。两越山川绣错,险阻绵络,东人犄之,西人角之,无事则共享其利,有事则共捍其灾,视下大势譬同室。然明公抱安攘之略,控扼上游,不佞虽处南海乎无,亦推其余而波及焉。且仰籍宠灵不朽,西越数年来幸稍去汤火,然天下曷尝无事,安危惟所任耳。即近者莫夷之役,朝议或言纳,或言不纳,夫相攻,王者不治,若一切度外之治乱持危之谓何,且何以系贡属之心乎?此在明公,必有成算,非笔札小儒所能仰赞也。

再报朱巡抚

自相起田间,即知慕长者之义,顾惟登龙恨晚,无由一聆謦欬以毕此生。当吾世之谓何已而通籍云陛。幸缀鹓行，后望清尘。值明公方修雅社，讲黄初大历之业，搴十丈旗为词坛主盟，相又牵缠职事，不获奉周旋。未几而明公且建牙三晋矣。以相之固陋，即竭其生平，何堪执事之鞭策，乃明公垂手接引，谓足当我一面者，毋亦先达之于后进，喜其向往又惧其无成，牖之掖之，必至乎善而后已耶。窃计边务劻勷，明公拮据戎事，乃为其卑晚情好宛致，犹昔蜀丞相羽扇治军，每牍教出所慰抚，人人自得。司马宣王叹其名士。明公毋论似之而开诚集思，折节引奖，使艺苑色飞技流，贾勇已知所向无前矣。世讥文士无裨实用，以明公观之，殊不尔哉！殊不尔哉！何时衮衣内召，相得从帐下，饮葡萄弹剑而歌铙吹，亦一大快事也。

报蹇巡抚

不佞于明公未尝一睹眉宇，然心实向往之，立朝以来，闻荐绅聚议，每及当今安危，大臣必首公屈一指，盖朝廷既以公为长城，即我公亦自以为锁钥之任，非准不可。近日一二浮议，何足累盛德，愈以见边臣任事之劳耳。披读来教，则兴谤之由，与所以致谤之自，章章在人耳目。天下事常苦任者不议，议者不任。今边务废弛极矣，非公独任劳怨，排群议而力振之，后来事未可料也。公论既明，惟愈殚壮猷，为国家建安攘之绩，毋牵中制，幸甚，望甚！敢以此对使者。若夫边圉未静，而遽营归计，非不肖所敢知也。

与秦舜峰中丞

今东南需才亟矣，而所需安危之才则尤亟也。如门下者，岂非安危所伏，而廊庙两注意者乎？曩门下驻节虔州，控制四藩，东西万余里，相家在南海，宠灵所被，承籍为多。兹膺简命，移镇湖湘。窃惟江汉扬之南纪，荆楚晋之西门，疆理是先经营尤重。而门下识际天人，才兼文武，是用十乘启行，七旬来格，值櫜弓休马之日，继轻裘缓带之风。不佞虽迂愚,尚当为门下载笔,书七泽云梦之事焉。

答周怀鲁

相于明公响往旧矣!一旦荷特达之知,俾从绅弁后仰依末曜,明公亦遂忘其寡陋,倾心与交,此之为厚幸,奚啻古人披雾御李云尔耶!舍弟大伦宰东明,又辱明公拔群之顾,自是持斧秉钺之使,击毂而至,皆知有东明小吏。而舍弟因藉华衮之褒以自祓濯,它日稍能竖尺寸,皆明公赐也。明公操人伦之鉴,为国惜才,吹嘘培植,意欲延揽一世,不使由它人手,诚不顾当之者有愧,且感激不知所云尔。中州古帝王代兴,近岁饥馑时有,狱讼繁滋,中州不得言重矣。弹压百城,转移世运,赖有明公激扬之烈在也,闻已按部使车,所临嵩高借色,中土有余幸哉。使旋肃布起居常语,知明公固自厌闻,不敢道也。

答刘际明侍御

往岁洮河之役,鲁势方充斥,蹂躏我地,惟时公实揽辔关陇,赫濯宠灵,硕①画壮猷,旋使大鲁悔罪,大酋惧诛,至今赖焉。迩者倭夷弗靖,波涛震动,在闽海则门庭之寇旦夕警备,庙堂垂意海隅,又借公持节弹压之。而公曩在北则北重,今在南则南又重,闽海有公,即倭可议封,可议贡,知不足为闽患,故曰安危系所任也。来札计春泛则难其防御,计民隐则难其拊循,计众务则难其料理,远虑哉。

答吴瀛海侍御

自不肖相之获交于公也,则知公雍容儒雅,不独威望胜焉,而

① 硕,雍正刻本作“石”。

会执事者，有四方之役，驰驱王事，车不停轨，恨握手论心之日少耳。蜀都形胜，天下称险，而歌雪山者，常以人为重轻。公立朝风裁，僚庶倾仰，其能为雪山重可知也。闻已按部封章弹压，川岳动摇，从此庙堂不复西顾忧矣。异日铭勋剑阁，与青城玉垒争高，顾不伟欤？

报柳侍郎

客岁都门，仅于林开先宅一奉颜教，其它往返，皆托殷勤于片刺，无由小展宴言，倾积仰之怀。未几则使车摇摇，指秣陵去，今俯仰萍踪，而始惘惘自失也。南都根本重地，二百年来承平，诸曹雍容拱手，缘饰文具为故事耳。抗弊滋甚，整顿颓纲，振肃庶僚，使根本有所藉以愈重，非公等曷任焉？然观世道人心，皆数年而一变，往者重敢言以为名节，于是巧为名者竞趋于言，而言始轻。自言路之权分，而国家殆不获言之用矣。能使其权不旁落，而言之重若九鼎，门下傥有意乎？正尔思望江南，而芳讯忽至，且不以仆为泛交，而欲其有所献也。区区积念，亦愿因来使而效之。

与杨临皋宪副

自癸未都门分手后，几见春草碧矣。海上遗棠，芳阴未改，惟所植桃李则有荣有悴，然愈以见化工之无私耳。追忆曩时过从觞酌之欢，宛然如昨，缱绻之怀如何可言？谂惟门下志急匡时，忠存致主，当其莪豸冠而摇白简，固已叫阊阖而呈琅玕，若假以岁月，必收言听计从之效。乃惠文之席未暖，即秉宪两浙，忠言谠论，未究厥施。今且驻节滇城，称开府矣。入为朝廷耳目之寄，出居廉访风纪之司。独当一面，扬威万里。行且铭勋铜柱，高议云台，茂攘外安内之烈，何必在帝左右，弹压百僚，乃明得意哉？不佞相盖困风尘屡矣，晚叨一第已觉逾涯，兹庙堂不谅其不肖，复命读书词林，笔札之役，非其所长，似此冒滥晨夕，深惟陨坠是惧，公傥有意终督诲之乎?

报杨临皋宪副

使至,谂动履无恙。重拜华函,叙升沉之往臆,结离合之恨端,又若进不佞于几席,而聆謦欬也。不佞纵有胸无心,能不扼腕疏踪而踌躇乎?今昔之感乎滇海去长安万里,汉武所为穿池习战,而后通道者也。明公建牙开镇,令伏波横海,卷舌不敢议勒柱事,抑何伟乎?方今东西①背盟②,羽书三四告急,覆军杀将,满意而去,会不能一矢相加遗。主上左顾则忧蓟辽,右顾则忧洮陇,思得干城之选不二心之臣。明公倘有意乎彤弓白钺,早晚随追锋车出矣。悬企,悬企。

答杨临皋宪副

使至,悉动静为快。三复来教,追往念离,畏谗惧疑,使人黯然伤己,又慨然愤。盖不待变徵调终,而发已上冲冠矣。初,黔中事起,仆曾寓书袁仲奎兄,谓武夫不足深较。且彼自国家镇臣,业已滇南付之当事者,为疆埸远虑,但宜翦其羽翼,不必争礼节于锱铢间。顾其时事端已成,无如之何。既而伏思门下所执,愈以见朝廷之有人,即一礼节不肯轻放,况其他乎?若阳城事则公论已,明公心事皎如白日,揆前后两者,一以消藩镇之邪谋,一以斥宰令之贪横,章章在人耳目,彼呶呶何为,即不必深辨可也。海上遗棠,芳阴如昨。乃复以盐舰事见询公于敝土,可谓无负矣。

与萧汉颖太守

相伏处田间,即知慕长者之谊。其后滥竽长公选士中,遂得随通家子后抠趋门墙。夫以十年倾注之私,识韩恨晚,常思一聆謦欬

①② 两处在钞本与刻本中,均空两格。

毕其生平。乃明公不以其鄙细也者,欣然乐与之语,惓惓执谊,诱之掖之,惟恐其不前也。此虽以平昔之雅,加以先容之素,百口交赞,宜不及此,岂非厚幸哉!明公蕴匡世之略,负振俗之行,而又去雕去琢,还之大雅。天下之望明公,独云中凤举,霞表鹤立,可仰而不可即。无论贤不肖,皆愿窃末光以自曜,况其在通家门士者乎?明公于文学,盖其天性;于吏事,直土苴耳。日者以鼎脔之余出牧大郡,则宛陵治平,业称天下第一,天子为锡玺书颁赍。异时人秉机衡,手握阳和,斟酌元化,将太平可待。夫兰陵宛水间故多贤守,然皆兢兢吏道,或乘间山水,寄之觞咏,稍从缘饰,至谓以圣贤之学术,茂循良之上理,即称前此未有可也。相鹿鹿日游师门,又窃承长者矩矱,庶几不虚此生。顾才不逮志,矻矻枯竹间,尺寸未有所抵。傥门下矜其愚陋,出幽泯而曜之乎大道,实所深愿。便羽附布,兼泄向往之私,伏惟省鉴。

与戴郎中

不佞于门下,虽未获缔末交,然心向往者久之。京邸间一往来,不过托殷勤于片刺,方期效执鞭之役,罄其生平,而门下且持司农,筹治粟塞上矣。又怅仰者久之,门下旗常世业,悦礼乐而敦诗书。兹以军储重烦石画,天子念边臣劳勚,而门下转饷之功独多,异日独当一面,其所茂竖,岂在萧相国下乎?顷闻议者咸谓,今日边备,处处单薄,独宣镇去京师最迩,最逼鲁而亦最坚完,不佞稍询其故,则士马饱而刍粮足也。重以门下之经济,宜上谷独称重哉。第今所恃者,关中输纳耳,如古人留屯实塞之议,尚有可复者否?愿公无讶,其越俎而授之策焉。

答袁文澂

相望仅百里而近,邮筒之使,经岁不达左右,乃承翰贶,先之捧函增愧。吾丈以风流文藻,纳交遍海内,海内诵公子雅谊,而愿托意气交者,几噪士林,乃独惓惓吾当二三子无论。不佞素被知爱,即以片言只字,获知门下不难;倾肺腑下之,时时书问相存,抑何眷念文士之深也。或者以其人皆朴卤近质,为可托以久要,则此正世俗之所弃,而门下反有取焉。其秉心执义,宜非世俗所敢望也。读崇祀二录,知公家世德不虚,拙句不足揄扬门下,且混置编中,似为佳刻累矣。近诗三折往政。

答朱眉山师

自违函丈之席,不知春秋几阅。但见少者以长,长者以老,先君之辈,鲜有存者。睽离之念,憬然伤怀。道阻且修,起居常语,曾未由一达左右。令甥谷君至,乃拜手书之辱,万里如面。复谂道履康健,惟齿发稍颓耳。相垂髫从讲,已逼强仕如先生者,安得不老乎?昔人云情随事迁,感慨系之,矧以显晦悲乐之撼其衷乎?相之困风尘屡矣,中岁艰虞,意马久息,去春获与舍弟厕名南宫,已觉逾分庙堂。不谅其不肖,复命读书词林。此虽藉畴昔之教为多,顾以匪人滥华选,晨夕深惟陨坠是惧。吾师何以箴诲之?谷君旋,匆匆附报,并承动静,后会何期,惟有寤叹,楮外遐悃,统祈鉴存。

与郑友泉

日门下挟两仙凫,飞集帝京也。意观对事竣,稍从班荆,泄今昔之抱,不谓竟拘时禁,良晤无缘,隆施莫报,其为恨怅,岂徒以疏节介怀哉?忆与门下方舟而北,谭心讲艺,屈指十年周矣。离索之感,如何可言!以吾丈弘揳伟识,治此弹丸,正如牛鼎烹鸡,恢乎余地。乃政声岳岳。从荐牍悉之,其治第只东西越无两。昔贤称学政,而讥夫以政学者,门下博雅君子,即政可知矣。今宇县多故,水旱盗贼所在而有,此邦襟带岭海,土腴民朴,无水旱之虞,年来带刀之俗易,而耰锄无盗贼之扰。门下第荡佚咻噢之卓鲁,事业何必远逊古人。不佞默默枯竹间,尺寸靡所表见,感时愤事,徒切杞忧,视门下鸣琴百里，朝吾施而暮及焉，愧矣，愧矣！

答曹武清

不佞于门下，声影未接也。乃佳政英称，每从荐牍悉之。至如不激而廉，不阿而惠，友人赵公子实娓娓道焉。不佞恶谗谄之蔽明也，壬邪之害公也。因为关使者具述其故，阴附古人荐贤之谊，又恐关使者不察其始，终惑于人言，以损知人之明。此不佞之素概也。岂冀门下之知我，以此为结识地乎？未审门下从谁得之，至等之末契，数百里走使，愧矣，愧矣！夫以治第如门下，持斧之使争推毂焉，何致引不佞为重，即不佞何能重门下耶。努力为之，卓鲁伟业，不必远逊古人也。

答唐肖葵

曩读《洛阳名园记》，以为名园之兴废，关洛阳之盛衰。不佞观众春园，愈有感焉。园始宣徽李君，至韩忠献而盛，后且汩没几百年。至门下而复盛，谓为得之梦寐间，精神所聚，百世相感，即佳政可知也。暇更当为门下歌咏其事，以纪盛明之隆焉。展观何时，惟有寤叹。

报袁仲奎兵宪

天涯朋旧，经岁不得闻问，怅结何如①？初拟轩车入贺，弟得以斗酒迎候都门，把臂道旧欢。幸弥日已闻，不果则又惘惘自失也。向来意兴，想佳杨临皋，相去不远，信息易达。近阅邸报，知此公以黔国事，言语稍相侵，武夫何足深较？且彼自朝廷镇臣较之，未必损其重，徒生事端耳。滇去京师万里，业以此地付之当事者，但剪其羽翼，勿为非耳。若与之争疏节于锱铢间，非所明得志也，如何？

① 何如，雍正刻本作“可言”。

今边隅多事,曾不能一矢相加遗,而庙堂之上排挤攻击无虚日,纲纪废弛,议论横生,国体人心且未知所底止。吾兄抱世道之忧者,曾虑及此否?

答袁仲奎同年

金使君入,计辱手书,悉动静良快。读端午长歌,追往念离,喧寂异悰,忻愤殊感,闻者犹不能忘,矧歌者乎?帝里春回,万国冠裳,毂击而集阙下。吾兄独秉钺万里,扬威黔僰间,能无《周南》留滞之叹乎?然值主上深居,静摄四方,群后不得一觐天颜而返。又束于厉禁,道路以目。虽以金使君天涯朋旧,而握手道故,遂成旷典。兄其以世界为何如?天子念夷方甚,谓宜荡佚简易,偕之乎大道,庶几少宽南顾,当事者必欲搔动以为功。何也?郎君曩岁相见,已知一日千里,今果遂魁吾省矣。举杯引满,为吾兄称庆。至于屡捐清俸,佐我桂玉,感激雅情,未知所报。

与陈德基

蓟门去京师三百里,而近烟树在望。乃朋旧间阔,动经几载,无缘一图良晤,怅然,怅然!开先太史入都以来,晨夕过从,各发前所见饷美酝,相对大嚼。盖饮未尝不醉,醉未尝不击筑和歌,感叹门下高谊,恨不得举杯相酬耳。吾丈久劳王事,复以身为锁钥,有如一旦下尺一叙,边吏勋伐则萧相国转饷之功独多,遂恐熊轼虎符夺我麴生风味也。迩因国事多故,羁怀宦态,无一可道。宁镇叛人,久未授首,时时引敌难我辽左,倭警羽檄星驰,昨者遵化兵端,几踵往辙。文墨小臣抚时感事,徒切杞忧。吾丈夙负经济,目击时艰,其以为何如?

再答陈德基

燕市酒少佳者,又价高,官贫无鹔鹴可典,东望蓟门面车,不觉涎流也。忽枉远使饷我薏汁数斛,此奚啻江州白衣乎?启封香气满室,无奈酒伴相访,时或割爱与之。客舍疲于应酬,篇咏间作,然风尘俗态,多不能佳,知音在望,怅尔离索,足下得无留滞之感乎?边愁旅思,境到情真,形之倡叹,如从军塞上之类,何不时一寄示,开我尘襟?愿之,望之!近作一帙往政,其为足下赋者,容嗣寄上。

与陈德基

世道险崎,国是日淆。吾党诸君子,相继求去,转眼亲朋星散殆尽,独一二冷曹疲马,风尘势难孤立。计亦欲南耳,即以门下资望,犹然久淹郎署,而它何论也。门下优游风雅,栖真恬澹,知无颜公不遇之叹,天其无乃厄吾越乎?相伏枕月余,近始能栉发,不知世病吾,吾病世也。安得门下一赋江涛,令我霍然乎病起,泊然无营,万缘俱寂。虽有蓟门薏汁,半盏不敢入口。闻蓟门李不减绥山桃,能分惠数颗,虽不能仙,犹足以豪。

答徐海石侍御

预教大典,君相一言举行,乃知圣心默定久矣。皇长子岐嶷夙成,好学不倦,主上眷爱日深,体貌日隆,奖进诱[①]掖,倍于常情,真社稷之福,朝野之庆也。独愧叨遇盛际,不能如诸公先事建言,预效勤劳;又不获与辅导之列,发明义理,少裨圣学;又未及抽毫泚墨,展其雍容硕大之辞,揄扬休美之万一,徒负公所云躬逢者耳。京考议复,无论得人何如,然经百议而后定,可谓难矣。承示同考,隔省而聘,果属烦费,当如旧用本省,顾以此时议之,尚可及事乎?然既事体不便,不妨速转移也。仆之资政尚在第六七,鄙意明岁取差南还,暂图养翮。兹且未敢望。必有当其事,愿公捐世俗之见,忘彼我之迹,各供乃事,共成厥美。国家事非一人之私,何必功自

① 诱,雍正刻本作"牖"。

己出,而后为愉快乎?知公素辨,此恃肝隔之爱,聊喋喋耳,勿讶为幸。日来议东事纷纷,第议者自议,断者自断,两者不妨相成,且看末后一著何如耳。差使归,草草附报。

再答徐海石侍御

弟在交游中,荷吾丈肺腑之爱,京邸过从,吾丈不以弟为无所短长也,使佐谈议之末,即弟且自忘其不肖,亦时有所陈说,两情相得,至欢也。既而执事,且揽辔三楚矣。今宇县多故,北患鲁,南患倭,荆湘虽腹里乎,顾疆里辽远,则吏弊之摘发为难,饥馑频仍,则民隐之辑宁不易。傥其以激扬茂安攘之烈,弟虽迂愚,尚当为门下载笔,七泽云梦之事焉。

答梁云岳相国

自公之驱传入汴也,每晤朝士,缱绻旧德,恍然若有所失。又况素所知厚如不佞者乎?门下相府世孙,久掌丝纶,殊自凤毛池上,其于九列,直转瞬需之。乃拂袂缁尘,曳裾朱邸,聊以玩世自娱,道固逶迤哉。来翰致叹于政繁,何也?执辔夷门之墟,则公子之谊尚有存者,兔园、平台,又枚马所为载笔而游者也,谈者犹惜其主不文。侧闻王谊至高雅,能文好士,登坛授简,如门下所得,当不负兹行耳。曩委佳册,大为铅椠家所困,未遑报命。稍暇当勉成之以纪壮游,决不敢负所诺也。

与周念川太守

昨岁贵役还郡,曾尺牍寓谢意。明公此时已持宪使节,建牙重镇,盖屈指一时。闽郡其藉藉以良称,无有如公者,不谓尚需之也。近者桂林公亦以政书入都,茫茫函宇,列土而守,才百城耳。而公家兄弟,岳岳两大郡,并以治第显著,政平讼理,称天子良二千石,千古龚黄直在伯仲之间,甚盛甚休。今时事多艰,吾党又当阳九之数,中外宦籍,几若晨星,非公家兄弟,一左一右,共扶衰运,五岭衣冠之气,殆不得史埒上国乎?天下事力不能为,则尝愿人为之。有能者不难奋臂相从。不佞于公家不啻羡慕之,且愿望焉,且奋臂从矣。

与周复台

去岁吾丈需次都门,会不佞正读书秘馆,晨入暮出,末由小展从容。倾积仰之怀无何,而五马长嘶桂水滨矣,怅结可言门下于仕路,盖乡先达也。其于苍梧,又若其乡为之者,此地风气相习,土俗民情无大异吾省,正需门下卧治之耳。今宇县多事,水旱盗贼所在而有。此郡襟带二越,土腴民朴,无水旱之忧,年来佩刀之风易,而耰锄无盗贼之扰,循政如丈,一荡佚煦咻之。龚黄之治,何必远逊古人?不佞且愿载笔从事焉。

卷之十

尺 牍

马连城侍御

相从乡里后,曾一亲①眉宇,私心向往者十余年矣。春来侥幸藉教为多,会吾丈方奉尺一,按节闽海,末由一布鄙悰,乃辱华翰,腆贶先之,不远数千里缄驰,所以推引后进者,诲念良至,顾相何德而肩此殊宠乎?恭惟门下以词人长为天子使,玉堂视草,久趋供奉之班;豸绣登车,遂揽澄清之辔。按台而风霜动色,草奏与日月争光。曩者海内佩服其格言,近且朝端想望其丰采。论及君侧,固五色成补衮之文;简在帝心,尚一言借回天之力。斯诚廊庙之倚重,而吾党之荣藉者也。相谫焉无似,晚叨一第,已觉逾涯步武,词垣尤惭,非望敢当金匮之华称,实藉齿牙之余论。顾惟笔札之役,无所建明是惧,更望门下时督诲之。

答谭知州

不佞从乡里衣冠后,屈指乡先达之贤者,其于令先公,盖愿为执鞭焉。常恨生不并世,弗获泄景行之私,犹幸门下世德是求,他日过德里,访遗事,庶几平生向往不虚。曩盛使以补荫事属同乡,此正不佞当效奔走,以自表所景行于先达者。顾遗泽在令先公,大

① 亲,雍正刻本作“睹”。

典在朝廷,公举在里党,主持在二三大老。时论方谓叔敖之后无封,何以劝善?乃不佞则何力之有!

答庞参吾

今废坏之大者,内之庠序教缺,士不知学;外之疆圉备弛,兵不知战。然盖非一日矣。览门下学训惓惓,以兴起斯文为己任,而所条陈边书,皆语语中窾。此有用之实学,救时之长策,非徒勦袭旧说,以欺世盗名而已矣。且也急公子魏阙之恋,抱杞人天坠之忧,可与肉食者谋乎?不佞力不能振足下,第时时称说公卿间,冀得旦夕究厥施耳。远辱记存,兼悉动定,良慰,良慰。

闻此邦伤潦,知足下援溺济众,当不減筹边也,使归,草率附报。

答苏棠阳

南使至,拜瑶缄之辱,又承扇头大篇名绘,展咏间,秣陵秋思,飒然笔端。知门下迩时精诣,使非南曹清暇,亦安得肆力于此。乃犹兴叹于留滞,何也?不佞谫劣,门下所知,久困泥涂,意马已息,偶际明时,遂辱晚收,复玷华选。所谓跛鳖不休,千里亦至,方之一息,八极渺乎,惫矣。曩与二三子为词坛之盟,今尚不失,故步贾其余勇,犹足超乘而上,所不辱旧知者,赖有此耳。门下何以终教之渐羽南宾,正尔离索之感。忽芳讯远及,辄此奉报,楮外遐悰,未尽一二。

答梁明霖

别来岁月,不知几更,闻问旷然。使至,悉动静为快。重拜翰贶之辱,不远万里缄驰。吾丈眷念旧好,何惓惓也。且感且愧。丈撑鸿巨手,弹丸而治,如以函牛之鼎烹鸡,掣骐骥之步而旋蚁穴也。虽恢乎余地,顾当事者,既老其才而迟用之,复枉其才而小用之,其谓展足何也？兹且纂绩累劳，称中书上考荣征，将旦暮遇焉。不佞谫焉无似，忝窃大官，尺寸靡所抵，恐遂以此贻交游羞门下，且期之深，愈非其任矣。感激雅情，未知所报。使旋肃布，诸惟心照不宣。

答李贯泉

曩居濠上，与门下为比邻。是时，不佞方简出于交游中，亦少所称心，顾独有意乎？门下之为人，修之亶亶，而持之默默，盖笃厚长者也。自是乍会乍离，大都蓬转之日多，萍聚之日少，乃向往之私今犹曩耳。每遇浙使，辄讯门下治状声，问藉甚而贵治末[①]。山人玉汝者，来游京师，道之为详，长厚而门下，即汉吏所称循默之理，不难方驾，非私其好也。

答金我玄

曩于都门，虽获一奉颜色，会时有公车之役，末由小展从容，倾契阔之怀，乃五马即长嘶僰道矣。万里朋旧，闻问旷焉。使至，奉华翰，重辱记存，兼悉雅候为快。闻门下之牧滇也，务在以德化夷，方清静简佚，偕之乎大道。无亦主上柔远至意，南望昆明，有楼船铜柱之遗烈焉！丈夫不行万里途，未可谓垂勋竹帛。其勉旃自爱。

与陈一旸[②]

都门虽数奉颜色，乃各为职事驰逐，末由小展从容，而会星轺有山海之役，匆匆别去，怅结可言。门下此行或以为美差，有垂涎而欲得之者，弟诚未知其美也。山海逼鲁，又朝鲜、女真诸夷入贡喉咽，实称重镇。令甲戍辽者，不得窃入，而关民往往夹带逋戍为

---

① 末，雍正刻本作“朱”。

② 旸，雍正刻本、钞本均作“阳”，但据下文推测应作“旸”。

利薮，讥察之为难。往岁，蓟辽数经边患，日夜戒严，不得休息，有如敌以万余骑窥渔阳上谷，如临洮故事，门下虽欲安枕，其可得乎？辽左之役，在昔谈者皆如暗中索物，门下试为画策，其胜算安在？可保无西事之决裂否哉？

答陈一旸

帝里春还，燕草渐碧，此时边候何如？多料积雪未消耳。正问出关使者，而芳讯先之。山海丸泥，恃有公等稍纾，廊庙左顾。迩者西边捷音，间一二至，渐有折棰之期，亦恃辽左息肩，得并力于此。

与钟砺山

不佞相从乡里衣冠之后，靡不缔交焉。顾未尝奉芝宇聆兰言，然心盖向往之矣。门下弘撑雅望，扬历中外者廿年，宜旦暮入秉枢要。乃久濡盐暑①。毋亦地远者势格，行独者援寡，吾乡宦路常态乎？良剑百炼而成，工力不易，试以剸犀断蛟则有余地矣。吾侪每负才俊，轻轻用其锋间，快意于一映，恒易缺折，如门下者，可谓炼而后试矣。从此以往，皆门下满志善刀之日也。欣俟，欣俟。不佞绵材落落，偶徼二三君子之惠，滥竽木天，毫发无补，恐重贻梓里羞耳。惟门下笃枌榆之谊，幸赐鞭策焉。

罗岳南新昌知县

贵治陈上舍来谒，得讯吾丈动履兼之芳誉，藉甚为慰。门下多才善政，论治平自当褒然为两越先。乃荐牍寥寥，岂非拘常之议难破，而格外之见寡俦乎？良弓历岁而成，工力不易，于以饮羽石梁，则有余劲。国士之特达相知，虽云千载一遇，然不可谓无其人也。

---

① 暑，雍正刻本作“署”。当以“署”为是。

报南京兆梁闻庵

南使至,辱华札,悉动静为慰。复拜雅贶,感愧兼之。门下幸不忘姻旧之好,时记存足矣,敢当此乎?三复来教,谓于世态中得力,此非弟所望于门下。二十载年谊,联以男女世讲,在交情,不啻以胶投漆,此可于世态中较铢两乎?弟生平迂拙,简僻则诚有之,一切人情冷暖,断不置胸臆间,问且非所愿闻。门下去此一着,勿以待弟。幸矣。

答萧素吾

远承芳讯,兼悉动定为快。同榜兄弟之宦省直者,凡可致力,弟不敢不尽心,矧素友如门下者乎?直恐言轻不足取信耳。吾兄多才善政,声称翼翼,已足自致青云。今时吏治精明,自当有知吾兄者,又何假弟言为重?即弟亦何能为兄重乎?愿言努力以副当事之知,则弟所荣藉多矣。来役旋,匆匆附报,诸未及悉。

答卫司徒

使至,谂动履为快。湖山具美,关使务简,可得穷幽深畅心目。以兄才清累寡,且负烟霞幽赏,公余税驾,一觞一咏,望之知为东南仙吏。视燕市游人,日骑疲马,蹩躠风尘,宜不可同日道也。同门二三兄弟,分典文衡,实一时盛事。兄以行役关上,词坛文①会,谁敢先执牛耳者?惟是居有湖山之胜,行有觞咏之乐,外无不公不明之议,内无得人失人之患,较其所得,未知孰多?弟鱼鱼自守,鹿鹿无闻,近玷经帏,复叨史局讲读,无裨于只日述作,又难于三长,恐遂殒坠,以为知己羞。来翰不规而反颂之,非所望也。

---

① 文,雍正刻本作"盟"。

与祝无功

经岁不闻问，我怀如饥，乃千里相期，想兄亦不能忘情。初拟征书旦夕下，大江以东，资望宜莫如兄，弟且日望赴阙车音，其后部院三四上，俱未蒙报可。圣意在不可知，或谓迩时言事者，是非倒置，颇不当上心，理或宜然。台省，朝廷所寄耳目者也，致使溷黑白乱听睹，国是靡所由定，固非朝廷寄耳目之盛意。然何至以是，遂塞谏者路乎？恐圣意未必尔也。弟[①]鹿鹿如前，虽栖迹金马大都，闭门之日多，至于[②]读书学道，所不负知己，赖有此耳。兄能一策之，大幸。

答罗岳南

滁之命，虽未尽酬佳政，然宦途自此渐达矣，不觉为公称快。其地有醉翁遗泽焉。幽草南涧，野渡春潮，又韦刺史所尝公暇游咏者也。门下能追踪往哲，而修明其政教，使滁之人食其惠爱，名在两贤之间，岂非千载盛事哉！努力为之，幸无多逊前人。

答鲁节推

曩公之被诬也，父老子弟恨不荷戈秉殳从执，执事殛谗谄之蔽明者，仆则从父老子弟后，惧公论不伸，时亦反复申辨其间，以附于斯民之直。然未尝片语通问，非敢冀公之知也。兹事既得白，仆不独为公慰，且为舆论庆。顾公议在朝廷，清议在士民，仆何力之有？乃不虞公之德我，数千里走书，令仆惭悚，无以自容。夫公既以为德，彼不见直者，必以为怨，又仆之所大惧也。

---

① 钞本作“前”。此据雍正刻本改。

② 于，雍正刻本作“如”。

答张念华太仆

仆在交游中荷公肺腑之爱,邸舍过从。公不以仆为无所短长也者,使佐谈议之末,即仆且自忘其不肖,亦时有所陈说。两人者,相得甚欢也。风波中路,乖我良友怏悯,何如公之被谗?即不自疏,多有知者。矧两变颂言,越绝诸生,往往能谈之弗多,其伐又加谴焉。彼媒孽人者,心死矣。然人心能终死乎?世道之靡,日趋日下,藉倾险为良谋,假建言为捷径,如公往事,犹投之有因,近又[1]有无因,而至令钳口结舌,不容致辨者矣。而此辈固扬扬也,且自目为忠党,为正途。昔人鬼魅之说,仆固忧其终矣。总之,来教所云,不足介意也。玄发归山,勒成千秋大业,待其机会之自定,不犹愈于汩没风尘者乎?

答陆伯生

前此两辱手札,知足下尚往来齐鲁间,客况无恙也。再披雅咏,追往念离,令人俯仰萍踪,寤言慨叹。其为不佞赋者,宛如携手竹斋,坐绿槐中,衔杯笑咏光景矣。商飙飒起,候雁初来,不无蒹葭白露之思。适张秋役人持芳讯至,何相念之深耶。佳诗品格清劲,有北地风。无论时流,即吴中如黄五岳父子未能或过,至于志藐王公,谊薄云汉,嘉隆以来,游士一人而已。不谓当吾世而及交之,又在臭味而且为足下所喜谈乐道焉。仆奚以有此乎?仆生而后,常恨不及接近代二三词坛宗匠,与夫清修奇节之士,然自得交足下,他亦无所恨矣。与足下别来,每缘亲戚之变,怀抱不佳,斋头竹色,久无高人迹,亦自黯惨无绪,即斋中主人可知也。何时促膝论心,引满大嚼,共畅此怀[2]?役回,草草附报,诗二折并往正。

---

① 又,雍正刻本作“且”。

② 怀,雍正刻本作“抱”。

答郭笃周方伯

滇中使至，拜华札之辱，重以丰贶万里外缄题。明公正匡济时艰，兵食调发之为倥偬，兼以去留之际，动系安危，奈何为天末遐踪，重累雅念乎？门下师老氏之知，足慕昔贤之急流，屡疏高尚进退之道，可谓无愧。顾惟西南半壁，正需石画；吾党积衰之气运，更赖挽回。当今宿学巨望，海内如公者几人？五岭以南如公者又几人？不佞素昧于进止之义，窃与二三亲友，权其轻重，谓门下于此举似尚可缓，西樵一片水石，未宜便枉杖屦是用，少违雅志，而愿执事者更裁酌焉。倘以其言稍有当于通论，而不拘拘于退勇之一节，岂独乡曲增重耳哉？敢因来使而附布之。

答叶龙潭

去秋辱大翰，不佞方卧病长安，自夏涉冬，始得出门，末[1]由一字奉报，疏慵之罪，不佞自知之，矧明公乎？不佞涉世卤莽，夙抱幽忧，性与俗违，官缘病懒，内愤乡里衣冠之零替而力莫能振，外愤朋党是非之乱政而势不可挽。故虽立朝之日未久，杜门之日已多，几欲暂解簪组，税驾岩阿，掩耳时事，冥心水石。寻以二三亲友强援而止。目下楼栖[2]金马，浮沉栖戟，非其好也。曩者宁夏宣捷，滥点朝班，睹天颜之喜，嘉边镇之伐，僭效古者献俘旋凯之义，成诗若干，欲以敷畅王猷，丕扬将武，鸣之金石，流播远裔。成之岁余，未觅便寄，则不佞之无意应世，亦足征矣。每思明公之慷慨，效忠杨学士之沉潜体道，是皆吾师，我则不能而有遐心焉。从前则陨名，从后则乖性，习懒成癖，恐遂泯泯而已。

---

① 末，雍正刻本作“未”。

② 栖，雍正刻本作“迟”。

答聂南陵

于时夏初,南熏徐至,庭槐宫柳,掩映书斋,啼莺语燕,时来狎人,正想鸣琴花下,高韵泠泠善也。每读荐书朴茂之称,又闻此邦父母之颂,吾兄循默为理,固应尔尔,使与缘饰者提衡而论,所就孰多?各天相期日,惟有此得之,已不胜愉快,亦无暇觅便作寻常书问矣。乃辱走使,数千里枉存,兄何惓惓眷念之深耶!一感一愧,莫知所裁。里党京宦,稀如晨星。日望召入,为吾道增气。矧资望愈深,朝论久已推毂,旦夕征书倏下,其必首南陵可知也。引领车音,以疗饥渴。

再报顾冲庵

自东事之兴也,不佞虽陋儒,寡远识,亦颇有见于封之为利焉。盖非迎合当事者之意,又非逞臆说排众议,更非狃近利忘远患也。昔之待彝狄者,皆不治治之,来不拒,去不追,此明训也。夫来且不拒,岂有帖然臣附而靳一封者乎?去且不追,岂有穷兵绝域,驱无罪之众,而填东海之①者乎?是故虽有所羁縻而不为怯。凡以安边徼惠元元也,此不佞之违众独是者。其后格于群议,即以我翁长算伟略,且恬然待命知士。决策于愚人,岂非古今通恨哉?

近者,朝鲜两疏至,一明东征将士之功,一言属夷进贡之利,说者以为朝鲜前此欲甘心于倭久矣,而今为请封诚不可晓,或任事者势穷力诎,诱之使然言②,然其势不得不出于此,独惧前日倡言罢封者谁也?忘已事之既拙,笑他人之未工,不亦谬乎?议者犹偏护其短,而求多于公,世道至此,只令英雄扼腕而已。今国家所倚为社稷臣,以有公等一二在耳。昨会执政,始知庙堂所以用公之意,暂

① 雍正刻本无“之”字。

② 使然言,雍正刻本作“使言”。

息肩于河漕，行将举西南半壁授之，似此疑于独劳然。观国朝诸元勋，如开平中山辈，业已佐真主定天下，天下无事，而屯练塞守之命无岁无之，岂有名为英夫杰士，而能白首牖下者乎？旦夕慰谕，明旨且下，愿公委留意焉。闻前茅①已抵张湾，戒舟在即，未及一介，劳行李，乃辱翰赐下，及明公方戮力中原，即群喙挠之勿恤，顾暇为其疏远之士，款曲若此，虽属解推雅念，然而感愧兼之矣。若无阻人言，无忘时艰，则区区所怀，愿执事者之易察也。三肃归使，属以谢函，万惟为国自爱。

与叶明府

自春涉秋，不得南来信息。近有至者，传敝邑岁岁患潦，今岁为甚。百姓艰于输将，窘穷疾苦，或不免费明公抚循之力矣。然亦恃有明公，而父老子弟不至流离转徙，此则又深为地方幸也。蕞尔下邑，方绾符是辱，独奈何以糠粃之余，常为七箸累乎？不佞越在万里，凡于百姓艰苦状，与明公所以为抚循者，不获目击，详纪其事，而徒寄欣幸于传闻。至如所望于公者，惠化愿其终遍，誉问愿其远扬。此自善政同然。然款款之私，必不敢自后于父老子弟也。

与李司训

自门下造士敝邑，不佞虽未获趋槐市，观诸生执经问疑，虽然，愿鉴讲席久矣。我有子弟，公实教之，而不佞且得私淑艾也，可不谓厚幸乎？古之君子，进不得志于时，则退而友教其乡，明道达材，俾天下有风俗，而国家获善人之用。今足下进有师儒之任，而所造士实吾党小子，方古之君子，其所谓退而友教者，而足下且以是进焉，宜乎其志无不得，而善人之效未可量也。吾党愈有厚幸矣。

---

① 茅，雍正刻本作“矛”。

报刘云峤宫谕

去夏之季,有人遗我焦山书问,则弟伏枕谢客时也。其后人归,遂不持一字相报。久病废人事,兄讵能恕我疏乎?总计去岁,自春徂夏,则宦路熏心,由夏涉冬,则药物缠体,开口而笑,曾不数日,愈思从兄入五老烟霞间矣。别时杨柳,两度春风,今又依依可折。绿波南浦,想又甚焉。兄不忘河桥,弟敢忘瀛洲亭上乎?兄之奉篮舆归也,南陔咏其思,养闲居赋,其承欢又得以其暇,历览高深,冥搜载籍,访洪涯之逸踪,发酉阳之閟简,更当近勒一家,远垂千载。今预教肇举,编纂嗣兴,讲筵史局,倚兄而重,恐庐岳片云,不能久淹杖屦也。弟少无适俗之韵,夙有投闲之想,生平迂拙,谅兄所知,偶涉世缘,遂忘故我,宦缚其外,疾攻其内,了无佳况。傥赴阙尚遥,明岁南舟之便,当访兄于孺子湖边耳。

答王损庵

别来两奉手札,缱绻之怀,固自不殊。数年词馆,最辱兄知,情好不啻骨肉,未几有离索之感,又未几有销铄之伤。风波失所,事势中变,其可奈何。谗言诪张,使贤者横遭谤议,饮恨去国,不能自明,如之何无殄瘁之嗟乎?事端初起,弟不谅蚊力,欲以一指障滔天之流,几于不免虎口。然以三相之贤,力扶公论,犹无补于挽回,其在弟者尚何言哉?要之公论,久当自明。兄生平学问最于此处得力,其必有以自解,无俟弟喋喋也。行人立马索报,草草附闻。

与郭清宇少参

吾兄由琐闼近班出参大藩,交游中或为兄称屈,致求其故而不得。弟则以为,在内为天子侍从耳目之臣,在外为天子甸宣岳牧之任,控扼千里,居然藩屏重寄,较其所得,未知孰多,则何必优游近地,在帝左右,乃明其志乎?独计朝宁一日离正人,则谠论稀闻;吾辈一日失良友，则雅道寥落。兹两者，弟之怏怏私衷，谅兄亦不能忘愤耳。别时秋叶渐黄，及今雨雪载霏，情如之何？都中时事，无甚大异，独预教大计，君相一言遂定，想兄数千里外所同欣跃。至如东倭，事势可疑，异日必有追思吾兄先见者，兄且持券以俟焉。

何矩所同年

弟既幸附云骥之末，独向往吾丈高谊，岂非臭味之契深，而江湘之交素乎？京邸过从，沐教优渥，别后寤言弥切，恨乏便羽一托殷勤。乃使命俨然，先之勉以一时之令誉，策以千秋之大业。虽吾丈雅念乎，然非弟所敢望也。吾丈深心伟度，凌迈千古，清才逸调，夐集[①]时流，江左仙曹，最号清暇，湖山佳胜，收拾毫端，直当把作者之前矛，俾弟得托后乘幸也。弟鹿鹿如昨，叨縻大官，尺寸未有所抵，时倚掖垣花树间，望南云起处，知吾兄吟卧其下，怀抱大佳耳。

答祝无功

前此得所以治休宁状甚具，盖诸路荐书交相善也。方庆吾儒之用，小试小效，大试当亦大效。有如吾兄以宰一邑者宰天下，其取效岂异是乎？忽枉书问，千里相存，畅聚乐之深情，宣离合之远感，正藉高怀，不忘旧好，讵弟凉德所能仰承？曩读《循吏传》，所称代不乏人。然抚字一语而外，大率其才偶合，或借经术为缘饰者耳。乃若效之民社，不愧生平，人流恺弟之歌，地著神明之号，则惟兄独擅其长，兹且纂课累功称居。然上考著旗常之业，极士人之荣，由此丹青大化，直将旦暮遇之耳。弟愧日守枯竹间，徒以笔札程薄技，视吾兄功在民社，朝吾施而暮及者，能无赧然自失乎？

---

① 集，雍正刻本作“隻”。

答欧阳同年

寒宵雪霁,褰帘独坐,月色皎然,扶疏琼树,在二十四桥中,恨无由一见颜色。乃芳讯之投,翩然自云中飞堕,临风展读,彷觉瑶华相映。门下故郢才也,三十而绾,铜虎手握,阳春鸣弦而布之,英声藉藉,所称寡和者非耶?愿言茂绩,以慰心期。燕市游尘,不足为道耳。

报萧念劬两广

自节钺南镇,不佞大相守职词林,不获效州民之义,拜车尘受约束,又未敢远寓尺牍,私托殷勤。顾俨然使命之辱数千里,先之捧函增愧。台下总文武之宪,经营四方,所节制数大藩,敝土虽在末属,乃缓带轻裘之风,櫜弓卧鼓之效,有越以来,所未一睹。惟是越于寰海,似号僻壤,实东南一要害也。自昔菁林烟岛间,啸聚无宁岁,山海震荡,即天戈底定之后,时或窃发,赖宗社之灵,明公威德,父老子弟得脱锋刃。顷者,海上小警传闻,竟不敢犯波涛,窥左足。由此观之,越固不足为宇县重,然以有台台而越自重矣。今时事多艰,东西警急,宁夏畔人,久未授首,时时引敌侵扰,我以单弱之卒、猜忌之将当之,屡进屡却;倭夷据朝鲜入犯,教骑习射,日以中国为事,而我泄泄然不少介意,帷幄无制胜之策,封疆无协力之谊,主上拊髀元戎大帅至亟也。窃计五岭拳石,不得久驻旌旗耳。文墨小儒,感时愤事,日切杞忧,言何足为有无?维我公身膺安攘之略,傥不罪其越俎而赐策马,幸甚。

柬胡孟弢

日来颇有微恙,不得触热过访,足下得无怏怏此行乎?夫以足下鸿①巨未获,优游金马之署,即贾其余勇,犹足当万人敌。奈何屈

① 鸿,雍正刻本作"宏"。

首青毡,复得不善地,重贻薪水之忧,何怜才之无人也!或者以为都谏令兄余烈然乎?不尔,断不令贤者抱屈一至于此。其将假此愈茂千秋之业,亦未可知,则足下宜善自爱。

复胡孟弢

顷承手教,展读未半,字字攒眉,语语酸鼻。旁观者发皆上指。青云满京洛,何无一人知公如仆者?仆虽知之,而力不能振。有能振者,仆不难奋臂相从而竟已也。长安冠佩,肩摩毂击,有独行君子如胡生者乎?十年读书如胡生者乎?下笔千言,长篇短咏,追唐轶选如胡生者乎?乃令咄咄坐困,琴书一束,远涉湘沅,与鳞介为伍,居无衙舍,出无乘马,官况萧条,不言可知。然业尊足下为洞庭长,第令荡以云梦之胸,括以凌云之笔,未可遂谓世无扬意也。足下第自勉矣。彼屈沉贾逝,既不善自爱,又不善需时,愿足下无效焉。仆非敢望古谊,但悯才俊之沦落,有其心而力不逮,又不能无望于有力者,别论所云。林开先曾言及之,得无投笔之思乎?振古豪杰,不知可望今人否?然亦不敢不竭其愚。草草暂复。

与穆少春

不佞相自束发而为诗,则知慕当世著作之家,已闻有穆先生者,树赤帜燕、魏间。其人负奇嗜古,鄙信陵公子之侠,而陋倚相之迂,为文法《左》《国》,二司马、《西京》而下弗道也。诗赋骚选□①体卑大历以还,私心窃艳羡之。尝恨托交也晚,无由一聆謦欬,又安可以当吾世而失斯人已?读门下所编《明律》,稍稍会心。去岁,舍弟出宰名邦,乃先不佞式先生之庐而造请焉。夫以不佞十年披云之想,而舍弟一旦得快,御李之私,不称风尘俗吏矣。其时首夸我以逍遥园集者,遽发封读之,连四五日,而后卒业。魏国之宝,宁

① “选”后涂抹一字。

独表里山河而已哉？又从刘心田侍御得睹门下所评辑诸书，几遍载籍，斯殆作述之盛轨也，寥寥。门下于书靡所不窥，于意靡所不达，于竟靡所不究。仆未暇称引前人，中原自于鳞而后，此道议者犹多其神俊，而少其兴致，非门下起而振之，晋不得复主夏盟矣。

近者，舍弟以应制义见贻，乃辱大篇褒然居首，惜此艺不足传永久，然有玄晏先生笔，则无妨于传也。不佞少尝妄意作者，中岁废于举业，迩虽滥竽词林，然束缚体制，安得左鞭弭右櫜鞬，与门下对垒而谈，悉扣其胸中之奇蕴哉？

答穆敬父

自客岁以书抵记室，深愧李投，重辱琼报，琅函珍贶，烂焉芸馆。惟门下秉心执谊，高薄云汉，不佞虽不足佐下风，乃所愿结托，何尝顷刻不在逍遥烟树间也。令公子入试，复悉动定，望切披云。近奉芳讯，则知长者亦时时记忆鄙人。夫长者能读奇书，交当世名士八九，胸中岂乏一区生，乃惓惓置齿颊间，愧矣。令公子文藻风流，不减阿戎，偶尔未遇，然逸气翩翩，终非久屈人下者。不佞窃企足待焉。舍弟实以政学，日奉长者之教，少免于愆，尤兴学造士，此自有司常职，乃长者捐金相助，督成美举。“鲁无君子，斯焉取斯？”宓子之能鸣琴治也，意其所师事者素欤。不佞又窃为舍弟幸矣。承委记文，俟勉成就正。

卷之十一

尺牍

报王忠铭先生

使者持疏入都,得师抵南昌①信息,又省归况畅然无累,辱大札诲念谆切,感泣欷歔,不能自遣。曾及门问业之几何,而时事之改更,已如陵变谷移,不可复识;人情之倾险,已如天翻地覆,不可复挽。后此又不知何如矣。初,大疏首上,相曾贻书亲友,谓师于进退之际,可谓无愧。玄发而登入座,年甫五十而告老,隆万以来一人而已。而议者必欲点白璧以为瑕,玷金瓯以为缺,掇宵人之琐词,搜达士之末节,多见其不知量也,于师完名曾何所损?愈足以见坚白之无磷淄而已。假令师有遗行,彼肯仅网罗及此乎?

季春,客有自南来者,传师所过名山水并著履迹,首从金焦,历姑苏,观钱塘怒涛,悲子胥之以忠被谗也,已复泛西湖,遍灵隐诸胜,徘徊六陵,吊岳鹏举有恢复之才而不克,惜陆敬舆有献纳之忠而弗遇。渡江入云门,探禹穴藏书,舍舟严濑,登钓台慕子陵之高,溯越溪寻武夷九曲,扣紫阳精舍,和棹歌而返穷幽,悠讨飘飘遗世之思焉。未谢向②平之累,先寻弘景之踪,天涯归兴,浩然神往。昔贤角巾东第,似尚少此。所可恨者,大贤未究霖雨之泽,朝廷未获正人之用,天殆无意平治云耳。来使又云比日师将发五羊。计此

① 昌,雍正刻本无此字。

② 向,雍正刻本作“尚”。

时久渡琼岛,故国山川,相见生色,南斗增而高,南溟增而深,成此奇甸之奇,斯为无惭地灵已乎?惟是鸿仪渐远,鹏运愈遥,载酒问奇,卜于何日,极目云天,惟有于悒。

答朱魏甫

再过南浦日,不及握别,畏简书也。曩罗、两余[①]君入都,各持华札佳诗见访。其后罗游大梁,余游东鲁,竟未由一字奉报。门下傥能谅不肖之非疏耳,两奉扇头及长篇,皆刻意学古。门下傥不以江左偏安,北向中原,不佞当奉周旋,又何必问近代乎?若夫古诗自梁陈而后,近体自元和而后,失其传久矣。小扇往正,亦欲一扫近代而还之上古,不知能否?另一帙致贞湖丈处,试取而裁定焉,幸甚。他不悉。

答朱佳甫

辱书,知缱绻于江头之约也,至谓会晤,不得追从。无能仆独何心,而后斯谊两承,雅咏见贻至今,感诵不忘。门下家庭师友已足狎主齐盟,傥置近代不问,而直谈大历以前事,则不肖愿佐下风,外此非敢闻命也。

答朱宗良

斋中日讽佳集,虽未尽脱近调,而刻意追古,往往独诣。如"隔岸蒹葭未受霜"等语,则李济南集中所无也,他又勿论矣。闻别来多胜情良慰,即步履稍艰,何妨吟兴。知公等襟韵,正须坐镇雅俗,岂复欲捕鹿[②]逐麋乎?时事多虞,门下谊在宗盟,知不免王室之忧。然以祖宗德泽深厚,主上圣明,天纵转移,终自有日,独愧臣下积

① 两余,雍正刻本作"余两"。

② 鹿,雍正刻本作"兔"。

诚,感动之未至耳。小作数章往,正意欲洗近习而还之大雅,不知有当否?望与孔阳诸公共裁订之,文章千古,公案不妨弹射也。

答黎惟仁

自秋徂冬,两接芳讯。芝颜霞佩,如获面承。风尘中总无可意,惟竹林旧侣,时一兴念便欲拂衣从之。扇头佳咏,神情转胜,把酒问月,图苍茫烟树,秋光万里,收拾毫端,正使云林研思,石田点染,未能得其仿佛耳。悬向斋头壁,恨图中人不能呼我共醉,何似坐君家百尺楼上,又愧无青莲惊人句可酬名笔也。因忆曩时,长者曾以羊城八景见许,今便能践往诺否?得陇望蜀,昔人所笑,有如名笔,多多愈善,想不见讶。向承委序楼居佳集,恐佛头上不宜著秽,容暇图之。近两华札,行书妙绝,意必出自宗工,宜非后生辈所能代也。愿闻羽便,并此道恳。

寄黎惟仁

曩与开先在馆中,无两日不相过从,每过必谈,长者清居宴游之乐,津津乎觉轩冕都俗,恨不即挂冠相随。近开先出参外藩,而鄙人亦逐,寥寥无与谈者,然想清居胜事,当不减往昔所闻可知也。比来万事俱懒,日惟偃仰。东窗大儿能读古书,举业之暇间习赋咏;次儿初学语,孩笑间殊解人意。旅舍爽垲,庭槐森耸,皆数百年物。雨后苍翠,琴书俱润。登苑西楼,鹊巢可窥。春莺夏蝉,时从苑树送来。无事半月不出,差堪吏隐。独以世路崄崎,转眼亲朋两散。都尽似此,势难独立,时复怀归,长夜梦魂,每随长者清居花竹间矣。

再报黎惟仁

坐玉署中,雪花如球,便想高馆梅花盛开,朗月辉映,仙侣醉吟花下,故园春信,正料一枝见忆耳。家人至,首讯长者道履,兼拜华札之辱,及志喜名篇,高辞古谊,烂然卷册,远薄云汉,近责藜馆。相登顿风尘,驽马十舍而后,千里虽得至乎,然亦惫矣。何足辱雅念,至矢之篇咏,爱望之过,惟有惭感。向来守官词林翰墨,间作率应酬语耳。偶有请质,辄忘其丑。愿长者无忽箴规之义。郎君诸兄进修愈懋,近闻四郎新游黉序,五郎奇气勃勃,渐来逼人,长者鸿仪,诸君风举为乐,何如?贱眷以阳月初抵京,行万里途,获履平安,长者庇也。

报梁少仲

辱芳讯读,见怀佳篇,远勤记忆,因复悉眠食为快。来教夸我以泉石,侈我以松竹,此不佞碧山旧侣也。偶逐世缘,暂违良朋,他时谢肘后印,访赤松、朝蓬莱、夕阆苑,五城十二楼诸胜,愿与足下狎主此盟。罗浮拳石,足下安得专而有之?独所谓岁时杯觞,亲朋聚首,差逊足下耳。一行作吏,此事遂废,足下以不佞真汩没风尘者耶?久不聆谈锋,自谓无当于玄白,反复来教,直辨者之囿为解颐资耳。若未探心珠于象罔,证性镜于本来,色色空空,使人心融神,释言义欲废者也。孰能升天游霞,无所终穷?不佞且愿与之友,辄因来旨,往证大义,更有疑难,以俟他日。

再答梁少仲

获手札,知巢居杖履无恙,又承新诗见怀,临风展咏,万里如面。东山行乐,不减谢家。然读所条五策,隐忧远略,又似不能忘情苍生,恨不即共足下,借箸筹之,恐肉食者未必了了,遂致杞人我耳。隐士闻人说长安,辄西向而笑,知足下不遂弃瓢去也。向来谈锋,何似往二三兄弟对酒谈天,玄言妙义,攻击论难,致不遗余力,固非足下莫能解颐耳。此时竹林中少一用孺,足下不须服补气剂,碣石高三千丈,辟馆造天,与黄金台并峙,云表广延,海内士如稷下,他日有担簦逾岭而来者,抗手高论,令谈士咋舌,足下得无意乎？弟盖困风尘屡矣，去春幸与舍弟联名榜中，近叨读书词林，深惟笔札之役，无所表竖，以负亲知厚望。乃足下追忆《咏梅篇》，以为左券，茅屋看春，邀惠相门多矣。调羹句，小儿说志语，弟安敢望乎？索处无侣，日从云岳，令叔少周、令弟邓高诸兄①，觅杯酒之欢，即未尝不谈及足下也。

答欧桢伯

令侄入都，获谂动履，兼拜翰贶之辱，诲念良至。我公艺园哲匠，主盟海内二三十年，晚复绍明西河之绪，归裁吾党卒业新刻，意融景中，趣超象外，乐天晚年便觉粗直矣。此中才俊不乏，独雅道寥寥，回视嘉隆辈出，虽未足鼓吹风雅，可谓肩摩作者之场也。先朝宿学，惟公岿然独存。有能别建旗鼓，置嘉隆弗道，而谈贞观、开元以前，不佞且愿为执鞭焉。翁复能贾其余勇，立盟坛，一指麾之乎？近诗二折往政，迩来所作固不止此，大率拙劣若此矣，幸教之。

与唐寅仲

不佞从里社交游中，独雅慕门下。不佞于门下杯觞宴笑，非昵也。至谈嗜古独行之士，必抚膺门下。在人前，无贵贱贤愚，无不娓娓称门下也者。乃门下于不佞亦许其能，不为泛然之交。谓足当我独行，不佞则何能为役？然安敢不刳心焉！别来青门云树，时时在梦寐间，即青门主人可知也。吾党词翰，向有二三巨公，相与代兴，力还正始，自此陵替，独吾丈文章儒雅，有前辈风。后生小子，不知何所宗，尚私相标异，忘己事之已拙，笑前薪之易凌。夫河伯东行见海若，乃爽然而自失，假令执笔研从数巨公游，当愧死入地矣。自古有志之士，一乡不合，取信天下；一时不合，取信千古。

---

① 兄，雍正刻本作“君”。

岁寒知松柏之后凋,斯言良有以也。吾大勉旃。

与林开先太史

黎参知入贺,闻兄已抵余干,独怪其不为少待,持兄片纸来也。汪公幹近入京,道兄已过豫章乎?患疮不能书,近得白泉先生书,知行李方将度岭,计此时抵家久矣。相如奉使笭箵,道经故里,太守县令而下,负弩前驱,亲戚持牛酒相劳,班生此行,何异登仙?八年于外,亲友相聚,杯酒道旧,当不啻壮助锦衣昼行已也。欣羡,欣羡!弟才疏鲜识,兄所知也。久困江湖,业已息心进取。今春与舍弟联名榜中,实出望外,不谓复得如足下旧事,读书词林,盖庙堂嘉意怜才,既收之淹滞之余,又登以清华之选,此虽畴昔教爱为多乎?然以凡才滥竽仙籍,步武芳尘,易生惭恧耳。词坛衣钵,流派通承,愿不惜传示正法藏也。兄于中秘书无所不窥,摛英嚼华,兹复历赵燕,遍齐鲁,浮淮游吴,逾岭而还,跨羊石,抵扶胥,观日所出处,奇探冥搜,更当成一家言;藏副石渠,令宫史不得专美于前,亦一盛事,望之,望之!

答林开先

去冬南使,发曾寓尺牍于典记者,想彻览矣。小力至具,谂台履健胜为快,且知老亲家已开昼锦堂,日聚亲友杯酒道旧,暇则辟梅花社,修渭阳之好,扫竹林,招二仲,分题刻烛,使泉石增气,烟霞借色,此亦仕宦之极荣,而达人之伟观也。弟在万里外,闻之犹觉神飞,矧市中一二少年目击盛美,其以高阳徒为何如人耶?弟生平于笔札之役,独无所长,一旦处以馆阁重地,令与一时名流谈经较艺,实惭兹选。如来翰所称,重鼎彝,镇社稷,报主上侧席至意,则诚老亲家事也,弟安敢任焉?春宵雪霁,褰帘独坐,朗月映人,便有山阴之想。此时南中花鸟已盛,把酒听莺,不知何如此夜耳。

再与林开先

曩丈之捧檄而南也，于公论未免称屈，乃窃窥丈意颇不为动，岂非为太夫人计厚禄乎？是时，太夫人盖鸾停鹄立健也，交游中且为吾丈贮百岁之觞，不意行之月余，而遂捐养于逆旅，天涯闻讣，犹不胜惊悼。矧吾丈天性至孝，罹此荼毒，其何以堪叹乎？禄养甫酬，封章未逮，天胡不少假之乎？兹想吾丈俨然衰疚之中，而相以姻家子越在异方，匍匐之谊缺如，束刍之诚未将，仰溯慈矩，泪未尝不淫淫下也。顾惟无穷者情，有限者礼，丈于情，亦既伸一日之养，差可恨者，特身后遗封耳。然视欲养不待者，又不可同日语矣。况显扬慈问大业，方隆诸孙蝉联，声施未艾。太夫人虽尔见背，与生等耳。惟丈抑情顺礼，以成全孝，万里宣怀，曷任惓切！

再报林开先

承委转假事，赖主上之仁，三四执政主持之力，老亲家忠诚所动，弟少竭其愚，颇得报。乃贵举主曾先生云：仕者，居官尽职，不宜优游废业。少宰先生又谓：昔之仕论在退处养望，今之仕论在程功课绩。不佞弟则谓：方今内之储位将建，宫寮需材；外之疆场维棘，帷幄借筹；乡里衣冠，处积衰之运，急赖振刷；中原词坛，主盟乏人，并宜僇力。有此数者，门下欲久恋东山一片云石，其可得乎？弟碌碌如昨，叨从鞭弭之后，日縻大官，尺寸无补，时倚掖垣花树间，听门下赴阙车音耳。傥谓太夫人眷念乡园，重违其志，则非弟所敢知；如云场事逼而后至，似不免时情所料矣。至人出处动关元气，门下其图之。

与邓希父

邸舍过从，情如骨肉。晨夕密迩提诲，藉裨良多，微但杯酒宴笑之欢而已。别来殊觉索寂，每经吾兄旧寓，马便踟蹰不行，物犹如此,人何以堪?吾兄才高望重,稍迟岁月,必得美转,岂意遂有踠蹶然?不过二载余,当还我旧物也。归途雅况何似?曩别时尊足微肿,后想勿药矣。愿言珍摄,以膺天宠。时光如驶,家居清暇,时诣梅花社,与白泉诸老倡酬,亦自不落寞耳。

答麦兆张

使至,辱翰札,知相念不已。燕市尘劳,无一可人,但于马背上过日,每花晨月夕,同怀二三子时时在念如足下者,十年笔砚,五载睽离,缱绻之情,不言可知。时事多艰,国家需材,吾党又丁极衰之运。近者王宗伯告老于琼崖,王光禄削籍于南海,林太史参藩于淛东,杨宫谕持服于噩湘,朋旧星散,宦籍几空,独弟与一二冷曹日骑疲马,蹩躠风雪中,如此情景,足下视仆何如耶?而足下与白泉先生、无寂居士,方且龙卧江湖,恣睢岩壑。咄咄兆张,天生子才,固当有朋①,年方盛而投闲,力未愆而习懒,如斯世何?林太史怀负俗之行,居家立朝,不愧古人,只以旷远自好,为一二佥②邪局曲之夫所挤,然而公论大明,朝士共惜,出之日即入之日也。恐亲友未深知其然,幸以相慰。夫内则为天子侍从之臣,外则为天子藩屏之寄,安在而非王事,亦惟黾勉建树,以自挺拔耳。

再答麦兆张

芳讯远存,且悉眠食为慰。丈夫垂鸿勒巨,恃此七尺健在,他非所虑。来教云与竹林旧侣,文酒过从,一觞一咏,善乎自宽矣。新诗倡酬,想多佳句,何不以时见③示?仆少不如人,既辱在词林,幸以笔札事主上,篇咏间作,然或束于体裁,或疲于应酬,恐遂失故

① 朋,雍正刻本作“用”。

② 佥,雍正刻本作“憸”。

③ 见,雍正刻本作“寄”。

步。今录寄白泉先生,足下试索而观之,尚有曩时风尘口颊否。北门之盟,仆诚得秉前矛,为兄洒扫词坛,愿执事者勉之矣。

答黄汝纶

去冬辱手书,并拜扇头见忆佳篇,临风展咏,万里如面。惟昔讲业濠上,十余年来称意气交,独足下暨东官谭永明耳。杯酒间谈说古今,剧论时事,有当于心,永明抵掌激烈,足下掀鬓长啸,不设城府,亦不避忌讳,视毁誉得失,直蚊虻之过耳。自谓白首同归。兹乃二豪者,犹徜徉茂林修竹之间,能不令志士扼擘?少别言笑,两度春风,缱绻之情,如何可言。每逢南使,辄讯长啸徒健食,独永明踪迹罕闻,不知过从间曾一相念否?幸无分席我,然以木天藜火之地,令婆娑一儒攘臂而谈六艺,不可谓岭外无人哉。有如乘机遘遇牧豕[①]鼓刀之儿,皆能感会风云,起大泽,其何疑于二豪?闻马首欲北,当买燕酒为北道主人,不令悲歌击筑之风竟千古落寞也。迩因一二处士横议,致畏论时事,恐公等游燕市中,亦只宜浇磊块咏风骚,无为时人侧目可耳。见谭永明,幸为道意,渑池勋业,未宜自废也。

答谭永明

曩与黄汝纶书,曾兼与足下,谓二君慷慨略相当,且约贮燕酒以待酣歌,岂足下未之见乎?辱远存,兼悉眠食,甚快。不佞从朝宁上,屈指布衣游,独足下为知己,尝谓足下用世才也。曩者蹑莽燕赵,驰匹马走穷边,从公卿间抵掌而意气甚壮,兹久卧江湖游,得无倦乎?方今□□[②]背盟,西事维棘,羽书日三四至,覆军杀将,曾不能一矢相加遗。近者辽东又告急矣,朝廷左顾则忧蓟辽,右顾则

---

① 豕,雍正刻本作“矢”。

② 钞本、刻本“方今”后均空两字。

忧洮陇,屡降明诏,选将练兵,思得熊罴之士、不二心之臣,共灭此而后朝食,足下倘有意乎?烈士暮年,壮心不已。丈夫得志,要使左手抚燕然碑,右手盾鼻上磨墨,乃为快耳!

答黎君玺

辱远存,因悉雅候,喜慰无量。近闻下帷北馆,进修愈茂,又喜笔研之暇,壶觞时亲,制义之外,吟咏间作,已自风流不乏。仆守职词林,此道不废。顾应制诸什,束于体裁;交游倡和,疲于应酬,未得国能,恐失故步。足下以为金陵诸作慷慨悲歌,又是一时无乃尔乎!夫情随事迁,词以感异,古人或触目摅怀,或扬休诵美,故雅颂之音,风人之致,山林泉石之调,军旅劳人之思,感遇不同,兴象亦异,要以创格铸词,直窥古初。曩所献者,不知何作,即仆亦自忘其陋,总之不若傍观一著为高耳。江左清谈,竟成偏安,人以为王夷甫诸人之过。千载大业,寥寥宇内,非吾党一振之,恐遂绝响。承寄《志喜篇》,弹冠之谊,缅缅笔端。顾疲马困顿,十舍而后千里备矣。门下无效此也。拙刻往政,多半字挟风尘,惟舍弟似负万人敌,仆仅避之三舍耳。尊见以为然否?诸不悉。

报陈少珍山人

家人抵京,首讯足下,因悉眠食,良慰。闻迩来生事萧条,丰神谑浪,渐非往态,惟阿堵神明,炯炯照人耳。旧来好事,今尚能否?老去新诗,不知竟谁传也。足下天之逸民也,抱黔娄之道,执原子之节,立于太虚之途,蝉蜕世网,会当有鸿笔之士,为足下传不朽,不令终泯泯也。曩与足下濠上过从十余年,杯酒倡酬,不间晨夕,不佞偶触世缘,获偕家弟,比肩云陛,辱在词馆。顾惟碧山旧盟,无时不在念烟霞水石间,复有如吾陈梦觉者,他时足下求羊,固当不负吾耳。

答罗虚川

去冬四家兄入都,悉长者杖履无恙,殊快。兼拜翰贶之辱,万里缄驰，何相念之深也！三复来翰，惜逝念离，写泉石之旧盟，追艺林之胜事，叹深酒垆，悲逾邻笛，令人扼擘不能言。子云父党，尤惭起敬，岂其忘年于小子，抑敦夙好于先君？辱教大篇，未知于古何如。方之洛社，典型①犹存，风流非乏，惟其有之，是以似之。老成人面目，岂必妍丽之为快意乎？

答侯见洲大参

维仆于翁，虽抠趋承事之日，少至于景仰道范，而私淑其教，则可谓有年矣。正考父之铭其鼎，三命滋恭；卫武公之警于朝，既耄不倦。若我翁者，殆将兼之。曩者寿言之役，愧不能侈台莱之颂，授执爵者以词。来翰且厚望而远期之宪老乞言，虽仆所愿于翁，然非其任也。

报张凤台

久缺承候，仰止惟劳，疏略之愆，不能自解，重辱翰教，万里枉存，因悉起居，良用慰快。先生久有山林之适，不忘世道之忧，望悬霖雨，心系阙廷，虽复子牟之素怀，安石之雅望，何以过此？顾惟今日人情局面，视先生立朝时，又不知几百变，即见在朝者，犹朝不保夕，于此而欲搜逸材于岩薮，起旧德于朝端，不知能相安否？又不知何人为推毂。出处之际，望先生再熟计焉。乃若相之可自效者，惟有赤心也，亦未敢必也。

答杨肖韩

尝爱杜少陵诗，老病人扶再拜，难以为真率。不谓公等遂造此境。以公玄修，不宜有此。或藉此弥慎动作，未必非福。此时惟仁高卧于东林，公绍偃仰于城阴，何同病之多也！如公等，若作宗少

---

① 型，雍正刻本作“刑”。

文,天下名山,正须卧以游之,使遇陶静节,并当舁篮相过,世岂复传虎溪胜事乎?

与黄公绍

别三易岁,想念之至,不可为言。曾记奉访时,公微有足恙,须人扶掖乃能行,王右丞诗所谓"双童逐老身",颇似为公今日发矣。此时步履健否?纵使未能故步,但不废吟兴,何妨?闻白泉公近亦坐此少见客,如公甥舅正须坐镇雅俗,岂复欲捕兔逐麋乎?近时学习,往发卧吟,不知于初盛,宜当谁家更欲上之,公能许否?谢彦云乐府百余篇,真希代之音,惜不令李、何诸公见耳。此兄作诗二十年,人无知者,所谓东家丘也。公试扣之风便无吝惠音。

卷之十二

尺　牍

答庄得全太史

得书悉动定为快。山静似太古，日长如小年，昔人常有其言。来教谓日月易迈，似非所论于山中也。弟常为山居，事事皆宜，只是海内知已聚首无期，或不无离索之感，风尘中无一可人，惟五十足恋。然优游文墨，无所短长，每睹时政日非，不能救正一二，时复面热耳。国家承平二百余年，主上明圣，虽久在静摄，而机务不废，乃人心往往思乱，识者虞其及焉，不知何故。吾辈当此时，立朝则无补，久在家则又旷职，惟兄独计其出处焉。

再报王宗伯

都门重侍函丈①，席侧聆诲言，奉违十载，而又得此，欣抃可知。勉强出山，知非师意。然使在吾师得再申觐对之忠，在弟子得少遂瞻依之愿，即此一出，讵谓非道？其它去留，即听之，遇非所能逆睹矣。此番掇拾，举朝皆知其非，即言者亦自知其非，所以昧心至此，良由一时卿贰皆新任者。此外或力大援众，当事者缩手不敢动，遂以贤而孤立者，应之吾党，始不免食亏矣。乃温旨惓惓，昨见执政，再三加意，今日之事，恃有吾君吾相，至于行藏，自有吾道，原不以

① 雍正刻本无“丈”字。

人言为轻重也。又闻欲疏及时事,窃意以为不宜。此自吾师老成忧国,然即有此番议论,恐未必能见谅耳。不如且已之,而但力求去为是。惟师再审处焉。若夫世道之可忧者,上而朝政之乖张,下而人心之险贼,知师愈不能忘怀矣。焦生既去,复罪董生,无罪见逐,不意戈矛近起同室。何时见师,具道此事。暂因来使,谨勒报函,万惟为道自爱。

再报王宗伯

前日赍疏使至,悉师动定。昨辱翰教,又知师浩然归志,凛乎不可留。盖于出处之际,可谓无愧。决于求去,是师本意,岂因人言。彼亦安能必吾师之去乎?兹屡旨既温政府所以处,前辈又不欲其遽去,惟师自审处而已。惟是静摄多时,远道不获奉起居,虽势出无奈,而心实悚然,不能自安矣。来使又云补考疏再待乞归。疏同上,亦无不可。敬此奉报。极目南云,曷胜瞻恋。

与陈二山太守

远辱记存,兼悉动履为快。闻迩来觞咏自娱,解脱尘网,逍遥里社间。香山洛水,久成尘迹,襄阳耆旧,惟翁岿然独存。松柏之操,经冬愈茂。所恨赏心朋辈不知凡几,于九老耆英间,恐不无少逊耳。天与以年,又逸以老,我翁于司命者不薄矣。顾谓乞留残日,以观鼎铉之日[①]业,虽我翁厚念乎,恐鄙人非其任也。愿言崇摄,以享遐龄。

答王省轩

辱书知抵家无恙,及道所以起居。太夫人者,数载去故园,即三径松菊欢相见。矧久旷慈颜,一朝定省,畅回驭之情,理闲居之

① 雍正刻本无"日"字。

咏，此一段光景，虽三公弗与易矣。又闻裹足城市，栖心烟霞，东访罗浮，西蹑樵岭，与山水牧子侣此宁，独便于所习。士大夫以罪废，理宜如此，不然何取于以抗疏为名高也？向来储事，虽未即举，乃预教大典君相而以一言决之，且谕旨慎重，明示天下以序，朝野踊跃，想丈万里外所同欣幸。盖丈以此获谴，身虽退而言固已行矣。便草率附报，曩奉送小诗录去，少见情愫，惟自爱不悉。

答陈龙压都督

西征之役，知庙堂必倚重公。向握手东郊时，曾语及之，公亦慨然自许，兹果然矣。惟是东师奏捷，未暇息肩，复有此役，不无独劳。窃计此事，非公终不能办，此朝廷所以付托之意也。辱书及读大疏，欲以十万师扫荡播土，凛凛英气，西贼破胆矣。昔赵营平以为无逾老臣，马新息据鞍示可用，俯仰千古，此事概公而三耳。当事者虽难于饷，然心实壮之。闻前调发土汉兵已不下十万，似足破贼。又闻广西狼兵亦已调发，不知隶麾下否？曾与当事言之，果不足，或待彼处总督再疏乃发也。本兵每晤谈，必推公为当今名将，属不肖致意，亦有西事所恃者，惟有公耳。幸勉扬茂伐，以副当宁之望。

答陈都督

入春来，三拜手书，凡兵之强弱虚实，与夫进退迟速，得之甚具。来役复能娓娓道之，虽在数千里外，直可为公预策胜算矣。贵镇新设，百事草创，安得不费经营？兵弱饷乏，则以楚中巡抚前此未有专责故耳。兹既特设，事权必一，戮力同心，以成大功。窃为愿焉。当事者之所云，彼将难任，倘有处分，同室戈矛，固宜预防，留之贻患，去之生变，当事者必熟筹之，万不得已，勿与共事，一路而已。兵尚神速，亦贵当机，势难遥度，亦忌中制，此去贵役，来时已月余，拣兵聚饷，想以次集川贵两路，闻在进兵，能于此时刻期并进,犹可及事。若夏月山溪潦涨,决非所宜。料敌审势,公共图之。夫旷日持久,糜费不赀,利于速战,乃当事之意。然兵不再举,事贵万全,可迟可速,惟公与新节制斟酌焉。

贺陈都督

自公之东也,则不肖举酒祝曰:"愿前矛早一日灭贼,上以纾庙堂东顾,而下以宽中国之民力乎!"及公来自东也,则不肖又举酒祝曰:"愿朝廷早一日开云台议封爵,布大信于天下,无使有赏不酬功之叹乎!"兹公果能铭勋异域,以功名自结于人主。闻朝中方且议首功,议上赏。下有立功之实,而上无不赏之功,于仆始愿足矣。至于所以为麾下贺,犹属一人之私也。然谊不能已。是用驰一介修不腆之币,寓诸辕门曰:相所以为宗社贺者,则有纪载之役在此,特为将军贺也。

答陈都督

公功在社稷,名勒彝鼎,伟矣。犹然不忘推毂者之自此大《易》劳谦之义,《虞书》不矜不伐之旨也。讵非盛德事乎?夫难成而易败者,事也;易立而难居者,功也。有如公者,其立功岂独易哉!方仆前后称公于朝,闻者或以为私其乡人,或以为书生局于所见,然仆始终料此事,非公不足与办,故断然信之而不疑。乃其言遂验于今,则仆之蒙庥藉宠,以关好事之口,为幸多矣。由前言之,为国家得人计,不独为公。由今日言之,又为国家成功庆,不独为公。若曰非亲知无以至此,则吾岂敢言念正殷,得从城东晤对?大愿!大愿!

答陈都督

数日前,闻归师已及张湾,奏凯之音达于辇毂,喜慰无量。明公提舟师,荡倭氛,返属国,功在社稷,早宜开云台,列土而封。夜来读勘科疏，明公爵赏，欲援国初例，而诸公子皆从首叙。殊勋伟伐，萃于一门，国家二百年来，前此未有，不独桑梓之光而已。距行营者不满百里，前矛在望，顾未能持斗酒相劳，乃辱高谊，先之适，重之愧耳。

回陈都督

东事赖公之力，始收全捷。国家六七载，劳师费饷，始得息肩。鄙意谓自开国以后，仅见此举。公生平功遍南土，然亦有策勋异域，威振四夷若此者，此足表东海矣。承示大疏，既知海上成功之难，及阅朝鲜君臣所为书文诗歌，又知外夷颂功之实，此便是千古美谈，不独为目前论功张本而已。幸有此疏，而公之功得自明于上。若待彼处叙功，本必不能详悉若此。兹既得旨，下部优叙无疑。盖公为首功，向来有定议矣。鄙意又谓朝鲜书文，昨宜与疏同上，使朝廷之上知彼国人情，如此愈见掩功者为诬也。近得彼中议善后事，知公入关有日，而仆前寓书万公，亦虑及此。来役索报甚急，草草数语，不具幸亮。

回吴都督

得书知公已视师蜀中，复闻一切征调进取之策皆有成算，以待三路并进，从此灭贼有期矣。贼甚狡，变诈百出，我必有以情形输者，军中宜慎之。若事势穷蹙，必以降啖我，尤宜审处。诸如此类，以公自为谋诚有余，无俟他人画策，然以仆为公谋，实不出此。庙堂上利为速，进动以省饷为言。仆以为事在万全，不论迟速，审势相机，固难遥度。惟公等图之。

答吴少武总兵

知归旆已及通州，前矛在望，不获持斗酒劳帐下，奈何！公提偏师，逐狡倭，返属国，功烈伟矣！早宜开云台受上赏。闻此时廷议犹然未定,何以言赏不逾时乎?公精忠大节,固知不为赏劝,但恐无以励将士立功之心耳。相虽腐儒,尚能力言其事,必不使殊勋伟伐抑而不扬,而朝廷有赏不当,功之失此,非独为麾下也。

复吴总兵

自有东事,六七载间,未能收尺寸之功。明公率吾乡子弟兵万里赴敌,甫数月而倭荡若扫。虽庙算有灵,然非公谋勇夙著,奋不顾身为将士先,安能制其死命乎?此一役也,水战则陈龙厓公功最多,陆战则无如公功者,舆论既定久矣。犹恨诸将不能与同心戮力,以致行酋潜遁,未收全捷,此则责有所归。然麾下之功,自不可掩。昨者报至主上,先发帑金犒士,又屡诏达军门叙功行赏。朝廷未尝一日不念东征功,乃言者犹龉龃,何耶?仆谓功罪原不相蒙掩,想庙堂自有公论在,必不至薄叙以负舆论也。

与吴总兵

昨会晤间,即抵掌数语,知公今时名将也。蓟镇之役,朝廷将借公北制鲁,东制倭,即公亦自许非我不可。国家与倭相持数载,未得全胜,近者辽东损将,鲁不可谓帖然无事矣。前此偾帅多不称任使,惟公向用方新,朝野皆注望焉。勉竭忠猷,以副简畀,俾威震夷鲁,功在旗常,匪惟桑梓之光而已。陈龙厓素称善抚士,昨出关之报谓何,非赖公调停,几不免脱巾矣。幸以详闻。近闻川兵度辽,辱其守将,未与贼交,往往骄悍成风,他日何以驱之应敌乎?公有封疆之责,愿与共策之。

答万丘泽巡抚

东功从古未有,非我公成灵不及此,此社稷之福,朝野之庆也。然几摇众虑,赖主上神武,我公受上赏,文武而下,皆晋爵有差,此又社稷之福,朝野之庆也。乃仆颇不满于议事者,假令此事在汉唐,万户侯不足道,何暇论阶级哉?初意我公事定后即旋旆国门,辱书始知犹以善后事留滞异域,是以有衮衣兮,无使我公归兮,虽东人之情,乃内地如辽金左备鲁,西蜀备诸土酋,恐亦非公居东之时也。

回万巡抚

自有东师,六七年间,未能收尺寸之功。乃明公临戎数月,而倭荡如扫,遂使藩国再复,我武维扬,岂非庙算有灵,而公之先声能制其死命乎!昔窦车骑逐鲁燕然,则班史为之铭,汉氏威武,照耀今古,至今诵之,犹足伸华夏之气。我公殊猷伟伐,即车骑等之逊烈焉。不佞相虽才谢孟坚,曩于公之行也,曾为诗二章,奋扬天声,昭示远裔,不知于燕然之勒何如?兹奉寄军前,倘裁其芜陋,磨片石镵之,使上下千载,北有燕然,东有箕封,岂不赫然并存盛事乎?惟明公留意焉。是役也,国家二百年来始一见,不佞谓主上威德,直与二祖并烈,汉唐以来所未有。主上谕臣等亦云兴继之谊,救恤之仁犄欤明公。勋伐与圣谟,愈弘远矣。方拟伸纸作贺语,乃翰贶先之,感激雅谊,莫知所裁。使旋,敢布腹心,从军六章并往,聊备军前铙吹之音,工不工无论也。

再与万巡抚

东师大捷,至于一倭不留,属国克复,宗社之福,朝野胥庆。乃彼中犹思挠其成,至欲以往罪掩之,何也?主上屡促优叙行赏。即赏疑惟重一言,已令功臣生气。叙功疏似不宜更缓矣。敝乡二帅并载功似有定论,望我公主持,毋使为强有力者攘焉。善后事,闻议者欲以陈都督留守,此公自起行伍,数十年间斩获以数万计,身经二百余战,未尝一挫。兹贾其余勇,犹足收海上之功,留守之寄,似非其人不可。但年近七旬,去家万里,不知能久羁异域否?惟我公善成之。倘不得已,必重其爵赏,斯能压服远彝。此自初议,不知于今日何如？然亦惟公得操其权耳。

再答万巡抚

春间拜函贶之辱，明公方征兵缮饷之为倥偬，乃为其所疏远，情款若此乎，感之，愧之。向以注籍未遑裁答，此时想明公经理海上，次第有成算，闻东事稍失利，后去将士颇怀观望。国家所倚仗惟公一人而已，愿殚猷画，以慰相期。又闻东行士卒，往往以无粮乱伍。夫我先自敝矣，何以应敌？此事更愿公熟筹之。旧诗二扇奉去，少发军前之气，幸正之。

答袁聚霞

前月已附报书使者，促兄就道，而先来之使继至，重辱书贶，且知兄此时已抵家，赴镇有期，良慰，良慰。因忆曩与兄京邸剧谈，致欲得一边道以自效，今固其时矣。一时同事，如临皋龙涯诸公分猷共念，幺幺小丑何足难我师乎？但彼中道险饷艰，审机量敌，想吾兄自有成算，恐非身在事外者所能遥度耳。

回游一川大廷尉

当俗吏烦苛之日，用儒者忠厚之风，简在特隆，朝绅所赞。自法令滋张，狱讼繁起，即辇毂下不能无冤民，矧留都数千里外乎？此朝廷所以任老成、重根本意也。至如来教所称，时事多艰，乱征已见，匡主德，答群情，是在正人君子，诚然，诚然。窃谓雅望如公，早宜入赞庙谟，正想留曹不能久淹耳。笔札小臣日切杞忧，挽回无术，明公何以赐策焉？

答杨止庵通政

自相起田间，即知慕长者之谊。顾惟登龙恨晚，无由一聆謦欬以毕此生，当吾世之谓何？昨从邸舍始获抠趋，方执鞭是幸，而明公且趋驾留都矣。明公当世所谓笃论君子也，清真恬雅，卓然风尘之表，不图涉世，末流乃复得见先进遗风如此。尝窃以为异说之盛，吾道之忧也，思与同志起而维之，顾绵力无如之何，一时亦未有应者。独明公首倡正论，醒迷解惑不遗余力。然后异论渐息。其功在名教岂鲜乎？方望以主持吾道，奈何遽欲引退。兹大疏既得温旨，宜强出以慰舆情。相虽不足奉周旋，固不敢辞也。正怀披豁，忽辱记存，敬布私衷，远附归翼。

与陈郡侯

曩荣发日，不肖相既拜送都门，旋复念台车早一日履郡，郡内早一日被泽。近自乡来者，传我公已于十月间莅敝郡。窃计此时露冕所暨福星一路。敝郡幸哉。敝郡于宇县为僻壤，前此辱临者往往鄙夷其民，以为不足与兴，理泽亦鲜究焉。天惠远人以俾明公，其无亦去泰去甚，与之更始，民乃今始有太平之乐乎？不肖相越在远道，弗获拜车前听新号令，又恨弗获睹民间所为扶老携幼踊跃新政者，遥从万里外一寄，庆幸之私且致愿望之意如此。

答叶玉成侍御

辱书，知已登台视事。按部所至，登明黜幽，必有闻风解绶者。两浙幸哉。中使之祸宇内，遂无一处得免，缙绅往往被其螫毒，楚中举动，遂至不可挽回。天下事恐从此去矣。悠悠彼天，不知尚有悔祸之期否？维持世道，是在公等。不激不纵，去太去甚，而身亦脱然于是非之外，乃所望于吾丈也。

奉候汉冲先生

相不以尺牍抵函席者，又三载于此矣。疏慵之罪，虽相自知之，矧吾师乎？去岁大兄入都，得动静甚具，重披华札，恍如面承。师之提诲，可谓笃挚，爱望之过，虽出厚念，实非敢任也。春来时事,言之扼腕,谗言孔多,正士结舌,惟师养深见,定或不为意。矧家庭乐事,师之所处,备极人间,身外是非,何足加损?每想太翁开八秩之筵,贤昆称万年之觞,衣冠相传,以为盛事。拙章芜陋,不能赞扬万一,惟师略其词,而取其意焉。大兄宏博,自是师门济美,不知何以卑礼过逊,通家兄弟,不便请教,反成疏节,此后相见,望师稍为酌中,似不宜太拘也。

答傅司业

吾兄二十而通朝籍,雍容天禄石渠之署,三十而跻少司,成以德行道艺,为儒者师,际遇之早,朝绅共赞,乃犹兴叹于鸡肋,何也?今北人宦南者,往往称水土不习。然此惟拘方之士为然,或轗轲仕途,借以泄其牢骚不平之气耳。兄于宦路,最称得意,岂复有不惬于兹行者?且夫背山临流,竹树交荫,则不得言挥汗成雨矣;游鱼盈沼,则不得言橡饭芋羹矣。如此胜事,闻者神爽,况身居其地者乎?今主上向意儒臣广厦细旃之前,陈说得失补助,盛美是在,吾辈正恐兄不得常有此胜耳。

答陈怀云学院

文体士风,关乎气运,迩时末俗偷薄,士鲜实用,识者忧之,以为文之浮靡使然。庙堂之上至三令五申,欲返之醇正,而犹不能。来教云所录者与所禁者相悖,诚然,诚然。仆尝窃谓,欲正文体,须慎督学之选,各省学宪,宜视两畿例,自敝衙门及台省部属,择其文行之端方者皆得为之。差满复命,听之阁部考核,以所取文定其优劣,于以厘正文体,挽回士风,未必无补,不识可佐末议否?

答李寰素兵宪

再奉华翰,诲念良至。扩城之议,承老公祖惓惓加意,虽不免中格,然敝地受惠不浅矣。北郭池塘低陷之说,不知出自有司或士民乎？士民自为谋宜无不周，果属低陷，诚当已之。若有司视所治传舍耳，任满即去，谁肯为地方图千百年之便如我公者乎？其沮格奚疑？凡人难与虑始，可与乐成。自昔举大役，动大众，始未有不落落者也。近有诏搜括各省余羡，以其半入内帑。以鄙见揆之，不若留之于地方，犹为利在百姓耳。来谕又谓选胜得城外数里许。既经法眼，其形势可勿问而知，但不知将来可作府治否？所以议扩城者，专为府治不便耳。然并建二城，视扩城则愈难矣。凡事成毁，自有定数，以老公祖图议之周，持议之力，一议格复，一议出所，以加惠地方甚厚。倘社稷有灵，肯令终格不行乎？大惠屡及，惟有惭感，别纸并布腹心，统祈省鉴不备。

再报李寰素兵宪

昨差役南发，曾函牍附致，想计日达奏记矣。每念老公祖新政，宜民与父老子弟所以踊跃新政，正恨不即身见之也。矿税害遍天下，敝府向虑不免，近日搜括羡余之命又下矣。昨见新奏二十万，于何措办珍货异产与敝地砚席等物，皆充税额，加此一番扰乱，民何以堪！老公祖何以为地方计？虽欲不费心力得乎？时政日甚一日，如焚如惔，民物糜烂极矣。不知尚有挽回之日否？其在敝邑，惟恃明公而不恐耳。腐儒私忧，诚有之，无能为也。

答刘乾阳学宪

弟荷教最深，忆与兄比舍而居，复数载乃不知，各以何事牵去，经月不一晤语，别后乃始悔然且无及矣。吾兄以德行道艺师表士林，齐鲁于文学，盖其天性一变至道，事半功倍。异日按牍而征，造士之效，其必首东土无疑也。别去悬悬，方图因利津令修候，而来翰先之，启函为慰，拜惠增惭。吾兄甫四十而跻大僚，以师道淑世于仕路，不可谓不达；朝廷待督学秉宪之臣，不可谓不崇。每读来翰，过为谦退，非弟所敢闻也。

与蒙司理

窃谓郡理刑官也,主威主断。以公为长者,必能兼用仁恕,不徒搏击为威断而已。乃仆为公庆,则又进于是。往闻江北理曹,威望震叠,乃与直指等台使者按部,咸属耳目旁郡严重之常如真,直指惟其有此,故恩怨易归焉。以公谦恭慎密,诸如此类,可必其无此。仆为公庆,亦为公勉也。于时秋也,天高气清,想公坐法署中,冰壶自肃,佳况何如。

附 录

评至言昌言罪言四月上旬开试①

夫欲匡主德,救时政,则贵于言矣。然有公言于朝廷,而不以为讳,有私言于草野,不惟无补于治,而反以为过者。公者以补缺失,而私者以泄其愤懑无聊之思,即其言不能无偏,而君子因以论其世焉。

当文帝时,宇县无事,天子方事宴游,驰骋射猎,一日再三出,击兔伐狐以伤大业,而朝廷日惰于事,于是贾山上《至言》,愿借秦以为喻。汉季皇路艰塞,神器不振,阉戚擅权,玩弄威福,习俗颓靡,豪猾竞起,于是仲长统慨时事之失,作《昌言》三十四篇。自唐府兵撤,而藩镇横,天宝末,燕盗徐寇,出入成皋函潼间,若涉无人地,郭李辈常以兵五十万不能过邺,天子因之幸陕、幸汉中,焦焦然七十余年,于是杜牧愤身不当言语,作《罪言》。

三言者,大抵皆感事愤时所为作也,闲常一品骘焉。山意在开言路,罢游猎,欲帝选贤者为常侍,诸吏少衰射猎似矣。乃谓待万世基定,始事游幸。又谓与众臣宴游,而与大臣方正议论,岂王者不好游畋之指乎?山非醇儒言矣。仲氏意惓惓于严断,故欲复肉刑、修闾井、益官长、定赋税、事归台阁、专任三公似矣。然文帝除肉刑一诏,仁意蔼然,至今诵之,使穷民有喜色。且人臣者将德意是导,而诱之刻乎?国家方多事,旦夕不支,而多设官职,计井授田,几于扰烂矣。故仲亦失言也。牧意在惩藩镇之乱,其言曰:"生

① 本篇及以下两篇皆出自道光《高明县志》卷15《艺文志》。

人常病兵,兵祖于山东,仞于天下,不得山东兵不可去,故上策莫如自治,中策莫如取魏似矣。”直其人轻荡工言之耳。然余观牧所注《孙武子篇》及《战守》二论,洒然异之,且原藩镇之祸在去府兵十六卫,庶几知乱本者。至如山言定明堂、造大学、修先王之道,仲言法制世变,有□□□□□□□善与任用,公核材艺、修武备,皆救时之激论,不可废也。其言有用有不用,何也?则所遇之主异也。故《至言》止辇,《昌言》乐志,《罪言》且负慝引咎,不暇曰罪者,诚悲其遇也。何者?兴王惕于事之所未然,昏主狃于乱之所已然,而言之遇不遇因之,是以左钟右鼓,悬磬置铎,古之圣王惟牖之使言也,有言之而不用乎?惟恐其不言也。有言之而见罪乎?言至于见罪而国是日非矣。故汉祚竟移于宦竖,而唐室卒衰于藩镇,言虽不用而固已验矣。然则为臣者,宁犯颜触讳于世道清彝之日,毋使己受直言之罪,而国是日入于非;为国家者,宁使人批鳞折槛而不忌,无使以言为罪也哉。

原学 万历己丑阁试

人有群居乐聚,执艺鼓箧,端弁带而说仁义,拥皋比而谈诗书,扱衽而登孔氏之堂,则可谓学乎?曰:“是谈说之粗也,非学也。”人有朝经夕史,寻行数墨,占毕呻吟,焦唇腐舌,仡仡穷年而莫之止,则可谓学乎?曰:“是诵读之余也,非学也。”然则所贵乎学者何也?学者将以成性也,亦以成圣也。道率乎性,至乎圣,而止矣。惟学足以通之今,夫人非生而闻道也,又非尽生而有是聪慧材智也。然而义理之性,与夫灵明清虚之体,所谓尧舜以至途人一者。执途之人告之曰:“若将为尧为舜也,有不赧然逊避者乎?”执途之人告之曰:“若之性即尧舜之性也,有不蘧然大觉者乎?”俄而途人,俄而尧舜,是何修何营耶?君子曰:“学不可以已。”虽有美味,不食不知其旨,虽有至道,不学不知其致。故跂足而望,不如登高之博见也;终日而思,不如须臾之所学也。木受绳则直,金就砺则利,性本一而或失其初，以至于去圣日远矣，始不能不假于学。故学者，所以变化气质，矫其偏，返之正，以致乎圣人之道而已，非谈说、诵读之谓也。谈说而无得于道，昔人所谓说铃也；诵读而无得于道，昔人所谓书肆也。以是语学，离其质矣。

余观古之为学者，始之离经辩志，次之亲师取友，朝而受业，昼而讲贯，夕而习复，藏修有正道，退息有居业，志如此，其励也。大之经纶参赞，小之器数名物，远之六合，近之衽席，尊之帝王圣贤前言往行，而卑之匹夫匹妇寸长片善，罔不捃摭囊括，量如此其宏也。而又戒惧严隐微慎，公私义利必析，不伸节于昭昭，不惰行于冥冥，功如此其密也。故曰圣人之于道，没身而已，尧兢兢，舜业业，禹汤文武汲汲，仲尼皇皇，彼上圣犹然，况中材以下者乎？故知古人之所谓学者，将以成性也，亦以成圣也。

自庠序学校之教衰，道与世交丧，而学术亦裂。秦汉以来，诗书起家，白首纷如，高之沦虚无，卑之溺青紫，谈说虽盛，诵读虽勤，所由殆与学远矣。悲夫，吾身在天壤，直一瞬耳，所恃以参三光，超万汇，独有此学。隙驹易迈，河清难俟。彼燕僻嬉游，流连光景，诚无足道。其无乃以其谈说诵读之功，为异端曲学之资也？不亦可惜哉！余因推本言之告夫从事于斯者。

勤政劝学箴有序，万历己丑阁试

窃惟自昔三五之隆，必先政学，臣子之义，职在箴规，是以明良合而皋陶飏言，敬义胜而丹书进戒。故论政首忧勤，论学尚惕励，何则？纯心者，政学之本也。以无逸之心立政，政乃勤；以无逸之心务学，学乃励。历稽哲王皆隆斯轨，一日二日无旷，惟精惟一，允执政学之传所从来矣。盘盂著警户牖，勤戒箴铭之风，抑又懋焉。至于大宝丹扆，宵衣无逸，代有作者，凡以邕鸿化而光主德也。

臣伏睹皇上践祚以来，任贤求治孜孜，宫府不怠；重道崇儒矻矻,寒暑靡辍。盖十有七载如一日。其于政可谓勤,而学可谓励矣。顾理道广博难穷也,德业渊微难竟也。矧夫政者难熙而易隳,学者难进而易退。苟一念逸则贻鲜终之诮,一息逸则丧垂成之业。臣乃推政学之原,究纯心之义,爰制斯箴备省览焉。箴曰:

哲王凝图,统御万方。总揽威福,调剂纪纲。度天祇民,惟学与政。莫不以罔念者作狂,而克念者惟圣,繄惟乾行,自强不息,政学始终,不遑暇食。当思创守之艰,罔敢慆淫之即。惟无逸乃有逸,虽不闻而亦式。何以立政?其道在勤,无以怠荒而间皇仁。何以懋学?其功贵励,无以宴安而隳厥志。缅彼圣哲,兢业万几,天工允厘;彼昏不知,则谓九重可乐,奚自勤苦为?缅彼显王,枕藉篇章,日月就将;彼庸弗悟,则谓五位至安,何以不自康?毋曰细娱无伤吾政,恐以细娱而残生灵之命;毋曰玩愒无损吾学,恐以玩愒而蔽几微之觉。呜呼!欲不可纵,时不可失,殷忧启圣,佚豫召亡。彼秦氏之衡石与隋室之传餐,徒为丛脞,奚取图难?允为帝王之德,有严有翼,微臣献箴,用赞丕绩。

孺朗初稿序①

诗,古今不一体,要皆出风入雅。其韵语本人心之元声,故舆诵而里讴,欢吟而愁叹,若扣之有响,触之成籁。后世学者,初机之士,或有合焉。至其点动,泄造物之机缄,转旋关世运之升降,发情止性,振废兴衰,奚论"三百篇"?即当代章什,自足立言不朽。此虽老于坛坫,充栋兼辆,求一语庶几而不可得,诗固未易言哉。

吾岭南张曲江,以诗教倡。国初五先生,更振起之。至梁、黎、欧数公,各称一时作者,而黎秘书作之不止,遂欲窥曲江堂奥。盖秘书少年举孝廉,不屑更隽南宫,聚数十年精力,乃得至此,世人视

① 《广东文征》第4册,香港中文大学出版社1976年,第129页。

为末艺兼长之物，掇拾仿佛，傲然自足，卤莽迁业，宜其去古之远也。

予自弱冠苦吟，几欲弃逢世之策，中岁幸备员词垣，优游风雅，自谓古道可复，一时朝野，若潘光禄子明辈，谬相推许，应以同声。不图世运妒人，积疴焚研。今吾党称时，彬彬蔚起。子朋有族子曰孺朗者，少年嗜古力学，殊有风雅致，社中同好汇其初稿，传之海内，属予序之。夫诗自不易，自有定评，予敢安遽以千古事佞孺朗？孺朗发硎，不啻出匣干将，矧友天下士，虚其心，大其识，不迁其业，继此以往，予安知其所税驾哉？

明南京太仆寺寺丞前左春坊左中允区公暨封宜人罗氏合葬墓志铭①

显皇帝朝文学侍从，称名世臣者，首吾粤区先生云。先生寿六十有八，终于家，其元配罗宜人寿八十有六，后先生二十年而殁。时伯子怀瑞令当阳，仲子怀年谒选入都，先后南归居艰服阙，卜大桥山象牙峰首甲趾祥之兆，以崇祯戊寅仲冬二十日吉，举先生若宜人柩往窆焉。二子奉状谒予志铭。予雅慕先哲，久忝词林，曾与诸同列追述先生风度，又幸与二子游，尝以古文辞相商，因约略为之志。

按先生讳大相，字用孺，别号海目，世居肇庆高明之阮埇，通籍后卜居广会城北，其高祖汝玙生政，政生曰琳，而杰起者益，是为先生考也，领嘉靖庚子乡荐，官至温州郡丞，游宦居乡，咸称贤大夫，祟祀学宫。配苏氏，赠恭人，产子四：先生其叔也；长大标为名诸生；仲大枢与先生同举于乡，通判岳州府事；季又与先生同成进士，为御史，以直谏有声，尤著孔孟之学，士林严重之，历户部侍郎，赠尚书，大伦也。先生少负异质，明敏好学，有器望，姿仪典则，昆弟

① 据高明《灈川区氏族谱》卷3《墓志铭》补入。

竞爽。人皆谓温州公重积而大昌。

甫弱冠,旁通诸经史,搦管摛辞,瑰玮见奇,致随温州公宦游,业成而归试,显名伯仲季。一日入泽宫,先生屡居首,雄才大志,动以天下为己任,而工文缉藻,挟必售之技为先资。二十五而登贤书,数困公车。又以温州公捐宾客,宅忧养晦,锐气厉行,与年俱壮。

万历己丑,四十一,举南宫,选读中秘书,才名一日喧都下。馆阁试课,凡进士题名记,若列卿年表,叙太庙,荐新麦,与上苑迁莺诗,俱进呈第一,改授翰林院检讨,寻纂修国史,注起居,奉册淮藩之命,馈饷介介概辞已。晋宫坊,掌制诰兼经筵讲官,维时显皇帝深居静治,学自光明,侍臣不烦供事,倍得肆力,著作天禄石渠之藏,靡不逖挎遐览,即事永言皆汉魏李唐初盛逸响。再祇役周藩,有"前后使集"传诵四方。若读汉唐书咏,自操人伦之鉴,以仲公会试,未尝分考礼闱,亦靡竞南北主考。先生豁达有度,而方正不能骫徇,尽谢寅缘依附之习,如赵兰溪、张新建、沈四明,政府诸公,或故谊,或比邻,义无私谒。其违众孤标,同官侧目,遂以中立受忌。乙巳,出丞南太仆,无可诟訾,则向也,宫坊速化口实云。顾其时并资同转者累累若若,先生噤不引辨,随牒往任,养恬散秩凡三载,以痹疾归,杜门扫轨,支床吟咏垂十年,翛如也。

生平敦行孝友,以忠许国,以惠及人,其率温州公之教也。以博学则文士,以清洁则文臣,恒以出处大义与仲、季二公劝勉。先生居词林,夙夜视草,会季公自东明宰,征拜西台,进则簉羽清班,退食则吹埙篪赓和,忠孝之什时激露焉。而奉使与仲公偕游,临眺名山巨川,其纪胜概为乐,不能一日舍去。

凡京秩左迁者,命二子自就外傅,以及明经乡荐,积学成名,力课之,一如先生严,不徒以姑息为爱。昔吕正献公与申国夫人并教荣公,成就德器,此其嗣徽已。伯子为母奉檄,受任当阳。宜人谆诲而后行曰:世受国恩,身虽耄耋,幸健七箸,若无以我为念,邑当残破后更易为德,竭力得民和以报君上,无负先君子,则老妇慰心矣。自艾耆后,奉佛虔供,晨起爇香拜礼,久不倦,勤孳孳祝子若孙。善事法,讳明学,著之彤管,具曰贤哉母也。

先生生以嘉靖己酉五月十九日,卒于万历丙辰六月二十一日。宜人生以嘉靖辛亥六月廿六日,卒于崇祯丙子九月初六日。子男二人:怀瑞,天启丁卯举人,授湖广当阳知县;怀年,天启甲子由南海贡入太学。女四人:长适贵州按察司副使张守让之子恪,次适御史刘景辰之子启学,三适云南武定知府罗良信之子子俨,四适广西宣化县知县傅敏功之子于宣。孙男七人:宇瞻,南明廪生,宇均,怀瑞出;崇禧,京卫应袭官生,崇禋、崇祺、崇喆、崇卓,俱怀年出。

嗟乎!先生抱公辅之材,又备圭璋之德,惜其位宫坊而受抑,一引疾而遽逝,未究大用也。使稍假先生以年,奉昌之初先生已起大宗伯,入掌丝纶矣。云间董思白先生与先生同馆,一时称双璧。而思白先生恒谓不如者也。予于崇祯六七八年间,尝与思白先生追趋,后先谈间,辄追忆先生,每叹使今日可兴,不其商彝周鼎哉。虽然德光不磨,文思具在,殚精作者,颉颃今古,至今篇章昭垂,立言之大,为后学正始之宗,为后昆作述之武,先生所留余系弘远哉。是宜铭。

铭曰:允也三长,而进乎技,倬彼文名,而难免所忌。惟忠义而无选,事畴见喜,愠其自贰,宜其唱随,爰称伉俪,又有贻令名之子,式榖是似。吁嗟!若斧若堂,象牙高冈。而于是藏,而于是昌。我其铭之,附于史氏之良。

赐进士出身资政大夫正治上卿礼部尚书兼东阁大学士奉敕同知经筵日讲熹庙实录总裁玉牒提调管理制敕起居注两奉旨加文渊阁大学士太子太保前纂修神庙光庙实录经筵日讲通家眷晚生何吾驺顿首拜撰

崇祯十一年戊寅十一月二十日戊寅吉旦

明南京太仆寺寺丞前左中允
区公暨封宜人罗氏合葬墓表①

予惟文史之统归馆阁则治,否则乱。国朝化成昭融,乌伤金华,而后可得而举也。奋乎著作之林,不声附而景从,天下遂为口实。名之所竞,寸长尺短,莫之或欺。孔子曰周礼在鲁,舍鲁奚适矣?故予论次乡哲,得黄泰泉先生、区海目先生,均馆阁之龙门,文章之斗山者也。先生当弘正诸人,驰骤古学,具有方轨。浸假而中原七子逐波竞余,楚咻方扇,渐入侏离,而区先生柱而正之,其势綦难而功綦伟。迨久论定始知吾粤有区先生焉。

先生殁二十年,崇祯丙子,其配罗宜人乃殁。又二年,合葬象牙峰。二子怀瑞、怀年衔状以请香山相君铭墓矣。予不佞爰表其大者。按先生讳大相,字用孺,海目,其别号也。祖籍高明。父讳益,官至温州府同知,赠中宪大夫,母苏恭人,四子:先生行三;长大标为名诸生;仲大枢,官岳州通判;季大伦,历官户部侍郎,赠尚书,风节道学,所谓罗阳夫子也。

先生负奇博雅,童年即工诗,从温州公宦署,学成而归,与仲兄、季弟名次诸生高等。万历癸酉,与仲同举于乡。己丑,与季同成进士。科第翩连,焜耀海内。是时先生选庶常,已推诗家名宿,同选无与雁行者。既以史官册封淮藩,以宫寮册封周藩,"前后使集",每诗不下数百首,其自叙山川风俗,周咨历览,用陈时政,资纪载,厥云盛已。嗟彼谗人,不知陈诗采风何物,恶用是放情游咏,为而媒孽其曩者速化宫寮。坐京察,出南京太仆寺丞,翰林资格迁除一体,速不速,出不出,先生曷辨哉!则之滁阳,任三年,得风痹疾,乞归,垂十年而终。

予侍季公同朝,痛述先生孝事二亲,风木之感,至老不忘;悼伯

---

① 据高明《澛川区氏族谱》卷3《墓志铭》补人。

兄中年去世,友爱吾辈非复人间兄弟也。仲兄试南宫再且屡,先生引嫌绝意分较,不汲汲收门下,士人以为难。两册命皆奉仲兄历览名迹,埙篪更和,忠孝之思反复洋溢。而季公尔时以东明令入拜御史,直谏去官,皆率先生之教云。故事出使藩邸多馈遗,先生一切却绝。所入大官钱,先以荣宗枋置祭田,而分其余以赡族党周穷乏故交。时政府赵兰溪、张新建、沈四明诸公皆倾慕贤声,愿通殷勤于先生,而先生弗应也。迹其风烈,盖严重自好,方正难容者。而又以文藻媒妒,宜乎不洊登台辅,滁阳之谪,竟以不振,所志若此,所遇若彼,可慨也已。

国家设翰林,体重事优,匪规规角铅椠之技,文藻表暴,且以文论,其大者如代言劝讲,纂修有国史、玉牒,比试省直有程式教习,馆员有课业,而先生仅与一二职事,绰有余裕。显皇帝简穆不召御,当直故得以经纶黼黻之手,一并其力而为声诗,今取集中诸篇而读之,四言不宗"三百"乎?九望不亚《离骚》乎?诸古不汉魏不六朝,诸律不初唐乎?抑亦取诸家字字而句句乎?善画者工意不工似,善解者师道不师物,是故今夕之月犹昔月,今岁之花犹昔花,今人之忠孝犹古人之忠孝,要以见其性情之所存焉耳,必曰自我作古,将天别一月,地别一花,人心别一忠孝也而可乎?是又与于袭古之甚者矣。吾故曰文统攸归而可以治也,微先生谁与归?

罗宜人出高要望族,闲于大义,俭积好施,从先生官舍,多内助之德,尤善教诲二子。伯子当捧檄行,叮咛为臣尽忠,以成先志,无念老人。故当阳残邑,伯子以能令名,而宜人喜可知也。晚年惟长斋事佛,病革犹念佛不懈。若宜人者,其无惭区先生之阃也已。先生寿六十八,宜人寿八十六,诸子孙婚配详见志中。

赐进士及第通议大夫礼部右侍郎兼翰林院侍读学士经筵日讲官眷晚生陈子壮顿首拜撰

区大相传[①]

区大相,字用孺,号海目,为文有奇气,援笔数千言。万历癸酉,举于乡。己丑,成进士,选庶吉士,授检讨,同修国史,经筵展书,历赞善、中允,掌制诰,居词垣十五年。兰溪赵公、新建张公、四明沈公,先后当国。兰溪忤江陵,迁岭南,以古文词受知,及居政府,引避不轻谒。尝肄业南雍,新建为大司成,深赏重,后柄政,欲汲引,托所知谕意,不答,以是东宫讲官,京省典试,一无所与。四明沈公移居比邻,竟鬻宅迁避,四明以是为憾。拾遗调南仆丞,二年移疾归里,居八年,卒。明兴,前后七子称诗,号翰林为馆阁体,惟公始力袪浮靡,还之风雅三百篇,以至汉魏盛唐各造其极,陈言习气为之一变。再奉剪桐命,历齐、晋、吴、越、嵩、洛、衡、湘,土风遗迹,民瘼国计,咸著篇咏,馆阁以来所未有也。天性至孝,追远若孺慕,生平耻干谒,公论侃侃,义形于色,积俸置祭田外,悉周亲友急,六经微言奥旨,皆笺传未发。所著《太史诗集》《使集》《图南集》《濠上集》《制诰馆课杂文》行于世,见郡邑志、《通志》。

区大相传[②]

区大相,字用孺,为文有奇气,援笔数千言。万历癸酉,举于乡。已丑,成进士,选庶吉士,授检讨,同修国史,经筵展书,历赞善、中允,掌制诰,居词垣十五年。赵兰溪、张新建、沈四明先后当道。兰溪忤江陵,迁岭表,以古文词受知,及居政府,引避不轻谒。尝肄业南雍,新建为大司成,深赏重,后柄政,欲汲引,托所知谕意,不答,以是东宫讲官,京省典试,一无所与。四明移居比邻,竟鬻宅

---

① 据高明《濡川区氏族谱》卷2《列传》,题目为整理者所加。

② 据(清)邹兆麟《高明县志》卷13《人物》(光绪二十年刊本),题目为整理者所加。另,崇祯《肇庆府志》卷22《人物传》记载区大相内容与此同。

迁避，四明以是为憾。拾遗调南仆丞，二年移疾归里，居八年，卒。明季，前后七子称诗，号翰林为馆阁体，大相始力祛浮靡，还之风雅三百篇，以至汉魏盛唐各造其极，陈言习气为之一变。再奉蓢桐命，历齐、晋、吴、越、嵩、洛、衡、湘，土风遗迹，民瘼国计，咸著篇咏，馆阁以来所未有也。天性至孝，追远若孺慕，生平耻干谒，公论侃侃，义形于色，积俸置祭田外，悉周亲友急，六经微言奥旨，皆笺传未发。所著《大史诗集》《使集》《图南集》《濠上集》《制诰馆课杂文》行于世（《府志》）。

评区大相诗[①]

岭南诗，自张曲江倡正始之音，而区海目继之。明三百年，岭南诗之美者，海目为最，在泰泉、兰汀、仑山之上。其集有《前使》《后使》二编及《海目诗选》行世，而虞山钱氏不获见之，此《列朝诗集》之憾事也。陈云淙[②]云：海目太史之为诗也，浚南园五先生之源，而汇梁、黎诸公之流，盖雅道莫尚已。其《谒张文献祠》云：一代孤忠在，千秋大雅存。诗才推正始，相业忆开元。曝日陈金鉴，蒙尘想剑门。更吟羽扇赋，摇夺不堪论。即此一篇已工绝。海目有二子启图、叔永，皆能嗣其音响。予尝与为雅约社，并序其诗，俾世之言诗者知吾粤，言粤诗者知区氏焉。

评区大相诗[③]

区大相，字用孺，高明人。万历己丑进士，改庶吉士，授检讨，历赞善、中允。有《海目先生集》。海目持律既严，铸词必炼，其五

① （清）屈大均《广东新语》卷12《诗语》，康熙水天阁刻本。原题为《区海目诗》，现题为整理者所改。

② 即陈子壮。

③ （清）朱彝尊《静志居诗话》卷16，此据《续修四库全书》集部所收嘉庆扶荔山房刻本。题目为整理者添加。

言近体,上自初唐四杰,下至大历十子,无所不仿,亦无所不合。岭南山川之秀,钟此国琛,非特白金、水银、丹砂、石英已也。又云海目五言律诗,如纯钩初出,拂钟无声,切玉如泥,又如铙吹平江,秋空清响,顾□□□[①]氏置而不录。予特为表出,取之稍溢焉。《淮浦吟》云:淹泊清淮浦,怅望丹水涯。狂风吹我舟,不得早还家。一解。征夫念闺人,非为颜色好。游子恋故乡,非关万里道。二解。《东林寺》云:昔读《高僧传》,兼怀逸士踪。停车虎溪水,对面香炉峰。旧殿丹青落,荒池蔓草茸。我来松下坐,日暮但闻钟。《厓门吊古》云:遗恨前朝事,吾来问水滨。乾坤存一旅,社稷有三臣。惨淡勤王志,间关护主身。至今厓畔石,风雨洗凝尘。

附录□□□[②]云:岭南自张曲江倡正始之音,明三百年诗之美者,海目为最,在泰泉、兰汀、仑山之上。

评区大相诗[③]

大相,字用孺,高明人,万历己丑进士,选庶吉士,授检讨,历赞善、中允,改南太仆丞,有《太史集》二十七卷。

《陈子壮文忠集》:海目先生以太史名粤,其诗特甚,心手相应,音节和谐,盖家能诵,人能说矣。

《广语》:岭南诗自张曲江倡正始之音,而区海目继之。明三百年,岭南诗之美者,海目为最,在泰泉、兰汀、仑山之上。

《渔洋诗话》:粤东诗派皆宗区海目。

《静志居诗话》:海目持律既严,铸词必炼,其五言近体,上自初唐四杰,下至大历十子,无所不仿,亦无所不合。岭南山川之秀,钟此国琛,非特白金、水银、丹砂、石英已也。又云海目五言律诗,如

---

① 原文涂抹,疑为“钱谦益”。

② 原文涂抹,疑为“屈大均”。

③ (清)陈田辑《明诗纪事》庚签卷1《区大相三十二首》。题目为整理者所加。

纯钩初出,拂钟无声,切玉如泥,又如铙吹平江,秋空清响。

《明三十家诗选》:海目诗思深而不苦,律细而不狭,气壮而不厉,调高而不浮。乐府蕴藉,五言高秀,掩欧、梁之前轨,开陈、屈之先声,诚岭南风雅领袖也。

田按:海目稍晚出,及与欧桢伯、黎惟敬倡和,其天才俊妙,与惟敬略相伯仲。惟敬长于五古,海目长于五律,各有擅场。海目之言曰近世求多于古,自用我法,未免恣睢于情之中,而决裂于格之外。按之而不合节,歌之而不成声,此当为公安而发,能自树立者,类不为风气所转移也。

注区大相诗①

区大相,字用孺,号海目,高明人。神宗时,累官至给谏、南太仆寺丞。

洗尽胸中万斛尘,雄文峻节并嶙峋。不将汲引劳知己,岂愿平章与结邻。华赋皇皇甘许国,莪观蓼蓼苦思亲。尚留诗卷祛浮靡,丰采端严信此人。

【雄文】大相为文有奇气,援笔数千言。万历癸酉,与兄大枢同举于乡。己丑,与弟大伦同成进士。【汲引】大相居词垣十五年,兰溪赵志皋、新建张位、四明沈一贯,先后当国。始兰溪忤江陵迁岭表,大相以古文词受知,及居政府,引避不轻谒。尝肄业南雍,新建为大司成,深赏重,后柄政,欲汲引,使所知谕意,不答。以是东宫讲官、京省典试,一无所与。【结邻】四明移居比邻,大相竟鬻宅迁避。四明以是为憾。【许国】大相尝再奉蒴桐命,历齐、晋、吴、楚、嵩、洛、衡、湘,士风遗迹,民瘼国计,咸著篇咏。【思亲】大相天性至孝,追远若孺慕。【祛浮】明季,前后七子以诗鸣,号翰林为馆阁体,

① (清)罗惇衍《集义轩咏史诗钞》卷58,光绪元年刻本。题目为整理者所加。

大相始力祛浮靡,还之风雅。【端严】大相生平耻干谒,公论侃侃,义形于色。俱见《肇庆府志》。

注区大相诗[①]

淘金斫石尽山家,蛮女逢迎避使车。偏是如云夸鬒发,救贫常割鬓边鸦。

唐许浑《自广江至新兴诗》有云:洞丁多斫石,蛮女半淘金。注云:端州斫石,浛涯县淘金为业。案:岭南无浛涯县,疑是浛洭之误。

明区大相《平圃妇诗》序云:自黄塘趋平圃,山行二日,风俗淳朴。妇女道逢使车,采者弃筐,骑者下马,拥蔽旁立,爱其明分达礼,或通都大邑不如也。

《南荒录》:新州男妇,皆缜发如云,每沐,以灰投水中,遂就水汰之,以彘膏涂其发。五六月粳秫未获时,民饥,尽髡,取发鬻于市。既髡,后以彘膏涂之,至来年五六月,又可鬻矣。

评区大相诗[②]

明诗大率以复古为事,议者嫌其习气太重,惟吾岭南诗人不为所染。余读《区海目集》,纯乎唐音,亦无习气,即此一家已可贵矣。

寄肇郡广文邓立云为求《区海目太史诗集》[③]

罗天尺,顺德孝廉

羚羊双峡下,分作东西瀶。瀶川有诗人,百越生辉光。集编前

---

① (清)史梦兰《尔尔书屋诗草》卷7,光绪元年止园刻本。题目为整理者所加。

② (清)黄培芳《香石诗话》卷3,嘉庆十五年岭海楼刻。题目为整理者所加。

③ 高明《瀶川区氏族谱》卷4《诗章》。

后使，卷用琳琅装。玉尺奉秘府，弓衣织遐方。我粤曲江公，大雅振南邦。中兴赖海目，正则留仙羊。庾岭当僻壤，虞山偶遗忘。诗选遂缺略，篇帙少铿锵。吾子司铎地，正值灈川旁。观型得高山，私淑芬瓣香。为乞梨枣余，念我饥渴肠。孟集慰慎虚，贾佛归才江。南园近榛芜，请奉为津梁。

阅《区太史诗集》示端溪诸生[1]

翁方纲，礼部侍郎，广东学政

我慕区用孺，五言最清壮。粤人品其诗，谓在兰汀上。五言原汉魏，至杜始雄放。谁能总众流，波澜特浩荡。此道探原委，亦要英华酿。譬彼岩下泉，噌吰响春涨。虽云流派殊，终必定趋向。岭南风雅区，今当嗣高唱。为尔启一隅，期尔光万丈。聊举端州贤，后学毋相让。

祭区中允海目先生文[2]

陈显宗，高要人，知州

嗟夫！天之生先生，自有生先生之天，乃执人世庆啗之。概以虞天，于是不能不慨以慊于天，即不能不慨以慊于先生。庆先生者，以科第世其家，兄弟俱成进士，视草銮坡，横经鹤禁，出入承明著作之庭者十有七年。啗先生者，以高才见忌，俾辅翼勋猷不获表竖，出而承冏寺者五年，归而病杜门者八九年。以其庆先生者啗先生，还以问生先生之天，几于悠悠不可问，不知孔颜之仁圣，董贾之巨儒，或以不用，或以用而不竟其用，乃天之生圣贤良厚，亦惟神至今存耳。则千百载而后学孔晞颜，而董贾其俦，秉为怙介，躬为孝友，时其深醇奥衍不容自閟，泄为文章，为诗歌，存而出入六合，没而

① 高明《灈川区氏族谱》卷4《诗章》。
② 此据崇祯《肇庆府志》卷43《艺文十八》。

陟降左右,亦此物此志耳。

先生夙慧特达,事温州公纯孝,事兄若父,敬弟若友。故与仲兄同举于乡,而先生为之篪;与季弟同举南宫,而先生为之埙,皆天格先生友爱之诚,使联翩而翔,以赫笃生之灵,非但若世人花萼相辉映者也。

先生久在词馆,馆中以分校礼闱、典试京省为玉堂胜事,先生恬让,一无所与。历诸执政,若赵文懿,旧知遇也,而先生止旅,见比于不相识;张新建欲引植为重,先生笑而却之;沈四明卜邻于先生,竟鬻宅避焉,卒以无奥援而南。迩来南迁者多愤懑不之官,先生怡肰就之,不知身之陆沉金马,与在醉翁韦涧间,彼忌人者不反奉环滁诸山为先生觞咏地耶?大都我端人士浑朴,拙于遇合,而公家为甚;公家父子兄弟多拓落独立,而先生为甚。毋亦崧台石室,嶙峋突兀,以一拳石与乾坤争万古者,为孤绝不移之性乎!

先生六家九流靡不淹贯,肰得髓弃馂,浑合本源而别有玄会,凡所摅性抽灵,悉勒成一家,以振雅复古。诗自初盛唐溯六朝汉魏,上至"三百篇",沉酣□□归于超悟。每遇山泉名迹,无不探奇选胜,收入咏歌,故䡴轩所经,磨蘚几遍天下,景入兴酣,风生籁发,鸣所欲鸣,神化自至。后之作者能登风雅之堂,而哜其胾,必知声气之元,发情止性范乎人心,还淳兴衰关乎世运。即不肰,梧桐月下,杨柳风前,手一编,以澹荡其意,亦有不髣髴先生之眉宇哉。

先生既以诗名家,今之承家者复有丈夫子二,虽犹偃蹇诸生中,肰博学能文章,酷有先生风,已足酬先生以万年矣,况青云固公家熟路乎?先生之神禅,四时以成,岁挟日月以经天,绵亘照耀,终古不毁,夫何憾于先生,亦何憾于生先生之天哉!独摅词荐芷,呜呜弓裘之下,乡小子号也。先生亦以小子智足知先生污俨,肰颔而鉴之乎?请得以质言为生刍藉矣。尚飨。

祭区宫允文①

韩启运，番禺人，举人

万历丙辰夏，太史区先生卒。门人韩启运有母之丧未除也，计既闻，不脱齐衰而往哭焉，及乎旅奠礼，不得与于哭泣之哀，将越月为仲秋。

己亥朔，运拜稽颡于庭，涕泣而为之辞，乃以瓣香束帛致奠于先生之灵，曰：天挺非常之士，则其权必有所独畀，以为辅世之资；而夫人之自待也，亦天之所以与我，能独信而不疑，将其精神之所以疑注，又皇顾乎举世之是非，故其道足以济溺，而文之足以兴衰，岂第浮沉于流俗，而声利之苟为！于惟先生，毓粹崧山，钟灵灅水，乘天地之大，瘖凌千秋而崛起。彼其雄节姱修，奇踪逸轨，溯明德之发祥，乃标英而萃美。隆孝友于君陈，训诗礼于庭鲤。既难弟而难兄，矧是父与是子。偕仲季以连征，荷王明而并祉。乃尔銮坡视草，鹤禁蜚华。代天言于彩笔，泛龙节于仙槎。肆山川之流览，垂丽藻于云霞。采风谣于篇什，扬明圣于迩遐。待名山其藏副，言勒成乎一家。振大雅之寥廓，回靡俗与淫洿。视百家其嶆嵝，仰高山于泰华。孰尊膴而足愿，孰大年而可夸。至若柔嘉为则，明哲保身，众或笑其玄白，弥自适其天真。等浮华于敝屣，德不孤其有邻。蹇盘桓于松菊，映棣萼以长亲，大岂虞于用拙，道不病于官贫。此先空所自为不朽，夫宁与往迹而俱尘。

启运风义夙承，从游较晚，若官盛其近腴，顾知心乎不浅。向只骑于都门，计贻书其聿返，闻说项于逢人，谬借声于词苑，与一室之晤言，化清芬于兰畹。羞相命以文生，指天衢之匪远。及夫皇华入洛，爰从属车，陟嵩阳而瞻眺，濯沧浪以共娱。朝寻姬公测景之石，夕访武侯躬耕之庐。几登高而命赋，每怀古而踌躇。暨冏台之

① 此据崇祯《肇庆府志》卷43《艺文十八》。

政命,还问道于清滁。枚乘惭其《七发》,商也谓其起予。怆临岐之陨泪,暗魂销于骊驹。斯为知我,畴则可如?

呜呼!运丧母未几,胡哭师而继至!歌早作兮赐来迟,岁龙蛇兮哲人逝。驾云螭兮且乘箕,巫阳招兮不可追。振缨冠兮远尘缁,再来游兮复何时。挹珠江兮水泠泠,采云山兮蒲青青。瞻望弗及涕雨零,山高水长空复情。呜呼哀哉!尚飨。

祭中允区先生文①

韩上桂,番禺人,定州学正

万历丙辰岁六月,海目区先生卒。门人上桂时守一毡于中山,未及修奠。戊午春,以茹荼还家,伏在苫块者弥月。至夏五月既望戊申,始为诔以祭,其词曰:

嗟维先生,环海储精②,扶舆挺秀。采孕珠江,芬含桂岫。白璧精砻,黄钟朗扣。仙系玄邈,显自汉唐。博陈昌议,册重南乡。端溪宅迹,伟族交翔。厥考积仁,循良著迹。伯叔迭兴,露华浓锡。瑞则麟游,雄乃鸷击。维我先生,最称白眉。苞鸾烨藻,缟鹤扬姿。性与古协,行为世仪。待价而沽,有道则见。青云联翩,紫雾屡变。鹏翅翻溟,骥足追电。爰跻藜阁,共羡瀛洲。花砖日晏,兰砌风柔。直操狐笔,望负傅舟。遂辅青宫,奏对惟允。陈《诗》讽微,援《易》情隐。节抗权珰,不避虎吻。才而见妒,忠乃被疑。徙秩冋佐,于滁之湄。早朝见马,深夜题诗。北阙驰思,浮云久蔽。萧艾腰盈,蕙兰道弃。匪怼于怀,惟激夫义。谢病自免,考盘云依。韦经用迪,鲤训常贻。喜对芝玉,慰睹弓箕。日月不居,寒暑屡薄。剑返

---

① 此据崇祯《肇庆府志》卷43《艺文十八》。此文也收入韩上桂《蘧庐稿选》天启刻本("四库禁毁书丛刊"第78册)中,题为《祭区海目先生》,但并没有祭文引言。

② (明)韩上桂《蘧庐稿选》(天启刻本)无"环海储精"四字。

重泉，舟藏大壑。台曜辉潜，卿霞彩落。帝乏顾问，国失仪刑。公卿共叹，远迩咸惊。玉堂阒兮仙署寂，纶章滞兮椽管停。慨启沃之莫竟，惜栋柱之谁胜。呜呼哀哉！雅韵渐隳，古风待起。拟砥中流，遽遭大否。钟虡寂兮缶釜鸣，琴瑟绝兮篫篌理。伤既丧于斯文，怅遗音乎正始。呜呼哀哉！维予小子，夙藉甄陶。顾瞻融帐，感念虔刀。陵阳逝兮荆璞掷，伯乐没兮盐车劳。芳尘瞠其愈后，泰岳仰以弥高。呜呼哀哉！爰续骚篇，兼摹些句。荪席肃张，椒浆洁注。巫衣动兮纷如云，竽鼓杂兮声怨慕。信德言之可传，悼容辉之已故。呜呼哀哉！尚飨。①

祭区宫允文②

罗铉贞，南海人

呜呼！文章关乎气运，信有征于古先。克奋起以光大，在命世之豪贒。钟灵淑而岳降，叶纬象以奎躔。杓司命于毫管，麾天下而从旃。故其迹不圂，其神长存，其撰述柢粹清之懿，其搏捖即金石之言。砥江河以砣立，若日月之中天。合三不朽以绵固，是谓仁者之大年。方旦遗形骸而忘岁月，亦何羡羽化而登仙观。夫先生吐纳岭海，百谷注精。二樵蔚采崧石，端溪挹其兰茝。敦天性之孝友，腾茂实于早岁。漱六蓺之群芳，咸茹菁而抉髓。倏夔伏而鹏飞，更藏修于廿载。鄂辉映乎栘华，并金昆与玉季。于是銮坡载笔，虎观紬书，超蓬瀛之妙选，肩史职于鸿儒。入则寓纳诲乎鹤禁，出则重衔命乎轺车。昭垂乎董贾班扬之业，历览乎周楚吴越之墟。盖风谣尽入于篇咏，而纶綍悉归于典谟。肰且执雌崇让，在和能正。门无杂宾，久要而敬。揆路捷趋，恬于义命。去之若浼，招之不应。当其焕发性真，主柄词盟，括综象数，挥斥风云，洗时响之浇

① （明）韩上桂《蘧庐稿选》（天启刻本）无“尚飨”二字。
② 此据崇祯《肇庆府志》卷43《艺文十八》。

竞,振大雅之夷渝。六代汉唐,变化新陈;七子李何,非其等伦。先生之言醇乎其醇,有明以来作者一人。将人心与国脉,并默挽于斯文。夫以先生超绝之品,鼎铉之器,靳以古稀之年,未登台司之位,岂道大而莫容,抑天全而物忌。肰以侍御公之直节正学,而先生媲其美;以两嗣君之雄负多材,而先生倡其始。昔曹氏声华,德不配萩。汉室袁杨,叶传显贵。畴如先生,身系隆替。国宝家桢,光裕咸备。合荀陈之弟兄,而轶眉山之父子。纯嘏盖已独膺,宁世荣之足拟。即模棱而大拜耶,泯泯而期颐耶?在先生不以彼易此,固怡肰以化徂耶?先生之精爽盈两间,所谓后天而无死,乃某等近依山斗,吞藉津梁,或沾被于世谊,或摩炙于门墙。嗟喆人之既萎,奉指南于何乡。仪□箕而乘云,只于群情切惋伤,援文命以陈词,庶口素之凛将。灵而来歆,格此一觞。哀哉,尚飨。

区罗阳集

区大伦孝先著

目 录

原任南京户部左侍郎今赐祭葬赠本部尚书区大伦诰命[①]

诰命一道，崇祯九年丙子十月初二日

奉天承运，皇帝制曰：人臣直言敢谏，正气不回，而干国摅猷，懋庸奋绩，忠贞之鹄也，殁有崇褒，朕岂为荩臣靳耶！尔原任南京户部左侍郎区大伦，孤标岳立，粹学渊泓，循声远播于花封，劲节昌明于柏署，皂囊风凛，居然折槛，遗踪白简，霜凝允矣。埋轮矢志，贲丘园而淑世，屹砥柱以回澜；赐环跻冏伯之阶，秉计贰司徒之席；力祛宿蠹，克壮留储；追执义于鸿冥，企匡时而凤翥；方召纶其需次，乃易箦以旋闻；言念老成可胜轸悼，爰稽彝典特霈渥恩。用是赠尔为南京户部尚书，厚其封茔，光兹俎豆。於戏！幽兰自馥，经观虽郁于生前；硕果堪存，轨范永垂于身后。追列卿之芳躅，增入座之巍班，百世为师，九原可作。

① 康熙《高明县志》卷15《艺文志》也收录有此文。

明大司徒区罗阳先生墓志铭

孟夫子叙圣统迄孔子，而于世与居相近，反复咨嗟，岂非文在兹之心法耶！吾粤自白沙夫子以致虚上承孔孟，未百年而有区罗阳先生。

先生讳大伦，字孝先，吾里之阮溪人也。阮溪枕大江，源牂牁而派江门，洋洋大哉！先生尝观而歌曰："我家江洲上，遥望江门郭。百里见水流，烟霞复参错。"居又若此其近也，风气回环，萃于区氏。其尊甫郡大夫两莲公开文流艧，举丈夫子四，先生其季也。天纵生知，趋庭学易，甫髫试，辄冠军，受饩无何，而仲叔两兄同举于乡。先生以次获隽，从叔兄海目先生鼓箧南雍，论列古今，为中丞海忠介许可。忠介道为己任，其知先生也，盖后先同道云。己丑，偕叔兄捷南宫，叔兄读书玉署，先生出宰东明，勤农桑，敦孝让，若歉岁荒政则又甚奇，且通《周礼》之穷而代赎鬻子，复步祷责躬号泣于田间，槁苗立起。于是为之永图力本，积赎锾，括杂赋，市牛千头赉贫耕，而烝我髦士，振德育才，教养兼敷，一本于王道。视汉循吏有加焉，岘首桐乡，今犹昔也。

岁丙申，梦白沙夫子拊其背，而赠以诗曰："咫尺溪光谷口分，溪声传语隔溪闻。"周情孔思，神且告之，策蹇赴觐，千里空囊，特立独行，受知课最，擢监察御史，而忧天悯人，形癯神瘁。叔兄赠诗曰"问子容何减，忧时鬓欲苍"，盖勤劳也。谏必先信，期于盈缶纳牖，至吁天誓臆，宁仅背人焚草已耶？叔兄赠诗曰"矢志将无同，共歌天保什"，盖许忠也。神庙恭默，临御稀闻，郊祀不亲，先生焚香雪涕，洒洒批鳞，忤旨不避。复劾徐定国僭滥无人臣礼，定国衔之，诡激上怒，几不免虎口，幸神祖优容，削籍以归。叔兄赠诗曰"得承严遣是恩波”,盖感遇也。

归筑烟霞圃、灌园自娱,颜其径曰:“无钱构台榭,有地积烟霞。”一褐三十年,坐处皆穿,居恒为文易粟,箪瓢蔬水,人不堪忧。先生独寻孔颜所乐,至于力役服劳则求尽分,其致书邑令,特辞忧免也,曰:“吾守庶人往役之义,庶几为下,不倍云尔。性耻受怜,虽周必却,况请问乎人。”终不可得而见。即名亦第可闻耳,削竿以通姓字,终其身不忍一为也。盖自白沙见梦,益透统宗,直揭明明德大原,以明尧舜以来相传之意。而海峤人士始知白沙之学,先生独得其宗,四方之闻而来学者日益众,士大夫为建蓬山、苍溪二书院以奉皋比。于时士气嚣,士风靡,邪说充塞,先生忧之力闲,圣道故宁,抑狂进狷,苦心救世,而伪学有述,必辞而辟之,洵所谓功不在禹下者。

光宗即位,求耆硕,起光禄寺丞,转尚宝司卿,已复转南太常寺少卿,阅月而鼎湖继哭,先生痛不忍出,感涕赋诗曰:“荷衣未遣朝衣换,为哭先皇泪满巾。”虽难进之节固然,而忠孝大端见于此矣。熹宗立诏,趣再三乃就奉。尝之列署南大司成,掌翰林院事,明正学以教辟雍,恢拓甘泉书院,正业居学,循循相长,留都人文,于焉丕变。盖其为教,课实躬行,绝党徇,汰浮华,明体适用,务使国家收养士之报。而其进《圣学三札》也,则保乂圣躬,规切时政,引君当道,格非闲邪。上虽嘉纳,而左右已有侧目者。寻转大理寺左少卿,入侍经筵,几若芳兰当户,然公道犹存,量移太仆寺卿,旋迁南少司徒,以厌忌者意,则总领留漕,刻意厘剔,军国赖筹。故事:漕羡不下十万,悉膏宦橐,先生乃藉还公帑,举以实边,一时辽左支持,阴食其福,举朝正事,咸服裁成,翅首秉均,澄清仕路。会逆珰窃柄,虐焰熏天,炙手热者,欲引先生为重,先生绝之,其郎署中有谄附者,将并纠焉。群小惧,谋诸珰,诬以朋党削籍,犹不至祸尽一网;投诸浊流,亦既明且哲之效也。威宗缵绪,还职召用,坚卧不出,然犹日有孳孳,开来不倦,尝曰:“吾生平惟二事,一崇正学,一佐太平,今耄矣,将寄撰述以俟知者。”未几,寝疾终于家,永诀不及家事,子侄环列,但以“三不朽”为勖,及门心丧者数十人,追号江洲夫子。有司以闻,诏赠尚书,赐祭葬。先生虽以元老考然终乎,而君子尚惜其以道事君,历三朝,究竟刚方忤世,未殚厥蕴。光宗旁求旧学,将大用矣,而一月宾天,攀髯衔恤,莫遂其佐太平之志,岂非天哉!虽然,三代以下之圣人俾作之师,即彼白沙夫子征辟盛明,亦仅一拜史馆,终老江门,先生犹扬历中外,见诸行事,而用其密藏中兴斯道,将以开万世太平,较之佐一世者,孰短长哉?

先生父兄子弟膴仕巍科,蝉联鹊起,皆孝弟睦友,卑牧滋恭,教行于家,被于乡国,文章其余事耳。叔兄之子启图、叔永,淑其雅言,并以诗文名世,余小子得与以笔砚交。而馆甥朱子洁氏,则余同门年友。犹忆辛酉之冬,偕谒先生于南都,勉旃负荷,语及世道人心,辄愀然为吾党他日忧,回首三十年,而其言验矣。[1] 迨国破家亡,逡巡窀穸,乃今而叔永始以片碣相属,且促之诗曰:“天宠十年寒马鬃,墨花何处借龙楼。”呜呼!闻风兴起,山高水长,百里之内,百年之间,闻知接踵,炎陬邹鲁,后海先河,余终谓江洲之溯江门,有本者如是,而亦以见世与居之相近为非偶也。

先生所著有《大学定本》《四书翼》《南都会讲录》《端溪日录》《端溪诗稿》《江洲全稿》诸书行世。其生在嘉靖辛亥年十一月二十一日,距其卒于崇祯辛未年十一月初十,享寿八十有一。元配南海县黄牛冈麦氏知州麦天惠女,无出。副室廖氏生一子,怀炅,字熙仲,授兵部主事。[2] 女四人:长适顺德水藤村监生马中奇之子与仁;

---

① 《滘川区氏族谱》在此句后尚有如下内容:“呜呼!浴铁飞尘,子洁从先生令,子熙仲愤起义旗,同时殉节,是先生教忠身后,撑柱纲常而采薇行歌,吊神农虞夏之忽没者。枌榆声振,伊谁风乎,先生之明德远矣!”

② 《滘川区氏族谱》后有:“赠太仆寺寺丞,娶南海大理寺评事蒙绍箕之女,无出,以叔兄左中允大相海目先生次子翰林院孔目怀年叔永氏所出之次孙崇禋为嗣。”

次适三水县洲边村御史李希孔之子去非监生;三适南海县九江村生员朱畴之子实莲,辛酉经魁,兵部郎中赠太仆寺少卿;四适南海县九江村知县陈超然之子陈埏。孙女一人,尚幼。以兹孟冬念九日葬于南蓬①葫芦坑,辛向之原。

余小子不敏,谨摭述见闻,拜手稽首,而铭诸丽牲之石。铭曰:

海岱维宗,泗峄攸域。亦粤南溟,庐冈挺出。流衍江门,江洲湜湜。继起哲人,克明其德。其德克明,虚而涵实。致焉遂通,贯归于一。内圣外王,用无不极。爰景字人,立朝正色。卷而怀之,优哉自得。用之则行,所学弗失。礼乐谋猷,休嘉维则。奕奕成均,人经表式。尧舜是陈,憎滋谗慝。力剔留漕,仰纾兵食。谗夫高张,终毒正直。未阐当年,还仪故国。百世之师,白沙羽翼。仰止高山,流风未息。神理昭融,石函副墨。观乎九原,瞻依靡忒。

明赐进士第通议大夫礼部右侍郎前詹事府少詹事翰林院侍读学士吏部文选司署员外郎同里后学眷晚生关捷先顿首拜撰

① 南蓬为高要县所辖。

明大司徒罗阳区公传

大伦,字孝先,号罗阳。少负气节,举孝廉,与兄海目肄业南雍。海忠介公瑞在留台直,声震天下,少司寇王世贞主词坛盟,兄诣司寇质以古调不合,及公诣忠介,甚契洽也。成进士,宰东明,爱民如子,劝农桑,敦孝让。岁歉,鬻子女者悉为赎还,出税契羡买牛数百以给贫乏。觐入都,策蹇数千里,面目黧黑,授侍御,草疏必焚香涕泣,期于诚感。神宗朝,谏不亲郊祀,夺职归,筑烟霞圃。为往役书辞优免,为析产文,易粟供朝夕,一褐衣二十年,坐处皆穿,灌园读《易》,晏如也。郡邑长不识其面,有欲周其乏,却之以诗。潜心学脉,梦陈江门赠以诗句,遂更透悟,直标明明德为宗旨。曾集诃林,与士大夫明辨。居数年,四方从者愈众,共建蓬山、沧溪二书院为会讲。光宗即位,起光禄丞,转尚宝卿南太常寺少卿,署南祭酒,掌翰林院事,恢拓湛甘泉书院,讲学留都。其学抑狂进狷,以挽颓风,辟禅伪,绝党徇,以卫圣真,裨实用。熹宗初,进《圣学三札》,保乂圣躬,规切时政。上嘉纳,以大理左少卿入侍经筵,党人侧目。由太仆卿改南户部侍郎,珰焰方炽,郎属附离之者悉纠弹,无所避,附离者恨欲中之,复夺职归。思宗即位,还原职需用。未几,疾终于家。及门士执心丧,凡若干人。常曰:“吾生平惟二事,一崇正学,一佐太平。今耄矣,将寄撰述以俟知者。”疾且革,犹惓切后学,言不及家事,所著有《大学定本》《四书翼》《端溪日录》《崇正辟邪录》《端溪诗稿》《江门游稿》《江洲全稿》诸书。《通志》《邑志》

诗

龟峰塔铭[①]

峨峨龟峰,拔乎中川。塔势涌出,作柱于天。应符以兴,维兹多贤。翼翼佐帝,亿万斯年。

登崇熹塔

圹漭孤标黛色开,百盘天外俯嵩台。江清日抱双龙出,峡迴云驱万马来。倚槛风烟看北极,傍檐星斗望中台。衣冠胜会千年事,何客重当作赋才。

自端溪溯流还石洲江上杂咏四首

一

封壤从知羲叔还,皇风亦在有虞间。汉家霸业何须论,西出楼船过锦山。

二

灵羊东尽水为乡,两岸风传橘柚香。在处芷兰供客佩,教人无那说潇湘。

三

神仙应只在人间,尽说观棋去不还。寂寞霞踪谁过问,舟人指点烂柯山。

四

长江面面接蘋洲,阳鸟偏多水国秋。桂楫兰桡冲不散,枉教回

---

① 龟峰塔在高明县都含海口外,万历间副使陈濂建。

雁说衡州。

南蓬书院讲道[①]

讲院初开日，如云弟子从。宫墙依坐虎，文字转雕龙。问礼存经典，陈诗间鼓钟。百年勤学道，犹自愧儒宗。

在书院讲中行章咏

中行一派浩千春，俗学寻源却未真。若道思归与狂简，当年吾道属何人。

在书院讲舞雩章咏

谩将春咏了残春，鲁叟当年只问津。若与唐虞夸气象，乾坤剩有咏归人。

登南蓬山

晨登蓬莱山，命我二三友。怀抱各清旷，稍厌从棼纠。理策即嵚岑，延眺极原薮。凉风荡衣裳，层峦映左右。西岭翠千重，东山亘长阜。齐云迥造天，回薄出南斗。江流浩渟泓，横岛障倾溜。洲渚跃波来，迅势若奔走。远浦网轻烟，前村荫疏柳。对景每自得，俯仰但搔首。岭云与溪月，一一供吾有。未知宇宙间，此乐可尽否。还顾望霞圃，咏归及樵叟。诘旦亦复然，兹游长负不。

石室山玉虚宫作

云岩天上出，仙馆日边开。近对千峰合，遥临万象来。紫芝全覆岭，丹篆半含苔。复似登玄圃，笙歌发帝台。

---

① 此首诗在《瀶川区氏族谱》中名为《南雍讲院示诸生》。除“经典”为“经曲”外，内容相同。

舟泛漓江之石室游

方舟泛潮返，潮满欲平流。日动漓江色，风含楚岸秋。岭云空翠合，津树晚烟浮。为问西来兴，将寻石室游。

梅　庵

江声带兰若，静者自相寻。白日寒山道，清风祇树林。竹梅开径浅，钟磬落云深。何必随空去，方知尘外心。

陪仲叔两兄泛舟灅川晚溯大江

一

浮棹下灅川，沿洄绿渚烟。水衔村径出，樯拂浦云悬。沙鸟依人静，汀花对酒妍。蒹葭别有思，何似雁行边。

二

溯洄江色暮，空水澹清秋。雾隐桄榔岸，潮平雁鹜洲。管声川上发，槎影月中浮。便拟随星使，将寻天汉游。

宿横槎渡高要

日落端江晚，维舟倚岸新。自多临泛意，不负水云身。野火收残市，寒潮下瞑津。明朝溯洄去，应访武陵人。

同宫允兄官棠山中寻梅

其一

何处寻梅去，江村万玉林。雪堆山径浅，花发野塘深。瘦影悬疏月，幽香度远岑。瑶华如可结，相待岁寒心。

其二

容日寻芳入，蓬山几洞春。傍林花作友，倚树月随人。松石寒相映，冰霜晚见亲。湖山虽胜事，不断冶游尘。

南雍恭祀孔庙有述

石城雍馆曙氤氲,秩祀神来俨苾芬。银汉清辉临宝炬,壁池瑞霭接祥云。牺陈俎豆欣初荐,凤叶箫韶恍昔闻。顾率骏奔群弟子,讲堂千古庆斯文。

天启元年歌

大明天子自天成,睿德尧年颂圣明。更比世宗昭瑞应,黄河今为圣人清。合是天心启圣人,讴歌万国庆芳辰。韶光共道元年好,天子新开万岁春。今皇龙德本先天,大宝初开日月悬。见说万灵皆受职,闾阎新数太平年。高皇大业盛殷汤,远迈成周卜世长。今日文孙恢圣绪,由来祖德是重光。文皇盛德在燕关,帝泽王风此日还。万国重瞻新日月,千年长抚旧河山。四海车书来会同,明堂天子布和风。悬知紫极氤氲处,春在青阳左介中。天回北极紫烟重,天子乘春御六龙。为报江湖须罢钓,云龙千载一相从。千年一遇圣明君,八相平章昔未闻。可是九官重命日,诸公何以佐南熏。一诏从天许赐环,江湖犹复觐龙颜。虽逢礼乐遵虞典,那得夔龙便可攀。锡宠偏多贵近臣,肘金横玉赐来新。主恩浩荡应难报,寄语诸贤莫爱身。紫殿催班侍讲筵,皇情初眷典谟篇。词臣献纳承恩遇,日捧牙签近御前。千官拥扈盛朝仪,谁念深宫进御时。保傅圣躬原不易,相臣勋业相臣知。自古冲人德业全,都从仆御慎周旋。周公若道还欺我,那得隆平八百年。在昔耕莘起帝臣,还从操筑见经纶。东山衡岳寻常事,好作和梅鼎铉人。帝宠元戎策武功,貔貅十万赴辽东。师人尽诏金钱赐,扫荡三韩指顾中。父老欢呼有赐书,尽停中使减诸胥。百城长吏应宣布,当使圣恩逮里闾。诏使衔恩出塞垣,金钱百万散营屯。从前肆市皆和虏,今日边城莫负恩。帝泽如天草木春,三朝旷典一时新。微臣欲献中兴颂,愿比尧封祝圣人。天启元年仲春日书。

厓山吊古①

自古兴亡地,厓山独怨歌。胡强由挟战,宋弱本言和。帷幄图功少,金缯误国多。更思朱镇事,流恨满沧波。访古问渔樵,英雄泪未消。宋魂徒自远,楚些不须招。国事存崖石,臣心逐海潮。胡元何足恨,天意在明朝。

厓门吊古②

忆昔浮崖日,山河一苇存。三臣同恋主,列士总衔恩。海日乖殷夏,华夷易宋元。驱除圣主力,冠履正乾坤。厓门一片水,客至每愁增。断壁无元字,空山有宋陵。胶舟悲不返,填海恨常凝。千载经祠庙,凄然感废兴。

游石室山潜曜洞③

悬崖千尺锁云根,曲径穿舟入洞门。天上只应傅汉浦,人间何处访桃源。石坛瑶草纷堪诧,浴鹭归凫静不喧。披藓但留光日月,不教潜谷异晴昏。

九　江④

江洲南下水云乡,一片香帆渡九江。难写怀中千古意,坐看明月倚船窗。

七绝二首赠豸江严公

一

衰白经纶有一身,皇皇宁作问津人。但看尧舜为新主,应许巢

---

① (明)黄淳《厓山志》卷5。

② (清)温汝能《粤东诗海》卷41。

③ 崇祯《肇庆府志》卷48《艺文志》。

④ 黎春曦《(顺治)九江乡志》卷1。

由作外臣。

二

廿载归来只灌园,除书翻遣赴金门。致君尧舜知何道,只漫焚香谢主恩。

题庞氏祠

理学一堂,直接濂洛关闽增姚。簪缨奕世,相传父子兄弟公孙。

文

郡守江公瞻淇书院记

尧舜肇统，开帝王学术之宗，迨于成周，上下千数百年之间，其所以为学，盖有可得而详焉。虞夏之命曰中，殷周之王言敬，要以中圆神而虚为执，敬斂敕而密为操，故自三圣授受以还，圣敬之君，诗人颂焉。至于孟氏原溯本统，汤敬跻矣，亦云执中。史臣赞唐虞夏后之德，则尧钦舜恭禹祗，亦未始离乎敬。盖帝王之学，粹然出于一，而中敬若此，其不二也。

周室文武，显承敬止敬胜；姬公乾惕，所其无逸。当是时，建极之主敬德，敷锡风于有邦，诸侯卿大夫禀仰皇极，齐一令仪，莫不以敬为学。若卫之武公，其最著者也，而其事莫详于《诗》，盖孔子删《诗》，自文、武、成、宣、周公而下，述武公者三焉。夷考其诗，《初筵》避酒祸，《懿戒》求箴儆，并言君子之威仪也抑抑者；至于《淇奥》，国人歌咏君子之德，而叹其不可忘，始于切磋琢磨，成于金锡圭璧，而孔子独揭其旨曰：瑟僩者，恂栗也。赫喧者，威仪也。夫三诗之言，威仪若一者则奚也，此武公之所以望也。凡民受衷以生，具天地之性，必有动作威仪之则，以足命。三千三百，发育峻极，所为散殊。而由问学完德性者，其要归于崇礼。礼者，内心之敬是也，故礼之可见者谓之威仪，礼之不可见者谓之恂栗。可见者，不言而喻；而其妙不可为不可见者，严畏在声臭不交之地，而著之为象者不可掩。孔门之学在于复礼，而勿其非礼于视听言动之间，是视听言动皆礼也。复礼，其不可见之恂栗也；视听言动之皆礼，其可见之威仪也，此敬德合内外之学。孔子所以上承帝王之统，宜其有所取于武公;而武公之所以圣,其在是也。

盖尝考武公之德之成,其切磋为学,而琢磨为修,见于左史之所述,《懿戒》之陈,何其孜孜不倦也!自卿士恪恭,至于瞽箴矇诵,自竞维人觉为行,至于夙宵提命,其密注于不显不睹之隐,其精入于屋漏鬼神之幽,即冥冥为昭昭,无有懈惰可乘之隙,而集木履冰,有未足以喻者。盖其耳目攖接胥约之于礼,而复礼之密绵为不动之敬、不言之信,则恂栗之极也。是故,在敬是动,在信是言,恂栗所以生色,威仪所以根心也。动而民敬之,言而民信之,民之所以不忘也,此《淇奥》之所以咏也。武公之学,至是盖与古帝王之敬德同一揆矣。切琢之诗,孔子再取之以证学,其以是也。

郡大夫江公守端四年,惠政在民,惠教在士。士民德之,为之创书院,义取瞻淇,以寄其思于不忘,而属记于予。夫世之不讲于敬德之学久矣,径躐者倡为良知当体,即是不假修证之说。近世则离中言庸以平常尽学,以起居食息为无方所,剖剥规矩犹自谓方圆,荡溃防维而自许见性,以此附于中庸,而不知其已入于小人之无忌惮,则不敬之过也,予有慨焉。故推本武公敬德,上下千古帝王圣贤之际,以明圣学之在此,盖将缘是以请质于公焉。公所为学,其敛为恂栗,畼为威仪,未知于有斐之君子何如,然征诸士民,以足系其深思,而寄其不忘者若此,是有不可忘者在也。若谓公学之綦密,修之綦精,如是而可自足于有斐,谅非公所以好修之志,是有进于今之不可忘者在也。盖武公既耄,犹勤交儆,以公之年方半于武公,倍有其力而徐收其效,未易竟之学术,不可穷之圣修,岂异人任乎?予窃慨夫学术之流愈下也,重有望于公矣。予又以为风人君子也,咏君子之德,弗及于政,其言敬德,证修有次第,而存发有本末,非有道君子不能也。予之颂公也,不言政而言学,庶几风人之义乎?书院落成,诸生歌《淇奥》,而予为之记。

周田二公筑圩记①

尝读《虞书》而叹诸臣和衷之美也。舜之命官也，禹任水土，稷为农师，各分职以治矣。然而孟氏言过门不入，则稷兼治水；鲁论言躬稼，则禹兼播谷，何也？水土之与谷府相因也，治水之与播谷事相济也。二后一心交赞，营职衷相，和也其效，至于平成天地，粒我烝民，功于万世，岂偶乎哉！岭表诸郡，广肇独当西北二江之汇。西江远自夜郎，吞百川而东注，二郡受之。北江源庾岭，合浈、湟诸水南下，三水、南海、四会、高要、高明受之。其民胥赖堤防以生，夏秋江涨，入海尚数百里，泛滥羡溢，载于平陆，啮堤溃防之患，所从来矣。

万历庚戌，迨辛、壬、癸、甲、乙、丙七年，无岁不患水，无岁不溃防，溃而筑，筑而旋溃，岁有筑堤之苦，家无半菽之储。至于丙辰，横溃弥甚，而民之力尽矣，原田里宅输之水府，老弱待毙，壮者哀鸿雁而思乐土矣。赖楚中二贤，制台周公、待御田公，同心急民。周公曰："民将为鱼，督府之咎与！"田公又曰："民胥为鱼，巡方者之咎与！"或曰："洪流之菑，天事也，人其如何？"二公曰："不然，天可回也，亦可补也，倾否致泰，岂不在人？"乃合疏请于朝。

是岁，岭表被灾，凡六郡，广、肇、南、韶、惠、潮各蠲赈有差。复念南海、高要诸县受江之委，灾重民疲，堤防之役，难以复举，于是采议郡守，下令助筑诸溃堤，大发帑金，命苍水使视堤岸，命乡遂筑防，命邑令长课工作，命佐尉董力役，厚集人徒，隫林揵石，畚臿之工日以数万计。天人助顺，江神让功，崇圩峻阪，视昔坚完。今年

① 据道光《肇庆府志》卷4记载，万历四十四年高要诸堤多溃，总督周嘉谟、巡按田生金发帑，命通判摄县许学贤等督修，工之费官六民四。区大伦为之作记。正刚按：崇祯《肇庆府志》卷33《艺文志》又有《督府周公按台田公筑圩工记》，与崇祯《肇庆府志》卷37《艺文志》录区大伦（御史）《永赖祠记》前半部分相同。

江水复涨,民赖以宁。伊谁之赐与?督府台察,权盛而职专,往多养尊自雄,鲜能动念。幽蓟二公,奉扬威命,荡定山海,察吏纠慝,既各举其职,顾皇皇民隐是求。周公节钺所经,登原隰,召田叟,问岁潦旱饥穰,遍劳饷钱。田公乘骢所过,询问闾里细民米价,与所便苦施行之。

丙辰,洪水之后,谷价骤涌,二公协议赈焉。乞籴西省,为泛舟之役,谷价顿减,逢灾不害,赈之力也。初发帑令下,德意创闻,民间疑信半。信者来乞助,则核实,如所请,与帑金。疑者闻,乃更信,陈乞如信者,核实,则又与金。民既信上官实爱我,复言工大费狭,则又核实增与金如初。

余不敏大伦生长江介,日从负薪,填决之后,窃叹二公此举,如慈母之字孩提矣。盖慈母痛念孩提,无不曲体其所欲,乃孩提仰号,慈母转觉需求之无已,此实天性,岂拂人情。今二公既为慈母,吾民忍自外于孩提,遇有需求,宜二公之不靳为与也,可谓仁矣。孟氏言禹稷急民,思天下饥溺由己,盖禹稷私天下而公其身,故饥溺相关,若是万物一体之仁也。二公筑堤之役,殆将由己视之,其有禹稷之仁者哉。禹稷一德和衷,或司水而兼谷,或司谷而兼水。二公是役,心一志同,周公始之,田公赞之,田公倡之,周公成之,天生楚二贤,福利吾民,各宁居而胥粒食,其有禹稷之和衷者哉!顾禹稷功烈满唐虞之世,二公惠及一方,则君子在国仁国,在天下仁天下,岂非易地而然者乎!周公新拜南大司徒之命,会当入佐天子,田公名御史,需次卿贰,行且执魁柄,相与和衷于朝,开国家唐虞之盛,要以始于岭表,而后暨于天下。或谓九载怀襄,二后并急;七年溃决,两贤共济,其事正相类,吾民幸哉。其世世无忘二公明德,而吾党君子亦可以志于仁矣。

余习舆人之诵,遂次第其语,垂诸贞珉。周公名嘉谟,湖广汉川人。田公名生金,湖广麻城人。是役也,广州别有纪,其在端州则协赞宏议,参藩王公永宁、江公灏、郡守陈公谟,同心捍患,率属勤民劳,来劝课,言底可绩。承檄综理,则通判许君学贤,劳勚最多。分理,则四会知县谢君子诏、高明知县陈君京璧,均効劳绩。董役,则四会主簿王一俞、典史张大奇、高明典史林桥,竭蹶趋事云。役始丙辰十一月,竣丁巳二月,凡修圩堤三十九围,填决口一百六十有七,补筑崩陷三万八百余丈,费帑金以两计,八千九百有奇,皆二公节约所留者云。

祠建于郡学宫之右,路寝廊庑备极,怀壮屹然亭榭,勒石其中,而端江带旋,星峰屏峙,庶几擅一郡之最胜。①

新筑北港护堤碑记②

昔禹承俾乂,横流是堙。既导九川,犹陂九泽。至于今言河渠沟洫者述焉。夫水,生民所由利害也。害在羡溢,则陂之,使障而无使溃;利在灌溉,则又导之,使流而无使堙。两者功效相反。惟夫起援阏修水门,既杜羡溢之患,复收灌溉之饶,后世堤渠两利之术,所以兴也。

端江之水东下灵羊峡,至横石折而南至练滘,酾流为北港,灌于沧溪,下三洲、会川,复入于江港,直要、明二邑界中。盛夏水发,江潦注之,漫为污泽,从港口至高明,近郭皆患苦之。元至正间,筑堤塞港,而后免于水患,此则陂之以为利也。自是之后,流漂患绝,然泉源耗涸,灌溉之劳亦颇艰,于农人则人情犹病焉。

万历辛巳,余师山阴积斋王公守端郡,孳孳求瘼,劳心瘽身,以急百姓困。士民所请则为凿堤浚渠,礌石为门,以时蓄泄,暑雨闭之,防其衍溢;余则开之灌原田,通舟楫。又为之经画鱼埠,渡税廛租,岁有储积,以需永费,民享其饶,而风气亦畅,此则陂之而兼导

---

① 此段文字据崇祯《肇庆府志》卷37《艺文志》所录区大伦(御史)《永赖祠记》补。该祠记内容与此相同,唯一不同的是祠记结尾的这段文字。

② 据崇祯《肇庆府志》卷33《艺文八》补入。

之,以为利也。然议者犹以江涨汹涌,水门当其冲波,一线蚁穴,百里鱼鳖,甚可虑也。于是护堤之议起,会王公擢宪副,仍分治端州,则以属继郡守肖龙郑公。郑公虽黾勉于王公之后,顾护堤工役,实未遑也。

及是甲寅岁,霪雨积旬,江潦横溃,端郡诸堤防皆问诸水滨,北港虽幸无恙,然激射撼啮,势且莫支。于是绅掖父老,复讲求昔年护堤之策,以请于今郡守鼎昭戴公。公孳孳勤民,犹王公也,慨然采父老议,令陆生鹏程、钟生以德任之,盖不独兴地利,亦以厚风气焉。二生条上修筑方略,公报可,下令核昔年鱼埠岁入之数,清其干没,士民劝于义者,令豫出金,而以鱼埠数年之利偿之,无不乐输,共得金若干。公量佐以俸钱,遂鸠工作为贰堤,长广若干丈,中起水门,迭石甃址,唅为泉实,豁为洞户,制视前堤如巩襟带,防护坚密,镇定洪波。二邑之间实永赖焉,公之功德远矣。陆、钟二生谒余记其事。余谓兹港也,自至正间建长堤塞之,而后免沦垫之患二百余年;王公凿水门通之,而后享灌溉之利又三十余年。今戴公增筑重堤护之,而后长享其利,永杜其患。或蛊或干,有规有随,王公创之,戴公完之,其为民捍患兴利之心同,故事之交相成若斯乎!

昔《汉史》称:召信臣,好为民兴利,行视郡中水泉,开通沟渎,以广灌溉,民得其利,亲之为召父。是役也,王公为父,戴公亦民之母矣!余又谓:地之灵气在水,犹血气之周于人身,不可使肢节之不贯,血气流鬯则神爽自倍,和睟自呈。今王公既涤其源,戴公复厚其蓄,岂廑廑灌溉舟楫之为利?浚钥灵源,苞扶地脉,必厚发而为人文,此又戴公延望之意。贤材昌炽,实由今兹,诸士勉之!第识余之言矣,遂为记之如此。

工始于甲寅冬月,毕于乙卯秋月。郡守戴公名熺,福建长泰人,丁未进士。陆、钟二生竭思殚力,厥劳独多。董役则耆民谭大节、钟元可、刘启熙、卢尧赞等,各宣其力,并书之。

端州源委记①

域内之水,河为大,次者江,次者端江。河源昆仑,万里九折,而入中国,经流天下之半,南入于海。江源岷山,下三峡,会洞庭,过于金陵,东行八九千里入于海。端江源于蜀之夜郎,下西瓯,会于端江,折而南海,放于江门,行七八千里入于海。江河著于《禹贡》,详于传记,天下所知也。

端江僻在岭徼,书传略焉。即吾乡人,莫能知其源委者。壬子春之三月,余浮舟江门,观海而还,取岭表新旧《通志》及《端州志》阅之,即作旧志者,懵然不辨也。

按端江之水,源自夜郎镡封。夜郎之域,豚水出焉。镡封之域,温水出焉。东北合于牂牁江,东入于广郁,称郁江焉。广郁者,郁林郡地。郁林,秦之桂林郡也。汉武帝元鼎五年,伐南越,使驰义侯发夜郎兵,下牂牁,会番禺,即其路也。郁水东下,则交趾以北之水皆赴焉,武陵镡水南下阿林者皆入焉。又东至于苍梧,漓江之水注焉。漓水出于楚之零陵郡,与湘水同源,自兴安阳海山中断,湘水流而北,漓水流而南。汉元鼎五年,遣故归义越侯二人为戈船、下濑将军,出零陵,或下漓水,或抵苍梧,即其路也。漓水南流,与桂林之水合,亦称桂江。又南过平乐府,称曰府江,则近代所名也。其郁水上溯浔、邕者曰左江,溯柳、庆者曰右江,皆近代所名也。三江既合,东下广信,则封水注焉。封水出临贺郡,临水源于萌渚岭道州界也,贺水源兴安县罗山,二水合于封溪,江皆受之。又东过于康州,谓之锦水,以锦山名,而罗定之渌水注焉。又东会于端州,临允之水注焉。端州由端山名,故水曰端溪,亦曰端江。楚蜀西瓯,西来诸水皆会于此。域内之水,自黄河楚江以南,此为大矣。端江既同,东下羚羊峡,绥水注焉。至于横石,遂折而南,其

---

① 道光《肇庆府志》卷2,光绪二年重刊本。

酾流会浈、湟诸水。东过三水县者,比于江、沱、汉、潜,而俗以为牂牁东下番禺,谬矣。

端州既南,过蓬莱山、石洲江,汇为大泽。江面广六七里,迤逦潆洄,三折绕出大雁山后,大雁山以东,亦酾为二流,一注于甘竹,一注于仰船冈,并可达广州、顺德、香山,亦犹江汉之有沱潜而长。江则南趋江门入海,谓之江门。明江之门户,至此而尽。此端江之源委也。

盖江源夜郎牂牁,而海中亦有牂牁洋,此其源委,相缘之名可绎思矣。旧《通志》南海图经乃谓:新会之西岘冈,至南宁有夜郎,豚水出牂牁。不知西省之水,全注于端州,其出夜郎牂牁者,实端江之源。而南宁即古邕州,邕、浔之水曰左江,既合右江,府江下端州矣,何有分流向岘冈乎?且自南宁至岘冈,皆冈岭层络,隔阂千数百里,岂尝有巨灵辟此水路耶?谬矣。外志又创为三江合浪水之说,不知江源远且巨者,无过夜郎豚之入郁,桂之入漓,今不言合郁合漓,而云合浪,果何所据也?又其所称三江,更为怪诞不经。大抵岭表之水,西自端江受楚蜀西瓯西来之水,最为巨浸,谓之西江。北自大庾南韶浈、湟诸水,南注于三水县者,谓之北江。东北自安远界南下龙川之水,以其在会城之东,谓之东江。无有南来之江者,凡有目者所共见也。今《志》中《总图经》以大庾浈、湟北来之水为南江,而无北江,夫南北固可易位乎?又封溪、临贺、桂绣诸水皆入于漓,会于端,总之西来一江也。今《图经》以封溪诸水属西江,而分漓水属南江。夫封、漓既合为一流矣,何由知封之必为西,而漓之必为南?岂兹水固如泾渭之有别而名之者,固如淄渑之可辨乎?谬之,谬矣。万历壬子夏日记。

郡守陈公铎阳书院记

王教之兴,道术行于上;作人造士之大,则邦君统焉。《诗》之咏文王也,成人德,小子造其誉髦斯士,推本德之无斁。盖古者诸侯大夫体备纯德,由素讲之学,表为士极,而作新考成焉,故能斯誉斯髦,王国之成材者众也。孔子生衰周之世,嗣文王之统,其称曰:“文王既没,文乃在兹。”迹其所宪章,夫岂不勤思于薪槱?顾其时暗,诸侯莫能用,第与其徒弦歌讲业。沂水之滨,杏坛之上,述先王之道,善其人,俟来者。盖文行其道,烝誉髦之士以宁,周孔明其道,启四科之贤,以毗世,其于作人淑世无以异也。西汉以降,世之君子笃意振民造士,卓然以化治,称莫良文翁。文翁兴于蜀郡,其习方甚陋,乃修起学官,广招下县子弟,教之于学,察举经明行饬,巴蜀大化,比于齐鲁,声烈光于竹素,在循吏中为独盛。惜其不学道诱进诸生,第取诵说诂解,所得士廑廑张叔辈暨司马相如之属,工为丽藻,徙以瑰谲艳靡之词,夸駴耳目,抑何下也。虽其移风于辟陋,兴学于残缺,为独盛于循吏,而教之不纯,去古作人之化敻矣。

大夫陈公守端也,其政节靡裕民,修废兴事,孳孳课学育贤之务,广饬郡邑学宫诗书之教,达于闾里,集逢掖之士,程萩谭经,卒泽之乎道,倡厉圣学。尝干旄访余江洲之上,再书山中问学,余不敏,以尽仁之语请质,若有当,余言者,盖孔子诏之矣。昔者孔子言仁,直以人当之,岂谓仁其四肢百骸之人,所以摄此四肢百骸,则仁也?摄此四肢百骸者,通乎天地,苞乎万物,尽所以通天地苞万物,夫是以仁尽也。仲尼之门,其学求仁为入,安仁为止,彰明在辨志数语。文王之为敬止也,莫先止仁,孔子嗣统文王,故其为教必仁焉。先文王之仁,其大者疏附、先后、奔奏、御侮,作而造之,皆誉髦也,故曰:“岂弟君子,遐不作人。”岂弟语仁,作人之为仁,明甚。孔子之仁在乐群,讲诵与七十子者之徒,相观而仁是也。其所为疏附、先后、奔奏、御侮,若七十子之徒则所寄以其仁尽者,仁寄之其人,被于天下,施及后世,斯乃文王、孔子之仁之大也。君子仁为天下得人也者,其文王孔子与公学孔子之道,柄行道之权,以师文王,拳拳倡兴。我端人士,仁之斯其大矣,当于不敏之言宜然。公守端四年,所擢副按察,复分治端州,迨今六七稔,倡道淑人,常如一日。公既大兴于正学,问业者云集,户履常满,诸弟子孝廉梁生学曾辈,乃共选胜营书院,都授讲焉。工既竣,问记于余,以无忘公之仁。

余谓文翁变辟陋之文雅,可谓贤。公掖文雅之士,跻之大道,其事近仁则不可同日而语。今逢圣主崇儒之代行其道,复明其教,则孔子弦诵所不得冀也,然余闻文翁讲堂岿然长留天地间,峙于岷峨,表于江汉,访古之士过之,低回不能去,或播为歌诗,诵其美。诸生为公构讲院,乃在崧台端溪之上,余学道江洲,执烟霞之囿,距讲院百里而近,第与公邮筒言学,未始造而游焉。顾私心乡往,殆将矢雅诗赓,岂弟誉髦之章,鸣邦君作人之盛,重为我端人士厚幸,则百世可知已。若公举职循理,仁爱为行,治常为列郡最,别有纪云。公名濂,字道源,惠安人,丙戌进士。

高州笔山书院记①

高州守曹公,甲寅春下车,即课诸生文艺,为之品骘,殷殷不倦。乃谋于僚佐县令曰:百工居肆,以成其事;士耑帖括,必资类聚,乃能熏托德性,论难经义,则书院之设,有司所不能辞也。问南岳书院故址,业为菜家圃矣。伐木于山,鸠埴于陶,命县丞陆应春、典史钱弘②绩督诸工匠,于五月十五日落成。堂五楹,高一丈九尺六寸,阔六丈。中为问奇堂,两旁列书舍,前为门,门对三峰,因署其额曰笔山书院云。

公淹贯典坟,雅工词赋,登泰岱、陟二华,度邛崃,九折足迹,所至辄有留题。乃一麾兹土,不旋踵而敷化流惠,复构别业,集诸生讲读其中,月三试而品瑕瑜。暇则偕参佐,盻笔山云物,相看不厌,

---

① 康熙《高州府志》卷9《艺文志二》。据光绪《高州府志》卷14《书院》记载,笔山书院在茂名县内,旧名南岳。知府吴国伦建,后废。知府曹志遇新之,以笔架山前峙,故易今名。

② 弘,一作“雄”。

其视古人岘首之游、河朔之饮,差胜耳。诸生景仰尼山,操觚擅技,亦知为山始于一篑耶。学譬登高,业先知本,诸生务求其本,则胸藏万仞,胜峙千秋,致雨兴云,濡溉六合,此曹公取义书院,以勖诸生意也。不然,矜氤氲之吐,娱枝叶之华,笔札相高,意态相尚,单词偶合则凌厉四方,片言可录遂傲睨千古,岂才不赡哉?本不立也。自德性启辨于鹅湖,至善开宗于白鹿,良知倡于四明,格物训于白沙,虽藏真于洞壑,实栖心于圣统。诸生远宗孔孟,近师曹公,婆娑文峰,优游道岫,气合云梦,笔扫昆仑,入承明之庐,奏长杨之赋,乘时发奋,曹公其大有造于斯矣。往文翁化蜀,令名归焉。曹公先守蜀郡,德化当不在文翁下,至此,首以兴贤育才为务,则滞一方者,殆若不及。诸生可不图自修自证哉?笔山且藉以生色矣。

附:

笔山书院记①

高州守曹公,甲寅春下车,即课诸生文艺,为之品骘,般般不倦。乃谋于寮佐县令曰:百工居肆,以成其事;士嵩帖括,必资类聚,乃能熏托德性,论难经义,则书院之设,有司所不能辞也。问南岳书院旧址,业为菜家圃矣。伐木于山,鸠埴于陶,命县丞陆应春、典史钱弘绩督诸工匠,于五月十五日告成。堂五楹,高一丈九尺六寸,阔六丈。中为问奇堂,两傍列书舍,前为门,门对三峰,形家取象笔架,以应三台。因署其额曰笔山书院云。

公淹贯典坟,雅工词赋,游玄岳,登泰岱,陟二华,度邛崃,九折足迹,所至辄有留题。乃一麾兹土,不旋踵而敷化流惠,复构别业,

---

① 曹志遇《高州府志》卷9《艺文志·文略》,明万历刻本。此本记载为区大相作,内容与康熙《高州府志》所录相比稍有出入,故附录于此。高明县举人区怀瑞编纂的崇祯《肇庆府志·艺文志》未收此文。

鸟革翚飞,轮奂美丽。集诸生讲诵其中,月三试而品瑕瑜,暇则偕参佐,盼笔山云物,相看莫厌,其视古人岘首之游、河朔之饮,差胜耳。夫诸生景仰尼山,诵说声名文物之场,游衍礼乐衣冠之会,操觚擅技,搦管摛词,大或如椽,花生五色,宁忘一篑于为山耶?学譬登高,业先知本,诸生务求其本,则胸藏万仞,胜峙千秋,致雨兴云,濡溉六合,此曹公取义书院,以勖诸生意也。不然,矜甗甗之吐,娱枝叶之华,笔札相高,意态相尚,单词偶合则凌厉四方,片言可录遂傲倪千古。故上林振藻而汗颊于窃赀之行,草玄自守而腼颜于美新之语,赋鹦鹉者有江夏之危,斗色丝者贻舐犊之爱,岂才不赡哉?本不立也。士先器识,而后文艺,深有味乎?其言之也。自德性启辨于鹅湖,至善开宗于白鹿,良知倡于四明,格物训于白沙,虽藏真于洞壑,实栖心于圣统,与彼移北山之文,望西山之爽,不大径庭哉?大抵问道空同,藏书酉室,谷城之黄石,函谷之青牛,游汗漫而适无何有,皆寓言也。诸生远宗孔孟,近师曹公,婆娑文峰,优游道岫,气吞云梦,笔扫昆仑,入承明之庐,奏长扬之赋,乘时奋发,曹公其大有造于斯矣。往文翁化蜀,令名归焉。曹公先守蜀郡,德化当不在文翁下。至此,首以兴贤育才为务,则滞一方者,殆若不及矣。诸生可不图自修自证哉?笔山且藉以生色矣。

重修四会县庙学记[①]

四会,岭表壮县也。儒学自宋咸淳间,从金山迁县治东南隅,历年滋多,兴坏之由,莫可殚记。万历丙辰、丁巳,而学宫之浸淫于水者尽矣。江右谢侯来尹兹邑,风教为任,宽简为政,值垫溺之余,赈匮筑防,孳孳佐民之急,俾宁宇乐生,教以亲逊任恤之义,得民之和,用以趋事,遂举庙学大新之。顾工巨费奢,蠲助义输,合数百缗,犹不足也,乃献议求助于上,遂得请制台许公、按台王公,盖兴

① 崇祯《肇庆府志》卷30《艺文志》。

学作人，本二公岂弟素心也，咸以赎镪来助。于是殿寝孔硕，门庑奕奕，启圣、宦贤、经阁、庖湢，迨于斋舍，罔不整饬，磊石桥泮，易缭以甓，门城于巽，文昌有翼，小大称事，不愆于式。经始丁巳孟冬，越八月而告成，凡糜金钱千缗，名则缮修，功侔创始，本许公、王公广厉风动于上，谢侯因得成之，士乐其群，人矢其颂，有由也。教谕邢君裔昌、训导任君重介、诸生林懋道、陆有椿谒余记，以永厥美于无穷。

余惟学宫之修，当途所有事也；学术之修，吾党所有事也。余不敏，从事于此久矣，请为诸士言学。夫学所为期于圣人者，以学之为圣人易易也，诸士疑之乎，其信之乎？今夫语人以尧舜，其不骇焉而却者寡；语人以孩提，则傲而軈焉。盖不知孩提未学，虑之尧舜也。是故，人之初生，皆从孩提过来，世之所知也；皆从尧舜过来，世之所未知也。在昔千数百年来，豪杰不获窥圣人之门，其误在此，何以明其然耶？孟氏曰："尧舜之道，孝弟而已矣。"岂非以孝弟之外，别无尧舜乎？然而孩提知爱亲则孝也，稍长，知敬兄则弟也。人孰不为孩提？稍长，孰于其亲不爱、其兄不敬者？是尧舜之孝弟，人当幼稚之年而已行矣。谓我未尝从尧舜来，则可乎？明明从尧舜来，今反致骇于尧舜，以为未易以学而能，何其误也！孰使之误而昏惑至此？一误于情好，再误于功利，贪求之毒日来，爱敬之良日去，无复孩提之天性，而于尧舜始远矣。非远于尧舜，乃其自远于孩提也。非远于孩提，乃其自去乎亲长也。凡人所以让却圣人为不可及者，皆去亲长之为患也。孟氏论智之实在知斯二者弗去，其究至于乐生而不已，蹈舞而不知夫尧舜，至圣不过圣，不可知之神耳。事亲从兄之乐，至于不可知则圣神之能事已毕，而谓尧舜为难，则可乎？故学之为圣人者，从尧舜学尧舜则难，从孩提学尧舜则易。要在还其初心于爱亲敬长而弗去焉，则是矣。千古作圣之要，只在于此，诸士其勿疑也。

昔者，周室以六行课士，宾贤孝友为先。我高皇兴学立教，与周道比隆,六谕诫民,孝顺实始诚,以闾党孝友之士,即邦国忠顺之臣,于以翼帝佐世,故足术也。诸士勉而修圣人之学,能以孝友宾兴于明时,易功利之用为道德之用。眂昔年徒以科第称雄者,独盛焉,其于是举也,为不负矣。谢侯,名子诏,江西宁都人,董役则典史张大奇,而诸生林懋道、陆有椿等咸与有劳烈,余则具于碑阴。

附:

重修儒学记①

四会,岭表壮县也。儒学自宋咸淳间,从金山迁县治东南隅,历年滋多,兴坏之由,莫可殚记。迨万历丙辰,而学宫之浸淫于水者尽矣。江右谢侯来尹兹邑,风教为任,宽简为政,值垫溺之余,赈匮筑防,孳孳佐民之急,俾宁宇乐生,教以亲逊任恤之义,得民之和,用以趋事,遂举庙学大新之。顾工巨费奢,蠲助义输,合数百缗,犹不足也,乃以礼生衣巾上请督学杨公,得允十二名,各输资二十两,为木石之需。嗣是支度仰屋,复得请制台许公、按台王公,盖兴学作人,本二公岂弟心也,咸以赎锾来助。兼前岭西道王公、江公振起,其始署岭西道闵公玉成其终。于是殿寝孔硕,门庑奕奕,伦堂、启圣、经阁、庖湢、宦贤、斋舍,罔不整饰,磊石桥泮,易缭以甓,门城于巽,文昌有翼,小大称事,不愆于式。经始丁巳孟冬,越八月而告成,凡縻金钱千缗有奇,名则缮修,功侔创始,本许公、王公广励风动于上,谢侯因得成之,士乐其群,人矢其颂,有由也。教谕邢君裔昌、训导任君重价、诸生林懋道、陆有椿谒余记,以永厥美于无穷。

余惟学宫之修,当途所有事;学术之修,吾党所有事也。余不

---

① 康熙《四会县志》卷20《艺文志》。该文后注"御史高明区大伦撰",但内容与崇祯《肇庆府志》有差异,故附录于此。

敏,从事于此久矣,请为诸士言学。夫学所为期于圣人者,以学之为期圣人易易也,诸士疑之乎,信之乎?今夫语人以尧舜,其不骇然而却者寡矣;语人以孩提,则傲而輾焉。盖不知孩提未学,虑之尧舜也;尧舜已学,虑之孩提也。其知与能,非有二也。是故,人之初生,皆从孩提过来,世之所知也;皆从尧舜过来,世之所未知也。在昔千数百年来,豪杰不获窥圣人之门,其误在此,何以明其然耶?孟子曰:“尧舜之道,孝弟而已矣。”岂非以孝弟之外,别无尧舜乎?然而孩提知爱亲则孝也,稍长知敬兄则弟也。人孰不为孩提?稍长,孰于其亲不爱、其兄不敬者?是尧舜之孝弟,人当幼稚之年而已行矣。谓我未尝从尧舜来,则可乎?明明从尧舜来,今反致疑于尧舜,以为未易以学而能,何其误也!孰使之误而昏惑至此哉?一误于情好,再误于功利,贪求之毒日来,爱敬之良日去,无复孩提之天性,而于尧舜始远矣。非远于尧舜,乃其自远于孩提也。非远于孩提,乃其自远乎亲长也。凡人所以让却圣人,而不可及者,皆去亲长之为患也。孟子论智之实在知斯二者弗去,其究至于乐生而不已,舞蹈而不知夫尧舜,至圣不过圣,不可知之神耳。事亲从兄之乐,至于不可知则圣神之能事已毕,而谓尧舜为难能,则可乎?故学之为圣人者,从尧舜学尧舜则难,从孩提学尧舜则易,要在还其初心于爱亲敬长而弗去焉,则是矣。千古作圣之要,只在于此,诸士其勿疑也。

昔者,周室以六行课士,宾兴孝弟为先。暨朝廷兴学立教,与周道比隆,六谕诚民,孝顺始诚,以闾党孝友之士,即邦国忠顺之臣,于此翼帝佐世,故足述也。诸士勉而修圣人之学,能以孝弟宾兴于盛时,易功利之用为道德之用,视昔年徒以科第称雄者,独盛焉,其于是举也,为不负矣。谢侯子诏,江西宁都人,董役则典史张大奇,而诸生林懋道、陆有椿、李伸、严端祯、李烘日、黄上参、陆聘耕、陈其玄、李梦赋、吴士耀、罗联第、吴士照等咸与有劳烈,余则具于碑阴。时万历四十六年孟冬之吉旦。

郡大夫戴公奏绩序

君子长世治人,其道未有不出于仁体,然而有至有不至焉。彼其身郡国之寄,以孚惠见德,兴除就功,俾封域以内,沐浴宽和之仁,斯亦能于其职而不愧。夫巡牧者之称,然而未逮乎至仁也,则又有大且远者焉,闻之至仁,则天下为一身,天下皆吾身矣,孰非吾所兼而爱养者?第今畅适在一肢,而痿痹在四体,自养身者,不能以一息惮其焦劳,而谓仁人能乎?顾仁人之用仁,盖亦有要矣。是故才效一职,泽润一方,一心一智之所能仁也。至于流万方之闿泽,开一世之太平,非一心一智之所能仁也。其道在得人以寄吾仁,而是人者,又未可以骤而得用之,有其具由养之豫其用,是故,兴学造士,养才待用,则仁人之所焦劳而务也。昔者,西伯止仁之君也,诗人咏而歌之得人,皆称其美,故曰:“岂弟君子,遐不作人?”岂弟,言君子乐易之仁。岂弟故能作人,而君子之仁有所寄矣。故文王之化昌西土被南国,施及六州,以暨乎天下。由其作人者豫,而疏附、先后、奔奏、御侮之人之有焉,此文王之仁也。君子身在郡国,笃于兴学养才,以身仁士,以士之仁仁天下,德不在孚惠,功不在兴除,而能合天下以成其仁,亦犹师文王之仁欤!

郡大夫戴公,簪绂世家,伯兄凤岐,前节镇二广,功在百粤。公起进士,历廷尉,出守吾端,温仁乐易,务以德化其民,未尝疾声遽色,而心谕意寤。尝有以导明于不争,奉身介洁,凛凛丝粟服食之细。政去浮蠹,岳比情法,孚翼善良,恂然噢咻,惟恐伤之,刬剔豪猾,则毅然不挠。其求民之瘼,意甚饥渴,务兴其利,而祛其害,皇皇弗及也。余从士友参学江洲之上,公尝干旄过而问焉。虽访道之素心,礼贤之旷仪,而询求德意,行于其中矣。

昨岁甲寅,淫雨自春徂夏,西潦注于端江,荡为大泽,城若舟浮,野如萍泛,公减膳引慝,降服举神,戒舟援溺,挈糜哺馁,宵啼露立,厥有攸居,胼胝不遗余力。潦尽水涸,则劳来循行,问所疾苦,赈困乏，贷逋负，修起堤阏，民罹重灾而获更生，公之赐也。公于求瘼宁民，建利祛害，其勤若此，可谓仁矣。至其广饬学宫，集郡邑髦士，课业出所应制，义相切琢，开迪启发，卒泽之乎道；捉命谆切，未尝不亹亹乐与之尽也。诸士日承教泽，耳目加之聪明，志意倍为振愤，又未尝不欣欣乎其人也。公意以为，吾以身仁天下则不足，以所储而养之士寄吾仁则有余，故其孳孳倡兴吾郡人文，乃其所为养之使可用，而毗国家得人之仁也。公之仁其远且大若此，夫惟《大雅》岂弟作人近是乎？

公自龆龄，慕宋包孝肃之为人。孝肃故起家廷尉端州，则其芳烈在焉。公至郡，展谒祠下，庆典刑如在，葺其祠宇，购求奏议，叙而镌诸郡斋，致乡往之怀焉。于是三载报政，诸士陈生诤言、钟生以德，谭生仲、王生为鹏、何生湛然等谒余，叙公之绩。余谓公以作人师文王，以介特不阿法希仁，然希仁天性刚严，所治多锋厉声，公贞心峻节，拟诸希仁而温仁乐易，得民之和，称其民之父母，未知于希仁何如，又况进之为作人之仁也。希仁洊历御史中丞，进参机密，遭时遇主，言听忠行，身有完名，而勋业烂焉。由端州与公，兹以端郡奏绩，行且微，为公卿会。是秋，当升选士于南宫，郡中造士甚豫，其成材之多，选举之盛，宜有以光岭表宾贤之典理，效较希仁又孰多？公上计簿，第以所造士进，其为疏附、先后、奔走、御侮，惟天子之所使之，上佐国家得人之仁，而身为休休之相，日可俟已，是真能师文王者也，宜歌《旱麓》及《绵》之九章，余不敏业及之矣。

刘氏家藏集序

阳江，端郡巨丽邑也。其士大夫庶几彬彬，君子之风，声烈文藻，烜赫表著，则以刘氏重哉。刘氏之兴，永锡始基。永锡之子伯度，经学名家，蝉联科第，文行政迹，盛美辉映，声光烂焉。厥有孙会刘公济、刘孟循，并发藻芹宫，漱芳艺苑，心怀五岳，业综四始，文采蔚焉。诸生刘约者，于孟循父公济其祖雅从予游，思振父祖之业,间以其家藏诗草谒予序之。予以为诗者,性情之所流露也,性情不调,诗则何称?是故其情平者,其诗恬澹而多正;其情达者,其诗溜亮而多卽;其性深者,其诗境胜而多远;其情超者,其诗韵胜而多致。昔之作者,盖未有离性情而称诗者也。诗至于唐,綦盛矣,其间杰然名家,莫不出其中之所自有,而情见乎词,故足术也。后世操觚之士,不本其性情,而貌唐人以为荣,名吾未见其诗之唐也。是故曲江之风度,竞躁者貌其冲澹;高岑之秀特,暗沕者貌其爽垲;王孟之静雅,猥杂者貌其清虚;杜陵之忧国,浮诞者貌其忠愤。夫心声不同,如颜面各异。故燕许不袭调于王庐,而钱刘不拟声于沈宋,大抵情触为声,声韵为诗,心声所发,莫之能强,若摹其象貌,遗其神俊性情之道,无乃刺谬乎!

予读刘山人公济与厥嗣孟循诸诗,知其箕裘风雅,述作菁华,烟云并寄。其遐心山泉,共发其孤赏,感俯仰之陈迹,兴慨叹于咏言,情缘心生则逸思旁流,声从境触则玄言映发。殆若山中瀑水,清响泠泠;又如林表松风,寒声谡谡。其时则少司马沈纯甫流寓兹土,山人相与缔好交欢,啸歌互答,原本极命,并称嘉咏,而海陵鼍江之胜,浮天浴日之观,莫不驱之毫颖,罗之篇什,斯亦达人之高踪,逸士之奇韵也。而或以为山人兴致则饶,简帙则寡,何居乎要?以称诗贵精奚取?不见孟襄阳五言一唱,遂表洞庭,后来作者虽多,难称嗣响?山人篇什简约,其类是乎?山人父祖并以勋业表著当世,山人类世之高隐,孟循事父以孝闻,不独能诗,其为父子风流,亦且为政于云壑之间,不愧祖风矣。

思思堂诗集序①

古之善治术者,先于所以治其性情,是故性情坦以舒者其政平,恬以愉者其政和,恻怛忠厚者其政绸缪而笃挚。未有不得于性

① 又见于天启《封川县志》卷20《艺文志》,康熙二十四年刻本。

情，而能得于政者也。而治性情之道，又莫尚乎诗，故诗之于性情也，性情之于政也。斯孔子所谓授之以政而达者哉？尝观十五国风，大抵皆闾巷民氓被上之化以成俗，而发露于咏歌。其有位君子之行事，征于性情而可见者，则莫著于豳风，盖其为诗，首言天时物候之当乘，使竞劝于趋事，食力而助弱，养老而恤幼，以及祭祀燕飨少长之节、丰约之宜，若家人父子之勤勉，何其用情之恻怛而忠厚也！兹非化民成俗之行，而后世从政者所宜法与。莆田方侯博闻强记，于乘籍靡所不流览，而尤喜为诗，起家得临封令，封为端郡俭邑，职事稀简，遂舒其余力，游意声律，或寄怀于理术，或托兴于民工，或以抒一体之爱，或以畅四境之和，非徒山川点简、草木平章已也，盖已卓然能名其家，识者当自得之。余独论其一，出诸性情，为平易宜民之本，则侯于此道，盖有深焉者。

临封濒江负岨，其人安于田亩，以自食其力，根干朴茂，而俗习淳质，市廛聚落，无所纷华。侯一切治取，便民与之休息，除去烦苛，不用矜奋，为能行循吏之体，故其邑之士，若民安之，而封以治。封为康州属邑，会康守缺，侯治有能名，则以属令摄守符，盖异数也。侯举理邑以理州，推为令而为守，易地而同政，易官而同理，故其州之士，若民安之，而康亦治信，可谓兼材也已，非深于诗，能以政达若是乎？乃若侯之于诗，又有所本也。侯家世自宋宝谟阁学士信儒，公以忠义显，在仕吾广，所至多题咏。本朝嘉隆间，从祖员外公攸跻，初令顺德，有《藏山草》，则吴明卿序之。顺德公之子督学公沆盛，修骚雅之业，雄篇高韵，俨然坛坫之上，则李于鳞、王元美共推之。若叔司马公承郁、计曹公承笏，皆以诗名莆阳，朱紫之盛，方氏其称首哉。要之祖孙父子兄弟并著，忠节文藻为当世艳美，则又人伦之仪羽，执轨之先鞭也。侯既内承家学而放于藻绘，譬之王谢子弟，生长见闻，不诏而习，不琢而工矣。督学公桥梓，曩与余兄仲叔氏游，叔氏赠言有“君家严君实奇磊，好去共称名父子”之句。余因习其家世，故今序侯诗得推本言之，明其因诗而达政，有所自云。

阳江县新志序①

端州为郡,扆山带江,独阳江迫于海,称沃野,估客番船之凑,民得其饶。然而海寇倭氛,时有抄略,高帆巨舰出没在门庭之外,故其利在海,而害亦在海,实岭以西,要害之冲也。海陵鼍江襟带,严险蹴天,荡日之波,极万里之无际,皋原衍隰,什伍纵横,产物之华,钟人之杰,信可以抗名都而俪奇甸矣。旧虽有志,而体裁未备,义例弗彰,政事人民之大不胜略,而繁称细琐,又何取也?

蒲圻邓公,司李端郡,来摄防海,兼署邑政。洁己爱人,兴学振武,清赋省狱,百废具饬。雅意乘籍,翻旧志而少之,乃举以属博士清湘邓君,暨二三弟子。邓君饶于载笔,多识职方之载,博讨性俗之宜,原本山川,极命草木,创新例,增旧文,越数月而新志用成。为图县境,县城而下凡十有一;为考建置,星野而下凡七;为表秩官,选举凡二;为纪公署,学校而下凡五;为传宦迹,循良而下凡四,为别录一;为略古迹,方外而下凡三;其篇则三十有三焉。其事不啻详矣,而非以详之为病也。志者,识也,识其大,复识其小,是故郡识之矣。然征邑故于郡,十不得一焉。省又识之矣,然征邑故于省,百不得一焉。邑而匪详,邑之事曶如也,何所于稽乎?其文不啻博矣,而非以博之为病也。志者,史之流乎?孔子作《春秋》,二百四十二年之间,所书之文虽廑廑乎,然非圣人独书也。当其时,列国则有史焉,史外则有语焉,史取文,经取义,两者长留于天地之间,圣人得以义而略之也。邑之志,史之例也,文不得不博,文胜则史固其所也,乃若于秩官,于宦迹,而慨夫暗汶之易、显赫之难也。于食货,而鱼盐蜃蛤之不厌琐尾,而覙缕及之也,美物产之过于饶,而叹农事之过于窳也。于方俗,于选举,而规士习之浮靡,遨游以

---

① 康熙《阳江县志》卷4《艺文志》则名为《阳江县志序》,且内容有删节。

嬉，相于逸而铟于侈也，重以为士瑱也，宁独以事词胜？其道法之征意，盖有存焉者矣。虽然，余又有感于志之难也。

夫志有创之矣，其后率四五十年而一修焉。是故不能无是非也，而或意之为是非，后来者将以意倒其所是非而肆焉者矣。不能无增损也，而或意为之增损，后来者将以意易其所增损而纷焉者矣，不能无讥称也。而或意为之讥称，后来者将以意参伍其所讥称而互用焉者矣。吾见志之至此而尤难也，故曰："瞻而不秽，详而有体，不虚美，不隐恶，必如此乎，其称善志也已。"邓君之志之也，其有合于斯言乎？其毋开后来者以意乎？维时则司李公防海安民之日，政成流化之余，贞以砺俗，静以宜民；阳江人将社而稷之，尸而祝之，声光腾茂，无不可为新志助者。吾知其于斯言必有合矣，由斯以谈，后有嗣邓君而载笔者，若司李公保境宁民之功，于宦绩必首纪焉。吾知其有光前烈，而大慰阳江之民之心，而善志如邓君，以续之文苑，其为斯志之光，又可知也。

封川县新志序①

临封，端州俭邑也。疆城灵洲锦水，壤地褊小，方里为九，城雉为百。其于溟海五岭三江八桂十郡百有余邑之中，若弹丸然尔。其江山扶舆之所，磅礴郁积，与夫光英冲粹之所渐涵，孕毓人文，则虽通邑大都，或有所不及。盖自汉崇经学，犹属草昧，则陈元父子长于《春秋》，请立左氏博士，辅翼圣经，而丘明之传表于万世。唐以制科选士，则莫宣卿裒然魁天下于大中之间，斯已奇矣。岭海经学科名之盛，实始临封，讵可幅员小封乎哉？邑故未有志，载籍之道缺焉，使翼经之儒、榆魁之彦，郁而未光，则亦迂者邑大夫之过也。

蒲阳方侯初莅兹土，思所以适于治，慨旧章之废缺，思论世之

① 据崇祯《肇庆府志》卷40《艺文志十五》补入。

无从,则喟然以叹。盖欲规前模,而闻见不足稽也;欲迹往事,而故实不足稽也。孜孜所以饬躬惠民,移风易俗而礼乐物轨,劝赏诛罚,禁戒教令,振举其间,凯泽旁流,治功滋起。六载政成,民用和睦,乃申命众史搜猎剩简,征信乡正,罗网旧闻,揭纲剟繁,细大靡捐,要在传信,罔有藻饬。盖三阅月而《志》成焉。邑聚尽利者与地,乘时者与天,作谋者与人,其自图经、星野,以至水利、物产、风俗,罔不捃而该也。明乎开之者天,成之者人也。纪也者,言乎事者也,事必有所始,任地始乎颛顼,羲叔宅于南交、苍梧,则帝舜南狩之迹在焉。明乎声教所渐,帝者之世也。建置者,言乎其废兴也,自城池而关市津梁,时之盛衰,物之登耗,政之良窳在焉,不可不著也。国家尊孔学,育贤才,创统之初,首建宫墙,薄海内外洽于明伦之化,盖取诸此也。封之有学所从来矣,琢磨乎正学,薪槱朴棫者所务也。教民之道,足食是先,户口、土田宜均也,邮传、屯盐、课税宜核也,其赋役乎养民,惟恐不足,良吏也。胶东、颍川、桐乡、零陵,其迹可循,凡惠泽加于封者,百世若新,胡可忌也。官师宦迹乎武事,不可不讲也,有其备者无其患,长世字氓者,思患预防宜亟也。其武备乎儒者,不以军旅先俎豆,然而武事修明,为之禁虣,为之止乱,民用安乐,礼教所由兴也。其秩礼乎道德,齐礼使民兴行。是故,成周大司徒以六德六行教民宾贤兴能,其后束帛贲园,公府荐辟与甲乙贤能之书,登贤而选公者,此其义也。其选举乎笃行之士,趋操或异,忠节孝友、宦业儒林,各有其至,匪颛一途。虽或潜德,莫掩休光;虽在闺阃,女贞表化。其人物乎?文之胜质,敝也,则史言之无文,致远则尼陈词,作训赋,物铭器;与夫歌颂谣咏,要以彰往诏来,小大虽殊,其发挥乎道德性情者,故足述也。其艺文乎?仙释之事,君子所不道,然而岩栖枯槁,托意露举,但取洁身,不关世务,固亦无恶于世;其惑世诬民,斁伦伤教,则释氏之淫祸也。长民者,坊表宜峻也,是故往迹丘垅,次以仙释而零杂之事终焉。

斯役也，按牒于省乘，百得一焉；摭实于郡载，十得一焉。事探其幽，文核其情，旁诹于故老庶正，独断于天理民彝，侯之于此，盖心焉其善志也。临封上世历年不可记已，自秦汉以来，而郡之而州之，历千数百年，至我高皇，混一九有而县之；又历二百五十余年，阅令长五十余人，而方侯始成纪载。疆域山川若增而胜，风俗若增而美，经学礼教增而明，选举贤才之途增而盛，宜有翼经之儒，抡魁之彦，如陈长孙、莫仲节者，以应记载昌兴之运。其在方侯，以经术缘吏治，以循吏兼良史，椽笔鸿裁，厉扬山川之光英，发舒贤俊之文藻，其功德在兹土，将与长孙经学、仲节科名并垂不朽。后之嗣侯续斯志者，其载笔可知也。

广州通志纂序①

粤之先国，于唐虞之世则南服也。《虞书》尧命羲叔宅南交，重华五载，巡守衡阳、苍梧之间，称王会焉。韶石虞泉，神圣所经，粤何迩封之？有作史者，不能深惟厥初，后世不尊经而信史，猥云开疆于秦皇汉武，则二典所记非乎？古者帝德天覆，冒于海隅，齐鲁表东海，粤称南海，皆职方也。下迨三季之君，德不及远；畿甸侯绥，犹有携贰；秦汉之事，曷足怪焉！

东粤之有《通志》，草创戴侍御璟，至黄宫詹佐称详赡。戴《志》方域始于汉，黄始于周武初定藩服，迨万历庚子。《志》溯诸唐虞之世，乃称完书矣。余又尝考东粤之故，于秦三郡，为南海郡地；于汉七郡，为南海、合浦而兼有苍梧郡三之一。其郁林，则西省也；交趾、九真、日南，则今之安南也；在东粤之西或三四千里，或六七千里，盖风马牛不相及也。今志事纪并口摭传而入焉，若交趾记锡光，九真记任延之类，此何与东粤事？富艳之失为诬类若此矣。夫俗之相染也，百里则移风之相被也，千里而绝，岂可混乎？三《志》

① 据崇祯《肇庆府志》卷40《艺文志十五》补入。

递相承讹,余不欲观之矣。

广宁赵侯达于从政,不以新邑荒陋易其民,尝思有以导之使善,而广稽睹记以为助。每旁考郡国山川民俗之所在,与夫宦而覆露于此,贤而羽仪于此者,取东粤全志,日寻绎焉。久之遂采实镌华,删繁举要,勒成一编,名曰《通志纂要》。法一统志略例也。若郁林,若日南,若锡光、任延之类,皆在所削,实得我心焉。乃命刘生躍蛟、李生天植以序属余。侯之言曰:吾之为此,非敢操是非之权,以扬扢乎前训,盖吾忧小邑之不治,若全粤之不治。即师其所以治全粤者,约而治小邑,虽不敏,是惧乎蔑不胜矣。是故山川封域,举其凡焉;风气之柔刚,与习俗之良窳,识其大焉。临莅之长,取其效见于事、爱在于民者,而师其所以为政;都邑之贤,取其道可淑人、行为世仪者,而师其所以为人。

窃以为,广记而约收之,捷取其效,就吾当身之功,庶可以治小邑矣。此吾之志也。夫侯之覃精此编,不为宏览多闻之用,而思总前人要略,遵法视成以治其邑,其意识美信,可谓得师矣。宁直史之良哉,六载山城,治功滋起,民用和乐,声实完粹,兹用循良,移擢刺西粤之横州,其得师也。夫昔者司马公作《通鉴》,读其书者,知公相业,实基于此。侯经世匡时之略宜,于是编有籍焉。异日由刺史而上之,侯之勋业可以前识矣。

正心堂摘稿序[①]

古之所谓至文者,其用极于和万邦,光四表,弥绘三才之间,而言之为经者,亦且垂之为万世法,故文非圣人不能用也。《易》《书》《诗》《礼》《乐》《春秋》之教行,圣人之文,至于不可胜纪,而要归于道,法所以胪列。盖圣人之至文,出于圣人之至道,而学术文统若

① 据崇祯《肇庆府志》卷41《艺文志十六》补入。又清初屈大均《广东文选》卷9名之为《郭梦菊集序》。

此，其不二也。春秋以降，学失其传，而文失其柄，士之负才者，于学未始有闻，徒各就其才之所近，以为言。其上者，既病于不醇不该；下者，支言畔道，蛊人心而滋世蠹。文之不出于学术，弊有然者。有宋二三大儒，推本尧舜周孔，所以相传精意，作为《易通》《订顽》《定性》《识仁》诸篇，用意盖与六籍相准，而庶几于斯。文三代而下，此其盛也。

明兴百年，道洽，乃有吾乡白沙先生，振奋于支离磔裂之后，而独探其本，学宗自然，道在致虚，直上溯濂、洛、邹孟之宗，而接其传。其所为文，第摅其中之所欲言，而大旨曰辅相皇极，左右六经，亦其自任之重然也。江门之学，传甘泉氏自然之宗，绎为体认天理，其言殆且数百万，非乐于言，亦有不得已焉。而或病其太繁，则亦过矣。

及余所见，则有勋卿梦菊郭先生者。余尝聆謦欬而饮醇和，乃知先生之文，一本于学术矣。先生起家曹郎，遭回十余年，不在右职，功烈不甚彰显于时。出为郡守，历臬司、藩使，通显矣，又不得立于朝。然先生官礼曹正谏直言，尝纳还传封七夫人敕论，又尝忼慷疏陈时政，品骘当世人物，不少顾忌。守夔，因俗导民于和，督学西川，公明莅抡选，所造士独盛。自其为曹郎，迨行省，再蹶再起，著伉直之声焉。

初，先生第进士，与故相吴县太仓并驰文誉，相得甚欢。万历庚寅，由楚参藩入贺，二相延接特殷，将殊用之。一日，吴县语次问先生求规诫语，先生曰："愿相公远去中贵人，则相业光矣。"申相嘿然。先生直己守道，类若此，即不获柄用于朝，视世脂韦而取大位，功烈孰多？先生颖敏强记，生而嗜书，自童齿至白首，无有一日舍书，又无有一日不从事篇翰文学，自其天性，述作最称富。然先生之学，六籍经而百氏纬，多闻多见，卓约是守，纤摭细茹，本统自明，故能综摄诸儒之论，勒成一家之言，鸿篇珍撰，殆流布人间矣。

盖先生自少从其父粤白公游甘泉公之门，契体认天理之旨，而直达于心性,出承师传,入证家学,加以潜思力践,忘食忘寝,日有孜孜,自其修之身,以及莅官从政,孝友端谅,皭然不滓,所得于学者深矣。其宣泄为文章,不摹画于步骤,不钓棘于体句,不矜缀于藻绘,不比拟于形似,输所衷藏,出所素有,气象深醇,词训《尔雅》,而奥旨幽义,隐映有余。令读者喜寻乐玩,考言知德,固知其为儒者之言,而又信其为儒之能言者也。

惠郡守今迁宪副西川朱公芹先生,督学高第弟子也。因先生旧寮滇南,史公助梓先生选集,未竟。校而刻之,题曰《正心堂摘稿》。先生正心名堂,知先生所传体认天理,盖内正于心,而非逐外之为见也。先生之子太学生阳龄特谒不敏大伦序之。夫元本六经,以明道而略物,先生之文也。由六经窥心蕴,立诚胸中之藏,先生之所以文也。余特论而著之,观者庶以为知言也乎!

新建高明县学尊经阁序[1]

道术之行世也,则心之为神明,经之为记籍也,故散之为六,合则一。自圣人以至于天下万世,而心同圣人,宜可以心俟来世。后世求圣于心,可以得圣心,则圣人之作经奚耶?古之道术,兆于唐虞夏后之际,尧舜禹其隆也。三圣人者,叙一堂,统见知,其翼神器而畀圣真,未有以嘿喻冥契。惟是执中之语,道心精一之说,以胥诏诫。是故,舜执厥中而重华楙,禹承精一而祇德光。盖圣人相承者道,所存者心,而所不可废者言也。夫圣之隆也,当身而绍统,要以忘言相喻则难也。矧以喻诸千万世,后乎千万世,顾欲射腹臆,求圣人于茫昧窅冥而似之,其将能乎?则洵言之不可一日废也。

昔者,孔子盖晚而翼《易》,诠次《诗》《书》《礼》《乐》,作《春秋》,寓王迹,并列之为经传。圣人之心,以寿道法、扶人极于万世。盖二帝三王之教远,而孔氏之经出其意,可知也。周之衰也,圣人

① 崇祯《肇庆府志》卷30《艺文志》题为《新建高明县学尊经阁记》。

之微言绝，其时数百年，士之学，大抵尊闻见、谨器数、训故磔、裂矜缀，形似而迷失其真。经之明晦盛衰，其一会矣。泥洹氏之教，滥自萧梁，禅那为宗，直指径悟自胜。其言空洞泱漭，徒取圆通之妙，尽乖应用之矩，浮罔纵诞者遂多趋焉，谓圣人有言之训尽可荡扫。经之明晦盛衰，又一会矣。其后千余年，乃有周、程两君子，起而正之。溯本统，辨几微，考信于孔氏，天下始闻六经之旨。浸淫裒于晚宋，训故增为物理，禅那转为见解，鼎立为难，异同相抵。有谲儒者助之波，悍然称曰："六经注我。"嗟乎！斯孔子所谓侮圣言者与。其说流行于今，骛顿喜妙之。夫诞心售伪，蔑弃典常，迦维为师，圆寂为业，《楞伽》《华严》为宝，至乃尧舜周孔之训，《易》《书》《诗》《礼记》《春秋》之教，反遗迹弃焉。学术之坏烂极矣。要以六经之维世教，其微言寓圣人之心，其大义存圣人之制。心无时或变，故万世无弊。制应时而创，故与世推移。训故物理之学，滞固文义，泥于制，而不睹圣人之心，故六经与我不相为，俗学支离之可病也。禅那见解之学，谓圣人之制可与推移，乃并其微言废之，遂使帝王心政，难以复冀于世，斯则叛经之流祸也。

盖今日学术之害，非支离之患，而见解之患矣。君子之尊经也宜奚若？盖孔子之诵《诗》也，尝以一言综其三百，吾取以为法焉。是故摄经以心，六籍一言而尽矣。缘经证千圣一心而会矣。有如学经而反求其所以为心，以证姚姒之中、跻圣之敬、穆考之缉熙、姬公之乾惕、尼父之洗心，神知体备，敬和义存。慭劝则六经在我，一开卷而数圣人者，吾心如或见之。盖所谓匪得之书，而得自我者，可以合六籍为一言，可以通千圣为一心，可以处于千万亿兆人之中，而单骑觐圣，可以后圣人千万世之远，瞬息与遇。施于有政，翊赞平世，敷锡庶民，庇及群生，皇王君相之略，斯焉在矣，此吾儒所以尊经也乎？

吾邑建学百三十余年，万历甲辰，而经阁经始，则宪副陈公之为也。其年秋，邑侯韩君至虔公之令，作人是任，再逾月而阁成焉。

公曩守端郡,其政务德化以治,拊循壮老而训诲子弟。尝修起郡学,建阁高要,盛有造士之效。晋臬岭西,首勤斯学,公所拳拳,延望我端人士厚矣。国家列圣统,一圣真,惟经术之为教。公且以其素讲之经学,嘉进多士。韩侯又率诸士,日勤讲习,课艺于斯,士生斯时而兴起振奋,人文之盛可知。若进而任千古学脉之重,禘尧舜,宗夏后汤文,祢周孔,去禅去俗,以闲道而放邪,俾六经之效著于当世,斯非数圣人之愿,而三千年以来愉快者乎!盖豪杰自命者当之矣。韩侯承公命,属不敏为之记。故乐为多士诵之,因以质政于公,且欲与四方同学者,共淬砺也。公名濂,惠安人,丙戌进士。侯名国藩,应天人,戊戌进士。

旌柏录序[①]

人在情识后,目欲色而耳欲声,口欲甘而体欲逸,为其有生,反是则恶之。至尔汝之称、呼蹴之食,宁死不顾,虽绕指柔肠,一时面赤气结,忽不知其何心至此。孟氏刺血醒之,曰:“所欲有甚于生,所恶有甚于死。”此千古忠臣孝子义。夫贞妇之天根月窟,于天为正气,于人为恒性。缘欲恶以透露,不择圣贤而具,不随闾里而汩者也。顾须眉丈夫,或洗发于诗书,斧钺于名教;韶颜女子,言不出阃,目不窥阈,只有生死,孰知有甚于生死者而慕之?曰:“吾秉吾性,安吾命云尔。”此“贞”之一字,乾元所以资始,世干所由撑植也。乃品女贞者,跻节于烈,以为慷慨易而从容难,从容者使尚知生人之乐,杂转徙之想,何足为节?亦惟等之死耳。烈其实而不幸,节其名已。

以烈始,而人以节终,勉孝高堂,苦护胤嗣,念念皆死,而卒得不死。一死之塞微,而不死之全大乃称难耳,则当湖之陆贞姑是矣。贞姑以名族稚弱,而坚孤寒冰蘖之操;于风习流靡,而能为古

① 据崇祯《肇庆府志》卷41《艺文志十六》补入。

忠孝义烈之事。于投环穿穴时,亦何知今日?而小姑犹子之茁䓿,天语之辉煌,海内之纪述赞叹,皆世宙不毁为之也,亦贞下之起元也。今四□多垒,□主上宵旰,廷臣惴栗,小大蹶什,无足报称,良由贞德未固。若使人操必死之心,而卒得不死之效,岂忧虑哉?陆使君以骞世俊材来守吾郡邑,出其姑《旌柏录》相示,岭表士人咸赓咏之。而侄孙辈具梨枣,谋广其传,请弁言于余。余不敏,安所称芜陋?为贞姑重感于时事,愿以此贞德撑植一世,与须眉臣子共奋勉而已。

笏棠录序①

司徒氏曰:"吾读陆公《笏棠录》,而知世德所由起也。"当武庙时,石泾陆公以谏南巡被杖,直声著闻天下,知为气节男子。及筑塞垣,备兵辽秦,赈饥却虏,观察江楚,振肃风纪,至粤东,方伯禁番舶之通,豁保昌之粮,皆列载记,灼人耳目。其暗然伟略,尤莫如议止交南用兵。夫兵,阴谋惨德,所用之后,必有凶年,况荒服外化不可究诘,原治之以不治乎?一言而转移朝宁,解纲韬戈,贻安岭表,公之明德远矣!再抚楚陨,结世庙,特知饶于林而啬于年,世德贻谋,五世而昌,□□兰孙,是以有廉石使君竟公大业。使君经术渊奥,词章富赡,神采逸发,绰有祖风,谳绝无冤狱,将作无滥费。以至守端,庭无重笞,囊无余钱,课交赋诗,爱士恤下,无一不与石泾公相似。

《笏棠录》之刻,使君今日之政绩是也。说者以为今上综核精明,正法世庙,然海波边尘之警报在,昔每用殷忧启圣,赖有安攘大臣如石泾公辈,奋庸其间,明动相资,成"嘉靖之治"。则今之跳波窥关,为势叵测,而竟以一片精明销其黯惨,宣力分猷,有使君在。使君虽推逊祖德,其可得哉?刻既成,因序而归之。

---

① 据崇祯《肇庆府志》卷41《艺文志十六》补入。

按院田公粤东与颂序①

虞夏殷周之兴,于民事,何其重也!虽以天子之贵,时省于畿甸,而补助行焉。其在侯国,则巡狩有常期,入疆而问辟土治田,以及尊贤养老,亦犹补助之意欤。周衰以降,有国者不讲于斯义久矣。明兴稽古,图治民事是重。虽时巡之,典未遽复,而善师其意,岁遣御史,奉玺书代狩,出按方国,举刺激扬,□剔奸伏,尤加意体恤民隐,如古所谓省耕敛补,助不足不给者,胥于御史乎寄焉?盖职若此,其不易称矣。乃据是任者,权职既盛,类多养尊亢体,往往于民间疾痛,如水旱荒歉之类,自循例奏报外,第付之所司,反若阔略而不为深计,岂称国家简任意乎?

若侍御田公,则最能举巡四方之职者也。公夙负经纶当世之才,台班以封事著称。其来按东粤,则振饬台纲,劝循汰墨,课士兴文,植材良,讨奸猾,核赋役,定亏田,戢海岛阑出之稍,荡里井搜括之痫。大抵公于为国为民,出其至诚,故所注意,惟以宣上德达下情为务,不以权职养尊,而尽心孜孜民瘼是求。其于周谘也,贤士大夫靡不请也,负担荷锄靡不问也。其于彻幽蔀也,潦旱饥穰靡不悉也。其于恤饥悯潦也,靡不心瘁于计画,力疲于拮据,而为之所也。公之诚心于利民若此,计其出按三载,所兴除尽岭表大计,至语其永赖功于兹土者,则乞粜之为功百世也,筑圩之为功百世也。盖岭表自庚戌以来,□□患水,及丙辰而啮堤防、漂闾舍,垫弱转徙不可胜纪。公慨然咨磋,会制台周公,同心在事,公与和衷,共图捍患,合议请蠲赈,请留岁榷金钱十万缗。虽有报有不报,而蒿目苦心,补牍再四,何其恳恻而笃挚也。是时,民获赈稍苏矣,公念谷价尚涌,则犹然艰食,于是合议乞粜西省,既以食饿者,获以贱直与市,涌贵顿减,人情大安,此岂徒利在一时?绪其良策,则东粤长

① 据崇祯《肇庆府志》卷41《艺文志十六》补入。

乐,□此泛舟之役,于吾民为百世利也。又念民得食矣,圩工未举,则艰食之源可虑,于是合议助筑广肇诸溃堤,畀金钱万数千缗,百圩竞起,江堧数百里,巨堰崇防,屹然山峙,永杜水患。此圩工之后,于吾民又百世利也。公之为德于东粤,其大若此。

盖仰承天子德意,皇皇惟恐有向隅之一夫,以上负任使,故饥者得食,溺者得拯,匮乏者得助,合于古之所谓补不足助不给者。台察之代狩举职,于公为独盛矣。在昔省方补助游豫之歌,流声至今。公之□扬德意,于吾□□□此其大也。粤人独无忧,谚之思乎此,与人之所为颂也。盖公之予赈、予助,利泽及人,里巷之人尽知之;公之诚心急民,为此邦建无穷之利,士大夫尤知之。士大夫识其大,乐其德之遍覆,而记序碑颂之词兴;里巷之民识其小,喜其泽之溉躬,而讴吟咏叹之篇作。虽结撰殊体,雅俗不同,工其于论述功德,俟诸百世一也。公既行矣,士民思慕不忘,汇次成书传之,而属不敏伦序焉。嗟!公之爱人乎,朝廷之教泽也。孰□大颂巡方者之功也,故所以颂天子之德乎?余又以信公真能推广朝廷勤恤至意,以称厥职,是可为巡方者法矣。

高明县乡约序①

昔者王道之兴,君臣、父子、夫妇、兄弟、朋友以为伦,而亲、义、序、别、信以为教。明伦于上者,其教行;亲逊于下者,其俗厚。世之所以隆平,而虞夏殷周所以盛也。三代以还,汉为近古,其郡邑长吏,奉宣诏条,务在化诲其民,见于玺书之所褒表孝子、弟弟、贞妇、顺孙,日以众多,后世皆称其美。及东汉之衰,西方诬罔之说,乘其衰运入之,于是君臣父子之恩薄,而民生始苦矣。流唐逮宋,教缺而俗偷。降及胡元,犬豕君世,尊崇佛教,灭弃伦常,而先王礼义之化尽矣。幸天启高皇,荡扫夷氛,涤除腥秽,辨君臣,笃父子,

① 据崇祯《肇庆府志》卷40《艺文志十五》。

正夫妇,定婚姻之礼,谨彝伦之教,天下复见虞夏殷周之治。又制为六谕,俾穷檐委巷之氓、遐方殊俗之众,莫不口诵,心惟于皇极之敷言是训是行,孝敬和睦,熏以成俗,何其盛也。高皇之德业至矣哉!顾法久以渐而驰,情久以渐而缓,长吏教之弗修,民俗率之弗谨,所由来也。

清湘胜令公之治吾邑也,提躬克廉,爱人则惠范,俗思以宜民,政教出诸仁礼,举行乡约,宣布诏条,训释圣谕六言,简约易从,思与邑民共遵于王路,则谒余序而行之。余惟六谕之为训也,道善之训五,禁非之训一。圣人固厚,待斯民以善,而亦不废非为之禁者,盖凡民之情,诏之从善或难,同俗习非则易,况善之失即为非,其端甚微,而惩恶不严,则迁善不力,皆圣人之所深虑也。凡今之长吏,间亦知讲约训俗之为第事,取其文义,匪诚心,有能仰体训词之所深虑者乎?胜令公当前人蛊坏积习,而振起其颓风,本之诚心,率以礼教,六谕敷言,训而行之,其诚于劝善审矣。诚于劝善,必不使奸宄之徒乱其耳目,其诚于禁非,而使民有暇,日以修孝悌忠信,又审矣。教俗之所成,宁独孝子、弟弟、贞妇、顺孙?如汉吏之所为循,其孝敬和睦之风将沦浃于一邑,而国家明伦厚俗,比隆于虞夏殷周之盛者,亦近自一邑而暨于天下。余何幸观见之,令公其勉之矣。

大司马少微许公疏草序①

大司马许公之在谏省也,余不敏大伦盖为天雄小吏,每阅邸中封事,得公奏一章,亟手录而谨识焉。爱其通达类贾洛阳,无其疏;剀直若陆敬舆,逾其畅。意谓在昔忠鲠之臣赞□□□□纷,未有及公者,其夙昔所结慕也。及是总镇百粤,不敏隶宇下,君子至止,未由詹觀令仪,无亦惟是硁硁者耳。公以礼下之,致书山中,披诵掖

① 据崇祯《肇庆府志》卷41《艺文志十六》补入。

垣。《疏草》则余乡所录,而识者咸在焉。属者公拜大司马之命,兵宪林公复请公纳言、畿尹、巡抚、副院合总督诸疏,锲而传之示余问序。余以三十余年结慕之勤,获附名章疏,深自幸也。伏念公掖垣之前职言,而言纳□之后,职任而□。职言者,揆策于事外,其法难于□□;职任者,课功于成言,其法难于践盟。若夫当揆策之司,无不中之议,处课功之任,无不践之盟,兼有其长而并著其绩,则公之疏备矣。曩者国家西虞哱,东虞倭,公谏省封事,无虑数十上,料敌制胜,捷中机宜。

是时,西讨用其言而成擒,东征不用其言而决裂,其他挽士习,陈治体,进规戒,救谏臣,诸疏称是。公在掖垣,效盖若此矣。至若纳言之敷政事,其剀也;畿尹之条民隐,其周也;江抚之扼权珰,其介也;副院之持风纪,其贞也。□□总督所条画,斥汰残墨,训饬兵吏,勘黎歧,戢夷澳,弭铲马之峒徭,扫袁寇之妖氛。西省荒旱太甚,移粟掩骼,予牛种,垦荒亩,振民之急,遏盗之机,不遗余力。以此披竭庙堂,以此宣力邦国。公扬历诸司,与其任总督者又若此矣。盖余三复诸疏,未尝不沉吟而心折也。

公初至镇也,问属吏而忧瘴,则曰:“居官而作孽,患固甚于瘴也。”问士民而忧盗,则曰:“有司而匪人,害固甚于盗也。”斯语也隐中事情,岂非宦粤者之箴铭哉!至盟心入告,则曰:“践硁硁自许之言,励蹇蹇匪躬之节,誓不敢妄生一事,开疆场之衅,妄杀一人,伤天地之和。迹其秉公持廉,约己爱人,官常正,戎秩举,将吏豫附,山海荡定,不狃抚以养乱,不袭剿以觊勋,扶桑铜柱之间,氛寖全消,有不历历践成盟者乎?”公生平正大之情,表于天日,忠孝之极,格于神明,山箧仕陟,崇膴阶,循等历,回还鹓序,以退步为功名,以骤进为身累,刻意辞让披抒本怀。《调科疏》曰:“臣不敢希朝廷□□□,不敢作相门私客。”大义凛然。人或以急于自明为激,公岂徒急自明者?盖存政体,杜厉阶,大臣风节,业见于此。公自抚江右,闻亲讣,即日上章,不待报而奔,以此见谪,天下称其孝。故虽确持退让予告者三,而召起田间者四,风采动于朝宁,忠孝结于主知,又若此矣。

方今辽祸孔亟,公素娴兵略,入掌邦政,统六师,会当削平僭乱。第天子冲龄践阼,需辅弼之臣与枢密之臣孰急,以公之风节,晋登揆席,调护启沃,宜有"在初"之训,《无逸》之篇,以缉熙帝学,弼成圣德,俾守成业,致盛治之美,驾轶殷周,光昭史册。讵惟余结慕之私祝?实天下所想望也。至是,公论道之谟,将与古篇训争烈矣。

陆使君入觐序①

岁在辛未,万国当执玉期,于是吾端郡使君平湖陆公率其十一属以往。庚午,秋行有日矣。阖郡士民不能旦夕离公,若婴孩之于襁褓,寒沍之于阳煦也。遮留之不得,则相率问视于不敏,不敏杜门僻甸,恨未一谒公光霁,而沾溉闾泽,采风酌水,有不能已于称述者。

忆世庙时,故老为言,方伯陆石泾公直节著郎署,间历秦晋江湖节镇,以至吾越。南交弗靖,用师十万,骚动岭右。公侃侃亹亹,议上执政,涤除旧过,一与继新,交人稽首来享,荒陲被解纲之仁,中土免征缮之扰。朝野嘉赖之。迁中丞抚楚,官至大司空。公其曾孙也。儿童时则闻参知岭东冯丰阳公招岛舶平倭寇,擒僭命张琏等,转历艰阻,计甚奇,应甚豫,劳勚甚著,赏未酬功,以闽大参归里。公其婿也。再历甲子,与论思二公不置并举,尸祝光于泽宫,而公以五马适临,今昔辉莹,遂为岭表盛事。盖公之族,甲于当湖。自敬与公以迄昭代,更加显拓,笏床笔花,印累绶若。公抱异材,魁麟经,名振南宫,冰映水曹,霞蔚舍香之署,乃不鄙夷端郡,欣然露冕,毋亦以大司空覆庇所及,棠阴方茂,参知公海上伟绩,京观相望

① 据崇祯《肇庆府志》卷39《艺文志十四》补入。

耶？端之人士于二公恨不一见。见二公之闻孙与玉倩者，方俨焉以喜，又昵焉以恋，宜其不能旦夕离也。

公才源万斛，挂笏高吟，绘物抒灵，每成卷帙。暇则进多士而课以文义，重教化而宽以刑法。凡所兴利剔弊，案无留牍。遇事若新发之硎，守严一介，率属驭下，多所节约。军国之调发，咄嗟立办，而民争乐输吏不为厉。边海之邑，既波偶警，而筑险诘戎，氛祲永息。此尤大司空正桥税、补虚粮之遗轨，参知公条鞭均赋、输饷济师之余略，士民所为不能旦夕离者也。公之行也，两台监司将总其卓异，以登于考功，考功核其实而登之天子，为岭外十郡最，锡燕玺褒，奚足为公多者？今天子忧勤求治，锐精太平，虑问庶慎之微，明彻万里之外。远方大吏尤所眷切，而劝劳焉。于觐吏材且贤者，必将引之轩陛。咨访风俗，民所疾苦，公必本其所为石室草以献，陈之太师，藏之国史，其箐开波恬，讼清赋举，可以知治化所存。天子念疲民乐输，推吾端于天下，一切轸恤而煦咻之，至于靖虞氛、固岩圉，悉择良二千石以往，俾一以公为式。公曰："臣治行无状，臣所原本而贻榖者，则臣之曾祖所仰止，而师承者则臣妻之父，皆有岭南之尸祝在。"则兹行也，岂无为公先世光宠，为宇下赤子渥恩？其将借吾端以惠天下，不既多乎哉！二三子无靳旦夕离矣。佥曰然，请以祝之。

节推李公去思碑①

泰阶李公司理端州五年，卓有殊绩，后先直指，使咸露章荐之，天子以为能，擢尚书郎，治司寇署中。公闻命篋来，时琴书衣袭，轻舟载石，望阙而北征。端郡之若父老若子弟若编氓若商贾行旅，咸皇皇然，不啻赤子之失慈母也。当出郭时，攀辕卧辙而请曰："圣天子嘉惠南国，俾我民获在慈褓中，数年转瞬也。今一旦夺我公去，

---

① 据崇祯《肇庆府志》卷38《艺文志十三》补入。

谁与膏之炎燉？越在万里，诣阙借寇如九阍何？愿公勉尔遵渚之鸿，宿宿信信，俾我民赡依衮舄，或可罄刘钱之款也。”公慰之曰：“劳苦父老，吾政何能及公言？今之卵翼□哺昫者，有食三千石，在父老率子弟日用饮食，为怀葛之民，即我在矣，王命也不俟驾。”父老知不可留，相与筇扶襁负，率水浒送之，瞻望弗及而后反。反则徘徊踟蹰，如有失也。谋伐崧山之石，勒文以永去思。偕弟子李茂春、梁万化、李维藩、禤梦竹就余而请。余曰：“余饫公德政，诚不敢以不娴为解，顾以余为父老文，孰若父老辈自为文，犹为以质言纪实政也。”父老尚谢，子弟已跃而言曰：“公闽人闽学，公为嚆矢。”

公莅郡摄郡事，首饬学宫，辟唐涂之偏隘，群博士弟子课艺斋中，郡以内咸裹宿舂以往。公虑寒素之不继也，时捐俸金赡之，戾止色笑，发明六经四子之疑义。有墨守帖括，妹妹暖暖，学一先生以矜胜者，悉涴以纯灰，濯以江潢。一时人士洒然，向风奖借，品题不爽，人伦之鉴，分较棘闱，闱中所得隽，竟冠贤书，岭海人士翕然宗之，若群山之宗泰岳，众星之宗北斗也。

今山斗远矣，乌得无思编氓之二三？能言者进曰：“若辈民也，民无能名，惟知我有所觊以为利，心口默祷而不敢请白者，公摄郡时皆能聚之；神奸夙弊有所患苦，若热而不得控吁者，公摄郡时皆能厘之，如是而已。”余曰：“藉公不摄郡，不得体疾苦，为兴除乎？岂司理职敲朴之事，无可行仁乎？”言者曰：“非也。公坐司理署，治爰书有所讯鞫，辄曰：‘刑者，成也。一成而不易，君子慎之。’宁曰大于公之门，实不忍磔鼠辈。深文意忌为也，以故宁疑法，多所平反。即监司御史格不报，可别为分别其原，净得之。凡有逮系，辄仰天祷曰：‘得司理公谳，决不忧圜土之阴磷矣。’其好生爱人，人倚为命，大类此。”商贾行旅进而言曰：“若等权子母、征贵贱，逐息什一甚薄，苍梧、番禺两中贵，躭躭鱼肉之，端之黄江介其中，稍更浚我所阅良苦。公抽关税逐末多者，抑之不则，讥而不征，饷取克额，余不以润私橐也。故征榷不扰，行李如归。今公舍我去矣，所望官家者酌贪泉以自洁者,如见公也。”余曰:“士歌于庠,民恬于野,商贾行旅出于途,德政具矣□□□□□□之言,言能文之,则载道之碑已出,□□□□□口之远矣。奚俟螭文龟纽隆碑丰碣,乃可不忘乎?□之石,废一于山,废一于渊,自为陵谷变迁,石□不朽。自今观之,谁复堕岘山之泪乎?如何仁声之入人深者,人心之陵谷自为不变也,则所托以不朽者,宁区区贞珉也乎!”父老子弟辈咸揖而谢曰:“固也!然求其可以寄吾思者乎不可得,愿书而寿之石。”公讳春熙,闽建宁人,戊戌进士。

罗定李侯政绩去思碑[①]

中翁李公,治罗三年所矣。既考绩,未几闻讣,匆匆以母忧去。州人士思之不已,又从而庚桑之黎生起明、赵生日南、许生光国、邵生日宣、谭生孔道等造余问记,意以信今传后,非余言不可也。愿闻其概,佥言曰:“李公治罗,浑厚端凝,是其德器;精莹练达,又其才猷。述其大者,如迁校类文翁之化,造桥踵洛阳之风,牧养普少卿之仁,澹素迈关西之节。所尤重者,开元寺宇前在北隅,湫隘,且东向,非体也。公谓习仪嵩祝,正所以俨天威,令众庶见者,于是斋沐卜地,于泷之双龙关,捐俸鸠工,设立正殿,筑露台于内,以列升阶,置山于外,以为藩蔽,美轮美奂,昔所未有云。”余闻之,喜曰:“美哉,开元意乎!盖上之于下也,惟恐有一不获其所,故愿以福锡民,日求所以保佑而安全之;下之于上也,惟愿无一不介其福,故愿以寿祝君。即如冈陵,如日月,犹以谓未酬于万一。于福民,见公惠下之仁焉;于寿君,见公媚上之忠焉。且令入净域者,皈依瞻仰,即幻求真,则灵姿宝刹,谁谓不可以证妙心也者,即谓公开元元之迷,而登之觉路也可。美哉,开元意乎!诸善政一以贯之矣。持此

---

① 周学仕《罗定县志》卷八《艺文志》,民国二十四年铅印本。标题后注“区大伦,户部左侍郎”。

以往,即天下尚慕,矧尔罗阳如之何勿思也,亦思其美意可乎?”诸生曰:“诺。”遂镌石寺中,为去思碑,即效岘山碑之故事云。公讳延,字克健,号中罗,楚之麻城人,万历己酉进士。

答方伯洪崖王公书①

仰承台谕,惓惓民隐,深切如伤之,视端郡生灵之福,亦海邦生灵之福也。岭表多盗,山海为之巢穴,所从来矣。况昨岁,洪潦害稼,千里而是。民既无食,盗贼愈多,又其时则然也。请以御盗言之。岭表素无将才,将既弱,安得兵强?其不敢问海寇宜也。至于广州,哨兵积弱已久,即内地零贼亦不敢问矣。此非一旦所能振刷也。惟端郡江上,新设哨兵,近三四十年,其哨兵皆常遇贼。敢战者,其队长皆选自谋勇之兵,其哨官皆选自谋勇之队长,其把总皆选自谋勇之哨官,自哨兵至把总,练习已久,皆非幸得,兵识将意,将识士心,故可用也。是以岭西地方,自端州下长江一带,皆无盗贼之惊。若至南海、新会交界地方,则盗贼纵横,行旅戒严,不可问矣。此肇庆江上之平稳者,哨兵之力也。近日又有新设游奕哨者,其兵招集,不识弓刀为何物;其将卫所官,不识战阵为何事,惟饮酒赌博、贩私盐是其职业;遇贼船敛楫而去,彼此不相妨耳。

又以救荒言之。古云救荒无奇策,信哉,是言也。惟有揣时度势,随时补救耳。来谕云:通籴罗定是矣。但罗定之粟亦不甚多也。闻阳江谷价稍减,粜诸新会、阳春,谷价愈减;粜诸阳江,而阳春别有一小水,可以船运谷至端州,乃此船必经由新兴地方,而新兴又恐籴贵,渠本县之谷禁不得行此,阳春之谷所以皆往阳江,不得来端州。若论阳春县谷不许出阳江,俱从小水运至肇庆高要、高明发粜,其经过新兴地方不许拦阻,此通粜之一法也。至于发仓一事,又有甚难者,不知盛念在出陈易新,如数还仓乎?抑亦蠲以赈

① 据崇祯《肇庆府志》卷42《艺文志十七》补入。

之,不复取乎?征以还仓,则难于收镯,以赈之则空,而仓事皆不易办者,惟得一好县令,乃能了此。

不敏昔为直隶东明令,曾遇河南雨潦,自夏及秋,麦谷豆皆颗粒不收,河南地方人至相食。东明县近河南,亦十不一收。不敏于冬月,便匹马巡行,查审贫民,分极贫、次贫二等,次贫者人谷二斛,次年还仓;极贫者,人谷一斛,不须还仓。先期出示,某都贫民以某日领谷,日期分定,既无喧呼之扰,亦无守候之苦。次年二月,设粥厂三十六所,每厂相去四五里,每日早晚给粥二次,不论男妇丁口,每次人给粥四碗。不敏每日巡行,查察各粥厂所,至便亲自取粥一碗食之,恐其作他弊也。此粥厂自二月起,至四月麦熟始散。虽行道之饿者,皆得食。彼人即吾人,不之禁也。此等事台台只行县官,听其力量自便行之,切不可聚饥民于一城,恐散给一时不能周遍,守候喧嚷,强者或生他虞,弱者或因饿殒命。其在会城尤难行,盖官府有此德意,乡落贫民皆闻风云集,难以支持,更需慎之。伏惟裁酌。

回邓学博柬①

昔年,敝门人陆生鹏程与舍侄怀懿,每向不敏言江阳师儒之贤,甚有文誉,心窃慕之。今奉翰教,乃知门下为湘衡之俊名,果不虚也。门下模楷,诸生既能举其职,又以其余力捃摭邑乘,剔芜增孅,俾江阳遂有完书,何多才也!

今世起家师儒者,往往射策取上第,遂擅科名,词林馆阁延而登焉。门下其人哉,于高文多才信之矣。不敏生平无意于文字,矧生意衰白,胡能为后第,附名鸿裁之后?又素心耳!惟是辰下尚有他冗,俟秋初,乃得脱稿也。承佳诗见赠,韵致洒然,统此言谢。附有《书翼》一部、诗字四幅,求政,伏惟照亮不尽。

---

① 据崇祯《肇庆府志》卷42《艺文十七》补入。

罗阳公家训六条

计开:

一、培植根本。夫人之生,须念根本,有根本然后能生枝叶,未有枝叶自生,而不由于灌溉根本者也。所谓根本者何?祖宗父母是也。枝叶者何?子孙是也。灌溉者何?孝弟是也。今训我族类,父兄之教必严,子弟之率惟谨,于以根本愈固,而枝叶日茂,尚何有凌夺嚣竞之风哉!《鲁论》曰:“孝弟也者,其为仁之本与。”

一、敦崇礼让。昔孔子大圣人也,居邻尤恂恂似不能言,亲在则然,礼也。又饮酒,杖者出,斯出矣,齿让相生也。由斯以观,则礼与让,岂非训俗善物哉?推之手容恭,足容肃,莫非礼也;事亲不立孝名,事长不立弟名,莫非让也。苟其见短长,竞得失,去礼让远矣。《记》曰:“君子退让以明礼。”族之人其敬听之与。

一、勉勤儒业。人之资禀皆赖学以成,未有生而遂贤智者也。我族轩冕相承,莫非书香继美。凡我族人,质之秀者,悉令逊志读书,以为显扬之地。至过顽钝,则或力农经商,犹不失四民本业。如游手好闲,非耕非读,将来不知作何底止,当与众摈之,不得与祠宴会。语曰:有书不教子孙愚,有田不耕仓廪虚。人皆耳而目之矣。

一、劝输国赋。小民惟正之供,国之经费繁焉。有田产者,应役供粮,本分事耳。苟贪拖延,毋论刑法未加,先累里排,比责天理安在。愿我族人,岁中应纳条编,急公早完,宁减衣减食,庶不失为好义之民。倘恃顽如故,族长即行开报,严剔积逋,使之随分乐输而后已。太祖曰:当吾差者不贫,背吾差者不富。令甲具在也。

一、禁止健讼。讼者,衰世之事也。健诉尤致损德,古圣王尝戒之矣。我族数百年来,俱以和厚传家,并无鼠角之狱。今后事无大小,悉听族老房长及有德有爵者,至祠虚公处分,万弗获已,方许据实陈控辨明,则止于欺孤暴寡,拴合尊辈出证。吞占财产,则通族联名扶公，慎毋隐忍，致坏风俗。《易》曰："复即命，渝，安贞吉。"此盛世贵无讼之意兴。

一、严惩赌博。赌博最足倾家，亦致盗之由也。愿我族人痛以此戒。如有开场聚赌，及三五呼庐，族长不时稽察，有则治以家法。至恃顽不悛，合众鸣官，依律正罪，毋得阿比。谚云：不赌是赢钱，盍二思之。

明天启三年六月初三，太常署中寄示族人。

按公由进士，六年邑宰，八月台垣，因谏勋臣代祀不宜加恩，忤旨见谪。乡居二十余年，讲学化俗，惓惓劝勉族人乐于为善之意。光宗即位，继以熹宗，起陞再三，始就太常之列。历任两月，恭进《圣学三札》，引君当道，已蒙旨嘉纳。又相念乡族，故手书六条，寄回粘祠，遍告族众，俾知遵守。

祈雨祭河伯文①

伏念今年三月以至五月，雨泽愆期，烜旸转亢，虐炎毒蒸，灼我黍稷，大伦悯焉。忧伤如焚如割，数月以来，食叹寝嗟，雩神靡应，叩天罔闻，责躬内咎，靡所告诉。窃念思之，神为百川之长、四渎之宗，上通天汉，下启图书，灵分九流，德润千里。矧兹东明，在百里之内，亮亦神之所庇也。用是洗心齐沐，越境告神，恳祈灵源溥零甘雨，俾黍稷以登，元元有养。在礼，祭不越望。大伦一邑之长，敢辱河神？第念我民无辜，罹此惨毒，朝夕悲痛，生不如死。今日之事，请以身祷天，若赐之雨，是百姓无罪，俾大伦能复有此邑，以抚字此民也，其在今日。如其不雨，是令长有罪，大伦愿以身塞无状，

① （清）储元升《东明县志》卷八《艺文志》，乾隆二十一年刊本，原标题后有"区大伦，进士，广东高明人"。另据乾隆《东明县志》卷七记载，万历十九年，知县区大伦奉知府涂时相檄，建社仓四所；八月，知县区大伦奉知府涂时相檄，给民耕牛；九月，给民麦种。万历二十年夏，旱，知县区大伦诣河剪发爪，祈祷，旋即雨。

请从此死,无使移罪于百姓也,亦在今日。议不踵旋,计不反顾,惟神鉴之,惟神锡之。祭毕,焚投于河,再拜,祝曰:作官不公,天降我区某大罪。

得雨谢河伯文

伏以日者亢旸为虐,焦我百谷,有秋绝望,民弗堪灾。大伦日夜忧惧,自惕奉职无状,遗毒我民,百姓汹汹,曷惮其死?乃越自百里,修虔涤志,剪发断爪,身为牺牲,以癸未之月,致祷于河伯之神,遽荷昭昭视听,悯愚矜昧。祭毕而云气族,返途而鸣雨集,比及县署,则甘澍旋倾,滂沱不绝,自申及子,四境沾足,土膏载润,槁苗载苏,神之报我,既显且亟矣。伏冀今后虐炎顿消,甘雨时降,令五风十雨,不愆厥候,俾瓯窭汗邪,各满篝车,则黎庶有生之乐,大伦无死之忧。洁牲芳醑,是荐是陈,敬以谢神,惟神鉴焉。谨告。

附　录

祭乡宦区公文[1]

王业浩，余姚人，总督都御史

呜呼！罗阳胡溘云：亡人谁无死，孰知先生之流芳。先生圣俦贤侣，玉质金相，初令东明，最绩循良，擢为直指，风鸣高冈。天子曰：拂放尔还乡，冰檗清操，永矢弗忘。淑徒讲道，圣铎琅锵，天下想望，日腾荐章。天子曰：俞起尔堂皇，历阶九棘，鸡舌含香。《圣学三札》，爰补衮裳。天子曰：□嘉尔皂橐，貂珰煽虐，荐绅罹殃，先生秉正，半采颙昂。天子曰：吁念尔精钢，方晋石渠以顾问，乃解紫绶而潜藏。斯固先生之履迹，未悉先生之衷肠。先生盖以道学为真宰，以功名为秕糠，以仁义为归宿，以忠孝为垣墙。寤寐一贯，谷口溪光，观海证圣，见彻大方，统接白沙，书翼紫阳。后学仰之如山斗，国家倚之为栋梁。当万年国不朽，胡垂耄而捐堂。余来百粤，节□戎疆，□闻讣报，涕泗傍惶，不整遗一老，用致讶于旻苍。呜呼！哲人萎兮惨伤，情感怆兮粉杨，奠桂酒兮椒桨，魂焄蒿兮来尝。哀哉，尚飨！

祭户部侍郎区公文

陆鏊，平胡人，肇庆知府

呜呼！天地沉冥，日月交薄，肆震迭以靡宁，而占者归之元老之衰落。夫亦谓天相吉人，或不为□，况公之德之隆，方将仁者寿，

① 以下四篇皆见于崇祯《肇庆府志》卷43《艺文十八》。

而知者乐,胡为乎高山在望,仰止方殷,乃不逾再期,而公竟控缑山之鹤。呜呼哀哉,溯公芳龄,赋才淹博,能读父书,实同棣萼。以故春马秋鹏,亦既联翩而□砚田之厚获。于是乎拥花封、荷绣橐、司玉符、绾铜鹊,或冏牧以如云,或听棘而沉索,或定绵蕞以佐奉常,或相陪京而严计钥,君令臣共,文谟武略,罔不翼枫宸而提莲幕,纵圣贤之吐蕴,尚恢乎其未有止也,而英名已大振乎台阁。夫何国是乱淆,世风险恶,遂使道大莫容,而不得副一士之谔谔,则庶几拥皋比,徇木铎。吾党之小子待裁,且以穷究古人之糟粕,暮夜之金凛,如公庭之趾不错,彼蝇营狗苟之徒,诚不足当公之一嘘。兹者圣主乘乾,英雄并作,台鼎铨衡,复公显爵。人方望公早出东山,而公亦无靳是翁之矍铄,独奈何天上符催,驻颜无药,乘彼白云,遄归泉壑。呜呼哀哉,鳌忝宦鸣,珂徒惭累。若一识荆州,忽成今昨。望辽海之鹤飞,徒依希乎城郭。敬叩灵帷,鉴兹清酌。庶英爽之化为山河,而以壮本朝之脉络。呜呼哀哉,尚飨!

祭少司农罗阳区公文

韩日缵,博罗人,礼部尚书

缵生平所严事而服膺,莫如先生,乃得从先生杖屦而授。先生之提命者,一日而已矣。壬子之秋,先生招缵羊城社中,阐中行狂狷之论,谓孔子在陈之思忧狂也。匪思狂也,自淑淑人,与其狂也宁狷。颜子箪食,曾子缊袍,中行也,而近狷焉,先生盖自况也。先生之学,学为狷者也。簪笔中台,意有所不可,犯颜极谏,甘褫斥而无悔,退居二十余年。长吏之干旄时至,不得望见先生颜色尔。时与先生同褫者,建理学之旗帜,四方靡然从之,至以山林参庙堂之黜陟,而山林反为膻地。先生谓若辈学狂者而过,吾宁以狷矫之,束身砥砺,守尺寸而不渝。先皇继序,起先生于田间,先生拳拳以圣德圣学为黼座昌言尔。时凶竖窃柄,士大夫波流涕靡,而先生危言危行,不易其素。又甘褫斥而无悔,迨今上践祚,日月重朗,复先生原官。方拟安车蒲轮,迎先生还之帷幄,而先生已没矣。呜呼!先生忧道术之离岐,士节之不立,而谓孔子忧狂,盖有激乎其言之也。当孔子时,天下有伪狷而无伪狂,欺世者必尧行禹步,匿瑕表瑜,刺非尽绝而貌忠信廉洁之似,故孔子时先狂于狷。当今之时,天下有伪狂而无伪狷,侮世者多言清行浊,口鲁史身蹻跖,明目张胆而尽裂忠信廉洁之坊。故先生特先狷于狂,亦各其时也。先生有言:宁为真士夫,无为假道学。学狷不成,不失为真大夫;学狂不成,则假道学而已矣。缵从先生学为狷者也,生刍一束寄奠先生,先生其不我吐乎哉。尚飨。

祭司徒区先生文

区金龙,高明人,通判

呜呼!痛哉夫子!中冬朔,越念有一日,夫子皇览揆辰之八十一也。四方髦隽将走币征言,祝锦而称觞焉。夫子曰:止,不为乐也。而此意不以揭诸人,其终慕之隐衷乎!含德之厚,宜百其寿。胡然揆辰未及,忽曳杖而歌逍遥,鲦梦而游邃初哉!维时云物黯淡,江山改色,郡弟子奔问起居,有临终而启手足者,恸乎其失所依也。讣告之及国人,如鹜如疑,攀号于院于庭而莫及也。相与为位于蓬山,而哭临焉。茹蔬枕草三日夜,栗冽弗辍也。

庶几神遇夫子,然而夫子天上人也,人间能久留哉?则惟生荣而死哀,令人想慕于蓬莱乎。于时卜祭院中,日在立春之丁亥。夫丁,主文明者也。腊里先春,贞元合也。夫子萃五百之贞元,以生为吾斯文宗主,会祀蓬山,有遐思焉。蓬莱此山,吾西岭之名区也,脉络通乎紫水,东与罗浮相辉映,此中之乾坤湮没于荒烟野草者,不知几千百年。一旦开辟而成堂构,夫子讲学其中,雅聚余十数年,又不知几许陶甄,几许诱掖,导吾人以向往之路,而从得乎步趋之矩,命其堂曰"孔宗",宗孔氏也。

夫子家学渊源,诵法孔氏也久矣,力积而造深,神澄而悟彻。

翼书会语,缕缕数千万言,大而非夸,要以阐释孔孟宗旨,而抉其未发之秘,括《大学》以尽仁,会《中庸》于一礼,溯尧舜见闻,知之统汇于明明德,为圣学一大宗传。叙五以图,思锡生民之福;砥柱以狷,欲回大海之澜。绝缁流而鄙佞佛,意切救时;耻门户而痛苞苴,念廑忧国。是大有功于孔氏,而得其正宗者也。百川宗乎江汉,万山宗乎泰岱,夫子其岱岳耶?江汉耶?学有宗传,故言言证圣;性根正学,故潜见皆真。游门者莫能名其所至,望墙者孰能测其高深?知之者青天白日,不知之者日月何伤。视履考祥,无纤芥可疑,于疏草咏歌,窥一班矣。大哉,夫子之歌與图乎,寄思圣统而忻慕韶石。歌曰:"蓬莱山下讲堂深,千古重华证道心。"其以蓬莱证悟,为深山之若决乎?夫子神游帝德,惟此道心渊塞,孺慕终身而已。端品简在帝心,正气见知直指,非至诚能动龙德,而正中孰当此乎?呜呼!师之道德如山如河,蓬之春风乐育菁莪。翼圣佐帝,厥功孔多;于斯俎豆,所好非阿!惟夫子洋洋于斯,尤将风动乎蓬莱之歌,而协邦家之和。呜呼,尚飨!

邑侯区公生祠记①

(明)崔邦亮,进士,本邑人

自弘治四年迄于今,绾绶吾邑者无虑数十名公,非不有德政可纪,表表于时者,然或任未几而遽迁,或动欲有为而掣肘,即有爱民之心,而民不实被其惠。若吾区侯莅明邑几五载,业已考绩天官,部列上考,行将为谏议、为殿中侍御史,柱石庙堂。于时虽有爱侯之深者,无能挽侯之辙矣。第情见乎词,而其德政之不朽者,可使之泯泯无传已耶?

先是丁亥秋,黄河水溢,禾稼荡澌殆尽,继以戊子,疫疠大作,其居者道殣相望,而行者踵肩相接,萑苻夜惊,村落无烟,盖黯然不

① 此据乾隆《东明县志》卷8《艺文志》,乾隆二十一年刊本。

胜其萧条,而渐不可支也。乃己丑岁,得侯为明邑主,一以安民为己任,酌议裁处大较,并按史迁所次楚孙叔敖以下及两汉循吏传,若文翁之化蜀,黄次公之治颍川者,仿而行之。如祈雨无爱于发肤,劝农躬行于阡陌,养老则粟帛有差,存孤则俸金赎活。至于修黉舍、置学田、申明乡约、给牛具籽种,与民乐业,专务德政化人,不尚刑罚。民间垂髫戴白者,咸啧啧曰:"前之者未之或过,后之者或难乎其继矣。"异日者,明之士民所相与尸祝祠,春秋不绝者,端在此也。将来玺书之褒,太常之铭,与史官之列行事,谅与今日金石之勒同一左券矣乎?侯,讳大伦,字孝先,号罗阳。广东之高明人,己丑进士。特备述之,以识甘棠之爱云。

邑侯区公德政碑记①

(明)孙知化,举人,陈留人

东明,古魏地也。侯以万历己丑进士来尹于明,迄今三载。侍御史按是邑者,考政纪绩,屡荐于朝。尝溯其施为建树,率体访舆论,周恤民艰,而其一念恻怛慈爱,往往溢于谕文劝诫之表。杜胜集属邑南鄙,侯向明指顾,其颁布为独先,而其被服为独渥。集耆老偕乡民若干辈,议为侯立碑,以彰厥美。群诣余丐言为记,余虽籍陈留,而桑田梓里尽在东明,知侯独悉,且交久而情深,其敢以不文辞?

侯起罗浮,北游京师,与乃兄海目公同登春榜;海目公读书中秘,而侯奉命宰明。侯,讳大伦,字孝先,号罗阳。其为人正直方严,中心乐易,盖外峻而内仁。甫下车,即省视方略,融精极思,立规创制,期与邑人士改易弦辙,以共适于大道。是故,明之吏胥素豪猾难治,侯多方裁抑,刷剔夙蠹。奉法循理者,固不深文以求其阴过;彼荡检逾柙者,必加显制以惩之不少贷。吏胥于是凛凛奉约

---

① 此据乾隆《东明县志》卷8《艺文志》,乾隆二十一年刊本。

束,而罔敢越轶。明之地联三省,屯营错落,狱讼嚣杂。侯顺事不激不随,彼冤抑者剖白疑解,而桀黠健讼者法网难逃,庭中于是称平,而民以不冤。民非谷不食,谷非地不生。侯于春耕时,念民或倦于勤,或苦于无资,躬自诣畎亩督农,且给以牛种。民有勤于耕、勤于桑麻者,微示以赏;民有惰于耕、惰于桑麻者,微示以罚。百姓竞于力本,而四郊无旷土。

凡牧民者,欲民之正也,欲民之正,则邪不可不禁。侯于四时之暇,躬督乡约,敷宣圣训,令百姓耳而目之,且诫乡长曰:“汝等观百姓中有良善者,亟举以示劝;有豪横不检者,亟举以示惩。”百姓悉争濯磨,改故习而登之维新。凡牧民者,欲民之有礼也,欲民之有礼,则礼不可不谨。侯令乡各举七十以上高年有德者,赐以冠,赐以袍,赐以扶杖,且时时存问焉。会暇复集于公所,以次命坐,而宴之以酒,老者以齿先于乡,百姓皆知长上尊卑之节,截不容紊。明之学宫、诸城堡、诸公署暨诸郊坛,以累年荒疫,颓废不举。侯展拜学宫,环视诸废,锐然有鼎新之虑,乃经度盈缩,捐廪斥羡,鸠工庀材,首整饰学宫,其余以次修葺,甫一岁,而诸废焕然一新。

壬辰岁,旱虐甚,自春徂夏,禾稼焚如,民岌岌乎已无有秋之望。侯闭阁深自刻引奉职无状,至为流涕,日徒步帅吏民祷雨,且也自驰百里外,取水于大河之滨,黎民遮道迎劳。至则剪发断爪,与牺牲俱投于河,曰:“百姓何辜,罹此虐毒,请以身当之。”比返,甘霖随澍,岁即大穰。癸巳,大雨淫潦,沮洳泞湿,夏麦秋禾,尽为湮没,十室九空,民将转徙。侯下令曰:“本县有咎,致灾吾民,生有愧于食禄,死无补于国家。”复谕民曰:“凡我百姓,俱各安心等候,明年正月开仓给赈,勿弃善念,勿作非为,勿捐妻子,勿离乡井。”惜贫爱民,语至谆切。百姓感激,举无流离转徙之患。他如积谷麦以赈贫匮,而于贫匮中拔其尤者,为冬衣以衣之,恤冻馁也。审丁则以均户口,而于户口中虑有待哺者,煮粥以饲之,轸枵腹也。施药于衙前,疗万民之疠疫;舍水于监仓,洒罪囚之冤孽。置酒饮乡约,有太平既醉之风;纸笔给少年,乃引掖曲成之意。诸凡置法出令,临众用民,大都威严宽惠,并用不偏。而其慈祥之衷,恳恻之语,沦肌浃髓,直令人思慕爱乐,历百千岁而不泯。此岂余好为华说以骇闻哉!一一出于侯之行实,一一出于百姓之歌咏,一一出于余之耳闻而目睹,以故喋喋然不忌其烦且赘也,因镵诸石。

学　田①

万历十八年,知县区大伦送余地二顷六十七亩九分,每亩征银多寡不同,每年共征租银七两六钱二分四厘。

万历十九年,乡宦穆文熙义舍地一顷,坐落□□□□段,此项地亩原未征银,本县及该学酌议分收子粒柴草,量助本学三位师长薪水之费。

万历二十一年,知县区大伦送余地十顷零九分,坐落□□□□段,此项地每亩征银四分,每年共征银四十两零三分六厘。

万历二十二年,知县区大伦送余地八顷,坐落□□□□段,此项地每亩征银四分,每年共征银三十二两。明邑故时,未有学田,有之自区侯始。侯注意作人,创置学田惠养生儒。附公移:

东明县为广置学田,以养贤才,以崇学校事,照得本县职司提调,作兴学校,实其首务。卷查万历十八年,本职已将余地二顷六十七亩九分,发该学管收,每年征收银两充月考,周济贫生等公用,去后续该十九年本县穆乡宦义舍地一顷为学田。除二项田地俱发学征收,作正支销,按季循环缴查外,本职复查自到任数年以来,所有民间开垦荒芜及查出隐漏无粮地亩,陆续登记册籍,共积余地一十八顷零九分。查得前项地亩俱系近日开垦,原无粮差,合行发送该学,一并充为学田,照依新定租额银两,径自征收,在官登入循环簿内,仍照本职酌定后,开每年资助通学各生灯油及科举各生卷价

① 乾隆《东明县志》卷3《田赋志》,乾隆二十一年刊本。

等项支用,其余剩银两作为月考公费及每岁周济贫生婚葬等项,支销俱入循环查考,并酌定正支条例,开列于后:

一、凡师长新任,量支银三两,为公晏酒席之费。

一、凡师长新任,量支银一两,置办碗碟家伙用。

一、凡师长会试、乡试,各支银一两,送卷价用,中试者支银三两,充贺礼。

一、凡师长升任,量支银一两五钱为酒席之资。

一、凡三位师长每位每年支银二两,助修宅用。

一、每年冬十一月,计算通学诸生,每生量助灯油银二钱,务要分散公平,俾沾实惠。

一、每三年科举一次,每生量助卷价银五钱。

一、每二年考贡一次,每生量助盘费银五钱。

一、凡诸生乡试中式,每生量支银二两花红旗扁用。

一、凡诸生考贡取中者,量支银一两买旗扁用。

一、凡诸生告贫者,每生每年量支银一两。

一、凡诸生有贫不能婚葬者,每生各助银一两,若甚贫者另议。

纂修《南雍续志》①

熹宗天启辛酉元年五月,南太常寺少卿区大伦摄监事,实经始《南雍续志》。伦,字孝先,高明人,己丑进士,初授东明知县,考选云南道御史,以修省、郊祀、纠劾勋臣三疏,奉旨为民。泰昌元年起光禄寺丞,历升今职。后升吏部侍郎,所著有《端溪日录》行世。

---

① 此据(明)卢上铭《辟雍纪事》十四,崇祯刻本。标题为整理者所加。

区大司徒疏稿

区大伦孝先著

目 录

灾异直陈修省疏

万历二十三年六月，地震于辽左宁延昌平，又震于京师，六月大雨雹，上此疏也。①

云南道试监察御史臣区大伦谨奏为灾异直陈修省以仰答天心事。

臣闻变不虚生，召乃由人，应天以实，道贵交修。汉臣曰："王者，父天母地，宝有山川，王道得则阴阳和穆，政化乖则崩震为灾。"关之天心，弭之人事，盖天人一气也，必人能儆戒而后天可回也。《书》曰："先王克谨天戒，臣人克有常宪，百官修辅，厥后惟明明。"其君戒谨，故臣有常宪，惟臣修辅，斯主德明明，盖君臣一体也，必上下交儆而后天可回也。

顷者，天心示谴，坤载震摇，陛下俯俞部请，敕下臣工，痛加修省，臣敢不惶恐待罪，竭思秉诚，以副宵肝万一？自古王者睹天地谴告，饬躬省惧，不敢荒宁。固有六②事自责者矣，有诏求直言者矣，有详问阙失者矣，斯皆应之以实，故能感彻神祇，终回威怒。今明旨修省，第详于训庶官，而略于省缺遗。窃意诸臣恪修职事，无当于陛下之自修也；诸臣省改罪愆，无当于陛下之自省也。此何关主德而九重之儆戒邈无闻焉？其无乃非所以应天而圣心怠乎？洵

① 据《澑川区氏族谱》卷四《疏草》记载，十一世罗阳公历仕四十余年，由御史至卿贰，奏章盈箧，皆忠诚恳挚，无非陈善格心。离乱后，遗稿散佚，仅在郡志中搜刻四道，以表其不愧一代理学名臣耳。

② 以上在《区大司徒疏稿》中阙，现据崇祯《肇庆府志》卷26《艺文志》补。原文中的阙损字，皆以该志补充。

明主在宥,无缘致灾,乃天心仁爱,彰如是,则奈何弗戒也。盖臣尝恭睹陛下即位初年,庭燎视朝,御门听政,讲延寒暑不辍,郊丘享祀必亲,揭天戒以敬天,躬步祷以勤民。天下皆谓陛下可为尧舜,可为禹汤文武,揖殷周之上,而臻唐虞之域也。谓宜鉴格重玄,昭兹景贶,乃迩者火灾叠见,地震洊闻,辽左宁延所在见告,迩复震于霍州,连震于京师及昌平诸州县,而雨雹又遣告矣。天雹,阴胁阳也。地阴主静,震乃为灾。《春秋》纪灾异,二百四十二年地震凡五,今旬日之间有其二矣。矧震在京师,忧方大也,又奈何弗戒也。

详考古占候之说,究其感召,有谓阳气伏而不出,阴气迫而不入者;有谓人气内逆,则感动天地,而变见于震动者。稽诸事应,有谓外戚擅权,宫闱专政者;有谓小人用谗佞进者;有谓民扰而兵兴者。此其为变,决有所主,不为虚应明甚。圣明之世,何以致是哉?臣反复思之,其无乃讲筵久虚,圣学弗纯与?禋祀屡摄,精诚弗格与?龙楼问省,情文多缺与?封事靳于批答,而宫府隔阂与;端揆倦于延对,而启沃罔闻与?将骨鲠难人,缄默易容与?将民誉摈弃,赐环无期与?将寝与无常,而夜气清明或牿与?将喜怒乖和,而使令摧残太甚与?将恒舞酣歌弗惩,而琼林大盈弗戒与?此皆足以干和召灾。乃其大端,则九重静摄日多,而视朝寥寥也。臣工间有请者,一则曰火动眩晕,一则曰体虚软弱,若圣躬尚有违和然者,臣诚惶惧,不知所出。人臣事君,犹子事父母,傥父母起居失节,其子必且忧形于色,食不甘,寝不寐,延医尝药,甚则愿以身代,必复其初而后即安。今陛下静摄者六七年,为臣子者乃敢泄泄然视为故常,安享禄位而不思贻君父以安乎?诸臣不忠之罪大矣。

臣谓陛下之疾,盖良医所不能治,然且无待乎医?药石所不能攻,然且无待乎药?陛下不欲闻之乎?其道在视朝,在无逸,在日闻。贤人君子之正论,以法家拂士为良医,以忠言逆耳为药石,发舒结辖,澡雪聪明则霍然矣。陛下何疾之有?或者曰主上盖师皇祖世宗二十余年,不越宫闱而治,乃汉家制度为此说者,误陛下者也。盖亦尝考皇祖初政乎，早朝勤政，日讲勤学，箴敬一以养心，注五箴以养德，敬祀郊庙，忧劳氓庶，政治之美，本朝称中兴焉。迨甲午以后，稍倦于勤，斋居决事，权奸柄国，宠赂为政，交讧天下，始脊脊多事，而嘉靖美业弗克终矣。陛下以为得失安在耶？陛下将师甲午以前，勤劳而致盛治乎？抑为甲午以后，倦勤而弗克终乎？圣心鉴戒自明也。或者又曰：皇祖宫居壸处而久道化成，主上静摄非为便安也，所以颐神而葆和也。为此说者，又误陛下者也。昔者尧舜兢兢业业，无怠无荒；中宗严恭寅畏，天命自度；高宗克正厥事，文王日昃不遑暇食，用能寿跻耋期。尧寿百十有六，舜百有十岁，中宗享国七十有五年，高宗享国五十有九年，文王百年化洽，此数圣人忧勤而寿者也。

我太祖高皇帝焦劳以有天下，成祖文皇帝危苦而靖内难，尔其即位以后，忧勤一念，初终靡间肆。太祖享寿七十有一年，成祖享寿六十有五年，此我二祖忧勤而寿者也。是知战兢惕励，则忧劳所以导滞，乃延历之剂；怠惰荒宁，则纵逸适以颓神，实宴安之毒。陛下远师帝王无逸，近法二祖忧勤，则圣虑清明，圣躬强固，自有□寿矣。陛下又将谓修举法令，以督率臣下，即深拱何损万几，而逸乐无害矣乎？为此说者，尤误陛下者也。天下治乱，皆陛下勤逸一念所生耳。一念勤，则内外臣工化之皆思劳，劳则庶政举然，而不治者，未之有也；一念逸，则内外臣工化之皆思惰，惰则庶事隳然，而不乱者，未之有也。

今日天下不无事矣，百姓穷困日极，四方灾害日甚，闾阎盗贼日炽，国家元气日蹙，窥伺日肆，风俗日偷，纪纲日替，国计日诎，河工日耗，百司积习文具有颓靡不振之患，陛下以为今天下治耶？乱耶？盖由帝居深拱，群臣无所禀承，陛下亦无由知其忠邪贤佞之所以异，故奉公或疑为私，守正或疑为党，而真私与党者，亦且滥竽于群吹之间，盗名窃誉而逭于天刑。是以人人相习玩愒，职守废缺，靡靡若此也。臣谓当此之时，不大有所儆戒振励，解弦更张，天下终不可得而理者。臣愿陛下屏宴安之淫志,奋精明之睿思,念灾变之不虚,鉴修省之在实,翻然悔悟,日视正朝,经筵必御,郊庙必亲,两宫之定省必勤,章疏之批答必时,召对之芳规必举,奖嘉言,录忠谏,毋彝于酒,毋黩于货,循宴息以养平旦之气,祛暴怒以克不忍之良。陛下孜孜省改于上,百官懔懔奉职于下,如是可以克当天心,可以转灾为祥,此在陛下一惕励间耳。一惕励而消弭灾沴,导迎和气,此固始于正心修身,极于齐和家国。盛德大业由此焉出,中和位育由此焉臻,何靳而不为也? 臣充有忧焉。

国家广置台谏之臣,欲使尽言,主上缺失,臣工邪佞,皆得上闻,所以补过拾遗,防壅蔽之患也。迩者仗马一鸣辄斥,朝阳孤响不闻,天下遂谓陛下草芥人才,扃钥言路。臣不识圣心亦乐有是名否耶? 譬之于身,台谏其耳目之司,而咽喉之任也。夫人所以视听聪明,元气流鬯者,耳目咽喉为之用也。国家所以上无否德,朝无伏奸者,台谏得其职也。今有人自障蔽其耳目,则几蒙聩矣;自壅塞其咽喉,则生理绝矣。陛下以为此何如人耶? 昔者虞舜好问,大禹设鼗。彼诚乐善无厌,开谏者路,万古称明圣焉。臣至不肖,所望陛下诚不敢后于舜禹,且陛下不欲为圣帝明王,而欲为庸君世主耶? 愚臣之所大惑也。言路一塞,虽有失道之败、不御之奸,陛下何由闻之? 是可不寒心哉。

臣一介草茅,遭遇圣恩,拔居言职,陛下用臣以言,臣敢不直言以报陛下? 臣非为爵禄报也。君臣之义激于衷,而不可解也。又伏睹陛下于言事诸臣,或责为欺,或诘为激聒,或斥为朋党,为沽名卖直。夫人臣而怀欺强聒,植党沽名,不忠之大者也,臣所不敢也。人臣而持禄畏罪,阿主遂非,亦不忠之大者也,臣所不忍也。二者,臣每深耻焉。敬因灾变修省,昧死竭忠,惓惓为陛下陈之。臣方具疏,每晨起含毫,必肃冠服,焚香吁天,以明不欺,以无负陛下,亦冀诚意有所感动,意之所激,时复泫然泪下。盖念明主量同天地,何难转圜,岂其终厌薄臣言? 第恐微臣菲薄,无足感悟圣心,则臣之大罪也。至于死生祸福,臣有所不暇计矣。伏惟陛下留神采纳焉。

万历二十三年六月初十日上奉旨未下①。

区大司徒郊祀疏万历二十三年十一月

云南道监察御史臣区大伦谨奏为郊丘重典宜亲,恭代加恩太滥,恳乞收回成命,以光祀典事。

臣闻天者百神之君,王者所从受命也。王者受天明命,大报本始,而郊祀行焉。郊之祭也,王者所以致其精明之德,以上交于天也。飨必躬亲,斯谓之郊。郊而遣代,则精诚隔塞,天与人不交,而非郊矣。自古无郊丘代摄之文,《周礼·大宗伯》:"若王不与,则摄位。"郑氏以为王者有故,则代行其祭事,明摄事非安吉之礼也。苟安常无故,则先王典礼,其不代摄以郊明矣。我国家定制,大祀南郊,前期恭视牲牷,誓戒百官,乃御斋宫,乃奉禋事,始事则告庙,礼成则告庙,此礼之备也。祖宗列圣相承,未之有改也,故能馨香上闻,灵贶飨答。惟武宗朝恣于盘游,郊庙大礼旷而不举,以致神人怨恫,灾害并至,可覆视也。

伏惟陛下嗣统御极,钦明文思,上帝属心,百神望幸。乃者冬至大祀,复遣公徐文璧恭代,臣不知其可矣。臣闻之,郊则报本而反始,仁之至也,今祇祀上帝是也。郊则尊祖以配天,孝之至也,今太祖高皇帝配帝侑神是也。《礼》称:"唯圣人为能飨帝,孝子为能飨亲。"此岂臣工之任耶?臣不知其能飨矣。《祭义》曰:"飨者,乡也,乡之然后能飨焉。"盖郊祀之礼,备物非难,致享为难。自非仁孝诚敬,精神归乡,念念不忘乎乡,息息不忘乎乡,事事不忘乎乡,安有能得其降格歆享于冥冥之中者?遣代之臣有是耶?陛下深居九重,燕然自逸,诚敬何所乡而通?上帝何所眷而临?臣又不知其能飨矣。《礼》曰:"神不歆非类。"王者为天之子,气相为合,而心相

---

① 原书稿有批语:"此'旨未下'三字疑系奏不亲郊祀疏。"

为通,故郊焉而天神格也。辟之共子,职以养亲,乃可以得父母之欢心,而致其享。求之天道,岂远人情?

今以臣子而摄天子之祭,于气为非类,于心不相贯,臣又不知其能飨矣。王者事天之道,惟仪与诚。故兆于南郊,扫地而祭,其器陶匏,其牲茧栗者,仪也;立泽听誓,皮弁听报,三宿七戒,肃恭荐献者,诚也。与其仪有余,宁若诚有余,谓神之所享将在诚也。今遣官恭代,仪则具矣,诚于何有?臣又不知其能飨矣。陛下履天位而治天职,抚御万方,袭休禔福,皆天所授也。天与陛下以百全之福,陛下不能躬一日之祀,谓大报何?《周礼》:"天子亲祀上帝,一岁凡九。"陛下岁惟一郊,顾惮于躬亲祀耶?臣又不知其能飨矣。古者礼行于郊,而百神受职,则风雨节,寒暑时,而休征应之,故足贵也。我太祖高皇帝洪武十二年南郊,自誓戒以及禋燎,天宇澄霁,星纬昭焕,祥飙庆云,光彩晔曜,上心甚悦。又洪武二十年南郊,礼成,天气清明,圣情悦豫,侍臣进曰:陛下敬天之诚所致也。此见高皇帝惟躬致其诚,故能承百灵之贶也。昨者南郊,将事之夕,暴风骤起,震荡坛壝,上帝聪明,讵曰无意?殆谓陛下久不亲郊也。是可不省畏哉?由前言之,则代摄以祭,臣惧上帝之不歆;由后言之,则冲飙示谴,臣惧上帝之已怒。陛下正宜鉴天意之不虚,思遣代之非礼,侧身修行,痛自省改,庶可回天心也。

夫何遣官复命,陛下乃嘉文璧之勤劳,进以太师。明旨一下,大小臣工无不相顾骇愕,不审文璧有何勤劳,而陛下加恩若是,在文璧必有悚惧不敢拜赐者矣。文璧之遣代也,臣谓陛下既不亲祀,圣心必有歉然不敢自安者,今乃以文璧为勤劳,是谓遣代为当然也。以遣代宜加恩,是谓郊祀不必亲也。臣窃叹陛下事天之意怠。郊坛警跸,可复冀之异日哉?正恐书之史册,谓百王禋祀之盛典,祖宗仁孝之芳规,自陛下坏之,是以重微臣之叹息也。文璧何敢拜赐也!太师,三公之极品,不有非常之德不宜轻予。代郊,非礼也,文璧可得言劳乎?如以代天子之郊为劳,而冒上公之宠,是重利陛下不亲郊也。文璧又何敢拜赐也！孔子曰“吾不与祭，如不祭”，谓不能躬致如在之诚，犹不祭也。今陛下未能躬献于上帝，犹之乎未郊耳。陛下既不得成其为郊，文璧敢自以为劳乎？文璧又何敢拜赐也！天子不亲郊，甚非美事也；人臣爵以太师，至荣宠也。奈何陛下蒙不美之号，而人臣反享至荣之阶乎？文璧又何敢拜赐也！凡此皆文璧或难自言，臣先言之，所以发其必辞之心，明郊祀重礼不宜遣代，缘此加恩，尤不可训也。伏愿陛下收回文璧恩命，讲求帝王事天之实，力行祖宗亲郊之典。自今南北郊礼、庙祀、时享、祫祭，必烦圣驾躬荐明德，则数年旷典一朝聿新，克享天地祖宗之心，遍致神祇上下之格，臣民胥悦，鬼神降福而休征协应矣。

臣性狂戆，不识忌讳，惓惓之心，诚不忍圣明之君有此过举。志在纳忠，无所逃罪。伏惟圣慈宽斧钺之诛，俯赐采纳，微臣幸甚！祀典幸甚！

万历二十三年十一月二十七日上奉旨未下。

纠劾冒恩勋臣以隆祀典疏万历二十三年十一月

云南道监察御史臣区大伦谨奏为纠正冒恩勋臣以重爵赏以隆祀典事。

臣于本月二十七日具疏赍上，极言郊祀大礼不宜遣代，勋臣代祀不宜加恩，无非欲陛下躬祀玄穹，以迓灵贶；慎重爵赏，以杜冒滥。又念定国公徐文璧本无勤劳，敢叨恩数，以故详述不敢拜赐之说，发动文璧固辞之心。庶几感悟圣意，毖慎禋祀，郊庙复睹清跸之临，神人胥慰翠华之望也。

讵意文璧循例一辞，未蒙俞允？臣既僭有论列，自宜恭候明旨。乃昨二十八日，该臣侍班，忽见文璧随班谢恩，居然冒太师之宠矣。臣不胜惊愕，仰而叹曰：有是哉，文璧之贪冒而不知耻也。文璧受此官也，亦知此官之职掌乎？古者太师、太傅、太保，列于三公，与天子坐而论道者也。官不必备惟其人，所以待非常之德，未闻以劳赏也。彼文璧者,固纨袴之子,豢养之人,而幺幺庸鄙之徒也,论道燮理,知为何事?试令顾名思义,能不愧心汗颜?文璧不当冒受者,此也。

《礼》称:“君之所以不臣于其臣,当其为师,则不臣也。”师若此重也。昔者,武王受丹书于太公,故称师尚父;周公辅成王,致太平,故周公为太师。陛下以天子之尊,师名其臣,不求天下忠贤有道之士,而谬加于纨袴之子,不亦污名器羞朝廷耶?贾谊曰:“傅者,傅之德义;师者,道之教训。”有臣如文璧焉,能以德义教训有补于圣明?无是理也。文璧不当冒受者,此也。

我国家二百余年,文臣自六卿内阁,无有进三公者,诚难其人也。即文璧祖中山王徐达,以开国辅运元功,太师之锡无闻焉。祖宗若此其慎也!文璧不能效忠宣力,求无忝前人,而怙宠徼恩,奈何居乃祖之上乎!文璧不当冒受者,此也。

徐氏取数于朝廷,亦太侈矣。中山之功洵大,然国家勋臣之后,有并建二公者乎?文璧之爵,肇自景昌,庑下之诛,景昌始基,此其勋劳所自,诰券所加,亦可概见矣。能尽厌人心否乎?未有绝代之勋,即蒙元功之赏,为子若孙者袭而守之,臣惧其满而溢也,奈何欲极三公之品,为天子之师乎?适足以明其饕餮婪秽之已甚也。文璧不当冒受者,此也。

陛下赏文璧也,非为其汗马之勤,推诚宣力之勋,南征北伐之功也。三者无一焉,猥以代祀为名。夫郊祀何礼也,人臣得主其祭乎?代郊何事也,人臣敢以为劳乎?陛下以代祀之劳赏文璧,是自彰其过举也。文璧自以代祀之劳又上赏,是彰陛下之过举也。摄事于郊坛,而获赏于师保,然则陛下不亲郊,无乃文璧冒恩之地乎?皇天上帝,高皇帝实临之在上,文璧不惟得罪于陛下,且重得罪于高皇帝,得罪于皇天上帝矣。天道福善而祸淫,神道害盈而福谦,文璧贪天功以为己力,盈满极矣,独不虞上帝之诛绝乎?文璧不当冒受者,此也。

且我国家优礼大臣,存以著号,殁以显魂,凡恤典必以赠官,所赠之官必加于所受之职。有如文璧不讳其又何以加之意者,生为太师,死当赠王,欲袭张懋、朱希忠之故智乎?其渐胡可长也。臣不意祖宗之典章,国家之名器,一坏于张懋,再坏于朱希忠,今又坏于徐文璧矣。夫文璧何庆之有!陛下操爵赏以驭臣民,将使天下服其公而有劝心焉。乃以太师之极宠,施之于不当赏之事,加之于不当赏之人,名器乖滥,庆赏无章,臣是以惜耳。

伏乞陛下将臣所奏敕下该部查议,考诸祖制,参以舆论,徐文璧可否加恩太师,详议上请。如果不应令甲,不协人心,乞望收回成命,以杜将来僭滥之阶。庶乎爵赏当而人心服,祖宗成宪,郊祀大典,均有光矣。

臣狂戆不知大计,昧死再冒天威。伏惟圣慈采纳,臣不胜惓惓,俟命之至。

万历二十三年十一月二十九日上奉旨未下,大伦论郊祀及徐文璧疏俱未下,诸公喧言曰:"子前后三疏皆不下,朝廷盛怒待子矣。众皆为子危之。"予应曰:"人臣尽职耳,何祸福之敢言。"其时工科给事中张同德亦疏论文璧,而并请大伦之疏下部议覆,于是上愈怒,而二臣遂得罪矣。

本年十二月一日,兵部上军政疏,上怒无锦衣卫千户霍文炳姓名,奉旨诘责,言官区大伦、张同德俱降三级,调外任。十二月十四日,兵科吴文梓上军政疏,上亦怒无霍文炳姓名,奉旨诘责,言官区大伦、张同德俱革职为民,不许朦胧起用。

圣学三札疏天启二年四月

南京太常寺添注少卿臣区大伦谨奏为恭进《圣学三札》,仰祈圣明采择事。

臣闻为人臣者,怀尧舜之道以事其君,忠之大也。是以孟轲氏曰:"我非尧舜之道,不敢陈于王前。"以为必如是,而后为忠且敬云尔。臣至愚极陋,自壮岁从事尧舜孔孟之学,窃愿效忠之日久矣。

蒙先帝起臣于田间,皇上复宠以清卿美秩,岂徒荣臣之遭遇乎?盖欲其有所陈说,上佐圣明之万一也,臣安敢不尽其愚?臣闻先帝之末命也,以尧舜望皇上,以辅皇上为尧舜属诸大臣,诚见皇上聪明仁孝,可以当此也。

臣伏恭睹皇上法祖慕亲,讲学勤政,信任大臣,礼致耆硕,广开言路,轸恤民隐,盛德徽猷,果可以当此也。臣幸遭逢圣主,不思勉图报称,宁不负唐虞之世哉?用是不揣愚陋,谨以素所习闻先圣之训,括其旨要,条为《圣学三札》,曰定圣志,曰一圣心,曰明圣德。仰尘采纳。臣不敢为卑论以负圣明,三者皆法尧舜而已矣。

臣谓法尧舜之圣,在立尧舜之志,是以定圣志先焉。夫尧舜所以为万世法者,非以其生而神圣也,正以其学而成圣,故足法也。三代之王,盖有志于尧舜而法之者矣。若夏禹、商汤、周文王数圣人是也。是以孟轲氏曰:“人皆可以为尧舜。”若易然者,况帝王身履尧舜之位,为之不尤易乎?臣愿皇上定志于为之也。定志要于在初。盖在初淳一未淆,耳目未扰,其志气清明,为力最易,则皇上今日是矣。臣闻尧之为君也,十六龄而即帝位,与皇上同其冲年。当是时,天下非尽平也,洪水艰食,蛮夷猾夏,其患非少于今也。惟尧能咨嗟儆戒,与其臣拨乱而兴治,其效至于万邦协和,光被四表,在位百有余年,荣华至今。此非冲年定志之明验欤?皇上诚毅然志于尧舜,俾精神收敛宁一,宫闱宴闲之地,常有以自保,非尧非舜之事,自不留于念虑,圣学从此始矣。臣愿皇上之法尧舜者,此也。

臣又谓法尧舜之圣,在见尧舜之心,是以一圣心要焉。夫所谓尧舜之心者何也?尧之授舜曰“允执其中”止耳。舜复推中之本于心,曰“人心惟危,道心惟微,惟精惟一,允执厥中”,此圣人之心精,首昭揭之以示天下万世,亦由天地一元,文明之会至,是欲泄,虽圣人不能秘也。请得绎之。盖心之为心,其清虚以含性,其重浊丽于形质,故所性之灵妙于生心,而形质之欲亦为心累。是故心之乘乎动也,动于所性之灵,其心,道心也;动于形质之欲,其心,人心也。

人心累于所欲,则祸机兆矣。故曰危。人心既危,则道心之存者无几矣。故曰微。人心危则道心微,圣人所深戒也。精以别夫人心而一之于道心,所谓惟精惟一也,一则澄然而无事,廓然而大公,而天然自有之中出焉。顺而应之,所谓执中也。皇上诚欲见尧舜之心精,请毋屑屑于人心之际,惟是戒慎恐惧,以温养乎性体,则人心自化,道心自一,隐微之间,浑然德性用事,而中由此出矣。臣愿皇上之法尧舜者此也。

臣又谓法尧舜之圣,在合尧舜之德,是以明圣德要焉。臣闻孟轲氏述古圣相承之统,由尧舜至汤,由汤至文王,由文王至孔子,皆曰“闻而知之者”,何谓也?其说在《大学》之明明德矣。《康诰》言“克明德”,即孔子所闻于文王也。《太甲》言“顾諟天之明命”,即文王所闻于汤也。《帝典》言“克明峻德”,即汤所闻于尧也。乃知明明德为万古一宗之学,千圣百王莫之能违矣。论明德直捷易简之功,则顾諟明命一语尤要焉。明命果可见乎?见之乃在心也。以心见明命犹作二观,即心是明命更无不见,非顾諟之力也,敬畏之极也。皇上诚戒慎于所不睹,此心凛若上帝之降监,时时临保此心,明命也;时时见此明命,圣功也。盖转瞬皆天,则动目成畏,严恭有常,斯帝则默顺。此帝则之流行,在知为至,在意为诚,在心为正,在身为修,而家国天下无不各臻于理,所谓“明明德于天下”者也。尧舜肆千年闻知之统,皇上直缀而承之,盛德鸿号,将与天地齐寿、日月同明矣。臣愿皇上之法尧舜者此也。

臣伏念孔子之言,事君者先资其言,自献以成其信。臣之愚陋黯浅,其生平所学止此,用为先资之献,庶几求以成信也。或谓今天下多事矣,圣主焦劳,公卿百执事相聚而谈兵,虑无以佐国家之急,今以讲学为献,其无乃迂缓而无当乎?臣谓不然。《书》曰:“无怠无荒,四夷来王。”帝王所以制御夷狄①之道,盖可知也。今封疆

① 原刻本无“夷狄”。此处据崇祯《肇庆府志》卷26《艺文志一》补。

多垒,实由臣子怠荒废职,积玩积弛,酿祸至此,容可不戒乎?臣所陈尧舜之道,皆儆戒无虞之意。夫惟天子勤思尧舜之兢业,群臣凛凛奉职,岂忧夷虏①哉?此制胜于庙廊之说也。伏惟圣明留意焉。臣不胜激切恳祈之至。

天启二年四月二十五日奉圣旨:这所奏圣学当法尧舜,深契朕心,知道了。该部知道。

岭表门人沈宗孔阅。

圣学三札疏跋

《圣学三札》者,罗阳区先生所献,芹曝而效媚兹者也。时当河西失守,谭兵讲武,章满银台。而先生渊然深识,独窥万化之原,以定君志,一君心,明君德,为弥缝匡救之助。上鉴其朴忠,欣然嘉纳。未几,而吕东明侍御兰臭相投,勃不自禁,至于封事之中击节叹赏。继祖因读邸报而跃然起舞,曰:"是何数行笔墨,既结知于主上,复取信于友朋?自非其心忠赤,其言凯正,一种精诚,悃款有以入人肺腑之微,当不及此。"

盖先生与叔氏太史公恪承弓冶,辟邪崇正,绍孔孟宗传。在皇祖之朝,以直谏赐玦高卧东山者,二十余年足不出户,手不释编,自灌园种树之暇日,与二三同志探天根月窟之藏,领鸢飞鱼跃之趣,疏水怡情,裘葛卒岁,其恬淡耿介,直恍然富贵浮云,万钟何加之本色?顾孔氏祖述尧舜,孟氏非尧舜之道,不敢陈王前。先生学孔孟之学,不忍为沮溺之枯槁,亦不敢逊尧舜之君民。虽幽栖晦处,若将终身,实未尝一日忘君父也。及是恩诏赐环,特起田间,畀以容台席未暖,而三札已达宸聪矣。大抵以修之家者献之,延其离奥渫而告尔。后与其处江湖,而觉后知总是尧舜以来相传之意。吉人之辞,使读者心旷神怡,听其言之温厚和平,则知其人之光明正大,

---

① 原刻本无"夷虏"。此处据崇祯《肇庆府志》卷26《艺文志一》补。

能无从乎？能无悦乎？

先生暂视成均，桃李盈门，闻先生之风而索疏草者踵相接，先生无以应也。有陆生应京者，欲为先生广其教，授之剞劂以志不朽，谬令余跋其末简。余谓先生一言可以获上，可以信友，天下文章莫大乎是，又安在詹詹者之为一辞赞乎！

第余忝为先生属吏，晨夕周旋，见先生爱君忧国之怀，极其真恳，而快睹都俞之盛，媲美唐虞，不自觉其情之见乎辞也。当先生草疏时，余捧读再三，曾冒致一牍于先生，窃比先生之责难于君者而转以责臣，其语颇伤时，皆原于道德之意而先生深远矣。因陆生之忘吾丑而并授之以见，继祖与先生共有此一片苦心，其如瓦缶之不堪与钟吕并奏何哉！

天启壬戌夏日，属吏颜继祖顿首拜跋

白莲横行，贡道阻塞，变出意外疏天启二年六月

南京太常寺添注少卿臣区大伦谨题为白莲虐焰横行，青梅鲜品被劫，变出意外，责有司存，谨据实奏闻，恳乞慈宥事。

臣伴食太常，粤稽寺志，每年荐新北京，例有八次。而四月分应进青梅二十斤，往年皆以五月初旬起程，月杪抵京。本年三月二十二日，系臣同官署印，今升南京太仆寺卿丁启浚与臣等恪遵旧制，预先移文南京兵部关领勘合一张、路费银十两，以四月十六日领讫。随差赞礼郎丁汝成铺排余学，于五月初六日启行。臣等钦遵重典，躬率僚属，于是日早鼓乐由本寺护送出郊而返。窃谓仗皇上之威灵，可幸无罪矣。不意十六日，行至山东界河驿邹滕二县之间，正值白莲闻香等教作乱，攻破城邑。尔时夫马绝迹，进退两难，但见杀人之盈野，只闻哭声之震天，群盗未至，众胆先落矣。忽而逆贼纵横，突拥邮亭，梃刃交加，其锋莫当，遂将鲜品杠箱抢夺一切。员役仅以身免，散发露体，戴伤而逃，苟延残喘于深沟丰草之中，水浆不入口者四日，幸从间道，夜行昼伏，乞食糊口，奔还徐州，

赴兵部备施天德诉给印信执照而归,持以见臣。臣目击心伤且骇愕,不觉仰天而叹曰:“是何魑魅公行于天日之下,而妖孽反出于圣贤之乡乎?”

方今神圣当阳,窃发草寇,当即授首,无烦宵旰之忧。惟是兹一役也,卜日而行,半途而废,欲搜求补进青子,奈景候已过黄梅,陡遭群盗突起之乱,致缺四月荐新之供,责在所司,事关职守。虽变生于不测,亦臣罪之莫辞所,不得不披沥于君父之前,如蒙宽宥,不加督过,则皇上如天之仁,又臣永矢捐糜之报者也。抑臣因是而更有陈焉。

臣向以朴忠郁勃,恭进《圣学三札》,惓惓欲皇上取法尧舜,仰荷俯纳刍荛,感愧无地。臣敢请冒昧而再毕其愚。夫以皇上之徇齐天纵,真足媲美钦明,匹休浚哲,谓宜阴阳消骄伏之沴,夷夏坚翊戴之忱。而乃地震、雨雹、风霾、日晕之儆,种种见告,加以蛮夷蹂我边疆,寇贼毒我生灵,大非太平景象,或者否极泰来,是尧天再造,舜日重光之关,欲于兹一转也。皇上不见唐虞之世,亦有洪水之殃,与夫三苗之梗乎?然而兢业之怀,二圣一息匪懈,竟造四隩之宅,而奏七旬之格。臣愿皇上以其咨儆予之惕,驯干羽之舞;更愿诸臣以同寅协恭之雅,切缨冠之救,将景星庆云,昭回云汉,行且系单于之颈,歼萑苻之魁,奠金瓯于亿万斯年矣。臣不胜惶悚待命之至。

考察自陈疏天启三年正月

南京太常寺添注少卿臣区大伦谨奏为自陈不职事。

臣原籍广东肇庆府高明县人,由进士初授知县。万历二十三年,选授御史。本年十二月,奉旨降三级,调外任。复奉旨为民。泰昌元年八月,起升光禄寺寺丞,升南京尚宝司卿。天启元年五月升今职,本年十一月到任。历俸年余。兹届天启三年京官考察之期,凡两京九卿堂上官四品以上,例应自陈。臣系太常四品职官,合先自陈罪状，伏听圣裁。

臣窃惟人臣不职之罪，有显有隐，罪之显者众所指视，得以显而黜之；罪之隐者虽人未及知，而心不容昧，令其自陈，而后废黜加焉。此朝廷黜幽之典也。臣守官太常，职事简省，虽夙夜寅清，敬恭祀典，敢谓无所开罪？顾臣之罪，臣自知之。臣性本迂愚，识复浅陋，虽尝学问愧乏遍，方荷蒙圣恩，天高地厚，起自谪籍，骤躐清卿，揣分逾涯，扪心增惧。自念生逢尧舜之君，敢忘许身稷契之义？是以出山本意，誓欲随分尽职，励竭忠诚，仰答知遇，佐国家万年太平之福，臣之素心也。奈何悠悠岁余，靡所建明，坐违始愿，空负初心。臣切思皇上方隆尧舜之圣德，宜立臻唐虞之盛治。乃今不惟未睹太平之兆，而且凛乎有隐伏之忧，外之侵侮，内之民萌蠢动，疆圉溃裂，闾阎涂炭，所以然者，皆由大小臣工忘恩负国，谋身之念重，报主之情微。大臣未见一德一心计安社稷，小臣多是营私植党，取便身图，赏罚无章，官职太滥，丧师失地者不诛，黩货殃民者不问，习以成风，恬不为怪，此国事所以阽危，奸民所由怨叛也。

臣身虽不与事权，心实切怀忧惧。顾不能献一策，仰裨安攘；又不能抗一言，用相纠正；苟容缄默，随众窃禄，何补明朝？此则臣之罪也。况臣年龄衰暮，驱策不前。在礼七十致仕，臣又过二，久滥名器，恐干清议。臣之当黜，事理甚明。伏乞圣恩，赐臣罢黜，放归田里。臣素讲尧舜孔孟之学，积有岁年，俾臣还乡，仍理旧业。进而致身，虽未敢安富尊荣之效；退而训俗，庶几成孝弟忠信之风。宣扬圣化，祝颂圣寿，臣之报国，是或一道也。臣不胜感恩恳祈，战栗待罪之至。

缉熙圣学疏天启三年八月

大理寺添注左少卿臣区大伦谨题为恳祈圣明法天之健以缉熙圣学事。

臣闻天子所居者，天位也；所代者，天工也。是以君道莫大乎举天职,圣学莫大乎法天行。昔者孔子赞《易》,首发其义于乾象曰:“天行健,君子以自强不息。”盖乾,天道也,君道也。天行健,故周天三百六十五度,无日不周,而岁功成。君德之强如天,故兢兢业业,一日二日万几,无时或息,而治功起。是以人君不可不知天道。知天道者,体乾刚健而不息之谓也。

臣闻人君德与天合,然而有所息者,强不足也。强不足者,以逸欲之生患也。逸者,惰气之所乘,其究息而为怠荒;欲者,柔情之所中,其究息而为颓靡。诚知逸欲自我而生,亦自我而灭,我不为逸欲,则自胜而强矣。是以振其惰气,屏去柔情,故怠荒不能间,颓靡不能乘,君德之强如天运于上,而天工其代之矣。臣每诵诗书,而见帝王之所先务,皆是道也。是故,钦若昊天者,尧也。敕天之命,惟时惟几者,舜也。顾諟天之明命者,成汤也。小心翼翼昭事上帝者,文王也。然而文王又言缉熙敬止者,言事天之学当继续,而光明即不息之义也。帝莫盛于尧舜,王莫盛于汤文,而皆以法天敬天为传心之要,臣之所以为皇上愿也。皇上隆尧舜之德,建中兴之业,惟是以刚德法天之健,而天下治矣。

臣自南都来,恭闻皇上朝讲至勤也。顷者,讲筵自五月十八日以暑热题免,至八月初七日复日讲,十二日复经筵,则辍讲者八十日矣。至于隆冬大寒,亦应如是。即一岁计之,辍讲一百六十日矣。是讲筵之日少,辍讲之日多也。臣惧圣学之有所息矣。

臣又恭睹皇上御朝以三、六、九日,遇风雨则免朝,其体恤臣工者至矣。昨八月十六日宜朝也,而免。盖中秋令节,内庭顺时节宣固亦其宜。乃十九日复传免。夫朝常于令节是可一免,而不宜再免者也。臣又惧圣学之有所息矣。

臣又恭睹皇上御朝庄敬肃穆,式礼莫愆,闻之讲筵,亦复如是,可谓帝王恭己之度矣。不知入而深宫则何如?大率朝讲临百官之时少,深宫接嫔御之时多。不知皇上所以治心修学者又何如?臣又惧圣学之有所息矣。

息于嗜欲则卫生保和之当念,息于燕安则盘乐逸游之当戒。至于临台榭,幸苑囿,动息游畅,此亦可暂而不可常。臣愿皇上以法天之健惕之也。法天之健在于无教逸欲。然无逸之本,又在于无欲,故无欲之为贵也。夫欲者,圣人之所不免,而何以言无?盖寡欲之谓无,不留念于欲之谓无。从古圣人无不远声色者,非尽绝去声色,乃不留念于声色之谓也。不留念则称无欲矣。无欲念即并无逸念。天德之强周于天下,同天之健而不息矣。此圣学之贵自强也。

臣又观今日国势,人情靡靡,日入于偷薄,有蛊坏不振之忧。士大夫不急公家,怀私养交,礼让之风微,廉耻之维溃,由不畏朝廷之法也。臣愿皇上以自强之德振之,使之亹亹孜孜于职业,而不暇为比私窃位之图。盖以圣天子刚德独运,凛凛兢业于上,群臣庶官莫敢不回心而束于法,是以万几得其理,百工得其熙,岂有蛊坏不振之患哉!昔贤谓天下既敝,必解弦而更之乃可以理,盖谓此也。

臣伏愿皇上征孔氏之明训,法天行之刚健,稽尧舜之兢业,遵成汤之顾諟,师文王之缉熙,顺天休命,遏恶扬善,以新天下之心志,洒濯习之肺肠,致唐虞之盛治,成中兴之大业,扬高皇之休光,绵国祚于万年。此缉熙圣学盛德之所致,微臣之上愿也。

臣伏自思职非言官,昨岁进《圣学三札》,今复进此疏,非好言也。臣生平讲学思致君尧舜,今幸立圣人之朝,安忍不陈尧舜之道以上负圣明?盖今天下治乱安危,其机在皇上一心,圣心一转,天心自转,即天欲平治天下之日也。臣敢谓皇上不用臣言,而不以入告哉?伏祈皇上力行法天行健,则宗社生灵之幸也。

恳乞俯赐休致以安愚分疏天启三年十月

大理寺添注左少卿臣区大伦谨奏为恳乞圣明俯赐休致以安愚分事。

臣于前月二十九日自山陵回,阅邸报,见给事中章允儒疏论时事,牵连及臣,蒙圣旨,着该部分别议复。臣悚惕待罪,旬日以来,未见部覆,只得陈列罪状,并求休致,臣之分也。

臣万历十七年进士,当皇祖之世,由县令选御史,六年邑宰,八月台臣,三疏叩阍,一身去国。臣之初仕,世缘甚浅,盖若此矣。退休二十七年,自以罪谴之身,杜门却扫,不入州邑,不通闻问。御史穆天颜荐臣灌蔬易粟,讲学化俗,实语实事,颇尽臣之生平。臣之林居又若此矣。

遭遇皇上即天位,起臣谪籍之中。臣以为圣人作而万物睹,惟此时为然,即欲重趼趋途,觐天子之光,尽臣子之义,已复展转思维,先帝之旧恩未忍忘,皇上之新恩未易称,俯仰慨怀,踟蹰进止。自庚申八月起官,至辛酉九月而后就道,臣之出处又若此矣。臣行能菲薄,惟是尽心学问,窃有微长,出山本意,期以此学陈于尧舜之前。在南奉常进《圣学三札》疏,近复进《缉熙圣学》疏,虽款诚微浅,词义鄙拙,未能有当圣心,而臣颇自幸仰献愚忠,不负所学又若此矣。独是臣性质直迂疏,与人接,不能作套语,人或以为默。有时一二语及时事,人又以为议论不一,相传者增饰其词。是以科臣章允儒风闻而致惜,谓臣击节于范得志之疏也。臣何有于范得志哉?彼自构斗,于臣何与?臣四十年学问中人,脱然世外,颇自爱其鼎,何为无端而佐斗哉?允儒谓臣素称清谨,又谓臣为贤者,不可谓不知臣,乃所致惜于臣者,则又知臣之未尽也。大抵臣职在添注,为若有若无之官,时当引年,正知足知止之日,况直己难以谐世,信口未免招尤,臣之罪也,则有还之山林而已矣。

伏乞圣恩,赐臣休致。臣身老不任,灌园讲学,犹能化俗,正臣前自陈疏所云。宣扬圣化,祝颂圣寿,臣之报国,是或一道者也。臣不胜□□,恳乞俟命之至。

十月十三日奉圣旨:区大伦生平自明,着照旧供职。该部知道。

乞恩给假疏天启四年三月

大理寺添注左少卿臣区大伦谨奏为遵例乞恩给假，以伸子情、明臣义事。

臣闻明君不尽人之情，而务恤其私，所以教孝也；人臣不贵无其功，而虚縻其禄，所以明义也。

臣恭阅《大明会典》，有两京官员给假祭祖之文，又近日京堂官添注冗滥，蒙皇上俯从吏部所请，凡乞差假者听。臣窃叹朝廷所为体恤臣子之私者，德意若此，其厚用是，不胜感激，妄有控陈。盖臣荷蒙圣恩，于天启元年五月起升南京太常寺少卿，本年十一月到任。天启三年三月升今职，本年四月到任。计历四品俸二年有余，久在班行，毫无报称，臣之罪也。

臣伏自念离家四载，父母丘坟，瞻扫疏阔。垄上新烟，徒切遗羹之想；旅中冷节，能忘洒饭之悲？此臣之隐情也。况臣守官添注，惟取克位，进而在公，无关薄领，坐而待禄，尸素为讥。倘得乞假而归，免于瘝旷，虚禄秩以让英贤，留俸余以还帑藏，此臣之分义也。

盖给假一事，稽之旧典，合之新例，德意宽大，体察人情。臣子所欲请而未敢言，所冀得而未敢必者，皆圣恩之所许，臣是以敢冒昧控诉而陈也。伏乞圣慈如例，特允给假，俾臣少遂私情，稍安愚分。臣惟有祝圣寿于齐天，颂圣功于化日，此则犬马微诚，永矢不忘者也。臣不胜激切恳祈待命之至。

为父节未白、子道有亏，谨剖心申辩疏天启四年五月

大理寺署寺事添注左少卿臣区大伦谨奏为父节未白、子道有亏，谨剖心申辩，恳乞圣明俯赐湔雪以锡孝劝忠事。

臣闻子以显亲令名为孝，臣以资孝事君为忠，是故，亲有善则思显扬，亲被诬则思洒雪，至情也。使为子不能竭情以尽孝，安在

移孝以作忠乎?

今圣神御极,王道荡平,此臣子沉冤得理之日也。而臣父横遭诬陷,埋没多年,臣所为痛心疾首,幸见天日,思沥血哀鸣于旒黈之前也。

查得国制,凡民间冤枉,许令陈诉,况臣忝九列班行,则臣父冤抑例得申辩,亮圣明之所许也。谨以臣父之冤陈之。臣父区益系举人,当嘉靖己未,岛夷蹂躏浙省,臣父适为温州府泰顺县知县,忽五千倭贼压境,取道入闽,百姓惊惶,各思逃难。臣父誓与城为存亡,增陴浚池,绝盗粮,毒水泉,募敢死坑兵数千,设伏袭击,节次斩馘三百有奇,群贼骇遁。上功幕府,以贫无千金,孤绩不叙,赠与他人。用常调迁庆远同知,老稚嗟泣攀送,树石纪德。隆庆辛未,复补温州同知,所属伍知县负势贪横,恨臣父署印,屡发其隐,捏造事款,密揭于所亲谢御史邃,以论劾为民。此则谗口之污蔑,非其罪也。

臣父守官清谨,仕宦十四年,先世敝庐,不蔽风雨。臣守父训,由知县选御史,罢官还里,力耕不足糊口,乞籴而炊。臣父清橐可知。只因险属睚眦修怨,被以污名,不亦冤乎?切念臣父万历元年罢温州,十一年病故。二十九年,温州府移关到臣本府,知会内称温州泰顺并举臣父名宦。彼中士民思慕若此,若使臣父官评稍玷,何缘得其怀思于三十年之后?两地尸祝,没世不忘,则臣父当日无端被诬可知也。

惟是臣昔令大名府东明县,三年考满,奏请复父冠带闲住。其后,臣兄区大相翰林检讨考满,区大枢安远县知县考满,与臣品秩相同,并未得请。至于今三十余年,臣蒙恩起用,奉神宗皇帝恩诏,又奉光宗皇帝恩诏,又奉皇上登极恩诏,中外臣工,无不家被丝纶之宠,人酬顾复之恩,而臣父尚未得致仕,臣独非人子与?能不隐痛?然而向未陈乞者,以供职日浅,未敢顾其私也。

今恭遇皇子诞生,普天大庆,臣历俸已逾二年,循例请恩以荣所生，此其时也。查得覃恩庆典，官员为民者冠带闲住，闲住者致仕。臣父闲住已久，今恩诏屡颁，致仕既有常条，赠典亦有近例，如尚书张问达。众卿峻秩，不敢妄援。外如南户部郎中汪之浃，其父县丞汪韶凤以察典为民，前考满乞闲住，近以覃恩得复原职致仕，给与诰命。臣比于之浃不后矣，况臣父捍寇功高，著在民社，仇口诬陷，例得昭雪。

又臣兄弟三人考满，共叨一恩，今四蒙恩诏，乃敢控陈，种种隐情，事事可念，在微臣似非妄，岂在朝廷不为滥恩？臣忆兄存日，每念父冤，相对饮泣，谆谆洒雪，委寄臣身，每嘱臣曰："尔勿忘父之冤情。"臣掩泪答曰："死不敢忘。"兄今已矣，臣复衰暮，幸未谢世，见录兴朝，释今不言，后将何望？是使长恨泉台，含悲终古，臣他日何以见父兄于九京也！

嗟乎！圣明之世，亦有久抱不白之冤如臣父者乎？用是发其孤愤，鸣其至痛，不避斧锧，呼天陈诉。伏乞圣慈，广锡类之孝，推一视之仁，特准下部查照汪之浃事例，将臣父区益酌议致仕，给与赠典。臣感激圣恩，当与子子孙孙共祝圣寿齐天永绵，中兴大业于万斯年。臣之所以图报也。臣不胜悚惕，恳祈待命之至。

天启四年五月十三日，具奏。本月十六日，奉圣旨该部查例具覆。

天启四年六月初三日，吏部一本为父节未白，子道有亏，谨剖心申辩，恳乞圣明俯赐湔雪，以锡孝劝忠事，覆大理寺左少卿区大伦本。六月初六日奉圣旨，区益准复原职致仕，吏部为钦奉恩诏事：该本部题验封清吏司，案呈准大理寺添注左少卿区大伦供称，补给伊父诰命等因，到司通查，案呈到部，看得本官补给伊父诰命，既经奉有前项恩诏，合行翰林院撰文，中书舍人关轴书写等因。天启四年六月二十七日，吏部尚书赵南星等具题，本月三十日奉圣旨，是钦此钦遵，拟合就行。为此合行照会本官，遵照本部题奉钦依内事理，钦遵施行，须至照会者，计撰述诰命一轴：正四品大理寺添注左少卿区大伦父区益,原任浙江温州府同知,该赠中宪大夫大理寺左少卿。

附:

明赠中宪大夫大理寺左少卿区益并妻赠恭人苏氏诰命①

皇帝制曰:朕惟朝廷褒嘉臣工,必追崇其所生,凡以锡孝而劝忠也。尔原任温州府同知区益,乃大理寺左少卿区大伦之父,昔在世宗之朝,领乡荐,四仕郡邑,惠政在民,被谗去位,劲节几于湮没。今尔有子,克承堂构,职列长卿,饬法守正,不失为清白吏。后历请申辩。朕鉴尔无他,既准复旧职,致仕还。尚贻加新恩用,是赠尔为中宪大夫大理寺左少卿,锡之诰命,钦此。既没之荣,永作九原之贲。制曰:将母有怀,犹兴歌于来谂,矧抱不逮之禄。匪邀宠命,曷由申其永慕乎?尔原任温州府同知妻苏氏,乃大理寺左少卿区大伦之母,秉心温惠,赋性俭勤,拮据以佐清修,爰劳而襄义训。昔尔夫持正佐郡,罹谗解组,一时之公论称屈,今日之心迹始明。既晋尔父阶秩,然内助教育。朕不靳此褒纶,兹特赠尔为恭人,焕新恩于泉壤,扬令闻于闺壶。

天启四年七月初三日

再乞休疏天启四年十一月

大理寺左少卿臣区大伦谨题为龄算衰迟,止足当戒,恳乞圣慈俯赐休致事。

臣实有心人,仰荷朝廷高厚之恩,岂敢不图报称?顾已无可报称,于义不得不去也。

---

① 康熙二十九年《高明县志》卷15《艺文志》收录天启四年七月初三日为区益昭雪的圣旨,附录于此。

臣窃思惟臣之遭遇，可幸者五；臣之进止，宜去者三。在昔乙未丙申与臣同去国者数十人，大半化为异物，臣犹视息人间，瞻仰兴朝新政，一可幸；臣昔以御史编民还山，今蒙恩起用，滥叨四品清卿，二可幸；《易》曰“圣人作而万物睹”，言圣人兴起在上，普天率土皆思快睹以为利也，皇上以圣德履帝位，臣获端笏鹓列，觐天光而仰帝范，三可幸；皇上亲郊上玄，尊祖配帝，举五十年来之旷典，臣得骏奔在列，四可幸；乃者上天降福，高媒锡羡，皇嗣诞生，衍宗社无疆之庆，开邦家有道之长，覃恩广大，普锡万方，臣获躬逢大庆，五可幸。

臣有此遭遇，于臣侈矣。臣闻受恩深者，报礼宜重，顾臣老矣，报于何时？是以臣之自署，任职无所表见，旷官宜去；窃禄已觉逾涯，揣分宜去；筋力不任驱驰，衰老宜去。盖往而不相待者，年也；衰而难复振者，气也；疲而难强支者，力也。

臣出山之年，业已称老，二三年来更复衰耗。臣心虽赤，臣力不逮，辟之潢污之水，愿朝宗而每竭；又如驽蹇之乘，晞沃若而已疲。臣之归计，于兹决矣。

伏乞圣恩，俯察下情，特允放归。俾臣与耄期老人歌帝力于何有，同嬉戏小儿咏帝则于不知，用以铺张皇上中兴太平盛治，臣之志愿毕矣。臣不胜恳祈待命之至。

为衰老冗臣恳乞休致疏天启五年正月二十七日

太仆寺添注卿管少卿事臣区大伦谨奏为衰老冗恳乞休致事。

臣闻人臣之义，陈力而就列，老至而引年，古之道也。臣年逾七十矣，为添注之官，既无可陈力之事；当血气之衰，又非能陈力之时。窃禄之耻，在所不免，惟有引年求去而已。臣之生平，壮而禄仕，强而去国，林居近三十年，遭遇圣明，蒙恩起用。生逢尧舜之君，快睹唐虞之治，其本怀也。况遇皇上更新朝政，大权独操，濯臣工之耳目，破私党之肺肠，孜孜求理，若晨起而振衣。天下欣欣，延望太平。臣岂不愿少迟留,亲见中兴盛治?其如臣之衰老何哉?白首班行,觉齐年之稀少;紫宸拜舞,信拽履之纾迟。此而不去,恐有后悔,臣之去志决矣。

又况近日官员添注冗滥,全无职业,徒费俸薪,欲清冗官,请自臣始。臣之当去又明矣。伏祈圣恩,察其衰老不任,闵其求去情真,俯赐罢斥臣之分也。如蒙念其无他,准与致仕,此则圣主之深恩,微臣之上愿也,而非所敢必也。臣归草野,惟有歌天子万年以为报耳。臣无任激切待命之至。

二月初二日奉圣旨:区大伦清恬端品,年高未衰,该部即与擢用,所辞不允。

捐微俸助大工疏天启五年六月

南京户部左侍郎臣区大伦等谨奏为敬捐微俸,仰赞殿工事。

臣等伏惟三殿之事命名也,世宗皇帝取《书》“建用皇极”之旨,其义精矣;嗣是神宗皇帝经营鼎建,未底厥成;今遇皇上锐意堂构,肇兴殿工。臣等仰而思之,一则圣人南面而听,天下向明而治,盖取诸此,不可缓也;一则圣心在建极福民,如《书》之所称述,尤不可缓也。盖皇上建用皇极,敛富寿康宁之福于身,用以敷锡庶民。俾臣民共保皇极,而普富寿康宁之泽于天下,此则圣人仁覆天下之心也。凡有血气,孰不欢呼?是以椓阁之众子来趋事,捐助之臣公尔忘私。臣等职任留京,情悬禁阙,敬事岂分异地,急公窃有同心,愿各捐俸一年,少佐工费。伏乞圣慈赐允,敕行该部转行臣部,查臣等到任日期,各扣除一年俸银解进。臣等不胜欣忭,恳祈待命之至。

恭进节省库贮以仰赞殿工疏天启五年九月

南京户部左侍郎臣区大伦等为恭进节省库贮以仰赞殿工事。

臣等职掌邦计,国家经用,其所司也;讲理财之道,以裕国用,其所务也。臣闻《易》曰"理财正辞,禁民为非曰义",盖理财期于正辞,则名正言顺,故财可得而理也。兹者恭遇皇上修举旧章,经营宝殿,用以叙彝伦而建皇极,敛五福而锡兆民,新数十年玉帛车书之会朝,开亿万世圣子神孙之堂构,天下臣民瞻仰在此举矣。是以臣工拜首而扬言,庶民子来而趋事,何者?正于辞而顺于义,故天下莫敢不劝也。

臣部财赋所出纳,从前颇有余积,近年派支创支数多。如北部协济、织造新增、辽关加饷、黔蜀转轮、浙兵召募之冒破、南都水陆之新营,每事动支以数万计。重以江南省直湖湘诸郡国频年患水重灾,于是外解稀少,度支大困,而库贮若扫矣。

臣承乏卿贰,代庖部印,与右侍郎魏说极意撙节,事事省约,爱惜帑藏,锱铢之费有如膏血,惟恐伤之。凡从前借支预支之弊,一切杜绝。令管库江西司员外郎陈熙韶将库中积贮彻底清查,熙韶秉公执法,不避劳怨,摘发积年库役奸弊,毫无隐情。查得一项历年未经领咨监生例银一千三百二十四两九钱,一项历年管库支放羡余银一千三百二十八两,一项本部新旧节省纸札、供应交际、修理衙宇及犒赏与备工料用等费共积银二千一百一十三两,一项存留老库金七十九两,变换银三百二十一两,共该银五千零八十六两九钱,起解工部助将作工费。虽河海不藉润与涓流,而涓流必委润焉者,有莫知其然而然者在也。

臣又闻理财之道,与其务以生之,尤当务以节之。《易》曰:"天地节而四时成,节以制度,不伤财,不害民。"节之时义也,天地圣人所不能违也。知生而不知节,则伤而害者多矣,此圣人深为有天下者戒也。我皇上诚留意于节约之道,俾俭不近陋,华不过侈,于以裕国裕民,盛德也,至仁也。臣愿陈帝尧之土阶,述神禹之卑宫,为圣主中兴颂焉。

酌议变价余盐以助殿工疏天启五年十月

南京户部左侍郎臣区谨题为搜括支剩存积余盐酌议变价以助

殿工事。

据督理盐政广东清吏司主事杨錞揭称:錞等恭绎节省搜括之明旨,知鼎建崇隆而水衡告匮,仰廑圣衷,臣子谊在急公,无论职掌巨细,均宜矢心自效者也,况奉部堂咨访查议,安敢无说而处于此。錞虽督理盐政,无别项银两经手出入,而鹾务颇关军国,即铢两莫非钱粮,敢不严稽核以图报称?祖制:南京文武官员,每年九月一日以盐折俸,及内官等监,国子监官吏监生等各项食监,皆以两淮运司掣过商引,余盐支给该运司,每年派定,每一引余盐十两批解本部札司验收。九月以后,本部四川司汇造各衙门应折俸盐数目文册及京仓察院查同到部,复札司支放,每年所收盐多寡不等,约四十万有奇。而所放约三十六万斤有奇,迩年来米价腾贵,应天府酌议加盐,一二年间所放盐,遂亦四十万斤矣,此夫较数岁之中收放之大凡也。

錞受事二年,查前项余盐或系各衙门缺官扣俸,或系该运司监引量增,并先年京城米价原平,折盐有定,支放不尽,致有余积。复查十数年来实余若干,见贮何廒,登报有无实数。历年廒经底簿搜取前来,同经手书役、守支官攒,彻底磨算,逐廒盘秤,与夫出入剂量之平准,关防搜检之严密,弊窦几绝,积算为清,共实得盐六十五万三千五百九十斤,总为积余之盐,于每年应收应放之正数,绝无相碍者也。与其贮之日久,走卤折耗,且以滋弊蠹,孰若发出变价,铢两累积,可佐急需?此参之事体人情,皆称两便。倘一得之愚可采,容出谕五城盐总店户,各具认状支领,每一百斤照市价银六钱五分,可得银四千二百余两,解进以助大工,未必非沧海之一勺也。等因到部,该臣看得宸居鼎建,天下同心,臣工不敢爱其财,民庶不敢爱其力,捐助趋事,无所不用情者,急公之义则然也。

先是,臣等已经按括库藏解进外,仍行本部十三司悉心计画,可裨续解者,具揭呈部,以凭酌议。今据盐政主事杨錞揭称该管仓廒余盐可以变价助工一节,夫盐称积余,既非应放正数,积之日久消化，是以可用而弃之无用也；易银助工，是以无用而转为有用也。况易价可得四千余金，虽消尘乎，亦工费所需也。主事杨鍹精心查覆，积余数多，亦可谓能于其职矣。相应具题，伏乞圣明垂纳，敕下户部议覆，上请转行臣部，遵奉解进，以助工费。臣不胜恳祈，待命之至。

根本重地，国计宜周，敬陈经用足国之策疏天启五年十一月

南京户部左侍郎臣区谨题为根本重地，国计宜周，敬陈经用足国之策以永奠丕基事。

臣闻南畿称天下根本，谓帝业所基也。然而南畿命脉，则本部仓库实重焉。盖留都当天下南北之冲，保介江淮，绾浙东、江右、闽广、湖湘、滇蜀诸行省赋税钱谷，以灌输京师。若本部则又绸缪足食足兵，控驭南服，戒其不虞，以计安重地，而常蓄其有余不竭之藏，以待京师赢绌之数。是故户部不足，则求协济于本部。如近年解户部者，银至五六十万两；南粮抵北漕者，粟至三十万五千余石，则南部乃国家之外府外廪也，可不谓重哉！

今日讲求深根固蒂之策，以为千万世奠丕基，宜先实南部，以待户部之求。今南部不足，则户部实所求济，为臣子者奈何不深长思也。臣自今年四月履任受事，首问钱谷入出之数，商财贿之有无，核米粟之登耗，而重为之叹息焉。问镪于库，则老库仅十一万，而累年百余万之积若扫矣；外库则解纳之款一，支放之款十，以一者之解纳，待十百之支放，而外贮无隔宿矣。问粮于仓，则仅支一年，至天启七年而十余万军兵尽告饥矣，是可不寒心哉！臣为此惧，日有遑遑讲求硕画，守官几何，时而常怀国家千百年之忧也，谨述仓库空虚之害与救弊之策，上尘天听。伏乞俯赐垂纳，敕下户部覆议，上请咨行臣部转行各直省一体遵行，庶乎蓄积多而国用裕，所以永奠丕基于亿万斯年在此举矣。缘系根本重地，国计宜周，敬

陈经用足国之策,以奠丕基,事理为此,开坐具本,专差舍人李时芳赍捧谨题请旨,计开:

一、库贮匮乏之害。本部库藏昔称饶裕,而今遂匮乏至此者,虽缘协济过多,外解不至,亦苦于积习之久沿,催督之无术也。查得直省钱粮拖久,欠非尽在民,天行水旱亦不岁有,总之有司所急者京边,而不知南部与北部一体而相济也。每岁征解尽数解北,至于衙门之工食,地方之供亿,闻多以南解钱粮借抵,此何理也?即不尽然而分数常十之四五矣。其迟留于省府,而反济省府之缓急者,又十之二三矣。其起解时,解役与猾胥朋奸沉匿花费,又若到部者批文,常隔二三年,则解役与歇家分作营运资本者又十之二三矣。种种窦弊,无从究诘,南库所由匮乏也。臣查凡钱粮起解,自县至府,自府至藩司,自藩司至本部,皆有批文查验,特当官者自不肯用心稽察,每属胥吏为政,故钱粮之批解与批文之完销,问之藩司府县,皆不知也,始则批解常缓,既则完销莫稽,钱粮积欠由此矣。合无今后司府州县各特置钱粮批解文簿一扇,定立限期注销,各印官手自收掌,每月亲查二次,凡批文日久不销,即查究奸弊。庶乎猾胥奸解无所容其诈,而钱粮完欠自清,库贮有赖矣。伏乞圣裁。

一、仓储断绝之害。查得本部各仓,往时饶有余积,足支数年,而无奈近年来兑米之半折也,全折于辽饷者二年也。地方借口无米则有永折,托言水旱又有暂折也。初额原解本色,虽则迟延,终难乌有,以其在民也,一改折色番为地方缓急之需,而本部岂济燃眉之用?至于押解之日,以千万储糈请托委解,或付于劣处之王官,或徇于绳营之猾吏,当事者明予以脂膏之可润,而本官何不大肆其侵欺之欲壑乎?往往短少若千若百!又有一种明将官粮别卖侵用,上下营求,告作剪欠,谓截粮欠数,容其归而补也,及后部文催赔,止供挂壁,何曾复有颗粒入于公库?仓粮安得不断绝乎!又况库贮匮乏,大粮无措,必倚借于放粮,是仓又为库穷也。而当事者桑梓情深，丰芑虑缓，至为黠猾欺蔽，轻与题改，夫亦未之思也。伏乞圣裁。

一、钱粮积欠之弊。凡有司钱粮拖欠，不参罚则不儆动。乃本部卿贰新除者迟留未任，到任者大约数月而去，久者乃年余耳。方欲任事而时日无及，即或锐意参罚，搜求不过破甑，人谁惮之？试观今日称贤令者，未必抚字心劳，半是催科，政拙积习类若此也。又本部十三司主事员外各有专职正郎印官，例不外差，非以本司钱粮其职掌乎？臣尝有问焉，而多不知也。又在列者强半差假，非不代署有人，但官是隔肤之痛，不比切身吏作京兆之看，每多隐匿。试观近而五城兵马有十三年不解之房钞，远而湖广藩司有五十余年不解之盐钞，此亦本部自不查核之过也，岂尽尤人？除臣到任查出已经严催外，倘仍前推调，容臣特疏纠之。又设为长单，给省直各府州县将应解本部钱粮，逐款自填完欠，庶其触于目悔于心，自觉欠数太多，不无尸素之惭。又定限每年二月缴部查对，以凭参治，其间挪借迟留与夫奸顽营运等弊，中外可以会照，欠灼于观火。若其填注不实及过期不缴长单，此则旷职已甚，参治之宜先者。臣虽不敢不任怨，然非奉有天语严重，俾臣部与户部一体清查完欠，分别参治停俸降级，则久玩之人心难醒，既痼之积习难移，臣虽任怨，终无补也。伏乞圣裁。

一、俸粮预支之弊。夫预支非特目前之为蠹，正防将来重支之为蠹也。凡文武官员俸粮，必历俸完一季而后支银，如春季之俸，待夏四月乃得支是也。从前间有赍捧官员预支者，以其入贺之勤、长途之费犹可言也；近日卫所官有借名预支者矣。勋臣之家年年预支，又有预支二年者矣；齐庶亦求预支，甚有预支三年者矣；又有本衙门官属及各役亦求预支者矣。在求者视公帑为私藏，在与者用公帑答情面，何其谬也！且预支数多，监库未必能记忆；即能记忆，而升转以去，奸胥合谋暗去其籍，后来监库何所于考？又以预支之人混入正支之内，而重支分利，谁能察之？其亏损帑藏为不少矣,此亦库贮中一大蠹也。臣履任即杜绝预支之弊,然非奉有明旨,安能永久遵行?伏乞圣裁。

一、捏灾改折之弊。岁有饥穰,天之行也。然有实灾者,水旱为虐,百姓艰食所宜恤也。有伪灾者,捏无为有,捏轻为重,妄冀恩泽,所宜惩也。南京军屯地方昨岁虽俭收,然而未甚也,即西成后亦未闻有告灾者。盖自苏常嘉湖以重灾闻,各处响应,米价倏焉腾涌,屯官乘而捏灾告折收于贫军者,每石折银一两有余,输于公库者,每石折银止三钱五分,此奸弁所以得计,快心而幸灾也。毕竟并折亦不成折,借口灾伤一概不纳,如江北三仓,每岁额收米十二万石,天启四年入仓者仅数千石,岂非大怪事哉?此奸弁所以伪灾捏无为有也。要之皆在事者轻信之过,告灾即得灾之利,告折倍得折之利,故无忌惮至此耳。夫灾伤蠲免所以恤贫军,乃为奸弁尽收其利,徒损公储,贫军曾不蒙丝毫之惠,甚非朝廷优恤之意矣。谓宜自后军屯告灾,臣部与屯田御史毋得轻信,在江南者委应天府官,在江北者委江北分司,躬亲查勘,务令的确。臣部与御史会题,凡灾伤六分以上者照例恤免,若应改折者每石定折银四五钱,毋得折价太轻,徒长奸弊;其五分以下不成灾者,不准免。仍治捏灾之罪,庶奸弁诡诈不行而仓储有赖矣。伏乞圣裁。

一、补支抵兑之弊。凡管屯之官挂欠钱粮,则停俸催征,此往例也。查得此项屯粮拖欠不在贫军也。闻屯官每当秋成,先期差旗甲就耕屯处所沿门征收,故贫军宁可少食,屯粮不敢不完。屯官收粮入己,任意侵匿,虽有参罚住俸,而囊橐已充,所不惮也。一遇庆典,开俸之例,不问粮之完否,概求补支,千百户有补支七八十石者,指挥有补支一二百石者,仓粮安得不竭也?又有所谓抵兑者,屯官粮久不完,以应支之俸抵挂欠之数,亦似近理,不知抵兑虚数也。仓粮之暗损固已久矣。又有江南卫所官告抵兑于江北仓者,以亲义相恤为名,此则官之住俸有无莫辩,存亡莫稽,甚有补支于江南,而复告抵兑于江北者,皆无从究诘,仓粮又安得不竭也?凡此奸弊百出，皆生于补支之为祸。臣查得省直文官，缘事谪罚，有罚俸住俸之例，有开支补支之例。事情重者罚去其俸，事完但开支薪俸，从前罚者不得补也；事情轻者暂住其俸，事完仍补其所住之俸，新旧并支也。文官则然，何独武弁而疑之？臣请著为屯官欠粮之例，凡拖欠三四分以下者住俸，粮完之日，准其补支；拖欠五六分以上者罚俸，粮完之日，但准开支，不准补支，此则法之平也。大约开支补支分别既明，而抵兑者自无所容其诈。臣谓即今朝廷庆典，当以此例行之，庶逋负者知儆省，亦实仓库之要法也。伏乞圣裁。

一、新厂乏铜之弊。查得本部新厂，专铸北钱，自天启二年始也，初铸每年与铸本银十万两，而令其解进十五万两之银之钱。夫以十万铸本而加息五万，其为足用裕国，岂非良策？而实不然也。除升任员外魏良佐督铸能完其数，而今则难矣。何者？昔年铜买之水商，随买随足，今买之招商，非半年以后不得应手，时不同也；昔年铜价每斤银八九分，今每斤非一钱五六分不可，价又不同也，是以难也。臣到任，问管铸郎中童述先："留任领铸本几何？"曰："七万余两也。"问："今岁解北钱一次直银几何？"曰："三万余两也。"夫铸本七万应得息银三万五千，计本息共该十万有余。今岁解钱一次不过直银三万，是必待三年而后完此局也。铸钱之利安在哉？若此者以买铜，旷日持久，欲铸而无从也。夫铜皆来自荆州，今设总督重臣荆州鼓铸，从此荆州以下铜愈不可得矣。以臣愚计之，莫若罢本部新厂，总铸于荆州似为长便。近阅总督钱法董应举疏，有一铜权合钱权之议，欲罢各处鼓铸，与臣意合。盖督臣之意惧铜之流散漫，愚臣之意惧铜之源中断也，此后似不必须铸。臣请以事例银十万两，春秋两季解进，或助工部工费，或济户部辽饷，皆惟皇上所命之，臣不敢不竭蹶从事也。伏乞圣裁。

进解例银以佐经用疏天启六年二月

南京户部左侍郎臣区为起解任内实收例银以仰佐经用事。

照得臣部为国家灌输外府也,宜积其赢余,以佐经用之绌乏。第无奈年来水旱频仍,外解几断,独有事例一项,收士子衣食之余,与以功名之路,稍为乐输。原奉明旨此项解充边饷,迩来本部库贮既匮,而十余万军兵按月应支银两款项数多,又时日不容缓者,从前部臣不无挪借支放,以济燃眉。皆臣未到任以前事,容臣徐查另报外,唯臣自天启五年四月二十九日到任,委山西司主事臣陈龙可于本年五月初九日署山西司印务,据该司案月呈报士子纳例亦仅寥寥,自五月初九日起至本年终止,计共收过例银五万余两,内除铸北钱,今被参郎中臣童述先于内领过铸本银一万余两,容臣查核,决不令其冒破。

今据山西司呈部札管银库江西司员外郎臣陈熙韶于五年六月十六日收起,实收只四万余两,存库分毫不敢动支。臣前曾具疏请旨或充饷,或助工以便起解,盖臣疆场之虑深则急在饷,而帝居之念重则急在工,是以心两悬而两请命,第今关门用兵需饷急迫,致烦明旨申饬,若此其严臣前疏,虽未经户部议复,若使解进稍缓,恐非臣子急公之谊,是以即委解官张世勋等将四万两于本年二月二十一日起解。此臣任内实收例银之实数也。此后但事例及搜括等项,凡有积余即及时解进。臣念殿工急需而关门声息甚紧,臣窃忧心如捣,不敢不竭力转输,但恐外解怠缓,不能与臣同心,臣亦且奈之何?容臣另疏请旨申严外。伏乞敕下户部,将臣所进事例银四万两照数查收。臣不胜恳祈,俟命之至。

纠参不职司属以清国计肃官常疏天启六年二月

南京户部左侍郎臣区谨题为纠参不职司属以清国计肃官常事。

臣闻《记》曰:“大臣法,小臣廉。”盖法者,法不法也。大臣为小臣之表,所为守道守官者,其廉诚足法也,然后小臣从而法之,相与竞劝于廉。若大臣足法而小臣犹不能廉以奉法,则大臣执法绳之,其又孰敢不廉？故曰“大臣法，小臣廉”也。臣官署计财货之所出入，俗情易染，疑端易生，在小臣必不可以不廉，在大臣尤不可以不法。倘臣不能执法，则大臣之职废矣，何以清国计？何以抗颜于司属之上乎？

臣自莅任，日夕兢兢，惟廉惟法，与司官共相砥砺。其品格直清，不待劝而廉，与劝勉于廉者多矣。其锢于积习，不廉而不职者有二人焉。臣谨即其行事而胪列之。

其一则山东司郎中童述先也。查得本官初由兵马营升户部，物议沸腾，倏而改南，及升庆远知府，嫌其贫薄，倏而留部铸钱，不知用何神术，一呼一应若此。臣每厌恶之，昨年条陈疏内，欲罢其鼓铸，盖显示其意，俾之省改，不虞其昏迷日甚也。有谓其钱神力大，专用猾棍钻刺，南北交通，凡事不十日而周知者；有谓其以监生事例为铸本，自收自支，奸弊丛生，从来无此例者；有谓钱厂一百二十炉，固已多矣，本官增设六十炉，每炉皆纳贿者；有谓新旧共一百八十炉，每钱一铸，各纳样钱而后验收者；有谓其收买铜铅锡碳等价，每十分而扣其一，所得不赀，商人怨恨者；有谓其以铸本银两，付子婿贩货，易卖收铜，以致任意营运，铜铅久不到者；有谓其委用解钱官员，惟贿是视，以致匪人偾事，解船被火，失没金钱者。此一臣者，力小而谋大，智昏而欲奢，妄意腰缠十万，从人拨置千端，贿赂彰闻，机械隐伏，所当照贪例革职为民者也。

又其一则湖广司员外郎冯士杰也。本官之管北新关也，臣实按本部政谱资序，询同于众而用之，不虞其不肖也。有谓其初到北关，即问前官所得羡余银几何，本官嫌少，遂恣意诛求者；有谓其税务多不了了，不许分辩，辄加刑责，胥猾从旁指点者；有谓盘船急逼，致篙工一人误堕水而没者；有谓土人买绫二端，原不入税，巡拦以漏税执送罚银十两，其人争辩理直，本官不能折，流视四顾左右，以指通意罚银一两者；有谓商人贩丝走税直银二十两，本官既加刑责倍罚五十两，商人投水救活，愿将丝送官免罚，差人押出变价追足五十两者;有谓商货除纳税外,先纳税单银五钱,复纳照票银一钱,皆例外加收者;有谓箱笼衣服皆税银数两者。此一臣者,力不能以驭奸猾,而反以奸猾为师;政不足以惠商旅,而动与商旅为仇。据其科罚过当,刑扑过重,即褫职亦复何辞?但其作孽非已,簸弄由人,且年姿尚可策励,惩创犹堪器使,所当照浮躁例,重加降调者也。

伏祈圣明敕下吏部查勘,如果臣言不谬,将童述先、冯士杰分别议处。其童述先原领铸本银七万五千两,应得铸息银三万七千余两,共该本息一十一万余两,除解过外,仍行臣部,将本官羁留,彻底清查,务足原数。庶乎国计不亏,而臣部政体官评有肃清之日矣。

衰耄庸臣万难供职疏天启六年二月

南京户部左侍郎臣区谨奏为衰耄庸臣万难供职,再恳天恩乞赐罢黜以遂生还事。

臣于天启五年三月内,荷蒙圣恩,升授今职,本年四月内到任,随以衰老,具疏乞休。复蒙温旨留用,臣不胜感激,思竭犬马,仰酬高厚万一。缘臣代庖印务,当部政积弊积弛之后,不自谅其力之不堪,妄意一振起之,焦苦之过,气力愈乏。昨年止于痰火上攻,头目眩晕,今则腰膂不相联属,于百病交作。臣前疏谓忧在性命者也,臣病已在膏肓,岂能复展四体?此臣所以昧死呼鸣于君父之前,以求决去。

况近有南道御史徐复阳,因言铸钱事,波及于臣,其言似平淡,其意实罗织。盖铸钱一言之得失,本不足张皇,故作平淡语;其意在速臣之去,故作罗织语。总之为臣参劾铸钱司官童述先而发,速臣之去,为述先解脱地也。述先领铸本十余万两,托言买铜未到,其实日日铸钱,不知用于何处。而解北之钱实少,又将铸本举放私债,贩货取利,所得无算,以此钱神力大钻刺如鬼。臣到任恶其所为，每事抑之，以故条陈疏末言罢鼓铸，意在罢述先，非照管荆州也。且臣明言述先钱解北甚少，不济于用，故欲罢之。而以十万两解工部接济工费，臣急公之意在此，何常照管荆州也？若臣识见寡昧，立言迂疏，亦自有部覆在，何至以门户起官加臣，作此险毒机阱哉。

臣之生平自有本末。臣为御史八月，万历二十三年以言事为民，林居三十年，交游都绝，书问尽废，与谁为门户？泰昌元年，恩诏臣以起废召用，何言门户起官？天启元年到任，历四品俸，三年不调，为赵南星、章允儒门户之党所抑。是时刑部主事范得志论御史王允成赃滥，臣每对人言，颇不直允成，遂为章允儒所论劾，举朝臣工所共知也。幸圣明洞烛幽隐，谓臣生平自明，著照旧供职，乃得转今官，臣依傍门户何人，而复阳以此二字见诬？

盖臣岭表之人，仕途寡合，惟知自守，以阿党为羞，从来不与门户作缘。若童述先交结门户，朋比为邪，见于台臣陈以瑞之纠劾，则述先真门户矣。臣衰耄之人，分当斥逐，第以此恶名无端相加，名义至重，鬼神难欺，臣则有辞矣。伏乞圣明敕下吏部查勘，分别忠邪，以明国是，俾天下晓然于清明世界，臣之斥逐所甘心矣。臣不胜激切待命之至。

兵饷议天启三年

大理寺添左少卿区大伦谨议为枢辅情迫，虚拘不可，恳祈圣明，严谕诸臣无再泄泄以掷危关以摇宗社事。

据户部送到会议兵饷书册等因。职道学中人也，不习于兵食，第身在班行，目睹国事危急，凡在臣子宜竭智尽力，共济艰难，安得以不习为解？请以臆对。

夫兵食一事也，第当事任者，职掌既分治兵治饷，每不同情。外之治兵者，兵恒患其不多，而不度饷之例止此数；内之治饷者，饷每患其不继，而更苦兵之增额非例。又况自东事兵兴以来，边镇之兵战阵则退,鼓噪则前,每以有尽之饷,多养无用之兵,至于今而饷竭兵逃,几无策矣。职以为饷竭可虑也,兵逃不足虑也。以职之愚,则今日之兵正患散之不能,不如其自逃之也。何者?今日之兵,犹是昔年见贼则溃之兵,彼皆东西南北之人,与山海痛痒不相关,若使临敌依然是逃,未有可当一战者也。既不可战,养之何为?与其他日见敌而逃,不若今日无事而逃,于封疆固无损也。且兵既逃矣,吾从而后核其见在之数,以逃兵之饷养见在之兵,是兵逃而饷转裕也。且兵既多逃矣,吾从而选辽之骁勇实之,复恩信结之,忠义动之,仇怨激之,使之人自为战,家自为守,子思报父之仇,弟思报兄之仇,其气十倍,是去无用之兵,转得精锐之兵,吾乃收逃兵之利也。然每见边镇抚道诸臣,侈言追回逃兵以为功,何其不知兵也!大抵今天下不患饷之不足,而患兵之有余。惟兵之日有余,此饷之所以日苦不足也。

职每见今日增设一支兵,如增树一敌国,以饷困我,以噪协我,易养而难用,易聚而难散,非能卫民,只以蠹国,故今天下有能散无用之兵者,真识时务之俊杰矣。不然,是自困之道也。其患不在逃矣,此兵之可议者也。至于议饷抑又难矣。入利之孔既涸,出利之孔横溃,当其会敛穷民,锱铢而输之,及其支放贼臣,亿万而盗之,政之失平亦至是乎,百姓所由怨恨也。当此时而议足饷,万无可加于民之理,无已则再议税契乎?昔尝有议矣,然而未尽也。

职初为东明县令,曾遇开收税契,誓不敢私用毫厘。欲尽数开报,又嫌于近名,遂登报如例,而以其羡余还用之民间。职见民间地亩抛荒,买牛三百余头,招复流散,各给牛种,民得其饶,官亦不费,至今士民每能记忆。固知税契应有登报未尽,可再议也。但今欲征此项契银,不须再行抚按查议,恐担搁时日,莫救燃眉,惟以州县见征粮银之数为率。盖粮银多者税契必多,粮银少者税契必少,此易见也。大约征粮银万两者,令出税契,余银百两,其千百十以下,视此为差,名之曰税契。余银以其羡余而急公家,亦臣子之义也。户部题覆即行文催取，仍禁不许于税契加重，此项可得百数十万，亦一议也。或谓如此有司以为厉已如何。职谓不然。今南北京官，尚有蠲俸助饷之例，职在南奉常亦随众蠲俸一年，俸犹可蠲，况其他乎？急公之义，谁不如我？循良君子，谅有同心，宜不以为厉也。但州县征粮银十万两以上者，又须以情稍议减耳。职言及此，盖不胜其计利尽利之愧矣。只为国计匮乏，变在不测，有朝不谋夕之忧，故为此苟且权宜之说，以后决不可为例也。入孔之议，如此而已。若出孔横溃，又有可言。惟是国家法令不行，出孔之奸盗尽库藏，故匮乏至此耳。

职以为核盗臣则饷足也。盗饷诸臣或召募，或镇抚，或领饷三五十万，或百万，或浮江而贩私盐，或航海而鬻豆麦，但知黩货，无复人理，虽屡经科道参劾而屹然不动，莫解其故，是安可不行法也？职又以核奸商则饷足也。南北户工二部，节年奸商所领官银或数万，或数十万，皆领去易贩生理，或随手花费，三四年不见面，亦不闻查考。此谁非国帑民膏，而忍屑越至此，是安可不行法也？

职又以为核鼓铸则饷足也。两京各省铸钱本为军兴助饷，今动称铜贵亏本，而管铸之官，无不囊橐充盈。此何理乎？又安可不行法也？此皆帑藏所由空虚，宜问而不问者也。朝廷第一行法，则饷不啻足矣。又苦黜贪弁则饷足，稽冒兵则饷足，此则枢辅忠于谋国，自有成画，无容置喙矣。虽然，此特为榆关蓟辽言耳。至若大同以及甘肃诸边，自封贡以来，边费日增，较隆庆己巳初年遂增至数倍，职惧国家日贫，后将何以为国矣？此皆边臣不修边备，惟事盗饷媚，故至此。昨见边报，复有以增贡使、增抚赏为请者，长此安穷，宜著边臣岁终功罪定例，凡为贡求增人数与求增抚赏者，皆罪以不职，庶几边圉复振乎？又若贵州事，近见抚按论劾总兵黄运清食人为虎，劫财为贼，通安苗几同反叛，黔人恨运清甚于恨安苗。昨部覆罚金二十万，犹然薄其罪也。职以为朝廷弃运清如狐鼠耳，若当断不断，恐有后悔。何不诏黔抚按收斩运清，悬首贵阳，以泄亿万生民冤鬼之恨？其余偏裨以下一切洒雪不问，则众心自安。又籍没运清之家可得百万金钱，西南兵食何忧不给哉！职所谓朝廷但一行法，而饷无不足者，又此类是也。伏惟当国大臣留意焉。谨议。

发仓粮惩奸弊禁约天启五年五月

南京户部左侍郎署部事区为留都米价翔踊，重地可虞，急讲救济之策，以纾目前事。

本部自北来，经由里入府，山东地方见麦田大熟，又甚广闻之河南亦复如是，为之欣然以喜。每问南京岁事何如，或言雨多伤麦；问米价，则云米石银一两，为之愁然以忧。及至滁州，则云米石一两一钱，因慨叹今收麦时米价宜减而反增，将来何以为计乎？

近日以来，则闻籼米每石银一两二三钱，黄米每石银一两四五钱，为之心胆震惊，不胜忧惧。盖因湖南、江右、苏湖等处，昨岁重灾，米船少来，坐此重困也。本部日夜忧思，询求救饥之术，欲乞籴诸郡国，恐在彼各自为计，兼在我亦乏籴本，事势穷促，无可奈何。访得目前米价日增，多由堆户包买军粮。盖贫军得米，计口留食，即粜其余以资盐菜，或负债逼取，势必平粜；若堆户得米驮载闭藏，坐索高价，米价日增，实由此也。故堆户之害最大，而买筹次之，贩出又次之，此皆害市价，病贫民者。谨开列三款，痛除积蠹，庶几米价稍落，或可救一二也。分司三五大夫为国爱民，与本部同心，宜殚心力共图之矣。除即开仓给放六月军粮，以便贫军出粜外，为此晓谕各仓场及军民人等知悉，一体遵守，如或故违，拿究重治，须至告示者：

一、禁堆户之害。堆户者，素日举放军债，吞噬贫军者也。当收粮时多积糠秕稻碎，卖与奸解插和入仓；及放粮时，债折军粮，包筹代领，驮载囤放，闭籴长价。凡米价日增，此辈为之祸胎也。此在平时，皆当严禁，况今日米价如此踊贵，贫民受饥，可令此辈私仓粮，窥厚利，吮贫民之膏髓乎？今后监督五仓与水兑各分司，凡放粮日，密令信实之人在外巡缉，凡驴驮船载，皆堆户之米也，即时捉拿送部，从重治罪，其米尽追入官，给散贫民。

一、禁买筹之害。夫贫军有筹，而后得米，无奈贫何，其筹不能自有，而为他人有之。买筹其弊有三。此筹原属各卫，经历收贮，有以私债措勒其筹者，有本军将筹当堆户铺行无钱回赎者，有解户串同卫官将银买筹托言银给本军者，当放粮时，皆来领米。此米一落奸官堆户铺行之手，则驮归贮之，以需高价，米价所由日增也。今后监督五仓与水兑各分司，凡放米唱名，一军持一筹者给之，其一人持二筹及多筹者不准给，又若无筹，诡言军人不到而代领者，及过数日来补领者，并有奸弊，俱不准给。至于军人果系平日卖筹与人，得实许军人领米，即在仓前粜卖还债，原典筹银一钱者，每月加利银三厘；其二三钱一两以上，照此数算还。务使仓粮颗粒不入奸徒之手，令贫军得自卖米者既多，则米价自减，亦平籴之一节也。而低价买筹，高价籴米之弊，亦少息矣。若有债主不肯接银，逼勒贫军取米者，重责枷号示众，仍追原契约涂抹，银米俱不准给。

一、禁贩出之害。贩出者，贩米出城，不顾都城之急，米价所以日增也。都城数十百万家，富厚蓄积者实少，其余皆恃籴而炊，尚恐乞籴无门，安有余粮以及外贩？且城外村落之民，耕作为业，麦田即俭收，犹得支持旦夕，与城中升斗待命于市者不同。闻今有等奸棍贩米外去，意欲何为？夫此城中人民，即当丰岁亦须仰给江南数省外来之米，而后足于食，况今荒歉，艰难饥馁者多万口，嗷嗷日忧不足，而可外贩乎？仰各守城门官军，今后有驮负粮米出城，务要盘验，若有军人腰牌者放行，如无腰牌即是私贩，将人米拿送该城兵马司究问，更究其贩米来历，将粜米之家一并究罪。至于守门官，亦不许乘机生事，凡负米石斗以下，不是贩卖者即放行，不得作意措阻，反为厉阶。违者严究。

照会湖广布政司天启五年八月

南京户部为南粮改派数浮恳乞移文核实急救民困事。

湖广清吏司案呈奉本部送据湖广合省百姓胡祥、耿顺仲等连名告称，本省额派正耗米三十二万五千石，遇折该银一十三万两，历来无异，陡遭藩司吏书藉以黔事详留元、二年南粮改折充饷。驾称户部明文，将各年南粮无论正耗脚米俱要折银五钱，较往例每石加银一钱，共多派银五万二千两，竟不入批报部，侵入私囊饷院，刻檄可凭。水旱频仍，近又加饷，惨极难堪，急奔请查南粮改折额例。敕下，钦定折数查实无例，乞怜究豁滥派，追正缴报等情，告部。

奉批湖广司查，奉此看得该省南粮改折，系万历四十六、八两年奉有明旨，照钦定额数，每年折银一十三万两，并无耗脚加派。其余四十五年、四十七年、天启元年起至今止，俱系本色，并无改折。济黔之请，即有明旨，北部必先移会本部，通行省直，方遵例征解，至重务也。今查既无北咨知会，显系假托明文，借口奉旨，希图解黔，便于多派，以致南部仓库空虚，官军待哺。及本部查参各县，徒以空文搪塞，一概混报解黔，令本部漫无稽查，不知解讫者是何项钱粮，不知坐销者属何年拖欠。名虽济黔，实以济私。且溪壑无厌，驾称本部有文，无论正耗脚米概征五钱，竟不入批报部，及本司细阅，并无征耗新例，惟正之供，尚且不继，岂有额外横征之理？

今据所告前情，将钦定额数重行申饬各州县，一面移咨抚按二院，照会布政司严查多派银两，并前项改折年分，俱系何衙门题请，有无明旨可据，作速追究。至日另行移咨北部会议题参禀堂，奉批准即查行，奉此案呈到部。该本部看得改折济黔无论，未经知会本部，事属假借，纵因辽陲告急，暂行挪济，然留都重地，粮不及数月，银不及数万，岌岌莫支内地之忧，较边饷属急，乃该司不体同舟共济之谊，徒为急标缓本之举。黔祸一阶纵横。①

谘访度支事宜天启五年九月

南京户部左堂区为谘访度支兴革所宜以维新部政事。

照得本部莅任以来，深有慨□，钱谷之匮乏，弊蠹之蘩积，职事之废弛，未尝不长叹以嗟，思与同事共振饬而新之也。凡得于谱志，翻阅问察周详，亦既有其概矣。顾犹一人之耳目未尽也。五采错绣乃以成文，五声合响乃以成音，一人之闻见虑思，不如众人之闻见虑思，犹是也。兹愿与诸贤商之。本部又思，尝为县六载，无有不尽之心，每自署考云：六年为令，稀有安居私心。窃以为不愧斯语。及入台班，三疏叩阍，八月罢去，林居近三十年。泰昌元年起官，天启元年冬就列，三年添注，无所事事。今滥竽计曹事，又过于繁冗。臣暮龄拮据，大费心力，因窃叹古诗云"男儿生不报国老空悔"，诚哉言也！君子畎亩不忍忘君，矧吾辈食禄于朝者乎？不敏思报国而力不逮矣，可胜悔哉。诸君正在壮年，幸相与勉力共图报称，毋若不敏身老力竭而后悔也。凡可以见教者，远猷石画，幸勿吝焉。其条件开具于左方。②

① 原书至此结束。
② 原书至此结束。

后　记

本书是笔者于2014年承担全国高校古籍整理研究工作委员会项目《区太史诗文集》整理之最终成果,同时附录有区大相胞弟区大伦的两部著述《区罗阳集》《区大司徒疏稿》。

本书的缘起可以追溯到2014年初夏,我在佛山市地方志办公室王丽娃女士的陪同下,带领研究生赴高明区查阅资料,高明区文体局戴伟东科长热情地接待了我们,亲自带着我们深入阮埇古村进行考察,让我第一次有机会了解区大相及其家族的情况。当年7月我就以"区大相诗文集(外二种)"向全国高校古籍整理研究工作委员会申报课题,并获得了资助。期间,受高明区文体局委托,我和乔玉红博士完成了《区大相诗三百首赏析》。说实话,没有戴科长的引导,我是不会关注到这一选题的。在此我诚挚地向戴伟东科长表示万分的感谢!

《区太史诗文集》是由《区太史诗集》和《区太史文集》两部分组成。这两部书稿自明末刊刻以后,出现过不同的版本。其中《区太史诗集》最早刻于崇祯年间,我先后委托我的同事屈文军博士在南京图书馆代为拍摄全书,又请我指导的博士研究生王潞在广东省社科学院图书馆代为拍摄,目的是为了在整理点校中进行对比。同时,我的同事陈广恩教授利用在日本访问的机会,帮我从日本内阁文库拍摄了《区太史诗集》钞本。在此一并致谢!

《区太史诗集》已收入中山大学陈永正先生主持编写的《全粤诗》第14册(岭南美术出版社2013年)。但《全粤诗》属鸿篇巨制,且竖排繁体,不便于普通读者浏览阅读;《区太史文集》则一直没有点校本。所以考虑再三,还是将两者合二为一。在点校《区太史诗集》时,自然会参阅《全粤诗》的区大相部分,在此向陈永正先生表示感谢!

最让我不能释怀的就是对区大伦《区罗阳集》和《区大司徒疏稿》的收录。这两部书稿,就笔者目前所见,似乎仅广东省立中山图书馆有藏本,且均被列入善本书,可能是孤本文献。这两部书稿的整理工作最初由硕士研究生张文杰同学抄录,后又由他带领钱源初和徐玉玲两位同学,多次往返中山图书馆核对。在此对三位同学表示感谢!

暨南大学古籍研究所2014级中国古代史和历史文献学选修课的研究生们帮我输入了文字;我指导的2013级至2016级研究生和我一起对全书文字进行了核对。在点校过程中,部分文字的辨识,则在暨南大学图书馆莫俊老师的帮助下完成。肇庆学院副教授熊沛军博士题写了书名。在此一并表示感谢!

最后要感谢齐鲁书社的刘强副编审、向群博士。他们对书稿认真审慎的态度,给我留下了深刻的印象,在此表示谢意!齐鲁书社是一家以出版文史古籍和学术著作为主的专业古籍出版社,出版了包括《四库全书存目丛书》在内的一批优秀古籍,受到海内外学界的好评。我所在的单位多次在该社出版古籍整理类图书,均得到该社的关照。在此祝齐鲁书社欣欣向上,为学界贡献更多好书!

刘正刚

2017年元宵节于暨南大学古籍研究所306室

图书在版编目(CIP)数据

区太史诗文集:外二种/(明)区大相,区大伦撰;刘正刚整理. --济南:齐鲁书社,2017.6
ISBN 978-7-5333-3723-0

Ⅰ.①区… Ⅱ.①刘… Ⅲ.①区大相(1549-1616)—文集 Ⅳ.①I214.82

中国版本图书馆 CIP 数据核字(2017)第 009970 号

区太史诗文集(外二种)

(明)区大相　区大伦　撰　刘正刚　整理

主管单位	山东出版传媒股份有限公司
出版发行	齊魯書社
社　　址	济南市英雄山路 189 号
邮　　编	250002
网　　址	www.qlss.com.cn
电子邮箱	qilupress@126.com
营销中心	(0531)82098521　82098519
印　　刷	山东德州新华印务有限责任公司
开　　本	880mm×1230mm　1/32
印　　张	20.375
插　　页	3
字　　数	560 千
版　　次	2017 年 6 月第 1 版
印　　次	2017 年 6 月第 1 次印刷
印　　数	1—1500
标准书号	ISBN 978-7-5333-3723-0
定　　价	**89.00 元**